6시 20분의 남자

THE 6:20 MAN

DAVID BALDACCI

6:20

데이비드 발다치 장편소설

허형은 옮김

6시 20분의 남자

MAN

북로드

나의 훌륭한 영국 측 출판 에이전트이자
소중한 친구 앤서니 포브스 왓슨에게.

함께하는 동안 당신은 나에게 많은 것을 가르쳐주었습니다.
책과 출판에 대해서는 물론이고 일류 프랑스 와인과
중요한 도덕 철학 사상에 대해서도요.
당신에게 어떤 미래가 펼쳐지건 나는 당신을 응원할 겁니다.
우리의 우정은, 진정한 우정이 으레 그렇듯 오래도록 지속될 것입니다.

1

트래비스 디바인은 얕은 숨을 들이마셨다. 그는 떠오르는 해와 함께 덩달아 치솟고 있는 열기와 습기를 모른 체하고, 사이공을 뜨는 마지막 비행기를 잡아타듯 헐레벌떡 6시 20분발 열차에 올라탔다. 연한 청회색 기성품 정장에 다림질이 시급해 보이는 쭈글쭈글한 흰 셔츠를 입고 차분한 어두운색 넥타이를 맨 채였다. 할 수만 있다면야 청바지와 티셔츠, 아니면 위장복과 강화 전투화 차림으로 출근하고 싶었다. 하지만 그러고 갈 수는 없었다. 이 열차가 향하는 곳에는.

샤워한 지 얼마 되지도 않았는데 벌써 땀이 줄줄 났다. 까치집 같은 숱 많은 머리는 빗질로 최대한 단정히 가라앉혀놓았다. 깔끔히 면도한 얼굴에서는 무난한 애프터셰이브 향이 났다. 신발은 앞뒤로 광을 낸, 술 장식이 달린 싸구려 로퍼였다. 인조가죽으로 만든 서류 가방에는 사적 용도로 사용할 수 없게 특수 암호가 걸려 있는, 회사에서 지급한 노트북과 구취 제거용 민트캔디 그리고 펩시드AC(씹어 먹는 소화제—옮긴이) 한 갑이 들어 있었다. 더는 나라를 지키기 위해 무장하고 싸웠을 때 그랬던 것처럼 각성제를 사탕 먹듯 까 먹지 않았다. 그때는 적게 자고 적게 먹고도 더 오래, 더 힘껏 싸우라고 군에서 그걸 졸병들에게 구미베어 젤리인 양 뿌렸었는데.

이제는 돈 주고 사 먹어야 한다.

현재 디바인의 주력 화기는 군용 M4 카빈과 왕년에 잘나갔던 M9 권총이 아니었다. 최고 사양에 암호화되어 있으며 언제든 필요시 접근 가능하도록 모든 데이터를 저장하는 클라우드에 디지털 테더링으로 페어링된, 27인치 화면의 아이맥 두 대였다. 그럴싸한 헛짓거리였지만, 묘하게도 지금 당장은 그에게 지구상의 그 무엇보다 중요한 물건이었다.

지고하신 금융업계에서 새내기에게 하사하는 가르침이란 알고 보면 단순했다. 이기거나 지거나 둘 중 하나라는 것. 혹은 잡아먹거나 굶어 죽거나. 모든 게 둘 중 하나였다. 한편인 척하다가 돌아서서 뒤통수에 총알을 박는 탈레반이나 아프가니스탄 병사 따위는 없다. 이곳에서 그가 주로 신경 써야 할 건 분기별 예상수입, 자산 유동성, 주식시장 개장과 폐장, 시장 독점과 금융자본가 집단, 사원들이 규칙에 절대복종하기를 원하는 사내 법무팀 변호사들, 그리고 규칙을 과감히 무시하라고 종용하는 상사들뿐이었다. 무엇보다 중요한 건 회사에서 바로 옆자리에 앉은 이들이었다. 그들이야말로 가장 치명적인 적이었다. 월가 버전의 종합격투기는 그 또는 그들 중 어느 한쪽만 살아남는 싸움이니까.

디바인은 메트로노스(뉴욕과 코네티컷을 연결하며 허드슨, 할렘, 뉴헤이븐으로 구성된 철도 노선—옮긴이) 할렘선線을 타고 남쪽의 맨해튼으로 출근하는 길이었다. 그의 인생은 나이 서른둘에 180도 뒤집혔다. 그걸 어떻게 받아들일지 아직도 마음을 정할 수 없었다. 아니다, 마음은 정해졌다. 바뀐 삶이 죽도록 싫다는 쪽으로. 그건 즉, 모든 게 계획대로 흘러가고 있다는 뜻이었다.

그는 맨해튼으로 갈 때 늘 앉는 자리에 앉아 있었다. 우측 셋째 줄 창가 자리였다. 퇴근할 땐 좌측에 앉아서 갔다. 열차는 그것이 실어 나르는 인간들과 다르게, 아무런 야망 없이 꾸물대며 나아갔다. 유럽이나 아시아에서는 미끈한 최신형 열차가 치타처럼 질주하는데, 이곳 기차는 그냥 달팽이였다. 그래도 아침 점심 저녁 할 것 없이 맨해튼으로 들어가거나 거기서 나오느라 살인을 부르는 교통체증에 갇혀 있는 승용차보다야 단연 빨랐다.

앞서 몇 세대가 바로 이 노선을 타고 노동력을 착취하는 맨해튼의 고층 공장들에 돈을 벌러 다녔다. 그러다 심근경색, 뇌졸중, 동맥류 같은 흔한 과로성 질병으로 급사하거나 신경계 질환, 암, 또는 알코올에 절어 시커메진 간 때문에 서서히 죽거나, 하여간 뻔한 이유로 수두룩하게 죽어나갔다. 더는 견딜 수 없어 스스로 목숨을 끊은 이도 많았다.

디바인은 마운트키스코(뉴욕주 웨스트체스터카운티의 소도시―옮긴이)의 낡은 타운하우스(정원을 공유하는 형태로 지어진 주택단지의 저층 집―옮긴이)에서, 나름의 방식으로 어떻게든 미래를 일궈가려는 20대 청년 셋과 함께 살고 있었다. 그 친구들은 푹 자게 내버려두고, 디바인은 매일같이 자신의 미래를 일구러 일찌감치 집을 나섰다. 맨해튼 시내로 들어갈수록 열차는 승객으로 더 미어터질 것이다. 벌써 여름이고 해가 이미 중천을 향해가는 데다 열기도 더해가고 있었다. 물론 돈을 몇 배 더 내고 맨해튼에 거주하면서 더 쉽게 통근할 수도 있었다. 하지만 그는 나무와 탁 트인 공간을 좋아했고, 온종일 고층 빌딩과 콘크리트에 둘러싸여 지내는 건 그의 취향이 아니었다. 어디에 살지 고민하던 차에 때마침 친구의 지인인 부동산 중개인이 느닷없이 전화해 방이 하나 났다고 알려왔다. 월세가 적당히 싸서 저축도 할 수 있을 것 같은 곳이었다. 낮이고 밤이고 더 고단하긴 하지만, 맨해튼으로 통근하는 사람은 디바인 말고도 많았다. 게다가 디바인에게는 그런 식의 삶의 철학이 일찍부터 정신머리에 박혀 있었다.

"사람은 원래 죽을 때까지 일하는 법이야, 트래비스." 아버지에게서 이 말을 얼마나 반복해 들었는지 모른다. "공짜로 뭘 주는 사람은 세상에 없어. 스스로 쟁취해야 하고, 남들보다 몇 배 노력해서 그리 해야 해. 네 누나와 형을 봐라. 쉽게 성공한 줄 아냐?"

그렇다, 디바인의 형 대니와 누나 클레어. 메이요클리닉(존스홉킨스와 함께 미국 양대 병원으로 꼽히는, 미네소타주에 있는 대형병원—옮긴이)에서 일하는 외과 전문의와 〈포춘〉 선정 100대 기업, 일명 '포춘 100'에 오른 기업의 CFO(최고재무관리자—옮긴이). 디바인보다 각각 여덟 살, 아홉 살 위인데 이미 떠오르는 슈퍼스타였다. 디바인은 언감생심 꿈도 못 꿀 위치에 이미 도달했다. 그 얘기를 너무 자주 들어서 이제는 누가 뭐라고 해도 달리 생각할 수 없게 되었을 정도다.

디바인이 실수로 태어났음은 누가 봐도 자명했다. 아버지가 콘돔을 깜빡했건, 배란기인 걸 몰랐던 어머니가 끓는 욕정에 달려드는 남편을 저지하지 못했건 간에 아무튼 디바인은 세상에 나옴으로써 가족 모두를 골치 아프게 만들었다. 어머니는 아버지가 운영하고 자신이 치위생사로 일하던, 코네티컷에서 성업 중인 치과로 곧장 복귀했다. 물론 그 사실을 디바인은 나중에야 알았지만, 어쩌면 아기 때부터 부모의 무관심을 피부로 느꼈는지도 모른다. 그 무관심은 디바인이 고등학교 졸업반일 때 분노로 돌변했다.

디바인이 웨스트포인트(미 육군사관학교의 별칭—옮긴이)에 입학 허가를 받은 해였다.

아버지는 분에 못 이겨 고함쳤다. "세상에 뛰어들어 돈 버는 대신 병정놀이나 하겠다고? 이 자식, 너는 오늘부로 이 집에서 한 푼도 못 받는다. 네 어미와 나는 이런 걸 참아줄 이유가 없어."

하지만 디바인은 군에서 비로소 자기 자리를 찾았다. 웨스트포인트를 졸업한 후 레인저스쿨(미 육군 특수부대 교육과정—옮긴이)에서 흔히 '기기', '걷기', '뛰기'라 일컫는 세 단계 고강도 훈련을 거쳤다. 가장 힘든 건 수면 박탈이었다. 디바인과 훈련 동기들은 말 그대로, 선 채로 잠들기도 했다. 이후 그는 최고 중의 최고라는 특수부대, 제75레인저연대의 일원으로 뽑혔다. 레인저연대는 레인저스쿨보다 더 힘들었지만 디바인은 특수부대가, 그리고 특수부대의 일원으로서 수행하는 고위험 고난도의 치고 빠지는 임무가 심장이 뛰도록 좋았다.

그러한 훈련과 작전에 참여한 건 어디 내놔도 뿌듯할 성취였고, 디바인은 그래도 좋은 소리 한마디 들을까 기대하며 부모님에게 편지로 써 보냈다. 어머니는 아예 답장하지 않았다. 아버지는 이메일을 보내, 이제 '레인저('삼림경비대원'이라는 뜻도 있다—옮긴이)'가 됐으니 어느 국립공원에 배치되는 거냐고 비꼬았다. 하단 서명도 '스모키 더 베어(미국 고속도로순찰대의 별명—옮긴이)의 자랑스러운 애비가'라고 썼다. 잠들어 있던 유머 감각을 아버지가 드디어 발휘하는 건가 싶을 수도 있었지만, 그렇다고 하기에는 디바인은 그를 너무 잘 알았다.

디바인은 두 개의 퍼플하트 훈장과 한 개의 은성 훈장, 기타 금속과 리본으로 된 각종 훈장을 수두룩하게 받았다. 미 육군은 그 같은 이를 '에이스 전투원'이라 칭했다. 정작 그는 자신을 그저 **생존자**라고 부르고 싶었다.

소년병에 가까운 나이로 처음 군복을 입었던 그는 전쟁 기계가 되어 전역했다. 군부대에서 정확히 측정한 수치인 186센티미터의 키에, 다소 마른 편인 82킬로그램의 평범한 체격으로 웨스트포인트에 입소했었다. 이후 신병 훈련에 굳은 결의가 합쳐져 오로지 뼈와 근육과 정신력으로만 이루어진 102킬로그램의 몸으로 재탄생했다. 악력은 악어가 턱으로 무는 힘만큼 세졌고, 체력은 최고치를 훌쩍 상회했으며, 살상하되 피살은 면하는 기술은 그를 먹이사슬에서 범고래나 백상아리와 나란히 최상위에 등극시켰다.

그는 때맞춰 대위로 진급해 은색 작대기 두 개도 뿌듯하게 달았지만, 그러고선 다 관두었다. 그럴 수밖에 없었다. 당시에는 괴로워서 견딜 수가 없었다. 괴로운 건 지금도 마찬가지였다. 뼛속까지 군인인 그였건만, 어느 날 갑자기 더는 군인이 아니게 되었다. 그럼에도 그건 불가피한 결정이었다.

이후 그는 꼬박 한 달간 집에 틀어박혀 이제 뭘 할지 고민했다. 그러는 내내 옛 동지들이 전화와 이메일과 문자로 대체 왜 갑자기 전역해버린 거냐고 따져 물었다. 그 연락을 전부 씹었다. 할 말이 없었다. 리더로서 명령을 내리고 부대를 이끄는 데는 어떤 어려움도 없었건만, 자신이 저지른 짓을 해명하려니 단 한마디도 떠오르지 않았다.

그래도 9.11 테러 이후 제정된 제대군인보호법(2001년 9월 10일 이후 현역 3년 이상 복무한 제대군인에게 공립대학 4년 과정 학비를 지원해주는 법 조항─옮긴이)의 덕을 톡톡히 봤다. 주내州內 공립대에서 공부하는 비용을 전액 지원받았다. 나라를 위해 죽을 뻔한 대가로 그 정도면 공정한 것 같았다. MBA를 그렇게 땄다.

디바인은 자신이 말단 애널리스트로 비집고 들어간, 업계의 떠오르는 실세 투자사 '카울앤드컴리'의 입사동기 중 나이가 제일 많았다. 카울사社에 지원했을 때 나이와 범상치 않은 배경 때문에 인사 담당자들이 수상쩍게 봤음을 그도 알고 있었다. 그들은 겉으로는, 거의 반사적으로 나라를 위해 싸워줘서 고맙다고 말했다. 그렇지만 아마 재향군인 취업 할당이 있었을 테고, 그 공석의 주인으로 낙점된 게 디바인이었을 것이다. 그는 자신을 최대한 비참하게 만들 기회만 얻을 수 있다면 그들이 무슨 이유로 자신을 뽑았건 상관없었다.

그래. 창밖을 내다보며 그는 속으로 중얼거렸다. **최대한 비참하게 만들 수만 있다면야.**

맨해튼으로 들어가는 더 늦은 시간대 열차도 이용해봤는데 그처럼 출근하는 사람, 전장으로 향하는 양복쟁이가 너무 많았다. 그들보다 먼저 도달해야 했다. 왜냐하면 가장 먼저, 가장 많은 걸 손에 넣은 채 도달하는 자가 대개 승리하는 법이므로. 그 또한 군대에서 배운 교훈이었다.

그래서 디바인은 매일 아침 6시 20분 열차에 올라 맨해튼으로 향했다. 마치 형벌처럼. 하는 일과 그 일에 따르는 삶이 아무리 증오스러울지라도, 그 고행의 정도는 그가 저지른 죄와 결코 대등해지지 않을 것이었다.

2

6시 20분 열차는 세계에서 가장 크고 가장 복잡한 메트로폴리스의 외곽에 펼쳐진 한가로운 전원 지역을 관통해 갔다. 가는 길에 열차는, 주로 남쪽에 도사린 굶주린 괴물을 위해 존재하는 부유한 소도시들에 마련된 역을 하나씩 거치며 사람을 태웠다. 그러다 마지막에는 미국에서 가장 비싼 집들이 모인 주택가 옆을 지나쳐 갔다. 그것들을 그저 '집'이라 부르는 건 가당치 않게 느껴졌다. 쇼핑센터만큼 거대한 집은 그에 걸맞은 명칭으로 불려야 하지 않을까. '저택'이나…… 사실 '부지'도 부족하지, 하고 디바인은 생각했다. '궁' 정도면 모를까. 그래, '궁'이 딱이야.

그는 이 구역을 지날 때면 늘 그러듯 노트북에서 눈을 들었다. 여기서 창밖을 내다볼 때마다 새 건물이 올라가거나 원래 있던 건물이 더 화려하게 변신하고 있었다. 더 크고 더 정교한 풀장을 짓기 위해 젖은 시멘트를 실은 레미콘들이 들어왔고, 집들이 더 높아지거나 더 넓어지는가 하면 별채가 증축되거나 퍼팅 연습장이 추가됐다. 덕분에 노동계급에 일자리가 주어지니 저런 탐욕과 허세도 쓸데는 있구나 싶었다.

기차는 커브구간에 접근하면서 감속했고, 야트막한 언덕을 타고 구불구불 올라갔다. 그러다 더 속도를 떨어뜨려 거의 정지하다시피

했다. 철도 관계자들이 어찌할 수도 없고 어찌할 의향도 없는, 신호 변환장치 오류가 발생하는 지점이었다. 철도회사가 이 지역을 독점하고 있음은 지구가 태양 주위를 공전한다는 사실만치나 뻔한데 그들이 왜 굳이 고치려 들겠나?

열차가 완전히 정지한 순간 디바인은 그녀를 **보았다**. 전에도 몇 번 본 적이 있지만 몇 차례에 불과했고 그것도 포근한 날에만 봤었다. 오늘은 그녀가 무슨 이유로 이렇게 일찍 나왔는지 모르겠으나 하여간 나와줘서 그저 고마울 뿐이었다.

사생활 보호용 담이 꽤 높긴 했다. 한데 언덕의 이 지점에서 열차 승객의 시야를 다 가릴 만큼 높지는 않았다. 디바인은 이 궁궐의 소유주가 누군지 알고 있었고, 이 지역에 외벽과 울타리에 대한 높이 제한이 있다는 것도 알고 있었다. 그걸 보완하려고 집주인이 뒷담을 따라 나무를 심었지만, 수관의 하단과 담 꼭대기가 맞물리지 않은 탓에 밖에서 안을 엿보기에는 충분히 커다란 틈이 있었다.

그 부분을 집주인이 언젠가는 보강하리란 걸 알면서도, 그러지 않기를 바랐다. 적어도 그가 6시 20분 열차를 타고 다니는 동안에는. 자신이, 관음증을 그린 영화 중 최고작인 〈이창〉의 지미 스튜어트가 된 기분도 조금 들었다. 하지만 디바인은 스튜어트가 연기한 영화 속 인물처럼 다리가 부러진 채 누워 있자니 지루해서 엿보는 게 아니었다. **그녀** 때문에 창밖을 내다보는 것이었다.

여자는 이 주택가에서 가장 큰 궁의 뒷문으로 설렁설렁 걸어 나왔다. '설렁설렁'은 그녀의 움직임을 유일하게 적확히 묘사한 표현이었다. 박차고 나가기 전 워밍업 삼아 걷는 흑표범처럼, 유려하고 느긋한 걸음걸이였다. 골반과 둔근, 허벅지, 어깨가 전부 짜릿할 만치 야생적인 동작으로 움직였다.

그녀 뒤로 위압적으로 솟은 건물은 유리와 금속, 콘크리트가 합쳐져 기묘한 기하학적 형상을 이룬, 모더니즘의 대표작 같은 건축물이었다. 천재 건축가가 코로 코카인을 들이켜고서만 떠올릴 수 있을 듯한 설계였다.

여자는 햇볕에 그은 허벅지에 착 달라붙는, 짧은 새하얀 테리 가운을 걸치고 있었다. 그걸 스르륵 벗자 근사한 에메랄드그린 비키니와 자연산이라기엔 너무나 완벽한 몸뚱이가 드러났다. 정교하게 커트한 후 웨이브를 넣고 블론드로 하이라이트를 준 세련된 스타일의 머리는 디바인의 양복값보다 더 비싼 돈이 들었을 성싶었다.

디바인은 자기 말고 또 누가 보고 있나 궁금해서 주위를 둘러봤다. 당연히 남자들은 다 쳐다보고 있었다. 여자 승객 중 한 명이 노트북 화면에서 고개를 들었다가 문제의 여성을 발견했고, 열차 유리창에 얼굴을 딱 붙인 남자 승객들을 흘끔 본 뒤 질렸다는 표정으로 다시 노트북을 내려다봤다. 히피처럼 차려입은 40대로 보이는 여자와 70대로 보이는 또 다른 여자는 고개를 들지도 않았다. 둘 중 40대인 여성은 통화 중이었다. 70대 여성은 육신의 죄에 대한 경고가 몇 쪽에 한 번씩 등장하는 성경을 열심히 읽고 있었다.

풀장의 여자는 페디큐어 칠한 발가락을 물에 담그고 몸을 부르르 떨더니, 이내 물로 다이빙했다. 수중에서 우아하게 호를 그리며 올라와 반대편까지 그대로 헤엄쳐 갔고, 다시 출발선으로 되돌아왔다. 그러더니 풀 가장자리로 올라와 디바인이 있는 쪽을 바라보고 앉았다. 거기에 기차가 있는 것도, 안에서 사람들이 훔쳐보는 것도 알아채지 못한 것 같았다. 그 정도 거리면 햇빛이 반사된 열차 창밖에 보이지 않을 것도 같았다.

몸이 흠뻑 젖어서 손바닥만 한 비키니도 쪼그라든 것 같았다. 여자는 왼쪽과 오른쪽을 한 번씩 살피고 등 뒤의 집도 흘끔 보았다. 그러더니 비키니 상의를 홀러덩 벗고 이어서 하의도 벗어 던졌다. 그렇게 홀딱 벗은 채 한참을 앉아 있었다. 군데군데 하얀 살결과 잘 그은 살결이 섞인 부분이 디바인에게도 어렴풋이 보였다. 이윽고 여자는 한 번 더 물에 첨벙 뛰어들어 시야에서 사라졌다.

그때쯤 열차가 다시 움직이기 시작했고, 주택가의 다음 궁전이 나타났다. 하지만 이번 궁에는 나체로 풀에 뛰어드는 아름다운 여자는 없었다. 이 집 주인은 평범한 나무 대신 훌쩍 자란 굵다란 레일란디 삼나무를 심어놓아 안을 엿볼 틈이 없었다.

열차 칸의 남자 승객 거의 모두가 나지막하게 탄식을 뱉고는 황홀감과 실망감에 싸여 좌석에 축 늘어졌다. 디바인이 그중 몇을 훑었다. 그들이 마주 보며 씩 웃더니 고개를 저었고, 소리 없이 입만 움직여 대충 '어이, 방금 그거 뭐였어?'로 보이는 말을 뱉었다.

저 여자가 홀딱 벗는 걸 본 건 오늘이 처음이었다. 짓궂은 충동이 아니라면 대체 무엇이 저런 행동을 하게 만들었을지 궁금했다. 사실 저 궁에 대한 많은 것이 궁금했다. 사람들이 저렇게 많은 돈으로 벌이는 일들이 디바인은 늘 신기했다. 자선을 베푸는 이도 있고 점점 더 큰 장난감을 사들이는 이도 있다. 디바인은 자신이 저만큼 부자가 되면 그 돈으로 장난감을 사들이지는 않을 거라고 다짐했다. 차라리 그 돈을 다 나눠주리라.

하, 잘도 그러겠다.

다음 역에서 승객이 더 탔다. 그다음 역에서는 더 많이 탔다.

이미 전원을 켠 노트북을 두드리며 클라우드에서 데이터를 내려받아 문서를 훑어보고 프레젠테이션 자료를 세세히 다듬고 엑셀 프로그램을 신들린 듯 다루는, 대부분 20대로 보이는 승객들을 둘러보면서 디바인은 적이 도처에 도사리고 있음을 알았다. 그는 적에게 완전히 포위되어 있었다. 그렇다면 전역 군인은 크게 당황했어야 마땅하다.

그런데 오늘 아침 디바인의 머리에 떠오른 생각은 물속의 벌거벗은 여자뿐이었다. 게다가 빤한 이유 때문도 아니었다.

전직 레인저이자 정찰병이 보기에 그 매력적인 여자에게는 꼭 집어 말할 수 없는 의아스러운 부분이 있었다.

3

디바인이 회사에서 파티션이 쳐진 자기 자리에 앉아 있는데 휴대폰 알림이 울렸다. 그는 개인 이메일함에 들어온 새 편지를 열어보았다. 다음 순간 이게 농담인지 아니면 자신의 읽기 능력에 문제가 생긴 건지 혼란스러워 그 메시지를 한참 들여다봤다.

여자가 죽었어.

불길한 전조를 물씬 풍기는, 주어와 조사와 서술어 단 한 개씩으로 이루어진 극도로 짧은 문장이었다.

이메일의 나머지 내용도 훑어봤다.

디바인이 있는 바로 이 건물의 52층 비품창고에서 세라 유즈가 목매달려 죽은 채 발견됐다는 내용이었다. 건물 관리인이 발견했고, 시체 아래 바닥에는 하이힐이 떨어져 있었다고 했다. 유즈는 목이 늘어나고 척추가 부러진 채 숨이 끊겨 있었다고. 사실이야 어쨌건 그 수상한 메일이 전한 바는 그랬다.

디바인이 알기로 유즈는 이제 막 스물여덟 살이 되었고 카울앤드컴리에서 일한 지는 6년을 갓 넘겼다. 키가 크고 늘씬하며 체격이 장거리달리기 선수 같은 여자였다. 학업도 게을리하지 않아서 카울앤드컴리에서 근무하며 컬럼비아 경영대학원에서 MBA까지 땄고, 이 회사에 계속 붙어 있었던 걸 보니 진급 명단에 든 모양이었다. 보통 인턴 쳐내기는 입사 1년이면 끝났다. 디바인은 입사한 지 이제 6개월이었고, 그건 쫓겨나거나 다음 단계로 올라갈 시점까지 6개월이 더 남았다는 뜻이었다.

그는 이메일을 한 번 더 들여다봤다. **세라가 죽었다고? 그럴 리가.**

디바인은 카울사에 같이 다니면서 유즈와 몰래 데이트했었다. 같이 잔 적도 있는데, 한 번으로 그쳤다. 디바인은 그녀와의 관계에서 더 많은 걸, 어쩌면 아주 많은 걸 원했다. 그런데 어느 순간 관계가 끝나버렸다. 그런데 그녀가 죽었다고?

발신인이 누군지 다시 확인했다. 처음 보는 이메일 주소였다. 아니, 여태 한 번도 본 적이 없는 형태의 주소라는 걸 그는 문득 알아챘다. 도메인명이 없고 '.com'이나 '.gov' 같은 최상위 도메인 꼬리도 안 붙어 있었다. 지메일도 아니었다. 그냥 숫자의 나열이었다. 누가 보낸 거지? 어떻게 보냈지? 왜 나한테 보낸 거야?

손가락들이 바쁘게 키보드를 두드리면서 거래가 진행되고 거액의 돈이 오가는 다른 자리들을 둘러보았다. 이 이메일은 회사 계정으로 온 게 아니었다. 그런 이메일은 감사부서가 다 들여다볼 수 있었다. 이건 그의 개인 이메일로 바로 전송된 것이었다. 그리고 주위 다른 사원들 중 아무도 그와 비슷한 메시지를 받은 반응을 보이지 않고 있었다.

이 메시지를 받은 건 나뿐인가? 이거 진짜인가? 사기인가? 세라가 정말 죽었나?

그는 답장을 썼다. **누구시죠?** 그리고 전송했다. 바로 휴대폰 화면을 확인하니 전송 실패 메시지가 떠 있었다. 한 번 더 보내봤지만 결과는 같았다.

알겠어, 일방 전송밖에 안 되나 보군.

디바인은 일어나서 문 쪽으로 갔다. 아무도 고개를 들어 자리를 뜨는 그를 보지 않았다. 이곳의 전투는 모니터 화면에서, 그리고 의자에 엉덩이를 붙이고 앉아 있는 시간에 따라 승패가 갈렸다. 디바인이 나가는 소리를 듣고 몇몇 동료는 분명 '방금 파이가 한 조각 늘었군'이라고 생각했을 것이다.

디바인은 엘리베이터를 타고 52층 버튼을 눌렀다. 그리고 51층에 가까워질 때쯤 충동적으로 그 층의 버튼을 눌러보았다. 그의 보안카드를 리더기에 댔는데도 51층 버튼에는 불이 들어오지 않았다. 사실 카울에서 일한 6개월 동안 51층에 접근 권한이 있는 사원은 단 한 명도 만나보지 못했다. 사원들끼리는 그곳을 '51구역'이라고 불렀다. 그 층에는 아무도 근무하지 않는다는 소문이 있었다. 한번은 건물 밖 보도에 서서 제일 꼭대기 층부터 눈으로 51층까지 세어 내려가보고 저 층에서 무슨 일이 벌어지고 있는 걸까 나름 추측해본 적이 있었다. 어쩌면 그냥 카울사의 초단타매매 시설이 있는 곳인지도 모른다. 대형 투자사는 다들 갖추고 있으니까.

엘리베이터 문이 열리자마자 그곳에 배치된 정복경관이 다가오더니 손을 뻗어 디바인을 저지했다.

무슨 일이 일어나긴 일어났군. 디바인은 생각했다. 그 이메일은 누군가의 악질적 장난이 아니었어. 막연한 두려움이 머리부터 발끝까지 한 차례 휩쓸었다.

"이 층은 폐쇄됐습니다, 선생님."

디바인은 거짓말로 둘러댔다. "저 여기서 일하는데요."

"오늘은 못 하십니다." 경관이 대꾸했다. 무슨 짓을 해도 들여보낼 수 없다는 태도였다. "예외는 없습니다."

그때 완다 심스와 눈이 마주쳤다. 양초를 위아래로 태워가며 밤새 일한다는 뜻에서 '버너'라 불리는 신참 인턴들 가운데 디바인의 입사 동기들을 맡게 된, '소통담당' 선임이었다. 그녀는 핏기가 가시고 넋이 나간 얼굴로 황급히 다가왔다.

디바인은 엘리베이터 문이 닫히지 않게 버튼을 눌렀다.

"아 너무 끔찍해, 트래비스. 너무 소름 끼쳐. 지금 이 층에 아무도 못 들어가. 나도 남은 사람 있으면 내보내려고 방금 한 바퀴 돌고 오는 길이야."

쉰 살쯤 된 심스는 카울앤드컴리의 사내 규정에 부합하도록 검정 원피스에 검정 스타킹과 검은색 구두를 받쳐 신은 점잖은 차림이었다. 골드만삭스나 블랙록, JP모건, 메릴린치, 그 외에 다들 알 만한 투자사 어디에 근무해도 문제없을 복장이었다. 목에 건 체인에 달린 안경이, 끈으로 건 RFID(무선주파수를 이용해 비접촉으로 데이터를 읽어내는 시스템—옮긴이)식 보안카드 겸 사원증과 함께 달랑거렸다.

"왜요, 뭔데요? 무슨 일인데요, 완다?"

심스는 너무 당황해서 디바인이 왜 평일 근무시간에 52층에 와 있는지 의심할 정신도 없는 것 같았다.

"얘기 못 들었어? 세라 유즈 일이야. 그 여자 알아? 트래비스의 입사 동기들 멘토였던 걸로 기억하는데."

"아뇨, 잘은 몰라요." 그는 거짓말했다. "그 여자가 어떻게 됐는데요?"

"죽었어."

놀란 척할 필요가 없었다. 이메일의 메시지가 사실이었다는 깨달음이 사제폭탄급 충격으로 덮쳐왔기 때문이다. "죽다니요! 어떻게 된 건데요?"

"자살했대. 경찰 말로는 그래. 목을 매달았다나."

맙소사.

"선생님들, 죄송하지만 가주셔야겠습니다." 경관이 불쑥 끼어들었다.

심스가 디바인의 팔을 잡았다. "가자, 가면서 얘기해줄게." 그러더니 엘리베이터 안에 달린 리더기에 보안카드를 대고 1층 버튼을 눌렀다.

"잠깐만, 자기가 몇 층이더라?" 심스가 물었다. "만날 까먹는다니까."

"1층까지 내려갈게요. 어차피 볼일도 있으니까."

그러자 심스가 양 눈썹을 슥 올려 보였다. 건물에서 누가 죽건 말건 버너들은, 다음날 출근해 다시 다람쥐 쳇바퀴 돌 듯 일하려고 겨우 몇 시간 눈을 붙이고자 녹초가 된 몸으로 퇴근할 때까지 자리를 뜨지 않는 것이 암묵적 규칙이었다.

"그래서, 세라가 어떻게 됐다고요?"

엘리베이터 문이 스르륵 닫히자 심스가 입을 열었다. "관리인 중한 명이 오늘 아침 세라가 비품실 천장에 매달려 죽어 있는 걸 발견했대. 천장 패널 하나를 들어 올리고 거기 쇠파이프에 줄을 건 다음 딛고 있던 의자를 차버렸나 봐."

그 메시지를 보낸 사람은 이런 디테일을 다 알고 있었어. 어떻게 알았을까? 그리고 왜 나한테 알려준 걸까? "언제 그랬다는데요?"

"어젯밤 늦게 아니면 오늘 아주 이른 시간에. 어제 입은 옷 그대로 입고 있었대. 시신 상태로 몇 시간 전에 사망했는지 다 알 수 있나봐." 심스의 얼굴이 흙빛이 됐다.

"그럼 어제 집에 안 갔다는 뜻이에요?"

"그런가 봐."

디바인은 이메일을 떠올렸다. "유서는 안 남겼어요?"

"내가 알기론 안 남겼어. 그렇게 야무져 보이던 여자가. 'M&A' 부서에서 일했던 건 자기도 알지?" 인수합병 부서를 말하는 거였다. "엄청 잘나갔는데. 그대로면 끝까지 올라가겠다 싶을 정도로. 카울 씨가 세라의 개인 멘토였어."

"죽었다니 안 믿겨요."

"나는 시체를 한 번도 본 적이 없어, 관에 들어 있는 것 빼고. 자기 는?"

디바인은 심스를 보며 거짓 없이 대꾸했다. "회사 건물에 죽어 있 는 건 본 적 없어요."

"부모 속이 말이 아니겠어. 외국에 사신다니 여기 오는 데 좀 걸릴 거야. 회사 이미지에도 좋지는 않을 텐데." 그러더니 심스가 한 손을 입에 갖다 댔다. "아이구 이런, 말이 헛나갔네. 사람이 죽었는데 내 가 무슨 소릴 하는 거야."

엘리베이터가 1층에 이르자 심스가 내렸다. "안 가?"

"마무리할 일이 있는 게 생각났어요." 디바인이 대꾸했다. "나중 에 봬요."

그는 엘리베이터 리더기에 보안카드를 대고 자신이 일하는 층의 버튼을 눌렀다. 세라 유즈가 어제, 그게 마지막이 될 줄은 꿈에도 모 른 채 같은 행동을 하는 모습을 상상했다. 어쩌면 마지막이라는 걸 알았는지도 모른다. 자살은 계획하고 실행하는 경우가 많으니까. 이 번 건은 분명 계획된 자살로 보이긴 했다.

엘리베이터에 몸을 싣고 고층으로 솟구치면서 디바인은 자신이 완 다 심스에게 있는 그대로 말하지 않았다는 사실을 되씹었다. 왜냐하 면 그는 세라 유즈를 잘 알았으니까. 함께 시간을 더 보냈더라면 서로 사랑하는 사이로 발전했을지도 모를 정도로. 하지만 그렇게 되지는 않았다.

그런데 이제 세라 유즈는 이 세상에 없다. 그 이유를 알아내야 했다.

4

구름 한 점 없이 별만 또렷한 밤이었지만 트래비스 디바인은 그런 사실을 거의 인지하지 못했다. 카울앤드컴리에 입사한 이래 하늘을 올려다본 적이 별로 없었다. 사무실에서 곧바로 지하철역으로 가 그랜드센트럴역까지 이동했고, 이제는 집으로 가는 저녁 기차에 몸을 싣고 있었다. 역에서부터 집까지는 걸어갈 것이다.

회사에서 나오면서, 늘 그렇듯 야간 경비에게 고개를 끄덕여 인사했다. 알 만한 이유로 그는 총기를 다루는 남자들과 동류의식을 느꼈다. 덩치 큰 야간 경비는 책상 뒤 벽시계를 흘끔 본 후 고개를 마주 끄덕여주면서 꼭 이렇게 말하는 듯이, 안됐다는 눈길을 보내곤 했다. 진짜로? 진심이야? 이봐, 정말로 이렇게 살 가치가 있어? 하이고. 그 망할 놈의 돈이 도대체 얼마나 필요하다고.

하지만 오늘 저녁은 아니었다. 유즈의 죽음이 알려진 오늘만큼은. 두 사람은 그저 침울한 눈빛만 주고받았다.

열차에서 디바인은 에어팟을 끼고 휴대폰으로 경제 뉴스 채널을 틀어놓고 반만 귀를 기울였다. 이제 한 시간쯤 후면 공식적으로 하루가 시작되는 아시아 마켓에서는 벌써 누군가는 돈을 벌고 또 누군가는 잃고 있었다. 할 수만 있다면 재니스 조플린이나 AC/DC를 듣고 싶었지만 이제 그는 열심히 일해 경력을 쌓아야 하는 새싹 투자전문가였다. 〈나와 보비 맥기〉(원래 로저 밀러가 불렀고 재니스 조플린이 커버해 1971년 미국 빌보드 차트를 휩쓴 곡—옮긴이)나 〈하이웨이 투 헬〉(1979년 AC/DC가 발표한 여섯 번째 앨범에 실린 노래—옮긴이)을 들으며 낭비할 시간이 1초도 없었다. 게다가 '지옥으로 가는 고속도로'에는 이미 올라탄 셈이나 마찬가지일 테고.

열차 칸은 지치고 땀에 전 투사들로 가득했다. 그중 일부는 이틀간 상처를 핥으며 다음 월요일부터 되풀이될 일주일 치 고역에 대비할 것이다. 디바인은 옆자리 남자와, 턱살과 볼이 닿을락 말락 할 정도로 바짝 붙어 앉아 있었다.

디바인의 어머니는 그리스계 미국인 1세대였는데, 다른 형제들은 다 아일랜드계 아버지를 닮았건만 디바인만 어머니를 쏙 빼닮았다. 그래서 머리칼이 짙은 색에 곱슬곱슬하고 피부도 올리브빛인 데다 아래로 갈수록 두툼한 코와 울퉁불퉁한 아래턱, 각진 턱선을 자랑했고, 안와가 움푹 팬 눈은 실제로 무슨 생각을 하고 있건 무조건 '음울한 생각에 잠긴' 분위기를 자아냈다. 어떤 이들은 그가 항상 화나 보인다고 했다. 실제로 그런지도 모르지만. 게다가 남들은 오후 5시에나 올라온다는 턱수염이 정오만 돼도 올라왔다. 그러면 이국적이거나 멋져 보이는 대신 그냥 덥수룩해 보였다.

언덕바지에 이르러 열차가 속력을 줄이자 디바인은 창 쪽으로 몸을 기울였다. 나체로 수영하는 여자가 사는 궁의 뒤뜰에 조명이 들어와 있었다. 오늘 아침 여자가 남들이 볼 수 있는 데서 옷을 벗은 건 위험을 무릅쓴 행위였음을 디바인도 잘 알았다. 요즘은 너도나도 휴대폰 카메라가 있어서 자칫하면 그 여자의 누드가 온갖 소셜미디어에 올라와 영원히 박제될 수 있었다. 어쩌면, 그래도 상관없었는지 모른다. 그런 생각이 들자 호기심이 한층 짙어졌다.

파티용 조명이 옥외 공간 여기저기에 둘러쳐져 있었는데, 부력을 잃은 조그마한 별들이 둥실 떠 있는 것처럼 보였다. 풀 근처에는 캐주얼한 동시에, 디바인이 장담컨대 엄청 비싸게 샀을 시크한 드레스를 차려입은 손님들로 발 디딜 틈이 없었다. 원인을 알 수 없는 신호 이상이 또다시 고개를 쳐들면서 열차가 서서히 멈춰 섰고, 디바인은 몇 분 만에 군중 속에서 그녀를 눈으로 찾아냈다.

그녀는 허벅지 중간까지 내려오는, 딱 붙는 하얀 드레스를 입고 있었다. 그 드레스는 비키니처럼 여자의 잘 그은 피부를 돋보이게 했다. 구두는 금색 스틸레토 힐이었다. 그녀는 한 손에 술잔을 쥔 채 자기 못지않게 아름다운 다른 여자와 대화를 나누고 있었다. 디바인이 지켜보는 가운데 그녀가 웃음을 터뜨렸고 그러자 상대방도 따라 웃었다. 무슨 이야기를 할까 궁금했다. 그리고 저런 여자들을 웃게 하는 건, 혹은 행복하게 하는 건 무얼까도 궁금했다.

다음 순간 저런 세계의 일부가 되기를 열망하는 자기 자신이 죄스러웠고 어리석게 느껴지기까지 했다. 더구나 세라 유즈의 사망 소식을 들은 지 얼마 안 된 마당에.

나는 이 궁을 소유한 남자처럼 되고 싶지 않아. 절대 그런 사람이 되지 않을 거야. 바라건대.

그렇게 생각하며 막 고개를 돌리려는데, 방금 떠올린 그 남자가 여자들에게 다가가는 게 보였다. 나이는 40대에 짙은 색 머리를 짧게 다듬은 그는 팔과 어깨는 두툼하고 다리는 상대적으로 가느다란, 전형적인 '체육관에서 만든 체형'이었다. 군대는 기초부터 다져 다리와 코어가 중심 근육이 되는 몸을 만들어준다. 대학교 남학생 사교클럽 출신들은 늘 바이셉스컬(상완이두근 강화 운동─옮긴이)만 했지 스쿼트나 데드리프트는 영 할 줄 몰랐다. 그래서 튼튼해 보이지만 실제로는 허약했다. 신병훈련 단계에서 초죽음이 되고 마는 타입이었다.

옷차림과 매너를 보건대 그는 젊고 힙해 보이려 기를 쓰는 것 같았고, 거의 성공하고 있었다.

남자의 이름은 브래들리 카울이었다. 디바인에게는 최종 보스이자 카울앤드컴리의 실세였다. 새벽에 비키니 차림으로, 아니면 그것조차 입지 않은 채로 어슬렁대는 젊은 여자의 이름은 알지 못했다.

자기네 직원 중 한 명이 스스로 생을 마감한 날 카울이 파티를 열고 있다는 사실에 분노가 치밀었다. 그것도 자기가 멘토 역할을 맡았던 여자인데.

카울이 한 손을 금발 여자의 골반에 얹었고, 그 손은 스르륵 미끄러져 내려가 엉덩이를 꽉 움켜쥐었다. 그러더니 그가 여자에게 입을 맞췄다. 손님들이 빤히 보다가 계면쩍은 미소를 주고받을 때까지, 끝나지 않을 것 같은 키스를 이어갔다.

"젠장. 더럽게 운 좋은 새끼. 저거 봐라. 하, 저것 좀 보라고요!"

디바인이 고개를 돌리자, 브룩스브라더스 상표의 암청색 정장을 입고 땀을 뻘뻘 흘리는 옆좌석의 통통한 젊은 남자가 디바인이 빤히 보고 있던 광경을 똑같이 빤히 바라보고 있었다. 그 남자의 톡 쏘는 땀내와 고약한 질투가 모두 고스란히 느껴졌다.

"다 돈이 많아서 저러지." 땀에 전 남자가 자기 생각을 내뱉었다. "신께 맹세코 나도 언젠가 저렇게 될 거야." 진심으로 하는 소리 같았다.

디바인은 잠시 그 남자를 쳐다봤다. 격하게 내뱉은 그 한마디에서 어쩌면 자기 자신이 보이는 것도 같았다.

MBA를 따겠다고 했을 때 아버지는 뛸 듯이 기뻐했다. 카울앤드컴리에 취직했을 때 아버지 디바인은 아들에게 외식을 시켜줬고, 그날 부자는 함께 술을 거나하게 마시기까지 했다. 디바인이 아버지와 그런 경험을 한 건 그때가 처음이었다. 마치 알딸딸하게 취하는 기분이었다. 술 말고 다른 것에. 디바인이 기억하는 한 아버지가 자신을 처음으로 자랑스러워한 순간이었다. 그리고 디바인이, 어른이 된 이래, 아버지에게 좋은 감정을 느낀 것 또한 그때가 처음이었다.

다음 날 아침 일어났을 때는 태어나서 가장 우울한 기분을 맛보았다. 그건 노력에 보상받고 자시고 할 문제가 아니었다. 돈을 벌고 언젠가 자기 몫을 다하는가에 관한 문제도 아니었다. 그리고 아버지를 자랑스럽게 해주느냐의 문제도 아니었다. 그건 애저녁에 물 건너갔으니까.

그건 빚을 갚느냐 마느냐의 문제였다.

신호 오류가 사라지자 열차는 속도를 올렸다. 얼마 후 디바인은 터벅터벅 역사를 벗어났다. 이제 집까지 걸어가 잠을 자고, 아침 일찍 일어날 것이다. 일어나서는 제대 후 거의 하루도 빼먹지 않은 운동을 할 것이다. 그런 다음 어둠 속에서 샤워하고, 아침을 먹고, 해가 떠오를 무렵 이 역사로 다시 올 것이다. 그나마 내일은 토요일이었다. 그 말은 일을 하루만 더 하면 유일한 휴일을 누릴 수 있다는 얘기였다.

그러나 그의 계획은 곧 어그러질 운명이었다.

5

"디바인 씨? 트래비스 디바인 씨 맞습니까?"

고개를 돌리니, 이탈리안 식당 하나가 들어서 있는 역사 앞에 정차한 차에서 한 남자가 내리고 있었다.

"그런데요?"

남자가 다가왔다. 흑인이고 디바인 정도의 키에 호리호리한 그자는 나이가 마흔다섯 혹은 그보다 조금 위로 보였는데, 대머리인 데다 눈썹 위에 주름이 깊게 패 있었다. 입고 있는 암청색 정장이 운동선수 같은 체격에 썩 잘 어울렸다. 그리고 고무창을 덧댄 검은색 구두를 신고 있었다. 그가 카드 트릭을 선보이는 마술사처럼 신분증 지갑을 휙 열어 거기 든 배지와 공식 신분증을 보여주었다. "뉴욕 시경 칼 행콕 형사입니다."

디바인의 몸이 굳었다. "무슨 일로 그러시죠?"

"차에 타서 얘기해도 되겠습니까?"

"무슨 얘긴데요?"

"왜 이러실까, 알 만한 분이. 세라 유즈요. 죽은 거 모르세요?"

디바인은 이 남자의 태도가 마음에 들지 않았다. 너무 직설적이고, 멋대로 비약하는 것 같았다. 조명에 뚜렷이 보이는 그의 갈색 눈이 디바인을 이리저리 뜯어보더니 의심의 기색을 띠었다.

"다른 사람들이랑 똑같이, 저도 소식 들었습니다."

"그렇군요. 괜찮다면 이쪽으로 가시죠. 금방 끝납니다."

말로는 늘 그렇지. 거기에 넘어가 따라갔다간 감옥에서 몇 년이 훌쩍 지나 있고 말이야.

디바인은 조수석에 올라탔다. 누군가 쏟은 커피 냄새와 희미하게 밴 담배 냄새에 숨이 턱 막혔다.

행콕이 차창을 내리며 말했다. "냄새는 미안하게 됐습니다. 사실 난 담배도 안 피우고 커피도 안 마시는 데다 이건 내 차도 아니라서 요. 원래 차에서 담배 피우면 안 되는데, 다들 피우더라고요. 지급받은 찬데. 예산이 왕창 삭감돼서요. 한 10년간 새 차를 사들이지 않은 것 같아요. 그래서 임무 수행하느라 빌려 탈 때마다 옷을 드라이클리닝 해야 하지."

"괜찮습니다, 더 심한 냄새도 맡아봤으니까."

"처음에 아프가니스탄에 파견됐다가 그다음엔 이라크, 맞지요? 디바인 대위?"

뉴욕 시경이 그런 것까지 알고 있는 게 거슬렸다. 경찰이 이미 디바인의 뒷조사를 했으며 다른 날도 아니고 세라의 시신이 발견된 당일 형사를 여기까지 보냈다는 뜻이니까.

"전역한 대위죠. 그리고 그곳들보다 더 역한 냄새를 풍기는 시내 술집도 많이 가봤습니다."

"두 차례 부상을 당하셨고. 그런데도 멀쩡해 보이네."

"네, 겉으로 보이는 부분은 멀쩡합니다."

행콕의 태도가 돌변했다. "그래요? 혹시 여기 문제 있어요?" 그러면서 그는 자기 관자놀이를 두드려 보였다.

"아뇨, 거긴 말짱합니다." 디바인은 바짓자락을 올려 문어 촉수처럼 장딴지를 양쪽에서 감싸 올라간, 굵고 딱딱한 흉터를 드러냈다.

"사제폭탄이 남기는 패턴이 궁금하면 이거 잘 봐둬요."

행콕이 그 오래된 흉터를 흘끔 보며 대꾸했다. "젠장, 무지 아팠겠네."

"통증을 느낄 겨를도 없었어요. 폭발에 날아가 기절했으니까. 근데 깬 순간 통증이 덮치더군요. 모르핀이 있어서 다행이지." 디바인은 바짓자락을 도로 내렸다. "세라 유즈에 대해 물어보러 오신 줄 알았는데."

그러자 행콕이 공무용 수첩을 꺼냈다. "유즈와 알던 사이였습니까?"

"네."

"어떻게요?" 행콕이 물었다.

"카울앤드컴리에 같이 다녔어요. 근데 그건 아실 텐데."

"그럼 정확히 어떻게 아는 사이였는데요?"

"회사 모임에서 만났습니다. 신입 환영 기간이 끝나서 죽도록 일만 하게 되기 전에, 떼로 가서 술도 마시고 저녁도 먹고 그랬어요. 내가 속한 인턴 집단에서 세라가 일종의 멘토 역할을 했죠."

"어떤 사람 같습디까?"

"유능하고 기백 넘치는 사람이요. 근데 왜 굳이 여기까지 와서 그런 질문을 하는 겁니까? 나는 하루 종일 회사에 있었는데. 내일도 종일 있을 거고요. 게다가 내가 알기로 세라는 자살했는데, 경찰이 왜 개입한 거죠?"

"자살로 추정하는 거죠. 다른 사망 가능성을 배제하는 게 내가 할 일입니다. 토요일에도 일하신다고?"

"이 바닥에서는요, 형사님, 토요일은 그냥 금요일 다음 날입니다. 아무튼 내가 무슨 도움이 될지 모르겠습니다. 세라랑 같은 부서에서 일한 것도 아니라서. 아예 세라를 본 지도 몇 달 됐고요. 마지막이 콜

럼버스서클에 있는 '퍼 세이'라는 데서 저녁 회식을 했을 때였어요. 50명 넘게 왔고 와인도 마셨죠. 아마 법인카드 꽤나 긁었을 겁니다. 근데 그 정도야 뭐, 회사한텐 쌈짓돈이죠."

"기억력이 대단하시네. 나는 어제 점심으로 뭐 먹었는지도 기억 못 하는데." 가벼운 투로 던진 말이지만 눈빛은 가볍지 않았다. "게다가 내가 퍼 세이에 들어갈 일은 누가 거기서 뒈졌을 때뿐일걸요."

"이 업계에서 일하다 보면 뭐든 정확하게 기억하는 버릇이 들거든요."

"그 회사에서 아주 성실히 일하나 보죠?"

"이렇게 말하면 이해가 될까요? 카울앤드컴리에 내가 바칠 건 불알 한 세트밖에 없는데, 성공하려면 그걸로도 부족할지 모른다고."

"투자전문가치고 재밌는 분이네."

"나야 숫자 계산해서 결괏값을 진짜 투자전문가들한테 넘길 뿐이고, 그걸로 돈 벌고 여자 차지하는 건 그들이죠."

"도대체 얼마나 벌기에요?"

형사가 수사에 필요해서 묻는 게 아님을 디바인은 알았다. 초極부자들이 돈을 얼마나 가지고 있는지 궁금해하는 건 매우 미국인다운 태도였다. 금융업계 자체가, 부에 홀린 대중에게 그 정보를 슬그머니 흘리는 수법을 바탕으로 세워진 곳 아닌가.

"회사에 다양한 부서가 있는데 보수와 이윤배당은 어느 라인에 속하느냐에 따라 다릅니다. 파트너급 임원 중에서도 가장 말단이 일곱자리 중반쯤 받죠. 브래들리 카울 같은 위치라면? 공식 연봉이랑 스톡옵션 합쳐서, 연 10억 달러 초반 아니면 그보다 조금 넘게 받을걸요. 거기다 사업 수익의 일정 비율을 추가로 받으니, 기본급에서 그만큼 더 늘어날 테고."

디바인이 말하는 내내 행콕은 고개를 절레절레 저었다. "내가 연봉 11만 달러를 받는데. 댁한테 그 얘기 듣기 전엔 내가 그럭저럭 버는 줄 알았지."

"나는 어떻겠습니까? 형사님보다 적게 버는 데다 매일 모니터 화면에 뜨는 수천수억 달러가 다 남의 호주머니에 들어가는 걸 지켜봐야 하는데."

그러자 형사가 냄새를 포착한 개처럼 또다시 눈을 빛냈다. "그래서 억울해요? 그들이 여자들 다 차지하고 돈도 싹 쓸어 가서?"

"억울할 거 하나도 없습니다. 열심히 일해서 번 돈이 내 돈이지. 나도 언젠가는 부자가 될 수 있겠죠."

"여자는요? 예를 들면 세라 유즈라든가."

"이러지 맙시다. 나도 마음만 먹으면 원하는 여자 만날 수 있어요. 게다가 카울앤드컴리는 사내 연애 금지 조항도 엄격하고."

그러니 우리가 데이트한 걸 카울이 알면 나는 훅 가겠지.

"알겠습니다. 유즈에 대해 다른 할 말 없어요?"

"예를 들면 어떤 거요?"

"그냥 나올 만한 얘기요. 우울해하진 않았나요? 자살하고 싶다는 말 흘린 적 없어요?"

"월가에서 일하거나 일해본 적 있는 사람은 다 한때 자살을 떠올릴걸요? 자기 연민에 빠져서 하는 농담이든 진지하게 하는 소리든."

"선생도요?" 행콕이 물었다.

"나는 사람이 총알로 벌집 되는 꼴도 보고 폭탄에 날아가는 것도, 난도질당하는 것도 코앞에서 본 사람입니다. 월가가 고생 좀 시켰다고 스스로 목숨을 끊지는 않는다고요."

"그래서, 더 말해줄 거 없다고요?"

디바인은 차창 밖을 흘끔 내다봤다가 하늘의 별을 발견하고 진심으로 놀랐다.

다음 말은 착 가라앉은 차분한 어조로 나왔다. 그 순간 그런 기분이 들었기 때문이다. "세라는 좋은 사람이었어요. 나한테 자살 얘기를 한 적은 한 번도 없었어요. 우울해 보인 적도 없었고, 오히려 그 반대였죠. 우리가 회사에서 들들 볶일 때 힘내라고 응원해주곤 했어요. 근데 아까 말했다시피, 본 지 워낙 오래돼서요. 카울앤드컴리에서는 하루가 한평생처럼 느껴지거든요, 행콕 형사님."

"그럼 왜 붙어 있습니까?"

디바인은 표정에서 감정을 지우고 머릿속 '재생' 버튼을 눌렀다. "아메리칸드림이니까요. 나도 나만의 아메리칸드림을 일구려고요."

"돈 억수로 많이 버는 덴 관심 없는 양반으로 보이는데."

"다른 사람이랑 혼동하셨나 봅니다. 나도 돈 많이 벌고 거기 따라오는 단맛 다 보고 싶은 마음이 있습니다. 하지만 그 정도 돈으로 할 수 있는 건 많죠. 다른 사람을 돕는다든가."

"그러니까, 남 도우려고 그렇게 빵이친다?" 행콕이 비열한 웃음을 띠며 받아쳤다.

"군에서도 그랬는데 월가에서 못 할 이유 있습니까?"

"왜 이러시나. 그냥 진실을 털어놔봐요. 비참해봤자 얼마나 비참하다고."

하지만 디바인은 입을 열지 않았다. 더 할 말이 없었기 때문이다.

그리고, 진실은 **정말로** 그만큼 비참했다.

6

행콕이, 아마도 디바인이 어디 사는지 보려고, 그에게 집까지 태
워다 주겠다고 제안했다. 디바인은 좋다고 했고, 얼마 후 차 한 대 들
어갈 크기의 차고가 딸린, 벽돌로 된 하얀색 2층 타운하우스 앞에서
내렸다. 비슷한 구조의 집들이 모여 소규모 지역공동체를 이루고 있
었다. 가난하지도 부유하지도 않은 동네였다. 하지만 그렇다고 딱히
좋은 동네라고 할 수도 없었다.

"좋은 집에 사시네." 행콕이 툭 던졌다.

"나무랑 풀 있는 동네 중 그나마 회사랑 가깝고 집세가 감당 가능
한 유일한 집이었어요."

"여기가 회사랑 가깝다고요?"

"그러는 형사님은 어디서 통근하는데요?"

행콕이 씩 웃으며 대답했다. "트렌턴이요."

"그럼 방금 진술은 철회하지 않겠습니다. 내가 뭐 변호사는 아니
지만."

"추가로 질문할 게 생기면 어떻게 하죠?"

"내가 어디 살고 어디서 일하는지 아시잖아요. 저, 찾기 쉬운 사람
입니다. 카울앤드컴리가 내쫓기 전에는 어디 안 가요. 만약 내쫓으
면 직업소개소로 오면 찾을 수 있을 테고."

행콕은 낡아서 털털거리는, 커피 냄새와 담배 내가 진동하는 회사 차를 몰고 횅하니 가버렸다. 배기관이 내뿜은 시커먼 연기가 흰 벽돌 을, 그리고 디바인을, 기분 몽롱해지는 아늑한 발암물질로 덮었다.

디바인은 기침을 하면서 현관문을 열고 들어갔다. 세 룸메이트 중 한 명인, 배가 불룩 나온 윌 밸런타인이 거실에 있었다. 재택근무자 인 밸런타인은 IT업체나 은행, 그 밖의 다양한 업계에서 고용해 자기 네 시스템에 침투하여 보안상의 취약점을 찾게 하는 '화이트해트 해 커'였다. 디바인과 친구가 된 후 그는 이런저런 데이터베이스에 전 자장치를 이용해 침투하는 기막힌 편법을 가르쳐주기도 했다.

밸런타인은 원래 러시아인으로, 지금의 이름은 미국 느낌 물씬 나 게 개명한 것이었다. 언젠가 자기 여권을 디바인에게 보여준 적이 있는데, 거기에는 적어도 디바인에게는 너무 길고 발음할 수조차 없 는 이름이 적혀 있었다. 자음이 많이 섞인 단어를 읽는 건 디바인의 특기가 아니었다.

"미국 이름 대면 여자 훨씬 많이 낚아요." 밸런타인의 설명이었 다. "하지만 클라이언트한테는 사실대로 말해요, 러시아 사람이라 고. 러시아인이 해킹에는 세계 최고인 걸 다들 알거든. 두고 봐요, 난 부자가 될 거야. 씨발, 이래서 자본주의 너무 사랑한다니까. 형님네 나라 여자들도 사랑하고."

자신이 미국에서 자유의 몸이 된 러시아인의 할리우드 버전을 충 실히 연기하고 있다는 걸 밸런타인이 자각하고 있을지, 아니면 혹시 저게 본모습인 건지 디바인은 늘 헷갈렸다.

지금 그는 소파에서 나직이 코를 골며 모국어로 잠꼬대를 하고 있 었다. 디바인의 귀에 러시아어는 늘 악당이 지껄이는 말처럼 들렸 다. 마치 음성언어로 발화된 모든 러시아어는 다 똑같이 '이제 네게 남은 건 끔찍한 죽음뿐이야, 동무'라고만 하는 양.

밸런타인의 널따란 배에 얹힌 노트북이 들숨에 따라 위로 들렸다가 날숨에 따라 푹 꺼졌다. 텔레비전이 음소거된 채 켜져 있었다. 보니까 줄거리가 '빛의 속도'로 전개되는, 날 잡고 마라톤 시청하기에 딱 좋은 미니시리즈 같았다. 빈 도미노피자 상자가 소파 옆 카펫 바닥에 활짝 벌어진 채 놓여 있었다. 그 옆에는 빈 미켈롭 맥주병 두 개가 나뒹굴었다. 밸런타인은 식단만큼은 미국인이 다 된 것 같았다.

디바인이 그리로 가 펼쳐져 있는 노트북을 건드렸다. 화면이 활성화됐지만 소중한 데이터는 보여주지 않았다. 대신 큼지막한 용 이미지가 뜨더니 디지털 침범 시도자를 향해 불을 내뿜었다.

귀엽군. 이번에는 식당을 들여다봤다. 원래 가구 한 점 없는 공간인데, 대신 사람 한 명이 있었다. 다른 룸메이트인 흑인 여자 헬렌 스피어스가 초록색 카펫 한복판에 매트를 깔고 요가를 하는 중이었다. 맨발에 위아래 하나로 된 딱 붙는 라이크라 요가복을 입고서 '다운도그' 자세를 취하고 있었다. 뉴욕 주립대학교 법대를 갓 졸업한 스피어스는 디바인보다 먼저 퇴근하는 적이 거의 없었다. 그녀는 몸집이 작고 유연했으며, 꽤나 매력적이었다. 언젠가 법정에서 전문용어를 써가며 정의롭게 피고인을 단죄할 모습이 그려졌다.

"일찍 퇴근했어?" 디바인이 물었다.

스피어스는 에어팟을 끼고 있었다. 그래도 고개를 끄덕이고는 깊은 들숨과 날숨 사이에 대꾸했다. "믿거나 말거나, 소호에서 술 약속이 있었는데 바람맞았어요. 그래서 화풀이 삼아 엔도르핀을 쥐어짜내는 거예요."

"헬렌이 바람맞다니, 그건 못 믿겠는데." 디바인이 대꾸했지만 스피어스는 이미 '차일드포즈'로 넘어가서 듣지 않고 있었다.

2층으로 올라가봤다. 세 번째이자 마지막 룸메이트인 질 탭쇼는 '허밍버드'라는 온라인 데이트 플랫폼을 독자 개발한, 진정 천재라

할 만한 인물이었다. 디바인은 탭쇼의 배짱과 동력, 다른 사람들과는 차원이 다른 두뇌가 그저 경이로웠다. 밸런타인과 스피어스는 디바인과 거의 같은 시기에 여기 입주한 데 반해 탭쇼는 들어온 지 겨우 네 달 됐지만, 워낙 서글서글하고 외향적인 성격이라 디바인은 금세 그녀와 친해졌다.

허밍버드는 탭쇼가 자기 방에서, 그리고 거기서 800미터 떨어진 마운트키스코 시내의 스트립 몰(번화가에 일직선 형태로 조성된 상가—옮긴이)에 있는 방 두 개짜리 사무실에서 운영하기에 진정 '스타트업'이라 부를 만했다. 자신 외에 풀타임 직원이 다섯 명 더 있고, 원격 근무하는 프리랜서 계약직원도 30여 명 있다고 했다. 허밍버드는 남에게 먼저 다가가기를 두려워하는 이들, 혹은 흔한 온라인 데이트 경험을 견디기 힘들어하는 이들을 하나의 가상공간에 모아주는 일을 전문으로 했다. 그런 욕구가 엄연히 존재하는데 그걸 탭쇼가 충족시켜준 것이다. 이미 플랫폼에 수백만 명의 유저가 접속하고 있고 전 세계에 유료 구독자가 수십만 명에 이른다고 했다.

"거기다 신규 유입도 하루 수만 명에 달하는걸요. '시리즈 A'에서 50만 달러를 투자받았고, 1년 후에는 '시리즈 B'에서 또 500만 달러를 유치했어요. '시리즈 C' 때는 홈런 예상해요. 가치평가에서 최상 등급을 받아 투자금을 다섯 배는 따낼 수 있을 것 같아요. 그다음엔 곁다리 수익 파이프라인을 구축해서 고급 입맛의 광고랑 배너를 붙이는 거예요. 그렇게 해서 자본금을 충분히 쌓으면 허밍버드가 업계를 장악할 수 있어요. 그러면 살짝 다르면서 호환 가능한 상품 라인들을 별개의 사업체 아래 두되 전부 허밍버드라는 브랜드 우산 아래 구축해서, 말하자면 '데이트에서 무덤까지'의 경험을 제공하는 거예요. 투자할 생각 있어요? 아직은 비교적 싸거든요. 마지막 기회예요. 친구랑 가족 그리고 룸메이트 할인 찬스예요."

카울앤드컴리가 버너들에게 주는 봉급은 쥐꼬리만 했다. 그걸 받으면서 말단 사원들은 사다리 끝까지 올라가면 대박을 칠 거라는 희망에 주 80시간 내지 90시간의 단순노동을 감내했다. 그렇게 해서 디바인이 버는 돈은 거의 다 월세와 통근비로 나갔다. 게다가 식비라는 것도 있고.

그럼에도 불구하고 디바인은, 비록 그가 증권거래법에 따라 엄밀히는 **자격을 갖춘 투자자**는 아니지만, '꽃 주위를 파닥거리며 꿀을 빨고 그걸 이로운 데 쓰는 조그만 새'를 믿고서 탭쇼의 회사 주식을 1천 달러어치 사들였다. 허밍버드라는 사명도 거기서 따온 거라고 했다. "브랜딩 회사에 수십만 달러 주고 거지 같은 이름 받은 다음 추가로 수십만 달러 들여서 죽어라 포커스그룹(시장조사를 위해 주제와 관련된 소수의 인원을 모아 심층 토론을 하는 것—옮긴이)을 가동할 수도 있겠지만, 돈 한 푼 안 들이고 자기가 직접 지을 수도 있잖아요."

디바인은 탭쇼의 방문을 노크하며 이름을 불렀다.

"대만 벤처캐피털 그룹이랑 줌 미팅을 하려고 준비 중이에요." 안에서 탭쇼가 외쳤다. "대만 출생률이 급감하고 있대요. 급한 일이에요? 집에 불났어요? 지금 피 흘리며 죽어가고 있어요, 트래비스 아저씨?"

"아니." 디바인이 문에다 대고 대꾸했다. "별일 없어. 그냥, 저녁 챙겨 먹는 것 잊지 말라고." 탭쇼는 자기 방에 땅콩버터, 셀러리 한 병과 물을 상비해두었다. 몸이 꼬챙이처럼 말랐는데, 그렇게 유지하고 싶어 하는 것 같았다. 정작 본인은 지난 1년간, 심지어 온라인으로도 데이트 한 번 안 했다고 디바인에게 털어놓았다.

"아저씨는 내가 하라는 대로 하세요. 내가 하는 대로 따라 하지 말고." 탭쇼는 이렇게 말하며 장난쳤다.

마음이 안정이 안 되고 신경이 곤두섰는데 아무리 피곤해도 자기는 싫어서, 디바인은 자기 방으로 가 운동복 반바지와 티셔츠로 갈아입고 써코니 러닝화를 신었다.

그러고 집에서 나와 막 달리기 시작하는데 검은색 세단 차량이 스르륵 다가와 옆에 섰다.

안에 두 남자가 타고 있었다. 심각해 보이는 이들이었다. 둘 다 양복 차림이었고, 사위가 어둑한데도 선글라스를 끼고 있었다.

"디바인 씨? 트래비스 디바인 맞죠?" 오늘 저녁에 낯선 남자가 그렇게 묻는 게 벌써 두 번째였다.

디바인은 달리던 걸 멈추고 대꾸했다. "그런데요?"

남자가 배지를 열어젖혔다. 어느 연방기관 소속인지 디바인은 즉시 알아봤다. "같이 가주셔야겠습니다. 타시죠."

"오라는 게 누군데요?"

그러자 남자는 몸을 슬쩍 움직여 어깨 총집에 든 권총을 드러냈다. "타세요."

디바인은 주위를 한번 둘러본 뒤, 오래전 군인일 때 그랬던 것처럼 명령을 따라 차에 탔다.

7

그들은 차로 30분 정도 달렸다. 맨해튼을 향해 남쪽으로 움직이고 있었다. 두 남자 다 입을 열지 않았고, 디바인도 질문해봤자 소용없다는 걸 잘 알았다. 아까는 뉴욕 경찰이 찾아오더니 이번엔 연방수사국이라. 이 정도로 관심을 받는 건 달갑지 않았다.

그들은 방향을 틀어 마운트키스코와 크게 다르지 않은 소도시로 들어갔다. 초부자들이 사는 구역과 지극히 노동계층적인 구역이 섞여 있는 곳이었다. 그들은 특징 없는 한 복합상업단지 뒤쪽으로 깊숙이 들어갔고, 그러자 벽돌건물 한 채가 나왔다. 전면에 주차된 차량이 한 대도 없고 건물에 표지판 하나 붙어 있지 않았다. 창마저 죄다 시커멓게 코팅돼 있어서 꼭 버려진 건물 같았다.

운전자가 차를 세웠고, 동료를 따라 내렸다. 디바인도 내리라고 뒷문을 열고 기다린 뒤에, 세 사람 다 같이 건물 전면으로 걸어갔다. 남자가 리더기에 RF 카드를 갖다 대자 문이 "삐빅" 하는 소리를 내며 열렸다.

심히 공무적인 동시에 심히 은밀한 분위기가 감돌았다. 디바인은 둘 다 자신에게 좋을 게 없으리라 판단했다.

내가 보안관은 쐈지만 부보안관은 쏘지 않았어요(밥 말리가 1973년 발표한 곡 〈아이 샷 더 셰리프〉의 가사—옮긴이).

운전한 남자가 앞장서서 걷고 디바인이 가운데 서고 나머지 한 명이 뒤따랐다. 의외의 대형은 아니었다. 수감자 혹은 수감 예정자를 이송하는 대형이었다.

일행이 탁 트인 로비로 들어가자 자동 조명이 들어왔다.

디바인은 안쪽의 방으로 안내되었다. 남자가 노크하자 목소리가 들려왔다. "들어와요."

문이 열리고 남자가 디바인에게 들어가라고 손짓했다. 그가 문을 닫자 디바인은 좁은 방 안을, 이어서 책상 뒤에 앉은 남자를 살폈다.

"앉지, 디바인." 책상 뒤의 남자가 말했다. "얘기할 게 많으니 주의해서 듣게. 시간이 얼마 없으니까."

디바인이 자리에 앉았다.

세월에 풍화된 화강암 덩어리 같은 외모의 남자였다. 결이 억센 회색 머리칼은 짧게 쳤고, 이목구비는 조각한 듯 또렷해 강한 인상을 풍겼다. 희끗희끗한 눈썹은 일정치 않은 방향으로 뻗친 모양새였다. 몇십 년은 입었음 직한 양복은 구입 당시에도 저렴했거나 그다지 좋은 품질은 아니었을 성싶었는데, 워낙에 특색이 없어서 여전히 공무 수행 중에 입을 만했다. 붉은색과 푸른색 줄무늬 넥타이는 폭이 너무 넓은 탓에 유행에 뒤처진 느낌이 났고, 칼라 달린 버튼다운 셔츠는 가장자리가 조금 닳아 있었다. 디바인이 앉은 자리에서 그의 구두는 보이지 않았지만, 짐작을 하라면 걷기 편한 검정 구두이며 먼지 한 점 없이 빡빡 닦아 윤을 낸 상태일 것 같았다.

그에게서, 구체적으로는 그의 몸가짐이라든가 명령이라고밖에 생각할 수 없는 말을 툭툭 뱉는 태도에서, 또한 떡 벌어진 어깨와 험악해 보이는 두툼한 손에서, 무시할 수 없는 어떤 기운이 느껴졌다.

한때 군인이었으나 공무원이 된 사람이었다. 디바인은 대번에 알수 있었다. 아니, 여전히 군인이었다. 일단 군인이 되면 그건 DNA에

박히고 다시는 자신에게서 분리해낼 수 없으니까. 그 사람의 정체성이 되고 마는 것이다.

그 남자는 디바인을 찬찬히 뜯어보았다.

내 좆 크기를 가늠하려는 게지.

디바인도 똑같이 그를 바라보며 잠자코 기다렸다. 군 상관을 상대로 수없이 반복해온 대응이라 몸에 배어 있었다.

"웨스트포인트를 뛰어난 성적으로 졸업했더군. 보병장교 기본교육과정을 수료하고 레인저스쿨, 육군 공수훈련학교를 나와 포트루이스 장갑차대대에 들어갔고. 전방에서 소대장, 중대장으로 1년 반 있으면서 훈장을 줄줄이 받았던데. 적당한 시기에 중위로 진급. 6개월간 사단 선임 장교로 복무. 다음엔 레인저대대 소속 일선 소대장. 그러니까 자네는 '탭'도 달고 '스크롤'도 따낸 레인저로군." 디바인이 레인저스쿨 과정을 수료하고 제75레인저연대에 배치되어 실전에서 싸우기도 한 사실을 지적한 것이었다. "4년 차가 되자마자 대위로 진급해 은작대기를 달았고. 포트스튜어트에서 브래들리 중대 지휘관으로 18개월 복무. 그다음엔 헌터 육군 비행장에 주둔한 레인저부대로 갔군. 중대장, 그다음엔 참모장교라. 그러는 내내 아프가니스탄, 이어서 이라크에서 전투임무 수행, 그리고 자칫 성조기 덮은 관짝에 누워 도버 공군기지로 전사자 인계될 수도 있는 다른 열개 고위험국에서도 특수작전을 수행했고."

디바인은 그가 자신의 군 복무 이력을 자료도 보지 않고 술술 읊는데 감탄했다. 디바인 자신조차 까맣게 잊고 있었던 내용도 있었다.

남자는 뒤로 기대앉아 디바인을 지그시 바라봤다. "한쪽 어깨와 한쪽 다리에 파편이 박혔지. 그건 죽을 때까지 자네를 괴롭힐 걸세. 8년 차에는 특차 진급 대상에 포함돼 0-4 소령 후보에 올랐더군." 그가 미 육군에서만 통용되는 은어를 써가며 덧붙였다. "그대로 붙어 있었으면 군복에 금색 떡갈잎을 달았겠군, 디바인. 한데 자네는 그 만뒀어. 이유가 궁금하군."

질문으로 던진 말이 아니었다. 그냥 진술을 한 것이었다. 그래도 디바인은 대답하기로 했다.

"복무는 할 만큼 했습니다. 전투에서 총 쏠 만큼 쏴봤고 대부분은 목표물을 맞혔습니다. 총알 세례도 그만하면 충분히 받아봤고요. 맞은 적도 있지만 대부분은 빗나갔습니다. 군을 떠난 건 때가 돼서 그런 겁니다. 더는 제 운을 시험해보고 싶지 않았거든요."

"헛소리 말게. 받아줄 인내심 없으니까."

"헛소리가 아니라……."

"내 이름은 에머슨 캠벨. 퇴역 육군 2성 장군이네. 세 번째, 네 번째 별을 달지 못한 건 그러는 데 필요한 정치질을 거부했기 때문이야. 그러니 똑똑히 듣게, 디바인 전 대위. 나는 자네가 정확히 무슨 이유로 전역했는지 알고 있고, 그것이 바닥난 운과 전혀 상관없다는 것도 알고 있네."

그러더니 그는 앞에 놓인 마닐라지 파일을 열었다. 거기서 사진 몇 장을 꺼내 디바인 앞에 펼쳐놓았다.

그중 하나를 가리키며 그가 말했다. "로이 블랑켄십 중위. 아는 사이였지. 같이 복무했으니까." 다른 사진을 가리키며 말을 이었다. "케네스 호킨스 대위. 역시 아는 사이였고 같은 부대에서 복무했어."

"그래서요?"

"끝까지 듣게, 디바인. 우리는 한동안 자네를 주시했어."

"그러십니까?"

"마운트키스코의 타운하우스 방을 잡아준 게 누구라고 생각하나?"

디바인의 눈이 휘둥그레졌다. "그건 친구의 지인인 부동산중개인이……."

"그런가. 친구의 지인이라. 우리는 친구가 많지, 디바인. 시키는 대로 하는 친구."

"제가 어디 사는지가 무슨 상관입니까?"

"근처에 이 사무실이 있으니, 우리한테 편리해서 그랬다고 해두지. 그리고 자네는 기차로 통근하잖나. 가는 길에 매일 어떤 집을 지나치지, 안 그런가?"

어떤 집을 얘기하는지는 분명했다. "브래드 카울의 '궁'을 말씀하시는 겁니까?"

"궁이라, 흠. 맞네. 눈치가 빨라서 좋군. 이 만남이 시간 낭비가 되지는 않겠어."

그가 또 다른 사진을 꺼냈다. 영안실에서 찍은 게 분명한, 목에 끈으로 압박한 흔적이 있는 사망한 로이 블랑켄십의 사진이었다.

"죽임을 당했지. 자네도 알다시피 살해당했어. 육군범죄수사사령부는 자살로 결론 내렸지만. 시신을 화장하는 바람에 증거가 소실됐고 수사는 엉망이 됐어. 하지만 자네는 누가 죽였는지 알지. 블랑켄십 중위의 상관이자 전우 케네스 호킨스가 그 범인이라는 걸. 그리고 그가 정확히 어떤 이유로 그랬는지도 알고."

"누가 그럽니까?" 디바인이 낮게 내뱉었다. 불쾌했고, 궁지에 몰린 기분이었다. 왜냐면 궁지에 몰린 게 맞으니까. 그리고 대화가 어디로 흘러갈지도 뻔했다.

"증거가 그렇게 말하네. 호킨스가 블랑켄십을 살해하고 자살로 위장했어. 그리고 용케 빠져나갔지. 상황이 반전되기 전까진. 자네도 다 알다시피. 하지만 기억을 상기시켜주겠네."

그는 죽은 게 분명한 케네스 호킨스의 사진 한 장을 꺼냈다.

"자네는 호킨스를 누가 죽였는지도 알아."

"제가 안다고요?" 디바인은 온몸의 근육이 경직되는 걸 느꼈다.

마침내 악몽이 현실이 되어 경고음을 울리고 있었다. 안 그래도 작은 방의 벽들이 사방에서 좁혀드는 것 같았다.

어이, 짧지만 썩 좋은 여행이었어. 하지만 대가를 치를 때가 왔어. 어쨌든 내가 부보안관을 쏘긴 쐈잖아.

"당연히 알지, 자네가 죽였으니." 캠벨이 받아쳤다.

"저는 안 죽였습니다."

"자네들 둘은 아프가니스탄의 어느 황량한 산으로 가 몸싸움을 벌였어. 호킨스는 그 싸움에서 심하게 다쳤고. 자네는 그를 거기 두고 돌아왔어. 호킨스는 거기서 죽었지. 살릴 수도 있었는데. 자네는 그러지 않기를 택했어. 그걸 달리 뭐라고 표현하겠나?"

"증거도 없으시면서……."

"증거는 차고 넘치네. 자네를 감방에 몇 년은 처넣을 수 있을 만큼. 여기까지 말했으니 이제 자네에게 망할 로또 당첨에 맞먹을 제안을 하겠네. 아, 선택은 우스울 정도로 쉬울 걸세. 밖에 있는 저 양반들은 육군범죄수사사령부 특수요원이야. 저들과 같이 가서 기소되고 영창에서 얌전히 군사재판을 기다리든가……."

디바인이 불쑥 끼어들었다. "저를 군사재판에 회부할 수는 없으실 겁니다. 이제 민간인이니까."

"퇴역 군인을 전역 후에도 군법에 따라 기소할 수 있다는 민간 법원의 판례가 있네. 자네의 경우 군 복무 중에 범죄를 저질렀으니 말할 것도 없지. 그러니 육군이 자네를 기소할 거라는 데는 의심의 여지가 없네. 그럼 자네는 확실히 유죄 판결을 받아 USDB에 오래오래 들어가 있을 거야." 캠벨이 덧붙였다. USDB란 군 영창 중 경비가 가장 삼엄한 캔자스주 포트레번워스에 있는 영창을 말했다. "우리와 함께 일하기로 한다면 얘기가 다르지만."

"우리가 대체 누군데요?"

"현재 내가 운영하는 부서야. 국토안보부 산하의 작은 분과인데, 국방부와 합동 작전을 수행하기로 협의가 돼 있어. '특수프로젝트부'라는 절묘한 이름이 붙었지. 500명 정도의 요원이 소속돼 있는데 그중 내가 지휘하는 건 50명이야. 자네를 51번째 요원으로 영입하고 싶네. 우리 부서가 다루는 핵심 관심사는 광범위하네, 개중 부서를 움직이는 가장 큰 동력은 이 나라의 안보야. 나는 군복을 벗으면서 내가 한 맹세까지 잊지는 않았네만, 자네는 잊었나?"

"제가 뭘 어떻게 하길 원하십니까?"

"자네가 고용된 회사에서 여자 한 명이 죽었지."

"세라 유즈요, 네."

"아는 사이였고."

"맞습니다."

"요는, 카울앤드컴리에서 모종의 일이 벌어지고 있다는 거네, 디바인. 단단히 잘못된 일이 말이야. 정보가 입수돼서 몇 가지 단서를 추적해봤지만 이렇다 할 진전은 없었네. 수색 영장을 집행하거나 관련자를 불러들여 신문할 근거도 없고, 연방 검찰이 대법원 배심원단을 구성하던 시절은 벌써 까마득한 과거가 되었어. 우린 정보가 필요해, 디바인. 그것도 많이. 거기서 무슨 일이 일어나고 있는지 알아내야 해. 자네는 이미 거기에 들어가 있으니 이 문제를 조사하기에 더할 나위 없지. 그게 자네가 여기 와 있는 이유야. 우리가 자네를 주시한 이유고. 자네가 지금 마운트키스코에 사는 이유, 자네가 매일 카울의 집을 지나쳐 가는 이유라는 말일세. 우리는 브래드 카울을 반드시 잡아들여야 해. 그러려면 자네 도움이 필요하네."

"그러니까 저더러 내부 첩자가 돼라, 이 말씀입니까?"

"뭐라고 부르건 상관없네. 결과만 내놓는다면."

"제가 시키는 대로 해서 성공하면 그다음은요?"

"그럼 임무를 완료한 게 되는 거지. 나는 자네에게 특수프로젝트부의 일원으로서 나라를 위해 공무를 수행하라고 한 번 더 요구할 테고."

"그 공무 수행은 언제 끝나는데요?" 디바인이 물었다.

그러자 캠벨은 죽은 이들의 사진을 내려다봤다. "자네는 호킨스의 목숨을 50년 일찍 앗아 갔네. 그 죗값을 피하는 게 자네에겐 얼마만큼의 가치가 있나?"

"말씀하시는 것처럼 속사정을 속속들이 아신다면 제가 왜 그랬는지도 아실 텐데요. 범죄수사사령부가 사건을 재조사하게 하려고 제가 할 수 있는 건 다 했습니다. 직속상관한테도 보고했지만 막다른 벽만 만났죠. 호킨스의 지인 중에는 높으신 분이 많았고, 군은 한 장교가 다른 장교를 죽였다는 오명을 뒤집어쓰기를 원치 않았습니다."

"충분히 이해하네. 나도 같은 상황이라면 그렇게 했을 거야. 그렇지만 법은 예외를 두지 않네. 그런데도 지금 나는 그 상황에서 다른 사람이면 피할 수 없을 벌을 피해 갈 기회를 자네한테 주는 거야. 이 정도면 세상에서 가장 운 좋은 사람이라고 볼 수 있지. 그래서 로또 운운한 거고." 캠벨이 잠시 멈췄다가 이렇게 물었다. "그래, 어떤 결정을 내리겠나? 지금 대답해줘야겠네."

"원하시는 걸 제가 찾아낸다고 장담할 수 없습니다. 약속드릴 수 있는 건 최선을 다하겠다는 것뿐입니다. 그 정도면 되겠습니까?"

"군인이 임무 완수를 위해 노력했다고 봐주는 것 봤나? 임무를 완수하거나 못 하거나 둘 중 하나지. 미합중국 육군이 참가상을 주지 않는다는 건 잘 알 텐데."

"세라가 살해당한 게 아니었다면 제게 이런 제안을 하는 대신 저를 체포하셨을 건가요?"

"나는 무의미한 질문엔 답하지 않네. 그래서…… 이 일을 맡겠나,

아니면 여기 범죄수사대 요원들하고 같이 갈 텐가?"

말이 선택이지 사실상 강요였다. "맡겠습니다." 디바인이 말했다.

캠벨이 책상 서랍에서 파일을 꺼냈다. "좋아. 그럼, 우리가 자네에게 원하는 게 정확히 뭔지 알아야 할 테니 이제부터 기본 사항을 설명해주지."

다시금 충실한 군인으로 돌아간 디바인은 브리핑을 받고 이후의 지시 사항을 숙지하기 위해 자세를 고쳐 앉았다.

8

그들은 디바인을 집까지 데려다주었다. 디바인은 당장 자기 방으로 가 인터넷에서 '에머슨 캠벨'을 검색해봤다. 조금 전에 본 심각한 얼굴이 모니터에 떴다. 길고도 추악했던 베트남전쟁에서, 그것도 가장 잔학한 전투들에서 소대장으로 활약해 세상에 존재하는 훈장이란 훈장은 거의 다 받은 것으로 나왔다. 그리고 디바인처럼 탭과 스크롤을 둘 다 따낸 레인저였다. 베트남전 이후에는 1차, 2차 걸프전을 포함해 미국이 개입한 거의 모든 전쟁에 참전했다. 그러다 2성 장군이 되어 조지아주 포트베닝의 총사령관으로 부임했는데, 그곳은 디바인이 정식 레인저로 거듭난 곳이기도 했다. 두 사람의 복무 부대가 겹치지는 않았지만.

캠벨에게는 냉혹하지만 공정한 상관, 군인이 인정하는 군인이라는 평판이 붙어 있었다. 어깨에 별 하나 더 다는 것보다 소대원들에게 더 마음을 썼다. 그런데 어느 순간 진급이 막혔다. 한 기사는 캠벨이 어느 국회 청문회에서 지나치게 솔직한 발언을 했으며 육군 장성들은 상급 장교가 그 정도의 진솔함을 보이는 걸 달가워하지 않았다고 전하고 있었다. 그 후 캠벨은 압력에 밀려 은퇴한 후 민간 부문으로 간 듯했다. 몇 년 후 미 국방부의 민간인 자문 자격으로 다시 모습을 드러낸 걸 보면. 그러더니 곧 다시 자취를 감췄다.

그런데 이제 다시 전장에 뛰어든 모양이었다.

디바인은 운동복을 벗어 던지고 청바지와 긴소매 티셔츠로 갈아입은 뒤 육중한 부츠를 신은 다음 오토바이 헬멧을 집어 들고 아래층으로 내려가 뒷문으로 나갔다. 차가 딱 한 대 들어가는 차고에는 탭쇼의 진녹색 미니 쿠퍼가 주차되어 있었다. 이 집에서 자가용을 모는 건 탭쇼뿐이었고, 그것도 800미터 떨어진 사무실을 오가는 데만 썼다. 스피어스는 디바인처럼 기차를 타고 맨해튼으로 출근했고 밸런타인은 자기 방에서 꿀 같은 해킹 업무를 원격으로 수행했다. 아니면 소파에서 하거나.

미니 쿠퍼 옆에 디바인의 BMW 오토바이가 세워져 있었다. 군에서 살뜰히 모은 돈으로 장만한 그 중고 오토바이는 그가 유일하게 돈을 처들인 물건이었다.

오토바이에 시동을 건 디바인은 이내 밤의 거리로 달려 나갔다. 어쨌든 임무를 명 받았고, 그 명을 수행하기까지 시간을 허비하는 건 군인으로서 질색이었다. 문제는 캠벨이 카울앤드컴리에 대해 수집한 정보 파일이 아주 빈약하다는 거였다. 하지만 얼마 안 되는 그 정보만으로도 굳이 진상을 캐기 위해 캠벨급의 인물을 파견한다는 것은 그만큼 상황이 심각하다는 이야기이기도 했다.

이제 나도 그 한복판에 뛰어들었으니, 빠져 죽기 싫으면 헤엄쳐야지.

그는 심야에 허용되는 것보다 훨씬 빠른 속도로 구불구불한 도로를 쏜살같이 내달렸지만, 과속 따위는 신경 쓰이지 않았다. 적어도 지금은 브래드 카울을, 그러니까 이미 너무 큰 부를 소유한 그자에게 돈을 벌어다 주는 것 외에 드디어 다른 목적을 가지고 날아가고 있으니까.

10분 후 카울의 사택에 도착했다. 매일 아침 보는 건 그 집의 후면이었다. 지금은 영화 개봉 기념행사라도 열린 듯 환하게 불을 밝혀

뇌서 지나가는 사람 모두가 안을 들여다볼 수 있었다. 쇼룸에서 선보일 만한 초고가의 차들이 궁의 손님용 주차장에 늘어서 있었다. 연철로 된 대문이 초대받지 않은 자들의 출입을 막았다. 디바인은 분명 초대받지 않은 쪽에 속했다. 그는 헬멧을 벗고 주변을 살폈다.

아까 열차 안에서 본 사람들이 하나둘 궁에서 나오고 있었다. 분명 다음 날 계속해서 근사한 삶을 영위하기 위해 근사한 자기 집에서 뭔가 근사한 일을 하러 돌아가는 것이리라. 하지만 디바인이 아주 근사하게 냉소와 질투에 사로잡힌 탓에 그렇게 보이는 것인지도 몰랐다.

그가 계속 지켜보는데, 순간 어떤 남자에게 시선이 꽂혔다. 다름 아닌, 가슴팍 두툼하고 다리는 가느다란 브래들리 카울이었다. 디바인이 카울사에서 사다리를 타고 위로 올라간다 쳐도, 그렇게 10년을 일한대도 모으지 못할 돈으로 사들였을 부가티 시론의 운전석에 그는 별로 우아하지 못한 모양새로 올라탔다.

부가티에 시동을 걸자 보잉777이 활주로에서 가속할 때 내는 굉음이 났다.

이어서 그가 기어를 넣었고, 초강력 엔진을 탑재한 그 스포츠카는 움직임 감지장치가 가동된 대문이 채 완전히 열리기도 전에 2초 만에 쌩하니 문을 통과했다. 차는 이내 오른쪽으로 방향을 틀어 남쪽으로 내달렸다. 디바인은 자신이 매일 죽도록 일하는 건물의 꼭대기에 카울의 펜트하우스가 있다는 걸 알고 있었다. 오늘 밤 거기에 가려는 건지도 모른다. 교외 아방궁 대신 하늘과 더 가까운 데서 자려나 보다 싶었다.

디바인은 오토바이에 기어를 넣고 부가티를 쫓아갔다.

이제 부업이 생겼다. 그 부업이란, 나라를 위해 한 번 더 복무함과 **동시에** 감옥에 가는 건 피하는 것이었다.

9

부가티와 오토바이는 북쪽에서 맨해튼으로 진입해 들어와 싱크로
나이즈드 수영팀처럼 유려하게 열을 맞춰 남쪽으로 달려갔다. 이 시
간에는 차량도 별로 없어서 부가티를 쫓는 데 어려움이 전혀 없었
다. 망할 부가티는 어둠 속에서 광이 나는 것 같았다. 나란히 달리면
〈다크 나이트〉의 배트카마저 털털대는 허름한 포드 에스코트처럼 보
일 듯싶었다.

디바인은 브래드 카울을 딱 한 번 만나봤다. 아니, 정확히는 만났
다고도 할 수 없지만, 앞으로도 그보다 더 '만남'에 가까운 기회는 갖
지 못할 성싶었다. 디바인이 입사 동기들과 함께 정식으로 처음 출
근한 날이었는데, 환영해준답시고 회사 경영진과 '대단하신 분'이
몸소 행차했던 것이다. 신입들은 엄청난 규모의 계약이 주기적으로
성사되고 거액의 거래가 이루어지는 회의실 중 한 곳으로 집합했다.
그곳은 공기에서조차 돈 냄새가 나는 것 같았다.

군기가 바짝 든 마흔다섯 명의 동기들은 한껏 집중한 진지한 얼굴
로, 평생에 한 번 올까 말까 한 세계 정상급 회사에서 일할 놀라운 기
회를 주신 것에 감사하다는 둥 주절댔다.

그러고 있는데 위대하신 카울 씨께서 포켓스퀘어와 한 치의 오차
없이 매듭지은 넥타이까지 완벽히 갖춘, 이른바 '대기업 갑옷 차림'

의 깐깐해 보이는 8인조 소대와, 검은색 정장을 입고 검은색 스타킹과 검은색 펌프스를 신었으며 이곳에 오래 몸담은 탓에 경직된 얼굴에 주름마저 깊게 팬 유일한 여성을 대동하고 나타났다. 외양만 보면 그 여자는 머리를 바짝 깎은 남자 중사들과 다를 바 없었다.

카울의 포켓스퀘어는, 2천 달러짜리 맞춤 양복의 브레스트포켓 수평선과 믿기지 않을 만치 완벽한 각도로 맞춰놓고 깎아 만든 것처럼 보였다. 2천 달러는 디바인이 대강 추측한 액수가 아니었다. 자신의 떡 벌어진 체형에 맞춰 정장 스무 벌을 재단하라고 밀라노에서 전용기로 데려온 이탈리아인 재단사가 부른 값이라고, 투자왕께서 제 입으로 떠벌렸으니까. 카울은 그 손재주 좋은 파에사노(시골뜨기, 촌놈―옮긴이)가 로버트 드니로나 조지 클루니, 브래드 피트에게도 같은 값을 매겼다는 말을 잊지 않고 덧붙였다.

투자계 거물의 머리는 가르마마저 레이저로 가른 듯 정확했다. 치아는 어찌나 고르고 새하얀지, 순간 디바인은 자기도 모르게 입안에 남은 아침식사 찌꺼기를 없애려고 혀로 치아를 훑고 있었다. 구두는 디바인이 생전 처음 보는 모델로, 아마 이탈리아산인 듯한 몹시 부드러운 가죽으로 재단하여 끈을 세 줄로 해서 조이도록 되어 있었고, 오로지 노련한 사람의 손에 의해서만 가능한 수준으로 광나게 닦여 있었다. 카울이 입은 회색 셔츠는 리퀴드크롬을 부어 피부를 한 겹 덧입힌 듯 몸에 착 달라붙은 채였다.

"나는 원래 가진 게 없는 놈이었어." 카울이 신입사원들을 앞에 두고 이런 말로 연설의 운을 뗐다. "여러분이 지금 보고 있는 건 전부 다 내 손으로 일군 거야."

그 말은 사실이었다. 아니, 적어도 공식 비즈니스 언론이 매번 충실히 전하는 바로는 그랬다. 카울의 조상이 대대로 엄청난 재산을 상속받았으나 그의 조부가 그다지 빠릿빠릿한 사업가는 아니었던지

재산의 반을 날렸다고 했다. 이어서 카울의 쓸모없는 아버지가 카울 몫의 유산을 싹 빨아먹었고, 그나마 도박으로 탕진하지 않은 돈은 잘못된 투자로 날려버렸다. 브래드 카울이 태어났을 때는 그의 몫이 거의 안 남아 있었다. 하지만 그는 죽도록 노력해 아이비리그 대학을 최우수 성적으로 졸업했다. 그 후, 거의 20년 만에, 자기 이름을 내세운 회사를 골드만삭스와 JP모건, 메릴린치와 어깨를 나란히 하는 기업으로 키워냈다.

사명에 이름이 들어간 다른 파트너, 앤 컴리에 대해서는 이야기하는 이가 거의 없었다. 듣자 하니 나이는 70대에 팜비치(플로리다주의 휴양지―옮긴이)에 주로 산다고 했다. 아니면 팜스프링스(캘리포니아주 남동쪽 도시―옮긴이)였나? 디바인이 아는 사람 중 컴리를 본 이는 한 명도 없었다. 앤 컴리는, 적어도 디바인이 아는 한은 회사에 나온 적이 없었다. 카울이 제국을 일구는 데 필요했던 초기 자금을 제공한 뒤 은둔해 살아가는 상속자이며, 그 대가로 회사명에 이름을 올리고 이미 빵빵한 주머니를 더 빵빵하게 불렸다는 소문이 있었다.

점수를 어떻게 셈하건 간에 카울이 세계 최고의 금융지, 그것도 그 중심부에서 찾는 이가 가장 많은 상품임은 틀림없었다.

"지금 이 자리에 마흔다섯 명이 있어." 카울이 신입들을 둘러보며 말했다. 개중 몇 명에게 카울의 시선이 잠깐씩 머물렀다. 디바인은 이 모든 게 미리 짜인 각본이며 그 몇몇 총아들은 사다리의 다음 칸으로 올라가도록 미리 정해진 이들이라는 느낌을 받았다. 그리고 디바인은 그중 하나가 아니었다.

"여러분 중 단 10퍼센트만 다음 라운드로 갈 자격을 얻을 거다. 그들은 또 다음 레벨로 올라갈 기회를 얻을 것이며, 그 레벨에 가서는 후한 재정적, 직업적 보상도 따를 거야. 반면 패자들은 뭐……." 그는 말을 끝맺지도 않았다. 패자는 어떻게 되는지, 회의실에 모인 모두가 알았다. 변기물에 쓸려 내려가, 거만한 억만장자가 조종간을 잡지 않은 곳에서 일하게 되겠지.

카울이 신입들을 형형한 눈빛으로 쏘아봤다. "행운을 빌어주고 싶지만……." 그의 얼굴에 다시 이죽대는 웃음이 떠올랐다. "내가 장담컨대, 운은 아무 상관이 없다."

그러더니 놀랍도록 민첩한 움직임으로 점프해 테이블에 올라섰다. 그러잖아도 잔뜩 졸아 있던 젊은 여자 신입의 바로 옆에서 뛰어오르는 바람에 그 신입은 비명을 꽥 지르며 의자에서 떨어질 뻔했다. 디바인은 그녀가 금융계의 메카로 입성하는 10퍼센트에 결코 들지 못할 거라고 직감했다.

카울은 매서운 눈길로 이제 위에서 신입들을 굽어보았다. "이 자리, 이 공간, 이 세계는 운이 작용하지 않는 곳이야. 두뇌와 재능, 배짱만이 통하지. 옆에 앉은 남자보다 더 간절해야 성공할 수 있다는 얘기야."

그는 38명 중 37명이 백인이고 라틴계는 단 한 명뿐인 남자 신입 무리와 함께한─회사의 다양성 규정에 엄격히 부합하도록 흑인 한 명과 남아시아인 한 명, 동북아시아인 두 명, 백인 세 명으로 이루어진─여자 신입 일곱 명의 얼굴을 하나하나 보았다.

초거대 금융기업들이 말하는 다양성의 축약본이 딱 저거로군, 디바인은 생각했다.

"아, 실례. 옆에 앉은 **사람**이지."

양복쟁이 군단이 일제히 박수를 쳤고, 이어서 카울이 외쳤다. "그래, 뭣들 하고 있나? 어서 가서 일하지 않고. 최고의 실력을 갖춘 **사람**이 승리하기를."

이 음성 명령을 신호로 신입들은 순종적인 개처럼 벌떡 일어나 회의실을 줄줄이 빠져나갔고, 그 모습을 카울은 위압적인 위치에서 지켜보았다.

저 광대 짓에 희열을 느끼는 모양이군. 당시 디바인은 그렇게 생각했었다. 그 생각은 바뀌지 않았다.

부가티는 계속해서 남으로 질주해 미드타운을 통과하고 이어서 다운타운도 지나 곧장 파이낸셜디스트릭트로 갔다. 거기서 방향을 꺾어 월가에서 한 블록 남쪽에 있는 익스체인지플레이스로, 세라 유즈가 죽은 건물로 향했다. 그리고 그곳, 카울앤드컴리사의 주차장으로 쏙 들어갔다.

부가티의 창이 스르륵 내려가더니 카울이 휴대폰을 리더기 앞에 들이댔고 그러자 차고 문이 올라갔다. 300만 달러짜리 초고성능 엔진을 단 스포츠카가 차고로 들어가고 그 뒤로 문이 차르륵 소리를 내며 닫혔다. 카울은 전용 주차 공간뿐 아니라 펜트하우스로 곧장 올라가는 전용 엘리베이터도 두고 있었다. 디바인은 그 사실을 완다 심스가 말해줘서 알고 있었다.

카울이 은도금한 튜브형 엘리베이터를 타고 올라가는 모습을 상상해봤다. 그러나 디바인이 지켜보는 가운데, 예상치 못한 층에 조명이 들어왔다. 다름 아닌 52층에. 맨 위층부터 세어보니 그랬다.

펜트하우스는 거기서 네 층 위였다.

카울은 유즈가 죽은 저 층에는 왜 간 걸까?

다음 순간 디바인도 아는 또 다른 사람이 길 저편에서 걸어오는 게 보였다. 그녀는 카울사 정문에 이르러 보안카드를 대고 안으로 들어갔다. 이어서 엘리베이터가 늘어선 곳으로 걸음을 재촉하는 것을, 디바인은 쭉 지켜보았다. 경비는 보이지 않았다. 순찰을 돌고 있는지도 몰랐다.

흥미를 자극하는 이 새로운 국면을 곱씹으면서 디바인은 오토바이를 길가에 세워놓고 앞바퀴를 잠근 뒤 카울사로 갔다. 그리고 자신의 보안카드를 리더기에 대고 들어갔다. 엘리베이터로 44층까지 올라갔다. 조금 전에 본 여자의 사무실이 그 층에 있다는 걸 알고 있었다. 올라가서 둘러보니 그녀는 거기 없고, 켜져 있는 조명은 보안등뿐이었다.

52층에, 아니 이제는 속으로 '죽음의 층'으로 부르게 된 그 층에 조명이 들어왔던 걸 떠올렸다. 카울이 거기 있다면, 그 여자가 모종의 이유로 그를 만나러 간 것일까? 디바인은 엘리베이터를 타고 그 층으로 올라가 고개를 빼꼼 내밀고 좌우를 살핀 후, 아무도 없는 걸 확인하고 내렸다.

더 이상 조사 중인 사건현장이 아닌 것 같았다. 유즈의 부모가 해외 어딘가에서 넋이 나간 채 이리로 오고 있을 게 상상됐다. 아무리 급하게 와봤자 영안실에 누운 딸밖에 보지 못할 테지만.

한참 아래에서는 간간이 지나가는 자동차 소리와 이따금 날아가는 비행기 소리만 들려왔다. 아까 본 조명이 어디쯤일지 가늠해봤다.

어느 복도를 따라가다가 왼쪽으로 꺾었다. 그리고 그는 우뚝 멈춰 섰다.

푸른색과 노란색으로 된 접근금지 테이프가 문 앞에 가로로 붙어 있었다.

세라 유즈가 죽은 비품창고였다.

자신의 눈으로 확인해야겠다는 생각이 들었다. 에머슨 캠벨이 맡긴 임무와 직접적 연관은 없지만 카울의 회사에서 뭔가 사악한 일이 벌어지고 있다면 유즈의 죽음이 어떤 식으로든 얽혀 있을지 모른다. 어쨌든 그럴 가능성을 이 시점에 배제할 수는 없었다.

게다가 디바인은 세라 유즈를 많이 좋아했다. 그녀가 왜 스스로 목숨을 끊었는지 알아내야만 했다. 그녀가 마지막으로 고통스러운 숨을 내쉰 곳을 둘러보는 게 좋은 시작점일 것 같았다.

10

가장 먼저 눈에 들어온 건 잠금장치에 묻어 있는, 분필가루 같은 하얀색의 지문채취용 분말이었다. 디바인은 소맷단을 끌어 내려 손을 덮고 문고리를 돌려보았다. 문이 벌컥 열렸다. 그는 컴컴한 공간을 들여다보다가 팔꿈치로 조명 스위치를 켰다.

아마도 유즈가 딛고 올라섰을 의자가, 마치 저도 죽었다는 양 옆으로 쓰러져 있었다. 목을 매단 끈은 온데간데없었지만 천장에서 떼어낸 널빤지 한 칸은 치열에서 빠진 이같이 바닥에 그대로 나뒹굴었다. 널빤지에는 의자와 마찬가지로 가루가 묻어 있었다. 머릿속에 세라 유즈가 의자에 올라서서 자기 목에 끈을 두르고 의자를 밀치는 모습이 떠올랐다.

유즈가 마지막 순간에 마음을 바꿨을까, 자신의 결정을 후회하고 자신의 숨을 끊어가는 끈을 당기고 또 당기진 않았을까, 디바인은 궁금했다. 그래봤자 소용없다는 걸 언제 깨달았을까? 자신이 죽을 걸 언제 알았을까? 끝내 오지 않을 이들에게 도와달라고 목이 터져라 외쳤을까? 그러다가 결국……? 디바인은 눈을 질끈 감고 그 처절한 이미지가 불러온 저릿한 아픔에 고개를 저었다.

성품이 훌륭하고 마음 따뜻한 사람이었는데. 하지만 누구에게나 말 못 할 어두운 구석은 있는 법이니까. 다른 누구도, 심지어 가까운 친구와 가족조차도 까맣게 모르는 구석이.

그걸 누구보다 잘 아는 사람이 나지.

디바인은 안을 구석구석 둘러보면서 비품실에 으레 있을 법한 물품들을 자세히 살폈다. 청소 도구, 마분지 상자들, 청소기 한 대, 파일로 가득 찬 상자들, 넘쳐나는 복사용지, 프린터 잉크 카트리지, 구식 팩스머신 한 대, 크리스마스 장식, 스탠드에 얹어놓은 화이트보드. 세라 유즈가 죽어가면서 봤을 것들이었다. 그건…… 참 불공평한 일 같았다. 다음번 크리스마스를 보낼 수 없을 걸 알면서, 툭 불거진 눈으로 크리스마스 장식을 바라봐야 하다니.

그가 때리듯 스위치를 눌러 끄고 문을 닫는데, 왼편 복도 저편에서 무슨 소리가 들렸다.

그리로 반쯤 다가갔을 때, 그는 어떤 광경을 발견할지 이미 알았다. 추측하기 어렵지 않았다.

낮고 거친 신음과 교성 어린 콧소리가 들려왔다.

디바인은 걸음을 멈추고 주위를 둘러봤고, 이내 시야가 확보되는 방을 발견했다. 문제의 사무실은 모퉁이에 있었다. 안에는 불이 다 꺼져 있었는데, 왜 그런지 충분히 이해됐다. 블라인드를 내리는 정도로는 저 짓을 벌이는 위험을 감수할 수 없었을 테니까.

디바인은 문 뒤에 숨긴 했지만 그 사무실이 확실히 들여다보이게끔 문을 조금 열어놓았다.

10분쯤 흐르자 신음이 멎었다. 알아들을 수 없는 웅얼거림이 이어졌다. 여자 목소리 같았다. 상대를 추켜세우는 말일 수도 있고, 끝났다는 안도가 어린 음성 같기도 했다.

다시 1분쯤 지나자 사무실 안에 불이 들어오더니 문이 벌컥 열렸다. 그리고 브래드 카울이, 머리를 가다듬은 후 비싼 셔츠 자락을 더 비싼 바지 속에 쑤셔 넣고 악어가죽 벨트를 조이면서 휘청대며 나왔다. 권총을 총집에 도로 넣듯 느긋하게 바지 지퍼를 올렸다. 땀에 전 그는 의기양양해 보였다.

디바인은 휴대폰을 꺼내 카울의 사진을 몇 장 찍고, 카울 뒤로 똑똑히 보이는 사무실 안의 여자도 찍었다. 여자는 고개를 옆으로 돌린 채, 카울이 그렇게 급작스레 떠나는 데 놀란 듯 그를 빤히 보고 있었다. 아까 디바인이, 사옥에 들어오는 걸 본 그 여자였다. 단, 지금은 벌거벗은 채 다리를 아무렇게나 벌리고 책상에 드러누워 있었지만. 카울이 일을 마치자마자 벌떡 일어나 나와버린 모양이었다.

디바인은 눈앞에 펼쳐진 광경을 사진으로 세 장 더 찍었다. 그런 다음 동영상 기능을 켜고 카메라를 들었다. 남을, 더군다나 이런 상황에서 염탐하는 건 별로 좋아하지 않았다. 하지만 국가안보를 위협할지 모를 더러운 일이 이곳에서 벌어지고 있다면, 나중에 카울에게 휘두를 무기를 확보해두는 게 유용할 거라는 직감이 들었다.

여자가 큰 소리로 물었다. "어디 가요, 브래드?"

카울이 돌아보며 말했다. "내일 일찍 일이 있어서. 눈 좀 붙여야겠어. 고마워, 이쁜이. 화끈했어. 다음 주 같은 시간에 또 봐. 장소는 따로 알려줄게. 오늘 밤엔 무슨 바람이 들었는지 모르겠네. 자기가 너무 섹시해서 이성을 잃었나 봐." 그러더니 그는 웃어젖혔다.

하지만 여자는 웃지 않는다는 걸 디바인은 알아챘다.

카울은 아마도 엘리베이터를 타려고, 디바인이 숨어 있는 방을 지나쳐 갔다. 디바인이 도박을 좋아하는 사람이었다면, 부가티는 오늘 퇴근했고 카울도 이번에는 책상 말고 침대에서 제대로 자려고 가는 거라는 데 돈을 걸었을 것이다.

잠시 후 디바인은 사무실 쪽을 흘끔 봤다. 여자가 이제는 옷을 갖춰 입고, 거기서 나왔다.

제니퍼 스타모스라는 여자였다. 스물여덟 살이고 카울에 입사한

지 6년 차였다. 세라 유즈와는 입사 동기였다. 그 사실을 디바인은 카울사 직원 모두가 접근 가능한 인사부 데이터베이스에서 봐서 알고 있었다. 거기엔 옛날 전화번호부처럼 주소나 다른 개인정보가 실려 있지는 않았다. 철저히 업무와 관련된 정보만 있었다. 그 기록물은 사내에서, 창의력이라고는 한 방울도 들어가지 않은 '책자'라는 별칭으로 불렸다. 직원이 카울사에서 성사시킨 모든 거래, 그곳에서 거둔 모든 승리, 거기서 저지른 모든 실패와 실책이 전부 담긴 명부였다. 카울은 그 누구보다 기록에 진심이었다. 모든 직원에게 숫자와 알파벳 조합의 점수가 매겨져 있었고 그것이 곧 사내 등급이 되어 누구든 들여다볼 수 있었으며, 그걸로도 모자라 압박 강도를 한 단계 높일 목적으로 그 등급은 매일 갱신되었다.

디바인은 이 그럴싸한 디지털상의 '좆 겨루기'가 경쟁 강도를 더 높이려 고안된 술수임을 알았다. 자기가 얼마나 뒤처졌는지 또는 얼마나 앞섰는지 알려면 책자를 들여다보기만 하면 되었다. 그러고 나면 남을 따라잡으려 더 미친 듯이 달렸고, 또 그러다 보면 선두를 추월하곤 했다. 아니면 계속해서 앞서가려고 더더욱 열심히 달리거나. 그것도 아니면, 죽을 듯이 달렸음에도 여전히 뒤처져서 극도로 우울해하거나. 잔인하고 비인간적인 시스템이지만, 이 바닥이 돌아가는 방식이었다.

'책자'에 따르면, 스타모스는 입사 동기들 가운데 명백한 2인자였다. 하지만 그것도, 세라 유즈가 경주에서 빠진 마당에 이제는 아니었다. 스타모스가 부전승으로 막 선두를 차지한 참이었다.

스타모스는 아름다운 여자였다. 짙은 색 긴 머리는 치렁치렁 늘어져 어깨에 닿았다. 올리브색 피부에 도톰한 입술, 오목조목한 이목구비가 도드라졌고 녹색 눈동자는 신이 나면 전류가 흐르듯 불꽃이 이는 것 같았다. 디바인은 단체 회식에서 그녀와 몇 번 마주친 적이 있었다. 그녀가 춤추고 농담을 주고받고 술 마시는 모습을, 심지어 뒷방에서 어리석게도 코카인을 한 줄 들이마셨다가 질색하는 모습도 봤다. 퇴근 후의 그런 자리에는 주로 섹시하고 시크해 보이는 옷을 입고 왔다. 긴장이 풀린 자리에서 그녀는 가볍고 장난스럽게 굴었고, 덕분에 허점 있고 편하게 다가갈 수 있을 것 같은 분위기를 풍겼다. 거기에 천재적인 두뇌와 뛰어난 사업 감각이 더해져 완성된 치명적 조합으로 디바인을 비롯해 사내 여러 직원의 눈길을 사로잡았다.

그런데 지금은 영 다른 모습이었다. 움츠러들고 낙담한 것처럼 보였다. 머리칼은 엉망으로 뒤엉키고 블라우스는 청바지 밖으로 삐져나와 있는 데다, 157센티미터의 키를 170센티미터로 훌쩍 높여주는, 보기만 해도 아플 것 같은 스틸레토힐 구두는 발에 신은 게 아니라 손에 들려 있었다.

디바인은 유즈와 스타모스가 친구 사이는 아니었음을 알고 있었다. 입사 동기간에는, 아니 동기가 아니어도, 친구가 될 여지가 허락되지 않았다. 두 여자는 카울에서 자신들이 끝까지 올라갈 가능성은 적다는 걸 잘 알았다. 이 업계에서 그런 일은 드무니까. 그래도 디바인은, 스타모스가 자신의 주 경쟁자가 시체로 발견된 날 거기서 겨우 몇 미터 떨어진 사무실에서 회사 대표와 섹스한 것에 과연 가책을 느낄지 궁금했다. 어쨌든 그러기를 그는 바랐다.

스타모스는 여자화장실에 들어가 몇 분 머물렀다. 다시 나왔을 때 디바인은 그녀를 따라갔다. 그녀가 탄 엘리베이터의 문이 닫히기를 기다렸다가 후다닥 달려가 다른 엘리베이터 호출 버튼을 눌렀다.

디바인이 탄 엘리베이터가 1층에 다다랐을 때, 스타모스는 사옥 유리문을 밀고 나가고 있었다. 어느새 자기 자리로 돌아와 그를 호기심 어린 눈으로 바라보는 경비에게 고개를 끄덕여 인사했다. 사옥을 나서는 여자를 흘끔 본 경비가 놀란 듯 눈썹을 슥 치켰고, 이내 다 안다는 웃음을 지어 보였다.

스타모스는 휴대폰을 내려다보며 저만치 걸어가고 있었다. 전화기로 뭘 하는지 알 것 같았다. 디바인도 오토바이를 세워둔 곳으로 가 바퀴의 잠금장치를 풀고 헬멧을 썼다.

3분 후 우버 택시가 나타났고 스타모스가 차에 탔다.

디바인은 뒤를 쫓아갔다.

우버는 그리니치빌리지에 있는 어느 술집에 스타모스를 내려주었다. 술집은 금요일 자정을 맞아 이제 막 활기를 띠어가고 있었다.

11

그녀는 쏟아진 맥주로 온통 축축한 바의 제일 안쪽에 서 있었다. 젊은 사람들이 주를 이루고, 거기에 섞여들려 시도했다가 실패한 쉰 넘은 사람들도 간간이 눈에 띄는 곳이었다. 거기서 30대는 디바인뿐인 것 같았지만 어쩌면 그의 셈이 빗나갔을 수도 있었다. 게다가 그는 실제보다 더 나이가 들어 보였으므로. 생사를 오가는 전투를 치르다 보면 그렇게 되기 마련이다.

디바인은 땀과 술에 이미 절었거나 점점 절어가는 몸뚱이들을 비집고 안으로 들어갔다. 그 몸뚱이들은 교미 전의 뱀처럼 디바인의 몸을 휘감았다 풀기를 반복했다. 이내 멈춰 선 디바인은 재빨리 상황을 파악했다.

스타모스 옆에 웬 남자가 반쯤 빈 맥주잔을 들고 서 있었다. 약속을 하고 거기서 만난 건지도 모르지만, 아무래도 아닌 것 같았다. 언뜻 생각해봐도 직장 상사와 방금 섹스한 사람이 잠시 후 남자친구와 만나 한잔할 것 같지는 않았다.

옆의 남자는 키가 190센티쯤 돼 보였는데, 더 근육질에 더 단단한 몸을 가진 디바인보다 18킬로그램은 덜 나갈 것 같은 늘씬한 체격이었다. 호리호리한 몸매에 몸놀림이 자연스러웠고, 민첩해 보였다. 딱 보기에 대학 농구 2부 리그나 라크로스 1부 리그에서 뛰었을 것 같았다. 전통적인 의미로 잘생겼지만, 머리칼은 나이 서른이면 벗겨지기 시작해 쉰이면 머리통 가장자리에 백발 또는 회색의 띠 한 줄만 남겨놓고 몽땅 빠져버릴 것으로 예상되는 힘없는 금발이었다.

선이 곱고 오만한 인상을 주는 귀족적 이목구비여서, 디바인은 속으로 그를 '와스프WASP('앵글로색슨계 백인 신교도'라는 뜻으로, 미국 사회 주류인 중상류층 백인을 비꼬는 말—옮긴이)'라고 부르기로 했다.

와스프는 세련되고 비싼 청바지에, 몸통이 긴 체형 탓에 허리까지 내려오는 흰 셔츠를 바지춤 밖으로 빼 입었다. 그리고 모카신을 신고 있었다. 실내가 후끈해서 발에 열이 날 것 같았다. 그는, 방금 술을 주문한 뒤 나무로 된 바에 시선을 고정한 채 기다리고 있는 스타모스에게 조금씩 다가가고 있었다.

이제 작업을 걸려나 보군.

디바인은 다시 인파를 뚫고 들어가, 와스프가 스타모스의 팔을 건드릴 때쯤 그와 CQB(Close Quarters Battle의 약자로 '근접전투체계'를 뜻하지만, 여기서는 '근접전투술'을 가리키는 말로 쓰였다—옮긴이)가 가능한 거리에 당도했다.

"처음 보는 것 같네요." 와스프가 말을 걸었다.

스타모스는 그를 보지도 않고 대꾸했다. "전에도 온 적 있어요."

"흠, 그럼 그때 몰라본 내 잘못이네요. 그걸 제가 어떻게 보상해드리면 좋을까요?"

옆을 돌아본 스타모스가, 형편없는 작업 멘트에 고개를 저으며 눈알을 굴리는 디바인을 발견하고는 설핏 웃었다. 와스프는 그녀가 자기를 보며 웃는 걸로 착각했다.

"봐요, 웃으니 얼마나 예뻐요."

"안녕, 젠." 디바인이 불쑥 말했다.

와스프가 홱 돌아서서 그를 째려봤다. "괜찮으면 좀 꺼져주시지?"

"안 괜찮은데. 이 친구랑 한잔하려고 온 거거든."

그 말에 와스프가 스타모스를 돌아봤다. "진짜예요, 아니면 이 자식이 수작 부리는 거예요?"

스타모스는 일이 이렇게 돌아가서 흥미가 동한 모양이었다. "진짜예요."

와스프는 안 믿는 기색이 역력한 태도로 그녀의 얼굴을 살폈다. 그러더니 디바인에게 시선을 옮겨 남자끼리 으레 하는 식으로 그를 훑어봤다. 젊은 남자들이, 특히 술과 여자가 엮인 상황에서, 내가 이 새끼를 때려눕힐 수 있을까 없을까 재는 춤이었다.

디바인이 말했다. "내 친구가 오늘 좀 힘든 하루를 보냈거든. 그러니 자리 좀 비켜줄래?"

와스프는 누구에게도, 특히 디바인에게는 비켜줄 마음이 없는 것 같았다. 그래도 와스프와 그의 맥주잔은 몇 칸 떨어진 스툴로 비켜났다. 거기 있던 다른 와스프들이 그를 맞이했고 잠시 얘기를 듣더니 디바인을 잡아먹을 듯 쩨려봤다. 흔한 테스토스테론 겨루기였고, 아무 일 없거나 아니면 큰일로 발전하거나 둘 중 하나였다. 그건 시간이 지나봐야 알 수 있었다.

그런 전개를 쭉 지켜본 디바인은 이제 막 주문한 술을 받아 든 스타모스에게로 다시 시선을 돌렸다. 라임 조각과 올리브 두 개를 추가한 진토닉이었다.

"회사에서 본 것 같은데, 이름이……?" 스타모스는 이렇게 말을 걸면서, 손가락으로 올리브 하나를 집어 반을 깨물었다. 그리고 멋쩍은 듯 덧붙였다. "미안해요, 기억이 안 나네."

"기억할 이유가 없죠. 트래비스 디바인입니다. 34층에 근무하는. 이번 신입이에요. 붙어 있으려면 발버둥을 쳐야 하는 단계죠."

스타모스는 손가락에 묻은 진과 올리브즙을 혀로 핥으며 그의 애기를 들었다. "내가 힘든 하루를 보냈다니, 무슨 뜻으로 한 말이에요?" 그녀가 물었다.

"세라 유즈요. 입사 동기 아니었어요?"

디바인은 사진과 영상이 담긴 주머니 속 휴대폰을 만지작거렸다. 지금 애플과 아마존 주식을 합친 것보다 더 값어치 있을지 모르는 물건이었다. 적어도 디바인에게는.

"아, 맞아요. 정말 끔찍한 일이에요." 스타모스가 디바인의 소매를 흘끔 내려다봤다. "뭐가 묻었네요."

그러면서 그가 묻혀온 새하얀 분필가루 같은 지문채취용 분말을 가리켰다.

젠장.

디바인이 그걸 탁탁 털어내자 흰 분자가 술집 바닥으로 푸슬푸슬 떨어졌다.

"여기서 뭐 해요?" 스타모스가 물었다.

"당신하고 똑같아요, 한잔하려고요." 디바인은 바 너머에서 쩔쩔매고 있는 남자에게 손을 들어보였다. "삿포로 캔 하나요. 고마워요."

스타모스가 자기 술을 한 모금 마셨다. "세라하고 잘 아는 사이였어요?"

디바인은 대꾸했다. "별로요. 세라가 우리 신입팀 소통담당자였어요. 근데 참 우습죠."

"뭐가요?"

"조금 전 사옥을 지나쳤는데 브래들리 카울이 모는 부가티가 회사 주차장으로 들어가는 걸 봤거든요. 잠도 안 자나 봐요."

스타모스는 카울이라는 이름이 나온 순간 움찔 경계하는 기색이었지만, 디바인은 일부러 그쪽을 보지 않았다. 대신 바 저편의 거울에 비친 그녀를 살피고 있었다. 실물을 관찰하는 것 못지않게 얻을 수 있는 정보가 많았다.

"그게 왜 우습죠? 자기 회사잖아요. 게다가 거기에 펜트하우스도 있고."

"그건 알죠. 근데 다른 날도 아니고 오늘만큼은 거기 들어가길 꺼릴 줄 알았거든요. 내 말은, 오늘 거기서 세라가 죽었으니까."

스타모스는 잠시 그를 조용히 뜯어봤다. "그래, 다음 라운드에 합격할 것 같아요?"

"모르겠어요. 근데 당신은 회사에 안착한 게 거의 확실하죠. 6년 차인데 '책자'에 따르면 그쪽보다 앞선 사람은 세라뿐이었으니까. 이제는 그렇지도 않고."

디바인은 그 말을 하자마자 후회했다. 특수프로젝트부의 신참 요원으로서 그는 적어도 이 상황에서는, 타깃에게서 정보를 도출하는 데 얼마나 서툰지만 증명하고 있을 뿐이었다. 중동에 있을 때는 능숙하게 해냈는데.

"나쁜 새끼!" 스타모스가 내뱉었다.

그걸 들은 와스프가 맥주잔에서 고개를 들었다. 자기 친구들을 흘끗 본 그는 뭔가를 고민하는 듯했다. 디바인은 그것도 다 거울로 지켜봤다. 속을 읽기가 그리 어렵지도 않았다. 와스프는 디바인에게서 햄버거힐(미군이 베트남전에서 가장 고전했던 전투지 중 하나인 압비아산을 말한다—옮긴이)을 재탈환할지 말지 재보는 중이었다.

"그런 뜻으로 한 말은 아니에요. 그런데 카울사는 그렇게 돌아가잖아요." 디바인이 밀어붙이던 속도를 조금 줄이며 말했다. "당신도 알고 나도 알죠." 때마침 그가 시킨 맥주가 나왔고 디바인은 시원하게 한 모금 들이켰다. 점점 후끈해지는 실내 열기에 그 한 모금이 그렇게 시원할 수가 없었다.

"하지만 참고 듣고 있으란 법도 없죠." 스타모스가 부루퉁한 투로 받아쳤다.

"맞아요, 그러란 법은 없죠."

디바인은 재빨리 머리를 굴렸다. 이런 식으로는 건질 게 없으니 얼른 다른 수를 써야 했다. 캠벨은 별로 인내심이 많은 타입 같지 않았다. 스타모스에게 던져볼 법한 질문이 몇 개 떠올랐지만, 전부 험악한 반응이 예상됐다. 그러다 그는 군인 출신답게, 잡소리는 집어치우고 직구를 던지기로 했다.

"세라 얘기로 돌아가서, 잘 아는 사이였어요?"

그 질문에 스타모스는 예상보다 더 답하기 어려워했다. "아뇨, 딱히 그렇지는 않았어요." 그녀는 디바인과 눈을 맞추지 않은 채 이렇게 대답했다.

디바인은 판돈을 올려보기로 했다.

"혹시 자살할 것 같은 예감이 들거나 그러진 않았나요?"

이번 질문에 스타모스는 더 평정심을 잃는 것 같았다. 눈이 튀어나올 듯 휘둥그레지고 몸이 잔뜩 굳었다. 하지만 그녀는 재빨리 마음을 가다듬고는 고개를 저으며 입 모양으로도 '아뇨'라고 대꾸했다.

"경고 징후도 없었어요? 들은 얘기도 없고요?" 디바인이 집요하게 캐물었다.

"그렇게 자주 보는 사이가 아니었어요. 세라는…… 다른 일을 진행하고 있었으니까."

"혹시, 세라의 사망 소식을 알리는 이메일 받았어요?"

"뭐라고요?"

"세라의 자살 정황을 얘기한 이메일이요."

"아뇨, 사내 공지 말하는 거예요?"

"그건 아닌 것 같은데."

그렇다면 나한테만 온 걸 수도. 하지만 대체 왜? "완다 심스 말로는 카울이 세라의 멘토였다는데, 알고 있었어요?"

스타모스의 얼굴에 불퉁한 기색이 어렸고 태도에도 경계심이 묻어났다. 그녀는 마치 잔 속으로 첨벙 뛰어들어 상쾌한 다른 세상으로 탈출하고 싶다는 양 진토닉을 뚫어져라 내려다봤다. "카울이 멘토링하는 직원이 어디 한둘인가요."

"그럼 당신도 멘토링해주나요?"

그러자 그녀가 그를 매섭게 쏘아봤고, 그 표정에서 디바인은 자신이 기회를 날렸음을 깨달았다. "난 대답할 의무 없어요. 댁하고 얘기할 의무도 전혀 없고."

어깨에 누군가의 손이 턱 얹히기에 돌아보니 와스프와 그의 맥주 동지 두 명이 거기 서 있었다. 친구 둘은 키가 최소 194센티에, 분명 대학 운동부에서 뛰었을 것 같은 체격이었다.

"이 새끼가 귀찮게 굴어요?" 와스프가 물었다.

스타모스는 디바인에게 이렇게 묻는 듯이 눈썹을 올려 보였다. 너를 먹이로 던져줄까 말까? 너한테 달렸어. 싹싹 빌어봐.

하지만 디바인은 스타모스에게 그런 만족감을 안겨줄 생각이 없었다. 그의 냉혹하고 완고한 표정과 마주한 그녀의 매력적인 얼굴이 다시금 표독스럽게 변했다.

"네, 어떻게 좀 해주실래요?" 스타모스가 디바인에게서 눈을 떼지 않고 말했다.

"해주고말고요. 어이, 나가지. 저리로 돌아가면 쓰레기 모아두는 데가 있거든. 거기로 나가서 합의를 보자고."

"아니면 아무도 다치지 않고 원한도 안 남게 각자 자기 갈 길 가든가." 디바인이 정말로 그렇게 하려는 태세를 취하며 이렇게 말했지만, 와스프는 그의 어깨를 더 꽉 잡았다.

"처음 봤을 때부터 그런 놈인 줄 알았지. 간이 콩알딱지만 한 놈."

와스프가 이죽거렸다. "계집애처럼 내빼고 싶으면 마음대로 해."

"말조심하는 게 좋을걸." 디바인이 말했다.

스타모스가 끼어들었다. "이봐요, 다들 진정해요. 이 사람 그냥 보내줘요."

와스프는 그 말을 무시하고 목청을 높였다. "이렇게 하면 되겠다. 이 겁쟁이 새끼가 다리 사이로 꼬리 내린 채 여기서 나가면 다 같이 건배해주는 거야." 그러더니 디바인을 거칠게 밀쳤다. "어디, 가봐. 맞기 전에 도망치라고."

디바인은 맥줏값으로 지폐 몇 장을 바에 올려놓은 다음 남은 술을 단 두 모금에 비운 후 빈 캔을 한 손으로 찌그러뜨렸다. 그리고 와스프를 돌아보며 낮게 깐 위협적인 목소리로 말했다. "난 이만 가보지. 운 좋은 줄 알아, 새꺄."

그러면서 몸으로 사람들을 세게 밀치며 밖으로 나갔다.

다음 순간 세 남자는 치명적 실수를 저질렀다.

디바인을 따라 나간 것이다.

12

모퉁이를 돌자 두 건물 사이에 대형 쓰레기통 하나, 그리고 그보다 작은 일반 쓰레기통과 재활용 쓰레기통들이 늘어선 좁은 골목이 나왔다. 그 자식이 말한 게 여기로군. 쓰레기통들 너머는 벽돌 벽으로 막혀 있었다.

디바인이 뒤를 돌아봤다. 와스프와 두 친구가 빠르게 접근해오고 있었다.

좋아. 해보지, 뭐.

디바인은 쓰레기통 골목으로 들어섰다. 벽돌 벽을 등지고 있으면 뒤에서 기습당할 일은 없기 때문이었다. 그리고 다시 돌아서는데, 마침 세 남자가 그를 따라잡았다. 퇴로를 차단하려는 듯 그들은 나란히, 바짝 붙어 섰다.

상대는 이라크나 아프가니스탄인일 수도, 탈레반이나 알카에다 아니면 ISIS일 수도 있었다. 어느 시점에 이르러서는 분간하기도 어려워졌다. 사막 태생의 그 사내들은 다들 키가 훌쩍 컸고 뼈와 근육으로만 이루어진 몸은 영락없는 살인병기였는데, 디바인이 대강 익히긴 했지만 끝내 마스터하지 못한 언어로 뭐라 뭐라 지껄였다. 다 똑같은 눈을 하고 있었다. 광기로 번뜩이지만 빈틈이 없고 총기 어린 눈. 저런 새끼들을 과소평가했다간 성조기 곱게 드리운 관짝에 들어가기 십상이었다.

와스프는 두 친구보다 살짝 앞으로 나섰지만 디바인이 두려운 기색을 비치지 않자 외려 슬슬 불안해하기 시작했다.

그가 자기 왼쪽의 남자를 가리켰다. "릭은 코넬대에서 수비수로 뛰었어." 그러더니 다른 남자를 엄지로 가리켰다. "더그는 아이오와 주립대 헤비급 레슬링 선수로 뛰면서 전미대학체육협회 대회에서 우승한 적도 있고. 나도 프린스턴에서 라크로스팀 전미 대표로 뛰었지."

디바인은 와스프의 주절거림에 굳이 대꾸하느라 숨을 낭비하지 않았다. 그냥 주절거림에 불과했으니까. 입으로 싸움을 하는 부류가 있는가 하면 조용히 있다가 한 방으로 쓰러뜨리는 부류도 있었다.

세 남자가 성큼성큼 걸어 나왔고, 디바인도 앞으로 나갔다. 같은 철로에서 마주 달려오는 두 열차같이 충돌은 불가피했다.

디바인은 스타모스가 모퉁이 저편에서 눈을 휘둥그레 뜨고 긴장한 얼굴로 내다보는 바람에 아주 잠깐 주의가 흐트러졌다. 자신이 의도했던 것보다 상황이 훨씬 심각해졌다는 사실을 깨달았음을 그녀의 초조해하는 표정에서 읽을 수 있었다. 어떻게 상황을 진정시킬까 궁리 중인 듯했다.

그녀가 디바인에게 애원하는 눈빛을 보냈다. 그 눈빛에 디바인은 생각보다 더 흔들렸다.

"마지막 기회야." 그가 말했다. "지금 물러나지 않으면 장담하는데, 너희한테 안 좋게 끝날 거야."

"1대 3이고, 몸집도 우리가 더 큰데." 와스프가 말했다. "무슨 약을 빨았기에 그딴 배짱을 부리는 거야?"

"군인 출신이거든. 육군 레인저. 그냥 알아두라고."

"말은 거창하네." 릭이 받아쳤다. "레인저 새끼들, 한입거리도 안 되지."

하, 너 입 잘못 놀렸어. 아주 거하게.

와스프가 두 주먹을 치켜들고 돌진해왔다. 주먹을 지나치게 높이 들고서. 디바인이 그의 명치에 강력한 펀치를 먹이자 와스프의 몸이 반으로 접혔다. 곧이어 아래를 향한 그의 얼굴에 디바인이 다리를 쭉 편 채로 발차기를 날렸다. 그 반동으로 와스프가 번쩍 들쳐졌고, 밑창 닳은 라이딩 부츠에 짓뭉개진 고운 얼굴이 드러났다. 디바인은 그의 셔츠 앞자락을 붙잡고 커다란 몸뚱이를 대형 쓰레기통에 던져버렸다. 와스프는 쇠로 된 쓰레기통 측면에 맞고 기절한 채 아스팔트 바닥에 축 늘어졌다.

레슬러 더그가 괴성을 지르며 디바인의 머리통을 두 번 연속 쳤다. 주먹맛이 꽤나 매웠지만 그뿐이었다. 디바인은 얼굴에 피가 흐르고 입안에도 피가 고인 것, 그리고 콧물이 조금 흐르는 걸 느꼈지만 감각은 멀쩡했다. 더그가 디바인의 두 팔을 옆구리에 꽉 고정하려고 했지만 디바인이 자기 정수리로 더그의 턱을 박치기해 풀려난 후 엄지로 그의 한쪽 눈을 쿡 찔렀다. 이어서 발로 더그의 발목을 걸면서 그의 외복사근을 팔꿈치로 힘껏 가격했다. 그러자 더그가 턱과 입에서 피를 질질 흘리고 숨을 몰아쉬며 비척비척 뒤로 물러났다. 디바인은 한 발을 축으로 몸을 빙글 돌려 근접전 훈련에서 수천 번 반복했던, 그리고 실전에서도 써먹어 몸에 익은 움직임으로 날렵하게, 더그의 뒤로 빠져 자기보다 몸집이 훨씬 큰 그의 등 뒤에 섰다. 왼쪽 신장을 팔꿈치로 세게 가격하고 오른쪽 신장에는 단단히 말아쥔 주먹을 꽂자, 더그는 고통에 찬 비명을 지르며 무릎을 꿇었다. 그 부위는 고스란히 노출된 데다 더럽게 예민해서 공격 타깃으로 삼기에 완벽했다.

디바인은 왼발을 버팀대 삼아 단단히 디뎠다. 더그의 머리통이 의욕에 불타는 티볼(타자가 티에 얹힌 공을 치는, 야구와 비슷한 경기—옮긴이) 선수에게 어서 홈런을 치라고 스탠드에 곱게 대령된 공처럼 딱 적당한 자리에 있었다. 디바인은 더그의 머리통 좌측을 노려, 최대치의 힘과 속력으로 맹렬히 돌려차기를 날렸다. 더그의 머리통이 오른쪽 어깨와 만났고, 뇌의 스위치가 꺼지면서 눈알이 뒤로 넘어갔다. 그렇게 그는 와스프에 합류해, 깨어난 순간의 고통을 약속하는 긴 잠에 들었다. 단 몇 초 만에 벌어진 일이었다.

릭이 디바인을 뒤에서 붙잡고 들어 올려 벽에 얼굴부터 집어 던졌다. 디바인은 벽에 고통스러울 만치 세게 몸을 박았다. 어깨가 통증을 호소했고 얼굴도 거칠거칠한 벽돌에 부딪혀 피가 흐르면서 부어올랐다. 곧이어 릭이 돌진해 디바인을 벽으로 더 바짝 밀어붙였고 그 바람에 디바인의 양 눈 아래 살갗이 찢어졌다. 이어서 그는 디바인의 등에 주먹을 세 번 연달아 꽂았지만, 그건 멍청한 짓이었다. 머리를 가격하는 게 훨씬 효과적인데. 그것도 단단한 벽돌 벽에 대고 서라면. 디바인이라면 그렇게 했을 것이다. 기절시키면 맞서 싸우지 못하니까.

릭은 자기 작품을 감상하러 한 발 물러섰다. 하지만 적이 녹다운돼 싸움을 포기했을 거라 생각했다면 큰 오산이었다. 대학 풋볼에서는 그 정도로 이겼을지 몰라도 디바인의 세계에서는 어림없었다. 불쌍한 릭은 곧 그러한 착오에 매운 대가가 따른다는 사실을 깨달을 참이었다. 디바인은 벽을 밀며 몸을 바로 세우면서 그 반동을 이용해 아이비리그 대학 라인맨 출신에게 부메랑처럼 달려들었다.

먼저 한 손으로 그의 목을 꽉 쥐고 다른 손으로 횡격막에 곧장 어퍼컷을 두 번 꽂았다. 그런 다음 외복사근에 멍이 들도록 세게 주먹을 꽂았다. 그리고 곧바로 같은 자리에 한 방 더 먹였다. 릭이 디바인에게 목이 잡힌 채 신음을 뱉으며 뒤로 휘청거렸다. 이게 전투였다면 디바인은 레인저가 지급한 톱니날 나이프로 릭의 몸통 중간을 썰었을 것이다. 명치에서 위로 후빈 다음 가로로 한 번 더 그어 내장과 동맥을 난도질하는 것이다. 그럼 '게임 오버'였을 텐데.

디바인은 스타모스를 한 번 더 흘끔 봤다. 그녀는 눈앞에 펼쳐진 광경에 겁먹어 찍소리도 못 내고 있었다. 그 모습에 디바인은 릭의 목을 놔주고 그를 거칠게 벽에다 밀어붙였다. 릭은 명치와 목을 움켜쥐며 축 늘어졌다. 디바인은 이제껏 싸움을 마무리하지 않은 적이 한 번도 없었고, 때문에 이번 싸움을 이렇게 끝내는 게 영 찜찜했다. 30대 초반 들어 마음이 물러진 건가 싶기도 했다.

그가 여전히 스타모스를 보는 채로 돌아서서 그녀에게 다가가려는 찰나였다.

"조심해요!" 별안간 그녀가 외쳤다.

디바인은 빙글 돌아 방어를 위한 본능적인 몸짓으로 한 팔을 들었다. 릭이 던진 쓰레기통 뚜껑에 전완을 맞았다. 눈물이 찔끔 나도록 아팠지만 뼈는 부러지지 않았고, 얇은 철판만 거의 반으로 우지끈 접혔다. 머리를 맞았다면 상황이 사뭇 달랐을 것이다. 디바인이 릭의 가슴팍에, 그것도 심장 부위에 곧장 주먹을 꽂자 그것이 릭의 뇌에 반응을 일으켜 심장을 제멋대로 날뛰게 만들었다. 디바인이 앞으로 달려들며 정수리로 턱을 가격했다. 릭의 아랫니가 윗니에 부딪혔고, 잇몸과 경화된 칼슘이 강하게 충돌하면서 피가 튀었다.

릭은 비명을 지르더니 헐떡이며 주저앉아 양손으로 뭉개진 입을 눌렀다.

디바인이 스타모스를 흘끔 봤다. 그녀는 이 혈투에 반쯤 혼이 빠진 것 같았다.

그가 뒤돌아 다가가자 그녀가 겁에 질려 주춤 물러났다.

디바인이 소매로 얼굴의 피와 콧물을 닦아내며 말했다. "경고 고마워요. 구급차 불러서 이 자식들 데려가라고 하세요." 그는 잠시 입을 다물었다가 덧붙였다. "회사에서 봐요, 이쁜이."

그는 길 저쪽으로 가 헬멧을 쓰고 오토바이에 시동을 걸었고, 실망만 맛본 덩치 큰 세 남자가 맨해튼의 쓰레기와 함께 나뒹구는 골목 어귀에 우두커니 서 있는 스타모스의 옆을 쌩 지나쳐 갔다.

13

디바인은 한 팔과 어깨에 아이스팩을 하나씩 대고 얼굴에도 하나를 댄 채 두어 시간 정도 잤다. 찢어진 부위와 벽돌에 쓸린 부위에는 연고를 발라두었다. 자고 일어나서는 운동복으로 갈아입고 가까운 동네 고등학교 풋볼 경기장으로 가볍게 뛰어가 매일 하는 운동을 했다.

풋볼 경기장에는 트랙터 타이어 하나가 있었다. 풋볼 선수들이 팔다리 미는 힘을 강화하려고 이용하는 도구였다. 디바인은 그걸 한 번 뒤집고 돌아서서 다른 쪽으로 또 뒤집기를, 온몸이 땀으로 흠뻑 젖을 때까지 반복했다. 한 번 뒤집을 때마다 세라 유즈와 그녀의 죽음 그리고 카울앤드컴리에 대한 새로운 생각이 떠올랐다. 다음엔 일반 자동차 타이어를 원반처럼 던지며 외복사근을 단련했다. 이번에는 에머슨 캠벨이 안겨준 새 일거리에 대해 생각했다.

그다음엔 땀이 비 오듯 흐를 때까지 관중석 계단을 빠르게 오르내렸다. 철봉에서는 풀업(손바닥이 바깥을 향하게 철봉을 잡고 하는 턱걸이 운동—옮긴이)과 친업(손바닥이 자신을 향하게 철봉을 쥐고 하는 턱걸이 운동—옮긴이)을 했다. 각각 100개씩. 20개 한 다음 20초씩 쉬어가며 했다. 푸시업도, 50개 하고 쉬어가면서 200개를 했다. 한 가지 할 때마다 세라가 끈에 매달려 흔들리는 모습을 떠올렸다.

다음은 복근 크런치였다. 누워서 한 차례 하고, 철봉에 매달려서 또 한 차례 했다. 다음으로 스쿼트와 런지, 군대식 포복, 하이키커(다리 높이 들어 올리기—옮긴이)를 한 다음, 학교 측이 운동부를 위해 배치해둔 다양한 높이의 나무 상자에 올라갔다 내려오기를 반복하며 플라이오메트릭 운동을 했다. 그다음은 버피. 이번에는 한 회 수행할 때마다 어제의 골목길 난투극이 떠올랐다. 다친 자리가 운동에 항의하며 비명을 질러댔지만 그는 더 밀어붙였다. 힘들면 더 힘껏 밀어붙이는 게 상책이다. 그게 바로 군대식이다.

풋볼 경기장을 전력 질주했다가, 돌아올 때는 뒤로 뛰었다. 한 번 할 때마다 점점 속도를 높이면서, 벼랑 끝에서 왼쪽으로 급선회한 자기 인생에 대한 답답함을 쏟아냈다.

로이 블랑켄십 중위와 케네스 호킨스 대위. 몇 년간 매일같이 듣다가 어느 날 갑자기 더는 안 듣게 된 이름들. 둘 다 죽었고, 둘 다 폭력적인 방식으로 숨이 끊겼다. 한 명은 그렇게 되는 데 디바인도 한몫했다.

꿈에서 그들 얼굴을 몇 번이나 봤던가? 늘 같은 장면이었다. 두 사람은 무슨 말이든 해보라는 듯이 그를 물끄러미 바라봤다. 블랑켄십은 원한을 갚아주겠다는 말을 기다렸는지도 모른다. 호킨스는 묵은 감정을 토해내는, 분노에 찬 말을 기대했을지도 모른다. 하지만 디바인은 단 한 번도 그 시선에 응답하지 않았다. 두 망자가 빤히 바라보는 내내 한마디도 하지 않았다.

마지막에는 정지해 있느라 몸이 부들부들 떨릴 때까지 한 자세를 유지하는 등척성운동(벽이나 책상 등 고정된 물체를 밀거나 당겨서 하는 근육 운동—옮긴이) 몇 가지로 루틴을 마무리했다.

그런 다음 쿨다운을 하고 스트레칭도 해가며 집까지 가볍게 달렸다. 도착해서는 샤워하고 면도하고 옷을 입고 방에서 나왔다. 밸런타인이 전날 밤 자기 방까지도 가지 못하고 소파에서 까무룩 잠이 들어 있었다. 노트북 키보드 두드리는 게 그렇게 진 빠지는 일인 모양이었다. 탭쇼가 나직이 코 고는 소리도 들려왔다. 새 계약과, 자신이 세운 허밍버드 제국에서 맺어진 행복한 커플들이 나오는 꿈을 꾸는 모양이었다.

헬렌 스피어스의 방에서 불빛이 새나왔다. 보나 마나 공부 중일 것이다. 야심이 대단한 여자인 건 분명했다. 흑인에 여성인 것만으로 이미 핸디캡이 두 개라는 건 디바인도 잘 알았다. 다른 데는 몰라도 군에서는 확실히 불리했다.

디바인의 전우 중에도 부대에 여자가 있는 걸 못마땅해하는 이가 꽤 많았다. 당연히 자기 기록과 진급 궤도에 걸림돌이 되지 않도록 남들 앞에서는 옳은 말만 주워섬겼지만, 남자들끼리 있을 때 뱉는 말들은 사뭇 달랐다. 이런 여성혐오 행태는 일부 신병부터 작대기와 별을 단 고위간부에까지 골고루 퍼져 있었다. 사내새끼들이 여자들 괴롭히려고 벌이는 짓거리는 잔악하기 그지없었다. 여군에게 바로 옆의 남자 동료가 전투에서 자신의 뒤를 지켜주지 않으리라는 걸 아는 것보다 더 상처가 되는 일은 없었고, 자신과 나란히 싸우기를 아예 원치 않음을 알게 되는 건 더더욱 모욕적이었다. 여자는 아무리 노력해도 부족하다고 여긴다는 것을 말이다. 여군들이 원하는 건 오직 맡은 임무를 수행하면서 나라를 위해 싸우는 것뿐인데. 그러나 디바인도, 칸다하르에서 신참이 자기 손 하나를 잃어가며 그의 목숨을 구해주지 않았더라면 동료 여군을 깔봤을지도 모른다.

그 병사의 이름은 앨리스였다.

역에 도착한 디바인은 기차를 탔다. 단 하루뿐인 휴일까지, 근무일이 하루 더 남아 있었다.

열차 칸에는 다른 승객이 한 명도 없다가, 네 정거장 지나서 아래위로 도톰한 트레이닝복을 입고 커다란 캔버스백을 든 여자가 탔다.

여자는 디바인의 뭉개진 얼굴을 보더니 곧장 제일 먼 자리로 가서 앉았다.

브래드 카울의 궁을 지날 무렵 열차 칸은 겨우 4분의 1쯤 차 있었다. 트레이닝복 입은 여자 빼고 나머지는 다 복장이 디바인과 비슷했다. 그렇지만 오늘은 토요일이니 양복쟁이 수는 평소보다 더 적을 것이다. 뉴욕의 모든 회사가 월가의 방식으로 일하는 건 아니니까. 세상에는 7일 중 이틀을 쉬는 이들도 있긴 있다.

팔과 어깨를 이리저리 뻗어보고 상처 난 얼굴을 더듬거리던 디바인은 열차가 속도를 늦추자 조금 긴장했다. 저기 있다. 풀장과 아직 떼지 않고 끄지도 않은 꼬마전구가 주렁주렁 달려 있는 뒤뜰. 가사도우미가 플러그 뽑는 걸 깜빡한 모양이었다. 카울이 그 사람 봉급을 깎을지도 모른다.

진즉에 온라인에서 그 저택을 검색해보았다. 2천 500제곱미터 부지에 침실 열두 개와 욕실 열일곱 개, 부엌 두 개가 있고 도우미들 처소로 이용하는 코티지도 딸려 있으며, 방 열두 개로 모자란지 커다란 게스트하우스까지 갖춰져 있었다. 거기에 더해 리조트급 규모의 풀장과 고급스럽게 조경한 뜰도 여덟 개나 됐다. 집 내부 사진이 인터넷에 올라와 있지 않은 걸 보고 디바인은 그곳이 카울이 직접 설계한 집이며 매물로 나온 적이 없다는 결론을 내렸다. 세금은 그만 한 부동산의 매매나 건축에 들 법한 비용의 절반도 안 되는 선에서 매겨져 있었다.

그런데 비키니 공주가 오늘은 보이지 않았다.

하필 그때 열차가 다시 속도를 내기 시작했고 이내 창밖 풍경이 바뀌었다.

디바인은 휴대폰을 꺼내 카울과 스타모스 사진을 열었다. 영상도 음소거한 채 재생시켰다. 그러고는 다른 사람이 액정 화면을 들여다보지 못하게 휴대폰을 무릎에 놓고 몸을 웅크렸다.

　뭔지는 몰라도 마음에 걸리는 게 있었다. 무언가 실수를 저지른 기분이었다.

　기차가 일정한 리듬으로 움직여 가야 할 곳으로, 그리고 이제는 가고 싶지 않은 곳으로 디바인을 데려가는 동안, 그는 물끄러미 창밖을 내다보았다. 그에게는 애석하게도, 그 두 곳은 같은 곳이었다.

14

  디바인은 커다란 아이맥 두 대가 놓인 손바닥만 한 칸막이 자리에 앉아 있었다. 사방에 포진한, 월등한 지능과 불타는 의욕을 장착한 동료들의 점점 가빠지는 숨소리를 제외하고 사무실에 내려앉은 극도의 적막이 그의 신경을 긁어댔다. 이 정도의 초고지능과 성공을 향한 야심에 둘러싸여 있다 보면 저절로 자신의 위치를 의식할 수밖에 없었다. 팔이 쑤시고 벽돌 벽과 조우한 어깨가 욱신거리는 것도 도움이 되진 않았다. 릭이 주먹을 꽂은 등 부위의 통증도 그렇고. 하지만 고통이 다 뭐란 말인가? 그 또한 삶 아닌가. 그냥 받아들여야 한다. 어차피 알리브(항염증제—옮긴이) 몇 알 삼키는 것 말고는 더 할 수 있는 일도 없었다.

  동료 버너들이 사무실에 들어오면서 굳이 디바인을 보지 않았기에, 그의 얼굴에 난 상처나 그가 한쪽 팔과 어깨를 제대로 움직이지 못한다는 걸 눈치챈 사람은 아무도 없었다. 그들은 일부러 그를 보지 않았다. 디바인은 거의 매일 제일 일찍 출근했고, 그 때문에 다른 버너들이 못마땅해한다는 걸 알고 있었다. 그들은 꼭두새벽의 침범자를 무시하는 것으로 대응했다. 그리고 죽어라 일해 그를 납작하게 눌러주려 했다. 그래봤자 브래드 카울에게 이미 가진 것보다 더 많은 돈을 벌어주는 것밖에 더 할까. 그래 뭐, 제트기 두 대와 요트 두 대 가진 사람에게 그것들 한 대씩 더 안겨주는 게 대수랴.

디바인은 오늘 스타모스를 보지 못했다. 볼 거라고 기대하지도 않았다. 두 사람은 일하는 층도 달랐다. 그래도 그녀의 업무용 이메일 주소는 알고 있었다. 메시지를 보내야 하나 고민하는 동안 컴퓨터 키보드 위에서 손가락이 방황했다. 뭐라고 써 보낼지도 떠오르지 않았다.

그래서 당분간은 그냥 놔두기로 했다.

뉴스 기사를 훑었지만 흠씬 두들겨맞고 버려진 젊은 남자 셋에 대한 기사는 눈 씻고 찾아봐도 없었다. 와스프 일당이 경찰에 신고해 디바인이 총을 겨누거나 몸으로 위협하면서 돈을 갈취했다고 꾸며냈을 수도 있었다. 다만 그들은 디바인이 누군지 몰랐다. 스타모스가 거기 남아 있다가 알려준 게 아니라면.

그는 데이터에서 수치를 뽑아내 보고서를 작성한 다음, 다른 직원들이 그 보고서를 가리가리 해체해 돌려보내면서 뭐 이런 멍청이가 다 있냐며, 진심으로 큰물에서 놀고 싶으면 더 잘하는 게 좋을 거라고 한소리 하도록 카울의 우주 이곳저곳으로 보냈다. 이러한 일제 폭격은 거래가 성사되거나 시장이 폐장할 때까지, 아니면 거래가 무산될 때까지, 그도 아니면 중요 인물이 바지에 똥을 싸고서 처음부터 다시 하자고 할 때까지, 혹은 더 나은 제안이 들어올 때까지 영원히 반복될 것이다.

내 돈도 아닌데, 뭐.

디바인은 시계를 확인했다. 1시였다. 카울사에는 3층에 구내식당이 있었다. 그곳은 두부와 식물성 버거와 스시, 다양한 맛과 모양의 쿠스쿠스, 생선구이, 각종 파스타, 베지테리언과 비건과 페스카테리언(해산물까지는 허용하는 채식주의자—옮긴이)에 각각 맞춘 식단은 물론이고 육식을 선호하는 직원을 위한 고기 메뉴도 갖추고 있었고, 거기에다 혀에서 살살 녹는 디저트까지 전부 무료로 제공했으며, 조리사와 열성적인 서빙 직원들도 항시 대기 중이었다. 버너들은 절대로 그곳에 가지 않았다. 이유는 첫째, 자기 자리에서 벗어나기가 무섭고 둘째, 사람이 음식을 먹는 곳, 실제로 음식을 입에 넣는 곳인 3층 식당에 자신이 와 있는 걸 임원이 목격하는 건 더 무서워서였다.

거의 모든 버너가 점심 도시락을 싸 와 키보드에 가루를 흘리고 모니터에 소스를 묻혀가며 자기 자리에서 먹었다. 그러다 소스가 모니터에서 소수점을 가리거나 달러 기호를 유로 기호로 혹은 파운드를 스털링으로 바꿔놓으면 큰 재앙이 되는 것이었다. 하지만 그들은 식당에 내려갔다가 그저 배가 고프다는 이유로 큰물로 올라갈 기회를 놓치는 걸 더 두려워하는 것 같았다. 그건 신입 딱지를 벗은 직원들에게는 좋은 소식이었다. 음식을 다 차지할 수 있으니까.

그제만 해도 디바인 역시 구내식당에 내려가 먹을 생각은 품지 못했다. 하지만 어제 일이 그의 삶을 180도 바꿔놓았다. 그가 맡은 임무는 정찰하고 중요한 정보를 알아내는 것이었다. 그러려면 정찰병이 움직여야 했고, 다른 사람 같으면 절대 가지 않을 곳에 가야 했다.

그는 일어서면서 큰 소리로 말했다. "나랑 3층 가서 뭐 먹을 사람?"

그러자 다들 번쩍 고개를 들고 그가 뇌졸중이라도 일으킨 양 쳐다봤다. 그러더니 혹시 그가 농담하는데 자기만 눈치 못 챈 건가 해서 서로를 살폈다. 그러다 드디어 그의 얼굴에 난 상처를 알아챘고 몇몇의 표정이 굳어졌다. 디바인이 교통사고라도 당해서 환각 상태에 빠진 걸지도 모른다고 생각했는지 모른다.

같이 가겠다는 사람이 없어서 디바인은 혼자 사무실에서 나와 엘리베이터로 갔다.

너희가 손가락에 묻은 캔디바와 치즈잇을 나스닥 선물에 온통 발라놓는 동안 나는 근사한 식사 한 끼 하고 오마.

그는 엘리베이터로 3층까지 내려가 복도에서 왼쪽으로 꺾어 구내 식당에 들어갔다. 리츠나 플라자 아니면 요즘 너도나도 가려고 안달인 모 호텔 레스토랑의 하위 버전으로 보이는 곳이었다. 어느 호텔과 견줄지는, 그의 세계가 아니기에 감히 알 수 없었다. 그는 그저 봉건영주의 녹을 받아먹는 노동자일 뿐이니까.

접시에 음식을 푸짐하게 담고 고급 탄산수 한 잔을 챙겨 빈자리로 가는 내내, 거기 있는 모두가 자신을 보는 게 의식됐다. 그곳에서 버너는 자기뿐임을 그도 잘 알았다. 보통은 상사가 데려가지 않는 한 4년 차는 돼야 겨우 찾을 용기를 내는 곳이었다. 단단히 미친 세계지.

벽을 등지고 자리에 앉은 순간, 그는 다름 아닌 브래드 카울과 그의 측근 무리가 그곳에 와 있는 걸 알아챘다. 카울은 최신 유행 스타일의 정장에 흰 셔츠를 받쳐 입고 넥타이는 생략한 차림이었다. 넥타이를 뺀 건 디바인이 추측건대, 그날이 주말임을 자기도 안다는 걸 티 내려는 의도 같았다. 카울이 뭐라고 한마디 하자 동석한 이들 모두가 마치 그가 세기의 코미디언이라는 양 왁자하게 웃음을 터뜨렸다. 이너서클(조직 내 핵심 그룹을 말하는 은어—옮긴이)에서 자기 자리를 고수하고 싶은 게 분명했고, 그건 보스의 시시한 농담에 배가 찢어지도록 웃어야 한다는 뜻이었다.

카울의 시선이 식당 안을 훑었다. 그러면서 그는 이 사람 저 사람에게 손을 흔들거나 고개를 끄덕여 보였고, 웃거나 인상을 쓰거나 심각한 표정을 지었다가 다시 웃으며 손을 흔들어 보였다.

이렇게 말하는 것 같았다. 다들 이거 보라고, 너희 군주가 주말 여름날 요트를 타고 나가거나 컨트리클럽에서 골프를 치는 대신…… 아니면, 우리 집 올림픽 규격 풀장에서 벌거벗고 수영하는 더 군침 도는 아가씨를 놔두고 싸구려 책상에서 직원과 한탕 뒹구는 대신, 여기 이렇게 왕림해 계시잖아.

이윽고 카울의 엑스레이 빔이 디바인에게 꽂혔다. 순간 그의 표정에서 모든 생각과 감정이 싹 지워졌다. 그는 한 박자, 두 박자, 세 박자 동안 시선을 고정했다. 얼굴의 상처를, 그리고 디바인이라는 사람을 찬찬히 뜯어보았다. 디바인이 부지불식간에 가지고 있을지 모를 열리지 않은 경로를, 컴퓨터 방화벽의 백도어같이 쿡쿡 찌르고 파고 또 비집고 들어왔다. 카울은 누구도 넘보지 못할 제국을 일군 자였다. 그러려면 영리하고 무자비해야 하는데, 사실 전자보다 후자의 자질이 더 필요한 법이다. 본질적으로 남이 가진 걸 빼앗고 상대방이 파산해도 눈 하나 깜빡하지 않아야 하니까.

이윽고 카울의 시선이 다시 이동했다. 그는 또 껄껄 웃고 찡그리고 미소 짓고 손을 흔들었고, 한 남자에게는 장난스럽게 가운뎃손가락을 들어 올리기까지 했다. 하지만 디바인에게 다시 시선을 주지는 않았다. 디바인은 두 가지가 궁금했다. 처음에 왜 시선이 자신에게 꽂혔는가, 그리고 그로 인해 앞으로 어떻게 될 것인가. 어쩌면 카울은 디바인이 거기 없는 것처럼 허공을 응시하면서 일본 채권 시장의 모종의 문제에 대해, 아니면 세무감사가 순조롭게 진행되고 있는지에 대해, 아니면 자신이 52층에서 젊고 나긋나긋한 투자 귀재들과 놀아나는 걸 금발 공주가 과연 알아챌 것인가를 고민했는지도 모른다.

하지만 아니었다. 디바인은 재수 없는 인간들을 워낙 많이 겪어봐서 카울이 자신을 똑바로 응시했으며 자신을 보고 있었음을, 그리고 그럴 만한 이유가 있음을 알았다.

자신이 저지른 실수를 깨달은 건 그때였다. 출근길 내내 떠오를 듯 떠오르지 않으면서 마음 불편하게 했던 그것.

이쁜이. 스타모스를 그렇게 부른 것이 실수였다.

카울이 그녀와 뒹굴고 고작 30분도 지나지 않아서 뱉은 애칭이었다. 디바인은 순간의 충동을 이기지 못하고 그 말을 내뱉고 말았다.

한마디로, 허세였다. 그리고 얼마나 어리석은 짓인지. 허세를 부리는 건 거의 항상 어리석은 짓이니까.

스타모스가 그 사실을 카울에게 말했고, 카울은 영리하고 편집증적 기질이 있는 놈인지라 어떻게 된 일인지 유추해내 디바인이 어젯밤 목격해서는 안 될 현장을 목격했다고 결론을 내린 것이었다.

빤히 쳐다본 건 그래서였다. 그 시선에서 디바인은 곧 결단의 조치가 따를 것임을 감지했다.

그래서 그는, 이것이 마지막으로 누리는 썩 괜찮은 식사가 될지도 모르니, 뷔페를 한 바퀴 더 돌았다.

퇴역 장군 캠벨은 첩보요원을 새로 뽑아야겠군.

15

"트래비스?"

퇴근하려고 막 나서는데 누군가 그를 불러 세웠다. 왼쪽을 돌아보니 제니퍼 스타모스가 서 있었다.

"네?"

그녀가 다가왔다. 디바인보다 캐주얼하게 입고 있었다. 물에 가라앉지 않으려고 발버둥 치는 신입들은 출근 복장에 여유를 부릴 여지가 없었다. 사실 스타모스의 캐주얼 복장도 그렇게 캐주얼하지는 않았다. 검은 재킷과 스커트에, 가슴골이 살짝 보일 만큼만 네크라인이 팬 흰 블라우스 차림이었다. 그리고 전날 저녁의 아찔한 하이힐 대신 굽 낮은 펌프스를 신고 있었다.

"어제저녁 일 말인데." 그녀는 디바인의 얼굴 상처를 살펴봤지만 뭐라고 하지는 않았다.

디바인은 그녀가 "어제저녁 일" 중 정확히 뭘 말하는지 알 수 없어서 잠자코 있었다. 입 다물고 듣기만 하면 더 많은 걸 알아낼 수 있고, 말을 적게 하면 자기가 뱉은 말에 화를 당할 일도 적다. 디바인은 그 방면에서 이미 실책을 한 번 저질렀다. 그래서 무표정하게 그녀를 바라보기만 했다.

"싸움 말이에요." 스타모스가 채근했다.

"그게 뭐요?"

"어떻게 그런 거예요? 상대가 전부 몸집이 더 컸잖아요."

"군인 출신이라 그래요. 몸싸움하는 법을 가르치거든요."

"맞다, 그 사람들한테 군인이었다고 했지. 레인저였다고."

"상대도 나한테 몇 방 먹이긴 했어요. 근데 사람을 제대로 해치려면 어떻게 해야 하는지 모르는 놈들이었어요. 나는 알고요. 그래서 어제저녁엔 그렇게 했고. 근데 내가 아니라 그놈들 선택이었잖아요. 나는 그냥 나갔는데 놈들이 쫓아왔으니까. 물러나라고 한 번 더 기회를 줬지만 그러지 않았고요. 나로서는 선택의 여지가 없었어요."

"좀…… 죄책감이 들어서요. 상황을 진정시킬 수도 있었는데."

"나도 자신을 방어하고 머리 안 깨진 채 그 뒷골목을 벗어나는 쪽을 택했을 뿐이에요."

"난…… 일이 그렇게까지 커질 줄 몰랐어요."

"그놈들 나중에 어떻게 됐어요?"

"당신이 시킨 대로 내가 구급차를 불렀어요."

"경찰은요?"

"경찰 불렀다는 말은 안 했어요."

"분명 누군가는 불렀을 텐데."

"좋아요, 경찰이 출동하긴 했어요. 근데 나는 경찰 오기 전에 자리를 떴어요."

"자리를 '뜨기' 전에 내 이름을 흘리진 않았어요?"

스타모스는 놀란 기색이었다. "아뇨, 내가 왜 그러겠어요."

"그러지 않을 건 또 뭔데요? 말한다고 당신한테 뭐가 문제 되는데요?"

"와, 남이 호감을 못 품게 하는 재주가 있네요."

디바인은 마음을 가라앉히고 총알을 재장전했다. 공격 수위 낮춰,

트래비스. 정보가 필요하잖아, 상대는 그걸 제공할 수 있고.

"내 이름을 발설하지 않은 거랑 릭이 기습공격 하는 거 경고해줘서 진심으로 고맙게 생각해요. 근데 그놈들 자존심이 아물고 슬슬 열받기 시작하면 경찰한테 가서 전혀 다른 각도에서 얘기를 지어낼 수 있어요. 자기들이 멍청하고 술에 취해 사고 친 말썽꾼이 아니라 피해자로 등장하는 이야기로요."

"그럴 수도 있겠네요."

디바인은 그녀를 내려다봤다. 5센티미터 굽의 새틴 펌프스를 신은 스타모스는 왜소해 보였다. 반면 싸구려 정장을 입은 그는 덩치가 산만 하게 느껴졌다.

"세라에 대해 왜 그렇게 꼬치꼬치 캐물은 거예요?"

"세라가 죽었고 나는 궁금하니까." 디바인이 대답했다.

"뭐가 궁금해요? 자살했는데."

"왜 그랬는지가 궁금해요. 이런 일은 카울에서 전에도 있었어요. 4년 전에. 그 남직원은 아주 친밀한 방식인 이메일 폭격으로 해고를 통지받았고, 그 사실을 안 약혼자가 반지를 돌려줬어요. 두 시간 후 그는 불법적으로 손에 넣은 총을 입에 물고 방아쇠를 당겼죠."

"그런 걸 다 어떻게 알았어요?" 스타모스가 어리둥절한 동시에 걱정 어린 얼굴로 물었다.

"요즘 세상에 검색 몇 번으로 알아내지 못할 비밀을 간직한 사람이 존재해요?"

"그러는 당신은 비밀 있어요?" 그녀가 달려들 듯 물었다.

"산더미죠. 게다가 그 비밀들은 언젠가 다시 나타나 나를 묻어버릴 거예요."

이미 그렇게 됐지만.

그 말이 그녀를 멈칫하게 한 것 같았다. 디바인은 전술을 바꿔 자신에게도 공감 능력이 있다는 걸 보여주기로 했다.

"있죠, 제니퍼. 어제 술집에서 있었던 일은 나도 떳떳하지 않아요. 군에서 전투 훈련을 받긴 했지만 남을 막 패는 건 좋아하지 않으니까. 도망갈 기회를 여러 번 줬는데 상대가 받아들이질 않아서 그랬어요. 그래도 그런 일은 안 일어나는 편이 좋았겠죠."

"왜 그 술집에 있었던 거예요?"

"진실을 원한다면, 당신이 들어가는 걸 봤어요. 세라에 대해 얘기하고 싶었어요. 세라가 나한테 정말 잘해줬는데 그런 세라가 자살했다니 영 믿기지 않아서요. 앞날이 창창한 사람이었잖아요. 내가 잘못 안 게 아니라면."

스타모스는 잠시 말없이 서 있다가 입을 열었다. "집으로 바로 갈 거예요, 아님 같이 뭐 좀 먹으면서 한잔할래요? 얘기해보는 게 좋을 것 같아서요. 그러니까, 세라랑…… 다른 문제에 대해."

디바인은 손목시계를 흘끔 봤다. 저녁 6시도 안 된 시간이었다. 토요일에는 회사도 일찍 퇴근시켜주었다. 아니, 말로는 그랬다. 아니 사실은 디바인이 그냥 나와버렸다. 저 위에서는 신입들이 감시의 눈이 사라지기 전에 자리를 뜨는 게 너무나 무서워서 아직도 죽치고 앉아 데이터를 죽어라 분석하고, 나중에 어차피 쓰레기통에 처박힐 보고서를 쓰고 있었다. 감시의 눈이 사라지는 날 같은 건 영영 오지 않을 텐데.

"맥주는 언제나 환영이에요. 세라 얘기를 하는 건 우리 둘 다에게 도움이 될지도 모르고."

"해안가에 아는 식당이 있어요."

디바인은 온라인에서 3달러 주고 산 얇은 넥타이의 매듭을 조금 느슨하게 풀었다. 그러고는 한 손을 항구 쪽으로 뻗었다. "가시죠."

16

그들은 야외석에 앉아 출렁이는 짠물을 고스란히 맞고 있는 자유의 여신상과 엘리스섬을 내다봤다. 조금 습하지만 쾌적한 날씨였다. 하루 동안 공기가 후끈 달아오르면 이맘때 으레 그러듯, 곧 폭풍우가 닥칠 것도 같았다. 대자연이 김을 빼는 방식이었다. 두 사람은 파라솔 아래 자리를 잡았지만 해는 저만치 이동한 지 오래였고, 이제는 서쪽 하늘로 넘어가는 모양새가 곧 하늘을 붉은색과 금색이 섞인 빛깔로 불처럼 물들일 성싶었다. 중동에 있을 때는 그 광경이 식상하게 느껴진 적이 단 한 번도 없었다. 이유는 하나였다. 살아서 다시 볼 거라고 장담할 수 없으니까.

스타모스는 과카몰레를 곁들인 감자칩과 마르가리타를 시켰다. 디바인은 버드와이저를 주문했다.

"이 집에 맛있는 IPA 많아요." 스타모스가 디바인의 맥주에 눈길을 던지며 한마디 했다.

디바인은 맥주를 한 모금 마시고 대꾸했다. "지금은 버드와이저로 족해요."

"어제는 삿포로 마시더니."

"어제는 삿포로로 족했으니까."

"일본에 가본 적 있어요?" 스타모스가 물었다.

디바인은 고개를 끄덕였다. "한국이랑 독일, 그리고 우리 육군이 보통 주둔하는 다른 나라들도 다 가봤어요."

"그런데 주로 중동에 있었고요?"

"네, 주로 거기 있었죠."

"전투에서 싸워봤어요?" 그녀가 물었다.

"하는 일이 거의 그것밖에 없어요.. 세라 얘기를 하고 싶다고요?"

스타모스는 자기 손을 내려다보다가 입을 열었다. "세라는 늘 심지가 굳은 사람으로 보였어요. 나는…… 그런 세라를 사실은 우러러봤죠. 거기 직원들 몇은 자살 후보로 점쳤어도 세라는 아니었어요."

디바인이 고개를 끄덕이며 말했다. "나도 자살할 것 같다는 느낌은 못 받았어요. 그런데 제니퍼는 자기 입으로 세라를 자주 못 봤고 잘 알지도 못한다고 했잖아요."

스타모스가 그의 시선을 피했다. "엄밀히는 사실이 아니에요. 다들 책자만 보고 우리가 서로 물어뜯는 라이벌이라고 넘겨짚었죠." 그녀는 말을 멈추고 자유의 여신상을 바라보며 술을 한 모금 마셨다. "근데 인생에는 일 말고 다른 면도 있는 법이잖아요."

"이럴 때 내 군 동기들은 이렇게 말하곤 했어요. '디바인, 너 또 다들 아는 걸 설명하고 자빠진 거냐?'라고요."

스타모스가 그를 아래위로 훑어봤다. "디바인? 그거 아일랜드계 이름 아니에요? 아일랜드계로 보이지 않는데."

"아버지가 빼도 박도 못할 아일랜드계예요. 피부가 창백하고 머리는 붉은빛이 돌죠. 근데 엄마 쪽이 그리스계예요. 외조부님들이 미코노스에서 오셨거든요."

"그럼 확실히 엄마 쪽을 닮았나 보네요."

"제니퍼는 양가 다 그리스계예요?"

"순수 그리스 혈통이죠." 그녀가 대답했다.

"형제는요?"

"자매가 넷 있어요. 다 나보다 위예요."

"매일이 귀신의 집처럼 재미났겠어요." 디바인이 농담 삼아 던졌다.

"실제로 재밌었어요." 스타모스가 단호하게 대꾸했다.

"실없는 농담이었어요, 미안해요."

"당신은 형제자매 없어요?" 스타모스가 물었다.

"있지요. 다들 완벽하고 나보다 똑똑해서 부러움 사는 인생을 살고 있습니다."

"그러지 말고 진짜로요." 스타모스가 회의적인 투로 받아쳤다.

디바인이 대꾸했다. "진짜로 하는 말이에요. 정말 그런 사람들이고 정말로 그렇게 살고 있어요. 둘 다 손위예요. 둘 다 자기 분야에서 정상에 올랐고."

"아, 자랑스럽겠어요."

"행복하게 잘 산다니 저도 좋죠." 디바인은 목이 타는 듯 맥주 캔을 단숨에 비우고 웨이트리스에게 하나 더 달라고 손짓했다. "세라 얘기로 돌아가서. 마지막으로 본 게 언제였어요?"

"시체로 발견되기 일주일쯤 전이었어요. 세라가 내 자리로 찾아왔어요."

디바인은 어리둥절했다. "왜요? 어제저녁엔 둘이 속한 업무팀도 다르다고 했잖아요."

"맞아요."

스타모스는 잔의 짭짤한 가장자리를 핥은 후 마르가리타를 한 모금 마셨고, 4등분한 라임 조각을 감자칩 위에 짜서 즙을 뿌린 다음 그 칩을 과카몰레에 찍었다. 디바인은 그녀가 그러는 걸 지켜보다가 잠시 강물을 내다봤고, 이내 그녀에게로 다시 눈길을 돌렸다.

"그럼 세라가 왜 당신을 보러 온 거예요?" 그가 집요하게 물었다.

"지금 형사 놀이 하는 거예요?"

"인간 노릇 하는 거예요. 찾아와서 뭐라고 했는데요?"

"어떤 연극에 대해 물어봤어요. 그걸 봤느냐고."

디바인은 호기심이 동했다. "어떤 연극이었는데요? 추천을 해달라던가요?"

스타모스는 손가락으로 잔을 만지작거렸다. 그러다 이번엔 그녀가, 마치 거기에 답이 있는 것처럼 강물을 물끄러미 내다봤다. "〈고도를 기다리며〉였어요. 그거 봤어요? 나는 그 연극에 대해 아무것도 모르는데."

디바인은 고개를 끄덕였다. "여기 뉴욕에서 봤어요. 웨스트포인트에 입소하기 전에."

"그래요? 입소 전에는 다들 진탕 마시는 줄 알았는데. 아니면……그 뭐냐…… 여자랑 자거나."

"고등학교 때 해럴드 심프슨이라는 영어 선생님이 계셨어요. 내가 웨스트포인트 가서 장교가 되려고 한다니까 선생님이 입소 전에 가서 그 연극을 보라고 하셨어요. 마침 그때 브로드웨이에서 상연 중이었고요."

"선생님이 그걸 왜 추천하셨대요? 입소를 원치 않으셨나?" 스타모스가 물었다.

"그런 것 같진 않아요. 선생님도 베트남전 때 육군으로 참전하셨거든요. 웨스트포인트 출신은 아니지만. 징집되셨죠. 돌아오셨을 땐 분노와 반전사상에 불타고 계셨어요. 그래도 참전하신 건 참전하신 거죠. 나라를 지키는 임무를 다하셨고요. 근데 이 나라는 퇴역군인을 거지발싸개 취급했어요. 모든 것을 바쳐 싸우고 살아 돌아왔는데 그런 취급을 받다니, 옳지 않아요."

"그렇지만 왜 꼭 집어서 그 연극을 보라고 하셨을까요?"

디바인은 새로 받은 맥주를 홀짝였다. "설명하기 힘들어요. 그냥 그런 유의 극이에요. 직접 봐야 알아요."

"마음에 들었어요?"

"마음에 들고 말고를 논할 작품이 아닌 것 같아요. 그 연극이 의도한 바는 그게 아닌 것 같아요."

"그럼 뭐가 그 연극의 의도인데요?"

디바인은 자유의 여신상에서 그녀에게로 시선을 옮겼다. "글쎄요, 자기 삶을 어떻게 일궈갈까 하는 문제. 근데 제니퍼가 직접 보게 된다면 나름의 결론을 내려요. 그건 그렇고, 세라한테 연극을 못 봤다고 했다고요. 세라는 뭐라고 하던가요?"

"가서 볼 가치가 있다고 했어요. 내가 확인해보고 싶어 할 것 같다고."

"그럼 세라는 봤다는 얘기로군요. 어느 극장이었는데요?"

"잊어버렸어요. 브로드웨이 어디. 그리고 최근이었어요. 설마 그 시시한 연극이 세라의 자살과 관련 있다고 생각하는 건 아니겠죠?"

"시시한 극 아니에요. 사뮈엘 베케트가 썼고 그걸로 나중에 노벨 문학상까지 받았는걸요. 세라가 그 연극에 왜 관심 있는지, 다른 말은 없었던 거 확실해요?"

스타모스는 확신하지 못하는 표정을 지었다. "더 말하고 싶었던 것 같았는데…… 그 후로 그럴 기회가 없었어요. 그래서 내가…… 얘기를 유도하려고 했죠. 하지만……."

"하지만 뭐요?"

"뭐랄까, 세라는…… 겁에 질려 보였어요." 스타모스가 시선을 들어 그를 보았다. "이게 말이 되는 소리로 들려요?"

"세라한테는 그랬을지 모르죠." 디바인이 생각에 잠겨 대꾸했다. "뭣 때문에 나랑 얘기하자고 한 거예요?"

"세라에 대해 이야기하고 싶다고 했잖아요."

"다른 얘기가 하고 싶은 것 같은데."

그러자 스타모스가 불안한 표정으로 그를 쳐다봤다. "당신, 어젯밤 회사에 있었죠."

"왜 그런 말을 하죠?"

"어제 당신이 떠나고 구급차가 온 후 거기서 빠져나와 회사 경비한테 물어봤어요. 회사로 다시 가서요. 당신이 그 몇 시간 전에, 내가 사옥에 들어간 직후에 들어왔다던데요."

"경비 못 봤는데."

"순찰 돌고 막 돌아온 참이었대요. 그 사람은 당신을 봤는데 당신은 그 사람을 못 본 거죠."

"알겠어요. 그래서요?"

"경비 말로는 내가 떠난 직후 당신도 떠났다더군요. 그래서 경비는…… 그러니까, 직접 말하진 않았지만 그 사람은 당신과 내가…… 알죠, 위층에 올라가서……."

디바인은 의자 등받이에 기대앉았다. 좋아, 여기서 얘기 잘해야 해.

"내 자리에 휴대폰을 두고 와서 그거 가지러 돌아간 거예요. 그게 범죄는 아니잖아요?"

스타모스의 반응은 즉각적이고 직설적이었다. "나는 당신이 휴대폰 가지고 나오는 데 걸릴 법한 시간보다 훨씬 오래 거기 있었어요."

맞아요, 오래 있긴 있었죠. "간 김에 컴퓨터 켜고 일 좀 했어요. 당신이 거기 있는 줄도 몰랐는데, 일하느라 있었던 거 아니에요? 밀린 일 따라잡느라."

"맞, 맞아요. 마무리해야 하는 보고서가 있어서."

"그럼 뭐, 우리 둘 다 겸사겸사 거기 있었던 거네요."

스타모스는 뭔가 살피는 눈으로 그를 뜯어보았고, 디바인은 자신이 테스트를 통과했기를 바랐다. 아니 그보다는 카울의 테스트를 통과했기를 바랐다. 왜냐면 이 대화로 브래드 카울이 아까 구내식당에서 그에게 보낸 눈길의 의미가 더 확연해졌기 때문이다. 그리고 스타모스가 그를 만나고자 한 이유도 설명됐다.

"어제저녁에 떠나면서 나한테 '이쁜이'라고 했죠."

좋아, 2라운드가 열렸군.

"못되고 모욕적인 표현이었어요. 한바탕 싸우느라 아드레날린이 솟구쳐서, 멍청하게 허세 부리는 10대로 돌변했나 봐요. 고등학교 때 여자애들을 그렇게 불렀는데, 걔네 얼굴 가지고 그런 건 아니었어요. 그냥 있어 보이려고 그랬죠. 내가 재수 없게 굴었어요. 정말 미안해요."

뜯어보는 눈초리가 사라지고 그녀가 시선을 떨구었다. "사과, 받아들일게요."

디바인이 일어서서 지갑을 열며 말했다. "집에 가는 기차 타야 돼요. 가서 좀 자고, 멍든 데 얼음찜질도 해야죠. 맥줏값 얼마 주면 돼요?"

스타모스가 그를 올려다봤다. "내가 마시자고 했잖아요. 그러니 내가 낼게요." 디바인이 지갑을 도로 넣는데 그녀가 덧붙였다. "근데, 거기서 누구 죽여보긴 했어요?"

"그러라고 보내는 건데요." 디바인이 대꾸했다.

그는 그녀를 마르가리타와 칩, 과카몰레와 함께 남겨두고 지하철역으로 향했다.

더불어 그녀의 마음속 의심들도.

나에 대한 의심도 있겠지.

그리고 아마 그녀 자신에 대한 의심도.

17

실내가 담배와 커피 내에 찌들 대로 찌든 차가 디바인의 집 앞에 주차되어 있었다. 그 고약한 냄새로 가득한 운전석에, 행콕 형사가 문을 활짝 열어젖힌 채 길바닥에 발을 내려놓고 옆으로 앉아 있는 게 보였다. 그는 디바인이 시야에 들어오자 고개를 들었다.

그리고 일어섰다. 재킷이 벌어지면서 벨트에 끼운 총집의 권총이 슬쩍 드러났다.

"지크자우어보다 글록을 선호하세요?" 디바인이 다가가 물었다.

행콕은 놀란 눈으로 흘끔 자기 총을 내려다봤다. "권총 머리만 보고 그걸 구별할 수 있어요?"

"여러 가지로 알 수 있죠."

"또 군에서 받은 훈련이 빛을 발하는 겁니까?"

"국방색이 뼈까지 스민 놈이라서요. 무슨 일이시죠?"

행콕이 그의 얼굴에 시선을 고정했다. "여어, 그건 왜 그렇게 됐습니까?"

"저기 저 고등학교에서 즉석으로 농구 경기를 하게 됐는데 나이가 내 절반에 나보다 훨씬 잘 뛰는 애들 상대로 되지도 않는 묘기 선보이려다 얼굴로 땅바닥 갈았습니다. 보기만큼 아프진 않아요."

"그렇군. 그런 건 젊은 애들이나 하게 냅둬요. 수사에 진전이 있어서 왔습니다. 시간 있어요?"

"잘 시간만 있다고 하면 그냥 가시게요?" 디바인이 말했다.

"금방 끝나요. 좀 걸읍시다. 그래도 괜찮겠죠? 밤공기도 맑은데."

디바인이 걷기 시작하자, 행콕이 쫓아와 그와 나란히 걸었다.

"수사는 어떻게 돼갑니까? 자살 이유가 뭔지 알아냈어요?"

"세라는 자살하지 않았어요. 그래서 더 물어볼 게 생겨서 온 겁니다."

디바인은 걸음을 우뚝 멈췄다. 행콕도 덩달아 멈춰 섰다.

"뭐라고 하셨죠?"

"세라는 스스로 목숨을 끊지 않았어요. 이건 이제 **살인사건**이 된 겁니다."

디바인은 상황을 180도 뒤집어놓은 그 단어를 오래도록 머릿속에서 굴렸다.

"**자살**이 아니라 **타살**이라고요?"

"공식 발표는 아니라는 걸 염두에 두십쇼." 행콕이 덧붙였다.

"그럼 왜 말해주는데요?"

"내가 선생한테 직설적으로 말하면 선생도 직설적으로 말해줄 것 같아서, 그게 이유입니다."

"여태껏 직설적으로 말했잖아요."

"아닌 것 같은데."

"댁들이 자살이라고 했잖습니까." 디바인이 받아쳤다.

"예비보고에서는 그랬지. 상황이 바뀌었습니다. 타살도 얼마든지 자살로 위장할 수 있지요, 특히 목매단 사체로는 더 쉽게."

"그건 나도 압니다." 디바인이 동요한 표정으로 대꾸했다.

"어떻게요?" 행콕이 곧바로 물었다. "그걸 어떻게 알죠?"

디바인은 다시 걸음을 뗐다. "아프가니스탄에서 꼭 그런 사건이 있었어요. 어떤 남자가 세라처럼 목매단 채 발견됐죠. 모든 증거가 자살을 가리켰어요. 생전에 우울해하기도 했고. 아내가 누군지 모를 개새끼와 바람피우고 있었거든. 그 친구는 진급 기회도 놓쳤어요. 그래서 술을 진탕 마시기 시작했고 그러다 실책을 저질렀죠. 간부한테 여러 차례 지적받았고, 얼마 안 가 군인으로서의 커리어는 끝장 날 게 불 보듯 뻔했습니다."

그자의 이름은 로이 블랑켄십 중위였습니다. 디바인이 속으로 덧붙였다.

"맙소사, 불운이 한꺼번에 덮쳤군."

"맞습니다. 그런데 그는 자살하지 않았습니다. 살해당했어요."

행콕이 그를 곁눈질했다. "누가 죽였는데요? 그리고 왜요? 진상을 어떻게 알았죠?"

"범인은 같은 부대원이었어요. 막 본국에 다녀온 참이었죠. 알고 보니 와이프와 놀아난 게 바로 그치였습니다. 인류 역사만큼 유구한 살해 동기죠. 남편을 그림에서 제거한 뒤 자기가 거기 들어앉아 여자와 천년만년 행복하게 살고 싶었던 겁니다."

그치의 이름은 켄 호킨스 대위고요.

"제길, 배신도 그런 배신이 없겠군. 자살이 아닌 건 어떻게 알았답디까?"

"뉴욕 시경이 알아낸 것과 같은 방식으로 알아냈겠죠." 디바인이 손가락으로 자기 목을 가로로 긋는 시늉을 했다. "일직선으로 난 끈 자국과 휘어진 형태의 끈 자국의 차이가 핵심 단서예요. 교살은 언제나 전자와 같은 흔적을 남기고 목매단 자살은 몸이 받는 중력 때문에 항상 후자의 흔적을 남기니까요. 죽은 사람 손톱에서 밧줄의 삼조각도 나왔고요. 범인이 뒤에서 밧줄로 그의 목을 졸랐고 피해자가 반항하느라 손톱으로 밧줄을 긁어대면서 손톱에 섬유가 끼었다는 얘기죠. 또, 중력이 작용하지 않았으니 끈 자국도 일직선으로 났고요. 목을 조른 다음 범인이 피해자를 그 밧줄로 매달아 자살로 위장한 겁니다. 육군범죄수사사령부 요원들이 휘어진 끈 자국에 가려진 일직선 자국을 발견해냈어요. 휘어진 자국은 사후에 난 거였습니다. 피해자가 이미 숨이 끊긴 상태에서요. 사후에 어떤 일이 일어날 경우 증거로 다 알 수 있어요. 근데 그건 이미 다 아실 테고."

"어떻게 사건에 대해 그렇게 잘 아시죠?" 행콕이 의심 어린 투로 물었다.

사건 기록을 샅샅이 읽고 범죄수사사령부와 수차례 면담했으니 잘 알 수밖에 없었다. 디바인은 그게 자살이 아님을 알았고, 왜 범죄수사사령부가 똑같은 결론을 내리지 않았는지 알고 싶었다. 그래서 파고들다가 그 이유가 진실을 밝히려는 노력보다는 군 지휘부의 정치 놀음과 더 관련이 있음을 알게 되었다. 그리고 캠벨과의 대화로 그런 의심을 재확인했다.

"말했다시피, 내가 속한 부대에서 일어난 일이에요. 그래서 일부러 캐봤습니다."

"살인범은 어떻게 됐습니까?"

"죽었습니다. 범죄수사사령부가 압박을 가해오자 자살했어요. 그러니 그의 죽음은 **실제로** 자살이었지요."

하지만 그것만큼은 거짓임을 디바인은 알고 있었다.

호킨스는 내가 죽게 내버려둬서 죽었어요.

"피해자 부인은요?"

"남편 살해 계획을 알고 있었다는 증거는 나오지 않았어요. 이후 재혼해서 만족스럽게 잘 살고 있습니다." 디바인은 그런 결말이 만족스럽지 못한 티를 내며 덧붙였다. "그런데 세라의 사건은 왜 이제 와서 자살이 아닌 타살이라는 겁니까?"

"방금 하신 얘기와 아주 비슷한 이유에서요." 행콕이 대꾸했다.

"살인범이 증거를 흘렸군요." 디바인이 떠오른 생각을 말했다.

"게다가 그 살인범은 아직 잡히지 않았고요. 그놈을 잡아들이는 게 내 일입니다."

"그녀일 수도 있죠."

"피해자가 여자라도 그렇게 매달려면 상당히 힘이 들었을 텐데요. 말이 좀 그렇지만, 송장 무게가 어디 만만합니까?"

"그래서, 나한테 원하는 게 뭡니까?" 디바인이 물었다.

"세라가 발견된 날 대충 자정부터 새벽 4시까지 어디에 있었습니까?"

"그게 사망 추정 시간입니까?" 디바인이 되물었다.

"대강요. 건물에 에어컨이 세게 틀어져 있어서 사망 시점이 애매해졌어요. 가능하면 그걸 좁히려고 지금 더 철저히 계산하고 있고요."

"흠, 나는 그 시간에 집에서 자고 있었어요. 새벽 4시에는 운동하려고 막 일어나고 있었고."

"증언을 뒷받침해줄 사람 있어요?" 행콕이 물었다.

"룸메이트 중 하나가 해줄 수 있을 거예요. 하지만 카울사 사옥에는 감시카메라도 많고 당직 경비도 있고, 퇴근 후 들어가려면 보안 카드가 필요합니다. 괜히 단서 알아내려고 몰래 쑤시고 다닐 필요 없어요, 형사님."

그 말에 행콕이, 농담이 아닌 게 분명하지만 농담 투로 대꾸했다. "하, 고맙수다. 그런 줄 전혀 몰랐네, 내가. 이 망할 사건은 저절로 해결된 거나 마찬가지군."

"수사를 어떻게 하라고 가르치려던 건 아니었어요."

"그렇게 들리던데요. 그건 그렇고, 정말로 새벽 4시에 운동해요?"

"네, 저기 있는 고등학교 풋볼 경기장에서요. 운동할 시간이 딱 그

때뿐이라."

"알겠습니다. 하나 말해두자면, 경비가 순찰을 돈답니다. 로비에 늘 붙어 있는 건 아니란 얘기죠."

네, 나도 잘 압니다. 디바인이 속으로 대꾸했다. "보안카드랑 감시 카메라는요?"

"범인이 밤새 건물 안에 있었을 수도 있잖습니까?"

"출입한 사람을 세보면 되잖아요."

"무혐의자를 전부 용의선상에서 제거하기엔 드나든 사람이 너무 많고 정확히 가려내기도 힘들뿐더러 카메라 각도도 형편없어요. 제거할 수 없는 사람 중엔 선생도 포함되고."

"나는 전날 밤 집에 돌아왔어요. 그건 룸메이트들이 증언해줄 겁니다." 적어도 디바인이 바라는 바는 그랬다. "그리고 다시 건물에 들어갔다면 내 보안카드가 사용됐을 테고요. 다 기록에 남습니다. 영상에도 찍히고."

"어젯밤 찍힌 것처럼요? 한 11시쯤이었죠?"

"휴대폰을 놓고 왔어요. 그래서 가지러 갔죠. 내가 나가는 걸 경비가 봤어요."

"보긴 봤죠."

"그런데 뭐요?" 디바인이 물었다.

"뭐긴요, 더 할 말이 없다면 그게 다지."

"할 말 없습니다."

"세라 유즈랑 알던 사입니까?" 행콕이 대뜸 물었다.

"알고 지냈다고 이미 말했잖아요!"

"그렇게 발끈할 건 없는데 그러시네요. 문제는, 나는 선생이 자기 입으로 말하는 것보다 유즈를 더 깊이 알고 지낸 것 같단 말이지."

디바인은 걸음을 멈췄다. "무슨 근거로요?"

"사실입니까?" 행콕이 물었다.

"'말하는 것보다 더 깊이'가 무슨 뜻인지에 따라 다르죠."

"데이트하는 사이였어요? 둘이 잤어요?"

"내가 변호사를 고용해야 합니까?" 디바인이 물었다.

"변호사가 필요하다고 생각합니까?"

"여긴 미국이잖습니까. 살다 보면 어느 시점에는 꼭 변호사가 필요하죠."

행콕은 그 대답이 마음에 들지 않는 기색이었다. "질문에 답을 안 하면 나는 의심을 품고 선생에게 죄가 있다고 생각할 수밖에 없습니다."

"내가 유즈와 데이트했고 같이 잤다 해도 그게 어째서 살인의 동기가 됩니까?"

"인류 역사상 가장 유구한 동기라면서요. 거절당한 전 애인."

"이제는 내가 거절당한 전 애인이라고요? 아예 소설을 쓰시죠."

"그거 맞아요?" 행콕이 또 물었다. "거절당한 전 애인?"

"더 할 얘기 없습니다."

"육군범죄수사사령부는 범인을 잡았지요. 우리도 잡을 겁니다."

"잡기를 바랍니다. 근데 나는 아닐 겁니다. 내가 안 했으니까."

"아, 알겠어요. 그 말 믿어드리지. 용의선상에서 바로 지워드리리다."

"다른 용의자들하고는 얘기 안 해요?" 디바인이 물었다.

"그건 선생이 알 바 아니고."

디바인은 홱 돌아서 집으로 걸어갔다.

내일은 일요일, 안식의 날이었다. 어쨌든 하나님에게는.

하지만 트래비스 디바인에게는 아니었다. 내일은 그가 지난 한 주간 한 일을 다 합친 것보다 더 많은 일을 해야 할지도 모르는 날이다.

아니, 카울앤드컴리 입사 이래 한 일을 합친 것보다 더 많이.

그렇지만 또, 내일까지 기다릴 이유가 뭐 있나? 어쨌거나 아직 초저녁인데.

18

소파에 러시아인 룸메이트 윌 밸런타인이 있었다. 이번에는 깨어 있었다. 빳빳한 새 피자 상자가 소파 옆에 놓여 있고 늘 홀짝이는 쿠어스 라이트 맥주도 뚜껑이 안 따진 상태였지만 오래갈 것 같지는 않았다. 미국의 정크푸드와 맥주에 대한 밸런타인의 식탐은 만족을 모르는 것 같았다.

디바인은 옆에 털썩 앉아 피자와 맥주를 살피며 말했다. "이 나라에 다른 종류의 음식이랑 음료도 있는 거 알지? 그리고 이런 것만 먹으면 수명이 줄어든다는 것도?"

"미국인들은 농담 참 좋아해." 밸런타인은 씩 웃더니 페퍼로니피자 조각을 크게 한입 베어 물며 한 손으로 능숙하게 컴퓨터 키보드를 두드렸다.

디바인은 그 모습을 지켜보다 어깨를 으쓱했다. "뭐, 이 주의 건강 조언은 그걸로 족할 것 같네. 네가 도와줄 수 있을 것 같은 문제가 있어. 이상한 이메일을 받았는데 발신자가 누구인지 모르겠어. 너라면 추적할 수 있을 것 같은데."

밸런타인이 그를 날카롭게, 흘끔 봤다. "나한테 전달해봐요."

디바인은 메일을 전송한 후 말했다. "언제든 되는 대로 해줘. 근데 빠를수록 좋아. 사람 목숨이 달렸을지 모르는 문제거든."

밸런타인은 그 말을 흘려들으면서도 어느새 자기 이메일함에 들어온 메시지에 온 신경을 집중하고 있었다. "미국인들은 참, 그딴 일에 너무 몰두해 산단 말이죠. 러시아에서는 매일같이 사람이 죽는데. 보통은 정부의 손에. 아니면 보드카 너무 처마셔서. 그래도 가는 방법치고 괜찮죠, 안 그래요?"

"안 그래."

"피자 먹을래요?"

디바인은 상자를 흘끔 보고 한 조각 집었다. "아 참, 목요일 밤 내내 내가 여기 있었던 거 기억하지?"

"목요일? 그럼요, 그럼요. 그날 밤 내내. 왜요?"

"그냥." 그날 밸런타인이 자기 방에서 세상모르게 잠들어 있었던 게 떠올랐다. 밸런타인이 잘못 기억해서 경찰에게 사실과 달리 말한다 해도 경찰은 그를 믿어주지 않을 터였다. 어쨌거나 그는 러시아인이니까. 그는 디바인의 얼굴 상처에 대해서도 한마디도 하지 않았다. 미국인들은 원래 며칠에 한 번씩 얻어터지고 다니나 보다고 넘겨짚었는지도 모른다. 어쩌면 러시아인들도 그러는지 모르고.

문득 밸런타인이 눈을 들었다. "어이, 형님. 이건 이메일 주소처럼 보이지 않는데요?"

"알아, 그게 문제야. 회신도 안 돼."

"인터넷으로 온 거 확실해요?"

"확실해."

밸런타인은 미심쩍은 표정이었지만 곧 메시지를 읽기 시작하자 표정이 변했다. "잠깐. 세라 유즈? 형님, 전에 만난다고 했던 여자 아니에요? 근데 죽었네."

제길, 세라 얘기를 한 걸 깜빡했네. 디바인은 밸런타인을 가만히 살피며 현재 상황과 그가 보일 법한 반응을 가늠해봤다. "아무 말 말고 이메일이나 추적해줘, 윌. 중요한 일이야."

그래놓고 그는 피자를 우물거리며 방으로 올라가 옷을 갈아입었다. 청바지와 검은색 티셔츠. 그가 편한 복장을 고를 때면 늘 손이 가는 옷들이었다. 한쪽 팔과 어깨가 여전히 쑤셨다. 욕실로 가 얼굴에 연고를 새로 발랐다. 거기서 나왔을 때 헬렌 스피어스가 근육질 허벅지가 드러나는, 하얀 뒷주머니가 달린 아주 짧은 청 반바지와 빨간 크롭톱 차림으로 문 앞에 서 있었다. 긴 머리는 말아서 정수리에 얹고 헤어클립 몇 개로 고정해놓았다.

맙소사, 모델이 따로 없군. 디바인이 속으로 감탄했다.

"얼굴이 왜 그래요?" 스피어스가 대뜸 물었다.

"면도하다 베었어."

그러자 스피어스가 눈알을 굴렸다. "자기가 재밌는 줄 아나 봐. 근데 남자들 대부분이 그러더라."

"유죄를 인정합니다, 판사님." 시답잖은 농은 거기서 끝났다.

"회사 건물에서 웬 여자가 죽었다면서요."

디바인은 바짝 긴장했다. "응, 누가 죽었어. 세라 유즈라고."

"아는 여자예요?" 스피어스가 물었다.

"조금."

"뉴스에선 자살이라고 하던데."

"뉴욕 시경은 지금쯤 다르게 보고 있을지도 몰라." 디바인이 대꾸했다.

"바깥에서 얘기한 게 뉴욕 경찰이었어요? 아까 창밖 내다봤거든요. 경찰처럼 보이던데." 뜻밖에 진지하고 흥미가 묻어나는 투였다. 그걸 어떻게 받아들여야 할지 판단이 서지 않았다.

"응, 경찰이야."

"뭘 원한대요?"

"그냥 탐문하는 거야. 다른 사람들한테도 똑같이 해."

스피어스가 가슴팍에 팔짱을 얹고 놀랍도록 법조인 같은 태도로 그를 바라봤다. "변호사 필요해요, 트래비스? 잘하는 사람 몇 명 아는데."

"나는 세라의 죽음과 아무 관련이 없어."

"그건 상관없어요. 죄 없는 사람이 감옥 가는 일도 허다하니까."

그 말에 디바인은 내심 동요했지만, 그게 사실임은 그도 잘 알았다. "필요하면 말할게. 제안 고마워. 참, 지난 목요일 밤에 내가 여기 있었던 거 기억하지?"

"왜요? 내가 트래비스의 알리바이예요?" 스피어스가 재빨리 덧붙였다.

"알리바이라고 하고 싶으면 그러든가."

"그런 것 같은데요. 근데 어차피 나 늦게 들어왔어요. 어젯밤에는 확실히 본 기억이 나는데. 내가 식당에서 요가하고 있었잖아요."

"어젯밤은 경찰 조사랑 관련이 없어."

"그건 알아요. 아무튼 기억을 더듬어볼게요."

"고마워. 변호사시험 준비는 어떻게 돼가?"

"뉴욕주 시험은 진짜 어렵다던데, 그래도 느낌이 좋아요."

"어느 법으로 갈 거야?"

"형사법."

"어느 쪽?"

스피어스는 디바인이 쉽게 간파할 수 없는 표정으로 그를 보았다. "당연히 나를 더 필요로 하는 쪽이죠."

그러더니 그녀는 아래층으로 내려가버렸고, 곧 현관문이 열렸다 닫히는 소리가 들렸다. 복도를 가로지른 디바인은 탭쇼가 방 안에서 키보드 두드리는 소리를 듣고 방문을 노크했다.

탭쇼가 잠옷으로 보이는 옷을 입고서 문을 열고 나와 섰다.

"네?" 그녀가 활기차게 말했다. 짙은 금발 머리칼이 왜소한 어깨에 닿도록 늘어져 있었다. 얼굴은 오목조목 귀염 상에 눈은 총기와 즐거움으로 반짝거렸다. 자기 말로는 20대 후반이라는데 가끔은, 예를 들면 지금처럼 아직 10대로 보일 때가 있었다. 비쩍 말랐지만 그것 말고는 건강해 보였다. 지금은 귀여운 토끼 모양 실내화를 신고 있었다. 뒤로 얼핏 보이는 방 안은 난장판이었다. 수류탄이 터져도 저것보단 단정할 것 같았다.

벽들은 온통 노란색, 초록색 포스트잇 메모로 뒤덮여 있었다. 책상에는 대형 컴퓨터 모니터 세 대가 놓여 있었다. 그리고 수입과 순수익 추이를 그린 화이트보드가 하나 있고, 기업 조직도를 곁들인 업무 플로 차트도 보였다.

디바인은 탭쇼가 MIT에 다닌 건 알고 있었다. 컴퓨터공학으로 학사를 땄다고 했다. 탭쇼가 세계 정상급 게이머인 것도 나중에 알았다. 실제로 게임 상금을 모아 사업 자본을 댔다고 탭쇼가 얘기해주었다. 그뿐 아니라 월등한 컴퓨터 기술과 전반적인 탁월함으로 저명한 국제적 상도 여러 차례 받았다. 이후 하버드에서 속성으로 MBA까지 따냈다. 아래층에서 맥주를 들이켜고 있는 곰 같은 러시아인이 컴퓨터를 제법 다루는 건 디바인도 알지만, 연애와 데이트 플랫폼 업계에서 제국을 일구려는 이 파릇파릇한 얼굴의 비쩍 마른 젊은 여자는 차원이 전혀 다른 것 같았다.

"잘 지내, 질? 가끔 나와서 바람 쐬고 밥도 먹는 거지?"

디바인은 진심으로 탭쇼가 좋았다. 탭쇼는 야심 넘치지만 심성이 착했고 잘난 체하지도 않았다. 그런 사람은 좀처럼 만나기 힘든데. 게다가 탭쇼는 미소가 따스하고 또, 약간 순진무구하긴 하지만 남에게 친절하게 대할 줄도 알았다.

"아, 그럼요. 오늘도…… 아침밥 먹었다고요, 아마도." 탭쇼는 확신 없는 표정으로 대답하더니 자신의 진술을 뒷받침할 증거라도 찾듯 등 뒤의 방을 슬쩍 돌아봤다.

"지금 저녁땐데."

탭쇼가 넋 빠진 표정을 지었다. "와. 시간 참 빠르네. 그래도 사무실로 출근하면 최소한 수프랑 커피는 챙겨 먹는데 오늘은 종일 여기 있었거든요." 그러더니 디바인의 얼굴에 난 상처에 그녀의 시선이 꽂혔다. "세상에, 어쩌다 그랬어요? 오토바이 타다가 넘어졌어요?"

"샤워하다 미끄러졌어. 밸런타인이 아래층에서 피자 먹고 있는데. 다 먹기 전에 얼른 가보는 게 좋을 거야."

"그래야겠네요. 앗, 그러는 아저씨는 잘 지내요?"

디바인이 처한 곤경에 대해 전혀 모르는 것 같았다. 탭쇼의 세상은 철저히 허밍버드를 위주로 돌아갔다. 하지만 물어봐준 것만으로도 고마웠다.

"그럭저럭. 어, 혹시 언제든 쉬고 싶으면 이 근처에 괜찮은 테킬라 파는 데 있어."

"나 테킬라 진짜 좋아하는데."

"잘됐네."

"다음 주말 어때요? 아저씨도 매일 야근하잖아요."

"알아줘서 고맙군." 디바인이 씩 웃었다. "너도 꽤 바쁘게 살던데."

그러자 탭쇼는 메모지가 덕지덕지 붙은 벽을 돌아보았다. "정신없죠? 근데 뭐랄까, 뭔가를 만들어내는 게 참 기분 좋아요. 특히 사람들에게 필요하고 도움이 되는 거요."

"내가 하는 일보단 백배 낫네…… 뭐. 아무튼, 얼른 가서 피자 먹어. 월이 안 주겠다거든 나한테 일러."

"고마워요."

탭쇼는 우당탕탕 아래층으로 내려갔다. 잠시 후 밸런타인이 외치는 소리가 들려왔다. "어이, 안 되지, 그건…… 관둬라, 이미 한입 물었네. 미국이 이렇다니까. 아니 잠깐, 나도 이제 미국인이지. 그러니까 괜찮아."

디바인은 오토바이 헬멧을 집어 들고 뒷문으로 나갔다.

19

오늘 밤 카울의 도시 밖 궁궐은 고요했다. 오토바이에 걸터앉아, 전역할 때 챙겨 온 야간조준경으로 그곳을 살피던 디바인은 그렇게 생각했다. 군대가 그 정도는 줄 수 있다고 여겨서 가져온 물건이었다. 저택에는 불이 켜져 있어서 안을 오가는 사람들이 훤히 보였고 건물 앞에는 평범한 차 두 대가, 그러니까 BMW 8시리즈와 마세라티 컨버터블이 주차되어 있었다. 카울이 부가티에 퍼부은 돈이면 그 두 모델을 각각 열 대씩은 살 수 있을 것이다.

디바인은 가볍게 뛰어 길을 건너가, 한데 모여 있는 오크나무 중 한 그루의 갈고리 모양 돌출부 사이에 자리를 잡았다. 다른 데는 싹 밀어버렸는데 무슨 이유에선지 살려둔 나무였다. 이 위치에서는 전에 못 본 방들이 들여다보였다. 금발 비키니 여인은 아직 안 보였고 카울도 어디 갔는지 없었다. 하지만 이 저택에는 차고가 여덟 칸이나 있으니 그중 한 칸에 부가티가 주차돼 있을지도 모른다.

디바인은 잠시 거기 앉아 기다렸다. 군인이 주로 하는 일을 생각하면, 오랫동안 가만히 있는 게 언뜻 직관적이지 못한 행동으로 느껴질 수도 있다. 하지만 사전에 첩보를 더 많이 수집할수록 이후의 싸움이 더 수월히 풀리게 마련이다.

디바인은 나무 뒤에서 나와 적당히 트인 곳으로 재빨리 이동한 후 훌쩍 점프해 저택 담에 몸을 걸쳤다. 그런 다음 상완과 팔꿈치를 담 벼락에 단단히 붙인 채 야간조준경을 눈에 대고 초점을 맞췄다.

그리고 드디어 대어를 낚았다.

금발 비키니 여인이 풀 옆 테이블에 앉아 있었다. 하얀 슬랙스와 연파란색 민소매 블라우스 차림이었다. 발꿈치 부분이 없는 파란색 캐주얼화가 풀장 패션을 완성해주었다. 그대로 잡지 표지에 실려도 될 것 같았다.

그런데 마주 앉은 남자에게 더 흥미가 갔다.

얼굴에 반창고를 덕지덕지 붙이고 있기는 했지만 그가 그리니치빌 리지 뒷골목에서 한판 뜬 와스프라는 걸 알아보는 데는 전혀 무리가 없었다. 서로 바짝 붙어 앉아 열띤 대화를 나누는 두 사람을 보면서 디바인은 두 가지가 궁금해졌다. 첫째, 와스프의 차는 몸집 큰 BMW 일까 마세라티일까? 둘째, 저 둘은 남매일까? 충분히 그렇게 봐도 될 만큼 닮았기 때문이었다.

곧이어 다른 궁금증이 떠올랐다. 와스프가 여기 있는 건 대단한 우 연이었다. 그것도 상당히 거슬리는 우연. 그렇지만 달리 생각하면, 그리니치빌리지의 그 술집은 파이낸셜디스트릭트에서 일하는 이들 이 워낙에 많이 찾는 곳이었다. 디바인도 카울앤드컴리의 회식 때 동료 버너들과 함께 몇 번 간 적이 있었다. 그러니 와스프가 그 술집 에 갔고 금융업에 종사한다면, 브래드 카울과도 아는 사이일 가능성 이 다분했다.

두 사람이 뭐라고 하는지 들리지 않았기에 디바인은 담에서 내려 와 오토바이 세워둔 데로 가서 기다렸다.

오래 기다릴 필요는 없었다.

와스프가 저택에서 나와 BMW에 올라탔다. 디바인의 추측이 빗 나갔다. 마세라티를 모는 부류인 줄 알았는데. BMW가 저택 정문을 통과하자 와스프는 액셀을 힘껏 밟았다. 차는 굉음을 내며 나아갔고 디바인은 또 한 번 추격에 나섰다.

차가 맨해튼을 향하고 있다는 사실은 별로 놀랍지 않다. BMW는 지정주차구역 동네로 들어서더니 마침내 어퍼이스트사이드의 어느 브라운스톤 주택(적갈색 사암으로 지은 주택—옮긴이) 앞에서 멈춰 섰다. 와스프는 그 집 현관으로 걸어 올라가 도어록을 열고 안으로 들어갔다.

디바인은 맞은편에 오토바이를 세워놓고 BMW 번호판과 그 집, 그리고 주소를 사진으로 찍었다. 주소는 정문 바로 옆 돌벽에 붙어 있는 황동 번호판에 자세히 새겨져 있었다. 창문이란 창문마다 커튼이나 블라인드가 쳐져 있어서 야간조준경은 무용지물이었다. 디바인은 양옆의 집들을 살펴봤다. 그 집들도 안이 캄캄하기는 매한가지였다. 길가를 따라 차량이 줄줄이 주차되어 있었다.

주택은 가격이 2천만 달러 이상은 나갈 것 같았다. 그런데 와스프의 나이는 많아봐야 30대로 보였다. 집을 물려받은 것일 수도 있었다. 이 동네는 그런 집이 많으니까.

디바인은 그곳을 떠나 브로드웨이로 갔다. 〈고도를 기다리며〉를 2주 더 상연한다는 극장의 주소를 알아둔 터였다. 시어터디스트릭트의 심부인 45번가에 있는 극장이었다.

롬바르드 극장.

그는 매표소에서 일요일 낮 공연 표를 샀다. 그런 다음 다운타운으로 가 전날 세 남자와 몸싸움을 벌였던 그리니치빌리지 술집 앞에 오토바이를 세웠다. 연석에 바짝 붙도록 주차된 차 뒤에 비스듬히 오토바이를 세운 후 주변을 둘러봤다. 경찰의 출입통제 테이프는 물론이고, 이곳이 '범죄 현장'이라는 그 어떤 증거도 보이지 않았다. 스타모스가 사실대로 말한 건지도 모른다. 다음으로 그는 남쪽으로 이동해 카울사 사옥으로 가서 그 앞에 오토바이를 세웠다. 유리 너머로 경비가 보였다.

고개를 한껏 젖혀 52층을 올려다보았다. 이제는 누군가가 세라 유즈를 **살해한** 장소가 된 곳이었다. 어차피 카울사에서 어떤 불법적 일이 벌어지고 있는지 알아내야 하니, 누가 유즈를 죽였는지도 알아내야 할 듯싶었다. 그 두 가지는 서로 연관되어 있으니까. 그 연결고리가 브로드웨이 연극에서 나온 것일 수도 있었다.

최선을 다했는데도 이 사건을 풀지 못하면 에머슨 캠벨이 나를 영창에 처넣을 거라는 예감이 드는 건 왜일까?

디바인은 브루클린교를 타고 이스트강을 건너 브루클린으로 이동했다. 시커먼 강물은, 적어도 그의 눈에는 부루퉁한 데다 주변 일에 관심이 없어 보였다. 이윽고 그는 프로스펙트 공원에서 한 블록 떨어진 파크슬로프의 어느 거리에 다다랐다. 조용하고 가로수가 가지런히 늘어서 있으며 리모델링한 집이 많은 부촌이었다.

그중 한 곳에 세라 유즈가 살았었다. 그 집 앞에 경찰차 두 대가 서 있는 게 보였다. 현관문 앞에 경관 한 명이 감시를 서고 있고, 집 안에는 불이 들어와 있었다.

정장 차림의 남자 한 명이 그 집에서 나와 주위를 두리번거렸다. 곧이어 빨강 머리의 늘씬한 여자가 황급히 쫓아 나와 현관 앞 계단의 맨 아래 칸에 남자와 나란히 섰다. 손에 마이크를 쥔 여자는 블라우스 뒷자락 안쪽으로 배터리팩을 차고 있었고, 그 뒤로 덩치 큰 카메라맨이 따라왔다.

언론이 사건 냄새를 맡은 모양이군.

정장 입은 남자가 기자에게 대꾸했고 둘이 짧게 뭐라 주고받았지만 카메라맨은 그걸 찍지 않았다. 예정된 만남인가 보군, 하고 디바인은 생각했다. 남자가 돌아서 집 안으로 들어가려 하자 여자가 어쨌든 명분상으로는 질문을 더 하려고, 또 어쩌면 그럴싸한 영상도 건지려고 그를 쫓아갔다. 디바인이 있는 곳에서는 그들의 대화를 정확히 들을 수 없었지만, 아마도 기자는 원하는 만큼의 정보를 얻어내지 못한 모양이었다. 반면에 남자는 참을 만큼 참은 듯 보였다. 그가 기자의 면전에 대고 문을 쾅 닫았고, 기자는 화난 기색이 역력했다.

정복경관이 다가와 두 사람에게 가라고 손짓했다. 여자가 그에게 뭐라고 쏘아붙이더니 돌아서서, 카메라를 아래로 향하게 들고 있던 동료와 뭐라고 지껄였다. 두 사람은 좁은 골목길 저만치에 주차해놓은, 눈에 확 띄게 방송사 로고가 인쇄된 밴으로 갔다. 잠시 후 밴이 떠났다. 차가 쌩하고 지나갈 때 디바인은 여자를 가까이서 보았다. 여기저기가 패고 먼지를 뒤집어쓴 밴은 자신들을 '채널44'라고 소개하고 있었다. 디바인은 그런 방송사가 있는 줄 처음 알았다. 기자는 디바인의 또래로 보였다. 결연한 표정이었고, 그날의 가장 획기적인 뉴스거리가 아니라면 눈길도 주지 않을 타입 같았다.

이윽고 디바인의 신경이, 천천히 골목으로 들어와 집 앞에서 멈춘 택시에 쏠렸다. 택시에서 두 사람이 내렸다. 남자 한 명, 여자 한 명이었다. 나이는 50대로 보였다. 머리가 벗겨진 남자는 슬랙스와 흰 셔츠 차림이었다. 죽은 사람처럼 생기가 없었다. 여자의 얼굴에는 최근 소중한 것을 잃은 이의 고통이 어려 있었다. 남자가 택시 트렁크에서 바퀴 달린 커다란 여행가방을 내렸고 택시는 이내 떠났다.

남자가 여자 허리에 팔을 두르고 부축했고, 그렇게 두 사람은 천천히 계단을 올라가 거기 있던 경찰관과 마주했다. 두 사람이 아마도 신분증인 듯한 것을 차례로 내보이자 경관이 어깨패드에 벨크로로 부착돼 있는 마이크에 대고 뭐라고 중얼거렸다. 잠시 후 문이 열리고 조금 전의 정장 입은 남자가 나왔다. 그가 부부를 안으로 들인 후 문을 닫았다.

디바인은 그 광경을 유심히 지켜봤다. 유즈의 부모가 해외 어딘가에서 비행기로 이동해 이제 막 도착한 모양이었다. 사건 분류가 공식적으로 '살인'으로 바뀐 걸 그들이 알고 있을지 궁금했다. 아직 모른다면 곧 훨씬 더 견디기 힘든 시간을 맞을 터였다. 자식이 자살하면 죄책감이 들게 마련이다. 내가 어떤 신호를 놓친 걸까? 내가 뭘 할 수 있었을까? 이런 생각이 맴도는 것이다.

하지만 자식이 살해당하면 경악이 뒤따른다. 아직 잡히지 않은 누군가가 내 새끼를 죽였다니. 제일 먼저 드는 충동은 원수를 갚아주겠다는 것이다. 그러다 격한 감정이 잦아들면, 더 이성적으로 상황을 보게 된다. 그 시점에는, 누군가 내 자식의 목숨을 끔찍하게 앗아간 사실을 받아들임과 동시에 웬만한 부모라면 결코 발을 딛고 싶지 않을 온갖 개인적 지옥으로 깊이 빠져들게 되는 수도 있다.

그렇지만 유즈가 진짜로 살해당했다면 범인은 카울앤드컴리의 누군가라는 얘기였다. 그리고 그건, 디바인을 포함해 거기서 일하는 모두가 용의자임을 뜻했다.

20

일요일이라 디바인은 조금 느지막이 일어났다. 오전 6시경에는 이미 운동을 마치고 조금 더 자러 도로 침대로 들어갔다. 몸 상태에 귀를 기울이니, 속도를 늦추고 휴식을 취하라고 말하고 있었다. 11시쯤 일어나 운동으로 난 땀을 씻어내고 아침식사를 준비했다. 채소를 넣은 오믈렛과 토스트, 단백질 셰이크, 커피, 그리고 에라 하는 심정으로 초코칩쿠키도 한 개 곁들였다.

식사를 끝낸 후 다시 방으로 가 노트북 전원을 켜고 검색 작업에 돌입했다. 와스프가 들어간 어퍼이스트사이드 주택의 소유주는 로커스트그룹으로 돼 있었다. '로커스트그룹'을 구글에 검색하자 변형 검색어의 결과를 포함해 수백 개의 결과물이 좌르륵 떴다. 어떤 건 사무실 주소 및 웹사이트 주소, 사업 소개까지 자세히 실려 있어 상당히 신뢰가 갔다. 하지만 일일이 클릭해보기에는 결과가 너무 많았다.

약간 변형을 줘서 '로커스트'를 검색창에 쳐봤다. 메뚜기과에 속하는, 더듬이가 짧은 메뚜기를 일컫는다는 정의가 나왔다. 인간에게 해롭지는 않다고 되어 있었다.

디바인은 욱신거리는 어깨와 상처 난 얼굴을 문질렀다.

인간에게 해롭지 않다는 부분은 재정의해야 할 것 같은데.

하지만 이 로커스트그룹의 유일한 존재 목적이 뉴욕의 브라운스톤 주택을 소유하는 것이라면, 사업장 주소와 웹사이트가 없는 것도 말이 됐다. 초부자나 유명인들이 프라이버시 보호를 이유로 유령회사를 내세워 부동산을 매입하는 일이 흔하다는 건 디바인도 잘 알았다. 어쩌면 이 경우도 그게 다인지 모른다.

이어서 BMW의 번호판을 조회해봤다. 밸런타인이 이런 정보에 접근하는 꽤 유용하고 간단한 방법을 알려준 적이 있었다. 그런 걸 어떻게 아느냐고 묻자 그는 미트볼 피자 조각 든 손을 휘저으며 콧방귀를 뀌었다. "뉴욕 DMV(차량관리국—옮긴이)? 하, 걔넨 껌이에요. 내 조카도 DMV랑 FBI, 씨발 CIA는 물론이고 다른 알파벳조합 기관들 다 해킹할 수 있는데요. 걘 아직 '애새끼'인데도."

하여간 밸런타인은 징글징글한 녀석이었다.

차량은 크리스천 풀러턴 칠턴이라는 사람 앞으로 등록되어 있었고 주소지는 예의 그 브라운스톤 주택으로 기재되어 있었다. '칠턴'을 검색해봤다. 칠턴이라는 이름을 가진 사람은 많았지만 그걸 미들네임으로, 그리고 디바인이 아는 그의 생김새를 기반으로 재빨리 검색 결과를 좁혔다.

페이스북 페이지가 떴는데 비공개로 설정돼 있어서 게시물을 전부 다 볼 수는 없었다.

하지만 우회하는 방법이 있었다. 이건 러시아인에게 도움을 구할 필요도 없었다.

일단 HTML 소스 코드를 확인한 다음 거기서 숫자로 된 ID를 긁어 플러그인을 했고, 업계에서—디바인처럼 들쑤시고 다니는 놈들을 상대로 페이스북이 벌이는 끊임없는 전쟁 때문에—'URL 조작'이라 불리는 단계를 몇 개 더 밟았다. 예를 들면 칠턴의 페이스북에 올라와 있는 실제 친구 몇몇의 프로필 속성을 카피한 다음 그 자료를 자기 프로필에 주입하는 것인데, 그렇게 하면 크리스천 칠턴의 페이지가 속아 넘어가 디바인을 자기 '절친'으로 인식했다. 그런데 디바인은 가짜 아이디를 생성해 그러고 있었으므로, 칠턴이 그 단계를 역으로 밟아 진짜 디바인을 추적해낼 가능성은 매우 낮았다. 어쨌든 추적되지 않기를 디바인은 바랐다.

그는 사진과 포스팅을 재빨리 훑었다. 굉장히 유명한 젊은 사람들이 눈에 띄었고, 굉장히 유명한 나이 든 사람들도 보였다. 칠턴은 발이 넓은 놈인 것 같았다. 그가 드림 카를 타고 있거나, 클럽 메드에서 초대형 요트를 즐기고 있거나, 의기양양하게 걸프스트림 650(걸프스트림 에어로스페이스사에서 만든 비즈니스용 제트기—옮긴이)에 올라타는 사진들이 실려 있었다. 디바인이 제트기 이름을 짐작한 것도 아니었다. 칠턴이 편리하게도 어떤 타입의 비행기인지, 대문자에 큰 폰트로 달아놨으니까. 디바인은 그런 비행기엔 타본 적도 없었다. 그가 아는 육군 졸병의 이동 수단은 엉덩이가 남아나지 않는 C-130 허큘리스나 C-17 수송기뿐이었다. 일단 좌석부가 있고 그 좌석에 몸을 고정해줄 하네스까지 있으면 그게 바로 일등석이었다.

또 칠턴은 본인이 자랑스레 떠벌리기를, 메이플라워호를 타고 건너온 에드워드 칠턴의 직계후손이었다. 대체 그게 요즘에 무슨 자랑거리냐 싶지만, 그래도 어떤 부류에게는 통하리란 걸 디바인은 잘 알았다.

칠턴은 자기 직업을 '기업가 겸 투자가'라고 써놓았다. 사업체를 하나 운영하고 있으며 사명이 예상을 전혀 벗어나지 않는, '메이플라워엔터프라이즈'라고 했다. 그의 페이스북에 회사 홈페이지가 링크되어 있었다. 그걸 클릭해 훑어보았다. 꽤 믿을 만해 보였다. 각종 사업 분야에서 엄청난 규모의 투자를 한 것으로 나와 있었다. 칠턴이 업체 대표이고, 웹사이트에 올라 있는 수많은 미소 띤 얼굴들이 나머지 구성원이었다.

디바인은 카키색 슬랙스와 파란색 반소매 셔츠로 갈아입고, 옅은 갈색 캔버스 운동화를 발에 꿰었다. 그리고 연극을 보러 막 나서는데, 헬렌 스피어스가 미간에 주름을 잡으며 다가왔다.

"알리바이를 제공하지 못하게 됐어요, 트래비스. 아무리 생각해도 목요일 밤에 본 기억이 안 나요. 집에 있었던 거 확실해요?"

"응, 근데 괜찮아. 기억 안 나면 안 나는 거지. 마음 불편한 일 해달라고 강요할 생각 없어."

스피어스가 가까이 와 그의 팔을 슬쩍 건드리며 말했다. "미안해요, 트래비스. 아무튼 언제든 얘기하고 싶으면, 나 여기 있는 거 알죠?"

"고마워."

그녀가 가버리자 디바인은 눈을 감고 심호흡을 하면서, 거기서 더 이상 상상을 펼치지 말라고 자기 고삐를 당겼다. 가뜩이나 할 일도 많은데.

질 탭쇼의 방문을 살핀 다음 노크를 했지만 응답이 없었다. 사무실로 출근했는지도 모른다. 탭쇼에게 일요일이란 그저 사랑을 나누는 제국을 건설해갈 또 다른 하루에 불과하니까.

디바인은 밖으로 나갔다. 이번에는 오토바이를 두고 가기로 했다. 그 대신 기차를 탈 작정이었다.

역으로 걸어가면서 스피어스가 한 말에 다른 뜻이 숨어 있는지 고민해봤다. 그러기를 바라서 고민되는 건지도 모른다. 디바인이 스피어스에게 약간 반했고 스피어스도 그에게 마음이 있는 건 사실이다. 하지만 그래서 한 소리는 아닌 것 같았다. 스피어스는 진심으로 그를 걱정하는 듯했고, 그 이유를 디바인은 도통 알 수가 없었다. 둘이 절친한 사이도 아니었고, 게다가 스피어스는 디바인보다 훨씬 나은 연애 상대가 수두룩하게 꼬이는 여자였다.

그때 차 한 대가 옆에 스르륵 서는 바람에 디바인은 그런 생각에서 퍼뜩 벗어났다.

"어디 가는지 몰라도 태워줄 테니 인터뷰 어때요?"

디바인은 세상만사를 다 알려고 달려드는 '채널 참견왕' 기자의 웃음기 어린, 그러나 단단히 작정한 얼굴을 들여다봤다.

21

"뭐라고 하셨죠?" 디바인이 물었다. 이 여자가 여기서 뭘 하고 있는지 파악할 시간을 벌고자 던진 질문이었다.

"트래비스 디바인 씨 맞죠? 카울앤드컴리에서 근무하는. 여자가 죽은 채 발견된 곳 말예요."

"그러는 그쪽은 누구시죠?"

"레이철 포터예요. 채널44 소속이지만 이제 한 자리 숫자 채널로 올라갈 작정인데 디바인 씨가 그 입장권이 돼줄지도 모르거든요." 그러면서 그녀는 운전대를 잡은 퉁퉁한 카메라맨을 흘끔 봤다. "앞좌석에 자리 있는데."

"뭘 알고 싶어서 그러시죠?"

"세라 유즈에 대해 얘기해주실 수 있는 거면 뭐든요."

"시간이 별로 없어서요. 나 기차 타야 해요."

"그럼 얼른 타세요. 차로 가는 편이 더 빨라요."

디바인은 주위를 한번 살핀 다음, 포터가 옆으로 비켜나 내준 자리에 올라탔다. 카메라맨이 조금 전보다 차를 천천히 몰기 시작했다. 둘이 그러기로 이야기가 되었다는 걸 알 수 있었다.

포터가 휴대폰을 꺼내 녹음 버튼을 눌렀다. "카울앤드컴리에서 일하는 트래비스 디바인 씨 맞죠?"

"맞습니다. 이봐요, 난······."

"세라 유즈와 아는 사이였고요?"

"맞아요. 근데······."

"유즈가 사망한 정황에 대해 아는 것 있으신가요?"

"아뇨, 없어요."

"유즈는 어떤 사람이었나요?" 포터가 물었다.

"착한 사람이었습니다. 성실히 일했고요. 회사에서 미래가 밝았어요."

"세라하고 만나는 사이였어요? 그러니까, 회사 밖에서요." 포터가 캐물었다.

디바인은 잠시 그녀를 뜯어보았다. 벌써 몇 번째 받는지 모르는 질문이었다. 행콕은 진즉부터 둘의 사이를 캐고 다니면서 디바인이 뭔가 숨기고 있다는 의혹을 넌지시 비쳤다. 그들이 뭔가를 아는 게 틀림없었다. 그게 아니고는 설명되지 않았다. 이 포터라는 여자도 그런지 모른다. 어쩌면 어제저녁에 소식을 들었는지도 모른다. 경찰 말고 다른 경로로.

디바인이 차 문손잡이로 손을 뻗었다. "얘기 끝났습니다."

그러자 운전하던 카메라맨이 액셀을 밟았다.

디바인이 포터를 노려봤다. "뭐 하는 겁니까? 강제로 잡아두려고요? 내가 신변에 위험을 느껴야 하는 상황인가요?"

포터가 은근한 눈길로 그를 흘겨보았다. "훈장 달 자리가 모자랄 만큼 공을 세운 덩치 크고 힘센 레인저 대원이요? 새끼손가락 하나로 우리 둘 다 죽일 수 있으면서."

그건 맞는 말이지만, 상대가 약해도 너무 약했다. 포터는 키 163센티에, 옷을 다 입고도 체중이 채 50킬로그램도 되지 않을 것 같은 몸집이었다. 카메라맨은 나이 60대에 표준체중보다 20킬로그램은 더 나가 보였고, 날숨마다 담배 냄새가 진하게 묻어났다. 카메라맨은 정말 새끼손가락만으로도 거뜬히 해치울 수 있을 듯했다.

"사람 죽여본 적 있어요, 디바인 씨? 전쟁에서요. 맨해튼에서 말고."

"사람들이 그걸 왜 그렇게 신기해하는지 모르겠네요."

"좋아요. 그럼 세라 유즈 얘기에 집중하죠. 누군가가 그녀를 살해하고 싶어 할 이유, 혹시 짐작 가세요?"

그 소식이 퍼진 게로군. 포터가 안다는 건 다른 매체들도 다 안다는 얘긴데. 디바인은 오늘 뉴스 피드를 미처 확인하지 못한 터였다. 기차 타고 가면서 꼭 확인해봐야겠다 싶었다.

"살해라뇨?" 진짜로 어리둥절해 보이기를 바라며 그가 되물었다. "내가 듣기론 자살이랬는데."

"아직 최신 뉴스를 못 따라잡으셨네. 내가 어제저녁에 터뜨렸는데." 포터가 의기양양하게 말했다. "한 자릿수 채널 중 누구보다 먼저요. 내 특종이었죠."

"무슨 수로 그렇게 했어요?" 디바인은 자살이 아니라 살인임을 자신이 그녀보다 먼저, 행콕 형사에게 들어서 안 것을 떠올리며 이렇게 물었다.

"내가 워낙 능력이 있고, 또 괜찮은 정보원들을 둬서 그래요. 비밀 정보원."

그러시겠지. 당신 정보원이라는 작자, 유즈의 집 앞에서 봤어. 디바인이 속으로 받아쳤다. 부디 그 입 싼 경관이 유즈의 부모에게 비보를, 그들이 뉴스에서 듣기 전에 전해주었기를 바랐다.

"그럼 다시 유즈 얘기로 돌아가서. 그녀에게 적이 있었나요?"

"대체 왜 나를 물고 늘어지기로 한 거예요? 그 회사에서 일하는 사람이 쌔고 쌨는데. 그중 나보다 세라를 더 잘 알았던 사람도 많고."

"내가 듣기론 아니던데요."

"그럼 잘못 들은 겁니다. 그리고 그건 또 어디서 들었어요?"

"비밀이에요, 미안하지만."

"차 세워요." 디바인이 말했다.

"아, 왜 이래요."

디바인이 긴 팔을 뻗어 기어를 'P'로 확 꺾었다. 그러자 차가 급정거했고, 안전벨트를 매지 않은 포터가 휘청하며 디바인의 무릎에 얼굴을 박았다. 디바인은 자기 사타구니에 처박힌 숱 많은 붉은 머리를 내려다봤다.

그가 툭 뱉었다. "이봐요, 먼저 술 한잔 사주고 이러는 게 에티켓 아니에요?"

그 말에 운전대를 잡은 카메라맨이 호탕하게 웃어젖혔다.

포터는 재밌어하지 않았다.

몸을 일으킨 그녀가 디바인을 표독스럽게 노려봤다. "나를 적으로 만들지 않는 게 좋을걸요."

"맞아요, 그러고 싶지도 않아요. 바로 그래서 내가 불법 감금 혐의로 고발하지 않고 내리는 거예요."

"변호사처럼 말하네."

"나는 변호사가 아니지만 아주 훌륭한 변호사를 한 명 알고 있어요. 그러니 그쪽이 어떻게 구느냐에 따라 그 변호사한테서 연락이 갈 수도 있어요."

"수정헌법 제1조는 꽤 폭넓게 적용돼요."

"양날의 검이기도 하죠."

디바인은 밴에서 내려 기차역으로 걸음을 재촉했다.

밴이 그의 옆을 지나가면서, 멀어질 때까지 클랙슨을 줄곧 울려댔다. 클랙슨을 누른 게 포터의 손임을, 아직 그녀의 화가 식지 않았음을 알 수 있었다.

역에 이른 그는 맨해튼행 열차의 문이 스르륵 열리는 순간에 올라 탔다.

창가 좌석에 앉아 휴대폰을 켜자 예상대로 언론이 세라 유즈의 사망을 살인사건으로 보도하고 있었다.

역사에서 벗어나 맨해튼으로 향하는 기차 안에서 디바인은 현 상황을 속으로 정리해봤다. 한쪽에서는 경찰이, 다른 쪽에서는 언론이 압박해오고 있다. 자살은 타살이 되었다. 뉴욕 시경은 분명 훌륭한 투자회사에 다니던 훌륭한 젊은 여성의 살인사건을 해결하라는 엄청난 압력에 시달리고 있을 것이다.

그런 상황에서 군 출신 '알파남' 트래비스 디바인은 구미에 딱 맞는 용의자일 법도 했다.

룸메이트들이 믿을 만한 알리바이를 제공하지 못할 건 확실했다. 밸런타인은 자고 있었고, 스피어스는 그가 어디 있었는지 증언해줄 수 없었으며, 디바인이 기억하기로 탭쇼는 그날 밤 외출 중이었다. 따라서 그는 용의선상에 그대로 남을 것이다. 행콕 일당이 입맛 다실 피 뚝뚝 흐르는 고깃덩이 신세로.

그러나 디바인에게도 비장의 무기가 몇 개 있었다.

카울앤드컴리의 경비는 몹시 삼엄했다. 근무시간 외에는 보안카드가 있어야만 건물에 들어갈 수 있었다. 심지어 근무시간에도 엘리베이터를 이용하려면 보안카드가 필요했다. 내방객도 신분증을 제시해야 하며, 누구를 찾아왔든 그 사람에게 확인 후 출입 승인이 떨어지면 보안데스크에서 사진을 찍고 출입명부에 서명한 후에야 들어올 수 있었다. 그러고도 엘리베이터까지는 경비의 안내를 받아 이동하고, 승인받은 층만 엘리베이터로 접근할 수 있었다. 용무를 마친 손님이 보안카드 없이 누를 수 있는, 그리고 갈 수 있는 층은 로비가 있는 1층뿐이었다. 모든 내방객과 직원의 출입은 전자식으로 기록되었다.

디바인은 세라가 살해당하고 있던 시간에 자신과 자신의 보안카드가 카울앤드컴리 건물 근처에도 가지 않았음을 알고 있었다. 그 사실만큼은 그들이 뒤집을 수 없었다.

하지만 〈고도를 기다리며〉를 보러 가는 기차 안에서 디바인은, 그럼에도 불구하고 자신이 곤란해질 수 있는 온갖 경우의 수를 떠올려보았다.

이 난리 후에 연극이 자신에게 전혀 다른 의미로 다가올 것 같았다.

지옥에서 빠져나와 더 뜨거운 지옥으로 뛰어든 꼴이군.

22

6시 20분발이 아니어도, 기차는 브래드 카울의 소박한 집을 지나쳐 갔다.

디바인은 지금 사는 타운하우스에 월세를 들기 전에 조사를 조금 하다가, 그 저택에 카울이 살며 이 통근 기차가 그 옆을 지나간다는 걸 알게 되었다. 그래서 캠벨이 공인중개사를 통해 현재의 집을 찾아주지 않았어도 마운트키스코 지역을 염두에 두고 있었다.

디바인은, 비현실적인 생각일지라도 카울이 어떻게 사는지 그리고 어디에 사는지 알아두면 자신에게 득이 될 거라 판단했다. 열차에서 관찰한 바를 카울과 대화할 때 써먹어 강한 인상을 남긴다든가 해서 사내 조직의 사다리를 타고 올라가겠다는 심산이었다. 하지만 그런 일은 일어나지 않았다. 카울과의 만남은 그 첫날 다른 신입들 모두와 대형 회의실에서 마주한 게 처음이자 마지막이었다. 이제 그는 매일매일 카울이 얼마나 치가 떨리도록 부유한지 그저 구경만 하게 되었다.

참 대애단한 계획이었지.

그런 생각을 하자 군에서 보낸 마지막 몇 달이 떠올랐다.

로이 블랑켄십이 아내의 외도 사실을 그에게 털어놓았다. 블랑켄십은 아내와 놀아나는 상대가 켄 호킨스임을 알고 있었고, 그걸 디바인에게 말했다. 블랑켄십이 죽은 후 디바인은 육군범죄수사사령부에 있는 친구를 통해 법의학 보고서를 손에 넣었다. 일직선 자국과 곡선을 이룬 자국에 대해 자세히 알게 된 것도 그때였다. 범죄수사 훈련을 받지 않은 디바인이 보기에도 그건 자살이 아닌 타살이었고, 그래서 수사부 친구에게 왜 블랑켄십이 자살한 걸로 판결이 났느냐고 물었다.

친구는 이렇게 말했다. "윗선이 평지풍파 일으키는 걸 싫어해서 그래, 트래비스. 가뜩이나 전세도 우리한테 불리하게 돌아가는데 장교간 살해사건 조사까지 불거지는 건 그들이 가장 꺼릴 만한 일이라고."

디바인이 그런 개소리가 어디 있냐고 따지자 친구가 받아쳤다. "네가 드디어 미 육군 내 정치질의 쓴맛을 보는구나."

그러나 호킨스가 시체로 발견된 후—그의 사체에서 야생짐승에게 공격당한 흔적이 발견되었다—디바인은 깊은 우울감에 빠졌다. 그는 호킨스가 저지른 짓 때문에 그를 증오했었다. 그래서 그를 산으로 따로 불러냈다. 그런 다음 마구 퍼부었다. 알아낸 바를 줄줄 쏟아냈는데, 그중 가장 중점을 둔 건 호킨스가 블랑켄십을 살해했다는 것이었다.

처음에 호킨스는 부인했지만 디바인의 계속된 추궁에 결국 죄를 자백했다. 다음 순간 호킨스가 단검을 들고 덤벼들었다. 둘은 몸싸움을 벌였다. 그러나 디바인이 더 젊고 힘도 셌던 데다, 그가 품은 동력은 호킨스 같은 자가 도저히 끌 수 없는 것이었다. 디바인은 의식을 잃은 호킨스를 그 자리에 두고 왔다. 하지만 호킨스가 그대로 죽으리라고는 결코 생각지 못했다.

공식 사인은 머리와 몸에 반복적으로 가해진 타격, 그러니까 디바인이 가한 타격으로 인한 내출혈이었다. 그러나 공식 보고서는 호킨스가 탈레반의 손에 사망했다고 기록됐다. 디바인은 기록을 정정하려 들지 않았다. 그렇다 해도 자신이 저지른 짓에 대한 죄책감을 안은 채 군에 남아 있을 수는 없었다.

그런 연유로 디바인은 자신이 진정한 소속감을 느낀 유일한 조직을 떠났다.

그리고 뒤이어 아버지가 그토록 자랑스러워하는 뉴욕 금융계로 유배를 갔다.

나만의 맞춤 감옥. 출구도 없는.

그렇지만 캠벨이 출구를 마련해준 건지도 모른다. 이제 디바인은 임무를 수행하기만 하면 되었다.

카울 저택의 풀장 근처에는 아무도 없었다. 정원사 한 명이 관목을 다듬고 있었다. 테이블에 씌워놓은 파라솔에 홍관조 한 마리가 날아와 앉더니 조류 특유의 움직임으로 머리를 까딱거렸다. 풀장 물은 어서 뛰어들라는 듯 시원해 보였지만, 왜인지 디바인은 약간 속이 메스꺼워졌다. 열차가 덜컹하며 속도를 내는 순간 그는 고개를 돌렸고 궁은 이내 시야에서 사라졌다.

디바인은 뉴욕 도심에 닿을 때까지 눈을 감고 등받이에 기대 있었다. 여름의 맨해튼은 토박이들이 지내기 힘든 곳이었다. 어느 방향으로 갈지 몰라 두리번대는 관광객으로 득시글거렸기 때문이다. 그러나 보통은 뉴욕에 자부심을 가진 친절한 주민들이 도와주어 관광객의 혼란은 바로잡히곤 했다.

아스팔트 길과 건물들은 열기를 마지막 입자 하나까지 빨아들였다가 보행자와 자전거 이용자, 자동차 운전자들을 향해 난폭하게 뱉어내곤 했다. 깔때기처럼 좁은 통로를 지나는 바람으로 한결 지독해진 공기 때문에 콧속이 타들어갈 듯 뜨거워지거나 땅에서 발이 들려 올라갈 것 같을 때도 있었다. 땅 밑으로 지하철이 쌩쌩 지나갔고, 그 속도가 가미된 미는 힘이 보도의 쇠살 환기구를 통과해 터져 나오며 갑작스럽게 열기를 훅 내뿜곤 했기 때문이다.

그런데도 디바인은 겨울보다 여름의 뉴욕이 더 좋았다. 센트럴파크 바위에 철퍼덕 앉아 있거나, 벤치에 걸터앉아 쉬거나, 아니면 주위에 아무도 없는 척하며 산책을 해도 좋았다. 어떻게 해선지 800만 명의 주민이 살아가는 대도시에서 그게 가능했다. 아무튼 디바인에게는 그랬다.

그는 그랜드센트럴역에서 브로드웨이까지 걸었다. 극장에 막 다다랐을 때 휴대폰이 진동했다. 액정 화면에 메시지가 떠 있었다. 만나서 상황을 보고하라는 에머슨 캠벨의 전언이었다. 왜 그러는지 알 것 같았다. 자살이 막 타살로 변했으니까. 주위를 둘러봤다. 따뜻한 여름날을 맞은 전형적인 일요일 맨해튼의 모습이었다. 길마다 몹시 붐볐는데, 이는 사람들이 느긋하게 걷거나 어딘가로 황급히 이동하거나 둘 중 하나에 해당한다는 뜻이었다.

한 무리의 행인을 피해 길 한구석으로 물러난 디바인은 휴대폰에 뜬 번호로 전화를 걸었다. 전화를 받은 이가 그날 몇 시까지 어디로 오라고 알렸다. 운 좋게도 접선 장소가 맨해튼 안이었다. 디바인은 혹시 자신이 지금 어디에 있는지 그들이 아는 걸까 궁금했다. 그러다 휴대폰을 내려다봤다. 멍청하기는. 내가 어디 있는지 애플이 알면 당연히 캠벨도 알겠지.

롬바르드 극장으로 들어가 왼쪽 블록 뒤편 자리로 가 앉았다. 극장은 내부 장식을 새로 해 세련되고 고급스러웠다. 만석이었고, 젊은 층과 노년층 관객이 적당한 비율로 섞였지만 남자보다는 여자 관객이 많았다. 고조된 기대감이 고스란히 느껴졌다.

조명이 꺼지고 커튼이 올라갔다. 극장과 스크린 양쪽에서 큰 성공을 거두고 각자의 커리어에서 황혼기에 들어선 두 주연배우가 당연하게도 고도를 기다리는 동안, 디바인은 다른 일은 거의 까맣게 잊고 빠져들었다. 고도가 끝내 오지 않으리라는 걸 이미 알면서도. 어차피 그게 이 극의 핵심이니까.

15년 전 다른 극단의 상연으로 처음 봤을 때와 똑같이 극에 완전히 사로잡혔다. 당시 10대였던 디바인은 막 중대한 결정을 내린 탓에, 원래부터도 좋지 않았던 아버지와의 관계가 더 악화된 터였다. 그 때문에 디바인은 무대 위 인물들에게 어느 정도 자기 자신을 투영했다. 기다림, 점점 스며드는 의심, 다시금 돋은 정신적 활기, 그리고 또다시 스며드는 의심. 그 모든 무거운 감정에 이런 의문까지 더해졌다. 다른 사람에게 좌지우지되는 삶이 과연 의미가 있을까? 우리 모두 그저…… 실체가 없는 것을 기다리고 있는 건 아닐까?

당시에 디바인은, 확신과 의심의 공존이 가능키나 하다면, 군 입대 결정을 확신함과 동시에 의심을 품으며 극장에서 나왔었다. 하지만 복잡다단한 인간의 정신세계에서는 확신과 의심이 얼마든지 공존 가능하다는 걸 그는 알고 있었다. 한 사람이 다른 사람의 목숨을 빼앗는 데 대한 합리화가 인간의 정신세계에서 얼마든지 가능한 것처럼. 그건 그가 누구보다 잘 알았다.

이제 성인이 된 디바인은 정의할 수조차 없는 대상을 절박하게 기다리는 두 남자에 대한 사뮈엘 베케트의 이야기를 한층 깊이 음미할 수 있었다.

디바인은 자신이 만기 제대한 후 아마도 방위산업 하청업체에서 일하게 될 거라고 생각했다. 아니면 빌어먹을, 외딴섬으로 가 좋은 책을 한 무더기 옆에 쌓아놓고 해변에 누워 여생을 보내거나. 하지만 그 시나리오 중 어느 것도 현실화하지 않았다. 그는 MBA를 딴 후 아버지 욕심을 만족시켜주려고, 좀 더 누나와 형처럼 되려고, 적어도 미국에서는 흔히 정의되는 성공에 부합한 삶을 살려고 카울사에 들어갔다.

그러나 그런 선택을 내린 주된 이유는, 상대가 그런 일을 당해도 싸건 말건은 차치하고, 기본적으로 다른 병사를 살해한 데 대한 대가를 치르기 위함이었다.

조명이 들어오고, 절하고 퇴장하는 배우들 앞으로 마지막으로 커튼이 내려온 후에도 디바인은 자리에 남아 극장 안을 둘러보았다. 좌석이며 장식, 카펫을 비롯해 온갖 세세한 부분에서 누군가 이곳을 정성껏 가꾼 티가 났다. 이런 오래된 건물을 부수는 대신 유지하는 게 고마웠다. 어떤 이들은 기회만 되면 전부 때려 부수려 하니까. 건물뿐 아니라 사람도.

그렇지만 이곳에 온 이유에 한해서는, 결과가 실망스러웠다. 유즈는 왜 이 연극을 스타모스에게 언급했을까. 여전히 알 수 없었다. 유즈가 스타모스의 사무실로 가 〈고도를 기다리며〉 이야기를 하면서 가서 보라고 한 것까지는 알고 있었다. 그래서 그는 와서 보았다. 그런데도 여전히 이 연극이 왜 유즈에게 중요했는지, 그리고 그것이 그녀의 죽음과, 또 카울앤드컴리에서 벌어지는 일과 관련이 있는지 없는지조차 전혀 파악하지 못하고 있었다.

그런데 스타모스와의 대화를 곱씹을수록 그녀의 애매한 반응, 그리고 유즈가 이 극에 대해 한 말을 자세히 전하지 않으려는 그녀의 태도가 점점 신경 쓰였다.

진실을 알지만 그냥 나한테 말하기 싫었던 게 아닐까? 세라가 겁에 질려 있었다고 했잖아. 어쩌면 스타모스도 겁에 질렸는지 모르지.

순간 깨달음이 찾아왔다. 어쩌면 내가 모종의 이유로 카울을 대신해 자기를 감시하고 있다고 생각했는지도 몰라. 카울이 세라의 죽음과 관련이 있다면 그건 스타모스가 두려워할 이유가 되고 또 내게 진실을 밝히지 않을 이유도 되지.

하지만 스타모스가 카울을 두려워한다면, 왜 그와 자는 걸까?

그의 환심을 유지하려고? 세라처럼 끔찍한 결말을 맞는 걸 피하려고?

속으로 이런 심란한 생각을 굴리며 디바인은 자리에서 일어나, 유즈가 이 연극에 관심을 둔 이유에 대해 단서를 줄지 모른다는 희망으로 프로그램북을 챙겨 밖으로 나갔다. 로비에 서서 그걸 두 번 꼼꼼히 읽었다. 하지만 그냥 연극 프로그램북이었다. 이건 세계를 지배하려는 악당이 편리하게도 수수께끼 같은 단서를 남겨놓고 또 선한 세력이 그걸 끼워 맞춰 악당을 무찌르는, 그냥저냥 암호를 해독하고 범죄를 해결하는 줄거리의 영화가 아니었다.

디바인은 에어컨의 냉기가 가득한 극장으로부터 후끈한 공기가 끓고 있는 바깥으로 나갔다.

캠벨과 만나기까지 한 시간이 남았다. 길거리 가판대에서 콜라와 케첩, 겨자, 양파를 곁들인 핫도그를 사서, 일광욕하러 나온 100만 명의 시민과 함께 담에 걸터앉아 먹었다. 다 먹은 후 손목시계를 보며 접선 장소까지 가려면 얼마나 걸릴지 계산했다. 그리고 딱 시간이 됐을 때 일어나서 출발했다.

디바인은 더 이상 고도를 기다리고 있지 않았다. 그러는 대신 그는, 말하자면 문제의 근원으로 곧장 걸어 들어가고 있었다.

거기에 에머슨 캠벨이 기다리고 있을 건 분명했다.

23

이제 50번가로 올라간 디바인은 6번 애비뉴와 7번 애비뉴가 교차하는 길목으로 들어섰다. 건설 장비와 파헤쳐진 아스팔트 도로, 고스란히 드러난 배수로가 몇 걸음마다 튀어나오고 경고표지판 달린 합판과 철판이 곳곳에 널려 있는, 길고 비좁은 길이었다. 안식일을 맞아 다행히 공사는 일시중지 됐지만 인파와 열기, 음식 가판대, 쓰레기뿐 아니라 대도시면 으레 있을 법한 온갖 것들이 합쳐져 공기는 텁텁했고 때로는 독한 악취가 진동했다.

디바인은 미행하는 사람이 없는지 확인하면서 이동했다. 그러다 그 블록의 딱 중간에 위치한, 초록색 차양이 달린 이탈리안 식당에 이르렀다. 점심식사를 하기엔 너무 늦고 저녁을 먹기엔 너무 이른 시각이라, 접선에 완벽한 타이밍이었다.

누군가 지켜보고 있었던 게 틀림없었다. 그가 문고리를 잡기도 전에 문이 벌컥 열렸기 때문이다. 안으로 들어가자 서늘한 에어컨 바람이 훅 끼쳐왔다. 등 뒤로 문이 닫혔다. 문을 열어준 사람은 디바인을 쳐다보지 않았고 디바인도 그를 돌아보지 않았다. 그럴 필요가 없었다.

디바인은 길지 않은 복도를 따라 걸어갔다. 다른 사람은 한 명도 보이지 않았다. 고리버들 케이스에 담긴 키안티 병이 작은 바 뒤편에 줄지어 진열돼 있고 쇠로 된 피자용 접시 몇 개가 오래된 나무 식기진열장에, 코팅된 메뉴판 무더기와 함께 쌓여 있었다. 마늘과 바질, 파르메산, 파스타 소스 냄새가 공기에 진하게 배어났다. 얼룩진 카펫은 싸구려 티가 났고 여기저기 들떠 있었다. 벽마다 오래전 죽은 유명인사의 사진들과 이런 데 으레 있을 법한 싸구려 나폴리나 아말피 해변 풍경 사진들이 장식돼 있었다. 올리브오일병 그리고 이 빠진 도자기 꽃병에 꽂은 시든 꽃 한 송이가 식탁보를 씌운 테이블에 각각 하나씩 놓여 있었다. 디바인이 맨해튼에서 가본 보통의 이탈리안 식당들과 별반 다를 게 없어 보였다.

일인용 화장실을 지나치면 바로 나오는, 복도 끝에 하나 있는 문을 열었다. 등 뒤로 문을 닫고 방 저편 작은 테이블에 앉아 있는 남자를 바라보았다. 디바인이 서 있는 위치에서 방을 들여다보니 즉각 숨이 막혀왔다.

에머슨 캠벨이 디바인에게 시선을 던졌고 디바인도 그를 마주 보았다.

"앉게."

디바인은 시키는 대로 했다.

캠벨의 목소리는 낮고 단조로웠다. 그런데도 디바인의 굵은 목 뒤 잔털이 쭈뼛 서게 만들었다.

"보고하게, 디바인. 중대한 진전이 있었다지."

디바인이 상황을 보고했다. 짧고 명료하게, 알맹이만 담고 감정은 배제한 문장으로 전달했다. 속으로 감정의 소용돌이에 휩싸인 것과 사뭇 달랐다. 에머슨은 감정 따위 신경 쓰지 않는다는 것을 잘 알았다. 중요한 건 임무뿐이었다. 디바인은 보고를 마친 뒤 상체를 숙이며 진짜 하고 싶었던 말을 덧붙였다.

"경찰이 저를 압박해오고 있습니다. 느낌이 와요. 누군가 경찰에 정보를 흘린 거예요. 문제가 될 거예요. 그리고 웬 기자가 찾아왔어요. 제보를 받은 것 같아요. 이제는 살인으로 분류된 이 사건에 저를 엮으려 하고 있어요. 저는 세라의 죽음과 아무 관련이 없는데."

"죄가 없다면 걱정할 것도 없네."

디바인이 에머슨을 쏘아보며 말했다. "죄 없이 감옥 가는 사람도 많잖습니까."

"죄가 있는데 감옥에 안 가는 사람이 더 많다고 보는데."

"무슨 뜻으로 하시는 말씀입니까? 저는 세라를 죽이지 않았어요. 저는 살인자가 아닙니다." 디바인은 입을 다물었다가 눈을 내리깔고 조용히 덧붙였다. "어쨌든 그런 유의 살인자는 아닙니다. 하지만 뭐, 다를 게 없을지도 모르죠."

캠벨은 두 손을 모아 삼각형으로 만들고서 사형선고를 내리려는 판사처럼 디바인을 응시했다. "자네의 행동뿐 아니라 행동하지 않겠다는 결단이 동료의 죽음을 초래했네. 호킨스 대위가 동료 장교의 아내와 바람을 피웠고 동료를 살해하고도 처벌받지 않을 게 분명해진 후에야 자넨 그렇게 했지. 자네는 지휘계통을 따라 보고했네. 죽은 블랑켄십 중사를 위해 옳은 일을 하려고 했어. 나도 현역 시절 상부에 대들어봤고 그 때문에 찍혀서 곤경도 당해봤네. 그런 면에서 자네와 나는 동족이라고 할 수 있지. 자네를 영입해 이 임무를 맡긴 이유 중에는 그런 것도 있었네."

"블랑켄십의 아내가 호킨스가 한 짓을 알아냈을지 늘 궁금했습니다."

"그만 궁금해하게. 그녀도 알았으니까. 증명할 순 없지만. 게다가 블랑켄십 앞으로 100만 달러짜리 생명보험에 가입돼 있었어. 전사戰死는 해당되지 않지만 자살할 경우엔 2년 후에 보험금이 지급되는 상품이야. 블랑켄십의 아내는 그 돈을 전부 차지했고 지금은 피둥피둥

살쪄서 행복하게 잘 살고 있네. 자, 문자메시지에서 〈고도를 기다리며〉를 언급했지. 짚이는 데가 있나?"

"막 보고 오는 길입니다. 딱히 떠오르는 건 없었습니다."

"이제 어쩔 텐가?"

"계속 파봐야죠. 우리가 처음 만났을 때 세라의 죽음은 자살이었잖습니까. 이제 경찰은 세라가 살해당했다고 보고 있고요. 그럼 판이 바뀌는 거잖아요. 저한테 맡기신 임무도 포함해서."

캠벨이 대꾸했다. "나는 우리가 처음 만났을 때도 유즈가 자살한 게 아니라고 보고 있었네. 살해당한 거라고 봤어."

"왜죠? 저도 세라가 자살할 사람은 아니라고 생각했지만, 저는 세라를 알았고 장군님은 아니었잖습니까."

"그렇지, 하지만 나는 브래드 카울과 그 회사에서 벌어지고 있는 일에 대해 뭔가를 알고 있어. 유즈가 어떤 불법적인 일이 진행되는 걸 알아챘다? 그럼 그 여자를 살해할 동기로는 충분하지."

"첫 접선 때 거의 말씀을 안 해주셨는데, 혹시 카울에 대해 그리고 그 회사에서 범죄가 벌어지고 있다고 의심하는 이유에 대해 확실히 말해주실 수 있는 것 있습니까?"

"우리는 그게 카울이 20여 년 전 이 나라를 떠나 있었을 때 시작된 걸로 보고 있네. 당시 아무도 그의 행방을 몰랐지. 그러다 어느 날 갑자기 카울이 돌아왔고 곧바로 자산 순위가 수직상승했어. 게다가 그 자의 종잣돈 출처에 대해서도 알려진 바가 없다시피 해."

"제가 들은 얘기는 열에 아홉 그 돈이 파트너인 앤 컴리한테서 나왔다고 하던데요."

"앤 컴리에 대해서는 알려진 바가 더 적네."

"그렇지만 국토안보부와 국방부가 금융범죄에 왜 관심을 갖겠습니까? 그건 지방검사와 사법부 관할 아닙니까?"

캠벨이 디바인 뒤쪽의 닫힌 문을 물끄러미 바라봤다. "내가 하는 일은 국외와 국내의 적 모두를 감시하는 걸세. 그런데 지금 그 둘이 다 활동하고 있는 건지도 몰라."

그 말에 디바인이 긴장했다. "잠깐만요, 카울이 그러니까 무슨 첩자라도 된다는 말씀이세요? 어느 나라 첩자요?"

"그자는 20여 년 전 이 나라를 떴을 때 빈털터리였는데 돌아와서 2년도 안 돼 정상에 올랐어. 자네는 그게 수상하지 않나?"

"이젠 음모론자처럼 말씀하시네요."

"음모는 실제로 벌어지네, 디바인. 아마 자네가 생각하는 것보다 더 자주. 그리고 이건 카울이 벌어들이는 돈보다 더 큰 게 걸린 문제야. 나는 그 돈엔 관심 없네. 하지만 그 돈의 배후에 이 나라의 안보를 위협하는 세력이 있다? 그 경우엔 관심이 아주 많지."

"그럼 경찰하고 기자 좀 떼어내주실 수 있습니까?"

"경찰은 가능해. 기자는 장담할 수 없고. 하지만 기자는 자네를 체포할 수 없지."

"더한 짓을 할지도 모르죠."

캠벨은 생각에 잠긴 얼굴로 디바인을 뜯어보았다. 하도 오래 쳐다보기에 참다못해 디바인이 불쑥 말했다. "왜요?"

"왜 월가와 카울앤드컴리를 택했나? 레인저치고 묘한 진로 선택이라서."

"못 할 건 또 뭐 있습니까?"

"그건 대답이 아니잖나."

"흠, 행콕 형사한테도 안 먹히긴 했습니다."

"그래서, 이유가 뭔가?"

"돈을 많이 벌 수 있으니까요. 아버지가 저를 자랑스러워하실 테니까."

"그게 단가?"

"그걸로 충분치 않나요?"

"내 생각을 듣고 싶나?"

"제가 듣고 싶지 않다고 해도 상관 안 하실 거잖습니까?"

"내가 보기에 자네는 스스로가 혐오하는 직업을 택했어. 그것도, 역시나 자네가 혐오하는 사람인 자네 부친이 기뻐할 걸 알고 그런 거야."

"제가 왜 그러겠습니까?"

"자네가 스스로에게 지운 형벌이라 해두지, 디바인. 동료 대원을 죽게 했으니까. 그에 대해 처벌받지 않았고 그 사실이 자네를 몹시 괴롭히는 거야. 왜냐하면 자네는 호킨스 대위와 다르게 원칙이 있고 양심을 가진 인간이니까. 그래서 마음껏 잠재력을 발휘할 수 있었던 조직을 떠난 거야. 결코 떠나고 싶지 않았던 조직을. 그렇게 해서 자네는 사실상 감옥에 갇혔지…… 스스로 만든 감옥에."

"잘못 짚으셨습니다! 제 아버지는 제 결정을 분명 자랑스러워하셨고, 저도 아버지 반응을 보고 기뻤습니다. 아버지와 외식하러 가서 둘이 거하게 취하기까지 했다고요."

"자네는 부친의 바람을 거슬러 군에 입대했잖나, 디바인. 아니, 아예 아버지 뜻을 거스르려고 입대했지."

"모르는 소리 마십쇼."

캠벨이 앞에 놓인 파일을 집어 들었다. "이건 자네가 레인저스쿨 지원했을 당시에 실시한 정신감정 결과야. 꽤나 진솔하게 답했더군, 응당 그래야 하지만. 아버지가 평생 자신을 괴롭혀왔다는 걸 털어놨어. 자네가 아무리 노력해도 아버지에게는 부족했고 아무리 잘해도 형과 누나에 못 미치는 자식이었다고 했지. 아버지 눈에는 그저 실패한 자식이었다고 말이야. 자네는 어떤 순간에도 흔들리지 않는다는, 받아 마땅한 평가를 받아왔었지만 그때만큼은 아니었어. 그때만은 마음의 평정을 유지하지 못했지."

디바인은 뭐라고 대꾸하려다가 입을 다물었다.

"군이 자네 부친에게 받은 편지를 읽어줄까? 자네도 알겠지만 육군은 모든 문서를 보관하지. 게다가 이 편지는 꽤나 이례적이었거든. 보통 부모들은 자기 자식이 입대하면 자랑스러워하는데, 자네 부친은 아니었어. 그걸 숨기려 들지도 않았고. 뭐라고 했냐면……." 캠벨이 다른 문서를 집어 들고 내려다봤다. "…… 자네가 나라를 지키겠다고 웨스트포인트에 입소한 게 '내 얼굴에 침 뱉기'였다고 했군. 오로지 자신을 거역하기 위해 그런 거라고. 다른 두 자식은 아메리칸드림의 성공 사례인데 자네는 부모로서 겪을 수 있는 최악의 악몽의 실현이라고." 여기까지 읽고 그는 종이를 치웠다. "내가 아니라 자네 아버지가 한 말이네. 그러니 아버지와 외식하러 가서 거나하게 취했다느니 어쨌다느니 하는 소리는 집어치워. 다 개소리고, 그렇다는 걸 우리 둘 다 아니까."

디바인은 시선을 돌렸다.

"자네는 자부심을 가지고 그 누구보다 충성했던 조직인 군대를 떠났어. 그건 자네가 스스로에게 지운 첫 번째 형벌이었지. 월가에 취직한 게 두 번째였고."

"그럼 제가 지금 맡은 임무가 세 번째 형벌인가요?"

"그건 자네에게 달렸지. 그렇지만 자네 스스로에게 던져야 할 중요한 질문은 이거야. 어디에서 종지부를 찍어야 할까?"

"지난번엔 제가 저지른 짓의 대가를 남은 평생 치러야 한다면서요."

"그럼 그 문제에 대한 내 지론이 옳다고 인정하는 건가?"

"무엇도 인정한 적 없습니다. 그리고 그게 다 뭐가 중요한데요?"

"디바인 자네에게만 중요하지. 그렇지만 이 말만은 하겠네. 매일 아침 부정적 동기로만 잠자리를 박차고 나오기엔 인생은 너무 길어. 내가 자네에게 주는 기회는 나라를 위해 복무하며 인생에서 다시금 긍정적인 것을 이루어낼 계기가 될 거야. 카울사의 사업은 그저 돈을 버는 것에서 그치지 않아. 정확히 뭔지는 모르지만 돈 버는 것 이상의 거래가 이루어지고 있어. 자, 이제 일로 돌아갈 때가 된 것 같군." 그러더니 캠벨이 고갯짓으로 문을 가리켰다.

디바인은 들어온 문으로 나가지 않았다. 뒷문이 열려 있었다. 그는 복도에서 마늘과 파르메산 냄새를 한껏 들이마시나 싶었는데, 어느새 후끈한 바깥 거리로 나와 있었다.

되풀이되는 꿈속에서 블랑켄십 중위는 시체안치소 부검대 위에 목이 망가진 채 누워 있었다. 또 한 명 매번 등장하는 인물은, 한바탕 몸싸움을 벌인 뒤 아프가니스탄의 어느 산중에 의식을 잃은 채 누워 있는 호킨스 대위였다. 사실 싸움이랄 것도 없었다. 호킨스가 단련을 게을리해 몸이 물러져 있었기 때문이다. 그리고 디바인의 격렬한 공격에 있는 힘껏 맞서기에는 그가 품은 죄책감이 너무 컸는지도 모른다. 실은, 디바인은 그가 깨어나서 비틀대며 부대로 복귀할 줄 알았다. 그가 돌아와 디바인을 고발했다면, 디바인은 자기 말을 들어주려는 사람이란 사람은 죄다 붙잡고 호킨스가 블랑켄십을 살해했다는 의혹을 제대로 제기할 작정이었다. 그렇지만 대위는 의식을 되찾지 못했다.

내가 생각보다 더 세게 쳤던 거야.

디바인은 모퉁이에서 방향을 꺾어 다운타운으로 향했다.

이제 경찰도 그를 추격해올 것이다.

그러면 디바인은, 도와주겠다는 캠벨의 말과 상관없이 뭔가 조치를 취해야 했다.

그런 이유로 디바인은 지금 갈 데가 있었고, 만나볼 사람이 있었다. 이 시점에 한 발 삐끗하면 나락으로 떨어질 터였다.

24

파크슬로프의 조용한 길을 한 시간 동안 살폈지만 경찰차나 경관은 코빼기도 비치지 않았다. 유즈의 집은 범죄 증거의 구성요소라는 걸 그도 알았지만, 범죄 현장은 아니었다. 경찰이 이미 필요한 증거를 다 채증해 갔는지도 모른다. 그렇다면 디바인은 망한 거였다.

택시 한 대가 들어오더니 차에서 어제의 그 부부가 내리는 걸 보고 그는 바짝 긴장했다. 부부는 여름날의 일요일 초저녁치고는 다소 딱딱한 복장이었다. 남자는 남색 블레이저를 입었고, 여자는 치마에 하이힐 차림이었다. 디바인은 그들이 딸의 유해를 직접 보고 공식적으로 신원을 확인하러 다녀오기 위해 저렇게 입은 건지 궁금했다. 아니면 교회에 기도하러 다녀온 건지도 모른다. 둘 다일지도 모르고.

그들은 몇 칸 안 되는 현관 앞 계단을 올라갔다. 남자가 문을 열었고 둘은 안으로 들어갔다. 디바인은 조금 더 기다려보기로 했다. 그들이 경찰서 시체안치소에 다녀온 게 맞는다면, 마음을 가라앉힐 시간을 주고 싶었다. 그리고 부디 경찰도, 미리 예정된 만남이든 기습 방문이든, 두 사람을 불쑥 찾아오지 말았으면 했다.

20분 후 디바인은 감시를 위해 숨어 있던 곳에서 나와 길을 건넜다. 셔츠 매무새를 다듬고 문을 노크했다. 곧 남자가 문을 열었다.

그는 키가 173센티쯤 돼 보였고, 울어서 가장자리가 벌게진 청자색 눈은 안경이 한 겹 가리고 있었다. 그에게서 세라의 생김새가 어렴풋이 보였다. 블레이저와 그 안에 받쳐 입었던 크림색 셔츠는 벗어버려서 흰 티셔츠 차림이었고, 뭔지 모를 내용물이 든 컵을 들고 있었다.

"무슨 일이시죠?" 그가 어조와 표정에서 놀라움을 숨기지 못하며 물었다. 이 동네에 아는 사람이 없으니, 경찰 외에 다른 방문객이 올 거라고는 생각하지 못했을 것이다.

"유즈 씨 맞습니까?"

"그런데요? 누구시죠?" 그는 조금 불안이 서린 눈으로 디바인을 올려다봤다.

디바인은 어떤 이들에게는 자신이, 특히 지금처럼 흉진 얼굴로는 위협적으로 보일 수 있음을 알기에 점점 더해가는 불안감을 가라앉히려 얼른 진화에 나섰다.

"트래비스 디바인이라고 합니다. 카울앤드컴리에서 따님과 같이 일했습니다." 그리고 그는 주머니에서 사진이 인쇄된 보안카드가 달린 끈을 꺼내 유즈에게 내보였다. "이런 일이 일어나서 진심으로 유감입니다."

"내 딸…… 세라하고 자, 잘 아는 사이였습니까?" 마지막에 가서 그의 목소리가 갈라졌다.

"제가 속한 신입팀에 배정된 소통담당자였습니다. 저희 모두 세라가 참 멋진 사람이라고 생각했습니다."

"프레드? 누군데 그래요?"

여자가 문가에 나타났다. 남편만큼 말랐지만 안색이 더 창백했다. 머리는 금발에, 드문드문 뿌리 부분이 희끗했다. 얼굴이 퉁퉁 부었고, 충혈된 눈은 처음에는 갈 곳 없이 두리번거리다가 이내 디바인의 시선과 마주쳤다.

아까의 그 치마를 입고 있었지만 구두는 벗어버린 모양이었다. 스타킹만 신은 상태에서는 키가 163센티쯤 돼 보였다. 세라는 거의 175센티였는데. 프레드도 키가 크지 않으니 가계도의 어딘가에 키 큰 유전자가 숨어 있나 보다 싶었다.

"이 젊은이가 세라랑 아는 사이였대요." 프레드가 말했다. "그곳에서 같이 일했다는군."

"어, 들어와요. 이름이……?"

"트래비스입니다. 트래비스 디바인. 감사합니다."

"나는 엘런이고 이이는 프레드예요."

디바인이 들어가자 프레드가 현관문을 닫았다.

엘런이 디바인에게 일인용 소파에 앉으라고 손짓했고 부부는 맞은편 긴 소파에 앉았다.

집 안 장식은 웨이페어(실내장식 브랜드―옮긴이) 상품과 이 동네에 점점이 들어서 있는 독특한 숍들에서 사온 자체제작 상품이 섞여 있었다. 소형 쿠션과 나무 널빤지 바닥에 깐 러그들까지, 모든 게 다채롭고 밝고 낙천적인 분위기를 자아냈다. 벽돌로 만든 벽난로에 얹혀 있는 솔방울 몇 개마저 후텁지근한 여름에 아주 잘 어울리는 감각적인 소품으로 느껴졌다.

디바인이 전에 다 본 적 있는 것들이었지만, 그때는 세라가 살아 있었다.

"내 정신 좀 봐." 엘런이 말했다. "뭐 좀 마실래요? 프레드가 방금 커피를 내렸는데. 아니면 아이스티라도?"

"아뇨, 전 됐습니다. 감사합니다."

"그래, 세라하고 같이 일했다고요?"

"직접적으로는 아닙니다. 부서가 달랐거든요. 그리고 세라가 저보다 6년 먼저 입사했고요." 디바인이 두 사람의 표정을 알아채고 덧붙였다. "저는 웨스트포인트 사관학교에 들어갔다가 육군으로 몇 년 복무한 후 사회에 복귀했습니다. 돌아와서 MBA를 땄고요."

"나라를 위해 싸워줘서 고맙소, 트래비스." 프레드가 말했다.

"이번 일로 충격이 크셨을 줄로 압니다. 직원들도 다들 동요하고 있습니다."

"혹…… 무슨 문제가 있다는 낌새 없었나요?" 엘런이 물었다. 기어드는 목소리였지만 희망에 매달리는 표정이 그것을 압도했다.

살인사건인 줄 모르는 건가?

"전혀요. 아주 잘 지내고 있었어요. 저도 아직 안 믿깁니다, 세라가…… 스스로 목숨을 끊었다는 게요." 디바인은 이제 자신은 틀린 정보라는 걸 아는 그 말에 두 사람이 어떻게 반응할지 보려고 기다렸다.

프레드가 떨리는 음성으로 대꾸했다. "경찰이 초기에는 그렇게 결론 내린 걸로 알지만 지금은 그들 생각이 바뀌었어요, 트래비스."

디바인이 두 사람을 번갈아 보았다. "네? 그게 무슨 말씀인지."

엘런이 자기 무릎을 내려다봤다. 당장 일어나 방에서 나가버리고 싶어 하는 것 같았다.

프레드가 말했다. "경찰은 이제 세라가…… 누군가가…… 그 애를 살해한 거라고 본다는 말입니다." 그러고는 입을 한 손으로 틀어막았고, 옆에서 엘런도 흐느낌 섞인 울음을 토해냈다.

"아, 이런. 정말로…… 유감입니다. 이거…… 너무 충격인데요." 이미 아는 사실이긴 하지만 **실제로** 충격적이었다. 처음 듣는 기분이었다. 부모의 눈으로, 그들의 비통함이라는 필터를 거쳐 전달받고 있었기 때문이다.

격해진 숨소리 외에는 침묵만이 내려앉은 채로 몇 초가 흘렀다.

"둘이 친구였어요?" 엘런이 물었다.

"세라는 친구가 많았습니다. 굉장히 사교적이었거든요."

"만나는 사람이 있다고 했는데." 엘런이 말했다. "꽤 된 얘기예요. 그런데 이름은 말해주지 않았어요."

"그거에 대해선 저도 잘 모릅니다." 디바인이 재빨리 대꾸했다.

"근처에 삽니까?" 프레드가 물었다.

"아니요, 여기서 조금 먼 맨해튼 북쪽 교외에 삽니다. 마운트키스코라고. 기차로 통근하죠. 집이 참 예쁘네요. 세라가 잘 꾸며놨어요."

"여기 와본 적 없어요?" 엘런이 디바인을 유심히 살피며 물었다.

디바인이 그녀의 눈을 똑바로 바라봤다. "없습니다. 세라하고는 단체로만 만나서요. 회식이나 회사 파티라든가 그런 행사 있잖습니까."

그렇게 말하고서 그는 유즈의 침실이 있는 왼쪽을 흘끔 봤다.

그러고 고개를 들자, 엘런이 그를 뚫어져라 보고 있었다. "하지만 세라가 어디 살았는지는 알고 있었잖아요, 트래비스."

"근처 술집에서 집까지 데려다준 적이 한 번 있습니다. 그날 저희가 술을 좀 마셨거든요. 무사히 집에 들어가는 걸 보고 가려고요. 근데 안에 들어온 건 처음입니다."

"아, 그렇군요. 우리 보러 이 먼 데까지 온 건 아니었으면 하네요. 근데 우리가 있을 줄은 모르고 왔겠죠."

"맞습니다. 이 동네엔 연극을 보러 온 거예요. 온 김에 여기로 와서 세라네 집을 보고 싶어져서요. 세라 생각을 하고 있었거든요. 마침 두 분께서 택시에서 내려 들어오시는 걸 봤어요. 귀찮게 해드리고 싶지 않아서 처음엔 다른 데로 갔죠. 근데 생각하면 할수록 두 분을 뵙고 위로의 말씀을 전하고 싶어졌습니다. 두 분이 얼마나 오래 머무실지도 모르고, 뵐 기회가 또 있을지 확신할 수도 없어서요. 외국에서 들어오신 거라 들었습니다만."

"뉴질랜드요." 프래드가 대답했다. "내가 그리로 발령 나서. 여기까지 오는 데 한참 걸렸지."

"오는 길이 아주 끔찍했어요." 엘런이 거들었다. "몇 시간이고 앉아 있어야 하는데 떠오르는 생각이라고는……."

"힘드셨겠네요." 디바인이 나지막하게 대꾸했다. "어떤 사업을 하시는데요?"

"우리는 선교사예요." 엘런이 대답했다. "복음을 전하고 다니죠. 프레드는 안수를 받은 목사이기도 하고요."

"대단하시네요. 뉴질랜드라고 하셨죠?"

엘런이 말했다. "그리로 간 게 언뜻 의아스럽겠지만, 그 나라 국민의 절반이 종교가 없어요. 특히 젊은 사람들은요. 그 말은 곧 그 자식 세대가 하나님을 모른 채 자라날 거라는 뜻이에요. 종교가 있는 호주인은 대부분 기독교를 믿지만, 거기서 가장 빠르게 확산 중인 종교는 힌두교와 시크교예요." 그 말을 하면서 엘런은 미간을 찡그렸다.

디바인이 흘끔 보자 프레드는 자기 아내를 빤히 바라보고 있었다. "아니, 엘런. 그것들도 훌륭한 종교인데 왜 그래요? 신자가 얼마나 많은데. 나는 그 사람들이 뭐든 믿음을 가졌다는 것 자체가 좋더구먼. 그들에겐 그들의 신이 있고 우리에겐 우리의 신이 있는 거지."

"남편하고 나는 몇 가지 문제에서 의견이 갈려요." 엘런이 너그러운 투로 말했다. "그래도 가능하면 공통점을 찾아내는 편이죠."

"결혼생활을 잘 유지하는 부부는 대개 그렇다고 들었습니다." 디바인이 이렇게 말하면서 프레드를 흘끔 보고 다시 엘런에게 시선을 돌렸다.

"아까 우리는……." 말하다 말고 엘런이 남편을 바라봤다.

그러자 프레드가 말을 대신 끝맺었다. "시체안치소에 다녀오는 길이라오."

"어떤 심정이셨을지 상상도 안 갑니다."

"우리가 세라의 부모라고 짐작한 거죠?" 프레드가 세 사람 모두를 사로잡고 있을 어떤 인상으로부터 얼른 벗어나려는 듯 대뜸 말했다.

"짐작한 건 맞는데, 세라가 두 분을 조금씩 닮아서요. 세라는 키가 컸지만요."

"우리 아버지와 오빠가." 엘런이 서글픈 미소를 띠며 대꾸했다. "두 분 키가 190이에요. 세라의 키는 그 둘을 닮은 거죠."

디바인은 더 망설이지 않고 본론을 꺼낼 작정으로 상체를 앞으로 기울였다. "경찰은 다녀갔습니까? 진전된 게 있는지 알려주던가요?"

"어젯밤 우리가 도착했을 때 왔었어요." 프레드가 대답했다. "벌써 우리 애 물건을 뒤지고 있더라고요. 다 그렇게 하는 모양인데, 애가 어떻게…… 죽었건. 근데 이젠, 이제는 세라가……. 다른 누군가가…… 그런 게 밝혀진 이상……."

"그렇군요. 그렇겠네요. 아마 경찰 입장에서는 그렇게 해야겠지요. 전자기기며 일기장이며, 범인에 대한 단서를 줄 만한 거라면 다 뒤져봐야겠죠."

프레드가 동의의 뜻으로 고개를 끄덕였다. "네, 그거 다 압수해갑디다. 어쨌든 이 집에 있던 것들은요. 그리고 방마다 다 둘러보고. 아주 꼼꼼하게, 지문도 채취하고 뭐 그런 거 있잖아요. 우리가 도착했을 때는 거의 끝나갈 무렵이어서, 우리가 미국에 있는 동안 이 집에 머물러도 된다고 하더군요." 그는 집 안을 휘 둘러봤다. "우리가 뉴질랜드로 이민 갔을 당시에는 걔가 이 집에 살고 있지 않았는데. 그 조그만 아파트가…… 어디에 있었더라, 엘런?"

"트라이베카."

"맞다, 트라이베카. 근데 이제는 브루클린에 산다지 뭡니까. 흥흥

한 동네인 줄 알았는데."

디바인이 말했다. "몇십 년 전보다 훨씬 좋아졌습니다. 그래서 부동산도 아주 비싸졌고요."

"아무튼, 우리는 세라의 집을 둘러보는 게 처음이에요. 전에는 미국에 안 들어왔었거든." 프레드가 말을 멈추고 입술을 꾹 다물었다. "그러다 지금 이렇게 와 있군."

엘런이 벽난로의 솔방울을 물끄러미 바라봤다. 딸이 나타나서 커피나 차를 대접하지 않고 제 부모를 꼭 안아주지도 않은 게 이해되지 않는다는 얼굴이었다.

"어떤 연극을 봤어요?" 엘런이 불쑥 물으면서 디바인에게 시선을 고정했다. 불안해질 정도로 헤집어보는 눈빛이었다.

"〈고도를 기다리며〉요. 실은 세라가 저희 둘 다 아는 친구에게 추천한 연극입니다."

"처음 듣는데." 엘런이 대꾸했다.

프레드가 끼어들었다. "괜찮던가요?" 그는 자신을 짓누르는 것으로부터 다만 몇 초만이라도 도피하기 위해 이 대화 주제에 매달리는 것 같았다.

"깊은 생각을 유도하는 극인 건 분명하더군요." 디바인은 이렇게 대답하면서, 엘런 유즈가 봤다면 싫어했을 연극이라고 생각했다. "세라가 두 분께는 그 얘기를 꺼낸 적이 없나 보죠?"

프레드가 고개를 저었다. "한동안 걔한테서 연락이 없었어요. 마지막이 언제였더라, 엘런?"

"문제는 시차예요. 세라가 밤이면 우리는 낮이고 해서. 그래도 일주일 넘게 연락이 없었지. 우리 외동딸인데. 아니, 외동딸이었는데."

엘런은 말을 끊고 소리 없이 울기 시작했다.

디바인은 여기 온 게 큰 실수였다는 생각이 들기 시작했다. 그는 일어서며 이렇게 말했다. "힘드실 테니 이만 가보겠습니다. 다시 한 번, 진심으로 유감입니다. 여기 계시는 동안 제가 도와드릴 수 있는 게 있으면 연락 주세요." 그러면서 회사 직통 번호와 휴대폰 번호가 인쇄된 명함을 프레드에게 내밀었고, 프레드는 그걸 보지도 않고 받아 들었다.

디바인이 엘런을 슬쩍 보니 엘런은 다시 한번 그가 이해할 수 없는 강렬한 눈빛으로 그를 뚫어져라 보고 있었다. "디바인 씨도 말했지만, 세라가 일기를 쓰긴 썼어요. 경찰이 우리한테 준 목록에는 없더군요. 못 찾아낸 거죠. 그런데 세라는 어릴 적부터 일기를 줄곧 썼거든요."

"이상하네요." 디바인이 대꾸했다. 정말 이상하긴 했다. "어쩌면 개인 클라우드에 저장했는지도 모르죠. 요새는 많이들 그러거든요."

"세라가 디바인 씨한테 좋은 친구였나 보네요."

디바인은 엘런의 눈길에 오장육부가 움찔하는 것 같았다. "제가 세라를 참 좋아했습니다. 다들 좋아했죠."

엘런은 남편에게서 명함을 가져가 긴장 어린 몇 초간 그걸 빤히 내려다보더니 대뜸 말했다. "그 말은 틀렸어요, 디바인 씨."

"무슨 소리예요, 여보?" 프레드가 날카롭게 뱉었다.

엘런은 뜨거운 물건이라도 쥔 양 명함을 손으로 자꾸만 뒤집었다. "누군가는 세라를 싫어한 게 틀림없잖아요."

25

디바인이 귀가해보니, 거실에서 밸런타인이 흥분과 걱정으로 들썩이며 그를 기다리고 있었다.

"무슨 일이야, 윌?"

"어이, 형님. 이메일 말인데."

"그게 왜? 누가 보낸 건지 알아냈어?"

"아니. 추적할 수 없어요."

"에, 그래도 고마워. 그런 이상한 메일은 처음 받아봐. 아예 이메일 주소처럼 보이지도 않잖아."

"아니, 트래비스 형. 그렇게 쉬운 문제 아니에요. 내 말은, 내가 추적할 수 없었다는 거예요. 나랑 같이 일하는 사람들, 그들도 추적하지 못해요. 처음엔 이메일 도용이나 16진수인 줄 알았지."

"뭐?" 디바인이 되물었다.

"16진수. 컴퓨터가 사용하는 2진 언어를 단순화해주는 기초 시스템요. 그런데 더 파고드니 그것도 아니에요."

"알았어, 그런데 익명의 이메일은 흔히들 보내잖아." 디바인이 말했다. "안 그래?"

"인터넷에서 그런 메시지를 보내는 방법은 아주 많아요." 밸런타인이 대꾸했다. "싼 방법, 별로 싸지 않은 방법, 어려운 방법, 또 별로 어렵지 않은 방법 따위가 있고."

디바인은 벽에 등을 기댔다. "좀 더 자세히 설명해줘야겠는데?"

"새 전화번호, 가능하면 대포폰이나, 현찰 아니면 복제한 신용카드로 선불 지급한 폰에 가짜 이름과 정보, 새 이메일 계정, 핫메일이나 지메일을 연계해요. 다른 브라우저를 시크릿 모드로 열고 거기서 이메일을 보내요. 러시아는 얀덱스 웹메일 쓰는데, 휴대폰 인증이 필요 없어요. 핫메일하고 지메일은 전화번호 요구하지만 그거야 대포폰으로 뚫을 수 있지. 시크릿 모드로 해도 IP 주소가 이메일에 뜨잖아요. 근데 이 이메일은 그런 거 없어요."

"그래서 추적이 불가하다?"

"수신자가 동원 가능한 자원이 많을 경우 그렇지도 않아요. 게다가 싸게 가려고 하면 큰 문제가 생기게 마련이고."

"뭐가 제일 비싸고 나은 방법이야?"

"익명의 이메일을 보낸다든가 하는, 원하는 주문은 다 들어주는 특수한 서비스를 이용하는 것. 고급 암호 장착, 도용한 IP 주소, 사용한 서버 자동 삭제, 패스워드 보호, 개인정보 미요구 같은 거요. 그 정도는 돼야지."

"누가 그렇게까지 해?" 디바인이 물었다.

"프록시 이메일 쓰는 플랫폼이 얼마나 많은데요. 합법적이고 신뢰할 만한 데도 있고, 그렇지 않은 데도 있어요. 전부 다 가능하고, 꽤 잘해요. 아니면 그것도 건너뛰어서 VPN 플랫폼을 써도 되고. 근데 공짜 서비스는 쓰지 마요. 걔네는 제3자한테 정보 팔거든. 프리미엄급 서비스를 사용해야 IP 주소가 싹 지워져요."

"흠, 그 이메일을 누가 보냈건 그런 특수 서비스 아니면 VPN을 썼다는 거로군."

밸런타인을 흘끔 보니 그는 어느 때보다 심각해 보였다. 피자와 맥주를 달고 사는 러시아인 해커의 모습은 온데간데없었다.

"그렇게 해도 컴퓨터의 MAC 주소(네트워크상에서 통신장비끼리 서로를 구별하는 데 필요한 하드웨어 주소―옮긴이)는 감출 수 없어요. 모든 장비에는 랜카드에 따른 MAC 주소가 부여돼요. 지문 같은 거예요."

"근데 이건 없다고?"

"아마 주소를 도용해서 감춘 것 같아요."

"이메일 도용은 아니라며?"

"상관없어요. 어떤 방법을 썼건 우리가 그 시스템을 뚫을 수 있으니까." 밸런타인이 자신에 찬 어조로 말했다. "MAC 주소가 도용됐건 아니건, 우리가 하는 일이 그거거든! 그런데 이 이메일은 그런 플랫폼 중 하나에서 보내진 게 아니에요. 그랬을 수가 없어. 브로드밴드를 통해 메시지를 보내는 데 필요한 프로토콜이 하나도 안 남아 있는 걸 보면. IP 주소, 그러니까 인터넷 프로토콜 주소를 포함해서."

"그럼 그런 게 원래는 있어야 한다는 말이지?"

"당연하죠, 형. 설명 좀 빠릿빠릿하게 따라와요." 밸런타인이 한숨을 쉬며 소파에 털썩 앉았다. "이메일을 보내면 발신자와 수신자 IP 주소가 패킷에 들어가요. 그건 곧바로 게이트웨이나 라우터로 전달돼요. 그다음엔 한 단계 높은 네트워크로 가요. 그걸 반복하다가 마침내 목적지인 이메일 주소에 닿는 거예요."

"그럼 어쩌다가 이 이메일이 내 '받은메일함'에 도착하게 된 거야?" 디바인이 묻고는 자기 질문에 스스로 답했다. "누군가가 내 이메일 주소를 가지고 있었다는 거잖아."

"응, 그건 맞아요. 근데 그건 쉽게 알아낼 수 있어요. 큰 문제는 뭐냐면, 누가 그걸 보냈는지 혹은 어떻게 그걸 보낼 수 있었는지 우리가 모른다는 거예요. 그러니까, 인터넷상의 그 어떤 포털로도 그 메시지를 추적할 수 없다는 거죠."

"점점 내 이해 범위를 벗어나는 것 같은데." 디바인이 인정했다.

"기본적으로 다섯 가지 IP 클래스가 존재해요. A, B, C클래스는 공공기관하고 개인이 사용해요. D클래스는 영상 스트리밍이나 TV 네트워크 같은 서비스가 사용하고."

"거기까지, 네 클래스잖아. 다섯 번째는 뭔데?" 디바인이 물었다.

"E클래스인데, 공공서비스에 배정된 게 아니에요. 주로 연구에 쓰여요. **실험적 IP 클래스예요.** 나더러 추측하라면, 형이 받은 이메일은 어떻게 해선지 E클래스를 통해 전송된 걸 텐데 어떻게 했는지는 나도 모르겠어요."

"메일은 오전 9시 22분에 왔어. 회사 관리인이 그날 아침 8시 30분에 세라의 시체를 발견했고 경찰에 신고가 들어갔다고 쓰여 있었어. 그러니까 사망하고 한 시간도 지나지 않아 세라가 죽은 걸 누군가가 알았고, 어떻게 죽었고 범행 장소가 어디이며 세라가 어떻게 매달려 있었는지 디테일까지 다 알았다는 얘기야. 그러고는…… 내가 알기로는 나한테만, 너희가 추적할 수 없다는 그 메시지를 보냈어. 그 정도면 상당히 빠르게 움직인 거야."

"형님, 이건 캐봐야 할 것 같은데. 내 고용주들이 이것 때문에 몸을 사리거든요. 심하게 몸 사리고 있다고요."

"너희가 못하는데 내가 어떻게 캐내? 내가 세계 정상급 해커도 아니고."

"여기저기 캐묻고 다니란 뜻이에요. 시체 발견한 남자랑 얘기해봐요."

"이메일 추적을 못하는 게 그렇게 대재앙급의 일이야?"

"나한텐 세상이 무너진 수준이죠. 그건 내가…… 훅 가버렸다는 뜻이거든. 그럼 인터넷에서 나쁜 놈들이, 무슨 짓을 저지르건 결국 빠져나가는 거예요. 왜냐면 개네는 **보이지 않으니까.** 빠릿빠릿하게 좀 따라와요, 형."

그렇게 말하니 디바인도 상황의 심각성이 이해되기 시작했다.

"그리고 형은 이 여자랑 아는 사이였잖아요. 데이트했다며. 누가 죽였는지 알고 싶지 않아요?"

"당연히 알고 싶지. 그런데 거길 들쑤시고 다니려면 네 도움이 필요해." 카울앤드컴리의 보안 데이터베이스를 두고 하는 얘기였다. 디바인은 밸런타인이 어떻게 해줬으면 하는지 설명했다.

"형 로그인 아이디하고 패스워드 줘봐요." 밸런타인이 말했다.

디바인은 조금 망설였다. "그래도 될지 모르겠는데, 뭘."

밸런타인이 씩 웃었다. "어차피 1분 안에 알아낼 수 있는데, 뭘. 그치만 내 도움이 필요 없다면, 뭐."

"나 먹이면 무사하지 못할 줄 알아." 디바인이 말했다.

"어이, 형님." 밸런타인이 웃음 띤 얼굴로 대꾸했다.

디바인이 아이디와 패스워드를 이메일로 보냈고, 이내 밸런타인의 손가락이 키보드 위를 날아다녔다.

"얼마나 걸릴 것 같아?" 디바인이 물었다.

"다 했어요."

"뭐라고!"

"형네 회사 암호화 시스템 거지 같아요. 형이 직접 데이터베이스 들여다보려면 어떻게 해야 하는지, 이메일로 보낼게요." 밸런타인이 이메일을 보내고는 덧붙였다. "미국놈들은 이래놓고 왜 만날 해킹 당하냐고 하지. 어이없게."

그 자리를 뜨면서 디바인은 한 가지만은 확실히 알았다. '보이지 않는' 이메일의 발신자가 그 시점에, 세라가 어떻게 죽었는지 알고 있었을 방법은 하나뿐이라는 것이었다.

나한테 그 이메일을 보낸 자가 세라를 죽인 거야.

26

6시 20분.

기차가 역사를 스르륵 벗어났고 디바인은 오늘도 착실히 창밖을 내다봤다. 전혀 휴일 같지 않은 일요일이 지났다. 한 주를 새롭게 시작하는 게 아니라 카울에서 이미 한 주를 꽉 채워 일한 기분이었다.

끈질기게 참견하는 기자 레이철 포터, 〈고도를 기다리며〉, 에머슨 캠벨과의 접선, 유즈의 부모, 그중 특히 의심 많은 모친, 또 뭔지는 몰라도 경찰이 그 집에서 찾아낸 것들, 그의 이야기가 등장할지 모를 사라진 일기장. 그리고 마지막으로, 밸런타인과 그의 말에 따르면 경천동지할 사건이라는 보이지 않는 이메일의 충격까지. 그 모든 걸 떠올리기만 해도 진이 빠졌다.

열차가 정차해 승객을 더 태운 다음 이내 언덕을 천천히 올라갔고, 이윽고 또 멈춰 섰다. 너무 규칙적이라서 우스울 정도였다. 아니, 우스울 뻔했다.

그때 수관 하단과 담 꼭대기 사이로 그녀가 보였다. 이미 풀 가에 앉아 있었다. 테리클로스 재질의 로브는 벗어버렸고, 오늘도 끈비키니는 광택 나는 에메랄드빛이었다. 그 색이 잘 어울렸다.

"저 여자 노출증 환자예요. 뭐 내가 보기엔 그래요. 그게 아니면 왜 이런 이른 시간에 거의 벌거벗은 채로 우리가 다 볼 수 있는 데 나와 있겠어요? 여기서 정차하는 열차를 못 볼 리가 없잖아요?"

디바인은 옆자리의 남자를 돌아봤다. 나이가 50대쯤 돼 보이는 그는 재단이 세련된 암청색 양복에 폭이 좁은 넥타이를 매고 흰 셔츠를 받쳐 입었는데, 거기에 딱 어울리는 포켓치프까지 꽂고 있었다. 갈색 곱슬머리는 희끗하게 센 부분이 더 많아 보였고, 눈썹가에 굵게 주름이 팬 데다, 눈 밑에 툭 불거진 살은 축 늘어져 있었다. 디바인은 꼭 미래를 비추는 거울을 들여다보는 기분이었다. 그 거울 속에서 20년도 채 지나지 않은 시점의 자신을 보고 있었다. 남자는 공허함과 딱함을 자아내는 쪽으로, 비참한 동시에 욕정이 넘쳐 보였다. 디바인은 남자 손가락의 결혼반지를 흘끔 봤다.

"저 여자에 대해 아는 거라도 있습니까?" 디바인이 물었다.

"내가 본 중에 제일 섹시한 몸을 가졌다는 것 말고는 없어요. 그리고 아마 색정광일 거라는 것. 노출 좋아하는 여자는 대개 색정광이거든요."

"그래요?" 디바인이 되물었다.

그 남자는 코를 한번 훌쩍하며 여자에게 눈길을 보내더니 갈망 가득한 투로 말했다. "뭐, 스트리밍 서비스에 올라오는 드라마에서는 늘 그렇게 나오던데요. 게다가 이전 여자도 저만큼 섹시했고."

디바인은 흠칫했다. "이전 여자라고요?"

"내가 이 기차 타고 다닌 지 한참 됐는데, 저 집을 지어 올리던 것도 기억해요. 저거 브래드 카울 집이에요, 댁도 아는지 모르지만. 아무튼, 그 여자도 가끔 비키니를 입고 나와 앉아 있었어요. 지금 저 여자만큼 눈 튀어나올 정도의 섹시녀였지. 카울 취향이 젊고 예쁘고 헐벗은 여자인 게 분명해요."

"그 여자는 어떻게 됐습니까?"

"몰라요. 어느 날 사라졌어요."

"그게 언제였는데요?"

"글쎄, 한 1년 조금 더 됐나. 여름이었어요."

"어떻게 생긴 여자였는데요?"

"이 여자랑 거의 판박이인데, 머리만 금발 대신 갈색이었어요."

디바인은 몸을 돌려 여자를 봤다. 여자는 다리를 꼰 채 그냥 멀뚱히 앉아 있었다. 옆에 물이 있는 것도 의식하지 못하는 듯했다. 문득 여자가 시선을 들었고, 심장 떨리는 한순간 그녀가 디바인을 똑바로 응시하는 것 같았다. 하지만 그럴 리가 없잖은가. 거리와 각도가 있고 열차 유리창이 가로막고 있는데.

안 그래?

이내 여자가 일어나 로브를 주워 들고 집 안으로 들어갔다. 디바인을 포함해 우측에 앉은 남자 전부가, 그리고 아마 좌측에 앉은 남자 일부도, 들어가는 그녀의 걸음걸음에서 1초도 눈을 떼지 않았다. 지나치게 뚫어져라 봐서 생애 마지막 순간을 음미하는 건가 싶을 정도였다.

저 여자가 정말로 그런 일에 희열을 느끼는지도 모르지. 여자는 열차가 거기에 선다는 것과 안에 승객이 가득하다는 것, 그들이 자기를 지켜본다는 것을 알지 않을까. 그렇다면 브래드 카울이 그걸 어떻게 여길지 궁금했다. 그렇지만 또, 카울은 사무실 책상 위에서 부하직원과 섹스하는 유의 인간이니까.

기차가 다시 속도를 내 앞으로 나아갔다.

이윽고 디바인은 파이낸셜디스트릭트에 있는 지하철역에서 아침 열기 후끈한 바깥으로 나왔다. 아직 이른 시간이라 도시가 이제 막 부스스 깨어나고 있었다. 여기저기 불법 주차된 배달 트럭이 보이고 택시, 승용차, 우버 차량 들이 맨해튼에서 유일하게 고요한 시간대를 클랙슨 소리로 더럽히고 있었다. 새들은 땅에 널린 쓰레기를 쪼고, 도로 미화원들은 비질을 하고, 정장 입은 사람들과 캐주얼한 옷차림의 사람들이 하품을 쩍쩍 해대며 제 무덤으로 향하듯 직장으로 터덜터덜 걸어갔다.

아침식사거리를 파는 푸드 카트들이 막 장사를 개시하고 있었다. 이따가 점심때는 그릴드할랄이나 창펀(쌀가루 피에 새우나 고기를 싼 음식―옮긴이), 쌀국수, 인도식 킹비리야니(쌀에 향신료로 잰 고기, 생선 등을 넣어 찐 인도 요리―옮긴이) 따위와 프레첼, 핫도그, 팔라펠, 텍스멕스(텍사스와 멕시코의 요리가 혼합된 음식―옮긴이), 스테이크, BBQ, 초밥 같은 늘 파는 메뉴를 제공할 것이다. 만약 여기서 발견하지 못하는 음식이 있다면, 그건 세상에 존재하지 않는 음식이라 그럴 것이다.

건설 노동자들은 쇠파이프와 외바퀴수레를 힘껏 들거나 밀고, 삽자루와 점심 도시락을 쥔 손에 힘을 주는가 하면, 카멜 담배를 피우든가 아니면 아침을 맞아 정신이 번쩍 들게 해줄, 스타벅스가 아닌 커피를 들이켰다.

하늘은 청명했고 벌써 고층건물들의 뾰족한 꼭대기에서 열기가 풀풀 피어올랐다. 점심때가 되면 건물 사이사이로 깔때기 효과를 타고 모인 온기가 수백만 제곱미터에 걸쳐 펼쳐진, 수십억 톤에 달하는 콘크리트 및 유리가 각각 반사한 열과 합쳐져 용암처럼 펄펄 끓는 지열로 치솟았다. 어쨌든 돈 벌러, 혹은 휴일을 즐기러 옷을 갖춰 입고 나온 맨해튼 주민들에게는 그렇게 느껴졌다.

디바인은 이런 생각을 하면서 다른 한편으로는 당면한 심각한 문제들을 곱씹었다. 그는 자식을 잃고 상심한 어머니를 찾아가 의심을 샀다. 그리고 그는, 보아하니 그 혼자만, 살인사건에 대해 이야기하는 추적 불가한 이메일을 받았다.

그 이메일은 세라가 자살로 죽었다고 하지 않았다. 디바인은 이메일에 그렇게 적혀 있다고 자신이 넘겨짚었음을 깨달았다. 사실은 그

167

녀가 죽었다고만 돼 있었다. 이어서 목매단 시체를 묘사했고. 자살을 입에 올린 건 완다 심스였다. 경찰이 하는 말을 들었다고 했다. 행콕 형사도 첫 번째 만남에서 그러한 경찰의 초기 견해를 확인시켜주었다.

그 수상한 이메일의 발신자를 찾아내려면 사람들을 직접 만나 탐문해봐야 했다. 컴퓨터 자판과 서버로는 알아내는 데 한계가 있는 것 같으니까. 오늘날의 모든 문제를, 오로지 테크놀로지로만은 풀수 없다는 게 신선하게 느껴졌다. 때로는 약간의 발품과 인간미 비슷한 섯 그리고 적재적소에 교묘히 던지는 질문으로, 인공지능의 연산과 실체 없는 클라우드에 떠 있는 몇 페타바이트의 데이터가 하지 못할 일을 해낼 수 있다. 하지만 그 이메일은 유즈의 죽음과 연관되어 있었고, 또한 유즈의 죽음은 카울에서 일어나는 모종의 불법적인 일과 연관되어 있는 게 틀림없었다. 에머슨 캠벨이 디바인에게 영창 가기 싫으면 알아내라고 한 게 바로 그것이었다. 출격 명령이 이보다 더 명확할 순 없었다.

카울에서 현재 근무를 서고 있는 경비는 디바인도 아는 사람이었다. 샘이라는 자였다. 60세쯤 된 샘은 머리가 군데군데 셌고, 피부는 창백했으며, 어깨가 앞으로 굽은 데다 불룩 튀어나온 아랫배 때문에 셔츠가 찢어지기 직전까지 늘어나 있곤 했다. 게다가 늘 유쾌한 미소를 짓고 다녔다. 덕분에 한 손에 맥주 캔을 쥔 채 바닥에 뒹굴며 아이들과 놀아주는 인기 많은 삼촌이나 할아버지 같은 인상을 풍겼다.

디바인은 대리석 상판이 깔린 접수대로 다가가 인조가죽 서류가방을 거기에 얹고 이마에 맺힌 땀 몇 방울을 훔쳤다.

"안녕하세요, 샘."

"안녕하신가, 디바인."

"요즘 꽤나 정신없으시겠어요."

"아무렴. 경찰이 얼마나 들락거렸나 몰라요. 새로운 사실이 밝혀졌다나."

"그렇다면서요. 자살이 아니라 타살이라고. 그 정도면 엄청난 반전이죠."

"그렇고말고. 여자랑 아는 사이였수?" 샘이 물었다.

"조금요. 본 적 있으세요?"

"그럼. 항상 웃으면서 손 흔들어줬는데. 그렇게 참한 여자가, 참 안됐어요."

"관리인 중 한 분이 발견하셨다면서요."

샘은 고개를 저으며 된통 쓴 게 입에 들어온 양 얼굴을 찡그렸다. "제리 마이어스. 그 양반 뇌졸중이라도 일으키는 줄 알았지 뭐요. 비품창고에 웬 여자가 목매달려 있다고 소리 지르면서 뛰어왔어. 나는 또 그 양반이 미친 줄 알았지. 그런 게 이 건물에서 있을 법한 일이야?"

디바인은 움찔 몸이 경직됐다. "잠깐만요, 여기까지 내려와서 그렇게 말했다는 거예요? 거기서 내선 전화를 걸거나 경찰에 신고하지 않고요?"

"아니, 안 그랬어. 그 바보 같은 양반. 너무 흥분한 상태였거든. 불쌍한 사람, 그런 건 난생처음 봤대요. 물건 가지러 창고 들어갔는데 거기 여자가 매달려 있었다는 거야. 누구든 충격 먹겠지. 그래서 위에서 바로 전화하지 않은 걸 그냥 넘어가줬지. 내가 경찰에 신고한 다음 제리랑 같이 올라갔어요. 제리가 취했거나 환각을 봤거나 그런 거길 바라면서. 근데 그러긴 개뿔, 거기 시체가 있더라고. 참 안됐지. 내가 뉴어크에서 경찰로 일했던 사람인데, 솔직히 말해서 나도 막 먹은 게 올라오더라고."

"그러셨겠네요. 오전 그때쯤이면 52층이 꽉 차 있었겠어요."

"바로 그래서 911에 전화하자마자 거기로 서둘러 올라간 거예요. 다른 사람한테 내 자리 좀 봐달라고, 경찰 도착하면 올려보내라고 부탁해놓고. 거기가 잠재적 범죄 현장인데 그럴 때 따라야 할 절차 며 뭐 그런 게 있잖아. 물론 그때 나는 여자가 **어떻게** 죽었는지는 아직 몰랐고. 나 말고도 다들 모르고 있었지만. 그래도 증거는 보존해야 하니까."

"사내에 말 퍼지기 전에 먼저 올라가신 게 다행이네요."

그러자 샘이 디바인의 얼굴을 살피며 말했다. "그게, 사실은 그랬다고 장담은 못 해요."

"네?"

"제리가 문을 조금 열어놨거든. 어쨌든 우리가 발견했을 때는 열려 있었어."

"열어놨다고 제리가 그러던가요?" 디바인이 물었다.

"하, 그 양반 너무 충격받아서 자기 이름도 못 댈 지경이었는걸. 한 5분 지나서는 경찰이 도착했고. 나는 그 이상 현장을 책임지고 싶지 않았어."

"그 후엔 어떻게 하셨는데요?" 디바인이 물었다.

"경찰이 뭐 필요한 거 있을까 봐 그 층에 잠시 머물렀지."

"다른 사람하고는 얘기 안 하셨어요?"

"제리랑 경관 한 명하고만 얘기했어."

"사무직원이나 저 같은 인턴하고는요?"

"직원들이 하나둘 도착하기 시작했을 때는 경찰이 엘리베이터에서 아무도 못 내리게 막았어. 다른 사람은 내가 못 봤고."

"관리부서 사람들은 둘째 치고, 그때쯤이면 저 같은 직원이 있었을 텐데요. 거의 9시 다 됐을 때잖아요."

"어쩌겠어요. 내가 못 봤는걸."

이게 무슨. 완다 심스가 그 층에서 직원들을 내보냈다던 게 떠올랐다. 방금 들은 이야기와 일치하지 않았다.

"제리는 시체를 발견한 후 그만뒀겠죠? 아니면 적어도 연가를 냈거나."

샘은 손사래를 치고는 뉴욕자이언츠 풋볼팀 로고가 새겨진 머그잔에 담긴 커피를 한 모금 마셨다. "에이, 아녜요. 제리는 자녀도 없는 독신인 데다, 직원 혜택 빵빵하고 연봉도 넉넉한 직장에 다니는걸. 그런 조건을 그리 쉽게 내칠 수는 없지. 아예 그 양반 지금 여기 와 있어요. 34층에서 전구 갈고 있어. 어쨌든 조금 전에 그 양반이 한 말로는 그래."

"그렇군요. 샘, 너무 무리하지 마세요."

그러자 샘이 씩 웃었다. "나야 힘들 것 없지, 디바인. 엉덩이 짓무르게 일하는 건 자넨데. 무슨 부귀영화를 누리겠다고 그래? 그날 먹을 양식하고 비 막아줄 지붕, 하루에 맥주 몇 캔, 여름에는 야구, 가을에는 풋볼, 거기에다 자기 돌봐줄 마누라만 있으면 천국이구먼."

틀린 말은 아니라고 수긍하면서, 디바인은 엘리베이터에 올라타 34층 버튼을 눌렀다.

27

관리부시로 올라가 보니 텅 비어 있었다. 관리팀 직원들은 얼마나 열심히 일하건 상관없이 정해진 봉급을 받았다. 그러니 세상이 멸망할 정도의 재난이 발생하지 않는 한 오전 9시에 출근해서 오후 5시 혹은 그즈음에 퇴근했다.

제리 마이어스는 복도에 사다리를 놓고 그 위에 올라가 있었다. 아직 직원들이 몰려오기 전임을 디바인은 알고 있었다. 다들 출근했다면 닫힌 문 뒤에서 컴퓨터 자판 두드리는 소리가 들려왔을 것이다. 디바인과 같은 사무직원들은 8시쯤 출근하지만 밤 9시는 되어야 퇴근했다. 게다가 카울앤드컴리에는 중간 휴식 시간도 없었다. 숨넘어가는 순간까지 전속력으로 달려야 했다.

"마이어스 씨?"

사다리 위의 남자가 몸을 돌려 디바인을 내려다봤다. 그는 디바인 정도의 키에 흉통이 나무통처럼 크고 단단해 보였다. 나이는 45세쯤 되어 보였는데, 짙은 색 머리는 숱이 풍성했다.

"그런데요?"

"트래비스 디바인이라고 합니다. 여기 직원인데요. 세라 유즈 친구였거든요."

마이어스는 전구를 마저 갈고 전등커버를 딸깍 닫은 뒤 내려왔다.

"내 생애 최악의 날이었어요." 그가 내뱉었다.

"짐작이 갑니다. 충격이 컸겠어요."

마이어스가 사다리를 접더니 기다란 튜브형 전구 상자를 집어 들었다. 그러고는 디바인을 보며 대뜸 물었다. "원하는 게 뭐요?"

"샘이 그러는데 마이어스 씨가 세라를 발견하셨다면서요? 오늘 여기서 전구를 갈고 계시다고 해서."

"그래서요?"

자칫 기회를 놓칠 수도 있겠다고 깨달은 디바인은 재빨리 머리를 굴렸다. "말씀드렸다시피, 제가 세라와 친구였거든요. 죽은 게 아직도 믿기지가 않습니다. 처음엔 자살이라더니, 이제는 타살이라잖아요. 뭐, 이런 엿 같은 일이 있답니까?"

그러자 그를 보는 마이어스의 눈길에 동정의 빛이 어렸다. "그러게요. 다들 충격이 이만저만 아니지. 나는 당연히 자살인 줄 알았는데. 그렇지만 내가 뭘 알겠어요? 시체를 발견한 것도 이번이 처음인데."

디바인이 대화의 끈을 붙잡고 이어갔다. "오전 8시 반쯤 발견하셨다고요?"

"그쯤 됐을 겁니다. 경찰한테도 그렇게 말했고."

마이어스가 복도 저쪽을 향해 걸음을 옮기자 디바인도 나란히 걸으며 다음 질문을 떠올렸다.

"샘 말로는 로비에 내려와서 알리셨고, 샘이 경찰을 불렀다고요."

"맞습니다. 그때 내가 애처럼 벌벌 떨고 있었거든. 엘리베이터 버튼도 겨우 누르고, 내 보안카드도 떨어뜨릴 뻔했지."

"그 방에는 뭐 하러 들어가신 겁니까?" 디바인이 물었다.

"이봐요. 경찰한테 이미 다 말했어요."

"압니다." 디바인이 얼른 대꾸했다. "그냥…… 친구가 그렇게 가니 제가 심적으로 타격을 많이 받아서요. 선생님이 아시는 바를 좀 알고 싶어서 그럽니다. 그럼 친구의 죽음을 받아들이는 데 도움 될 것 같아서요."

마이어스는 잠시 호기심 어린 눈으로 그를 살피더니 고개를 끄덕였다. "좋아요, 그런 마음이야 이해가 가지. 실은 망할 프린터 카트리지 가지러 들어간 거였어요, 어이없게시리. 그 층 비즈니스센터에 있는 대형 프린터 한 대에 토너가 다 떨어져서 갈아야 한다는 메시지를 받았거든. 그래서 비품창고 문을 열었는데 거기에 시체가 있더라고. 내 심장도 꽤나 튼튼한 모양이에요. 안 그랬으면 그 자리에서 죽었을 테니까."

"그러게 말입니다. 그럼 그 방은 원래는 잠겨 있나요?"

"원래 어떤지는 모릅니다. 어쨌든 그날 아침에 나는 열쇠로 열었어요."

사다리가 마이어스의 다리에 부딪혔다.

"주세요, 제가 들게요." 디바인이 그에게서 사다리를 받아 들었다.

"고맙소."

"세라가 살해당했다고 말해준 게 행콕 형사였습니까? 나이 40대의 흑인 남자요."

"아니요. 뉴스에서 봤어요. 다들 마찬가지겠지만."

그가 복도의 어느 지점에 멈춰 섰고, 디바인과 둘이서 사다리를 거기 세웠다. 디바인이 사다리를 흔들리지 않게 꽉 붙잡아주었고, 마이어스가 올라가 낡은 전구를 빼서 건네자 그는 그걸 받고 새 전구를 건넸다. 마이어스는 전구를 끼운 후 사다리를 내려왔고 두 사람은 다시 이동했다.

"혹시 발견하셨을 때 주위에 다른 사람은 없었습니까? 창고 근처 사무실에요."

"내가 알기로 비서진은 한 명도 안 나와 있었어요. 아직 이른 시간이었으니까. 사무실 안에 누가 있었는지 없었는지는 확실히 모르 겠고. 무슨 소리를 듣거나 누구를 본 기억은 없는데. 그것도 다 경찰 한테 말했어요." 마이어스가 고개를 절레절레 저었다. "멍청하긴, 내 휴대폰이나 그 층에 있는 아무 전화로 경비처에 전화할 수 있었 는데. 그렇지만 내가 너무⋯⋯." 그는 다시 고개를 젓더니 디바인을 흘끔 올려다봤다. "시체 본 적 있어요?"

"아뇨." 디바인은 거짓말을 했다.

"앞으로도 없기를 바랍니다."

"그래서, 샘이랑 올라와서는 어떻게 됐는데요?"

"샘이 그 방을 대충 둘러봤어요. 내가 사실대로 말한 건지 확인하 려고 그랬겠지."

"그때는 주위에 아무도 없었나요?"

마이어스가 걸음을 멈추더니 의심스러운 눈초리로 디바인을 훑어 봤다. "이보쇼, 그 여자랑 친구였다고는 해도 왜 이렇게 꼬치꼬치 캐 묻는 거요? 경찰이라도 되나."

그 말에는 대꾸할 말이 있었다. "직업군인이었습니다. 레인저요. 육군범죄수사사령부에 협조한 경험도 있고."

"아, 그랬군. 나라를 위해 싸워줘서 고맙소."

"마이어스 씨도 군복 입어본 분 같은데요."

"그러고 싶었는데 시력이랑 청력이 미달이라. 신체검사에서 떨어 졌어요. 보청기랑 콘택트렌즈를 끼는데, 그러고도 하한 기준이 엄격 해서."

"네, 저도 잘 알죠. 그래서, 주위에 누구 없었어요?"

"나는 못 봤어요. 고요하기가 꼭⋯⋯."

"⋯⋯ 무덤 같았다고요?" 디바인이 대신 말을 맺었다.

마이어스는 눈에 띄게 진저리를 쳤다. "맞아요. 경찰이 당도했을 때쯤 비서들도 도착하기 시작했어요."

"직원들은요? 그러니까, 관리팀 말고 나머지 부서 직원들요."

"아니요, 그 사람들은 본 기억 없는데."

"이상하지 않아요? 사원들이 원래 관리팀보다 먼저 출근하잖아요."

"내가 뭘 알겠수." 마이어스가 디바인을 곁눈질했다. "여기 사원이쇼?"

"네, 근데 다른 층에 근무해요. 그러고서 경찰이 창고 출입을 차단하고 그 층에서 사람들을 내보내기 시작했나요?"

"네, 근데 형사들이 오고 나서야 그랬지. 알죠, 양복 입은 그쪽 사람들. 그때까지는 외려 나를 포함해서 아무도 그 층에서 나가지 못하게 했어요. 그러다 나중에 다른 층 회의실로 내려보냈지. 아마 진술받고 어쩌고 하느라 그랬을걸. 내 진술을 받아간 데도 거기였고, 그거 받은 다음에야 보내줬거든. 밖으로 나가서 좀 돌아다녔어요. 머릿속에서 시체 이미지를 지울 수가 없어서."

"시체를 발견하고 다시 창고로 돌아올 때까지 얼마나 걸린 것 같습니까?"

마이어스가 미간을 구기더니 대답했다. "샘한테 상황을 설명해야 하는데 말이 꼬여서 버벅거렸으니까 좀 걸렸겠지. 그런 다음 샘이 경찰에 신고했고, 로비를 대신 맡아줄 사람도 호출해야 했고. 한 6분, 8분, 뭐 그쯤 됐으려나. 조금 더 걸렸을 수도 있고. 시계를 안 보고 있어서. 우리가 그 층에 다시 올라갔을 때 나랑 샘 외에 아무도 문 근처에 얼씬하지 않았다는 건 확실히 알아요."

"알겠습니다. 시간 내주셔서 고맙습니다."

마이어스가 불편할 만치 오랫동안 그를 뜯어보았다. "**둘도 없는** 친구 사이였나 보네."

"그랬지요."

디바인은 마이어스를 거기에 두고 비서진 근무실이 모여 있는 구역으로 갔다. 디바인 같은 말단은 집중력을 최대한 발휘하라고 파티션으로 분리한, 창도 없는 커다란 공간에 몰아넣어졌다. 반면에 경영진은 바깥 경치가 훤히 내다보이는 '코너 오피스'를 차지했다. 디바인은 직원들 자리를 쭉 지나쳐 가다가 빈자리 하나를 발견했다. 사진도 꽃도 없고 하여간 개인물품은 하나도 없는 깨끗한 자리였다. 그래도 컴퓨터는 있었다. 게다가 고맙게도 로그인 정보를 쓴 포스트잇 메모지가 모니터에 떡하니 붙어 있었다. 회사 보안은 그럭저럭 작동하는데, 노란 종이쪼가리와 게으르거나 건망증 심한 직원 하나 때문에 물거품이 되는 꼴이었다.

디바인은 거기 앉아 밸런타인이 알려준 정보로 보안 기록 데이터베이스에 접속했다.

그리고 검색을 했다. 누가 금요일 오전에 52층에 접근했나? 그 정보가 다 기록돼 있을 테고, 최소한 그걸 보면 누가 거기에 있었는지 알아낼 수 있을 테니까. 디바인에게 이메일을 보낸 자가 유즈의 살인범일 확률이 높았다. 그리고 그 사람은 사건 전날 자정부터 새벽 4시 사이에 회사에 있었을 것이다. 그러나 어쩌면 다른 사람이 유즈를 죽였고 이메일 발신자가, 마이어스가 시신을 발견한 시각으로부터 그와 샘이 52층에 돌아간 시각 사이에 유즈의 시신을 그저 보기만 했을 수도 있었다. 만약 그렇다면 디바인은 그자를 찾아내고 싶었다. 찾아내서 왜 그 이메일을 보낸 거냐고 묻고 싶었다.

그자가 나와 세라의 사이를 알고 있었나?

보안카드가 사용된 직원 명단이 화면에 뜨기를 기다렸다. 그 시간대면 52층이 디바인 같은 산송장으로 가득했어야 마땅했다.

그렇기에 디바인은 금요일 아침 그 층에 접근한 사람의 이름이 제리 마이어스를 제외하고 단 하나도 뜨지 않자 깜짝 놀랐다. 어떻게 이럴 수가? 다른 검색을 실행했다. 그리고 지켜보는 사람이 없는지 확인하려고 잠깐 고개를 내밀어 주위를 둘러봤다. 그런 다음 손목시계를 확인했다. 아직 시간이 있었다.

좋아, 이제 대어를 노릴 차례야. 디바인은 검색 조건을 설정하면서 속으로 중얼거렸다. 유즈가 죽은 날 밤 누가 회사 건물을 안 떠났지? 엔터키를 누르기 직전, 그는 이 방법에 오류가 있음을 깨달았다. 종종 그러듯 직원들이 저녁에 무리 지어 건물에서 나갔다면, 한 사람만 보안카드를 대고도 전부 로비로 나갈 수 있었을 것이다. 게다가 근무시간 이후에는 보안카드 없이도 건물에서 나갈 수 있었다. 문 옆의 '나가기' 버튼만 누르면 되니까. 또한 근무시간 내에 건물에 들어올 때도 카드를 댈 필요가 없었다. 단, 엘리베이터를 이용할 때는 필요했다. 따라서 출입인의 전자식 카운트는 정확하지 않을 것이다. 그러나 경찰이 염두에 둔 시간대에 건물에 들어온 사람의 기록은 중요 자료로 고려될 것이다. 자정부터 새벽 4시 사이에 한 무리가 들어올 리는 없으니까.

디바인은 기록을 뒤져 유즈가 보안카드를 사용해 목요일 오전 7시 30분에 회사에 들어온 것을 확인했다. 그런데 그날 저녁 그녀가 엘리베이터를 타고 내려간 기록은 없었다. 다른 직원들과 함께 이동해서 그런 것일 수도 있었다. 그래서 유즈가 그날 밤 다시 돌아왔는지도 확인해봤다. 하지만 그런 기록도 없었다. 아마도, 아예 건물에서 나가지 못했을 것이다. 누군가 그녀를 죽여 그러지 못하게 했으니까. 그렇지만 애초에 그녀는 왜 그런 늦은 시간에 회사에 있었을까? 일하고 있었나, 아니면 누구를 만나고 있었나? 브래드 카울이었을까? 제니퍼 스타모스가 그런 것처럼?

디바인은 검색 조건을 바꾸고 다시 엔터키를 누른 다음 기다렸다.

오래 걸리지 않았다. 단 한 개의 이름만 떴으니까. 자정에 보안시스템에 로그인해 금요일 오전 1시 10분에 로그아웃한 사람. 세라 유즈를 살해했다고 보기에 딱 맞는 시간대.

그는 분명 눈으로 보고 있지만 안 보였으면 하는 그 이름을 멍하니 바라봤다.

트래비스 R. 디바인.

28

디바인은 그 층을 벗어나 자신의 보안카드를 이용해 다른 층으로 갔다. 지금 특정 질문에 답을 구해야 하는데, 누가 자신을 도와줄 수 있을지 알 것 같았다. 경찰이 그 출입 기록을 본 순간 상황이 그에게 '나쁨'에서 '말도 안 되게 나쁨'으로 변할 것이다. 경찰이 아직 기록을 확인하고 그를 체포하지 않은 게 오히려 놀라웠다.

41층에서 내린 디바인은 금세 완다 심스를 찾아냈다. 그가 알기로 그녀는 보통 일찍 출근했고, 이 층에 있는 사무실에서 근무했다. 심스는 전원이 출근을 마쳤을 때, 그녀의 구역에 있는 모든 것이 준비 완료 상태가 되게끔 만전을 기하면서 복도를 끝에서 끝까지 활보했다. 왠지 심스의 집은 부엌의 커틀러리 서랍부터 고양이 화장실까지 먼지 한 톨 없이 깨끗하고 한 치의 어긋남도 없이 정돈돼 있을 것 같았다.

"안녕하세요, 완다."

디바인을 본 순간 완다의 얼굴에 경악의 표정이 어리면서 깐깐한 전문직 여성의 태도는 증발했다. 그녀가 서둘러 다가와 디바인의 팔을 콱 붙잡았다.

"세라 얘기 들었어?"

"네, 들었습니다." 디바인이 어두운 표정으로 대꾸했다.

"세상에, 어떻게 그럴 수가. 이 근방에 살인자가 돌아다니고 있다는 얘기잖아."

"경찰이 잡으려고 최선을 다하고 있을 겁니다."

"좀 빨리 잡아줬으면 좋겠네."

"회사 일로 여쭤볼 게 있는데요."

"뭔데?" 심스가 다시 능력 있는 사무직원으로 돌변해 대꾸했다.

"몇 사람하고 얘기 나눠봤는데, 세라가 발견된 날 아침 52층에 아무도 없었다고 하더라고요. 완다는 그날 거기서 사람들을 내보냈다고 하셨는데, 아무도 없었던 것 같거든요. 어쨌든 제가 들은 건 그래요."

심스는 말이 끝나기도 전에 고개를 끄덕이고 있었다. "그날 아침 인수합병부서 세미나가 있었어. 그래서 다들 리츠 호텔에 가 있었지. 뭐, 업무지원팀만 빼고. 경찰이 나를 보더니 그 층에 사람 있으면 다 내보내달라고 했어. 그래서 다른 데서 세미나 중이라고 했더니, 그래도 경관 두 명 대동하고 방마다 돌면서 확인하라는 거야. 예상대로 아무도 없었어. 전원이 참석하는 세미나였거든, 예외 없이." 심스의 얼굴에 비통함이 어렸다. "세라는 그렇게 죽어선 안 되는 사람이었어."

"우리 모두 그렇죠." 디바인이 대꾸했다.

* * *

금융 데이터가 폭포수처럼 모니터 화면에 흘러내렸지만 디바인은 다른 데 신경이 팔려 있었다. 그는 지금 상어가 우글대는 수조에서 헤엄치는 꼴이었다. 머지않아 들이닥치겠지?

예상했는데도, 막상 노크 소리가 들리자 그는 움찔했다. 문이 열리더니 웬 여자가 얼굴을 들이밀었다. 여기 직원 중 한 명인데 당장은 이름이 떠오르지 않았다. 그는 이미 머릿속으로 다음 상황 전개를 예상하고 있었다.

그래서 여자가 입을 열기도 전에 그는 자리에서 일어섰다. "'디바인' 씨? 호출입니다."

디바인은 다른 파티션 쳐진 자리들을 지나갔다. 몇 사람이 고개를 빼고 그를 잠깐 봤다가 도로 모니터와 거기서 채굴해낼 엄청난 부로 눈을 돌렸다.

디바인은 여자를 따라 엘리베이터로 갔다. 거기에는 이곳의 다른 양복쟁이들보다는 디바인의 옷과 더 비슷한 깃을 걸친, 그러니까 싸구려에 다 구겨진 정장을 걸친 남자 둘이 기다리고 있었다.

둘 중 디바인보다 약간 큰 쪽은 키가 188센티쯤에 살집이 좀 있으며 옆 가르마 탄 머리가 희끗하게 센, 나이 50대 정도의 남자였다. 나이 40대에 머리가 벗겨지기 시작한 그의 파트너는 키 178센티 정도의 마른 체격에 아무 감정도 드러나지 않는 얼굴을 하고 있었다. 여자는 아무런 소개도 없이, 두 남자가 디바인에게 배지를 보이며 자기 이름을 말하는 사이 휭하니 가버렸다.

키 큰 쪽은 랠프 슈메이커, 작은 쪽은 폴 에크먼이었다. 두 사람은 뉴욕 시경 살인전담수사반에 배정돼 현재 세라 유즈 사건을 조사 중이라고 슈메이커가 설명했다. 목소리가 낮으면서도 날카로웠다. 에크먼의 어조는 더 날카로웠는데, 특정 단어를 가성으로 뱉어서 더 그렇게 들렸다. 강조하려고 그러는지 아니면 그의 성대에 문제가 있는 것인지, 디바인은 알 수 없었고 알고 싶지도 않았다.

"얘기 좀 합시다, 디바인 씨." 에크먼이 말했다.

"그러시죠. 최근 얘기하자는 사람이 많네요."

"방을 비워뒀습니다. 가시죠."

디바인은 두 사람을 따라 복도 저 끝, 유즈가 목매단 채 발견된 비품창고보다 그리 크지 않은 방으로 들어갔다. 에크먼이 앉으라고 했고 디바인은 그렇게 했다. 두 형사는 디바인과 마주 앉았다. 그들 사이에는 테이블도 없었다. 그들은 거의 무릎이 닿을 만치 바짝 앉아 있었다. 디바인은 그것이 의도된 것임을 간파했다. 개인 공간을 뺏으면 처음부터 신문 대상을 안절부절못하게 만들 수 있다. 디바인 자신도 생포한 탈레반과 알카에다 전사들을 신문할 때 같은 수법을 썼었다. 통역사가 동행한 자리에서도 그 수법으로 상대방을 얼마든지 궁지로 몰아넣을 수 있었다. 그 짓을 지금 형사들이 디바인에게 하고 있었다. 아니, 그러려고 하고 있었다.

에크먼이 수첩을 꺼내 들었고 슈메이커는 디바인을 똑바로 쏘아보았다.

슈메이커가 먼저 입을 열었다. "레인저 출신이시라고? 내 아들도 육군인데. 보병이죠. 지금 한국에 있어요."

"네, 저도 거기서 복무한 적 있습니다."

"훈장을 많이 따셨던데. 부상도 당하고. 두 번이나. 나라를 위해 잘 싸워주셨구먼. 군인 중의 군인이야."

"할 일을 했을 뿐입니다."

"세라 유즈하고 친구 사이였습니까?"

"아는 사이였습니다."

"내 질문은 그게 아니었는데." 슈메이커의 표정은 그대로였지만 어조가 변했다. 제법인데, 하고 디바인은 생각했다. 그도 전에 기밀 정보 취급자격을 갱신하는 과정에서 '동물과 성교한 적 있느냐' 따위의 질문 폭격을 받으며 신문당해봤다. 그래서 누가 신문 기술을 잘 구사하면 순순히 인정해줄 수 있었다.

"회사 행사에 참석하면서 알게 됐어요. 단체 행사에서 얼굴을 보곤 했죠. 저는 세라를 좋아했습니다. 세라도 저를 좋아했던 것 같고.

그걸 친구 사이로 쳐준다면, 친구였던 것 맞습니다. 그런데 그렇게 따지면 친구였던 사람이 꽤 많죠."

"당신은 유즈 양의 집에 찾아갔어요. 부모님도 만났고요. 여기 다니는 직원이 몇 명인지는 몰라도 그중 **그렇게까지** 한 건 당신이 유일합니다." 슈메이커가 상체를 뒤로 한껏 기대고 재킷 단추를 풀었다. 그러자 벨트 한쪽에 찬 권총집에 든 글록과, 벨트 다른 쪽에 찬 윤이나는 배지가 보였다. 필요하다면 거기 온종일 앉아 디바인이 그 권총과 배지를, 누가 봐도 강력한 공권력의 상징을 빤히 들여다보게 할 수 있다는 태도였다.

"그 집 앞을 지나가다가 두 분을 보고⋯⋯."

"유즈 양이 사는 곳은 어떻게 알았죠?" 에크먼이 끼어들었다. 가성으로 뱉은 음들이 디바인의 머리 주변에서 쨍쨍 울렸다.

"세라의 부모님께도 말씀드렸지만, 언젠가 그 근처 술집에서 밤에 집까지 걸어서 데려다준 적이 있습니다."

"계속하시죠." 슈메이커가 말했다.

"두 분을 보고 세라의 부모님이겠구나 했죠. 세라가 두 분을 닮았더라고요. 충동적으로 문을 두드렸고, 이후는 뭐 그렇게 됐습니다. 그냥 이번 일이 참 유감이라고 말씀드리고 혹시 필요한 게 있으면 연락 주시라고 말하고 싶었을 뿐입니다. 그래서 제 명함을 드리고 왔고요."

슈메이커가 주머니에 손을 넣더니 명함 한 장을 꺼냈다. "유즈 부인이 오늘 아침 우리가 찾아갔을 때 이걸 주시더군요. 우리한테 전화해서 당신이 왔다 간 걸 얘기해줬어요. 그래서 여기 온 겁니다."

"유즈 부인이 왜 그러셨을까요?" 디바인이 물었다. 두 형사가 범행 추정 시간대에 그가 사옥에 들어갔음을 보여주는 전자기록을 확인하고 찾아온 게 아닌 걸 알자 마음이 놓였다.

에크먼이 몸을 앞으로 기울였다. "댁이 딸과의 관계에 대해 100퍼센트 솔직히 얘기하지 않은 것 같아서 그랬을 거라고 칩시다."

"어떤 면에서요?"

"디바인 씨가 말해보시지요." 에크먼이 받아쳤다.

"어떻게요? 내가 독심술가도 아닌데."

"그럼 자기 마음을 읽고 대답하면 되겠네."

"나는 다른 직원들처럼 그냥 세라와 알고 지냈고 그녀를 좋아했을 뿐입니다. 다른 직원들은 면담하셨습니까?"

"꽤 여럿 했지." 슈메이커가 대답했다. "지금은 당신하고 얘기 중이고."

"네, 저도 질문에 답하고 있잖습니까."

"유즈는 일기를 꾸준히 썼습니다. 알고 계셨습니까?"

"어머님 말씀으로는, 어릴 때부터 써왔는데 경찰이 집을 수색하면서 못 찾아냈답니다. 세라의 휴대폰하고 노트북은 사무실에 있었나요, 집에 있었나요?"

슈메이커가 대답했다. "유즈 양의 전자기기에서 이메일은 물론이고 다른 통신 기록과 캘린더까지 죄다 뒤져봤습니다. 거기서 뭘 발견했는지 아십니까?"

"짐작도 안 갑니다."

"유즈 양이 임신중절수술을 받았다는 겁니다."

그 말에 디바인은 똑바로 앉으면서 상체를 앞으로 기울였다. "뭐라고요? 세라가 임신했었다고요?"

"임신중절수술은 임신하지 않은 여성은 받지 않지요." 에크먼이 비꼬는 투로 지적했다.

"어디서 받았는데요?"

"캘린더에 적힌 일정을 발견한 거라서요. 누가 시술을 했는지는 이제 알아볼 참입니다."

"아이 친부가 누군지는 안 적어놨던가요?"

슈메이커가 다리를 꼬더니 검지로 구두코를 톡톡 두드렸다. "디바인 씨입니까?" 그는 허공을 응시하다가 갑자기 시선을 디바인에게 꽂으며 물었다. 극적인 효과를 노리고 그런 게 틀림없었고, 썩 잘해냈다는 걸 디바인도 인정하지 않을 수 없었다.

"그 문제에 대해선 아는 바가 없습니다."

"이번에도, 내 질문은 그게 아니었는데. 세라 유즈와 잤습니까?"

"저는 그 질문에 답할 의무가 없습니다."

에크먼이 끼어들었다. "없지요. 하지만 답변 거부에는 대가가 따릅니다. 그리고 참고로, 유즈 양이 당신을 애 아빠로 명시했습니다."

디바인은 이번에는 에크먼에게로 시선을 휙 돌렸다. "경찰이 용의자에게 특정한 대답을 유도하려고 거짓말하는 건 100퍼센트 합법이지요. 그러니 방금 그 말은 완전 개소리일 수도 있겠죠. 세라가 그렇게 써놓은 걸 내놔보시죠."

그러자 슈메이커가 말했다. "폴, 이 양반 변호사처럼 말하는 것 봐. 육군 장교 나으리께서 법에도 빠삭할 줄 누가 알았나."

디바인이 그런 수법을 익히 아는 건 호킨스 사망 후 육군범죄수사사령부가 그를 신문했을 때, 거짓말로 그를 혼란하게 만들어 자백을 유도하려고 자기들이 수집한 정보를 총동원해 공격한 적이 있기 때문이었다. 그러나 시신이 형체를 알아볼 수 없을 만치 심하게 야생 짐승에게 뜯긴 탓에 디바인에게 법적 책임을 지우기에는 법의학 증거가 불충분했고, 몸싸움 중에 호킨스에게 입힌 부상도 사망의 결정적 원인으로 보기에는 부족했다. 군인이면 다들 멍과 상처 몇 개쯤 있기 마련이니까. 게다가 두 사람에게서 채취한 서로의 DNA도, 그들이 한 부대에서 부대끼며 생활했기에 결정적 증거가 되지 못했다.

목격자도 다른 증거도 없고 사망 추정 시각도 갈피를 잡을 수 없었기에, 디바인은 광범위한 범행 시간대에 대한 알리바이를 합리적인 선에서 주장할 수 있었다. 범죄수사부는 결국 손을 놓았다. 디바인은 그들이 수사를 대충 마무리했던 블랑켄십 자살 사건에 새삼 이목이 쏠릴까 우려한 것도 호킨스 사건을 더 철저히 조사하지 않은 이유 중 하나라고 보았다.

"내 지문하고 DNA는 얼마든지 채취해 가요. 나는 세라를 안 죽였으니까."

"거짓말탐지기는? 검사받을 의향 있습니까?"

디바인이 상체를 뒤로 뺐다. "그 말은 살해 현장에서 DNA도 지문도 발견하지 못했다는 뜻이군요. 아니면 그냥 내 거를 발견하지 못했거나. 그래서 상사도 만족시키고 윗가도 진정시킬 겸, 나를 궁지에 몰아 자백을 받아내 이번 건을 마무리하려는 속셈인가 보죠. 그런데 이 건을 나한테 뒤집어씌우면 살인범은 여전히 자유롭게 활보하는 꼴이 될 겁니다. 그러니 협상을 합시다."

"협상 요청한 적 없는데." 에크먼이 대꾸했다.

"세라가 나를 아이 아빠로 지목한 증거를 보여주고 그것이 적법한 증거이며 내가 저지르지 않은 짓에 대해 자백을 유도하려고 지어낸 게 아니라고 선서진술서에 맹세하면 저도 거짓말탐지기 검사, 받겠습니다."

"수사 드라마를 너무 많이 본 모양이네." 슈메이커가 말했다. "우리가 신문 중에 용의자에게 거짓 진술을 해도 되는 건 맞지만, 없는 증거를 만들어낼 수는 없어요. 그거야말로 범죄가 될 테니까."

"그럼 내 협상안은 거부하신 걸로 봐도 되겠습니까?"

"금요일 자정부터 새벽 4시까지 어디에 있었습니까?"

디바인은 참을성이 바닥난 듯 미간을 찡그렸다. "이봐요, 그건 다른 분한테 다 말했잖습니까."

"다른 분 누구요?" 슈메이커가 날카롭게 되물었다.

"행콕한테요."

"행콕한테요?" 에크먼이 따라 말했다.

"뉴욕 시경의 칼 행콕 형사요. 두 분과 함께 이 사건을 수사 중인 줄 알았는데요."

두 형사는 디바인이 해석할 수는 없지만 어쩐지 마음에 들지 않는 눈빛을 주고받았다.

"그 행콕이라는 자와는 언제 만나서 얘기했죠?" 에크먼이 물었다.

"마운트키스코의 우리 집 근처 기차역에서 기다리고 있었는데, 그게 금요일이었습니다. 그리고 다음 날에도 내가 퇴근했을 때 집 앞에서 기다리고 있었고요."

"그자한테 그날 밤 어디에 있었는지 말했다고요?"

"네, 행콕은 받아 적었고요."

"인상착의를 말해보시죠." 슈메이커가 말했다.

"흑인에 키는 185센티 정도 되고 머리가 벗겨졌고, 운동선수 같은 체격에 나이는 40대쯤 됐어요. 차림새는 두 분하고 비슷했고요. 경찰에서 내준, 커피랑 담배 냄새 밴 거지 같은 차를 몰고 다닌댔어요. 말을 대충 옮기자면요. 뉴욕 시경이 지난 10년간 새 차를 사들이지 않아서 그렇다나. 뭐, 그 사람 말로는 그래요. 그리고 자기가 뉴저지 트렌턴에 산다고 했어요." 디바인은 두 남자를 번갈아 보았다. "그 사람, 몰라요? 뉴욕에 강력계 형사가 몇이나 있기에 그래요?"

"우리가 속한 맨해튼사우스 살인전담반에만 강력계 형사가 열 명이에요. 그것도 2001년에 스물여섯 명이던 게 점점 줄어서. 그중 두 명이 지금 당신이랑 얘기하고 있고."

"배지가 진짜처럼 보였어요. 진짜 경찰처럼 말하기도 했고. 세라가 자살한 게 아니라고 말해준 것도 그 사람이에요. 살해당했다고."

"그자가 그렇게 말했다고요?" 에크먼이 외쳤다. "토요일에?"

"네. 그리고 내 군 경력도 다 꿰고 있었어요."

"사건에 대해선 그자가 정확히 뭘 알고 있습니까?"

디바인은 일직선으로 난 끈 자국과 둥글게 휜 끈 자국에 대한 설명을 비롯해 모든 것을 털어놓았다. 하지만 행콕에게는 이야기했던, 군에서 겪은 비슷한 사건에 대해서는 말하지 않았다. "행콕은 그게 이 사건이 자살이 아닌 타살이라는 증거라고 했어요."

슈메이커가 파트너에게 불안한 시선을 던졌다. 그가 더는 상황을 통제하지 못하고 있음을 말해주는 눈빛이었다. 에크먼은 그 눈길을 어떤 신호로 읽은 듯했다.

"좋습니다. 일단은 넘어갑시다. 그 시간대에 어디에 계셨습니까?" 그가 물었다.

"새벽 4시까지 우리 집 내 침대에 있었습니다. 4시에는 집 근처 고등학교에 가서 매일 하는 운동을 했고요. 그런 다음 샤워하고 옷 갈아입고, 늘 그렇듯 6시 20분 기차를 탔습니다. 내가 역사에 들어가는 게 찍힌 감시카메라 영상이 있을 겁니다. 그 시간엔 역에 사람이 많지 않거든요."

슈메이커가 대꾸했다. "그날 밤 여자를 죽인 후 기차 타고 집에 돌아왔다가 6시 20분 차를 타고 다시 맨해튼으로 출근했을 수도 있잖습니까."

"다시 말하지만, 역사에 감시카메라가 여러 대 있을 거고 우리 회사에도 경비가 있습니다."

"기차 말고 다른 방법으로 이동했을 수도 있죠." 에크먼이 지적했다. "그리고, 경비는 순찰을 돕니다."

"하지만 들어가려면 보안카드가 필요한걸요. 그래서 출입 기록이

다 남습니다."

그리고 결정적인 시간대에 내가 드나든 기록이 남아 있고 말이야. 그런 마당에 왜 이딴 쓸데없는 얘기로 나를 휘두르려 들지?

"우리도 다 확인 중입니다." 슈메이커가 말했다. "기록을 입수하는 데 시간이 걸려서 그렇지."

거기서 댁들이 발견할 증거는 나를 더 곤란하게 만들 거야.

"새벽 4시에 일어나서 운동한다고요?" 에크먼이 물었다.

"다들 그러지 않습니까?"

"입증해줄 사람 있습니까?"

"아뇨, 혼자 잠들었고 혼자 운동했습니다. 주변에 아무도 없었고요."

"룸메이트 없어요?"

"있죠. 세 명. 근데 그땐 다들 잠들어 있었습니다. 정상적인 사람들이 대개 그러듯이요. 그러니 내 알리바이를 대줄 수는 없습니다."

"어떻게 알죠?" 에크먼이 물었다.

"그 행콕이라는 자가 나타나서 나한테 죄를 뒤집어씌우려고 하기에 룸메이트들한테 물어봤거든요. 그런데 알리바이를 대줄 수 없다더군요. 나도 거짓말해달라고 할 생각은 없고요."

디바인은 슈메이커가 계속 뚫어져라 자신을 보기에, 곧 미란다원칙을 읊고 수갑을 채울 줄로만 알았다. "선량한 분이네." 슈메이커가 말했다. 냉소가 배어 있지는 않은 것 같았다. 덩치 큰 그 형사는 정말로 혼란스러워하는 것 같았다.

"그 행콕이라는 자를 다시 보면 알아볼 수 있겠습니까?" 에크먼이 물었다.

"당연하죠. 저는 남한테 놀아나는 거 안 좋아합니다. 게다가 애초에 왜 저한테 달라붙는답니까? 그 부분이 이해가 안 간단 말이죠."

"뭐, 디바인 씨한테 뭔가 남다른 면이 있나 보지요. 적어도 세라 유즈와 관련해서는." 슈메이커가 대꾸했다.

디바인은 그 말이 처음부터 끝까지 다 거슬렸다.

두 남자는 마치 실로 몸뚱이가 연결된 양 동시에 일어났다. "이 동네를 벗어나지 마십쇼." 슈메이커가 경고했다.

"그럴 생각도 없습니다. 할 일도 있는데."

슈메이커가 주위를 둘러보며 대꾸했다. "그래요, 여기서 밥값 부지런히 버셔야지."

"내가 말한 건 그 일이 아닙니다."

그 말은 사실이었다. 에머슨 캠벨과 그가 맡긴 임무를 떠올리며 한 말이었다. 그리고 죽은 세라 유즈 생각도 하고 있었다.

슈메이커와 에크먼은 잠시 어리둥절한 눈빛을 주고받다가 이내 가 버렸다.

디바인은 그대로 앉아 방금 일어난 일을 곱씹으면서, 가장 말이 되는 쪽으로 정리를 해봤다. 일부는 깔끔히 정리됐지만 대부분은 아니었다.

세라가 임신 중이었고 임신중절수술을 했다? 그 소식은 몹시 충격적이었다.

그는 한 손으로 머리칼을 쓸어 넘기며 잠시 눈을 감고 모든 정보를 이해해보려 애썼다. 내가 아이 아빠일까? 우리는 딱 한 번 같이 잤는데. 세라가 피임약을 복용 중이라고 해서 콘돔을 쓰지 않았지만, 어쩌면 피임약을 안 먹고 있었을 수도 있지. 세라가 언제 임신중절을 했는지는 얘기 안 해줬잖아. 내가 아이를 잃고도 그걸 알지도 못한 걸까?

그는 일어서서 조그만 창으로 밖을 내다봤다. 같은 높이의 다른 건물이 그를 마주 바라보았다. 포위되고 함정에 걸린 기분, 말도 안 되는 기습을 받은 기분이었다.

저들은 출입 기록을 확인할 테고, 내 이름이 유일한 출입자로 기록된 걸 발견할 거야. 그러면 다시 찾아올 테지. 체포영장을 가지고. 그리고 칼 행콕은 또 누구야?

행콕이 두 차례 다 회사와 동떨어진 곳에서 접근해온 이유가 이제 설명이 되었다. 진짜 형사가 아니라면, 그러는 편이 훨씬 안전했을 테니까.

디바인은 목에 건 끈을 들어 보안카드를 내려다봤다. 유즈가 살해당했을 때 그는 회사에 있지 않았다. 그러니 누군가 그의 카드를 훔쳐 갔다가 그가 교외의 집에서 깨어나기 전 도로 갖다났을 수도 있었다. 하지만 그러려면 시간이 너무 촉박했을 테니 그랬을 것 같지는 않았다. 아니면, 누군가가 회사 보안시스템을 해킹해서 나를 희생양으로 만들었을지도 모르지. 그것 또한 쉬운 일은 아니었다. 하지만 그 바닥 최고 실력자도 추적할 수 없는 이메일을 보낸 자에게 그쯤이야 식은 죽 먹기일지도 모른다.

디바인은 명치에 칼 같은 게 푹 박힌 기분으로, 무거운 발을 끌며 자기 자리로 돌아갔다.

29

제자리로 돌아간 디바인은 사무실로 들어오는 자신을 버너 몇 명이 죽일 듯이 노려보는 걸 알아챘다. 그는 자리에 앉았다. 그새 무슨일이 일어난 것 같았다. 누군가가 어떻게 된 일인지 알아냈고 그걸 남들한테 이야기한 것이다. 디바인이 자리를 뜨자마자 이메일과 문자가 쉴 새 없이 오갔을 게 틀림없었다.

디바인은 이곳 동료 몇 명과 함께 맥주를 한잔하거나 밥 먹으러, 아니면 콘서트를 보러도 간 적이 있었고, 완다 심스는 아예 친구로 여겼다. 한데 그의 사수인 심스는 디바인 같은 신입을 다수 감독하고 있었고, 어차피 1년도 되지 않아 떨어져 나갈 확률이 높으니 버너와는 절대 친해지지 않는 게 카울앤드컴리의 불문율이었다. 게다가 이곳은 너무 경쟁이 치열해서 서로 친해지기란 불가능했다. 어쨌든 이곳 분위기는 늘 그랬다.

하지만 디바인은 동료 사원들이 무슨 생각을 하는지 알았다.

디바인한테 경찰이 붙었어. 저 새끼가 세라를 죽였나 봐. 어쩐지 음침해 보이더라. PTSD로 그랬는지도 모르지. 미친 새끼. 경찰이 저 새끼 좆되게 해줬으면 좋겠네.

지나친 망상일지 모르지만, 그런 느낌이 확연히 들었다.

디바인은 꾸역꾸역 일을 해나갔다. 지금 배정받은 일은 두 초거대

기업 간의 거래에서 특정 리스크를 분석하는 일이었다. 카울앤드컴리가 바이어에게 컨설팅을 해주고 있는 건이었다. 상대 진영에는 명망 높은 모건스탠리가 동원한 애널리스트 군단이 있었다. 양측 모두이 경영진 주도의 자본인수에 의한 기업분할이 어서 완료되길 바랐기에, 거래는 꽤 우호적인 분위기에서 진행됐다. 업계에서 '똥으로 포장된 떡'이라 불리는 유의 거래였다.

경영진은 애초에 그러는 것이 계획이었기에, 해당 회사를 저렴하게 사들이려 하고 있었다. 인수합병 팀으로서는 양쪽에서 거액의 수수료를 챙길 수 있는 거래였다. 이후에는 후순위채가, 자신들이 갚을 생각 없는 회사채를 발행할 것이다. 기업채권 발행 절차를 통해경영진에 거액의 배당금을 지급할 것이다. 그런 다음 은행업자들에게 돌아가 그 '정크 본드'를 적당한 등급의 상품으로 그럴싸하게 포장해 CBO, 즉 채권담보부 증권상품으로 재탄생시켜 연금펀드나 경찰공제회 그리고 '너와 나의' 할머니들에게 팔아먹는 수순이었다. 그래놓고 경영진은 회사 돈을 쥐어짜내 유동화할 수 있는 자산은 전부 다 유동화한 후 직원의 4분의 1을 해고하고 개인퇴직연금 적립제도를 검사들조차 아무것도 입증할 수 없도록 아주 교묘히 탈탈 털어, 결국 남은 직원들은 봉급도 건강보험도 없이 손가락 빨며 나앉게 내팽개칠 것이다. 그러다 채권 가치가 원래 기획된 대로 하락하면 다시 돌아와 그럴싸해 보이는 상품만 걷어내, 우리의 할머니들과 평사원들이 거지꼴로 길에 나앉는 동안 자기들은 그 상품으로 더 많은 돈을 쓸어담을 것이다. 나앉은 그들에게는 상환청구권이 없었다. 왜냐면 상환청구권을 행사하려면 변호사를 고용해야 하니까. 할머니들에게 변호사 고용할 돈이 남아 있다 하더라도 어차피 업계 최고의 변호사는 카울 같은 대기업들이 이미 다 쓸어 가고 없을 것이다. 소송은 몇 년을 질질 끌 테고, 상고가 진행될 때쯤이면 막강한 자금원들은 난해한 법률용어의 벽 뒤로 자취를 감춰 어느 쪽 판사든 매수할 돈 따위는 남아 있지 않을 터였다.

동전을 던져서 앞면이 나오면 내가 이기고 뒷면이 나오면 내가 더 크게 이기는 게임이지. 그리고 할머니 당신은 씨팔 번번이 지는 거고.

자판 하나 칠 때마다 혐오가 차올랐다. 모니터에 뜨는 돈 한 푼 한 푼이 경멸스러웠다. 부자들이 이 방 안의 모두를 경쟁에 붙여 말도 안 되게 더 큰 부자가 되는 게 역겨웠다. 그렇게 20년이 지나면 여기서 살아남은 자들이 정상에서 새로 들어온 추종자들을 내려다보며 똑같은 짓을 하고 있을 것이다. 이 시스템은 어쩌면 보다 추악한 어떤 것을 노리는, 아주 팽팽 돌아가는 금권정치 버전의 다람쥐 쳇바퀴였다.

갑자기 옆자리 남자가 벌떡 일어나더니 파리한 안색으로 배를 움켜쥐었다.

디바인은 그가 코네티컷 출신이며 예일대 졸업생이라는 걸 알고 있었다. 아버지는 '포춘 100'에 드는 대기업의 CEO였다. 정작 자신은 프로게이머가 되고 싶었다고 디바인에게 털어놓았다. 하지만 아버지가 그렇게 하면 금전적 지원을 끊겠다고 위협했다. 그런 연유로 그는 여기서 이렇게, 당장 토할 것 같은 얼굴로 서 있게 된 것이다.

디바인이 올려다보자 그가 민망해하는 투로 더듬더듬 말했다. "자, 장염이야. 어젯밤부터 이래." 그러더니 황급히 사무실에서 뛰쳐나갔다.

고맙다, 친구. 장염 바이러스 묻힌 채 오전 내내 옆에 앉아 있어줘서.

디바인은 아직 절전모드가 가동되지 않은 옆자리의 모니터를 들여다봤다. 숫자가 끝없이 화면을 훑고 지나갔다. 디바인은 동료 버너가 무슨 작업을 맡았는지 모르기에 그 데이터 행렬이 뭘 의미하는지도 이해할 수 없었다. 아니, 아예 이제는 아무것도 이해되지 않았다.

점심때가 되자 디바인은 다시금 인파의 흐름을 역행해 엘리베이터를 타고 3층 구내식당으로 갔다. 접시에 음식을 담았고, 혼자 앉아서 먹을 작정이었다. 그녀를 보기 전까진.

제니퍼 스타모스가 갈 곳 잃은 상심한 표정으로, 이스트강이 시원하게 내다보이는 자리에 홀로 앉아 있었다. 하지만 표정을 보니 경치를 보고 있지도 않은 것 같았다.

디바인은 쟁반을 들고 그리로 가 말을 걸었다. "같이 앉아도 돼요?"

스타모스가 멍한 얼굴로 고개를 들었다. "어, 그래요."

디바인은 앉아서 아이스티를 한 모금 마신 뒤 스타모스를 살폈다. 화장이 다크서클을 많이 가려주긴 했지만 철저히는 아니었다. 얼굴이 수척했고 늘 윤기 흐르던 머리칼도 평소보다 가늘고 힘이 없어 보였다.

"괜찮아요?" 디바인이 물었다.

"아뇨, 안 괜찮아요." 스타모스가 그를 흘끔 보았다. "아까 경찰이 찾아왔다면서요."

"나하고 세라 사이에 대해 물어봤어요. 세라가 임신 중이었던 거 알고 있었어요?"

스타모스는 순간 몸이 굳었다. "그걸 어떻게 알았어요?"

"경찰이 세라가 임신중절을 했다고 말해줬어요."

그러자 스타모스가 달려들 듯 물었다. "당신이 아이 아빠냐고 묻지는 않던가요?"

"사실 그렇게 물어봤어요."

"아이 아빠 맞아요?"

"아니요."

"세라랑 잤다면 자기가 애 아빠가 아닌 걸 어떻게 알아요?"

"내가 세라랑 잤다고 누가 그래요? 그리고 나는 세라 안 죽였어요."

"자기 애를 임신한 여자를 죽이는 남자들도 있으니까."

"하지만 세라는 이미 임신중절을 했는데요. 그럼 그녀를 죽일 동기가 뭐가 있죠?"

스타모스가 묘한 표정으로 그를 바라봤다. "나는…… 음, 당신이……. 그 말이 맞는 것 같네요."

디바인은 창밖을 내다보며 셀러리를 깨물었다.

"경찰이 또 뭘 묻던가요?" 스타모스가 물었다.

"보통 묻는 거요. 알리바이가 있느냐, 거짓말탐지기 검사를 받겠느냐. 나한테 자백을 받아내려고 거짓말을 하더라고요."

"애초에 왜 당신하고 얘기할 생각을 했대요?" 스타모스가 물었다.

"다른 사람들도 인터뷰하고 있을 겁니다."

"아닐지도 모르죠."

"세라의 시체가 발견된 날 혹시 이상한 이메일 받지 않았어요?"

그러자 또 한 번 그녀가 긴장하며 상체를 앞으로 당겼다. "이상한 이메일요? 아뇨, 안 받았어요. 전에도 나한테 그렇게 물어봤죠. 당신은 받았어요? 그 메일에 세라의 죽음에 대한 자세한 내용이 쓰여 있었다면서요. 정확히 뭐라고 했는데요?"

"그냥 누군가가 트롤 짓 하려고 그런 것 같아요." 디바인이 애매하게 대꾸했다. "나도 내용이 잘 이해가 안 되더라고요. 두서없이 이 얘기 저 얘기 늘어놔서. 게다가 누가 보낸 건지도 모르고."

스타모스는 그의 말을 믿지 않는 눈치였다. 디바인은 그녀가 더 파고들기 전에 화제를 얼른 바꿨다.

"내가 누구한테 물어봤는데, 그날 아침 52층에 사무직원이 한 명도 없었대요."

스타모스가 어리둥절하게 그를 바라봤다. "있어야 마땅하잖아요."

"그러게 말이에요. 세라의 사무실이 그 층에 있었어요. 그런데 그날 아침 리츠에서 M&A 부서 세미나가 있었대요. 전원 필참으로. 관리팀은 9시나 돼서야 출근하고요."

"무슨 말을 하려는 거예요?" 그녀가 물었다.

"그날 아침 세미나가 있었던 게 우연일 수도 있고, 우연이 아닐 수도 있다는 거죠."

그 말을 곱씹던 스타모스는 이내 아까보다 더 충격받은 얼굴이 되었다.

디바인이 말을 이었다. "토요일에 여기서 점심을 먹었거든요. 브래드 카울이, 항상 달고 다니는 추종자 군단이랑 여기 와 있었어요."

"당신이 그런 짓을 하다니 놀랍네요. 지금 여기 있는 것도 놀랍고."

"하, 어차피 나는 탈락할 텐데요. 쫓겨나기 전에 근사한 공짜 식사나 즐기죠, 뭐."

"사형집행일 받은 죄수처럼 말하네요." 스타모스가 한마디 했다.

"사형당한다 해도 어떤 사람들은 눈 하나 깜빡 안 할 겁니다."

스타모스는 신경을 거스르는 그 말에 아무 대꾸도 하지 않았다. "카울 얘기는 왜 꺼냈어요?"

"카울이 내가 간파할 수 없는 눈빛을 보냈거든요. 아니 그 전에, 내가 누군지 애초에 카울이 어떻게 아냐고요."

"트래비스는 신입이잖아요. 카울은 그걸 알고 있어요. 당신은 그 사람이 신참 따위 알아보지 못할 거라고 생각하겠지만. 브래드 카울은 이 회사를 속속들이 꿰고 있어요. 아마 그날 여기서 트래비스를 보고 화가 났을 거예요. 신참은 자기 책상에서 크래커나 먹으면서 더 죽어라 일해 자기한테 돈을 벌어다 줘야 마땅한데. 그래서 그런 눈빛을 보낸 거예요."

"실제로는 어떤 사람이에요?"

"내가 어떻게 알아요?" 스타모스가 받아쳤다.

"왜 이래요. 제니퍼는 우리 회사의 총아잖아요. 자신을 과소평가하지 마요. 그리고 카울은 똑똑한 양반이잖아요. 자기가 눈여겨본 총아들을 끔찍이 챙기죠. 그러니 지금 다른 직원들 대부분보다 제니퍼가 그를 더 잘 알 거 아니에요."

다음 순간 스타모스가 보인 예상 밖의 반응이 그의 피를 차갑게 식혔다. 그녀는 낮게 깐 목소리로 이렇게 대꾸했다. "우리를 봤구나, 그쵸?"

"뭐라고요!"

"나를 '이쁜이'라고 불러놓고 개소리로 둘러댔잖아요." 그러더니 몸을 한껏 숙이고 더 낮은 목소리로 말했다. "그날 밤 회사에 있었구나. 휴대폰을 놓고 간 게 아니었어. 52층에 올라간 거야. 거기서 우리를 봤고. 그래서 이렇게 나를…… 뭐야, 협박하려는 거야? 아니면 기분 더럽게 만들고 싶은가 보지. 둘 다거나."

"무슨 소린지 알면 대답할 텐데. 당최 모르겠네요."

스타모스가 그래서 어쩔 테냐, 하는 눈초리로 그를 바라봤고 디바인은 영문 모르겠다는 표정으로 응수했다. 그 표정이 통했는지는 가늠할 수 없었다. 아무래도 아닌 것 같았다. 스타모스가 우둔한 사람이었다면 여기까지 올라왔을 리 만무하니까.

하지만 나는 나무토막보다 더 아둔한지도 모르지. 내 보안카드 기록을 확인하면 그날 밤 특정 시간대에 회사에 들어온 건 물론이고 저 둘이 책상 위에서 뒹군 시각에 내가 52층에 있었던 것도 다 나올 테니까. 카울이 그 기록을 발견하고 스타모스에게 말한 게 틀림없어. 스타모스는 내가 "이쁜이"라고 부른 걸 카울에게 말했을 거야. 그렇다면 그날 카울이 나를 노려본 것도, 오늘 여기서 스타모스와 대립하게 된 것도 다 설명이 돼.

스타모스가 일어섰다. "한 번쯤은 진실을 말해보는 게 어때요?"

디바인은 **남 말 하시네**, 라고 받아치고 싶었다. 하지만 그래봤자 무슨 소용이겠나?

스타모스는 창밖의 환한 하늘을 음울하게 내다보는 그를 남겨놓고 식당에서 나갔다.

한낮에 이토록 단단한 어둠이 드리울 수 있을 줄 누가 알았을까?

30

그날 저녁 회사를 막 나서는데 짙은 색 양복에 피처럼 새빨간 넥타이를 매고 거만한 표정을 지은 남자가 로비에서 그에게 다가왔다.

"디바인 씨. 카울 씨의 특별보좌관 윌러드 폴슨입니다."

"그러시군요." 디바인은 카울을 따라다니는 공식 하렘의 구성원 중 한 명인 그를 알아보았다. 폴슨은 마르고 어깨가 좁은 체격에 나이가 30대인데 벌써 머리가 벗겨지기 시작했으며, 카울이 허세 심하고 거만한 것과 정반대로 특색 없고 무해해 보였다.

"카울 씨께서 만나고 싶어 하십니다."

"알겠습니다. 근데 그 말을 전하러 특별보좌관이 온 게 의아하군요. 육군에 버금갈 정도로 명령체계가 갖춰져 있는 걸로 아는데요."

"보통은 직속상관을 통해 호출하지만 카울 씨께서 평소와 다른 경로로 접촉하기를 원하셨습니다."

"왜죠?"

이 대꾸에 폴슨이 발끈했다. 알겠습니다, 천국에서 카울 황제 각하를 **알현할 기회를 주셔서 감사합니다**, 라는 말 외의 다른 반응은 전혀 예상치 못한 모양이었다. "그건 말씀 안 하셨습니다."

"언제 어디로 갈까요?"

"오늘 밤 10시입니다. 주소는 여기." 그가 쪽지를 건넸다.

디바인은 그걸 받아 들었지만 들여다보지는 않았다. "꼭 가야 합니까?"

"농담이시죠? 카울 씨의 호출인데. 여기서 일하고 싶은 거 맞죠?"

"그럼요, 여태껏 일해본 곳 중 최곤데요." 디바인은 최대한 진정성 있는 투로, 그러니까 심드렁한 투로 대꾸했다.

그는 지하철로 가는 길에 쪽지를 펼쳐 주소를 확인했다.

흠, 이거 아주 유익한 시간이 되겠군. 아니면 완전 수틀리거나.

기차로 마운트키스코로 간 디바인은 열기와 습기를 들이마시며 잰걸음으로 집으로 향했다. 생각이 오만 가지 갈래로 뻗으면서도 해답은 빨리 내놓지 못하고 있었다.

밸런타인이 게임용 헤드셋을 낀 채 소파에 누워, 늘 그렇듯 노트북 키보드를 두드리고 있었다. 옆의 바닥에는 맥주가 놓여 있었다. 디바인이 들어오자 그가 불안한 표정으로 고개를 들었다. 디바인이 귀가하길 기다리고 있었던 것 같았다.

"그래서요?" 밸런타인이 헤드폰을 빼며, 어서 이야기해보라는 듯 대뜸 물었다.

"경비. 또, 시체를 발견한 사람과도 얘기해봤어. 그 방은 최대 10분간 출입 통제 없이 방치돼 있었대. 그런데 나 같은 사원들이 외부에서 열린 세미나에 참석하고 있어서 그 층에 아무도 없었다는 거야. 관리팀은 아직 출근 전이었고."

"그럼 메일을 보낸 사람은 어떻게 그런 정보를 입수한 거예요?"

"몰라. 살인범은 세라를 죽였을 당시 상황은 알았겠지. 근데 세라가 그 방에 목매달려 있는 걸 관리인이 발견했다는 사실은 알았을 수가 없어. 확률은 낮지만 발견 당시 근처에 있다가 직접 그걸 봤거나, 아니면 사건 발생 후 얼마 뒤에 누군가 그자에게 말해주지 않았다면 말이지. 후자도 별로 그랬을 법하지 않아. 그리고 내가 받은 메일을 똑같이 받은 사람은 한 명도 없는 것 같아. 받았다면 아주 잘 숨기고 있는 거고."

"그러니까 그 10분 사이에, 이메일 보낸 사람이 시체며 뭐며 목격 했을 거다?"

"그리고 관리인이 시체를 발견하는 것도. 근데 확실하진 않고, 아 직 더 알아보는 중이야. 그건 그렇고, 네가 알려준 방법으로 보안 로 그 데이터베이스에 접근했는데, 질문이 하나 있어."

밸런타인이 노트북을 탁 닫고 고개를 들었다. "던져봐요, 형님."

디바인은 RFID를 이용하는 카울사의 보안 로그 시스템에 대해 설 명했다. "그걸 조작해서 거기 없던 사람이 있었던 것처럼 보이게 할 수 있어?"

밸런타인은 질문이 끝나기도 전에 고개를 끄덕였다. "그럼요. 복 제 카드로. 그걸 만들면 '전자 쌍둥이'가 아무 데나 돌아다니는 거나 마찬가지죠. 껌이에요. 카드에 어떤 보호장치를 장착했느냐에 따라 몇 초 만에도 복제할 수 있어요. 형 카드 보여줘봐요."

디바인이 자신의 보안카드를 건넸다. 밸런타인은 마룻바닥에 놓인 백팩에서 웬 기기 하나를 꺼내 카드에 댔다. "이건 125예요. 개허술하 죠. 내 휴대폰에 앱이 있는데, 당장이라도 아마존에서 구한 깨끗한 카 드에 형 카드의 정보를 입혀서 복제 카드를 만들 수 있어요. 이건 형네 회사의 '보안' 데이터베이스 암호체계만큼 대박 허술해요."

"125라니?"

"125킬로헤르츠. 무선 주파수요. 오픈 26비트 포맷. 이 카드는 단 순한 LC 서킷 회로랑 콘덴서, 집적 회로를 조합한 거예요. 송신되 는 카드 번호가 곧 키고, 리더기가 읽어들이는 정보죠. 근데 125타 입은 암호화 처리를 안 해요. 키를 입수해서 리더기한테 '나 들여보 내줘' 하면 그냥 들여보내주는 식이죠. 10달러짜리 RFID 리더기 겸

라이터만 있으면 짠, 카드 번호가 생성돼요. 대부분의 '보안' 카드는 125예요. 애새끼인 내 사촌도 그런 쓰레기는 해킹해요."

"네 '애새끼' 사촌이 재간둥이인가 보네. 그럼 더 나은 장치로는 뭐가 있어?"

밸런타인이 기다렸다는 듯 대답했다. "13.56메가헤르츠 타입. SOS 테크놀로지예요. 암호화돼 있고. 복제가 힘들고 해킹도 힘들지만 나 같은 사람한텐 불가능하지는 않아요."

"군에 있을 때 어떤 종류든 전자 스키밍(마그네틱 띠에 저장된 정보를 읽어내 개인정보를 도용하는 행위—옮긴이)을 못하게 하느라고 RFID 카드에 보호 실드를 덮어서 쓰곤 했어."

"그건 잘한 거예요. 보통은 효과 있어요. 아주 뛰어난 해커를 만나지 않는 한. 이중 인증은 아주 잘하는 거고요. 두 개를 뚫어야 들어갈 수 있는 거니까."

"내 휴대폰에도 그거 써."

밸런타인이 맥주를 한 차례 들이켜고 대꾸했다. "잘하고 있네요, 트래비스 형님. 일등감이네."

"하지만 카울사에는 이중 인증 시스템이 없고, 모든 카드가 다 125인 것 같아. 그리고 다들 실드도 없이 그냥 목에 걸고 다니고."

"그건 잘하는 거 아니에요. 개허술해."

"증명 가능해? 누군가가 내 카드를 복제했을 경우 말이야."

"카드에 따라 다르고 복제를 얼마나 잘하느냐에 따라 달라요. 기술적인 문제예요." 밸런타인이 자기 휴대폰을 들어 보였다. "이걸 보안카드로 써요. 휴대 가능한 카드는 남한테 쉽게 빌려주잖아요. 휴대폰은 남한테 잘 안 내주죠. 새로 나온 아이폰 모델에는 NFC(비접촉 근거리 무선통신—옮긴이) 칩이 내장돼 있어요. 블루투스 켜고 NFC 칩을 활성화하면, 문에 달린 리더기가 휴대폰을 인식하도록 프로그래밍 돼 있을 경우 그걸로 문을 열 수 있어요. 휴대폰을 분실해도, 다른 보안 장치가 있으니 들어가는 데 문제없어요. 근데 카드는 그게 없잖아요. 리더기는 카드를 읽지, 카드 소지한 사람을 읽는 게 아니거든. 그러려면 생체정보가 필요해요. 생체정보 시스템도 좋아요. 휴대폰보다 낫지. 눈알이나 엄지가 있으면 돼요. 러시아에서는 살아 있는 눈알이나 엄지여야 하지만. 러시아에서는 다른 사람 안구나 손가락을 뽑아 와서 문을 열곤 했죠. 그렇지만 죽은 손가락이나 안구는 더 이상 안 통해요. 맥박이 뛰어야 해요. 그건 확실히 말해줄 수 있어요."

"그래, 그렇겠군." 디바인은 카울이 차고 문을 열고 들어갔던 밤을 떠올렸다. "카울은 휴대폰으로 회사 차고에 들어갔어. 목에 걸고 다니는 카드로 출입하는 건 한 번도 본 적 없어."

"그건 그 사람이 보안에 진심이라서 그래요. NFC 칩을 쓰잖아요. 형 같은 똘마니들이나 허접한 125 쓰게 하고."

"하지만 그건 카울 소유의 건물이잖아. 우리는 그 건물에 이 허접한 카드로 드나든다고."

밸런타인이 카드를 도로 건네며 말했다. "이걸로 건물 어디든 갈 수 있어요?"

디바인은 잠시 생각해봤다. "아니. 51층에 접근이 제한된 곳이 있어. 우리는 농담으로 거기를 '51구역'이라고 불러." 그는 그것이 뭐에 빗댄 건지 밸런타인이 알아듣나 보려고 반응을 유심히 살폈다.

"거기가 뭐 그리 특별하기에요?" 이렇게 대꾸하는 밸런타인의 어조만으로는 그가 문화적 암시를 알아챘는지 못 알아챘는지 판단할 수가 없었다.

"모르겠어. 내가 보기에 그 층에 상주하는 직원은 없는 것 같아. 그냥 컴퓨터만 있지."

"별로 이상한 일 아니에요. 슈퍼컴퓨터 트레이딩실일지도 몰라요. 그걸로 남보다 천 분의 1초 먼저 주식을 대량 거래해요. 그렇게 하지 않는 사람들보다 딱 그만큼 앞서서 매일 수백만 달러를 벌어들이죠."

"나도 알아. 초단타매매라고 해. 주식이나 채권은 하루 내로 다 오르긴 오르니까, 영 점 몇 달러 오르기 천 분의 1초 전에 그것들을 매수하고, 또 가격이 영 점 몇 달러 떨어지기 천 분의 1초 전에 매도하는 거야. 마치 오르내리는 파도를 딱 한 발 앞서 타는 것과 같지. 특수 설계한 고가의 소프트웨어와 인프라를 갖추고 있어야만 가능해. 기관들은 그런 시스템을 갖추고 있는 데다, 그들은 공인 중개인이라서 이미 시스템 안에 있어. 그런 걸 '네이키드 액세스(증권사 등 중개업체들이 주로 기관투자가인 극초단타매매자에게 빠른 주식매매가 가능하도록 전산처리 시스템을 유료로 빌려주는 것—옮긴이)'라고 해. 게다가 중개인들만이 아니라 헤지 펀드랑 특수 상품을 취급하는 전문 기관들도 그렇게 해."

"똑똑한 동시에 멍청하군."

"그걸로 떼돈을 버는데 왜 멍청해?" 디바인이 물었다.

"첫 번째 이유는 플래시 크래시(증시나 채권 시장의 '갑작스러운 붕괴'. 2010년 5월 뉴욕 증시에서 다우지수가 1천 포인트가량 폭락한 사건을 계기로 이 용어가 생겨났다—옮긴이)가 있죠. 코드 한 줄을 잘못 짰다거나 그 비슷한 실수로 컴퓨터가 오류를 일으키는 경우를 말하는 거예요. 그렇게 되면 매수해야 할 타이밍에 매도하거나 그 반대로 하죠. 찰나에 수십억 달러를 잃는 거예요."

"실제로 그런 일이 있긴 있었어." 디바인도 인정했다. "두 번째 이유는 뭔데?"

"달걀을 전부 한 바구니에 담는 꼴이잖아요, 형님." 밸런타인이 대답했다. "'랜섬웨어'라고 들어봤어요? 시스템 하나만 공격해도, 당한 쪽은 회복해서 영업 재개하기 위해 얼마까지 지불하려 들까요? 네? 얼만지 말해주죠. 어마어마한 돈. 게다가 회사 측은 고객들이 자기들을 더는 안 믿고 다른 데로 갈까 봐 무서워서 아무한테도 말 안 할 테니 그 꼴이 된 걸 아무도 모르고 지나갈 거예요. 그러니 씨팔, 자판 몇 개 두드려서 억만장자가 될 수 있어요. 요새는 대가를 비트코인으로 지불해요. 암호화폐요."

"넌 그런 걸 어떻게 알아?" 디바인이 그를 미심쩍게 보며 물었다.

그 표정을 본 밸런타인이 항복하는 척 두 손을 들어 보였다. "그냥 주위들은 얘기예요. 내가 한다는 게 아니라. 난 착한 사람 됐어요. 그런 짓으로 은행 계좌 빵빵하게 채우지 않아."

"하지만 랜섬웨어 공격으로 곳간을 빵빵하게 채우는 나라도 있지." 디바인이 한발 물러섰다.

"그건 맞아요. 하지만 랜섬웨어 때문에 북한은 배를 곯고, 그러다가 안경 쓴 쪼만한 국가원수를 내쫓고 그러잖아요. 다른 나라들도 그렇고."

"러시아 말이야?"

그러자 밸런타인이 손가락으로 그를 가리키며 받아쳤다. "하……하……. 푸틴이 돈을 좋아하긴 하지. 커다란 말들 사들이고, 웃통 벗고 타고 다니잖아요. 미친 종마 새끼."

"카울이 51구역에서 초단타매매를 하는지 알 수 있을까?"

"매수 매도가 주식시장에서 이루어지면 알 수 있어요. 다크풀(주식을 익명으로 대량 매매하는 장외 거래로, 장 시작 전에 대량투자자들의 주문을 받아 매수·매도 주문을 매칭하고, 장 종료 후 당일거래 가중평균 가격으로 거래를 체결하는 시스템—옮긴이)에서 이루어지면 알 수 없고. 적어도 매매가 완료되기 전에는요. 바로 그런 식으로 초단타매매자들이 들키지 않고 그렇게 오래 그 짓거리를 할 수 있는 거예요."

"그럼 진행되는 게 초단타매매인지 여부는 알 수 있어? 파이프라인에서 이루어지는 활동을 근거로."

"시간이 좀 걸릴 거예요. 나, 다른 할 일도 있다고요."

"도전적인 일을 좋아하는 줄 알았는데. 게다가 이메일도 추적하지 못했잖아. 그래서 만회할 기회를 주려고 했지."

"만회라니, 뭔 개소리예요?" 밸런타인이 미간을 찌푸리며 물었다.

"네가 세계 정상급 해커라는 걸 증명해 보일 두 번째 기회를 주겠다고."

"나, 정상급 해커 맞아요. 그건 내가 이미 알지."

"하지만 나는 모르잖아, 네가 이메일 건을 실패했으니."

"웃기는 형씨네. 생각 좀 해볼게요. 나중에 답변하죠."

"너무 오래 끌지는 마. 되도록 빨리 아는 게 뒤늦게 아는 것보다 나을 것 같은 예감이 들거든."

밸런타인은 헤드폰을 끼고 노트북을 다시 열더니 하던 작업으로 돌아갔다.

디바인은 위층으로 가 샤워로 그날 치의 땀과 때를 씻어낸 다음 옅은 갈색 슬랙스를 입고 반소매 흰 셔츠는 바지 밖으로 꺼내 입었다. 그리고 정장 구두를 도로 신었다.

1층으로 다시 내려가는 길에 계단을 올라오는 헬렌 스피어스와 마주쳤다. 요전 날 본 것과 다른, 역시나 화려한 색깔의 요가복 차림에 땀을 흘리고 있는 걸로 보아 또 식당에서 요가를 하고 있었던 모양이다. 그녀가 다가오자 디바인의 심장이 요동쳤다.

"나가는 길이에요?"

"누굴 좀 만나봐야 해서."

그녀가 속을 알 수 없는 표정으로 디바인을 보았다. "경찰 조사는 어떻게 됐어요?"

"진행 중이야. 조금 묘한 방향으로."

"전에 말한 변호사, 아직 안 필요해요?"

"조만간 필요할 것 같아."

스피어스는 심각한 표정으로 그를 바라보더니 자기 방으로 들어갔다. 거기서 요가복을 벗고 샤워 물줄기 밑으로 들어가……. 상상은 이쯤에서 그만두는 게 좋겠군.

디바인은 탭쇼의 방문을 두드렸다. "나 트래비스야. 질, 오늘 끼니는 챙겨 먹었어? 허밍버드의 데이트 월드가 알려달래."

탭쇼가 문을 열고 빨간색 운동복 반바지와 하얀 탱크톱에 두툼한 양말과 분홍색 컨버스 운동화 차림으로 문간에 나와 섰다. 말아 올린 머리는 실핀 여러 개로 고정돼 있었다. "점심 먹었어요." 탭쇼가 해맑게 대꾸했다. "저녁도 먹을지 모르고."

"투자금은 어떻게 됐어?"

"아, 맞다. 아저씨 월가에서 일하죠?"

"응, 카울앤드컴리라고. 왜?"

"보여드릴 게 있어요."

그러더니 탭쇼는 디바인을 방 안으로 데려가 거대한 모니터들이 늘어선 곳으로 안내했다. 디바인은 스트립 몰에 있는 탭쇼의 사무실에 가본 적이 있는데, 꼭 사이버전쟁 사령본부 같았었다.

사랑을 위해 이렇게까지 하다니.

탭쇼는 모니터에서 포스트잇 메모를 떼어내더니 키보드를 몇 번 두드렸다. 곧 그녀의 링크드인 페이지가 떴다. 탭쇼는 스크롤을 내리고 거기에 뜬 메시지를 가리켰다.

"이런 알림이 왔어요. 다음 라운드에서 나를 전액 지원해주겠다는 투자 그룹이 보낸 건데요. 2천 500만 달러 전액요, 아저씨. 나랑 줌 미팅 한 다음 공동서류 검토회의를 시작하고 싶대요. 잘 풀리면 2주

안에 나한테 거래동의서 보내고, 주요 거래조건에 양자 동의하고 변호팀이 서류 작업한 후 며칠 안에 돈도 보내줄 수 있대요."

"잘됐네." 디바인이 탭쇼의 표정을 살폈다. "근데 왜 시무룩한 얼굴이야?"

"이번 라운드 투자금 따내려고 엄청 뛰어다녔거든요. 예상했던 것보다 훨씬 힘들었어요. 며칠 전에 대만 벤처캐피털 그룹하고 회의하는 거 아저씨도 들었잖아요. 그쪽이 관심은 있는데 절차가 6개월은 걸릴 거고, 우리 현금 흐름이 좀 원활치 못하대요. 똑같은 멘트를 몇 번이나 들었는지 몰라요. 게다가 대만 건은 내가 먼저 그쪽에 손 내민 거였고요. 이번 라운드의 다른 잠재적 투자자들한테도 내 쪽에서 먼저 컨택했고요. 이젠 도와줄 친구도 가족도 앤젤투자자(신생 벤처기업에 필요한 자금을 대고 주식으로 그 대가를 받는 개인투자자—옮긴이)도 바닥났어요. 이번 라운드는 상대가 프로 투자자예요. 그런데 이 투자자들이 나한테 먼저 컨택해서는 겨우 2주 남짓한 기간 동안 다 해줄 수 있다잖아요. 글쎄요, 좀 이상하게 들려서요. 어떻게 생각하세요?"

"좀 수상하게 들리긴 하네. 투자 그룹 이름이 뭔데?"

탭쇼가 자판을 두드리자 화면에 다른 스크린샷 이미지가 떴다. 탭쇼가 그걸 가리켰다.

"메이플라워엔터프라이즈. 들어본 적 있어요? 내가 조사해봤는데, 나오는 게 별로 없어요. 어떤 남자가, 이름이 뭐였더라⋯⋯."

디바인은 다음 말을 듣지 못했다. 투자 제안 메시지를 보내온 남자의 이름을 보고 있었기 때문이다.

맞네, 우리의 크리스천 F. 칠턴. 이건 우연이 아니야. 그자는 내가 누군지 알고 질이 내 룸메이트라는 것도 아는 거야.

디바인은 겨우 화면에서 눈을 돌렸다. "당장은 대답하지 말아봐, 알겠지? 며칠만 경영자 권한으로 지연시켜봐."

탭쇼가 의심스러운 투로 대꾸했다. "알았어요, 근데 2천 500만 달러는 큰돈이에요, 트래비스 아저씨."

"여기서 쿨하게 굴면 그게 5천만 달러, 아니 그 이상이 될 수도 있어."

"잠깐만요. 나는 회사를 팔고 싶은 게 아니에요. 키워나가고 싶지. 걘 내 새끼라고요."

"팔라는 게 아니야. 그냥 나를 믿어봐, 질. 그리고 저녁 좀 챙겨 먹어."

탭쇼를 두고 나온 디바인은 브래드 카울과 만나기 위해 오토바이를 타고 밤길을 질주했다.

31

카울의 궁 맞은편 길가에 멈춰 선 디바인은 오토바이와 헬멧을 잠가놓고 가볍게 달려 길을 건넜다. 폴슨이 건넨 쪽지에 적혀 있던 주소지였다. 궁은 크리스마스트리처럼 조명이 환히 밝혀져 있고 전면에는 이국적인 승용차들이 줄줄이 주차되어 있었다. 개중에는 구식 모델이지만 완벽히 복원된, 앵두처럼 새빨간 듀센버그 페이튼도 있었다. 파티가 한창인 모양이었다. 디바인은 카울의 홈그라운드에서 사적으로 대면이 이루어질 거라 상상했었다. 한데 이 투자업계 거물이 오늘 밤 첫 번째 놀람을 안겨주었다.

정문에 호출 버튼과 카메라 한 대가 달려 있었다. 디바인은 거기에 대고 손을 흔들며 자기 이름을 댔다. 그러자 문이 스르륵 열렸고 그는 안으로 들어갔다.

현관에서 디바인과 몸집이 비슷하거나 더 큰 우람한 남자들이 그의 몸을 꼼꼼히 더듬어 수색한 다음 셔츠 자락을 들어 올리게 했고, 그의 몸통과 팔다리를 금속탐지기로 훑기까지 했다.

"여자분들이 댁들만큼 그 막대기에 환장하겠어요." 디바인이 그중 한 명에게 툭 던졌다. 하지만 아무도, 피식하는 웃음조차 흘리지 않았다.

내부는 외부만큼이나 현대적이고 눈 돌아가게 멋졌다. 아찔하게 높은 천장, 곳곳에 보이는 비정형의 창, 흥미로운 조합으로 배치된 비싼 목재와 광나는 철재, 바닥의 텍스처 타일과 환한 색상으로 그 바닥의 군데군데 포인트를 주고 있는 러그……. 여기에 미니멀리즘 스타일의 가구와 장식을 바탕으로, 아담하고 친밀한가 하면 소형 위성만치 큼지막한 식으로 크기가 제각각에 디자인이 독특한 고정 조명들이 나무와 금속, 심지어 패브릭까지 동원한 주문제작 장식품들과 한데 어우러져 있었다. 벽에 걸린 그림들은 화풍이 다빈치나 드 가보다는 피카소나 폴록에 더 가까웠다.

대충 훑어보니, 어쨌든 이 구역에는 스무 명쯤 있었다. 날씨 맑은 밤이라 풀 주변에도 분명 많이들 나와 있을 것 같았다. 디바인은 비키니 여성을 찾아 두리번거렸지만 그녀는 보이지 않았다. 딱히 어찌 할지 감이 안 잡혔다. 카울을 불러달라고 해? 그쪽에서 알아서 찾아 올까? 교장의 처벌을 기다리는 고등학생처럼 여기 계속 뻘쭘하게 서 있어?

그러는 대신, 술을 찾아 돌아다녀보기로 했다.

바로 옆방에 본격적인 바가 마련되어 있었다. 그 앞에 몇 사람이 줄을 서 있었다. 그들이 고개를 돌려 그를 잠시 보았다. 디바인은 자신이 중요한 인물로 보이지 않거나 세련되게 차려입지 않은 모양이라고 결론 내렸다. 그들이 말 한마디 없이 도로 고개를 돌렸기 때문이다.

맥주 한 잔을 받아 든 후에는 이 방 저 방 돌아다니기 시작했다. 여기저기 사람들이 흩어져 있었지만 하나같이 공간에 비해 한참 작아 보였다. 이곳에 육군 한 대대는 거뜬히 매복시킬 수 있을 것 같았다.

다들 피부가 적당히 탔고 편안해 보였으며 상당히 비쌀 것이 틀림없는 옷을 무심히 걸치고 있었다. 디바인은 다른 방으로 옮겨 갔다가 비키니 여성이 어디선가 나타나 그에게 다가오는 바람에 흠칫 놀랐다. 저런 여자가 무대에 오르는 배우처럼 등장할 거면 사전 경고를 해줘야 하는 것 아닌가, 그는 속으로 생각했다.

여자는 오늘, 몸에 짝 달라붙어 몸매를 강조하는 라임그린색의 끈 달린 라이크라 미니드레스를 입어 잘 그은 살결을 뽐내고 있었다. 시선을 사로잡는 새파란 눈과 새하얀 치아, 그리고 조각한 듯 우아한 이목구비를 부드러운 금발이 감싸면서 늘어져 있었다. 금색 샌들이 그림을 완성시켰다. 문득 디바인은 자신이 청록색 페디큐어를 칠한 그녀의 발가락을 뚫어져라 보고 있다는 걸 깨닫고 황급히 눈길을 거뒀다.

그 순간 떠오르는 것이라곤 빨간 페라리를 몰고 그 어수룩한 체비 체이스를 광란의 지옥으로 데려가는 크리스티 브링클리(1970년대부터 활동한 미국인 모델로, 1983년 영화 〈휴가 대소동〉에 체비 체이스와 함께 출연했다―옮긴이)뿐이었다. 그가 태어나기도 전에 개봉했지만, 떠올릴 때마다 음흉한 웃음을 자아내는 영화였다.

"미셸 몽고메리예요."

"트래비스 디바인입니다."

두 사람은 악수를 나눴다.

"디바인 씨, 만나서 반가워요."

"트래비스라고 불러주세요."

그녀와 얼굴에 붕대를 감은 크리스천 F. 칠턴이 풀 옆에서 대화하던 장면이 마음 한구석에 떠올랐다.

혹시 내 얘기를 했을까?

다음 순간 칠턴도 여기 와 있을지 궁금해졌다. 만약 그렇다면 곧 전말이 드러날 것이다. 앞마당에서 BMW 8시리즈 차량은 못 봤지만, 칠턴 같은 자는 차를 여러 대 가지고 있을 여지가 다분하다. 그가 원할 때 원하는 곳으로 데려다줄 사람도 있을지 모르고. 어쩌면 그

자식이 아까의 그 듀센버그의 주인인지도 모른다.

몽고메리가 입을 열었다. "사고라도 당했어요? 얼굴이 많이 긁혔네요."

"사다리에서 미끄러져 벽돌 바닥에 거의 얼굴로 슬라이딩했어요."

"무지 아팠겠네요."

상대방이 더 아파했죠. 디바인은 속으로 대꾸하고는 몽고메리를 흘끔 봤다. 당신 남자만큼 아프지는 않았어요.

"만날 사람이 있어서 온 거예요?" 몽고메리가 물었다.

"브래드 카울요. 카울 씨의 초대를 받고 왔어요."

"브래드는 이 근처에 있을 거예요. 아마 당신을 찾아올 거예요. 가서 한잔하죠. 잔이 비었네요. 나도 목이 엄청 마르고."

그러더니 그녀는 디바인의 팔에 제 팔을 꿰고 그를 이끌었다.

32

함께 걸으면서 디바인은 그녀의 냄새를 들이마셨다. 바닐라 향, 코코넛 선탠스프레이 향, 라벤더 향이 비슷한 비율로 섞여 있고 나머지는 그가 꼭 집어 말할 수 없는 어떤 냄새였다. 몹시 아찔한 자극이었지만, 디바인은 오늘 밤 정신을 똑바로 차리고 있어야 하기에 애써 저항했다.

"여기 참 멋지네요." 디바인이 말했다.

"브래드가 몇 년 전, 나랑 만나기 전에 설계 의뢰한 집이에요. 그 사람, 이런 걸 참 좋아해요. 곳곳에 집이 있죠. 제트기 두 대에, 1년에 한 달 쓸까 말까 한 요트 한 대, 심지어 전용 헬기도 있고요. 나한텐 과하게 느껴져요. 단순하게 사는 게 좋거든요."

"그 사람과 함께라면 단순하게 살기는 그른 것 같은데요."

그녀는 디바인을 바로 안내했고 그는 맥주를 한 잔 더 시켰다. 그녀는 코즈모폴리턴을 시키고는 그 유리잔을 들어 보였다.

"〈섹스 앤 더 시티〉가 종영했을 때 나는 겨우 네 살이었지만 나중에 전 시즌을 한꺼번에 봤어요. 참 재미난 환상이죠. 근데 진지하게 얘기하자면, 뉴욕에 그 봉급으로 그렇게 살 수 있는 사람은 없어요. 〈프렌즈〉도 마찬가지고요."

"미셸 말대로 재미난 환상에 불과하죠. 그래서, 카울은 어떻게 만났어요?"

"그 사람이 이탈리아에 있을 때 나도 마침 이탈리아에 있었고, 둘이 눈이 맞았어요. 그 사람이 나보다 나이가 훨씬 많은 건 알지만, 그렇게 느껴지지 않아요. 어떤 때는 둘 중 내가 더 어른 같다니까요. 브래드는 여러 모로 아직 소년 같아요. 그 장난감들 하며."

"그래도 사업으로 돈을 엄청 벌긴 했죠."

"브래드는 나랑 일 얘기 안 해요. 나도 관심 없고."

"여기 살아요?"

"늘 그런 건 아니에요. 브래드랑 나는…… 뭐랄까, 옛날식으로 말하면 '남자친구와 여자친구' 사이예요."

"브래드랑 같이 있지 않을 때는 뭐에 관심을 가지는데요?"

"여행요. 대학 1년 다니다가 안 맞아서 관두고 전 세계를 돌아다니기로 했어요. 브래드도 그러다가 만난 거예요. 토스카나의 학생용 호스텔에 묵고 있었는데, 브래드가 산 중턱에 저택을 세 채나 빌렸거든요. 둘이 레스토랑에서 만나 진짜 좋은 '브루넬로 디 몬탈치노'를 마시면서 친해졌고, 정신 차려보니 내가 그 저택 중 한 곳에 살고 있지 뭐예요."

"당신한텐 잘된 일이네요. 그게 언제였는데요?"

"한 1년 됐어요. 시간 참 빠르죠. 그쪽은 브래드를 어떻게 아는데요?"

"그 회사에서 일합니다. 말단 신입이죠. 인생 늦깎이거든요."

"입사 전에는 뭐 했는데요?"

"직업 군인이었어요."

"왜요?"

다들 그러듯 그녀도 나라를 위해 싸워줘서 고맙다고 할 줄 알았고, 그래서 디바인은 약간 말문이 막혔다. 그 때문인지 의도했던 것보다 더 솔직하게 대답하고 말았다. "아버지 열받게 하려고요."

몽고메리가 웃음을 터뜨렸다. 목구멍 깊은 데서 터져 나오는 듣기 좋은 저음이었다. 그녀는 칵테일을 한 모금 마신 다음 쉽게 간파할 수 없는 표정으로 그를 바라보았다.

"브래드 밑에서 일하는 거 마음에 들어요?"

"그냥 남들처럼 돈 많이 벌 수 있어서 하는 거예요."

몽고메리는 코에 주름을 잡으며 주위를 둘러봤다. "당신이 여기 들어올 때부터 지켜봤어요. 많이 불편해 보이던데요. 술도 비싸고 힙한 것 대신 맥주를 택했고. 여기 있기 싫은 거죠?"

"그런데도 여기 이렇게 있잖습니까, 그분의 부르심을 받고."

몽고메리는 그 대답에 실망한 듯했다. "목줄이 끄는 대로 가는 개처럼요?"

디바인은 맥주를 크게 한 모금 마시면서 그 질문을 곱씹어보았다. 그러다 대화의 고삐를 잡아보기로 했다.

"회사 여직원 하나가 시체로 발견됐어요. 처음엔 자살이랬죠. 그런데 이제는 타살 같아요."

"그 얘기 들었어요. 피해자 이름이 뭐였더라?"

"세라 유즈."

"브래드랑 그 얘기 하러 온 거예요?"

"모르겠어요."

"그 여자랑 아는 사이였어요?"

"그랬죠." 디바인이 대답했다.

"무슨 이유로 죽인 걸까요?"

"지금 경찰이 알아내려는 게 바로 그거예요."

몽고메리가 몸을 부르르 떨었다. "세상에 미친놈이 너무 많아요."

디바인은 그녀의 어깨 너머, 풀 가로 시선을 던졌다.

"통근할 때 타는 기차가 아침 일찍 이리로 지나가요. 시스템엔지니어 외에는 아무도 모르는 이유로, 딱 이 집 뒤편에 정차하죠."

몽고메리의 눈이 그의 시선을 좇았다. "나, 가끔 아침에 풀에 나와 있는데."

"나와 있는 거 알아요."

디바인은 그 말이 암시하는 바를 그녀가 깨달을 때까지 기다렸다.

몽고메리는 전혀 꿀리지 않는 기색으로 그를 똑바로 마주 보았다. 커다랗게 뜬 눈으로…… 모든 것을 간파하듯. "그러니까 지금 굉장히 힘들게 돌려 말해서, 내 몸을 훑어봤다는 거예요?"

"나를 포함해 그 열차에 탄 모든 남자가요. 덕분에 6시 20분 열차의 인기도가 수직상승하고 있을걸요. 소문나서."

그러자 그녀의 얼굴이 확 달아올랐다. 좋은 쪽으로 그런 것은 아니었지만.

"민망하게 하려고 한 말은 아니에요." 디바인이 황급히 덧붙였다. "그렇게 일찍 나와 있는 게 놀라울 뿐이에요."

몽고메리는 침착함을 되찾고 대꾸했다. "혼자 있는 시간을 좋아해요. 명상하고, 수영도 하고."

"잘하고 있는 거예요."

그러자 그녀가 그를 쏘아봤다. "가르치려고 들지 말아요."

디바인이 대꾸했다. "그러려던 거 아니에요. 나도 기차 타기 전 새벽 4시에 본격적으로 운동을 한판 해요. 나한테는 그게 일종의 명상인 것 같아요. 엔도르핀도 솟고, 기운차게 하루를 시작할 수 있으니까."

"몸이 좋아 보이네요." 몽고메리가, 디바인이 발가벗은 기분에 휩싸일 만큼 끈적한 시선으로 그의 몸을 천천히 훑으며 말했다.

"군대에서는 싫어도 관리해야 돼요. 전역한 후에는 내 몸 하나쯤은 건사하고 싶어서 계속 관리했고요." 그 뒷골목에서 건사한 것처럼.

"열차에서 풀장을 들여다볼 수 있는지 몰랐어요. 집 뒤편에 나무가 심어져 있는데."

"그렇긴 하죠. 근데 틈이 있거든요."

몽고메리가 알 수 없는 표정으로 그를 쳐다봤다. "앞으로 염두에 둘게요."

"그래요."

"6시 20분이라고 했죠? 왜 그렇게 일찍 출근하는 거예요?" 그녀가 물었다.

"내가 속한 세계에서는 다음 라운드로 진출하려면 남들보다 앞서 나가야 하거든요."

"심장마비로 가는 지름길 같은데요."

"그럴지도 모르죠. 당신은 여기 있는 사람들을 거의 다 알겠죠?"

"아뇨, 다는 아니에요. 매번 새로 등장하는 얼굴들이 있으니까. 브래드는 아는 사람이 많거든요."

"당신은 여기서 지내지 않을 땐 어디에 있어요?"

"소호에, 엘리베이터 없는 작은 아파트를 가지고 있어요."

디바인은 카울이 마련해준 거냐고 묻지 않았다. 물을 필요도 없었다. 몽고메리는 일을 하는 것 같지 않았고, 이탈리아에서 호스텔에 묵었다는 걸 보니 집안이 잘사는 것 같지도 않았다. 게다가 뉴욕, 더군다나 소호에서는 엘리베이터 없는 작은 아파트도 결코 저렴하지 않았다.

"이 근처에서 일해요?"

몽고메리는 질문을 무시하고 대신 이렇게 말했다. "언제 또 볼지도 모르겠네요. 아니면 그쪽이 여기 와서 나랑 수영해도 좋고. 브래드가 없는 날 밤늦게요. 그이는 펜트하우스에서 지낼 때가 많거든요."

정말이지 예상치 못한 대사였다. "내가 미셸과 오밤중에 단둘이 수영하는 걸 내 직장상사가 어떻게 생각할지 모르겠네요. 아니다, 어떻게 생각할지 확실히 알아요. 나를 해고할 거예요."

"왜요? 나는 그 사람 아내가 아니라 여자친구인데."

"누가 알아요. 결국 아내가 될지."

"그럴 일 없어요. 내가 그러길 원치 않고 브래드도 마찬가지니까. 그 사람은 언젠가 나를 더 어린 모델로 갈아치울 거예요."

"그거에 대해 어떻게 생각해요?"

"아무 생각 없어요."

"그럼 미셸은 이 관계에서 뭘 얻죠?" 디바인이 물었다.

"그냥…… 조금 색다른 거요. 그래서 수영 할 거예요, 말 거예요? 생각 있어요?"

디바인은 쉴 새 없이 방향을 트는 이 대화를 쫓아가기가 힘들었다. "이런 집은 도우미인지 하인인지, 하여간 그런 사람들이 잔뜩 있을 것 같은데요. 우리를 감시하고 일러바칠 눈들이 많겠죠."

"신경도 안 쓸걸요. 브래드가 그 사람들을 얼마나 거지같이 대하는데."

"그런 사람이면 당신은 왜 계속 곁에 머물러요?"

"나한테 선택의 여지가 있는 줄 아나 봐요."

"없어요?"

"전화번호 줘봐요. 여기 오는 게 그렇게 불안하면 내가 문자로 내아파트 주소 보내줄게요."

자신도 이해할 수 없는 이유로 디바인은 전화번호를 댔고 몽고메리는 자기 핸드폰에 그 번호를 저장했다.

"마침 브래드가 저기 오네요. 이만 가볼게요." 그러더니 이렇게 덧붙였다. "내일 밤 아파트에 있을 거예요. 주소는 문자로 보낼게요. 혹시 올 생각 있다면."

그러더니 그녀는 가버렸다. 디바인이 고개를 돌리자 저쪽에서 카울이 에이브럼스 전차처럼 돌진해오고 있었다.

33

"디바인 맞지?" 카울이 대뜸 물었다.

그는 청바지에 검은 셔츠를 곱슬거리는 짙은 색 가슴털이 살짝 보일 만큼만 젖혀 입었고 로퍼를 신고 있었다. 머리는 출근할 때처럼 기름을 발라 뒤로 넘기지는 않았다. 그렇게 하니 고든 게코(1987년에 개봉하고 2010년에 속편이 나온 영화 〈월 스트리트〉의 주인공 캐릭터—옮긴이)보다는 머리 부스스한 버전의 미성숙한 남자, 그러면서도 뭔가 결연하고 중대한 뜻을 품은 남자처럼 보였다.

"트래비스 디바인입니다."

"따라오게."

그가 성큼성큼 걸음을 옮겼고 디바인은 따라갔다. 주위를 둘러보다가 저만치서 두 사람을 주시하고 있는 미셸 몽고메리를 발견했다. 그녀가 코즈모폴리턴 잔을 들며 힘내라는 표정을 지어 보였다.

둘이 조용히 이야기할 수 있는 방으로 갈 줄 알았는데, 그러는 대신 카울은 그를 바깥의 풀이 있는 곳으로 안내했다. 주변에 아무도 없어서 둘만 이야기할 수 있는 곳이기는 했다. 어쩌면 그러도록 지시해둔 걸 수도 있었다. 뒷문 근처에서 아마도 다른 사람은 나오지 못하게 하려고 서성대는 우람한 경비요원 한 명이 눈에 띄었다. 곳곳에 조명이 들어와 있고 여기저기 설치해둔 티키 횃불(주로 대나무

재질의, 바닥에 꽂아놓은 대에 지핀 불—옮긴이)이 벌레를 쫓아주었다. 그래도 사방에서 귀뚜라미가 울어댔고 갓 깎은 잔디 냄새가 진동했다. 카울이 풀 근처 테이블 앞에 앉더니 디바인에게 마주 앉으라고 손짓했다. 디바인은 앉으면서 맥주잔을 내려놓았다.

카울은 그를 쳐다보지도 않았다. 풀장을, 이어서 그 너머의 담을 물끄러미 바라볼 뿐이었다.

그의 시선을 따라가니, 느릿느릿 지나가는 하행 열차가 눈에 들어왔다. 열차 안에는 조명이 들어와 있어서, 디바인이 반대편에서 보는 데 익숙한 그 틈을 통해 지칠 대로 지친 뉴요커 무리가 훤히 들여다보였다. 잠깐 눈 붙이고 내일 아침 일어나 똑같은 하루를 반복하기 위해 전장에서 돌아오는 그들은 하나같이 고개를 푹 숙인 채 어깨를 축 늘어뜨리고 있었고, 몇몇은 반쯤 졸고 있었다.

"불쌍한 자식들." 카울이 말했다.

"왜요?"

"쳇바퀴 속 쥐새끼처럼 매일 기차에 실려 출퇴근을 반복하잖나. 하지만 한편으로 내 꿈을 유지하기 위해서는 저들이 딱 저렇게 해줘야만 하지. 그래도 내가 사람들이 말하는 것처럼 완전히 돼먹지 못한 인간은 아니야. 있는 집에서 태어났지만 내게 경제의식이 생겼을 때쯤에는 그 돈이 다 사라져 있었어. 아버지와 할아버지가 천하의 멍청이였던 탓에. 그러니 나도 주머니에 동전 한 푼 없는 기분이 어떤지 알아. 나도 부모 덕 보는 아이로 자라날 수 있었는데. 연줄로 아이비리그 대학 중 나한테 맞는 데 골라서 진학하고 말이야. 그랬다면 그런 걸 누리는 게 당연한 줄 아는 재수 없는 새끼로 잘 자라나서 적당히 친절하고 예의 바르게 굴고, 딱 상류층에서 통하는 식으로 포크와 잔이나 놀리면서 뒤에서는 남 뒤통수 치고 다녔을 텐데. 대신 남을 앞에서 찌르는 걸 선호하는 닳고 닳은 터프한 인간이 됐지. 앞에서 찌르는 게 훨씬 정당하잖아." 그는 디바인이 자기 이야기를 듣고 있는지, 그러니까 제대로 듣고 있는지 확인하려는 듯이 그를 유심히 살폈다. "내 말은, 저 기차를 타고 출퇴근하는 게 어떤 삶인지 알지만 그것도 어떻게 보면 쉬운 돈벌이라는 거야. 저들이 무급으로 저러는 건 아닌 데다, 이 바닥에서 가장 낮은 연봉을 버는 놈들조차 대부분의 사람보다 훨씬 많이 버니까."

"그렇군요. 무슨 소린지 알겠습니다." 듣다 보니 카울이 기차 통근하는 불쌍한 영혼들에게 자신의 사치스러운 생활을 훤히 들여다보라고 일부러 틈을 둔 건 아닌지 궁금해졌다. 그럴 만큼 충분히 재수 없는 인간이니까.

"자네, 이 근처에 살지?" 카울이 물었다.

"이 동네는 아닙니다. 제가 감당하기엔 너무 비싸서요. 타운하우스에서 룸메이트 셋과 동거 중입니다."

"흠, 그렇군." 카울은 티크 원목으로 만든 테이블 상판을 손가락으로 다다닥 두드렸다. "세라 유즈와 아는 사이였던 걸로 아는데."

"맞습니다." 디바인은 이 판을 어떻게 플레이할지 고민하느라 잠시 머뭇거렸다. 그러다가, 패스라인(카지노의 크랩스 게임 테이블에서, 해당 판에 베팅을 하기 위해 칩 따위를 내놓는 곳—옮긴이)까지 칩 더미를 쭉 밀어놓고 주사위를 던지기로 했다. "대표님은 세라와 아는 사이셨습니까?"

그러자 카울이 그를 매섭게 노려봤다. "질문은 내가 해, 디바인, 자네가 아니라."

디바인은 숨을 한 번 들이마시고는 목을 이쪽저쪽으로 움직여 긴장으로 뭉친 근육을 풀었다.

"주먹 날리고 싶으면 날려봐." 그를 살피던 카울이 대뜸 말했다. "그럼 나는 자네를 변호사비로 빚더미에 올라앉게 해줄 거고, 거기에다 자네는 폭행죄로 감옥에 들어갈 거야." 그는 여기서 잠시 멈추더니 나름의 수를 펼쳐 보였다. "어쩌면 그 이상의 대가를 치를지도 모르고."

디바인은 미끼를 물지 않았다. 대신 오래전에 받은 군사훈련으로 되돌아갔다. 의심이 들 때는 아무 말도 하지 말라. 의심이 안 들 때도 더더욱 아무 말 하지 말라.

기차는 녹초가 된 통근자들을 싣고 그곳을 벗어났고, 그런데도 카울은 여전히 입을 열지 않았다. 이제는 짙은 풀장 물을 하도 뚫어져라 보고 있어서, 디바인은 거기 시체라도 떠 있나 확인하고 싶어질 지경이었다.

"이걸 어떻게 처리하면 제일 좋을지 생각 중이네."

"뭘 처리한단 말씀입니까?"

"경찰이 자네에게 관심을 보이고 있잖나. 자네 IQ가 그걸 알아챌 정도는 된다고 해주게. 그것도 안 되면 우리 회사에 있을 이유가 없으니까."

"경찰이 와서 얘기하고 갔습니다. 특정 사실들을 알고 있더군요. 다른 사람들도 인터뷰했다고 하고요. 경찰은 제가 세라의 죽음과 연관됐다는 증거는 가지고 있지 않습니다. 연관이 없으니까요."

"딱 한 가지만 빼고 말이지. 그것도 아주 큰 걸."

정확히 뭘 말하는지, 디바인도 알았다. 그가 회사 건물에 들어갔으며 세라 유즈를 죽였을 법한 바로 그 시간대에 52층에 있었음을 보여주는 출입 기록이었다. "그렇다면 왜 저를 체포하지 않았을까요?"

"그건 나한테 고마워하게." 뜻밖의 대답이 돌아왔다.

디바인은 눈에 띄게 몸이 굳었다. "자세히 말씀해주셔야겠는데요."

"민감한 문제야. 아주 민감한 문제라고, 디바인." 그러더니 그때까지 느긋하게 늘어져 있던 카울이 갑자기 몸을 일으켜 앉았다. "건물에서 시체가 발견되면 이목이 쏠리기 마련이지. 우리 회사 같은 입장에서는 피하고 싶은 유의 관심이야."

"왜죠?"

"뻔하잖나, 디바인. 젠장, 자네 그렇게 멍청한 인간이었나?"

"그럴지도 모르죠."

카울이 뭉툭한 검지를 들어 올렸다. 하필 그 순간 디바인의 머릿속에, 세라가 목이 매달린 방으로부터 그리 멀지 않은 사무실에서 카울이 바지 지퍼를 올리며 걸어 나오던 모습과 제니퍼 스타모스가 상판이 합판 재질인 철제 책상 위에 나체로 다리를 쩍 벌린 채 늘어져 있던 모습이 번쩍 떠올랐다. 싸구려 위의 싸구려처럼.

카울이 말했다. "내가 가진 가장 큰 자산은 돈이나 재능이 아니라 사회적 신뢰야. 사람들이 우리에게 거액을 지불하는 건 우리가 믿을 만해서라고. 스캔들 없지, 추문도 없지, 폰지사기를 칠 버니 메이도 프 같은 작자도 없고, 흡혈귀 같은 언론과도 거리가 먼 데다, 내부자 거래를 일삼는 아이번 보스키 같은 작자도 안 키워. 그런 것들은 썩은 종자니까."

"살인은 금융범죄와 다르잖습니까." 디바인이 꼬집었다.

"그렇게 단순하게 생각할 일이 아니야, 디바인. 세라의 시체가 우리 회사에서 발견됐다고 해서 우리가 고객 돈을 빼돌린다고 떠들고 다니는 사람은 없어. 하지만 고객들은 마음속 깊이 이런 의문을 품게 될 거야. 내가 이런 위험을 감수해도 되나? 모건스탠리나 메릴린치로, 아니면 다른 경쟁사로 가면 되는데 굳이 이들과 거래할 이유가 뭐지? 그 바늘의 방향을 아주 사소한 것이 돌려놓을 수 있다는 걸세. 투자사들이 하는 일이 거기서 거기니까."

"아무리 그래도 살인을 덮어버릴 수는 없잖습니까, 대표님. 고객이 떨어져 나가고 사업에 피해를 볼 게 우려된다고 해서 경찰이 조사를 그만두지는 않을 겁니다."

"바로 그래서 자네를 호출한 거네. 자네가 죽였나?"

"아니요."

"남을 사주해 죽이게 했나?"

"그 사람에게 제 보안카드를 주고서요?"

"왜 그런 말을 하지?"

디바인은 그런 유도성 질문에 걸려들어 자신이 해킹으로 알아낸 것을 드러낼 생각이 조금도 없었다. "그게 아니면 범인이 어떻게 건물에 들어가고 세라가 발견된 층에 접근했겠습니까?"

"흐음." 그러더니 카울이 회심의 직구를 던졌다. "아니면 자네랑 놀랍도록 닮은 누군가가 범행 시간대에 사옥에 들어왔다 나가는 모습이 찍힌 보안 영상이 존재할지도 모르지." 그러면서 자기 말에 대한 반응을 확인하려고 디바인을 흘끔 봤다.

디바인은 바로 그걸 예상하고 일부러 맥주잔을 내려다보고 있었다. 도로 고개를 들었을 때 그의 표정은 차분했다. "제가 컴퓨터 천재는 아니지만 필요한 도구와 약간의 시간만 주시면 얼마든지 남의 몸에 대표님 얼굴을 합성해서 제가 원하는 장소에 돌아다닌 걸로 조작할 수 있습니다."

"그런가?"

"바로 두 달 전에 딱 그런 일을 전문으로 하는 회사를 사들이셨잖습니까."

"맞네, '사이버서전('서전'은 외과의사라는 뜻이다—옮긴이)'이라는 회사야. 우리가 1년 안에 그놈을 흑자 전환시켜서 한몫 벌어들일 거야. 자네도 말했다시피, 그런 일을 할 수 있는 회사니까. 그 말은 즉 누구나 자기만의 진실을 창조해낼 수 있으니 진실은 아무 의미 없게 될 거란 얘기야. 이미 다들 그렇게 하고 있지만. 하지만 이 테크놀로지가 있으면 거짓도 굉장히 그럴싸해 보이겠지."

"그럼 어떤 증거든 다 무의미해지는 거네요." 디바인이 말했다.

"그럴 수도 있고, 아닐 수도 있고. 만약 경찰이 자기들이 봤다고 생각하는 걸 믿는다? 게다가 배심원도 믿는다면? 자네, 최고 수준의 변호사 군단에 퍼부을 돈 100만 달러쯤 가지고 있나? 그건 필요한 돈의 최소한도에 불과하거든."

"아뇨, 없습니다. 턱도 없죠."

"그렇다면 자네가 여자를 죽였건 안 죽였건 상관없이, 자넨 망했어." 카울이 대꾸했다.

"미국식 정의입니까?"

"미국의 현실이지. 그리고 하나 말해주자면, 이 나라엔 정의를 좇는 시스템 따위는 없네. 사법체계가 있을 뿐이지. 나는 사내에 법률 팀 군단을 거느리고 있고, 건당 의뢰비를 지불하는 외부 변호사도 열댓 명 두고 있어. 다들 실력도 연줄도 둘째가라면 서러울 인물이야. 나는 그 정도도 부족하다고 보지만. 사업에 따르는 비용이지. 법정은 법의 로또를 굴려보려는 세상 모든 잡것들한테 공평하게 열려 있거든."

"저는 여기 왜 부르신 겁니까?"

"자네가 어떤 사람인지 알고 싶었네, 디바인. 군인으로 복무했고, 참전도 했고, 훈장도 수두룩 따고 어쩌고 그딴 건 다 알아. 하지만 직접 얘기하면서 속을 떠보고, 무슨 생각 하는지 알아보고 싶었지." 그가 디바인의 얼굴 상처를 보며 물었다. "많이 아픈가?"

디바인은 카울이 스타모스에게서 자초지종을 들어 알고 있음을 알아챘다. "전혀요."

카울이 비죽 웃었다. "그렇군."

디바인은 승률 낮은 수를 한번 던져보기로 했다. 주머니에서 휴대폰을 꺼내 카울 앞에 놓았다. "제니퍼 스타모스하고는 두어 번 얘기 해봤습니다. 술집에서도 한 번 봤고요."

"그런가? 나랑 무슨 상관이지?" 카울은 휴대폰을 내려다보지도 않았다.

디바인은 휴대폰에 흘끔 시선을 던졌다. "제니퍼의 멘토 역할을 맡으셨다고요. 세라한테도 그런 것처럼."

"내가 멘토를 맡은 직원이 수십 명은 되네."

"그들이 다 제니퍼 같은 건 아니죠. 그러니까 그들 다…… **이쁜이** 는 아니라는 말입니다."

그제야 카울이 휴대폰을 내려다봤다. "이제 보니 자네, 내 밑에서 일할 만큼은 영리한 것 같군."

"그럴지도 모르죠."

"그리고 어쩌면 나도 조금 더 생각해봐야 할지 모르겠어. 원래 의 도대로 당장 결단을 내리지 말고."

"그러시는 게 좋겠습니다. 말씀하셨다시피, **민감한** 문제니까요." 디바인은 잠시 멈췄다가 신중하게 말을 이었다. "그렇지만 또, 대표 님은 언제든 저를 해고할 수 있으니까요."

카울은 고개를 저었다. "친구는 가까이, 적은 더 가까이 두란 말 있잖나. 내가 사업을 하는 방식이네. 자네가 둘 중 어느 쪽인지 알려 줘서 고맙군."

그러더니 그는 일어서서 성큼성큼 가버렸고 디바인은 자기 휴대폰 을 내려다보며 참았던 숨을 얕게 내뱉었다. 웃기는군. 전쟁에서 죽 고 죽일 때는 말싸움으로 이렇게 기가 빨릴 줄은 상상도 못 했는데. 하지만 살인 용의자로 지목되어 자칫 여생을 감옥에서 보내게 될 처 지가 되면 누구든 생각을 달리하게 마련이니까.

적어도 나는 그러고 있지.

디바인은 일어서서 누구와도 시선을 맞추지 않고서 카울 궁의 중심부를 지나 밖으로 나갔다.

그리고 나오자마자 크리스천 칠턴과 마주쳤다.

34

"너 이 새끼, 여기서 뭐 하는 거야?" 칠턴이 냅다 쏘아붙였다. 그러면서 본능적으로 디바인에게서 한 발짝 물러났다. 주먹을 말아 쥐고 언제든 날릴 태세로 옆구리에 팔을 붙였지만, 눈빛에 어린 두려움을 보면 맞서 싸우기보다는 여차하면 도망칠 것 같았다.

디바인은 그를 찬찬히 뜯어보았다. 붕대는 풀었지만 멍과 상처는 남아 있었다.

"그냥 친구 만나러 왔는데."

"뭐? 저 집에? 뻥 치시네!"

"가서 사귈 수도 있지."

"릭은 이를 새로 해 넣게 생겼어. 더그는 턱에 금 갔고."

"네가 기절해서 상황을 못 본 건 아는데, 릭은 명치에만 한 대 먹이고 보내줬어. 근데 릭이 나를 뒤에서 덮쳐서 머리를 깨버리려고 했지. 그 정도로 끝난 걸 다행으로 생각해."

칠턴이 디바인의 상처 난 얼굴을 살폈다. "적어도 그 자식들, 받은 만큼은 되돌려줬나 보군. 그래도 너, 나를 불시에 공격했어."

"바로 앞에 서 있다가 네가 달려들어서 방어한 걸 말하는 거야?"

"내 말 무슨 뜻인지 알잖아. 나는 그냥……."

"되는 대로 입 놀렸지. 우리가 무슨 셋까지 세고 쏘는 결투라도 벌인 줄 아나. 싸우고 싶어 근질거리는 것 같기에 싸워줬잖아. 게다가 3대 1이었다고. 퀸스베리 규칙(복싱 경기의 표준 규칙—옮긴이)이라도 적용하길 바란 거야? 그리고 내가 몇 번이나 그냥 갈 기회를 줬는데 네가 한사코 거부했잖아. 뭐 이런 말에 기분 나아질지 모르겠다만, 나도 만 하루 동안 팔을 어깨 위로 못 올렸고 등은 아직도 죽도록 쑤신다고." 디바인은 자기 얼굴을 손으로 더듬었다. "가뜩이나 못난 얼굴은 벽에 갈려서 더 못 봐주게 됐고."

두 남자는 잠시 서로를 죽일 듯 노려봤다.

그러다 마침내 칠턴이 말했다. "그래 뭐, 그 여자 두고 싸운 건 멍청한 짓이었어."

"여자 가지고 싸우는 건 대개 멍청한 짓이야." 디바인이 대꾸했다. 하지만 칠턴이 그날 저녁 그 술집에 있었던 것에 대해서는 여전히 의심을 지울 수 없었다. "그 술집 자주 가?"

"가끔. 그 여자랑 진짜로 아는 사이야?"

"같은 회사 다녀. 우리 둘 다 아는 친구가 거기서 죽었어."

"씨발. 그 얘기 들었어. 자살이랬나?"

"처음엔 그런 줄 알았지. 그런데 살해당한 것 같아."

칠턴의 눈이 휘둥그레졌고, 어째선지 디바인의 의심은 더 강해졌다. "빌어먹을. 누가 죽였는지 밝혀졌어?"

"아직. 한 가지 더 있어."

"뭔데?" 칠턴이 물었다.

"너, 그날 그리니치빌리지의 그 술집에서 카울앤드컴리에서 일하는 여자한테 작업을 걸었잖아. 지금은 여기에 와 있고."

"그게 뭐?"

"그 여자를 술집까지 따라가서 작업 거는 척한 거야? 그게 아니라면 이 우연이 좀 말이 안 되는 것 같아서 말이지."

"모르는 모양인데, 뉴욕 금융계는 엄청 좁고 그 술집은 이쪽 사람들한테 인기 많거든? 그러니까 개소리 집어치워."

그렇게 내뱉고 돌아서는 칠턴에게 디바인이 툭 던졌다. "허밍버드는?"

칠턴이 다시 돌아섰다. "뭐?"

"소문으로는 너희 회사가 다음 라운드에서 허밍버드에 투자하는데 관심 보인다며?"

"그런 건 어떻게 알았지?"

"방금 네가 말한 '엄청 좁은' 금융계에 나도 발 담그고 있거든. 소문에도 귀 기울이는 편이고."

"나나 내 회사에 대해서는 어떻게 아는데?"

"메이플라워호 타고 건너온 가문의 후손이잖아. 널 모르는 사람이 어디 있다고."

"이거 슬슬 열받는데?"

"그건 전혀 내 의도가 아닌데. 그리고 우리 이미 주먹 교환 했잖아. 사실 내 친구가 알려줬어. 허밍버드 투자기금을 어떻게 그렇게 빨리 끌어올 수 있는 거지?"

"내가 하는 일을 너한테 설명할 이유 없어."

"맞아, 설명 안 해도 돼. 근데 혹시라도 내 의견을 원한다면, 허밍버드는 대단한 회사야. 금세 가치가 몇 배 뛸 회사지. 투자하면 1년 안에 1억 달러는 뽑아낼 수 있어."

칠턴의 공격적 태도가 누그러졌다. "뭘 근거로 그렇게 말하지?"

"CEO를 근거로. 내 평생 만나본 사람 중 가장 똑똑한 여자야. MIT 졸업생에, 하버드에서 MBA 땄고. 세계 정상급 게이머이기도 하지. 컴퓨터만 있으면 뭐든 해내. 아침에 눈 떠서 잘 때까지 허밍버드를 끼고 살고. 현재 구독자 수가 급증하고 있고 현금흐름도 원활한 데다 사업 전략도 탄탄하고, 하여간 업계 지배적인 플랫폼으로 성장하는 데 필요한 건 자본금뿐이야. 게다가 이 시장은 현재 규모가 결코 작지 않은데 앞으로 더 커질 전망이라."

"마케팅 책임자처럼 얘기하네." 칠턴이 한마디 했다. "너도 투자 지분 있어?"

"대충 1퍼센트의 100만 분의 1 정도. 근데 그보다는 그 여자를 믿어서 그래. 나도 사업가라면 수두룩하게 만나봤어. 괜찮은 사람도 있고 형편없는 사람도 있었지. 그런데 이 여자는 아예 차원이 달라."

칠턴은 잠시 먼 곳을 바라봤다. 그러다 다시 디바인에게 눈길을 돌렸을 때는 태도가 180도 바뀌어 있었다. "네가 방금 말한 것 전부 우리가 예비 기업실사 하면서 알아낸 사실들과 일치해."

"그럼 다시 묻는데, 정말로 그렇게 신속하게 투자금을 조달할 수 있어? 지금 다른 투자 제안도 여러 건 들어와 있는데 너희만큼 신속하게 방아쇠를 당길 수 있는 데는 없거든."

칠턴이 씩 웃었다. "그런 소리 많이 들어봤지. 실은 우리가 보유한 자본금도 넘치는 데다 요 근래 내가 온라인 데이팅 플랫폼 쪽을 알아보고 있었거든. 탭쇼의 플랫폼은 전혀 다른 방향에서 접근하더라고. 데이트 매칭은 물론이고 다른 서비스랑 혜택도 보면 말이야. 상품의 수준하고 품질에서 다 티가 나. 내가 보기에 탭쇼는 진심으로 사람들을 맺어주고 싶어 하는 것 같아. 다른 플랫폼들은 대부분 그냥 돈 벌자고 하는데. 어쨌든 내 생각은 그래."

"탭쇼 얘기는 어디서 들었어?"

"곳곳에 우리 스파이가 있지. 탭쇼가 얼마 전 대만 벤처투자사랑 얘기했거든. 대만인들은 가볍게 움직이는 법이 없어. 그쪽이 관심을 보이면 우리도 움직여야 돼."

"그럼 탭쇼를 아직 안 만나본 거야?"

"음, 그런데 정식으로 컨택하긴 했어. 곧 대면회의 할 걸 기대하고 있어."

충분히 믿을 만한 소리로 들렸다. 어쩌면 칠턴은 그녀가 디바인의 룸메이트라는 이유로 탭쇼에게 접근한 게 아닌지도 모른다. 어쩌면 두 사람이 룸메이트인 것도 모를 수 있다.

"그런데 그 돈은 다 어디서 나온 거야? 직업적 호기심에 묻는 거야."

그러자 칠턴이 또 한 번 물어뜯을 것 같은 표정을 지었다. 그러다 이내 어깨를 으쓱했다. "이름을 말해줄 순 없고, 그냥 여기저기서 댄다고 해두지. 가족 소유의 사업들부터 해외 투자처들까지. 할아버지가 메이플라워엔터프라이즈를 창립하셨어. 나는 바닥부터 사업을 일으킨 천재가 아니야. 3세 대표일 뿐. 초등학교 1학년 때부터 이 자리를 염두에 두고 교육받았어. 곳곳에 집안 연줄이 있지."

"브래드 카울 같은?"

칠턴이 저택을 올려다봤다. "너하고도 아는 사이인가 봐. 여기 있는 걸 보니."

"내 상사야. 나를 여기로 초대했어."

디바인을 보는 칠턴의 눈빛이 바뀌었다. "그래서, 만난 자리는 어땠어?"

"아직은 모르겠어. 아무튼, 카울하고 친구야?"

"동업자 관계야. 돌아가시기 전 우리 아버지도 그랬고."

"허밍버드 건 잘되길 바라. 탭쇼를 제대로 대접하면 후회할 일은 없을 거야. 근데 눈독 들이는 게 너만은 아니라는 걸 알아둬. 프리미엄 평가액 지불할 준비해두라고. 아 그리고, 미셸 몽고메리도 만났어. 멋진 여자던데. 아는 사이야?"

"음, 사실 우리 가족하고 친한 사이야. 어젯밤에 미셸 만나느라 여기 왔었지."

나도 알아. "너는 미셸을 알고 미셸은 카울을 아는데 네가 카울과 동업자라니, 재밌는데? 또 하나의 우연이군."

"우연 아니야. 미셸을 브래드한테 소개해준 게 나거든. 이탈리아에 있을 때."

"그래? 너는 미셸한테 관심 없고?"

"어릴 때부터 같이 자란 사인데, 뭘. 그리고 브래드를 소개해주면 미셸한테 좋을 것 같았지."

부잣집 도련님과 학생용 호스텔에서 묵는 여자애가 같이 자란 사이라고? 신기하군.

"그럼, 들어가서 재밌게 놀라고."

디바인은 칠턴이 안으로 들어가는 걸 지켜본 후 자리를 떴고, 오토바이에 올라타 그대로 질주했다.

세계 최대 투자사의 수장을 자신이 협박하다니, 스스로도 믿을 수가 없었다. 카울이 경찰에 신고하면 어떻게 되는 걸까? 디바인이 자신을 공갈 협박하려 했다고 고발한다면? 카울 정도면 얼마든지 고발이 인정되게 할 수 있고, 디바인은 조금 전에 카울이 암시했듯, 맞서 싸우기 위해 법조인을 고용할 돈이 없었다.

그러니까 한마디로 나는 망한 거군. 뭐, 새로울 것 있나?

게다가 그가 물살에 휩쓸려 바다로 떠내려간다 해도 에머슨 캠벨이 동아줄을 던져줄 리는 만무했다. 군대와 다르게 여기서는 오롯이 혼자서 헤엄치든가 가라앉든가 둘 중 하나였다.

35

"어이, 형님."

집에 들어가자 소파에 앉아 있는 밸런타인이 보였다.

"왜?"

"카울은 형네 회사 건물에서 초단타매매를 하고 있지 않아요."

디바인이 그의 옆에 털썩 앉았다. "그걸 어떻게 벌써 알아? 조사해볼지 말지 아직 고민 중인 줄 알았는데."

"마음 바꿨어요. 내가 죽을 죄를 졌어요. 아무튼, 파이프라인의 흐름을 추적했는데 양쪽에서 다 확인돼요. 굉장히 독특한 데이터 스트림이에요. 혈관을 흐르는 파란 피 같다고나 할까. 근데 피 대신 강물인." 밸런타인이 웃음을 터뜨렸다. "파란 강물. 하하. 내 농담, 이해돼요?"

"음, 10분의 1쯤."

"그런 유의 거래를 하는 데는 많지 않아요. 확인하기 쉽죠."

"좋아, 카울이 초단타매매를 하고 있지 않다고 했지. 그런데 그걸하는 부서가 있다는 건 내가 알거든. 게다가 네가 데이터 흐름을 확인했다고 했잖아. 좀 헷갈리는데."

"내가 하는 얘기가 바로 그거예요. 형 말이 맞아요. 초단타매매 플랫폼이 있긴 있어요. 근데 퀸스에 있는 시설에서 이루어지고 있지.

내가 추적해낸 파이프가 그거예요."

"확실해?"

그러자 밸런타인이 고개를 까딱 기울이고는 황당하다는 얼굴로 디바인을 쳐다봤다. "장난해요, 형님? 디지털 서명은 각각이 유일무이하다고요, 알겠어요? 내가 아마추어인 줄 아나."

"알았어, 그럼 우리 회사의 51구역은 대체 뭔데? 거기는 어떻게 좀 해킹해봤어?"

밸런타인이 노트북 화면을 내려다봤다. "거기는…… 보안이 잘 돼 있던데요. 들어가려면 시간이 걸려요. 시간을 들여도 못 들어갈 수 있고."

디바인의 머릿속에 어떤 아이디어가 떠올랐다. "사옥에서 암호화폐 채굴을 하고 있을 수도 있을까?"

"그럴 수도 있죠. 에너지와 전산 파워가 엄청 들지만. 그거 하는 사람 많아요. 근데 따져보면 별로 좋은 건 아닌 것 같아요."

"왜지?"

"랜섬웨어 공격당하기 딱 좋으니까. 돈 전송 경로를 추적할 수는 있어요. 근데 모네로 같은 탈중앙화한 암호화폐는 추적하기 무지 힘들어요. 엄청 사적으로 거래돼서. 그래도 협상은 가능하고, 진짜 프로 정신이 있는 해커들은 항상 약속을 지켜서 잠근 파일을 풀어주죠. 그렇게 해야만 그 바닥에서 계속 해먹을 수 있으니까. 그래도 돈이 어디로 갔는지 추적할 수 없으니 별로 좋은 생각은 아니에요."

"그럼 그 층에서 뭘 하는지, 다른 방법으로 알아내야겠군."

"왜요?"

"세라의 죽음과 관계있을지 몰라."

"세라가 거기서 무슨 일이 일어나는지 알게 됐다는 거예요?"

"가장 그럴듯한 살인 동기 아닐까? 그 층에 뭐가 있느냐에 따라."

"그럴지도 모르죠. 근데 형님, 암호화폐 채굴은 합법이잖아요."

"암호화폐 채굴을 하는 게 아닐지도 모르잖아. 어쩌면 세라가, 하면 안 되는 일 하는 걸 듣거나 봤을지도 몰라. 추적 불가한 이메일도 거기서 왔는지 모르고."

그 말에 밸런타인은 흥미가 동한 듯했다. "거기에 어떻게 들어갈 생각인데요?"

"내 보안카드로는 거기 들어갈 수 없어." 순간 어떤 생각이 떠올랐다. "다른 방법이 있을지 몰라."

디바인은 2층으로 올라가 탭쇼의 방 문을 노크했다.

탭쇼가 연파란색 카프리팬츠와 흰 블라우스 차림으로 문을 열었다. 디바인이 씩 웃자 탭쇼도 마주 웃었다. "메이플라워에 대해 알아낸 게 있어. 주말은 아니지만 술집 문 닫기 전에 저번에 얘기한 테킬라 한 잔 어때? 가서 얘기해줄게."

탭쇼가 얼른 플립플롭을 신더니 그의 팔에 제 팔을 꿰었다. "가요."

술집은 주 도로에서 겨우 몇 블록 떨어진, 걸어서도 갈 수 있는 거리에 있었다. 마운트키스코는 노동계급과 초부자가 섞여 사는 흥미로운 곳이었지만 둘이 지금 가는 술집에서는 그런 뒤섞임은 일어나지 않았다. 다들 한 주 벌어 한 주 먹고사는 부류였다.

두 사람은 옥외 좌석에, 각자의 앞에 테킬라 잔과 땅콩 한 그릇씩을 놓고 앉았다.

"그래서요?" 탭쇼가 호기심 가득한 투로 물었다. "메이플라워가 뭐 어떤데요?"

디바인은 칠턴과 만난 얘기를 해주었다. "그러니까 제안이 오면 가치평가액에서 세 배 높여 불러. 그래도 덥석 물 거야. 그걸 뒷받침할 회계 보고서만 있으면. 근데 뒷받침이 되는 걸 내가 알지."

"아저씨한테 뽀뽀해도 돼요?"

디바인은 고등학생으로 돌아간 것처럼 배시시 웃었다. "안 될 것 없지."

탭쇼가 테이블 너머로 몸을 한껏 숙여 그의 뺨에 가볍게 입을 맞추고 도로 앉았다. "진짜 고마워요, 트래비스 아저씨. 아무나 이렇게까지 해주지 않는데."

디바인이 잔을 들어 올리며 대꾸했다. "나도 주주잖아."

두 사람은 잔을 부딪치고 테킬라를 들이켰다. "세계를 정복한 다음엔 어쩔 거야?" 디바인이 물었다.

"너무 과대평가하시네." 탭쇼가 받아쳤다.

"내가 보기엔 과대평가 아닌데."

"데이팅 서비스사를 창립한 게 아이러니하죠. 나는 그 방면에는 별로 운이 안 따랐는데."

"어쩔 땐 연애에 운이 별 작용을 안 하더라고. 전혀 기대하지 않을 때 일어나기도 하고."

"난 아직도 그런 일이 일어나길 기다리고 있는데. 어쩌면 일을 너무 많이 해서 연애를 못 하나 봐요."

"어쩌면이 아니지. 실제로 너무 많이 하잖아. 근데 그 일을 너무 좋아하니까 어떻게 보면 평생 단 하루도 일을 하지 않는다고 볼 수도 있겠지. 옛말 중에 그 비슷한 거 있지 않아?"

탭쇼가 활짝 웃었지만 이내 표정이 심각해졌다. "아저씨 요새 좀 딴사람같이 굴던데요. 무슨 문제 있어요?"

"우리 회사에서 어떤 여자가 죽었어."

"네에?"

"처음에는 자살이라더니, 알고 보니 타살이었어."

"세상에. 대체 왜 그런 짓을 한대요?"

"나도 몰라. 아직은."

"헬렌이 경찰이 와서 아저씨랑 얘기했댔는데, 무슨 얘기였는지는 말 안 해줬어요."

"경찰은 내가 연루됐다고 믿나 봐."

"그 여자랑 아는 사이였어요?"

"응."

"이름이 뭔데요?"

"세라 유즈."

탭쇼가 금방이라도 토할 것 같은 얼굴로 천천히 잔을 내려놓았다. "세라 유즈요? 그게 그 여자 이름이에요?"

"응. 잠깐, 혹시 세라를 알아?"

"아니요, 근데 이름은 알아요."

"어떻게 아는데?"

"허밍버드 최초 구독자 중에 세라 유즈라는 여자가 있었어요."

36

그 세라 유즈가 맞았다. 디바인은 자기 방에 앉아 허밍버드 페이지에 뜬 세라의 사진을 멍하니 들여다봤다. 세라의 데이트 기록도 이미 훑어봤다. 세 남자와 매치가 되었다. 세 건 다 몇 년 전 세라가 막 구독을 시작했을 무렵 성사된 것이었다.

사진 속 세라는, 카울앤드컴리라는 최고로 경비 삼엄한 교도소에 수감된 지 이미 몇 년 차였는데도 불구하고 파릇파릇 젊고 걱정근심 없어 보였다. 인생을 함께할 상대를 찾고 있었던 게 분명했다. 그런데 찾지 못했고. 아니면 흥미가 떨어졌는지도 모르지만. 단 세 건의 매치 이후 활동 기록이 전무한 걸 보면.

세라는 어깨에 닿는 적당한 길이의 머리를 한 채 해사하게 웃고 있었다. 디바인은 그녀의 웃음소리가 듣기 좋다는 것, 그녀가 남을 편하게 해줄 줄 안다는 걸 알고 있었다. 가식이라고는 한 방울도 없는 사람이었다.

디바인은 그런 그녀를 좋아했다. 함께 시간을 더 보냈더라면 사랑하게 됐을지도 모른다.

그런데 이제 그녀의 몸은 부검됐고, 그 유골은 처참한 심정의 부모에게 곧 전달될 것이다. 고작 스물여덟의 나이에. 이보다 비통한 일이 있을까.

고개를 들어보니 문가에 탭쇼가 서 있었다. "그게…… 그 여자예요?"

디바인은 천천히 고개를 끄덕였다.

"정말 안됐어요."

"이름을 잘 기억하네."

탭쇼가 다가와 그의 옆에 섰다. "한동안 첫 구독자 100명 외에 다른 구독자가 없었어요. 매일 틈나는 대로 그 구독자들 프로필을 들여다보면서, 그런 사람들을 어떻게 더 끌어들일까 연구했죠. 어떻게 보면 친가족보다 그들을 더 잘 알았다고 할 수 있어요."

"그렇군."

탭쇼가 화면에 뜬 사진을 흘끔 봤다. "좋은 사람이었어요? 일대일로 만났을 때요."

"응. 아주 좋은 사람이었어."

"두 분…… 만나는 사이였어요?"

디바인은 잠시 시선을 돌렸다. "내가 그걸 원했을 수도 있지."

"'그런데'라는 말이 나올 것 같은데요."

"그런데 그쪽이 원하지 않았나 봐."

"혹시 두 분이…….."

"너무 사적인 질문이야, 질."

"알았어요, 미안해요." 탭쇼가 얼굴을 붉히며 대답했다. "워낙 중매쟁이 기질이 있어서 그래요." 그러더니 화면으로 다시 눈길을 주었다. "저게 세라를 해친 사람을 잡는 데 도움이 될까요?"

"그럴지도. 세라의 프로필을 읽어봤어. 매치된 남자가 셋 있던데. 그 이상은 나도 몰라." 디바인이 탭쇼를 바라봤다. "네가 도와줄 수 있어?"

"나와봐요."

탭쇼가 모니터 앞 의자에 앉아 손가락 관절을 뚜두둑 소리가 나게 꺾었고, 이내 그 길고 가는 손가락이 눈으로 좇을 수 없을 만치 빠르게 키보드 위를 날아다녔다.

"이 남자들이 매칭된 세 사람이에요." 탭쇼가 말했다.

디바인은 이목구비며 뼈대가 또렷한, 훤하게 잘생긴 남자 셋의 사진을 들여다봤다. 셋 다 생김새가 놀랍도록 비슷했다.

"그리고 이건 이 남자들 배경이고요."

한 번 더 키보드 위로 손가락이 날아다니더니 화면에 인물 소개 페이지가 떴다.

"한 명은 연기자고 한 명은 금융맨, 하나는 의료계에 종사하네." 디바인이 소개란의 정보를 읊었다. "이 사람들, 어떻게 됐는지 알아?"

탭쇼가 또 한 번 자판을 두드리자 화면 몇 개가 동시에 떴다.

"흠, 연기자는 지금 런던 웨스트엔드에서 활동한다고 포스팅했어요. 그건 쉽게 확인 가능하겠네요. 금융맨은 허밍버드에서 천생연분을 만나 결혼했고 아기도 낳아서 보스턴에 살고 있대요. 이것도 뭐, 금세 확인되겠죠. 이제 의사 양반을 보죠." 탭쇼가 모니터를 훑다가 다른 화면 몇 개를 더 띄웠고, 그걸 한참 들여다보다가 고개를 저으며 말했다. "다른 걸 시도해볼게요."

그러더니 요란한 소리를 내며 키보드를 두드렸다. 이윽고 사진 딸린 부고 창이 떴다.

"저 사람이야!" 디바인이 말했다. "죽었다고? 어떻게 된 거야? 내 나이대인데."

탭쇼가 부고 페이지를 눈으로 읽어 내리며 대꾸했다. "코비드19 발발 초반에 시카고의 코로나 병동에서 일하고 있었대요. 거기서 그 병에 걸려서 죽었어요. 아내나 아이는 없고요."

"이런, 오늘 일진 안 좋다고 투덜대다가도 저런 경우를 보면 불평

이 쪽 들어가겠어."

탭쇼가 상체를 펴며 그를 쳐다봤다. "처음 허밍버드를 창립했을 땐 솔직히 나 자신을 위해서 한 거였어요. 사람 만나고 관계를 맺는 게 정말 어렵잖아요. 그러다 어느 순간 나 자신 외에 남들도 생각하게 됐죠." 그녀가 화면을 가리키며 말을 이었다. "저런 사람들요."

"그럼, 허밍버드에 네 프로필도 올라와 있어?"

"전에는 있었어요. 매칭도 좀 됐고요. 근데 관계가 더 발전한 적은 없어요. 내 사업 먼저 궤도에 올린 다음에나 좋은 사람 찾을 팔자인가 보다 하고 체념했어요."

"음, 정보 알아봐줘서 고마워." 디바인이 말했다. "넌 진정한 컴퓨터 아티스트야."

"여덟 살 때 첫 맥북에 손댄 후로 단 한 번도 한눈팔지 않은 덕이에요."

"네가 부모님 얘기 했던 거 생각난다. 부모님이 응원해주셨어?"

"그럼요. 아빠는 마이크로소프트나 인텔 같은 회사에서 사용되는 기술에 특허 받아놓은 게 수두룩해요. 전 세계를 돌며 강연도 하시고요. 엄마는 캘리포니아 공과대학에서 물리학을 가르치세요."

"이런, 너는 부모님한테서 두뇌는 물려받지 못했구나." 디바인이 농담했다. "남자형제가 있다고 하지 않았어?"

"데니스요. 쌍둥이 오빠예요. 걔는 학자랑 운동선수 기질을 반씩 갖고 태어났어요. 말하자면 완벽한 형제죠. 가끔 걔 땜에 주눅 들어요. 그래도 사랑해요."

"음, 나한테도 완벽한 형제들이 있는데. 그러면 좀 힘들지. 근데 아무리 쌍둥이 오빠가 잘났어도 네가 이뤄낸 것에 견줄 수 있을까 싶네." 디바인은 키보드를 내려다봤다. "어 저기, 질. 부탁 하나만 해도 될까?"

"그럼요."

그가 휴대폰을 꺼냈다. "세라의 죽음과 관련됐을지도 모르는 사람한테서 이상한 이메일이 왔거든."

"네?" 탭쇼가 숨을 헉하고 들이마셨다. "경찰이 추적했어요?"

"그게 문제야. 추적이 안 돼. 윌이랑 다른 몇 사람 시켜서 해봤는데, 결국 못 했어."

탭쇼는 흥미가 동한 눈치였다. "윌은 능력잔데."

"네가 더 능력자일 수도 있지."

"이메일 보내줘봐요. 내가 할 수 있나 한번 볼게요."

"고마워, 질."

탭쇼가 나간 뒤 그는 문제의 이메일을 그녀에게 전송했다. 그런 다음 유즈와 매치된 상대 중 남은 두 명을 검색해 온라인에서 자취를 찾아냈다. 배우는 진짜로 런던 웨스트엔드에서 활동 중이었다. 거기서 상연되는 연극의 대역을 맡았는데, 세라가 죽은 날 저녁에는 주연으로 무대에 서기까지 했으니 용의선상에서 제외할 수밖에 없었다. 금융맨은 보스턴의 피델리티 투자사에 다니고 있었다. 디바인은 크리스천 칠턴의 페이스북을 엿보는 데 써먹었던 얄팍한 속임수로 그의 페이스북 페이지에 접근했다.

세라가 살해당한 그날 밤 금융맨과 그의 일가족은 휴가차 네덜란드에 가 있었고, 그걸 증명할 사진도 올라와 있었다.

막다른 골목이었다.

디바인은 맥주를 꺼내 들고 밖으로 나가 현관 앞 포치에 털썩 앉았다. 어느새 공기가 선선해졌고 하늘에는 점점이 별이 박혀 있었다. 밤의 고요가 말도 못 하게 위로가 되었다.

문득 고개를 돌리니 스피어스가 짙은 색 재킷과 역시 같은 색의 스커트 차림으로 서류가방을 한 손에 든 채 걸어오고 있었다.

"굉장히 늦게 퇴근하네. 이 시간엔 역에서 집까지 걸어오기 위험해." 디바인이 핀잔을 주었다.

"트래비스는 매일 그러잖아요." 헬렌이 받아쳤다.

"내가 헬렌보다 45킬로그램은 더 나가고, 레인저 출신 인간병기잖아. 뭐 하다 이제 와?"

"시내 법률사무소에서 일하다가요. 시험 붙을 때까지 파트타임으로 일하기로 했어요."

스피어스가 그의 옆에 털썩 주저앉더니 하이힐을 벗고 양말 신은 발을 주물렀다. "왜 이렇게 시무룩해요?"

"그냥. 거지 같은 긴 하루를 보내서 그래. 별 이유 없어."

"흠, 나도 오늘 거지 같았는데."

"그럼 이게 도움 되겠네." 디바인이 맥주병을 들어 보였다.

스피어스는 시원하게 두 번 병을 기울이더니 입에 문 걸 천천히 목구멍으로 넘겼다. 그리고 병을 도로 건넸다. "전에 말한 변호사 선임, 아직 생각 없어요?"

"그래야 할 때가 아주 가까워진 것 같아."

"뉴욕 경찰은 그 여자 살인범 찾는 데 진전이 있대요?"

디바인은 맥주를 한 모금 더 들이켜고 병을 건네면서 스피어스에게 다 마시라고 했다. "그건 모르겠어. 내가 아는 건 여기 찾아와서 취조하던 남자가 자기가 뉴욕 시경 소속이라고 거짓말을 했다는 거야. 뉴욕 시경에 칼 행콕이라는 형사는 없대. 어쨌든 나를 취조한 진짜 형사들 반응을 보면 그래."

"가짜 형사? 그건 또 뭔 일이래요?"

"나도 알고 싶어. 어쩌다 보니 내가 웬 소소한 음모의 중심에 있게 된 것 같아."

스피어스가 어이없다는 표정을 지었다. "세상에 실제로 소소한 음모도 존재해요?"

디바인이 부루퉁하게 그녀를 쏘아봤다. "자신이 실제로 그 음모 한가운데 놓인 경우라면 아니겠지. 요가 할 거야?"

"오늘은 건너뛸까 고민 중이에요, 사실은. 왜 물어요?"

디바인은 그녀를 아래위로 훑으면서 찬찬히 뜯어보았다. 오늘따라 새삼 매혹적으로 느껴졌다. "몰라." 그가 고개를 돌리며 대충 둘러댔다.

"진짜 몰라요, 트래비스?"

디바인이 곁눈질로 그녀를 흘끔 봤다. "뭐?"

"내가 점자 읽는 거 본 적 있어요? 아니죠? 나, 눈 안 멀었거든요."

스피어스가 일어서서 하이힐을 도로 신으며 말했다. "땀 좀 씻어내게 몇 분만 줘요."

디바인이 갑작스러운 상황 전개에 내심 놀라 그녀를 올려다봤다. "이러고 싶은 거 확실해, 헬렌? 그러니까……." 디바인에게는 다소 갑작스러운 전개였지만, 한편으로는 오래전부터 예상됐던 전개이기도 했다. 그동안 두 인간 사이에 일어날 수 있는 가장 자연스럽고도 가장 어려운 현상을 놓고 서로 얼마나 흘끔거렸으며 얼마나 스쳐가듯 눈길을 주고 암시 담긴 말을 던졌던가.

"나는 당신한테 끌리고 당신은 나한테 끌리잖아요. 우리는 동의를 표할 줄 아는 성인이고. 그러니 안 될 것 뭐 있어요?"

디바인은 대답하지 않았다. 대답할 필요가 없어 보였다.

그래서 스피어스에게 10분의 여유를 주고 따라 올라갔다.

방에 들어갔을 때 그녀는 침대에 누워 있었다. 헐렁한 윗도리와 잠옷 반바지 차림이었다. 디바인이 옆에 몸을 누이자 스피어스가 다가와 입을 맞췄다. 익숙하고도 낯선 방식으로 5분간 상대방의 몸을 탐색하던 두 사람은 서로의 옷을 천천히 벗겨냈다. 그러다가 스피어스가 그를 눕혀놓고 위에 올라탔다.

그녀는 탄환 파편이 뚫고 들어간 그의 어깨 흉터를 들여다봤다. 파편 몇 조각이 아직 박혀 있는 부위였다. 이어서 부상의 흔적이 있는 그의 종아리를 내려다봤다.

"아직도 아파요?"

"지금은 안 아파."

그녀의 입꼬리가 미소로 부드럽게 올라갔다. "나라를 위해 싸워주셔서 감사합니다, 국군 아저씨."

디바인도 마주 웃었다. "어서 나를 따먹어요, 변호사 아가씨."

"분부대로 하지요."

숨 가쁜 20분이 흐르고 스피어스가 그의 위에서 무너지듯 쓰러지더니 그의 옆구리를 파고들었다.

"한 지 오래됐네." 그녀가 손톱으로 그의 가슴팍을 살짝 긁으며 말했다.

"자기 얘기야, 나한테 하는 소리야?"

"둘 다인 것 같은데요."

"맞아."

스피어스는 그의 손을 꼭 잡은 채 스르륵 눈을 감더니, 잠들었다.

디바인은 그런 그녀를 위해 한 시간 동안 꼼짝 않고 누워 있다가, 조용히 몸을 빼내 자기 방으로 돌아갔다.

시간이 흐르고 새벽 4시가 되어 휴대폰 알람이 울렸지만 디바인은 꿈쩍도 하지 않았다.

밖에는 비가 퍼붓고 있었다. 쩍 하는 천둥소리도 들려왔다. 몇 초 후 번개가 번쩍하며 방을 잠깐 밝혔다.

오늘 아침엔 운동 못 하겠군. 어차피 수면 보충도 해야 하고. 하지만 그는 자는 대신 천장을 물끄러미 올려다봤다.

천장에 죽은 세라 유즈의 모습이 어렸다. 심장이 천 갈래 만 갈래 찢기는 기분이었다.

37

디바인은 기차역에 조금 일찍 도착해 역무원 한 명과 잠깐 이야기를 했다. 역무원은 보안카메라가 작동을 안 하는 일이 잦다고 했다. 그리고 경찰이 와서 확인하지는 않았다고 했다. 그 정보를 알아내는 데 10달러가 들었다.

디바인은 아이폰에 티케팅 앱을 깔아놓고 있어서 그걸로 기차표를 샀다. 기장이 리더기로 휴대폰 화면을 스캔하면 끝이었다. 그러니 그가 언제 기차를 이용했는지 기록이 남아 있을 것이다. 유일한 문제는 매표기에서 현찰로도 낱장 표를 살 수 있다는 것이다. 그러면 이용 기록이 전혀 남지 않을 테고, 혹은 적어도 경찰은 그렇게 주장할 것이다. 디바인이 오토바이를 몰고 맨해튼으로 갔을 수도 있지 않느냐는 주장도 나올 법했다. 그가 헨리허드슨교를 통해 들어갔다면 통행료가 매겨지니 기록이 남을 터였다. 그렇지만 통행료 징수로를 피해 가는 다른 루트들도 있다. 따라서 경찰 입장에서는 이 역시 유무죄를 가를 결정적 증거는 안 될 것이다.

하지만 너는 그날 밤 회사에 들어가는 데 네 보안카드를 사용하지 않았는데도 출입 기록에 네 이름이 떴잖아. 누군가가 네 카드를 복제했어. 문제는 누가 했느냐야.

열차를 기다리면서 그는 카울을 떠올렸다. 카울이 어떤 수를 썼는지 몰라도 경찰에 전자출입 기록을 넘기는 걸 지연시킨 게 틀림없었다. 살인사건 수사인데 어떻게 그럴 수 있었는지는 알 수 없었다. 워낙 부자인 데다 영향력도 막강하니 시장실 직통 라인이 있을지도 모른다. 그래도 어느 시점에는 출입 기록을 넘겨야 할 것이다.

그런데다 카울은 내 얼굴이 보안 영상에 뜬 걸 암시했어. 경찰은 내가 그런 흔적을 남길 만큼 멍청하다고 믿을까?

하지만 범죄자들은 실제로 멍청하다. 그걸 보여주는 일화가 얼마나 흔한가. 그건 그렇다 쳐도, 범행 동기는 뭐라고 할 것인가? 임신은 아닐 것이다. 세라가 이미 임신중절을 한 후에 일어난 일이니까. 다음 순간 어떤 생각이 떠올랐다.

세라가 내 아이를 가졌다는 걸 내가 알았고 나는 그 아이를 원했는데 그녀가 임신중절을 한 걸 알게 됐다면?

그건 명백한 살인 동기였다.

열차 문이 열리고 그가 올라탔다. 이런 위험한 생각들이 머릿속에 가득해서, 아직 출근 전인데도 정신적으로 진이 빠졌다.

폭풍이 한껏 화풀이하고 물러간 터라 6시 20분 기차는 보송하게 마른 채로 궁전 풀장 옆을 지나쳤다.

거기 그녀가 있었다. 적어도 이제 디바인은 그녀의 이름을 안다.

미셸 몽고메리가 풀장 물을 물끄러미 들여다보고 있었다. 오늘의 수영복은 놀랍게도 비키니가 아니었다. 하늘과 같은 색의 원피스 수영복이었다. 요전에 디바인이 지켜보는 남자들이 많음을 암시한 후로 그녀도 어느 정도 조신해지기로 결심했는지 모른다.

그녀가 뒤로 휙 돌아 티팬티 형태의 수영복 뒷면과 햇빛에 탐스럽게 그은 엉덩이를 보여주기 전까지는 그렇게 생각했다. 몽고메리는 캣워크 위의 모델처럼 살랑대며 풀 가에서 물러나더니 머리 위로 양팔을 들고 아침의 할렘선 승객들에게 '쌍 뻑큐'를 날렸다.

디바인은 웃음이 나왔다. 저 특유의 당당함은 인정할 수밖에 없었다. 누구 못지않은 배짱도.

열차는 무심히 나아갔고 디바인은 전날 밤을, 헬렌 스피어스와의 일을 떠올렸다. 마지막으로 여자와 잔 게 좀 되긴 했다. 아예 정확한 날짜도 알았다. 그건 향후에 문제를 초래할 수도 있었다. 왜냐면 상대가 바로 세라 유즈였으니까. 둘은 브루클린의 세라의 집에서 섹스를 했다. 기억에 각인될 경험이었고, 디바인은 그런 경험을 더 많이 하게 될 줄 알았다. 한데 그렇게 되지 않았다. 디바인의 결정이 아니었다. 세라의 뜻이었다.

휴대폰이 울렸다. 낯선 숫자 조합으로 보아 해외 국번의 전화번호였다.

"여보세요?"

"디바인 씨?"

"그런데요?"

"엘런 유즈예요. 아침 일찍 전화해서 미안해요."

그래서 이런 번호가 떴군. 뉴질랜드 국번이었다.

전화선을 타고 전달되는 엘런의 음성은 소름 돋도록 세라의 목소리와 비슷했다. 방금 전 그 죽은 딸과 섹스한 기억을 떠올리고 있다가 모친의 음성을 들으니 몹시 마음이 불편했다.

"괜찮습니다, 유즈 부인."

"엘런이라고 불러요. 경찰이 디바인 씨를 찾아갔을 거예요."

"네, 경찰이 왔다 갔습니다. 아는 대로 다 얘기했고, 새로 나온 얘기는 없었습니다."

"왜, 찾아왔는지 얘기하던가요?"

"부인께서 경찰에 연락하셨다고 하더군요."

"혹시 오늘 저녁에 집에 와줄 수 있나요? 우리가 할 얘기가 있어서 그래요."

"퇴근하고 갈 수 있습니다. 여덟 시쯤 어떻습니까?"

"여덟 시 좋아요. 그때 보죠."

휴대폰을 집어넣고도 디바인은 열차가 시내에 진입할 때까지 계속 그 생각만 했다.

*　*　*

디바인이 파티션 쳐진 자기 자리에 앉아 있는데, 업무용 메일함에 이메일이 들어왔다.

5:00 꼭대기층. 안내인을 보내지. BC.

그는 휴대폰을 만지작거리며, 그날 밤과 관련해 손에 넣은 '증거' 가 전부 개인 클라우드에 안전하게 들어 있어서 참 다행이라고 생각했다. 그렇지만 그런 증거가 있다 해도 카울은 비장의 무기를 숨기고 있을 수 있었다.

문득 사무실 안을 휘 둘러보니 몇몇이 그를 빤히 보다가 황급히 고개를 돌렸다. 오늘 하루 동안만 해도 그런 일이 너무 빈번히 일어나서, 디바인은 참다못해 벌떡 일어나 벌써 몇 번이나 그런 행동을 반복한 여자에게 다가갔다.

"무슨 문제 있습니까?"

리디아 화이트라는 여자였다. 짙은 색 머리에 통통한 체형인 그녀는 영리하고 짐마차 끄는 말처럼 우직하게 일하는 데다 자신이 뭘 원하는지 정확히 알고 있으니 아마 카울사에서 최종 단계까지 올라갈 터였다. 디바인은 그녀와 말 섞은 적이 몇 차례밖에 안 되는데, 이렇게 그녀가 대놓고 노려본 적은 한 번도 없었다.

"글쎄요. 본인이 더 잘 알지 않아요?"

"무슨 뜻으로 하는 말이죠?"

자판을 타닥타닥 두드리던 소음이 일제히 정지했고, 나머지 버너들이 일을 멈추고 귀를 쫑긋 세웠다.

"형사들이 찾아왔잖아요." 화이트가 대뜸 말했다.

"형사들이 찾아간 사람은 많아요." 디바인이 대꾸했다.

"아뇨, 내가 물어보고 다녔는데요. 당신하고만 얘기한 것 같던데, 그것도 최소 두 번은. 그리고 당신은 세라랑 아는 사이였잖아요."

"우리 다 알고 지냈잖아요. 이 방에 있는 사람 전부 다."

"당신이 우리보다 더 잘 알았나 보죠." 화이트가 비난 섞인 투로 말했다.

"무슨 근거로 그렇게 말하죠?" 디바인이 말했다.

"꼭 근거를 댈 필요 있나요." 화이트가 그를 아래위로 훑어봤다. "당신은 군인 출신이잖아요. 사람 죽이는 법을 잘 알겠죠."

"맞아요, 입대해서 조국의 적들을 죽였죠. 나라를 위해 싸워줘서 고맙단 말은 넣어둬요. 그런 말 나올 타이밍은 애초에 지났으니까."

그 말에 화이트가 낯을 붉히며 시선을 돌렸다.

디바인은 다른 직원들을 돌아보았다. "나한테 뭐 따지고 싶은 사람 또 있어요?"

다시 자판 두드리는 소리가 들리기 시작했고, 이내 와자한 소음을 이루었다. 이러니 여기 직원들이 다 헤드폰을 쓰거나 에어팟을 끼우고 일하는 거지.

디바인은 자리에 도로 앉았다. 그리고 에어팟을 귀에 꽂았다. 하지만 그것이 머릿속 소음을 잠재워주지는 않았다.

그는 그대로 4시 58분까지 일했다. 그 시간이 되자 사무실 문이 벌컥 열리면서 카울의 충실한 개 월러드 폴슨이 나타났다. 디바인과 눈이 마주친 그가 나오라고 손짓했다.

디바인은 줄곧 버너들의 따가운 눈총을 느끼며 사무실을 나섰다.

폴슨은 한마디도 하지 않았고, 디바인도 그 답답이에게 하고 싶은 말은 없었다. 폴슨은 자기 보안카드로 엘리베이터를 작동시켰다. 디바인의 카드랑 똑같아 보였다. 밸런타인이 설명한 125타입 카드. 쉽게 복제 가능한 **허접쓰레기**.

"이 엘리베이터가 펜트하우스까지 가는 줄 몰랐는데요." 디바인이 입을 열었다. "대표님만 이용 가능하지 않나."

폴슨이 그를 흘끔 쳐다봤다. "그 바로 아래층에 내리면 누가 나와서 카울 씨께 안내해드릴 겁니다."

엘리베이터가 51층에 가까워지는 동안 디바인은 자기 휴대폰을 내려다보는 폴슨을 곁눈질로 살폈다. 그러다가 엘리베이터 벽에 기대 한쪽 팔꿈치로 51층 버튼을 슬쩍 눌러보았다. 버튼은 불이 들어오지 않았고 엘리베이터는 그 층을 그냥 지나쳤다.

흥미롭군. 측근들도 거기에는 갈 수 없다니.

문이 열리자, 디바인은 엘리베이터에서 내렸다. 만면에 웃음을 띤 누군가가 그를 기다리고 있었다.

"반가워요, **디바인 씨**." 미셸 몽고메리가 말했다.

38

폴슨의 등 뒤로 문이 닫히면서 그곳에는 디바인과 몽고메리만 남겨졌다. 몽고메리는 풀장이 아닌 사무실에 어울리는 복장을 하고 있었다. 가는 세로줄 무늬의 어두운색 재킷과 슬랙스에, 흰 블라우스는 가슴골이 전혀 안 보이게 단추를 꼭 여며 입고, 굽 5센티미터의 펌프스를 신었다. 머리는 가르마를 타 양옆을 뒤로 깔끔하게 넘긴 스타일이었다. 조명 아래서 보니 피부 그을린 게 그리 도드라져 보이지 않았다.

디바인은 그녀를 따라 긴 복도를 걸어갔다.

"어쩌다 이 임무의 적임자로 뽑힌 거예요?" 그가 물었다.

"브래드가 여기서 일하는 사람을 아무도 안 믿어서 그런 것 같아요."

"그건 그렇고, 오늘 아침 연기 좋았어요. 승객 전원에게 쌍 빽큐 날리기."

몽고메리가 싱긋 웃었다. "경치도 마음에 들었어요?"

디바인의 의지와 상관없이 시선이 그녀의 엉덩이로 떨어졌다.

"마음에 들 줄 알았어요." 몽고메리가 짓궂게 말했다.

또 다른 엘리베이터 앞에서 그녀가 리더기에 휴대폰을 댔다.

카울의 휴대폰일까?

문이 열리자 둘은 엘리베이터에 탔고, 몽고메리가 버튼을 눌렀다.

"억만장자의 휴대폰 잠깐 만져봐도 돼요?"

몽고메리가 그를 돌아보더니 씩 웃으며 휴대폰을 건넸다.

이번에 새로 출시된, 큰 사이즈의 아이폰이었다. 금색 유광 케이스가 끼워져 있었다. 대기화면은 부가티 시론 사진이었다.

왜 아니겠어.

디바인은 자기 휴대폰을 꺼내 카울의 휴대폰 대기화면 사진을 찍었다.

"그건 왜 찍어요?" 몽고메리가 물었다.

디바인이 웃음을 터뜨렸다. "나도 대박 나라고요."

몽고메리가 따라 웃었다.

디바인은 휴대폰을 도로 건넸다.

몽고메리가 말했다. "억만장자의 휴대폰 만져보니 어때요?"

"족쇄와 사슬만큼 묵직하네요. 솔직히 카울이 남한테 그걸 맡긴 게 놀라워요."

그녀는 어깨를 으쓱했다. "내가 그걸로 해봤자 뭘 하겠어요. 기껏해야 장거리통화?"

얼마나 많은 걸 할 수 있는지 모르는 모양이군, 하고 디바인은 생각했다. 하지만 나는 알지. "어젯밤에 당신 가족의 친구라는 사람과 마주쳤어요."

"크리스천한테 들었어요."

"크리스천한테 또 무슨 얘기를 들었는데요?"

"당신이 자기랑 덩치 큰 친구 둘을 흠씬 패줬다는 얘기요."

"왜 그랬는지는 얘기 안 하던가요?"

"여자 하나 두고 그랬다던데. 지가 잘했다고는 하진 않았어요. 궁금해할까 봐 말해주는 거예요. 사실 걔도 알고 보면 괜찮은 애예요.

좀 거만해서 그렇지. 그런데 돈 많은 놈들 중에 훨씬 못된 사람을 워낙 많이 봐서."

문을 열자 널찍한 펜트하우스의 현관 로비가 바로 나왔다.

"멋진 곳이네요." 디바인이 한마디 했다.

"그래요, 답답하고 장식 과하고 특색 없는 집이 취향이라면. 나는 여기 말고 다른 집이 더 좋더라. 미니멀리즘이 좀 더 내 취향이에요." 그러더니 몽고메리가 큰 소리로 불렀다. "브래드? 그 사람 왔어요."

"내가 왜 온 건지 혹시 알아요?"

"나는 그 사람 일에 관여 안 해요. 말했잖아요. 저번에 내가 청한 대로 우리 집에 올 거예요, 말 거예요?"

"얼마나 늦게까지 깨어 있는데요?"

"최대한 늦게까지. 문자로 주소 알려줄게요. 여기서 멀지 않아요."

당신이 생각하는 것보다 멀지도 모르지, 어쨌든 내 입장에서는.

"디바인." 카울이 모퉁이를 돌아 다가오면서 불렀다. 그가 손을 내밀자 몽고메리가 거기에 휴대폰을 얹었다. "이쪽으로 가지. 고마워, 미셸."

몽고메리는 디바인에게 오묘한 미소를 지어 보이고는 어디론가 사라졌다.

카울이 말했다. "따라오게."

두 사람은 서재로 보이는 방으로 들어갔다. 카울이 쌍여닫이문을 닫으며 물었다. "뭘 마시겠나?"

"맥주도 됩니까?"

"아니, 브랜디 마시지."

"좋습니다." **이 인간하고 있으면 선택권이라는 게 없군.**

카울이 한쪽 벽에 마련된 바에서 스니프터 두 잔을 채워 디바인에게 하나를 건넸다. 그러고는 캐비닛에서 금속탐지기를 꺼내 디바인의 몸을 스캔했다.

"무선장치 같은 혹시 있지 않나 확인하는 거야. 요즘엔 아무리 조심해도 지나치지 않아서. 휴대폰 꺼내서 전원 끄게."

디바인이 휴대폰 전원을 끄는데 카울이 말했다. "모두가, 정말이지 개나 소나 이 망할 전자기기로 서로를 엿보는 세상이야. 나는 이메일이나 문자 이용하는 것도 싫어해. 심지어 전화통화도 싫어. 누가 도청하고 있는지 모르니까. 그럼 중요한 얘기는 어떻게 하느냐? 옛날식으로 하지. 아날로그로. 얼굴 맞대고."

두 사람은 가죽 클럽체어(등받이가 낮고 팔걸이가 있는 안락의자―옮긴이)에, 마주 보고 앉았다.

"우리가 나눈 대화에 대해 생각해봤네."

"결론은요?"

"내가 가진 수를 내보이기 전에 자네의 수를 먼저 봐야겠어."

디바인은 휴대폰에 저장한 사진과 영상을 보여주었다.

"거기서 대체 뭘 하고 있었지?" 카울이 고개를 저으며 물었다.

"세라 유즈가 죽은 곳을 둘러보고 있었습니다. 그런데 두 분이 하는 소리가 들렸죠."

"우리를 현장에서 덮치려고 간 건 아니다?"

"그럴 의도는 전혀 없었습니다." 디바인이 대답했다.

"그런데도 사진을 찍고 그딴 영상을 남겼군."

"대표님 같으면 안 그러시겠습니까?"

카울이 대꾸했다. "그래, 내 수를 보여주지. 자네는 유즈를 죽였어."

"아뇨, 안 죽였습니다."

"이렇게 말하지. 내가 본 증거는 자네가 세라의 살인으로 유죄 판결을 받게 하기에 충분해."

"그 증거란 게 뭡니까?"

"자네가 사옥에 들어오는 영상, 그리고 자네가 세라가 죽었을 시간대에 52층에 접근했음을 보여주는 자네의 보안카드 기록."

"대표님도 동의하셨듯이, 둘 다 조작 가능하지요. 그리고 그걸 왜 아직 경찰에게 안 넘기신 겁니까? 저번에, 그것에 대해 고마워하라고 하셨죠. 그게 무슨 뜻입니까?"

"사실은 기술적 오류가 있어서 경찰에 넘기지 않은 거네."

디바인이 의자 등받이에 기대며 대꾸했다. "이해가 안 되네요, 대표님. 왜냐면 그 시점엔 제가 총알받이로 희생되기에 완벽했거든요. 카울앤드컴리는 명성에 흠집 하나 안 내고 빠져나갈 수 있었고요. 저는 세라와 아는 사이였잖아요. 불만 많은 직원에 PTSD도 있을지 모르는 육군 레인저 출신이고. 경찰에 던져줄 미끼로 저보다 더 탐스러운 사람은 없었겠죠. 경찰도 바로 떨어졌을 테고요. 뭣 땜에 유보하신 겁니까?"

"자네한테 내 행동이나 그 이유를 해명할 필요는 없네. 그러니 그냥, 자네 휴대폰에 있는 걸 묻어버리는 대가로 자네가 찍힌 보안 영상과 자네 출입 기록은 사라지게 해주지. 어쩌겠나?"

"정말로 없애실 거라고 제가 어떻게 믿습니까?"

"그럼 나는 자네가 그걸 여러 곳에 분산 저장해놓지 않았다고 어떻게 믿나? 결국에는 서로를 믿어야겠지."

"상황이 그러면 거래는 왜 합니까?"

"상호확증파괴(쌍방의 균형으로 상호 공격 억지력을 유지하는 핵전술—옮긴이)지. 안 그래도 내 쪽에서 제안하려고 했네. 한데 살인에는 공소시효가 없거든. 나와 제니퍼의 동영상이 10년 후 어디선가 수면에 떠오르면, 내가 보유한 증거도 기적적으로 부활해 뉴욕 시경에 곧바로 입수될 걸세. 그럼 자네는 싱싱 교도소에, 아니면 10년 후의 그 동급 시설에 들어가는 거지. 다시는 바깥을 보지 못할 거야. 알아들었나?"

"사진이나 영상을 누가 보건 말건 왜 그렇게 신경 쓰십니까? 결혼한 것도 아닌데. 두 분 다 동의를 표할 줄 아는 성인이고요."

"보이는 게 중요하니까. 나는 주요 투자신탁회사의 최고경영자야. 그딴 추잡한 그림이 삼류 언론에 실리게 내버려둘 순 없어. 고객들이 싫어할 거야. 내가 무모하다고 여기겠지. 여자를 모욕적으로 취급했다고 생각할 거야. 우리 큰손 고객 중에 여성이 얼마나 큰 비중을 차지하는지 아나?" 그러더니 카울이 으르렁대며 덧붙였다. "이건 전에도 다 설명했잖나. 머리를 쓰라고, 머리를."

"그렇군요. 그 정도면 타당하네요."

카울이 그를 흘끔 보며 물었다. "그래, 세라는 누가 죽인 건가?"

"짐작도 안 갑니다. 세라하고는 지금 제니퍼와 같은 관계였습니까?"

"지난번에 물어봤을 때처럼, 이번에도 대답 안 하겠네. 하지만 이건 말해두지. 제니퍼와의 관계는…… 특별해."

디바인은 책상 위에서 뒹굴던 두 사람이 떠올라 애써 웃음을 참았다. "미셸 몽고메리와의 관계처럼요?"

"미셸은 오래 안 갈 사이야. 걔도 그걸 알아. 외모 반반하고 잠자리에서 화끈하지만 걔가 가진 건 거기서 끝이야. 제니퍼는 다르지. 외모만 끝내주는 게 아니라 머리도 수준급이거든."

디바인은 몽고메리에 대한 그런 무신경한 평가에 울컥 분이 솟았다. 그는 화제를 돌리기로 했다. "세라는 임신중절을 했습니다."

카울의 표정만 봐서는 그가 그 사실을 알고 있었는지 아닌지 판단할 수 없었다.

"흠, 나는 아이 아빠가 아니네." 카울이 말했다.

"그걸 어떻게 확신하시죠?"

"그렇게 되려면 어떤 행위가 선행돼야 하거든. 그런데 세라와 나 사이에는 그런 일이 일어나지 않았어." 그는 말을 멈췄다가 덧붙였다. "내 쪽에서 노력이 부족해서 그런 건 아니었네. 세라는 제니퍼와 같은 과였지. 똑똑하고 아름답지만, 동시에 무심하고 비싸게 구는 여자. 걔 땜에 미쳐버리는 줄 알았어. 그렇지만 결국엔 따먹지 못했지."

당신 정말 쓰레기 같은 작자로군. 디바인이 속으로 내뱉었다.

카울은 남은 브랜디를 꿀걱 마시고 일어섰다. "좋아, 얘기 끝났지?"

디바인도 일어섰다. "끝났습니다."

"잘됐군. 이제 자리로 돌아가서 나한테 돈이나 벌어다 바쳐, 디바인."

39

디바인이 엘런과 프레드 유즈 부부를 만나러 회사를 나서는데, 그 여자가 잽싸게 다가왔다. 그가 나오기를 밖에서 기다리고 있었던 모양이다.

마이크를 들고 다가오는 레이철 포터는 한바탕하고 싶어 근질거리는 것처럼 보였고, 그 뒤에서 통통한 카메라맨이 얼쩡대면서 그 장면을 모두 화면에 담고 있었다.

"디바인 씨, 채널44 뉴스의 레이철 포터입니다. 뉴욕 시경이 제가 보도한 세라 유즈 살인사건 관련해서 선생님을 조사 중이라고요. 하실 말씀 없으십니까, 디바인 씨?"

"없습니다." 길 가던 사람들이 빤히 쳐다보고 자기들끼리 쑥덕거리는 가운데 디바인은 포터를 밀치고 걸어갔다.

포터가 허리에 찬 배터리팩을 달랑거리며 후다닥 그를 쫓아왔다.

"세라 유즈 살인의 용의자라는 걸 부인하시는 겁니까? 세라와 성관계를 하는 사이였다는 건요? 세라가 뗀 아기의 친부인 걸 부인하십니까? 그녀를 살해할 동기가 있었다는 걸 부인하시는 건가요?"

흡사 탄환 대신 말을 쏘아대는 기관총 같았다.

디바인은 그녀가 딱히 답변을 기대하지도 않으면서 질문이라는 형태로 점점 더 모욕적이고 선정적인 진술을 융단폭격같이 퍼붓는 걸

반 블록쯤 더 참아주며 갔다.

"이거, 생중계하는 겁니까?" 디바인이 이렇게 물으며 갑자기 홱 돌아서는 바람에 포터는 그대로 디바인과 부딪혔다.

"그러면 문제가 되나요?" 포터가 밉살스럽게 히죽거리며 되받아쳤다. 그러더니 그의 얼굴에 마이크를 들이댔다. "그럼 저희 채널 시청자분들께 한 말씀 하시죠, 디바인 씨. 기회잖아요. 디바인 씨 입장을 전할 기회!"

"좋습니다. 그럼 당신은 나를 댁의 뉴스 중계차에 가둬놓고, 거지 같은 채널44 버리고 큰물인 한 자릿수 채널로 가고 싶으니 나더러 특종감 내놓으라고 강요한 사실을 부인합니까?"

디바인은 그 자리에 미동도 없이 서 있었고 포터도 퉁퉁이가 웃음을 참기 위해 애쓰느라 카메라가 부들부들 흔들리는 동안, 착륙하는 비행기가 고도를 잃듯 낯빛을 잃어가며 서 있었다.

"감히 근거도 없이 그딴 비난을 하다니!" 포터가 격하게 외쳤다.

"와, 내가 할 소리를 대신 해주네."

디바인은 돌아서서 성큼성큼 걸음을 옮겼다. 이번에 포터는 따라오지 않았다.

그는 우버를 호출해 세라 유즈가 살던 파크슬로프의 집으로 갔다.

'살던' 집이라. 세라가 며칠이 아니라 몇십 년 전에 떠난 것 같군.

엘런 유즈가 문을 열어주었다. 청바지와 흰색 민소매 블라우스 차림에 샌들을 신고 있었다. 집 안은 따뜻했다. 지금 뉴질랜드는 겨울이지. 돌아가기 전 최대한 온기를 흡수하려는 건지도 모른다.

프레드 유즈는 거실에서 레모네이드로 보이는 음료를 마시고 있었다. 그도 청바지에, 상의는 라벤더색 폴로셔츠를 입고 있었다. 그가 정신이 딴 데 팔린 얼굴로 디바인을 올려다봤다. 엘런과 디바인은 마주 보고 앉았다.

엘런이 먼저 입을 열었다. "경찰이 얘기해준 게 있어요."

"그래요? 그게 뭡니까?"

"세라가 임신중절을 받은 클리닉을 알아냈대요."

"어떻게 알아냈답니까?" 디바인이 물었다.

"모르겠어요. 맨해튼 외곽에 있는 클리닉이었어요."

"그곳 의사들이 경찰에 제공할 수 있는 정보를 가지고 있었답니까? 애 아빠가 누군지 안대요?"

"아뇨, 적어도 우리한텐 말해주지 않았어요."

디바인은 실망감을 감추지 못하면서 의자 등받이에 털썩 기댔다.

"그들이 정보를 제공했다면 당신 이름이 언급됐을까요?"

"왜 그런 질문을 하시죠? 세라가 그런 말을 하던가요?"

"아뇨, 걔는 사귀는 사람에 대해 나한테 속 시원히 말한 적이 없어요."

"따님과 가까운 줄 알았는데요. 거의 매주 전화통화를 한다고 하시지 않았습니까?"

그 말에 엘런이 불편한 기색을 비쳤다. "실은, 세라하고는 지난 1년 동안 소원해졌어요. 애가 좀 변한 것 같더라고요."

"변했다고요? 어떻게요?"

"내가 키운 애가 아닌 것 같았어요." 엘런이 대답했다.

"무슨 소린지 잘 이해가 안 가는데요."

"이해할 필요 없어요. 난 그저 디바인 씨가 애 아빠인지만 알고 싶어요."

"그럼 임신 몇 개월이었는지는 혹시 아십니까?" 디바인이 물었다.

"8주요. 뭐, 들은 얘기로는 그래요."

"임신중절은 언제 했는데요?"

"12월에요." 엘런이 대답했다.

"그럼 저는 아닙니다. 그때는 세라를 만나기도 전이었거든요."

"걔랑 잠자리는 했고요? 결혼도 안 하고?"

"그래서 따님과 멀어지신 겁니까? 세라가 결혼 안 하고 성관계를 해서요?"

"난 걔를 그렇게 키우지 않았어요." 엘런이 남편을 흘끔 봤다. "프레드?"

프레드 유즈는 아내나 디바인은 보지도 않고 이렇게만 말했다. "젊은이들은 때로…… 어리석은 결정을 내리지요."

남편의 심드렁한 비난에 엘런은 눈알을 굴리며 고개를 절레절레 저었다. "맞아요, 굉장히 어리석은 결정이죠. 세라는 우리 손자의 생명을 지워버렸고, 그건 지옥에 떨어질 대죄예요."

"세라에게도 무척 힘든 결정이었을 겁니다." 디바인이 넌지시 말했다.

"애초에 그 애가 결정할 일이 아니었어요." 엘런이 격분해서 받아쳤다.

디바인이 한 손을 들어 보였다. "지금 두 분과 그런 논쟁을 벌일 생각 없습니다. 그렇지만 세라는 나름대로 그럴 만한 이유가 있었을 겁니다. 제가 알던 세라는 따뜻하고 온화한 사람이었으니까요."

엘런이 외쳤다. "그렇다면 당신은 그 애를 전혀 몰랐던 거예요. 아니지, 알긴 알았죠. 그 헤픈 계집애랑 잤으니까."

"어떻게 그렇게 말씀하세요? 당신 따님을 두고서." 디바인이 쏘아붙였다. "세라는 선한 사람이었습니다. 이렇게 살해당해서는 안 되는 사람이었다고요!"

"죄 없이 죽은 불쌍한 아기는 어떻고요."

잠시 침묵이 내려앉았고, 이윽고 디바인이 그 침묵을 깼다. "혹시 세라의 소셜미디어 계정은 확인해봤답니까? 인스타그램 계정이 있었던 걸로 아는데요."

프레드가 대답했다. "경찰이 다 들여다봤는데 도움 될 만한 건 안 나왔다더군요. 현재 남자친구나 과거 남자친구에 대한 그 어떤 언급도 없었고, 사진도 없었다고요."

"그치만 그건 아무 의미 없겠죠, 트래비스 당신도 거기에 안 올라와 있으니까." 엘런이 매섭게 내뱉었다.

"경찰이 정확히 그렇게 말하던가요?"

그러자 엘런은 시선을 내리깔며 입을 다물었다.

"경찰이 세라의 일기장은 찾았습니까?" 디바인이 물었다.

"그 비슷한 것도 못 찾았어요. 전에 말했잖아요."

"전자기기에 쓴 건요? 아니면 개인 클라우드에 저장한 거라든가."

"둘이 만나던 사이였어요?" 엘런이 대뜸 물었다.

"그런 관계는 카울앤드컴리에서 허용되지 않습니다." 디바인이 대꾸했다. "해고당해요."

"그럼 남모르게 만났어요?" 엘런이 끈질기게 캐물었다.

디바인은 그 말을 무시하고 물었다. "세라에게 임신중절을 해준 의사의 이름을 아십니까?"

"알아요, 왜요?"

"알려주실 수 있습니까?"

"애 아빠도 아니라면서 왜 그렇게 신경 쓰죠?"

"왜냐면 내 친구가, 내가 좋아하던 사람이 살해당했으니까요. 왜 그랬는지, 누가 그랬는지 알고 싶어서 그럽니다."

엘런이 남편을 바라봤다. 프레드가 바지 주머니에서 뭔가를 꺼내 디바인에게 건넸다. 종이쪽지였다. 거기에 이름 하나와 웨스트체스터에 있는 클리닉 주소가 적혀 있었다.

"감사합니다."

"문까지 안내해줄게요." 엘런이 말했다.

두 사람은 현관 앞 계단에 잠시 말없이 서 있었다. 엘런이 입을 열었다. "내 신념을 탐탁지 않아 하는 걸 알겠네요."

"그건 유즈 부인의 신념이고, 충분히 존중합니다."

"하지만 동의는 안 한다?"

"아까도 말씀드렸지만, 이런 이야기를 하기에는 때도 장소도 적합하지 않은 것 같습니다. 부인께서는 뭐든 원하는 걸 믿으실 권리가 있고, 저 또한 그렇습니다."

순간 엘런의 입매가 혐오로 뒤틀렸다. 하지만 그녀가 자신을 보고 그런 게 아님을 디바인은 알아챘다. 어깨 뒤를 돌아보니 보도를 걷던 두 여자가 손을 꼭 잡고 입을 맞추는 중이었다.

디바인은 다시 엘런을 돌아봤다. 혐오의 빛은 사라졌지만, 그녀는 이렇게 말했다. "한시라도 빨리 이 동네를 뜨고 싶어요."

40

"흠, 하루에 두 번이나 보다니. 나도 참 복 받은 여자네요."

미셸 몽고메리가 아파트 문을 노크한 디바인을 맞으며 말했다. 정장은 벗어버린 채 색 바래고 구멍 숭숭 난 청 반바지에 하얀 반소매 티셔츠를 입었고, 맨발이어서 새빨간 페디큐어를 칠한 발톱이 보였다.

"일이 어떻게 풀리느냐에 따라 다르겠죠." 디바인이 대꾸했다.

몽고메리가 그를 안으로 안내했고, 그는 집 안을 둘러보았다. 깨끗하고 정돈이 잘돼 있었으며 가구는 최소한의 것만 있었다. 곳곳에 꽤 그럴싸한 그림이 걸려 있고 나무로 된 마룻바닥에도 색색의 러그가 깔려 있는 데다 아프리카 전통 조각상으로 보이는 작품도 두어 점 눈에 띄었는데, 은은하게 마리화나 냄새가 났다.

"숨 몇 번 더 들이마시면 카울앤드컴리에서 종일 죽도록 일한 피로가 다 녹겠는데요."

"생각 있으면, 나한테 꽤 좋은 '떨'이 있어요."

"차가운 맥주 쟁여둔 것 있을까요? 아주 간절한데요."

몽고메리가 맥주를 내오며 말했다. "가요, 바람 잘 드는 데가 있어요. 여긴 에어컨이 시원찮아서."

그러더니 데크체어 두 개가 놓여 있는 평평한 옥상으로 데려갔다. 디바인은 재킷을 벗고 넥타이 매듭을 조금 풀었다. 두 사람은 데크체어에 자리 잡았다. 몽고메리가 두 건물 사이의 틈을 가리키며 말했다. "물이 보이는 뷰. 그것 때문에 웃돈을 엄청 얹어주고 들어오는 모양이에요."

"그럴 가치가 있다고 봐요. 이 바람도요." 디바인은 솔솔 불어오는 바람 줄기가 피부를 식히도록 고개를 돌리고 맥주를 들이켰다.

"브래드랑 만난 건 어떻게 됐어요?"

"생각보다 잘 풀렸어요. 상호 이해에 이르렀거든요."

"당신한텐 잘됐네요."

"양쪽 모두에게 잘된 거죠. 아, 혹시 지난 목요일 밤에 브래드랑 같이 있었어요?"

"목요일 밤요?" 몽고메리는 잠시 생각해보고 대답했다. "아니요. 나는 그이의 집에 있었는데 그이가 집에 없었어요. 아마 맨해튼에 있었을 거예요."

세라가 죽은 장소에 있었는지도 모르지.

"제니퍼 스타모스라는 사람 알아요?"

"아니요."

"그렇군요. 칠턴 말로는 가족끼리 친했다면서요. 내가 알기로 칠턴 가문은 메이플라워호 타고 건너온 시대까지 거슬러가고, 또 고귀하신 그 집안이 워낙 풍족하다니 미셸의 가족도 그럴 거라고 넘겨짚었어요. 그런데 미셸은 이탈리아에서 학생용 호스텔에 묵었다고 했잖아요."

"우린 고귀한 피 흐르는 귀족이 아니고, 집도 부자가 아니에요. 우리 아빠가 칠턴가의 롤스로이스랑 벤틀리를 봐줬고 엄마는 걔네 집을 청소하고 그 집 애들을 돌봐줬어요. 나는 그냥 그 집에 얹혀사는, 고삐 풀린 재미난 하인 딸이었죠."

"흥미롭네요. 형제자매는 있어요?"

"세 자매예요. 동생은 대학 가서 제 세상 만났고 언니는 결혼했어요. 의사랑. 아주 행복하게 잘 살고 있죠."

"잘됐네요. 자매들이 미셸하고 닮았어요?"

"내가 보기엔 동생이 나보다 더 예쁜 것 같아요."

"그런 뜻으로 물은 건 아니지만, 그 말은 믿기 힘드네요."

"정말이에요. 머리는 언니인 베스가 타고났죠."

디바인은 카울이 몽고메리를 두고 뱉은, 깔보는 말을 떠올렸다. "미셸도 그 방면에서 그리 형편없진 않은 것 같은데요."

"나는 대학도 중퇴했는걸요."

"찍어낸 듯 똑같은 수업을 참고 들은 대가로 거대한 학자금 빚에 깔리는 걸 원치 않아서 그랬겠죠. 그리고 본인 입으로 말했듯이, 세상을 두루 보고 싶어서 그런 거잖아요. 덕분에 여기까지 왔고요."

몽고메리는 맥주병을 만지작거리며 대꾸했다. "그래요, 돈 많은 남자 팔에 매달린 근사한 인형 노릇 하면서 돈 받고 있죠. 잔머리 잘 굴려서 살아가는 거라고 믿고 싶지만, 실은 그런 것도 못 돼요." 그러더니 자기 몸을 눈짓으로 가렸다. "난 이게 있어야 해요. 당신이 눈치챘는지 모르겠지만, 브래드가 관심 있는 건 내 IQ가 아니거든요."

"가진 걸 활용하는 것뿐이잖아요. 남자들은 다 그러는데 여자라고 못 할 것 있나요?"

몽고메리가 그를 곁눈질했다. "남자들은 다른 식으로 활용하죠. 그리고 당신이 내 말에 너무 순순히 맞장구치니까 재미없네요." 그녀는 시선을 아득한 허공으로 던졌다. "엄마는 내가 모델이 되기를 원했어요. 아주 어렸을 때부터 그쪽으로 밀어줬죠. 오디션이란 오디션은 다 보고, 여섯 살에 지역방송 광고 찍고, 미인대회 열렸다 하면 참가하고, 치아 교정하고, 걷는 법이랑 말하는 법 레슨받고. 정상적인 어린 시절을 누리지 못했어요. 엄마는 내가 숙제하려고 하면 화를 냈어요. 내 강점은 언니와 다르게 머리가 아니고 그 밑에 달린 거라나. 내가 참다못해 다 때려치웠을 때 엄마가 얼마나 역정을 냈는지 몰라요. 내가 엄마를 배신했대요. 흥, 내 인생이 내 게 아니라 엄마의 대리만족 판타지였던 것처럼."

"내 아버지도 평생 나를 다그쳤어요. 뭘 해도 만족하지 않으셨죠. 형이랑 누나와 다르게."

몽고메리가 불쑥 말했다. "나 발 마사지 해줄래요?" 그러더니 디바인의 무릎에 두 발을 턱 얹었다. 조금 놀란 디바인이 맥주병을 내려놓고 그녀의 발바닥을 문지르기 시작했다.

"손힘이 세네요. 굳은살도 다 느껴져요."

"와, 남자한테 최고의 찬사네요."

"이래 봬도 나, 돈 모으고 있어요." 느닷없이 그녀가 툭 뱉었다. "브래드가 급여를 주는 데다, 나 대신 투자도 해줘요. 지금 내 투자 포트폴리오 완전 대박 났다고요."

"잘됐네요. 나는 계좌에 잔고 10달러 있는데."

몽고메리가 맥주를 한 모금 마시고 말을 이었다. "내 목표는 서른 살에 은퇴하는 거예요."

디바인은 힘을 세게 줘가며 그녀의 발꿈치를 꾹꾹 눌렀다.

"아, 맙소사. 천국이 따로 없네. 돈 받고 해도 되겠어요."

"정말로 받을지도 몰라요, 포트폴리오 대박 난 여사님." 디바인이 받아쳤다. "그래서 은퇴한 후에는 뭐 할 건데요?"

"다시 대학에 갈지도 몰라요. 비키니 안 입어도 되는 전공을 택해서."

"괜찮은 계획 같네요."

"괜찮은 계획이어야 해요. 난 외모 빼면 아무것도 없다고요."

"자신을 너무 과소평가하는 거 아니에요? 내가 보기에 미셸은 핑장히 영리한 것 같은데요? 점심 도시락도 간신히 싸 오고 안전하게 길 건널 줄도 모르면서 지들이 천재입네 어쩌네 하는 내 동료들보다 더요."

"나 기분 좋게 하려고 거짓말하지 말아요."

"나는 나 자신을 포함해 누구 기분 좋으라고 거짓말하는 사람 아니에요."

몽고메리가 그의 팔에 손을 얹었다. "그래도 나랑 섹스는 하고 싶죠? 나는 기차에서 보이는 환상의 비키니녀니까, 맞죠?"

대화가 이 방향으로 흐를수록 디바인은 점점 마음에 들지 않았다. 혹시 카울이 미셸에게 이러라고 돈 주고 시켰나? 그들의 전투에서 비장의 체스 말로 이용하려고?

"난 지금 기차에 타고 있지 않아요. 말도 안 되게 경직된 당신 발을 주무르면서 딱 10센티미터만 보이는 허드슨강 경치를 감상하고 있지. 그리고 미셸은 살아 있는 인간이지 환상이 아니에요. 우리는 왠지는 모르지만 꽤나 깊이 파고드는 기분 좋은 대화를 나누고 있고요." 그가 그녀에게 시선을 던졌다. "그리고 미셸이 나랑 자고 싶어할 이유는 뭐가 있다고요?"

몽고메리는 입안 가득 문 맥주를 하마터면 뱉을 뻔했다. "와, 이건 또 처음이네. 나한테 그런 질문 한 남자는 없었는데. 내 쪽에서 먼저 작업 걸었을 경우엔 더더욱요. 보통은 상대방이 내 옷 벗기려고 달려드는 걸 저지해야 하거든요." 그러더니 그녀는 디바인을 평가하듯 훑어봤다. "당신은 좋은 남자예요. 적어도 그렇게 보이긴 해요. 남다른 건 확실해요. 하고많은 사람들이 이 도시에서 눈독 들이는 것들엔 관심이 없어 보여요."

"돈 말이에요? 명성?"

"전부 다요. 여긴 문화나 엔터테인먼트를 즐기기엔 굉장히 좋은 도시고 나도 그런 분위기를 좋아하지만, 극도로 경쟁적이기도 하죠. 뭘 가졌건 충분치 않대요. 난 그게 싫어요."

"브래드 카울 같은 사람 말하는 거예요?" 디바인이 물었다.

몽고메리는 남은 맥주를 쭉 들이켜고는 건물 틈으로 보이는 강물을 멍하니 응시했다.

디바인은 자기 맥주병을 들며 물었다. "만약 대학에 다시 간다면 뭘 전공할 거예요?"

"사람." 몽고메리가 두 음절을 길게 늘이며 천천히 대답했다.

"심리학 말이에요?"

"아뇨, 사진가가 되고 싶어요. 사진은 모든 걸 포착해요. 상대가 얼마나 거짓말을 하건 사진은 항상 그 사람의 진짜 모습을 보여줘요."

"항상? 피사체가 사진 찍히는 걸 의식해도요?"

몽고메리가 그에게로 시선을 돌렸다. "의식할 땐 특히 더요. 진짜 모습을 숨기려고 너무 애를 써서 보디랭귀지나 얼굴 표정에 어떻게든 드러나거든요." 그러더니 주머니에서 휴대폰을 꺼내 들었다. "'치즈' 해봐요."

몽고메리는 그의 사진을 냅다 찍고는 그걸 들여다봤다.

"뭐가 보이죠?" 디바인이 조금은 궁금해서 물었다.

"근심에 싸인 남자요. 근데 좋은 남자. 머릿속에 생각이 많네요."

"흠, 우리가 이 모든 걸 무사히 헤쳐 나갈 것 같아요?" 디바인은 자신도 그걸 왜 묻는지 모르겠지만 하여간 그녀에게서 대답을 듣고 싶었다.

"글쎄요, 트래비스. 그건 아무도 확답할 수 없는 것 같아요. 더군다나 우리는." 그녀가 그에게 시선을 던졌다. "내일이 오지 않을 걸 안다면 오늘 뭘 하겠어요?"

"아버지를 뵈러 갈 거예요."

"왜요? 화해하려고?"

디바인은 카울앤드컴리에 취직한 날 저녁, 진탕 술에 취했던 아버지와 자신의 모습을 떠올렸다.

"아뇨. 내 인생에서 꺼지라고, 내 인생은 내 뜻대로 살겠다고 말하려고요. 더는 나에 대한 아버지의 생각을 알고 싶지 않고 신경 쓰지도 않는다고."

몽고메리는 마음이 불편해질 정도로 오랫동안 그를 물끄러미 바라봤다.

"왜요?" 디바인이 못 참고 던졌다.

"내가 엄마한테 한 말이 딱 그거였어요."

41

디바인은 몽고메리를 옥상에 두고 다시 밖으로 나왔다. 열 보쯤 갔을 때 어떤 아이디어가 번쩍 떠올랐다. 그는 휴대폰으로 부동산 기록을 검색해 몽고메리가 사는 아파트 건물의 소유주를 알아보았다.

빙고. 그 이름도 익숙한 '로커스트그룹'의 소유였다.

휴대폰을 주머니에 넣고 가장 가까운 지하철역으로 걸음을 옮기는데 어디선가 두 남자가 나타나 다가왔다.

슈메이커 형사와 에크먼 형사였다.

둘 다 지난번보다 더 후줄근하고 더 화나 있는 것 같았다. 그러기도 쉽지 않을 텐데. 슈메이커가 입에 물고 있던 담배를 빼 땅에 던지고 구둣발로 짓이겼다.

나한테도 저러고 싶겠지.

"이젠 나를 따라다니는 거예요?" 디바인이 물었다. "특별한 사람이 된 기분인데."

두 남자 모두 대꾸가 없었다.

"칼 행콕 형사는 찾았어요?"

"존재하지 않는 사람이더군요." 에크먼이 대꾸했다.

"내가 모를 것 같은 얘기를 해봐요."

"우리는 댁이 지어낸 인물이라고 보는데."

"내가 왜 그러겠어요?"

에크먼이 사납게 내뱉었다. "죄 없는 사람처럼 보이려고 그랬겠지. 정신 나간 음모론의 피해자인 척해서 우리 의심을 잠재우려고."

"아, 그래요? 잘도 먹혀들었겠네. 그래서 두 분이 그 단서 추적하느라 뭐, 한 5분 허비하셨나?"

슈메이커가 험악하게 대꾸했다. "입 그만 놀리는 게 좋을 거요. 방금 저 건물에서 누구 만나고 온 겁니까?"

"두 분이 수사 중인 사건과 아무 관련 없습니다."

"그건 우리가 판단하죠." 에크먼이 쏘아붙였다.

"보나 마나 잘못 판단하겠지."

"우리가 지금 장난하는 줄 압니까?" 에크먼이 디바인이 그의 텁텁한 구취를 맡을 수 있을 정도로 바짝 다가서며 말했다. "우리가 살인 사건 수사를 장난으로 하는 줄 알아요?"

"사건을 해결하기 위해 할 수 있는 건 다 하는 걸로 보이는데요. 적어도 그러고 있기를 빕니다. 감시카메라 영상은 확인해봤어요? 범행 시간대 출입 기록은 살펴봤어요? 용의자가 추려질 시간대가 나왔잖아요. 내가 행콕 형사한테 다 짚어준 건데."

두 형사가 디바인을 죽일 듯이 째려보았다.

디바인은 둘을 번갈아 보며 말했다. "적어도 그건 체크했겠죠."

"전산 기록에 사소한 오류가 발생한 모양입니다." 에크먼이 마지못해 인정했다.

사소한 오류 정도가 아닐걸, 강력계 형사 양반.

"그렇군요. 아…… 유즈 부인과 또 연락할까 봐 미리 말씀드리는데, 부인이 오늘 저녁 그리로 와서 유즈 씨와 셋이 얘기 좀 하자고 하셨어요. 이미 얘기 끝냈죠. 경찰이 임신중절을 해준 클리닉을 찾아냈다고 하던데요." 디바인은 잠시 곰곰이 생각하며 주변을 둘러봤다. "그렇지만 어쩌면 형사님들은 브루클린에서부터 나를 따라왔을 지도 모르겠군요."

"유즈 부인은 댁한테 쓸데없는 소리 하지 말았어야 했어."

"부인한테 그러지 말라고 분명하게 말했어요? 보니까 조금만 여지를 줘도 막 나가는 분이던데. 그냥 내 의견이에요."

형사들이 아무 대꾸 안 하자 디바인이 말을 이었다. "그럼 수사와 진짜 관계있는 걸 알려드리죠. 태아의 친부가 누군지 확인할 수 있는 DNA가 세라의 자궁에 남아 있습니까?"

"그건 왜요?" 에크먼이 물었다.

"그게 남아 있다면 내가 친부 후보에서 제외될 수 있게 DNA 검사를 자진해서 받으려고요."

"아무것도 남아 있지 않은 걸 아니까 자진해서 받겠다는 거겠지."

"확실해요? 세라가 임신했던 건 맞잖아요."

에크먼이 발끈했다. "태아를 몇 달 전에 뗐잖아요. 법정에서 인정될 증거가 남아 있지 않다고요."

슈메이커는 눈을 가늘게 뜨고 디바인을 살피고 있었다. "유즈 부인이 세라가 임신 몇 개월이었는지 말해줬고 그래서 댁은 세라와 잤음에도 불구하고 자기가 친부 후보에서 제외된 걸 이미 알고 있었다는 느낌이 드는 건 왜일까요?"

"그게 나쁜 일인 것처럼 말씀하시네요."

"그런 마당에 DNA 검사를 자처해 죄 없는 사람인 척한단 말이지. 역겨운 인간 같으니."

"내 의도는 전혀 그런 게 아니었습니다. 더 할 말 없으시면 나는 기차를 타야 해서 이만."

슈메이커가 그의 어깨에 손을 턱 얹었다. "분명히 말해두는데, 동네를 뜰 생각은 마시오."

"안 그럴 거라고 이미 말했을 텐데요. 댁들이 세라의 살인범을 영 못 잡는 것 같으니 내가 나서야 할 것 같아서 말이죠."

"어떤 식으로든 수사를 방해하면……." 에크먼이 끼어들었다.

"방해라니, 진전시키는 거겠지."

"조심하는 게 좋을 거야, 디바인."

"그렇군. 오늘 밤 내로 뭐라도 건지시기를 빕니다. 또 따라오실 거라면, 난 메트로노스를 타고 마운트키스코로 갑니다. 혹시라도 칼 행콕을 찾으시면 그 양반한테 다 들으세요."

42

집으로 가는 기차가 카울의 궁궐 옆을 지나가자 디바인은 창밖을
내다봤다. 오늘 밤엔 몽고메리가 저곳에 없을 걸 아는데도 자기도
모르게 멍하니 내다보고 있었다. 근육 기억 같은 건가? 아니면 다른
무엇일까? 그녀와 자고 싶은 마음이 있긴 있었다. 어쨌든 그는 미혼
의 젊은 남자인데 몽고메리는 아름답고 섹시한 데다 그와의 잠자리
를 적극 원했고, 어떤 일은 그 정도로 충분하니까. 게다가 디바인이
세라의 살인범을 찾는 동안 금욕을 맹세한 것도 아니지 않나.

헬렌 스피어스와도 기다렸다는 듯 침대에 뛰어들었지.

하지만 그 일은 원래부터 그 순간을 향해 무르익어가고 있었던 데
다, 스피어스가 현관 앞에 앉아 있던 그에게 다가와 맥주를 나눠 마
셨고, 둘이 대화도 했고, 그러다 그녀가 자기 뜻을 분명히 밝히면서
일이 정점에 이른 거였으니까.

그렇다 해도, 세라가 차가운 시체가 되어 누워 있는데도 스피어스
와 즐긴 것에는 죄책감이 들었다.

몽고메리의 아파트를 뜰 무렵에는 이미 순간의 열정이 식고, 훨씬
심각하고 복잡한 어떤 감정이 그 자리를 대신하고 있었다. 디바인이
그곳에서 나왔을 때 두 사람은 각자 자기 인생, 자신의 과거와 미래
에 대한 생각에 깊이 빠져 있었다.

인생이 복잡하지 않다는 사람은 인생을 허투루 산 게 틀림없어.

얼마 후 기차역에서 걸어 집에 돌아와 보니 소파에 밸런타인이 앉아 있었다.

디바인이 그 옆에 털썩 앉으며 말했다. "로커스트그룹에 대해 알아낼 수 있는 건 다 알아내줘. 같은 이름의 사업체가 많은데 내가 알고 싶은 건 특정 부동산을 소유한 업체야." 그러면서 휴대폰을 꺼내 밸런타인에게 관련 정보를 문자로 전송했다.

"이 로커스트 어쩌구가 뭘 어쨌기에요?" 밸런타인이 물었다.

"나도 모르겠지만 그 이름이 자꾸 떠서 그래. 브래드 카울이 엮여 있는지 알고 싶어."

"알았어요. 착수하죠, 형님. 근데 언젠가는 나한테 이딴 일 시키는 보수를 지불해야 할걸요. 나 공짜 인력 아니에요, 미국 자본주의자라고."

"시세가 어떻게 되는데?"

"시간당 500달러. 하지만 형님은 250에 해줄게."

디바인이 입을 쩍 벌렸다. "젠장, 시간당 500 벌면서 왜 이런 쓰레기 같은 집에 사는 거야?"

"블라디보스토크에 있는 내 아파트보다 훨씬 좋으니까. 그 집은 문도 창도 없었거든. 문짝 대신 담요를 걸어놨었죠."

디바인은 위층으로 올라가면서 넥타이를 풀고 재킷을 벗었다. 스피어스의 방 앞을 지나가는데 방문이 열리더니 그녀가 문가에 나와 섰다. 속이 슬쩍 비치는 유혹적인 잠옷 대신 NYU 법대 로고 티셔츠와 트레이닝복 바지를 입고 있었다. 등 뒤로 책상 위에 척척 쌓아둔 두꺼운 법률서적과 변호사시험 참고서 더미가 보였다.

"무슨 일이야, 헬렌?"

"변호사 필요한지 아직 말 안 했죠. 빨리 결정하는 게 좋을 거예요."

"마침 잘됐군. 그 얘기 좀 할 수 있을까?"

그러자 스피어스가 문을 활짝 열며 뒤로 물러섰다. "그냥 얘기만 하는 거예요. 나 공부해야 되니까."

디바인이 양손을 들어 보였다. "걱정 마. 헬렌이 나를 또 덮치게 놔두지 않을게."

스피어스가 문을 닫더니 의자에 앉았고, 디바인은 침대에 걸터앉았다. 바로 그 침대에서 벌였던 격정적 행위가 떠올랐다. 그 순간의 열기와 강렬한 감정, 그녀의 보드라운 피부……

"트래비스!" 스피어스가 냅다 불렀다.

고개를 들자 그녀가 그렇고 그런 남자 심리를 훤히 꿰뚫은 표정을 짓고 있었다. "아, 그렇지. 경찰이 또 찾아왔어. 정말로 내가 범인이라고 믿는 모양인데 증거를 못 찾았나 봐. 내가 범행 시간대에 현장에 있었다는 건 증명할 수 없는 것 같아."

"감시카메라나 보안카드 기록은요?"

"무슨 오류가 생겼나 봐. 형사들 말은 그래. 그래서 증거가 없어."

"와아, 기가 막히게 돌아가네요."

"그러게. 아무튼 경찰이 다른 식으로 나를 용의자로 몰아갈 수도 있을까?"

"왜요? 세라의 죽음에 개입됐어요?"

"어떤 식으로도 개입돼 있지 않아, 헬렌. 진짜야. 내가 그랬다면 왜 세라를 죽인 놈을 찾아 이렇게 백방으로 뛰어다니겠어?"

"죄가 없어 보이려고 그럴 수도 있죠."

맞는 말인 건 알지만 화가 치미는 건 어쩔 수 없었다. "나는 진짜 아무 짓 안 했어." 이렇게 말하고 그는 잠시 망설였다.

"그런데요?" 스피어스가 재촉하는 투로 말했다.

"그런데 세라와 만나기는 했어. 카울사의 교제 금지 규정 때문에 비밀로 하고."

"세라랑 잤어요?"

디바인은 그 질문을 어떻게 받아들일지 잠시 생각해보고 적절한 대답을 떠올렸다. "응. 근데 딱 한 번이었어."

"세라가 임신중절한 아이의 아빠일 가능성도 있는 거예요? 왜냐면 그건 가장 유력한 범행 동기거든요."

"그건 어떻게 알았어?"

"뉴스에 온통 그 얘기던데."

"아니, 난 애 아빠 아니야."

"그걸 어떻게 확신하죠?"

"임신중절을 12월에 했거든. 나는 2월 초에 카울에 입사했고. 그때는 세라를 만나기도 전이었다고."

"그걸 입증할 증거는 있어요?" 스피어스가 물었다.

"일어나지 않은 일을 어떻게 증명하지?"

"못 해요, 법정에서는. 변론으로 효력이 없을 거라는 뜻이에요."

디바인은 침대에 털썩 드러누웠다. "미치겠네."

스피어스가 옆에 와 앉더니 그의 어깨를 툭툭 두드려주었다. "그래도 경찰이 법의학 증거로는 트래비스를 범인으로 지목하지 못할 걸로 보이네요."

디바인은 몸을 일으키고 그녀를 바라봤다. "그러고 싶은 마음이 굴뚝같을걸. 결국 무슨 수를 찾아낼지도 몰라."

"살해 동기는 조사해봤대요?" 스피어스가 물었다.

"임신중절 쪽만 캐본 것 같아. 세상에 세라랑 같이 잔 남자가 나밖에 없는 줄 아나 봐. 게다가 다른 문제도 있어."

"뭔데요?"

"아무한테도 말하면 안 돼."

"나 곧 변호사 될 사람이에요. 고객 비밀도 못 지키면 얼마 못 가 사업 접어야 할걸요."

"내가 회사의 보안 기록 시스템을 해킹했거든. 근데 범행 시간대에 사용이 기록된 카드가…… 내 것밖에 없어."

그러자 스피어스가 꿰뚫는 듯한 눈으로 냉정하게 그를 바라봤다.

"나 거기 없었어, 헬렌. 맹세해." 그가 자신의 보안카드를 꺼내 보였다. "윌한테 물어봐. 이거 복제하기 엄청 쉽대. '애새끼'인 자기 사촌동생도 할 수 있다나."

"얘기 계속해봐요."

"브래드 카울이 내 카드가 출입 기록에 찍힌 거랑 내가 딱 그 시간에 회사 로비에 들어오는 영상이 있는 걸 안다고 했어. 그런데 그것도 조작이 가능해."

"근데 아까 말한 그 오류가 발생했고요?"

"카울이 경찰한테 보안시스템이 다 망가졌다고 말했대. 경찰에 내줄 증거가 없어진 거지. 카울이 그렇게 되게 만들었어."

"왜 그랬을까요?"

디바인은 마지못해 자신이 카울과 스타모스의 정사 직후를 사진과 영상으로 찍어둔 걸 털어놓았다.

"그러니까 한마디로 트래비스가 카울을 협박해서 경찰이 체포하기에 충분한 증거를 내놓지 못하게 했다고요?"

디바인은 절박한 표정으로 그녀를 바라봤다. "나한테 불리해 보이는 거 아는데, 그 증거는 조작된 거라고. 정말로 내가 안 죽였어. 나도 맞불작전으로 대응할 수밖에 없었어."

"불리하게 보이긴 해요. 근데 다른 가능성은 고려해보지 않았어요?"

"예를 들면 어떤?"

"카울이 트래비스를 범인으로 몰려고 증거를 조작했다거나."

"그랬으면 왜 그걸 안 써먹었겠어?" 순간 상황이 명료해졌다. "아, 맞다. 카울이 그 이유를 이미 말했지."

"그래요. 그 사람이 결단을 내리고 트래비스를 경찰한테 던져주기 전에 트래비스가 먼저 자기가 손에 넣은 카울의 약점을 내놔서 입장을 반전시켰잖아요. 그래서 카울은 계획을 수정해 경찰 수사를 방해할 수밖에 없게 됐죠."

"카울은 최근에 어떤 영상이든 조작할 수 있는 회사를 사들였어. 내가 어떤 약점을 잡았는지 알기 전에, 요컨대 나한테 뒤집어씌워서 경찰을 자기한테서 떼어버릴 작정이었다고 했어."

뜻밖에도, 스피어스는 고개를 절레절레 젓고 있었다.

"왜?" 디바인이 말했다.

"범행 시간대에 카울이 사옥에 있었던 걸 입증해줄 영상과 출입 기록이 있을 가능성은 생각 안 해봤어요? 만약 그런 게 존재한다면 카울은 무슨 수를 써서든 그걸 삭제하려고 했을 거예요. 그런 다음, 어쩌면 그 새로 사들였다는 회사를 이용해서 자기 대신 트래비스가 등장하게 영상을 조작했을 테고요."

디바인은 그 가설을 흥미로워하는 동시에 경계했다. "그럼 카울의 범행 동기는?"

"카울이 애 아빠였을 수도 있잖아요. 임신을 중절한 걸 알고는 그걸 트래비스한테 누명 씌우는 데 이용했을 수도 있죠. 트래비스랑 세라가 잔 걸 알아냈을 수도 있으니까. 그 말은 곧, 내 추측이 맞는다면 카울이 트래비스와 경찰 양쪽 다 농락했을 수도 있다는 거예요."

디바인은 다시 한번 침대에 털썩 누웠다. 그리고 힘없는 목소리로 말했다. "그러니까 내가 나 자신이 세라의 살인범으로 몰리는 걸 피하려고, 죄가 없으면서도 카울과 협상을 했다는 말이야? 그 협상에

응하기 위해 카울은 자기 죄를 입증할 진짜 증거를 파괴했고 덕분에
살인죄를 면하게 됐다?"

"역시 똑똑해서 금방 이해하네요."

43

방으로 가는 디바인을 질 탭쇼가 제 방 문 앞에서 불렀다. 웬일로
잘 차려입고 머리도 세련되게 만지고 화장까지 하고 있었다. 탭쇼로
서는 드문 일이었다.

"외출하게?" 디바인이 다가가며 물었다.

"아뇨, 이미 나갔다 왔어요. 메이플라워엔터프라이즈의 크리스천
칠턴이랑 미팅이 있었거든요. 그 사람이 마운트키스코까지 왔어요.
시내의 근사한 레스토랑에서 만났죠. 그쪽이 밥이며 술이며 다 계산
했고요. 동료 두 명이랑 같이 왔더라고요."

"어떤 것 같아?"

"꽤 전문가처럼 보였어요. 스타일리시하고, 비싼 정장 입고. 머리
만지는 데 내 드레스보다 비싸게 들었겠던데요. 근데 얼굴이 멍들고
부었더라고요. 어디에 굉장히 세게 부딪힌 모양이에요."

응, 그랬지. "미팅은 어땠어?"

"허밍버드에 관심이 굉장히 많더라고요. 우리 회사 프레젠테이션
자료하고 업데이트된 재정 현황 보내려고요. 말하는 거 봐서는 잉여
자본은 넘치는데 마땅한 투자처를 못 찾은 것 같아요. 요즘 그래서
골머리 앓는 투자사가 많아요. 투자금 구걸하는 형편없는 회사가 너
무 많아서."

"허밍버드는 형편없는 회사가 아니라 진짜배기니까, 뭐. 가치평가 액보다 높게 부르는 거 잊지 마."

"걱정 마요. 세 배도 아니고 네 배 부를 거니까. 그래야 결국엔 우리가 양보하는 척하면서 원래 바라던 액수의 세 배를 받을 수 있죠."

"역시 하버드 MBA 딴 사람은 다르네."

"그래도 조사해줘서 고맙다고 꼭 인사하고 싶었어요. 이번 건은 허밍버드한테 진짜 전환점이 될 수도 있거든요."

"내가 한 건 네가 여태 이룬 것에 비하면 아무것도 아니야. 허밍버드가 대박 나면 그건 다른 누구도 아닌 너의 공이야."

"아저씨도 우리 서비스에 가입하는 게 어때요? 아저씨 같은 사람 찾아서 눈에 불을 켠 괜찮은 여자들이 트럭으로 한 차는 돼요."

"진짜 가입할지도 모르겠네. 아 참, 내가 전송한 이메일은 좀 알아봤어?"

"방화벽을 한 세 개까지는 뚫었어요. 월이 왜 고전했는지 알겠어요. 그래도 계속 해볼게요. 이렇게 된 이상 재미난 도전이 됐으니까."

"고마워."

"음, 세라 유즈 사건은 해결됐어요?"

"아니, 아직. 세라의 부모님을 뵙고 왔어. 뉴질랜드에서 여기까지 오셨거든. 지금 세라의 집에 묵고 계시고."

"두 분 속이 말이 아니겠어요."

"아버지는 그러실 것 같아."

그 말에 탭쇼가 미간을 접었다. "무슨 소리예요? 어머니는 아무렇지 않대요?"

"만나보니 보통내기가 아니시더라. 세라가 임신했다가 애를 지웠댔거든. 근데 그 어머니란 사람이 자기 딸을 헤픈 계집이니 아기를 살해했다느니 하면서 비난하더라고."

"끔찍하네요."

"모녀가 소원해진 것도 놀랄 일이 아니지. 유즈 부인은 딸이 1년 사이에 변했다고 했어. 딸이 죽은 걸 과연 속상해할까 싶더라고. 게다가 유즈 부부는 뉴질랜드에서 선교사로 기독교 교리를 가르치고 있거든."

"남한테 친절하게 대하는 법이나 자기 자신들한테 가르치라고 해요."

"적어도 너는 세상을 더 행복한 곳으로 만들려고 하지." 디바인이 말했다. "앞으로도 계속 그렇게 해줘."

탭쇼는 디바인의 볼에 가볍게 입을 맞추고는 자기 방으로 들어가 문을 닫았다. 디바인도 자기 방으로 들어가려는데, 현관벨 소리가 들렸다. 그는 손목시계를 확인했다.

이번엔 또 뭐야?

서둘러 아래층으로 내려가보니 밸런타인이 현관문을 열고 누군가를 빤히 쳐다보고 있었다. 그 상대는…… 제니퍼 스타모스였다.

44

밸런타인이 디바인을 돌아보며 말했다. "트래비스 형, 손님이에
요."

"고마워."

밸런타인이 가버리자 스타모스가 초조한 듯 디바인을 보며 물었
다. "놀랐어요?"

"네, 조금요. 무슨 일 있어요?"

"얘기 좀 해도 돼요?"

디바인이 주위를 둘러봤다. "현관 앞이 사적인 얘기 나누기에 제
일 좋아요. 룸메이트가 셋이라."

"그래요. 양 옆집에 사는 사람들은요?"

"옆집들은 비어 있어요. 리모델링 중이라."

"그렇군요."

"맥주나, 뭐 다른 거 마실래요?"

"아뇨, 됐어요."

디바인이 등 뒤로 현관문을 닫았고, 두 사람은 벽돌 계단에 나란히
앉았다.

스타모스는 반바지와 민소매 블라우스 차림에 샌들을 신고 있었
다. 기온이 아직도 27도쯤인 데다 날이 습하기까지 했다. 스타모스

가 디바인의 옷차림을 보고 한마디 했다. "집에 방금 온 거예요?"

"퇴근하고 몇 군데 들를 데가 있었어요."

"지금 얘기하기 곤란해요?"

"아니, 괜찮아요. 기차로 왔어요?"

"아뇨, 저기 보이는 지프카(차량 공유 서비스—옮긴이)로 왔어요. 뉴욕에서 차 소유하는 건 바보짓이죠."

디바인은 그녀가 몰고 온 초록색 프리우스 차량을 건너다봤다. "맞아요. 근데 내 주소는 어떻게……?"

스타모스가 멋쩍은 표정으로 대꾸했다. "인사부서에서 알아냈어요."

"개인정보를 막 알려주는 줄은 몰랐는데."

"원래는 안 그래요. 어, 미안해요. 난 그냥……."

"괜찮아요, 제니퍼. 하고 싶은 말 있으면 해요."

그녀가 왜 찾아온 건지 디바인은 이미 알고 있었다. 그래도 그저 이 대화가 그녀가 바라는 대로, 또는 그렇게 쉽게 흘러가지는 않으리라는 걸 보여주고 싶었다.

"얘기해봤어요. …… 브래드하고."

"브래드가 우리가 만났다고 말하던가요?"

"네. 듣자 하니 다 잘 해결됐다고요."

"해결된 건 아무것도 없어요."

스타모스는 흠칫 놀란 듯했다. "네? 내가 듣기론……."

"그 문제는 괜찮아요. 그런데 세라를 죽인 게 누군지는 아직 못 알아냈잖아요. 나는 아니거든요. 세라가 살해당했을 당시 카울이 어디에 있었는지 혹시 알아요?"

그 질문에 스타모스는 움츠러드는 것 같았다. "설마 브래드가 그랬다고 생각하는 건……."

"사람들은 내가 세라를 죽였을지 모른다고 생각했는데요, 뭘. 게다가 카울은 세라랑 자고 싶었는데 세라 쪽에서 거부했다고 나한테 말했어요. 아마 그래서 화가 났겠죠. 이건 제니퍼를 믿고 말해주는 거예요. 카울한테 가서 내가 이 말을 했다고 하면 상황은 걷잡을 수 없이 나빠질 거예요."

"안 그럴게요. 맹세해요."

디바인은 그 말의 진정성을 가늠해보려고 그녀를 찬찬히 뜯어봤다. "세라가 지난 12월에 임신중절한 거 알고 있었어요? 내가 입사하기도 전의 일이에요."

"그게 왜 중요한데요?"

"어떤 사람들이 나를 애 아빠로 몰아가려고 했거든요."

"말도 안 돼." 스타모스가 문득 말을 멈췄다. "근데 세라랑 자기는 잤어요?"

"그 질문에는 대답하지 않겠어요. 세라가 살해당했을 당시 카울이 어디 있었는지 알아요?"

"아뇨, 그날 밤 나는 그 사람하고 같이 있지 않았어요." 갑자기 그녀가 디바인을 보며 인상을 구겼다. "브래드와 내가 같이 있는 사진을 찍은 걸로 아는데……."

"화낼 것 없어요, 제니퍼. 나도 '레버리지'가 필요해서 그랬을 뿐이니까. 그리고 대체 무슨 생각으로 남들 다 볼 수 있는 데서 그런 거예요? 그 사람, 멀쩡한 침대 갖춘 펜트하우스까지 있는데!"

"브래드가…… 다짜고짜 나를 붙잡더니 거기서 하면 짜릿할 거라고 했어요. 일이 너무 순식간에 진행돼서." 스타모스의 얼굴이 확 붉어졌다. "사진 삭제할 거예요?"

"아뇨, 하지만 다시는 안 볼 거예요."

"그걸 어떻게 믿죠?"

"그냥 믿어요. 나한테는 전혀 기분 좋은 일이 아니니까. 세라의 일만 두고 하는 말이 아니에요. 너무 모멸적인 것 같아서 그래요…… 당신한테."

그러자 스타모스가 다시 얼굴을 붉혔다. "그건 내 일이에요."

"맞아요. 그래도 대체 왜 직장 상사랑 자요? 혼자 힘으로 올라갈 능력 되잖아요. 지금이 1980년대도 아니고."

"그때와 비교해 세상이 많이 변했다고 생각해요, 트래비스?"

"글쎄요. 난 여자가 아니라."

"맞아요, 당신은 여자가 아니에요. 그러니 날 판단할 생각 집어치워요." 스타모스가 쏘아붙였다. "그리고 모르는 것 같아서 말해주는데, 우리 회사 전체에 여자 임원은 단 세 명뿐이에요. 빌어먹을 **책자**에 따르면 실력이 반도 못 미치는 남자들한테 자리를 뺏긴 여자가 스물너댓 명은 되고요. 그러니 1980년대 어쩌구 하는 소리는 감히 꺼낼 생각도 말라고요."

"알았어요, 알았어요. 그런 말 들어도 싸네요. 그런데 아까도 말했지만, 세라가 카울이랑 자는 걸 거부했대요. 어쨌든 카울이 나한테 투덜댄 바로는 그래요. 그게 카울이 세라를 살해할 동기로 충분한 것 같아요?"

"퍽이나요. 그 사람은 원하는 여자는 아무나 손에 넣을 수 있는데."

"하지만 카울이 원한 건 세라였는데 세라가 엮이기를 거부했잖아요. 그 일로 자존심이 상했을 수도 있어요."

"그 가설을 포기하지 않을 작정이군요?"

"카울은, 내가 아는 한, 세라가 살해당한 시각에 알리바이가 없어요. 그리고 나한테 거짓말을 했을 수도 있어요. 둘이 잤는지도 모른다고요. 그러다 세라가 임신했고 그게 카울의 아이였던 거죠. 카울이 돈을 주고 애를 지우게 했는데 세라가 그걸 후회해서 다 폭로하려고 했는지도 몰라요. 상사가 부하직원을 임신시키고, 돈을 주면서 애를 지우게 한다? 카울이 교회며 공공연금공단, 교원 단체, 하여간 그런 추문에 눈살 찌푸릴 만한 단체들한테서 돈을 얼마나 많이 받는지 알아요?"

"그 사람, 애 아빠 아니에요."

디바인이 신중한 표정으로 그녀를 보았다. "그걸 어떻게 알죠?"

"그냥 알아요."

"어떻게요?" 디바인이 캐물었다.

"세라가 말해줬어요."

"세라가 그걸 왜 말해줘요? 친한 친구 사이도 아니었잖아요."

"우리는…… 내가 말한 것보다 친한 사이였어요."

"잠깐. 그게 사실이라면, 혹시 세라가 〈고도를 기다리며〉에 관심 보인 진짜 이유도 말해줬어요?"

"모르겠어요."

"모르겠다니, 그게 무슨 소리예요? 알거나 모르거나 둘 중 하나지."

"세라는 뭔가를 걱정하고 있었어요. 근데 나한테 터놓고 말해주진 않았어요. 겁이 났던 것 같아요. 그 얘기는 내가 전에도 했죠. 그리고 나를 개입시키지 않으려고 애썼어요. 나를 보호하려고 그랬던 것 같아요."

디바인이 그녀의 얼굴을 빤히 들여다봤다. 그러다가 천천히 말했다. "세라와 친구 이상의 사이였던 걸로 보이네요."

"세라하고 나는……."

"세라하고 당신은 뭐요?"

"난, 말 못 해……."

디바인은 참을성이 바닥났다. "빌어먹을. 세라는 죽었어요! 그러니 그냥 말해요!"

그러자 스타모스가 고통 어린 숨을 깊이 들이마셨다가 내뱉었다.

"우린…… 우리는 사랑하는 사이였어요. 됐어요? 서로 사랑했다고
요. 이제 만족하니, 이 개자식아?"

그러더니 벌떡 일어나 프리우스로 성큼성큼 가 시동을 걸고 내달
려 사라져버렸다.

디바인은 그대로 앉아 스타모스가 어둠 속으로 사라지는 걸 멍하
니 지켜보았다.

그러다 한참 후에야 집에 들어갔다. 밸런타인이 한마디 던졌다.

"이야, 저 여자 죽이는데. 자는 사이예요?"

"닥쳐, 윌. 좀 닥치라고."

머릿속이 뒤죽박죽이 된 채 디바인은 자기 방으로 올라가 문을 쾅
닫았다.

45

새벽 4시 15분.

고등학교 운동장에서 운동을 시작한 지 10분째였다. 공기는 따스하면서도 후텁지근했고, 구름 낀 컴컴한 하늘에서 새벽녘의 여름비가 부슬부슬 내리기 시작했다.

몸이 충분히 풀리고 땀에 흠뻑 젖은 상태로 운동의 리듬을 찾은 디바인은, 생각은 사방으로 뻗치지만 육체에 정신을 집중하려고 애썼다. 생각해야 할 게 너무 많았다. 전에도 그럴 때마다 기본으로 돌아가 집중하곤 했다. 한 발만 더 딛고, 다음 단계를 파악하고, 또 한 발 내딛고, 거기서 또 한 발 더 내딛고. 그러다 보면 모든 게 이해되는 시점이 왔다.

이번에도 그러기를 빌어야지.

그런 생각을 하는 순간 어둠의 가장자리에서 세 남자가 모습을 드러내, 정돈돼가던 그의 계획을 단번에 흐트러뜨렸다. 그래도 디바인은 그들이 다가오는 소리를 진즉 들은 터라, 몇 걸음 앞으로 나와 그들을 마주했다.

"이게 누구야. 뉴욕 시경에서 아무도 이름을 모른다는 칼 행콕 형사님 아니신가?"

그러고는 백인 버전의 행콕 형사처럼 보이는 나머지 두 남자를 흘깃 보았다.

행콕이 고개를 끄덕였다. "더 빨리 알아채지 못한 게 놀랍군. 그자들하고 얘기하다가 내 얘기를 했고, 그랬더니 그쪽에서 펄쩍 뛰었겠어. 내 말이 맞지?"

"뭐, 대충 그랬지."

비가 본격적으로 내리기 시작한 가운데 디바인은 다른 두 남자를 살폈다. 양심의 가책 따위 모르는, 돈이면 무슨 짓이든 다 하는 인간들. 그런 부류는 질리도록 봐왔다. 그런 치들은 생김새도 비슷했다. 총을 든 좀비들.

행콕이 주머니에서 껌을 꺼내더니 입에 넣고 질겅질겅 씹기 시작했다. 재킷 자락이 벌어져 있었다. 글록이 보였다. 셋 다 무장했음은 의심의 여지가 없었다. 디바인이 가진 건 자기 몸뚱이와 방어용 무기로 사용할 근처에 널린 물건들뿐이었다. 그 정도면 충분할 듯했다. 저들은 이미 중대한 실수를 저질렀으니까.

곧바로 나를 죽이지 않은 게 실수였어.

"웬 협잡질인지 해명할 생각 있어?" 디바인이 물었다.

행콕이 삐딱하게 웃었다. "협잡질이라. 거참 흔히 듣기 힘든 말이군."

"딱 맞는 표현 같은데. 적어도 내가 보기엔."

디바인은 전혀 움직이지 않는 것처럼 보이도록 신경 쓰면서 한 번에 아주 조금씩, 천천히 왼쪽으로 움직였다.

"진짜로 당신 정체가 뭐야, 디바인?"

"그건 내가 할 말인데."

"네가 높으신 분들을 건드렸어. 그런 거 질색하는 분들인데. 그래서 나 같은 사람을 투입하는 거지."

"내가 뭘 했다고 이렇게 관심을 주시는지 모르겠네."

"나한테 곧이곧대로 말하지 않은 것도 한몫했지. 직업 군인이었는데 이제는 투자업계에서 성공해보고 싶다고? 그런 개소리가 어디 있어?"

"평생 총알 피하며 살 수는 없잖아."

"됐고, 너는 거기다 형사 노릇까지 자처해서 여기저기 들쑤시고 다녔잖아. 얼씬도 해선 안 될 곳에 발을 들이고. 그러니 여러 사람 심기를 건드릴 수밖에."

"흠, 댁도 똑같이 그러고 다녔잖아. 그게 내 심기를 엄청 건드렸거든. 게다가 세라는 내 친구였어. 누가 죽였는지 궁금한 게 당연하지. 하지만 내가 대장하고 협상을 했거든. 다 해결됐어. 그러니 댁은 이제 빠져도 돼."

"그럴 일은 없을 거야."

행콕의 실수였다. 방금 중대한 사실 하나를 무심코 드러낸 것이다. 이제 내가 이 조우에서 살아남아 그걸 써먹기만 하면 돼.

"무슨 뜻인지 얘기해줄래?"

"너랑 수다 떨려고 온 거 아니야, 디바인. 아, 그리고 운동 스케줄이랑 장소 알려줘서 고마워."

"흠, 그땐 당신이 인간쓰레기인 줄 몰랐지."

"인간쓰레기가 아니라 그냥 너처럼 열심히 일하는 노동자일 뿐이야. 말 나왔으니 말인데, 너 진짜로 누구 밑에서 일하는 거야? 이 일이 하고 싶지 않은 건 분명한데. 누군가가 등 떠밀어서 이러고 있겠지. 누군지 얘기해봐. 그럼 가줄게."

"내가 머리에 총알 박힌 채 풋볼 경기장 50미터 라인에 버려져 있는 걸 고등학교 풋볼팀 코치가 발견하라고?"

"여기에 버려두진 않을게. 우리가 급이 있지. 일 처리 그렇게 안 한다고. 멀지 않은 데에 호수가 있어. 고통은 없을 거야, 약속하지."

이제 디바인은, 어둠에 힘입어 움직이는 것을 전혀 들키지 않은 채 원위치에서 오른쪽으로 총 20센티미터를 움직였다. 말하자면 착시 같은 건데, 세 남자도 상대적 위치를 고수하기 위해 부지불식간에 디바인과 함께 아주 조금씩 움직이고 있었기 때문이다. 마치 식물이 위치를 조정해가며 서로 간격을 유지하는 것과 같은 이치였다. 간격과 각도만 그대로 유지된다면, 실제 움직임은 상대방이 알아채지 못한다. 디바인은 그걸 육군 근접전투술, 즉 CQB 훈련에서 배웠다. 그때도 유용했지만 지금도 매우 유용하게 먹혀들고 있었다.

더불어 상대는 수적으로 우위라고 오만해져서는 과하게 자신만만해하고 있었다. 바로 그것이 그들 같은 부류와 디바인 같은 부류를 가르는 결정적 차이였다.

"뭘 좀 알아내야겠어. 그러기 위해 너를 패야 한다면 기꺼이 그럴 거야."

"셋밖에 안 되면서 어떻게 그러려고?"

"레인저 출신이라 이거지." 행콕이 씩 웃으며 말했다. "그 정도는 껌이라 이거야? 네가 총알보다 빠르게 움직일 수 있다면야, 뭐 박수 쳐주지. 자, 마지막 기회야. 네 정체가 뭐고 왜 카울앤드컴리에 들어간 거지?"

디바인은 1.5센티미터 더 움직였고 드디어 발목에 타이어가 닿는 걸 느꼈다. "나도 댁들처럼 자본주의의 노예라서 그래."

"너를 죽이고 싶진 않지만, 명령은 따라야 하니까."

"누구의 명령인데?"

행콕이 고개를 저었다.

"아니, 그러지 말고 얘기해봐. 행콕인지 머시기인지 너. 내가 어디가서 발설할 것도 아니잖아? 어차피 아까 말한 그 고요한 호수로 들어갈 건데. 안 그래?"

"이거 하나는 말해주지. 이 일의 배후에서는 네가 상상도 못 할 일이 벌어지고 있어. B급 영화 대사처럼 들리는 거 나도 알아. 그런데 이 경우엔 진짜야. 왜냐면 봐봐, 실제 세계는 영화나 텔레비전에 그려진 것보다 훨씬 복잡하고 위험하거든."

"내가 다 아는 얘기만 해줘서 고마워."

"개인적인 원한은 없어. 근데 나도 가족 먹여 살리려면 어쩔 수 없어서 말이야. 내 밥벌이에 훼방 놓는 건 용납 못 하지."

"대가를 치를 각오나 하라고." 디바인이 이렇게 받아치면서 몸을 긴장시키고 허리를 살짝 굽혔다.

"입 털 시간은 끝났어." 행콕이 시선을 떨구며 권총을 뽑는 순간, 자동차 타이어가 머리를 강타하면서 그를 훌러덩 자빠뜨렸다.

디바인이 던진 두 번째 타이어가 행콕 옆에 있던 남자를 덮치면서 그도 픽 쓰러졌다.

세 번째 남자는 총을 디바인에게 똑바로 겨누고 방아쇠를 당기기 직전이었다. 매번 제일 우려되는 건 세 번째 적이었다.

망할.

다음 순간 어디선가 콰직, 하는 큰 소리가 들려왔다. 총을 쥔 남자가 무슨 소린가 해서 휙 돌아섰고, 빈틈을 포착한 디바인이 그의 명치를 힘껏 들이받았다. 둘이 뒹굴며 싸우다가 권총이 어디론가 날아가버렸다. 그 와중에 디바인이 상대의 목을 콱 쥐고 강철 같은 엄지로 왼쪽 경동맥을 힘껏 누르면서, 동시에 다른 손 검지로 목 정중앙을 압박했다. 엄지로 경동맥을 짓이기며 검지로는 기도를 으깼다. 잠시 후, 상대는 버둥대기를 멈추고 축 늘어졌다.

디바인은 즉시 일어나 전력으로 달리기 시작했다. 행콕 옆을 지나가는데 때마침 그가 힘겹게 일어서는 걸 보고 머리통을 힘껏 찼다. 행콕은 고통에 찬 신음을 뱉으며 흙바닥에 또 한 번 나뒹굴었다.

허리 높이의 울타리를 훌쩍 뛰어넘은 디바인은 착지하자마자 그대로 달려 나갔다. 총알이 난사되는 가운데 지그재그로 달렸고, 그러다 두 건물 사이로 들어가서는 그가 낼 수 있는 최고 속도로 달려 상대의 시야에서 벗어났다. 곧장 집으로 돌아온 그는 911에 전화해 방금 일어난 일을 설명했다. 그런 뒤에야 그는 자신이 다쳤다는 걸 알아챘다. 그가 죽인 남자가 칼을 쥐고 있었던 모양이다. 한쪽 팔에 베인 상처가 있고 한쪽 손바닥에는 더 깊은 자상이 나 있었다. 아마도 자동차 엔진에서 난 소리였을 큰 소음 덕분에 목숨을 건졌다. 상처를 씻어내고 붕대를 감은 후 옷을 갈아입자 때마침 경찰이 집에 도착했다.

먼저 풋볼 경기장에 가서 조사하고 이리로 왔다고, 두 경관 중 선으로 보이는 이가 말했다.

"지금 거기엔 아무도 없습니다." 경관이 말했다. "신고 당시에 누군가를 심하게 해쳤고 어쩌면 죽였을지도 모른다고 말씀하셨는데, 아무래도 잘못 아신 것 같습니다. 그래도 탄피 몇 개랑 혈흔은 발견됐습니다. 운 좋은 줄 아세요. 그러게 왜 그 시간에 혼자 나가고 그러세요? 여기가 안전한 동네긴 하지만, 날 잡아잡수 하는 꼴이잖아요."

그래, 날 잡아잡수 한 것 맞지.

46

6시 20분.

기차는 늘 앉는 자리에서 늘 내다보는 창으로 늘 마주치는 시골 풍경을 물끄러미 바라보는 디바인을 싣고 역사를 덜컹덜컹 벗어났다.

미셸 몽고메리를 볼 거라고는 기대하지 않았기에, 예의 손바닥만한 비키니를 입고 풀 가장자리에 앉아 세상에서 가장 매혹적인 걸 들여다보듯 물끄러미 물속을 응시하고 있는 그녀를 발견했을 때 그는 내심 놀랐다.

몽고메리는 단 한 번도 고개를 들어 기차를 보지 않았다. 가운뎃손가락을 날리지도, 창유리에 얼굴을 바짝 댄 뭇 남성들에겐 야속하게도 티팬티 수영복을 걸친 엉덩이를 보여주지도 않았으며, 몹시 애석하게도 홀딱 벗고 풀에 첨벙 뛰어들지도 않았다.

열차가 속도를 올리기 시작한 뒤에야 그녀는 고개를 들더니……
손을 흔들었다.

열차 칸의 거의 모든 남자가 마주 손을 흔들었다. 디바인만 빼고.
참 아이러니했다. 그녀가 디바인 자신을 향해 손을 흔든 것이 거의 확실했기 때문이다.

곧 열차가 속도를 높이면서, 몽고메리는 시야에서 사라졌다.

디바인은 좌석 등받이에 털썩 기댔다. 그가 이 기차를 타고 다니며 지켜보고 있기에 그녀가 조금 더 주기적으로 나오는 것 같았다. 그걸 어떻게 받아들일지는 디바인도 몰랐다. 그는 지금 카울을 조사 중인데 몽고메리는 카울의 여자다. 자칫하면 한순간에 일이 복잡해질 게 분명했다.

휴대폰을 꺼낸 그는 에머슨 캠벨에게 문자를 보내 그날 중으로 접선 약속을 잡았다. 그런 다음 프레드 유즈가 건넨, 세라에게 임신중절수술을 해준 클리닉에 대한 정보가 적힌 쪽지를 내려다봤다. 전화해봤자 아무것도 알려주지 않을 게 뻔했다. 하지만 직접 찾아가면 뭔가 이야기해줄지도 모른다. 노력은 해봐야 할 것 아닌가. 그는 휴대폰으로 기차 시간표를 확인하고 동선을 짰다.

그래놓고 그는, 그날 아침 자신이 죽인 남자를 떠올리며 큼지막하고 악력이 센 손을 내려다보았다. 살인을 한 손. 그 손바닥을 감싼 붕대를 문지르고 셔츠 소매 안의 붕대도 만지작거렸다.

아무것도 느끼지 마, 디바인. 후회는 물론이고 가책은 더더욱. 죽이지 않았으면 네가 죽었을 거야.

어쩌면 그날 저녁 집에 들어오지 않는다고 그의 행방을 궁금해하고 그를 위해 슬퍼할 가족이 있는지도 모른다. 하지만 결정은 디바인이 아니라 그가 내렸으니까.

디바인은 사람 죽인 그 손을 꽉 말아 쥐어 주머니 속에 숨겼다.

6시 20분 열차는 내켜 하지 않는 승객들을 실은 채 계속 나아갔다.

* * *

오늘은 점심시간에 카울앤드컴리의 대단하신 분들과 어울리러 구내식당으로 내려가지 않았다. 대신 북쪽의 50번가로 향했다. 정확히 말하면 일반인에게는 개방되지 않는 것으로 보이는 그곳에 자리한,

조그만 이탈리안 식당으로.

캠벨이 같은 방 같은 의자에, 옷만 다르게 입은 채로 앉아 있었다. 스파게티 한 접시와 고리버들가지 바구니에 든 키안티 한 병이 반쯤 찬 와인잔과 함께 그의 앞에 놓여 있었다. 셔츠 깃에 커다란 냅킨이 끼워져 있었다. 캠벨은 접시에서 눈을 들지도 않았다.

"오늘 아침에 사람을 죽여야 했어요." 디바인이 입을 열었다.

그 말에도 나이 든 전역 군인은 움찔하지도, 심란해하지도 않았다. 그저 파스타를 한입 먹고 와인을 한 모금 마실 뿐이었다.

"자세히 말해보게."

디바인은 자세히 설명한 후 한마디 덧붙였다. "이번 일에서 카울이 피라미드의 꼭대기에 있는 것 같지는 않습니다."

"처음부터 아닐 거라고 봤네. 그자는 그저 분에 넘치는 보수를 받으면서 목적을 위해 동원된 수단에 불과해."

"좀 더 자세히 말씀해주십시오."

"나도 그러고 싶네. 한데 나도 더 아는 게 없어."

"행콕도 제가 레인저 출신인 걸 알고 있더군요. 처음 봤을 때부터 알고 있었죠."

"자네의 군 복무 이력은 일급기밀이 아닐세."

"그래도 뭔가 거슬려요."

캠벨이 와인잔을 비우더니 반만 손을 댄 스파게티 접시를 멀리 밀어놓으며 대꾸했다. "사실 난 파스타 안 좋아해." 그러고는 냅킨으로 입가를 훔쳤다.

"제 정체가 뭔지, 왜 카울앤드컴퍼니에서 일하는지 대라더군요. 아슬아슬할 정도로 실체에 접근한 거죠. 지금 신경 쓰실 건 그것인 것 같습니다."

캠벨은 잔에 키안티를 더 따랐다. "조사해보겠네. 또 뭐가 있나?"

"세라 유즈와 제니퍼 스타모스는 연인 사이였습니다. 어쨌든 스타모스 말로는요. 그리고 스타모스는 카울이 유즈가 가졌던 아기의 친부가 아닌 걸 알고 있다고 했는데, 그 말을 들으니 오히려 친부의 정체를 알고 있다는 느낌이 들더군요."

"그게 브래드 카울일지도 모른다?"

"카울은 세라가 살해당한 시간대의 알리바이가 없습니다." 디바인이 대꾸했다.

"그게 그 회사에서 벌어지고 있을지 모르는 일과 관련이 있나? 결국 그걸 알아내는 게 자네 임무 아닌가."

"세라 유즈가 스타모스한테 가서 〈고도를 기다리며〉 연극을 입에 올렸답니다. 가서 한번 보라고요. 그래서 제가 가서 봤는데 별다른 건 찾아내지 못했습니다. 다만 그 둘이 친구 이상이었다는 걸 알고 나니 그 연극에 뭔가가 있을 거라는 생각이 듭니다. 카울과 관련 있을 게 틀림없어요. 그리고 51구역 문제도 있습니다." 디바인은 접근 불가의 그 층에 대해 짧게 설명했다. "카울사의 초단타매매 시설이 들어선 층인 줄 알았는데, 아니었습니다. 그 시설은 퀸스에 있습니다. 친구한테 부탁해서 확인했거든요."

"친구?" 캠벨이 경계의 빛을 띠며 물었다.

"그 친구는 자세한 사항은 모릅니다. 화이트해커예요, 해킹으로 먹고사는."

"우리는 그 접근불가 층에 대한 얘기를 다른 경로로 입수했네. 우리도 그곳이 초단타매매 시설이라고 넘겨짚었지. 그게 아닌 걸 안 이상 자네가 거기 들어가야겠어."

"지금 접근 방법을 모색하는 중입니다."

캠벨이 상체를 앞으로 기울였다. "어떻게, 들어갈 수 있을 것 같은가?"

"할 수 있을 것 같습니다. 그런데 좀 도와주셔야겠습니다. 오늘 여기 온 것도 그래서입니다."

47

캠벨과 헤어진 후 디바인은 기차로 웨스트체스터까지 이동한 다음 거기서 택시를 잡아 임신중절 클리닉으로 갔다. 건물 앞에서는 낙태 반대자들이, 생생한 사진을 붙인 나무보드를 쳐들고 시위를 하고 있었다. 그들은 구호를 외치며 행진했다.

한 남자가 디바인 앞에 불쑥 와 서더니 저 "공포의 방"에서 도륙당하고 있는 아기의 애비냐고 물었다.

"아닙니다." 디바인은 대꾸한 뒤 서둘러 그를 지나쳐 클리닉 정문에 달린 벨을 눌렀다. 문에는 단단히 빗장이 쳐진 것은 물론 강철판이 덧대어져 있었으며 한 귀퉁이에는 감시카메라도 달려 있었다.

인터폰으로 음성이 흘러나왔다. "네?"

"트래비스 디바인입니다. 아까 전화드렸죠. 틸리스 박사라는 분과 통화했는데요."

"신분증 있으세요?"

디바인이 운전면허증을 들어 보였다.

"잠시만요."

디바인은 법에 따라 일정 거리를 유지 중인 시위대를 흘끔거리며 기다렸다.

이내 잠금장치의 전자음이 났고, 문을 열고 들어간 그는 등 뒤로 문을 굳게 닫았다.

좁은 입구 로비에 무장경비 한 명이 있었는데, 그가 디바인에게 의심스러운 눈길을 던지며 문형금속탐지기를 통과하게 한 후 휴대형 탐지기로 그의 몸을 훑더니 손으로도 두드려 탐색했다.

얼마 후, 40대로 보이는 수술복 차림의 여자가 나왔다.

"이쪽으로 가시죠." 그녀가 말했다.

그는 우중충한 좁은 방으로 안내되었다. 여자들이 와서 임신중절 수술 상담을 받는 방인 것 같았다. 이것만큼은 보편적 합의에 영영 이르지 못할 주제임을 그도 잘 알고 있었다. 그렇다 해도 사람들이 이곳에 앉아 아마도 일생에 가장 중대한, 그리고 가장 힘겨운 결정을 내리고 있을 모습은 충분히 상상되었다.

이윽고 50대로 보이는 다른 여자가 들어왔다. 남색 원피스 위에 흰 가운을 걸쳤고, 염색하지 않은 희끗희끗한 머리는 힘없이 늘어져 어깨에 닿았다. 목에 건 체인에는 무테안경이 달려 있었다. 파란 눈에서 경계의 빛이 엿보였고, 태도 또한 빠릿빠릿하고 전문가다움이 묻어났다. 그녀는 자신을 '신시아 틸리스 박사'라고 소개했다.

"전화로도 말씀드렸지만 경찰이 이미 다녀갔어요, 디바인 씨. 경찰에도 법적으로 얘기할 수 있는 한도 내로만 말하고 그 이상은 한마디도 하지 않았고요. 소환장을 갖고 와서 정보를 더 요구할 것 같긴 한데, 그건 그때 가서 대처할 문제예요."

"잘 알겠습니다."

"디바인 씨한테는 아무것도 말씀드릴 수 없어요. 경찰은 세라의 살해범을 잡는다는 명분이라도 있죠. 오늘 디바인 씨를 만나기로 한 것도 세라의 임신중절 사실이 언론에 보도됐고, 또 디바인 씨가 세라의 친구였다고 해서예요."

"세라가 어떻게 이 클리닉을 찾아왔죠?"

"누군가한테 소개받았다고 했어요. 이름은 말하지 않았고요. 우리는 모든 절차를 거친 후 세라가 앞으로 나아가는 데 최선이라고 판단되는 방향으로 결정을 내렸습니다."

"세라가 아기 친부가 누군지는 얘기하지 않았고요?"

"말했다 해도 그 정보는 알려드릴 수 없습니다."

"경찰한테도 그렇게 말씀하셨습니까?"

"이러지 마세요, 디바인 씨."

"좋습니다. 세라가 왜 임신을 중절하려는지는 이야기했습니까?"

"그것도 알려드릴 수 없습니다."

디바인은 한쪽 벽에 걸린, 의학용어가 붙은 사진들을 둘러봤다. "어떤 식으로 이루어졌는지 말씀해주실 수 있습니까?"

틸리스는 신중하게 말을 골라 이야기했다. "절차가 일반적으로 어떻게 이루어지는지는 말씀해드릴 수 있어요. 임신 11주까지는 배아기로 봐요. 그 시기까지는 약물 요법이라는 걸로 중절이 가능해요."

"임신중절 '약'을 말씀하시는 건가요?"

"맞아요. 그 경우 1, 2주 내로 후속 진료 일정을 잡아서 임신 상태가 중단됐고 환자가 건강한지 확인해요. 마지막 생리주기가 11주 이상 지났을 경우엔 클리닉에 내원해 임신중절을 해야만 해요. 시술이 여기서 이루어져야 합니다."

"세라는 겨우 임신 8주였다고 들었는데, 그렇다면 약물로 했을 수 있겠군요?"

"그랬을 수 있죠." 틸리스가 애매하게 대답했다. "클리닉이 주관하는 임신중절의 약 40퍼센트는 그런 식으로 이루어져요."

디바인은 재빨리 머리를 굴렸다. 다음 순간 어떤 생각이 떠올랐다. "혹시 세라의 산부인과 담당의가 누구였는지 아십니까?"

"그건 말씀드릴……."

"선생님, 저도 HIPAA(건강보험 양도 및 책임에 관한 법—옮긴이) 때문에 세라의 병력에 대해서는 아무것도 말씀해주실 수 없다는 것 압니다. 담당의 이름만 알려달라는 겁니다. 그것도 알려주면 안 된다는 법은 없는 걸로 아는데요."

"알아서 뭐 하시려고요? 찾아가서 만나려고요?"

"아마도요. 그 사람도 법적으로 말해줄 수 없는 정보는 말해주지 않을 겁니다. 저는 그저 세라의…… 뭐랄까, 임신을 둘러싼 정황에 대해 알고 싶어서 그럽니다. 왜 중절을 했는지요. 담당의는 알지도 모르니까요."

"세라와 잘 아는 사이였나 보죠?"

"회사 동료였습니다. 전화로 말씀드렸듯이 친구 사이기도 했고요. 세라가 죽어서 정말 유감입니다."

"어떤 마음이실지 이해됩니다." 틸리스가 책상을 손톱으로 톡톡 두드리다가 휴대폰을 잠시 들여다봤다. "세라가 댄 이름은 존 와이먼 박사였어요." 그녀는 와이먼 박사의 연락처를 그에게 알려줬다.

"정말 감사합니다. 세라가 여기 왔을 때 혼자였나요?"

"그건 대답하지 않겠어요. 하지만 의료 처치를 받으려면 다른 사람이 동행하도록 돼 있어요. 약물을 통한 임신중절의 경우에는 그렇지 않은 게 보통이고요. 이 경우엔 집에서도 할 수 있고, 종종 그렇게 하죠."

"세라에게는 굉장히 어려운 결정이었을 것 같네요."

"제가 만나는 모든 환자에게 그렇고, 세라도 예외는 아니었어요."

"세라의 부모님이 뉴질랜드에서 와 계십니다. 혹시 얘기 나눠보셨나요?"

"아뇨, 연락 온 적 없어요. 왜 물으시죠?"

"이 클리닉에 대해 알려준 사람이 바로 세라의 어머니였거든요.

그래서 박사님께 연락하게 된 겁니다."

"그럼 그분은 다른 사람한테서 정보를 들은 걸 거예요. 경찰일 수도 있고."

"맞습니다. 그렇게 말씀하셨어요."

"경찰은 세라의 살인범에 대한 단서를 좀 찾았대요?"

"찾았어도 저한테 말해주지는 않을 겁니다."

틸리스 박사가 그를 찬찬히 뜯어보았다. "대답을 기대하는 건 아닌데, 혹시 아이의 친부이신가요?"

"아닙니다. 하지만 상황이 달랐다면 그렇게 됐을 수도 있다고 생각해요."

틸리스는 그 말을 어떻게 해석해야 할지 모르는 것 같았다. 디바인이 보기에는 다소 경계하는 것 같았고, 순간 그는 자신이 또 실언했나 싶어 걱정이 되었다. 그가 문을 나서자마자 박사가 당장 경찰을 부를지도 몰랐다.

"저는 세라가 살해당하기 전에는 그녀가 임신했던 것도 몰랐는걸요." 디바인이 말했다. "보아하니 아무도 몰랐던 것 같습니다."

"아직 초기라 티가 안 났을 거예요. 그 단계에서는 자신이 임신한 줄 모르는 여자도 많아요."

"세라는 참 따뜻한 사람이었어요. 선한 사람이었죠. 그래서 회사 사람들 모두 소식을 듣고 충격을 금치 못했습니다. 그런 일이 일어난 걸 도저히 믿을 수가 없어서요."

"그랬겠네요. 누가 그랬을지, 짐작 가는 사람도 없나요?"

"없습니다. 하지만 제가 찾아냈으면 좋겠습니다."

틸리스가 또 한 번 경계심 어린 표정을 지었다. "그건 경찰한테 맡겨두는 게 좋지 않겠어요?"

"보통은 그렇죠. 그런데 상황이 보기보다 복잡해서요."

48

맨해튼으로 돌아가는 기차에서 디바인은 와이먼 박사의 사무실에 전화를 걸어 세라 유즈의 일로 이야기를 나누고 싶다고 전했다.

하지만 와이먼 박사는 현재 부재중이라는 대답이 돌아왔다. 디바인은 이름과 전화번호를 남긴 뒤 중요한 일이니 박사님에게 가능할 때 연락을 부탁한다고 청했다. 접수원은 그렇게 전하겠다고 한 뒤 전화를 끊어버렸다.

그래, 잘도 전하겠다.

그는 브로드웨이에서 내려 롬바르드 극장까지 걸어갔다. 〈고도를 기다리며〉는 다음 주쯤까지 상연한다고 돼 있었다. 그는 극장 앞을 어슬렁대며 입구 위의 돌출된 차양과 매표소, 출입 차단용 말뚝, 그리고 돌아다니는 사람들을 살펴봤다.

유즈는 모종의 이유로 이 연극에 관심을 가졌다. 회사에서 제니퍼 스타모스의 자리로 직접 찾아가 이 극을 보라고 이야기하기까지 했다. 스타모스 둘이 사랑하는 사이였다고 밝힌 이상, 세라가 스타모스에게만 이 연극에 대해 귀띔한 건 이해가 갔다. 그런데 디바인은 그것에 대해 곱씹을수록 세라가 스타모스에게 해준 말이 더 있을 거라는 확신이 들었다. 세라가 자기를 보호하기 위해 진상을 설명해주지 않았다는 스타모스의 해명은 믿기지 않았다. 세라가 스타모스에게 롬바르드 극장에 가보라고 했다면, 연인인 그녀에게 분명 이유도 말해줬을 것이다.

다음 순간 어떤 생각이 문득 들었다. 디바인은 더 일찍 그 생각을 하지 못한 걸 자책하며 신음을 뱉었다. 당장 휴대폰을 꺼내 구글 검색을 해보고 답을 찾아냈다.

롬바르드 극장의 소유주는 바로…… 로커스트그룹이었다. 세라의 관심은 상연작과 아무 상관이 없었다. 상관있는 건 극이 상연되는 건물이었다. 멋지게 새단장한 그 건물.

크리스천 칠턴의 어퍼이스트사이드 부동산―로커스트그룹 소유. 몽고메리의 엘리베이터 없는 아파트―로커스트그룹 소유. 롬바르드 극장―로커스트그룹 소유.

디바인은 길 양쪽을 둘러보았다. 로커스트그룹이 또 뭘 소유하고 있을까? 그리고 카울앤드컴리와는 어떤 관계일까? 캠벨에게 51구역에 들어갈 방법을 생각해냈다고 말해놨는데. 어쩌면 의문에 대한 답들을 거기서 찾을 수 있을지도 모른다.

필요한 장비는 아까 식당에서 캠벨에게 요청해두었다. 이번에는 다른 필요 물품을 구하기 위해, 휴대폰으로 가장 가까운 애플스토어를 검색했다.

얼마 후 회사의 자기 자리로 돌아온 디바인은 휴대폰을 꺼내, 브래드 카울의 호출을 전달받은 번호로 문자메시지를 한 통 보냈다.

문제가 생겼습니다. 오늘 저녁에 의논해야겠습니다.

'보내기' 버튼 위에 엄지를 얹은 채 한동안 망설이다가, 그냥 눌러버리고 휴대폰을 치웠다. 나머지 근무시간은 별로 할 의욕도 없는 일을 해치우면서 보냈다. 주위의 다른 버너들은 세계 곳곳에서 입수

되는 데이터를 분석하며 전력을 다해 일하고 있었다. 그 많은 돈을 누군가는 벌어들이고, 누군가는 급여로 지급받고, 누군가는 잃고 있었다. 결국 그게 모든 일의 핵심이었다. CNBC 채널과의 인터뷰에서 브래드 카울이 한 발언대로였다.

"첫 10억 달러가 벌기 힘들지요. 그다음부턴 훨씬 수월합니다."

그러시겠지, 개자식.

저녁 7시, 휴대폰 시계를 내려다보며 그냥 집에 갈까 고민하고 있는데 문자가 왔다.

같은 장소, 같은 절차. 9시.

머리 잘 굴리네. 디바인은 생각했다. 자기를 영접하는 영광을 누리려면 야근을 하라는 거잖아. 그렇지만 야근수당을 받는 버너는 없다. 버너들의 야근으로 돈을 버는 건 카울앤드컴리밖에 없었다. 그래도 느지막한 시간이라 다행이었다. 캠벨에게서 필요한 물건을 아직 받지 못했기 때문이다. 지금쯤 도착했을 텐데. 그게 없으면 계획은 물 건너간 거다. 이마에 땀이 한 방울 맺혔다. 이번엔 다른 것 한 가지를 확인할 차례였다. 이것도 없으면 계획은 물거품이 된다. 보통 그는 만반의 준비를 갖추고서야 전략을 실행했다. 그런데 이번에는 그러는 게 불가능했다. 이번만큼은 전형적인 '닭이 먼저냐 달걀이 먼저냐'의 상황이었다.

디바인은 미셸 몽고메리에게 문자를 보내 혹시 오늘 카울과 만나는 자리에 한 번 더 에스코트를 해주겠느냐고 물었다.

한다고 해. 한다고 해줘, 제발.

10분 후, 몽고메리에게서 해주겠다는 답장이 왔다.

말도 못 할 정도로 마음이 놓였다. 몽고메리 없이 그의 계획이 성공할 확률은 제로에 가까웠다. 그와 무관하게, 계획이 틀어질 가능성은 여전히 존재했다. 디바인의 설득력에 따라 결과가 정해질 터였다.

다음으로 그는 '앤 컴리'를 구글에 검색했다. 전에도 해봤지만 건진 건 없었다. 이번에도 검색 결과는 똑같았다. 심지어 에머슨 캠벨과 그의 휘하 요원들도 앤 컴리에 대해서는 아무것도 알아내지 못했다.

이어서 '브래들리 카울'을 검색해봤다. 결과가 한 100억 건 정도는 떴다. 그자가 버는 돈 1달러당 한 건씩인가 싶었다.

디바인은 등받이에 기대앉아 이 문제를 곱씹어봤다. 모건과 스탠리. 사망한 지 오래인데도 두 사람 다 검색 결과가 수두룩하게 뜬다. 메릴과 린치도 마찬가지다. 역사의 뒤안길로 사라진 리먼브라더스의 리먼 형제들도 그렇다. J.P.모건은 뭐 실존 인물이었으니 말할 것 없고. E.F.허턴의 창립자들도 그렇고. 심지어 금융계 밖으로 범위를 넓히면, 할리와 데이비드슨도 관련 자료가 넘쳐났다.

하지만 카울과 컴리는 그렇지 않았다. 그리고 그에 의문을 품은 사람이 디바인 자신이 처음도 아닐 것 같았다. 그 사실에 초점을 맞춰 재검색을 실행하자 6년 전 카울이 〈월스트리트저널〉과 진행한 인터뷰 영상이 나왔다. 영상 속에서 기자가 카울에게 그의 "파트너"에 대한 질문을 던졌다.

카울의 반응은 상당히 흥미로웠다. 질문에 직접적으로 답하는 대신 그는 이렇게 대꾸했다. "파트너십은 다양한 형태를 띨 수 있지요. 어떤 관념 혹은 관점에 불과할 수도 있습니다."

기자가 앤 컴리가 실존하느냐, 만약 그렇다면 어디에 사는 누구냐고 단도직입적으로 묻자 카울은 인터뷰를 종료했다.

영상이 끝나갈 때쯤 카울의 얼굴에 아주 희미한 미소가 어린 것도 같았다.

오후 7시 50분, 드디어 캠벨에게서 문자가 왔다.

하나님, 감사합니다.

회사에서 나와 모퉁이를 돈 그는 방금 돌담에 종이봉투를 얹어놓은 남자를 스쳐 지나갔다. 디바인은 지나가면서 봉투를 집어 들었고, 곧바로 안을 들여다봤다. 거기 든 물건은 조그맣고 제병祭餠만큼 얇았다. 그는 슬그머니 그걸 손에 쥐고 봉투는 쓰레기통에 던져버린 다음, 허리를 숙이고 신발끈을 묶는 척했다. 그러면서 그 장치를 양말 안에 쏙 넣고 그게 신발 안쪽으로 완전히 들어가게끔 밀어 넣었다.

첩보원 훈련을 받은 적은 없지만 중동에서 오랫동안 복무했었다. 그곳에서 치른 전투는 그저 총 들고 적군을 쏘는 게 다가 아니었다. 정보를 모으고 시골과 마을, 도시와 사막에서 만난 아프가니스탄인과 이라크인들에게서 신뢰를 얻어 그들이 기밀을 털어놓게 하는 것이 더 중요했다. 그뿐만 아니라 디바인은, 감시당할 게 분명한 데다 자신이 해를 입지 않고 정보원들 또한 죽임당하지 않도록 만전을 기해야 하는 정보 전달 임무도 여러 번 수행해봤지 않은가.

한결 가뿐해진 기분으로 그는 업무에 복귀했다.

8시 58분에 사무실 문이 열렸다. 문가에 윌러드 폴슨이 서 있었다. 그가 디바인에게 손짓했고 디바인은 재킷을 걸친 후 서류가방을 들고 남은 버너들에게 손을 흔들어 보였다. 그중 두 명, 남자 한 명과 여자 한 명이 호기심 어린 눈으로 그를 보았다. 디바인이 여러 번은 아니어도 몇 차례 함께 맥주를 마시고 식사도 했던 이들이었다. 그들은 카울앤드컴리에 대해, 이곳의 숨 막히는 업무량과 말도 안 되게 심한 경쟁의식 그리고 다음 단계로 올라갈 자격이 못 되면 어쩌나 하는, 모두가 품고 있는 불안감에 대해 토로했었다.

그런데도 디바인은 그들의 개인적인 삶에 대해서는 아는 바가 거의 없었고 그들 역시 디바인의 개인적 삶에 대해 거의 몰랐다. 그냥 이곳은 그런 곳이었다. 군인이었을 때는 함께 싸우는 동료 병사들의 시시콜콜한 부분까지 다 꿰고 있었는데. 곳곳에 말 그대로 '벽wall'이 쳐진 월가의 현실은 달라도 너무 달랐다.

그래도 그 벽 중 하나를 오늘 밤 뚫을 수 있기를.

49

몽고메리가 엘리베이터 앞에서 그를 맞이했고, 폴슨은 바로 가버
렸다. 몽고메리는 애도라도 하듯 머리부터 발끝까지 검은색 복장이
었다. 그녀가 애도하는 게 자신의 죽음은 아니기를 디바인은 빌었
다. 순간 몽고메리에 대한 꺼림칙한 의심이 고개를 들었다. 하지만
그에겐 착수해야 할 임무가 있었고, 지금 당장 행동에 나서야 했다.

그녀의 손에 쥐인 금덩어리를 흘끔 내려다봤다. 핑퐁 게임을 개시
할 때였다. 그는 숨을 깊이 들이마신 뒤 입을 열었다. "저기, 미셸?"

"네?"

"부탁 하나만 들어줄 수 있어요?" 문자로는 차마 하지 못한 부탁
이었다. 얼굴을 맞대고 말해야만 할 사안이니까. 카울이 했던 말처
럼. **아날로그로.**

"뭔데요?"

디바인은 그날 구입한 아이폰을 꺼내 들어 보였다. 카울의 아이폰
과 같은 모델이었고 케이스도 똑같은 금색 케이스였다. 대기화면도
똑같은 이미지, 그러니까 파란색 부가티 시론으로 설정해두었다. 저
번에 카울의 휴대폰 액정 화면을 찍은 사진을 참고해 똑같은 아이콘
들도 띄워놓았다. 같은 통신사에 가입해서 통신사명과 네트워크 바
도 똑같이 뜨게 해놓았다.

"무슨 뜻인지 모르겠는데요." 몽고메리가 그 아이폰을 내려다보며 말했다.

"그 휴대폰을 아주 잠깐만 쓰게 해줘요. 내가 쓰는 동안 카울한테는 이걸 주고요."

그러자 그녀는 안색이 파리해지면서 움찔 물러났다. "뭐라고요? 미쳤어요? 안 돼요!"

"내가 좀 미친 구석이 있죠. 근데 오늘 아침에 웬 남자들이 덮쳐서 나를 죽이려고 했거든요. 여기서 벌어지는 일과 관계가 있는 게 분명해요."

몽고메리는 입을 떡 벌리고 그를 쳐다봤다. "오늘 아침에 누가 당신을 죽이려고 했다고요? 나더러 지금 그 얘기를 믿으라고……."

디바인이 손의 붕대를 벗기고 손을 들어 보였다. "이거, 수프 캔 따다가 벤 거 아니에요." 재킷을 벗고 소매를 걷어 팔의 상처도 보여주었다.

"맙소사, 경찰에 신고는 했어요?"

"네, 그런데 경찰이 도착했을 때쯤 범인 일당은 사라진 지 오래였어요."

"그게 브래드의 회사와 관련이 있는 건 어떻게 알아요?"

"그자가 한 말 때문에요. 프리랜서일 수도 있는데, 잘 모르겠어요."

"프리랜서요?"

"용병이라고 하면 이해가 더 쉬울지 모르겠네요."

"대체 무슨 일에 엮인 거예요, 트래비스?"

"브래드 카울이 무슨 일에 엮인 거냐고 물어야 하지 않을까요. 바로 그래서 카울의 휴대폰이 필요하다는 거예요."

몽고메리가 당장이라도 자신을 공격할지 모를 코브라라도 보듯 카울의 휴대폰을 내려다봤다.

"부탁이에요, 미셸. 세라의 죽음과도 관계있을지 몰라요."

그녀는 심란해하는 기색이 역력했다. "이걸로 뭘 하려고요?"

"이 건물에서 그거 없이는 접근할 수 없는 곳에 들어가려고요. 어쨌 든 그게 황금열쇠이기를 바라요. 만약 아니라면 그걸로 그만인 거고."

"일단 들어간 뒤엔 뭘 어쩌려고요?"

"그냥 둘러보려고요. 약속해요. 아무것도 훔치지 않을게요."

"거짓말하는 거면……."

"거짓말 아니에요. 나도 이러고 싶지 않아요. 그런데 선택의 여지 가 없어요, 지금으로선. 아침에 나를 덮친 놈들은 임무를 완수하지 못하고 사라졌어요. 그러니 다시 올 거예요." 그리고 디바인은 덧붙 였다. "우리, 곧 가봐야 해요. 안 그러면 카울이 의심할 거예요."

"하지만 내가 휴대폰을 바꿔치기하면 브래드가 알아챌……."

"대기화면이랑 앱 아이콘까지 완벽히 세팅한 복제판이에요."

"브래드가 휴대폰을 쓰려고 하면 어쩌죠?"

"나랑 얘기하는 동안은 쓰지 않을 거예요. 내가 사라진 뒤에는 그 의 주의를 끌어요. 볼일 금방 해치울게요. 그런 다음 몰래 돌아와서 폰을 도로 바꿔치기해놓을게요."

"세상에. 그 계획에 잘못될 구석이 얼마나 많은지 알아요? 그럼 난 엄청난 곤경에 처하는 거라고요."

"진실을 밝혀낼 유일한 길이에요, 미셸. 나도 다른 방법이 있다면 기꺼이 그걸 택하겠어요."

"이봐요, 트래비스. 나는 당신을 잘은 몰라요. 근데 브래드는 훨씬 오래 알았거든요. 그 사람, 좀 재수 없는 인간이긴 하지만……."

"로커스트그룹."

"네?"

"로커스트그룹. 당신이 사는 아파트의 소유주예요. 롬바드 극장

도 소유하고 있고요. 당신 친구 크리스천 칠턴이 사는 브라운스톤도
그들 소유예요."

"그래서 뭐요?"

"세라가 제니퍼 스타모스한테 롬바르드 극장을 확인해보라고 했
어요. 걱정됐던 거죠. 겁에 질려 있었어요. 그러더니 결국 살해당했
고요. 내가 그 건물 기록을 확인해봤더니 로커스트그룹 소유였어요.
당신이 사는 아파트랑 똑같이. 카울이 곧 로커스트그룹이라는 데 내
손모가지를 걸겠어요."

"건물을 소유하는 게 범죄는 아니잖아요."

"사람을 죽이는 건 범죄죠, 미셸."

"브래드가 죽였다는 증거도……."

"나한테 그 휴대폰 빌려주면 증거를 찾아내볼게요. 실은 한 층 전
체가 접근 불가인 구역이 있어요. 처음엔 카울사의 초단타매매가 이
루어지는 곳인 줄 알았는데 아니었어요. 다른 뭔가가 있어요. 그게
뭔지 알아내야겠어요. 카울이 내 보안카드와 같은 용도로 쓰는 그
휴대폰이 거기 들어가게 해줄 거라고 거의 확신해요."

"그래도, 대체 왜 이러는 건데요? 세라 유즈 때문에?"

"그것도 하나의 이유이긴 해요."

"직장 동료 이상의 관계였어요? 거짓말할 생각 말아요."

"그 이상이었던 것 맞아요. 우린…… 솔직히 나는 세라가 내 운명
의 상대인 줄 알았어요. 적어도 나는 그랬죠."

"세라랑 잤어요?"

"한 번. 그러고서 세라가 관계를 끝냈어요. 근데 지금은 그 이유를
알 것 같아요."

"뭔데요?"

"세라는 다른 사람을 사랑하고 있었어요. 어떤 여자요."

몽고메리가 숨을 한 번 길게 들이쉬더니 물었다. "세라 말고, 이러는 다른 이유는 뭐예요?"

"거기에 대해서는 그냥 나를 믿어주는 수밖에 없어요, 미셸. 여기까지 말해준 것도 나로서는 큰 위험을 무릅쓴 거예요. 미셸이 당장 카울한테 가서 다 털어놓을 수도 있으니까. 하지만 안 그러리라고 믿어요. 나도 똑같이 믿어주지 않을래요? 나를 믿어보지 않겠어요?"

진땀 나도록 긴 몇 초가 흘렀다. 디바인은 그 몇 초 내내 숨을 참고 기다렸다. 이윽고 몽고메리가 천천히 휴대폰을 내밀었다. 디바인은 그걸 받아 들고 가짜 폰을 건넸다.

"고마워요." 그가 나직이 말했다.

몽고메리는 그를 쳐다보지도 않았다.

이미 액정 화면에 보안 앱이 띄워져 있었다. 카울이 몽고메리에게 휴대폰을 건네기 전에 그렇게 해놨을 게 틀림없었다. 디바인은 그걸로 엘리베이터를 작동시켰다.

두 사람은 엘리베이터를 타고 올라갔고, 문이 열리자 펜트하우스 입구 로비가 나왔다. 거기에 카울이 서 있었다. 카울은 보안용 금속 탐지기로 디바인의 몸을 훑었지만, 종아리 아래까지는 훑지 않았다.

"금방 끝내게, 디바인." 그는 몽고메리에게 고개를 짧게 끄덕이며 손을 내밀었다. 몽고메리가 가짜 휴대폰을 건넸고, 카울은 그걸 내려다보지도 않았다. "따라오게."

그들은 다른 방으로 이동했다. 거기서 카울은 휴대폰을 테이블에 내려놓았다. "수고했어, 미셸." 카울이 이렇게 말하며 대충 손짓으로 그녀를 쫓아버렸다.

몽고메리는 복도 저쪽으로 사라졌다.

소파에 앉은 카울이 디바인에게도 앉으라고 손짓했다. "그래서?" 카울이 운을 뗐다.

디바인은 그와 마주 앉았다. "오늘 아침 아주 이른 시간에 웬 남자들이 저를 찾아왔습니다."

"남자들이라니, 무슨 일로?"

"그중 한 명은 세라의 사건을 담당한 형사인 척했던 자입니다. 알고 보니 사칭이더군요. 오늘은 저더러 이 회사에 대해 어떤 얘기를 털어놓게 하려고 찾아온 거였습니다. 제가 거부하자 저를 공격하더군요." 디바인은 카울에게 싸움에서 입은 부상을 보여주었다.

카울은 보는 둥 마는 둥 했다. "이 회사에 대해 뭘 알고 싶어 하던가?"

디바인은 그를 유심히 살피고 있었다. 왜냐하면 행콕이 그를 쫓는 다른 무리가 있다고 했지만, 행콕 자신이 실제로 카울과 한패일 가능성도 배제할 수 없었기 때문이다. 카울에게는 디바인을 처치할 명백한 동기가 있었다. 한데 카울은 놀란 기색이었다. 더 의미심장한 건, 걱정하는 기색을 보인다는 것이었다. 물론 디바인을 위해서가 아니라, 자기 자신을 걱정하는 것이었지만.

"세라가 이 회사에서 실제로 무슨 일을 했는지에 대해서요." 디바인은 거짓말로 둘러댔다. "누가 그녀를 죽였고 왜 그랬는지. 뭐 그런 거요."

"그런데 아무것도 말해주지 않았다?"

"제가 뭘 말할 수 있겠습니까? 아무것도 모르는데. 그리고 제가 말을 해줬으면 그쪽이 저를 이 지경으로 만들었겠습니까?"

"흠, 그건 그래." 카울이 정신이 딴 데 팔린 투로 대꾸했다. 머리를 팽팽 굴리고 있는 게 틀림없었다.

"그들이 또 찾아오면 어쩌죠?"

"내가 여기저기 좀 알아보지." 그러더니 그는 디바인을 유심히 살폈다. "어디 말해보게, 디바인. 친구 사이에. 아니, 이제는 '사업 파트너 간'이라고 해야겠군."

"뭘 말해보라는 겁니까?"

"세라를 왜 죽였는지."

"전 죽이지 않았습니다."

"아직도 부인할 셈인가?"

"잠깐……."

"아니, 자네나 닥치고 들어!" 카울이 버럭 내뱉었다. "그날 밤 출입 기록에 찍힌 보안카드는 자네 게 유일해. 감시카메라 영상에도 자네가 찍혀 있고."

"대표님이 그렇게 조작했으니까요!"

"그거야 자네 주장이지."

"대표님이 제 보안카드를 복제한 다음 다른 사람이 건물에 들어가게 하고 그 사람 몸에 제 얼굴을 합성했잖습니까. 왜 이러세요! 정확히 그런 일을 하는 회사를 인수하셨으면서."

"내가 그 회사를 인수한 건 맞지만 실상은 말이야, 디바인. 내가 했다고 자네가 주장하는 그런 짓을 누구한테도 시키지 않았네. 자네 보안카드를 건드리지도 않았고 남의 몸에 자네 얼굴을 합성하지도 않았어."

디바인이 뚫어질 듯 그를 노려보았다. "그걸 저더러 믿으라는 겁니까?"

카울이 체념한 표정으로 고개를 저었다. "젠장, 내가 그런 조작을 했을 법도 하지. 한데 그럴 생각을 미처 못 했다고, 알겠나? 영상과 출입 기록을 봤을 땐 자네를 바로 경찰에 넘기고 그길로 문제를 덮을 작정이었던 건 맞네. 근데 자네가 나랑 제니퍼의 사진과 영상으로 나한테 치명타를 날렸잖나. 자네가 가진 패를 보이기 전에 그 증거를 경찰에게 넘기지 않은 게 신의 한 수였지. 그랬다면 나한테 맞장 뜰 패가 없었을 테니까."

디바인은 자신도 온전히는 이해 못 할 이유로, 카울의 말을 믿었다. 카울과는 모든 게 거래였으니까. 카울이 그를 누명 씌우려 한 게 아니라면, 그럼 대체 누가 그랬을까?

카울은 계속 투덜댔다. "자문단을 갈아치워야겠어. 내가 바로 얼마 전에 거금 주고 사들인 회사의 기술로 자네한테 누명을 씌운다는 아이디어를 단 한 명도 내놓지 못했으니. 쓸모없는 새끼들." 그러더니 소파 등받이에 털썩 기대앉아 씩씩대며 허공을 응시했다.

"뭐든 알아내면 연락 주십시오." 디바인이 말했다.

"하, 연락은 무슨. 우린 얘기 끝났어."

디바인이 일어서는데 카울이 말했다. "잠깐, 내 휴대폰으로 엘리베이터 태워 보내야지." 카울도 따라 일어서더니 테이블 위의 휴대폰으로 손을 뻗었다. 가짜 휴대폰으로.

디바인은 여기까지는 생각지 못했기에 머릿속이 새하얘졌다. 강력한 공황이 그를 덮쳐왔다.

"내가 할게요, 브래드." 그때 모퉁이를 돌아 나타난 몽고메리가 말했다. 모퉁이 너머에서 듣고 있었던 게 틀림없었다.

그녀는 카울의 손이 닿기 전에 휴대폰을 낚아채더니 디바인을 문으로 안내했다.

"신세 졌어요." 디바인이 나지막하게 말했다.

"아주 크게 신세 졌죠. 그걸 잊지 말아요, 디바인 씨."

50

엘리베이터가 하강하기 시작했다. 디바인은 51층 버튼을 누른 다음 숨을 참고 기다렸다. 버튼에 불이 들어오더니 그대로 켜져 있었다. 그는 숨을 훅 토해내며 벽에 등을 기댔다. 이윽고 51층에서 문이 스르륵 열렸고 디바인은 조심스레 발을 내디뎠다. 휴대폰 설정은 진작 확인해뒀다. 일단은 화면 자동잠금 설정을 해놓지 않은 상태였는데, 아까 디바인을 엘리베이터에 태워 펜트하우스까지 안내하도록 몽고메리에게 휴대폰을 맡겨야 해서 그랬을 것이다. 그러니 그건 신경 쓰지 않아도 된다.

복도는 길고, 텅 비어 있었다. 심지어 바닥에 카펫도 깔지 않아서 건물 골조인 콘크리트슬래브가 고스란히 드러나 있었다. 감시카메라를 찾아 두리번거렸지만 카메라는 한 대도 보이지 않았다.

카울 말고는 아무도 이 층에 접근할 수 없다는 점만 믿고 있는 거야. 게다가 카울은 아무도 이 층을 들여다보는 걸 원치 않을 테니.

손목시계를 확인한 디바인은 서둘러 걸음을 옮겼다. 복도 저 끝에 전자 리더기가 달린 문이 보였다. 그 문에 귀를 대봤지만 웅, 하는 기계음만 들려왔다. 발소리도, 드문드문한 대화 소리도, 전화통화 소리도 들리지 않았다.

시간이 없어, 디바인. 그냥 저질러버려. 젠장, 중동에 있을 때는 문 저편에 적들이 너를 죽이려고 기다리고 있는 걸 알면서도 이것보단 빨리 움직였잖아.

리더기에 휴대폰을 갖다 대자 문이 열렸다. 그가 안으로 들어갔다. 그리고 멈춰 서서 다시 한번 감시카메라가 없나 주위를 살폈다. 이번에도 카메라는 없었다.

엄청나게 큰 방이었다. 보이는 건 캐비닛에 든 서버들과, 방 안 전체에 쫙 깔린 테이블 위에 놓여 있는 컴퓨터 모니터들뿐이었다.

얼른 그리로 가 모니터 몇 대를 들여다봤다. 디바인의 자리에 있는 모니터와 별다를 바 없이, 데이터가 화면을 채우고 있었다. 그는 자신의 휴대폰을 꺼내 사진을 몇 장 찍은 뒤 영상을 찍기 시작했다. 아마도 계좌번호겠지. 자금 전송 경로 데이터일 수도 있고. 하여간 돈의 움직임에 대한 것임은 거의 확실했다. 그리고 현재 매입되거나 매각되고 있는 게 분명한 회사 및 부동산, 기타 자산의 명단도 있었다.

찍는 내내 단서들을 하나의 그림으로 맞춰보려고, 혹은 이곳에서 대체 어떤 거래가 이루어지고 있는지 추측해보려고 머리를 굴렸다. 불법적인 일인지 아니면 그저 극비로 진행되는 일인지, 아직은 알 수 없었다.

화면에 줄줄이 뜨는 숫자들과 그 옆에 붙은 통화 기호를 볼 때 세계 곳곳에서 자산이 이동하고 있음을 알 수 있었다. 이런 거래가 쉴 새 없이 이루어진다면 이 사업의 규모는, 그 사업이 뭐건 간에 가히 매머드급일 터였다. 적어도 모니터에 뜬 자료로 파악한바, 매각되는 자산 대부분은 국내 자산인 것 같았다. 하지만 모니터에 뜬 은행명이나 다른 데이터로 보건대, 쏟아져 들어오는 돈의 큰 부분은 해외에서 흘러드는 걸로 보였다.

모니터 하나를 들여다보는데 '로커스트그룹'이라는 이름이 떴다. 방금 어딘지 모를 곳으로부터 로커스트그룹의 주머니로 400만 달러가 들어갔다. 디바인은 그걸 사진으로 찍었다. 다른 모니터들에도 매각되는 부동산 데이터가 뜨고 있었다. 큰 자산, 작은 자산, 중간급의 자산 할 것 없이. 계좌가 채워지고 또 어디서는 계좌가 비워졌다. 그러더니 이내 다시 채워졌고, 그 패턴이 끊임없이 반복되었다. 디바인은 그것들을 전부 영상에 담았다.

문득 손목시계를 확인했다. 아무에게도 들키지 않고 펜트하우스 층으로 돌아가야 했다. 카울에게 어쩌다 보니 그곳으로 돌아왔다고 둘러댈 수도 없었다. 왜냐면 혼자 펜트하우스 층으로 돌아갈 유일한 방법은 그가 손에 넣어서는 안 될 휴대폰을 사용하는 것밖에 없으니까.

디바인은 신발에서 캠벨이 구해다 준 얇은 장치를 꺼낸 다음 그걸 설치할 적당한 곳을 찾아 두리번거렸다. 곧 벽에서 적절한 위치를 발견했다. 장치를 거기 부착하고 보니 마치 처음부터 거기 있었던 양 전혀 티가 나지 않았다. 우주시대에 개발된 물건 수준의 성능을 장착한 카메라였다. 원래 나사가 우주탐사에 쓰려고 설계했으나 미국 방첩부가 가장 위험도 높은 환경에서 감시 장치로 활용하려고 가져갔다고 했다. 51구역은 외부로부터의 전자 도청을 막기 위해 꽤나 엄중히 보호장치가 돼 있을 게 분명했다. 일단 이 방에는 창문이 없었고, 벽 내부에는 아마 구리판을 비롯해 온갖 도청방지 장치가 덧대어져 있을 것이다. 밸런타인은 아무래도 그 장치들을 뚫지 못한 것 같았다. 디바인은 그 점에서 유리했다. 밸런타인이 외부에서 안을 들여다보는 입장이었다면, 디바인은 안에서 기밀 정보를 빼가는 입장이니까. 거기다 51구역의 기밀을 엿보는 작업은 원래 우주탐사 장비였다는 이 스파이카메라가 해줄 것이다. 어쨌든, 그렇게 해주기를 바랐다.

디바인은 휴대폰에 그 장치와 연결된 카메라 앱을 띄운 다음 그걸 작동시켰다. 그러자 조그만 화면에…… 가동 중인 51구역이 떴다.

이제 건물 밖으로 나가도 똑같이 화면에 뜨는지를 확인할 차례였다.

그는 방에서 나가 엘리베이터를 타고 올라갔다. 엘리베이터 문이 열리기 직전 짧게 기도를 올렸다. 밖을 슬쩍 내다보고 아무도 없는 걸 확인한 그는 로비 층 버튼을 눌러놓고 문이 닫히지 않게 고정한 다음 펜트하우스 현관으로 후다닥 들어갔다. 지금이 고비야. 자칫하면 여기서 다 망하고 말 거야. 왜냐면 카울이 아까 전에 생각에 잠겨 있었던 만큼 소파에 앉아 여전히 생각에 잠겨 있을 수도 있고, 아니면 가짜 휴대폰을 손에 쥐고 있을지도 모르니까.

디바인은 몇 분 전 그들이 앉아 있던 방 안을, 고개를 쭉 빼고 슬쩍 들여다봤다.

카울은 거기에 없었다. 그럼 어디 있을까.

재빨리 테이블로 간 디바인은 휴대폰이 그 위에 그대로 있는 걸 보고 안도의 한숨을 토했다. 재킷 소매로 케이스에 묻은 지문을 닦아낸 후 휴대폰을 도로 바꿔치기했다. 그러고는 다시 한번 둘러보는데, 어떤 소리가 들려왔다.

제기랄.

소리를 따라가다가 그 진원지인 듯한 방의 문에 시선이 꽂혔다. 바닥을 내려다본 순간 의심은 확신이 되었다. 몽고메리가 조금 전 입고 있던 옷가지가 아무렇게나 널려 있었다.

방에 불쑥 들어가 제지하고픈 마음이 굴뚝같았다. 들어가서 몽고메리에게 그러지 말라고…….

하지만 그래봐야 무슨 소용인가?

디바인은 도로 엘리베이터로 뛰어가 정지 버튼을 해제했고, 엘리베이터는 지층을 향해 빠르게 하강했다.

내려가는 내내 머릿속에 떠오르는 건 그 침실 문이 열리면서 카울이, 주먹을 날리고픈 충동을 부르는 의기양양한 표정으로 바지 지퍼를 올리며 걸어 나오는 장면뿐이었다. 그리고 몽고메리는 방 안에서, 스타모스가 그랬던 것처럼 사지를 아무렇게나 뻗은 채로 누워 내가 방금 무슨 짓을 한 거지 하고 자책하는 광경.

디바인은 회사 건물을 나서면서, 이보다 더 자신이 역겨웠던 순간은 없었다고 생각했다.

제발, 이럴 가치가 있는 일이었기를.

이어서 그는 속으로 기도를 올리며 자기 휴대폰의 카메라 앱을 켰다. 하나…… 둘…… 셋.

액정 화면에 51구역의 실시간 영상이 하나둘 떴다. 디바인은 폐에 공기가 안 남도록 숨을 훅 토해냈다.

빙고.

그러고 나서 야간 경비가 데스크를 지키고 있는 사옥 로비를 물끄러미 바라보는데, 한 가지 아이디어가 번뜩 떠올랐다.

디바인은 자신의 보안카드를 찍고 다시 사옥에 들어가 경비에게 다가갔다.

늘 보던 그 사람이었다. 그는 디바인을 보자 씩 웃었다. "벌써 내일 업무 개시하시게요?"

디바인도 마주 웃었다. "그럴 리가요. 오늘은 이만 퇴근하지만, 여쭤볼 게 있어서요."

"얼마든지 물어보십쇼."

"세라 유즈가 살해당한 날 밤 근무 중이셨죠?"

경비의 얼굴에서 웃음기가 가셨다. 그가 고개를 절레절레 저으며 눈을 질끈 감았다. "세상에 그런 끔찍한 일은 처음이었어요. 끔찍하다마다."

"그러게 말입니다. 경찰이 저하고 다른 직원들 몇 명을 인터뷰했거든요. 듣자 하니 그날 자정에 로비에 들어왔다가 새벽 1시 10분경에 나간 사람이 있다네요."

"그 시간에 아무도 안 들어왔어요."

디바인은 놀란 표정을 지었다. "무슨 말씀이세요?"

"내가 자정에서 정확히 20분 지나서 순찰을 도는데, 다 돌면 20분 쯤 걸리거든요. 어떤 구역들은 반드시 비밀번호를 찍고 들어가야 돼서 전자기록이 남아요. 그 말은 내가 자정에도, 그리고 새벽 1시 10분에도 로비에 있었다는 거죠. 그날 밤 로비에 들어온 사람은 없었어요. 내가 여기서 일한 지도 벌써 6년인데, 그렇게 늦은 시간에 누가 들어온 적은 한 손에 꼽을 정도로 적어요."

"그걸 경찰한테 얘기하셨습니까?"

"그럼요, 했죠. 그리고 뭘 조사해야 하는지도 말해줬고."

"뭔데요?"

"건물 뒤편의 종업원용 출입구하고 엘리베이터요. 같은 보안카드로 거기도 이용할 수 있거든요. 거기에도 감시카메라가 한 대 있고."

그러면서 그는 콘솔을 가리켰다. 여섯 개의 각기 다른 화면에 영상이 떠 있었다. "여기 오른쪽 화면을 봐요. 저 문밖에 있는 사람이 나오지. 내가 시간마다 들여다보는 화면 중 하나예요. 별일 없나 확인하려고. 근데 들어오려면 보안카드가 필요한 데다, 문 바로 바깥에 전화기가 있거든요. 근무시간 중에 외부 관계자가 들어오려면 거기서 전화를 해야 돼요. 그럼 우리가 사람 보내서 데리고 들어온 다음 방문 예약은 했는지, 무슨 용건인지 다 체크해요."

"유즈가 살해당한 날 밤에 누가 그런 식으로 들어왔는지, 경찰이 그 카메라에 찍힌 영상을 확인했나요?"

"내가 그러라고 제안한 김에 직접 확인시켜줬죠."

"그럼 문제의 그 시간에, 그러니까 자정부터 새벽 4시 사이에 누가 그 경로로 들어왔습니까?"

"범인이 정문으로 들어왔다면 내가 못 봤을 리 없으니, 정문으로 들어온 건 아닐 거예요. 감시카메라 녹화분을, 확실히 하려고 아예 밤 11시분부터 돌려봤어요." 야간 경비는 고개를 저었다. "근데 아무것도 없던데. 거기 아무도 없었어요."

"혹시 영상에 누가 손을 댔을 가능성은 없나요? 편집을 했다든가."

"에, 글쎄요. 나는 그냥 야간 경비라서. 컴퓨터 천재가 아니라요. 근무시간 이후 외부 관계자는, 특수 작업으로 야간에 꼭 들어와야 하는 경우가 아니면 벨을 울리지 않아요. 근데 그럴 경우엔 사전에 다 조율을 해두니까 나도 내 근무시간에는 보통 그 카메라는 안 들여다보고. 하지만 녹화분은 깨끗했어요. 그것만은 확실해요."

"그렇지만 앞문과 뒷문 중 어느 출입구로 들어왔는지, 보안카드 기록으로 남지 않아요?"

"내가 아는 한 그렇지 않아요. 앞문이든 뒷문이든 마찬가지예요. 어쨌든 요는, 들어오려면 카드가 필요하다는 거예요. 경찰도 그 시간대 출입 기록을 확인했을 테고. 근데 녹화영상이 깨끗하다는 거랑, 그날 밤 들어오는 사람을 내가 한 명도 못 봤다는 건 확실히 말해줄 수 있어요. 그러니 그 여자분을 죽인 게 누구든 이미 건물 안에 있었던 것 같아요."

경비는 모르지만 디바인이 아는 사실은, 그 시간대에 디바인이 건물에 들어온 것처럼 영상이 조작됐다는 것이었다. 그리고 그의 보안카드가 복제되고 출입 기록이 조작되어 더더욱 빼도 박도 못하게 범인으로 몰리게 생겼다는 것.

그러니까 출입 기록도 감시카메라 영상도, 한마디로 쓸모가 없다는 거로군.

하지만 경비가 흥미로운 가능성을 제시하긴 했다. 범인이 이미 건물 안에 있었을 거라니, 정말 그럴까? 분명 그럴 법하긴 했다. 그날 밤 한 명도 빠짐없이 카울앤드컴리 건물에서 나갔다는 걸 확인하기란 실제로 불가능하니까. 브래드 카울도 포함해서.

경찰은 세라가 성관계를 했는지, 혹은 성폭행이나 강간을 당했는지 여부는 언급하지 않았다. 카울이 그녀와 성관계를 시도했는데 세라가 거부했을까? 그래서 카울이 분노에 휩싸여 세라를 목 졸라 죽였고, 범죄를 은폐하기 위해 그녀를 매단 걸까? 카울은 그럴 만한 신체 조건이 충분히 된다. 게다가 자신의 성적 접근을 그녀가 거부한 것에 분명 기분 상해 있었고.

스피어스의 추측이 정확히 들어맞을 수도 있다. 말로는 아니라고 하지만 카울이 전자 로그에서 자신의 기록을 삭제하고 디바인의 기록을 입힌 뒤 사이버서전의 전문가를 시켜 디바인이 그 시간에 로비에 들어온 것처럼 조작했을 수 있다. 단, 그랬다면 경비의 증언이 그 계획을 망쳐놨을 것이다. 설사 뉴욕 경찰이 디바인의 출입 흔적이 남은 기록을 손에 넣고 심지어 감시카메라 녹화분에서 디바인을 발견했다 하더라도, 그런 일은 일어나지 않았다는 실제 인물의 증언에 맞닥뜨렸을 것이다.

전자기기를 이용한 속임수에도 한계가 있다는 이야기다.

나에게도 한계가 있을 테고. 게다가 조만간 그 한계에 부딪힐지도 모르겠군.

그런 생각을 하며 디바인은 캄캄한 건물 밖으로 걸어 나갔다.

51

디바인이 지금 사용 중인 수첩은 낙서와 메모, 말풍선 안에 끼적인 생각과 거기서 나온 계산식, 단체나 조직 목록, 달러화와 외화 총액 따위뿐만 아니라 자금이체 날짜를 포함한 각종 데이터로 가득했다. 그리고 물음표도 잔뜩 있었다.

디바인은 크게 하품을 하고 커피를 한 잔 더 들이켰다. 그는 지금 자기 방, 자기 침대 위에 있었다. 휴대폰에서 노트북으로 옮긴 51구역 영상은 거의 다 살펴봤다.

그다음엔 그가 심어둔 카메라에서 휴대폰으로 전송되는 영상을 살펴봤다. 51구역은 아직도 웅웅, 하는 소리를 내며 가동 중이었다. 심어놓은 카메라가 전송하는 영상에서 모니터 화면 몇 개는 아주 또렷이 알아볼 수 있었다.

로커스트그룹은 여러 차례 더 화면에 떴다. 칠턴의 메이플라워엔터프라이즈로 돈이 흘러드는 것도 포착됐다. 하룻밤 새 300만 달러 가까운 돈이 그리로 흘러들었다.

손목시계를 확인하니 거의 새벽 4시였다.

운동을 좀 해야 할 것 같았다. 옷을 갈아입고 막 나서는데 질 탭쇼의 방문 밑으로 빛이 새어나오고 있었다. 그는 그 방문을 노크했다.

"질, 일찍 일어났네. 무슨 일 있어?"

옷을 차려입은 탭쇼가 환히 웃으며 문을 열었다. "암스테르담에 있는 어떤 잡지사랑 인터뷰하기로 돼 있어요."

"몇 시 비행긴데?"

"왜 이래요, 아마추어같이. 줌으로 할 거예요."

"어느 잡지산데?"

"〈더매거진〉이요. 잡지 이름이 '잡지'라니, 아이디어 좋지 않아요? 뭐, 영어로 번역한 이름이긴 하지만요. 네덜란드어 이름은 달라요. 나는 네덜란드어는 죽어도 못 배울 것 같아요. 단어들이 너무 길고 자음이 많아서."

디바인이 웃으며 한마디 했다. "그래도 거기는 커피가 맛있고 대마초도 여기보다 끝내줘."

"유럽에서 제일 핫한 온라인 매체라고요, 아저씨. 게다가 거기 구독자층하고 우리 허밍버드의 핵심고객층은 환상의 조합이고요. 그렇지 않아도 해외 노출을 어떻게 확대할까 고민 중이었는데, 딱 좋은 기회예요."

꼭두새벽임에도 불구하고 탭쇼의 열정이 전염되어 디바인도 덩달아 기분이 좋아졌다.

"가서 매력 발산하고 와."

탭쇼의 미소가 잦아들었다. "물어본다는 걸 깜빡했는데요. 어제 아침에 왜 경찰이 찾아온 거예요? 이른 시간이었지만 문 두드리는 소리에 깼거든요. 밖에 경광등이 보이더라고요. 내 방 창이 길 쪽으로 나 있어서."

"아, 그거? 뭐…… 별거 아니었어."

탭쇼가 발끈한 얼굴로 그를 쏘아봤다. "아저씨, 경찰이 별일 아닌 걸로 찾아오진 않아요."

"알았어. 내가 평소처럼 고등학교 운동장에서 운동하고 있었는데 강도들이 덮쳤어."

"강도라고요!"

"난 괜찮아, 질. 별일 없었어. 그냥 동네 깡패새끼 두어 명이었어."

"혹, 혹시 다치진 않았어요?" 탭쇼가 그를 아래위로 살폈다. 다행히 그가 붕대 묶은 손을 등 뒤에 두고 있어서 탭쇼에게 다친 걸 들키지는 않았다.

"아니, 털끝 하나 안 다쳤어. 내 덩치를 보더니 꽁지 빠지게 도망치던걸. 근데 칼이랑 다른 무기를 쥐고 있어서, 경찰에 신고하는 게 좋겠다 싶었지. 그러니까…… 쓸데없이 겁주려는 건 아니지만 당분간 조심해서 다녀, 알았지? 조금이라도 수상한 거 발견하면 경찰에 신고해. 그리고 너, 차고로 들어올 때 뒷문 깜빡하고 안 잠그는 날 많더라. 앞으로는 차 문도 잠가 버릇하고. 지금부터 그렇게 해, 알았어? 아무리 조심해도 지나치지 않으니까."

"알았어요, 트래비스 아저씨. 그럴게요." 탭쇼가 운동복 차림의 그를 훑어보며 말했다. "그런 일 당하고 운동장에 또 가도 돼요?"

"거기 안 가." 디바인이 손전등을 들어 보였다. "그냥 달리기나 하고 오려고. 자, 어서 가서 네덜란드인 데이트 중매 서줘."

탭쇼의 얼굴에 미소가 돌아왔다. "그럴게요. 고마워요."

집을 나서면서 디바인은 만약 행콕이 질이나 헬렌 아니면 월에게 무슨 짓이라도 했다간 지구 끝까지 쫓아가 갈기갈기 찢어발겨주리라 다짐했다.

* * *

몇 시간 후, 샤워하고 정장을 차려입은 그는 기차역으로 향했다.

열차 안에서 그는 심어둔 카메라가 여전히 작동하나 확인하느라 휴대폰을 자꾸만 들여다봤다. 그 디지털 공간에서 이루어지는 방대한 규모의 자금이체와 거래가 새삼 놀라웠다.

전날 저녁 있었던 일을 생각하면 오늘은 미셸 몽고메리가 나와 있을 거라 기대하지 않았는데, 그의 예상이 빗나갔다. 그녀가 비키니 차림으로 나와 있었다. 열차를 쳐다보거나 손을 흔들지는 않았다. 어깨가 축 처진 게 피곤해 보였다. 카울과 함께 여기로 돌아온 게 분명했다. 전날 밤 있었던 일을 떠올리면, 그녀가 아침 일찍부터 명상하러 풀장에 나온 것도 이해가 갔다.

결코 다 갚을 수 없는 빚을 졌어.

시내에 다다른 그는 지하철로 갈아탔다. 그리고 휴대폰을 다시 켰다가 흠칫 놀랐다.

51구역의 거래 일체가 중단되었다. 컴퓨터 화면이 전부 새카맸다. 서버들도 더 이상 윙윙 소리를 내지 않았다. 다 죽어 있었다.

회사에 도착하니 정문 앞에 두 남자가 서 있었다. 왠지 디바인을 기다리고 있었던 것 같은 느낌이었다.

슈메이커와 에크먼은 밤새 한숨도 못 잔 얼굴이었다.

디바인이 다가가며 한마디 했다. "나는 내가 제일 피곤해 보이는 줄 알았는데, 나보다 더한 사람들이 있었네."

"헛소리 집어치워요, 디바인. 큰 문제가 생겼으니까. 그 말은 곧 당신한테 큰 문제가 생겼다는 뜻이지."

"무슨 소리죠?"

"어젯밤 자정부터 새벽 3시까지 어디에 있었습니까?"

"집에요."

"증언해줄 사람 있어요?"

"그 시간이면 다 자고 있죠, 나를 포함해서. 내가 또 뭣 때문에 알리바이가 필요한데요?"

"제니퍼 스타모스가 집에서 시체로 발견됐어요." 에크먼이 어두운 표정으로 말했다.

52

분위기가 영안실 같다는 표현으로는 부족하다고, 출근한 디바인
은 생각했다.

모두 신경이 곤두서 보였다. 다들 제발 여기서 탈출했으면 하는 기
색이었다.

나도 마찬가지고.

카울앤드컴리는 가장 큰 회의실에서 오전 9시에 전체 회의를 소집
했다.

뜻밖에도 브래드 카울은 발언하지 않았다. 아예 참석도 하지 않았
다. 베일에 싸인 앤 컴리가 케이크 상자에서 짠 튀어나와 직원들에
게 들으나 마나 한 의견을 표명하지도 않았다. 대신 임원 중 한 명이
사건에 대한 최소한의 정보를 전달했다.

스타모스는 침실에서 발견되었다고 했다. 어떻게 죽었는지에 대
해서는 경찰이 발표하지 않았다고 했다. 한 직원이 누가 시신을 발
견하고 경찰에 알렸는지 묻자 임원은 모른다고 대답했다. 그러고는
원하는 직원에게 회사 측이 전문상담 서비스를 제공할 거라고 했다.

그게 다였다.

다들 자기 업무로 돌아갔다.

디바인도 그렇게 했다. 개인 메일함에 이메일이 도착했다는 알림

이 뜨기 전까지는.

제니퍼도 이렇게 가네. 시간문제야. 단 한 사람만 사랑할 수 있는 법. 그 후엔 사랑했다 잃었다를 반복하는 거지. 그녀는 게임에서 잃은 거야. 사사로운 부분은 굳이 언급하지 않을게. 추악하거든. 재미도 없고. 하지만 그렇게 되어야만 했어.

디바인은 그 메시지를 멍하니 바라봤다. 이번에도 발신자는 모르는 이였다. 지난번처럼 그냥 숫자의 나열이었다.

몽고메리에게 문자를 보내 시내에서 만나 점심을 같이할 수 있느냐고 물었다. 좋다는 답장이 왔고, 디바인은 12시 30분쯤 사무실을 나섰다.

두 사람은 카울사 건물과 몽고메리가 사는 소호 아파트의 중간쯤에서 만났다.

몽고메리는 흰색 청바지와 파란색 반소매 블라우스 차림이었다. 얼굴이 긴장으로 팽팽했고 눈도 퉁퉁 부어 있었다.

디바인의 머릿속에 순간 끔찍한 생각이 떠올랐다. "잠깐, 혹시 카울이……."

그러자 몽고메리가 한 손을 들어 제지했다. "아뇨, 강제로 하지 않았어요. 내가…… 하게 해준 거죠. 오히려 부추겼어요."

"그럴 필요까진 없었어요, 미셸. '주의를 끌어달라'고 했을 때 내 말뜻은……."

"그럼 무슨 뜻이었는데요?" 그녀가 받아쳤다. "빌어먹을 시라도 읽어주라는 뜻이었어요? 내가 돌아가자마자 브래드가 휴대폰을 집어 들고 바로 어디에 전화하려고 했단 말이에요. 머리를 빨리 굴려야 했는데 떠오르는 게 그것뿐이었어요."

"맙소사. 내가 멍청했어요. 정말 미안해요."

"그냥…… 잊어버려요. 어차피 지난 일이에요. 브래드랑 처음 잔
것도 아닌데. 그이도 어차피 그것 때문에 나를 데리고 있는 거고."

"상당히 차분하게 받아들이네요."

"어떤 땐 섹스는 그냥 섹스일 뿐이에요, 트래비스, 알겠어요? 남
자들이 여자들하고 다르게 봐서 그렇지. 내가 키를 쥐고 내 뜻대로
끝나기만 하면 나는 아무렇지 않아요. 그러니 당신도 그냥 넘어가
요, 알겠죠?"

"알겠어요." 디바인이 재빨리 대꾸했다.

그들은 건물 표면을 벽돌로 치장한 카페로 들어가 안쪽 깊숙한 곳
에 자리 잡고 주문을 했다. 음료가 나온 후 몽고메리가 입을 열었다.
"그 층에서 원하던 걸 찾았어요?"

"네."

"무슨 일이 일어나고 있는 거예요?"

"상상도 못 할 규모의 송금이 이루어지고 있어요. 그 돈은 다시 다
수의 사업체로 분배되고, 또 그 사업체들은 다른 목적으로 그 돈을
사용하고요."

"하지만 그게 브래드의 회사가 하는 일 아니에요? 그 사업체들이
하는 일이기도 하고요."

"이런 식으로는 아니에요." 디바인은 아이스티를 한 모금 마시고
말을 이었다. "이해가 안 가는 구석이 하나 있어요."

"하나만요? 와, 나는 하나도 이해 안 되는데."

디바인이 설명을 계속했다. "카울이 나를 세라의 살인범으로 몰아
간 거라고 확신했었어요. 내 보안카드를 복제하고 범행 당시에 찍힌
감시 영상에다 내 얼굴을 합성해서요."

"뭐라고요?" 몽고메리가 숨을 헉 들이마셨다.

"아, 맞다. 이 얘기 안 했었구나."

몽고메리가 의심 가득한 눈초리로 그를 쳐다봤다.

디바인이 지긋지긋하다는 투로 말했다. "내가 안 죽였어요, 미셸. 회사 야간 경비하고 얘기해봤는데, 내 얼굴이 감시카메라 영상에 찍히고 내 보안카드 사용 기록이 남은 그 시간대에 아무도 사옥에 들어오지 않았다고 경찰에 진술했대요. 그러니 나를 범인으로 몰았어도 소용없었을 거예요. 하지만 카울은 그걸 몰랐죠."

"그렇군요."

"그런데 어젯밤 내가 카울한테 왜 나를 범인으로 몰았느냐고 대놓고 물어봤어요. 카울이 부인하더라고요."

"그럼 어떤 반응을 기대했어요? 자백이라도 할 줄 알았어요?"

"알아요, 나도 그 생각을 한두 번 한 게 아니에요. 카울이 그랬을까, 안 그랬을까? 근데 생각하면 할수록 카울이 사실대로 얘기한 것 같단 말이죠. 경쟁심이 보통이 아닌 사람이고 또 돈 쓴 만큼 거둬들이길 원하는 사람이잖아요. 나한테 누명 씌우는 아이디어를 자기가 먼저 떠올리지 못한 걸 분하게 여기더라고요. 그리고 고액 연봉 받아먹는 자문단 중에서 단 한 명도 그 아이디어를 제시하지 않았다고 열받아 했어요. 카울도 보안 기록과 영상을 나중에 봤는데, 보고 나서야 그걸 이용해 사건을 덮어버릴 생각이 들었대요. 아니 오히려 그 증거들을 보고 내가 진짜로 세라를 죽인 줄 안 것 같아요. 그런데 경찰이 회사를 들쑤시고 다니는 걸 원치 않았고, 내가 어젯밤 발견한 증거를 보면 왜 그랬는지도 알 것 같아요. 하지만 나도 나름 손에 넣은 카울의 약점을 가지고 맞수를 내놨고, 덕분에 카울이 내 범행의 증거라고 믿은 걸 경찰에 폭로하는 걸 막을 수 있었어요."

"어떤 약점인데요?"

디바인은 스타모스를 떠올렸다. 이제는 죽은 제니퍼 스타모스. "카울이 절대 세상에 알려지길 원치 않는 거라고만 해둘게요. 중요한 건, 카울이 나한테 누명 씌우려 한 게 아니라면 대체 누가 그랬을까요?"

"그건 나도 도와줄 수 없어요. 전혀 짚이는 데가 없거든요."

디바인은 갑자기 어떤 의심이 증폭되어 그녀에게 시선을 던졌다. "어젯밤 몇 시에 펜트하우스를 떠났어요? 출근길에 기차에서 당신이 풀장에 나와 있는 걸 봤는데."

"새벽 1시쯤이요. 잠이 안 왔어요, 어젯밤에…… 그러고 나서. 브래드도 어디선가 전화가 와서 깼고요. 어딜 가봐야 한다더라고요. 나는 원하면 거기 있어도 된다고 했어요. 근데 있기 싫었어요, 어젯밤 그러고 난 뒤에는. 그래서 브래드의 전용 엘리베이터로 같이 내려왔고, 그 사람이 운전기사를 불러줬어요. 교외에 있는 그 사람 저택으로 가기로 했죠. 어젯밤엔 맨해튼에 한시도 머물고 싶지 않았거든요."

"카울이 부가티를 몰고 갔나요?"

"아니요, 그 사람도 운전기사 서비스를 불렀어요."

"누가 전화했고 어디로 가는지는 말 안 했고요?"

"아뇨, 왜요?"

디바인이 초조한 표정으로 그녀를 바라봤다. "카울이 회사 사무실에서 섹스하는 사이였던 제니퍼 스타모스가 어젯밤 자정에서 새벽 3시 사이 자택에서 살해당했어요."

콜라를 한 모금 머금었던 몽고메리는 하마터면 그걸 도로 뿜을 뻔했다. "뭐라고요!"

"그래서 오늘 아침 회사에서 전사 회의가 있었어요. 두 명이나 살해됐으니 다들 신경이 곤두서서요. 근데 카울은 참석하지 않았어요. 다른 사람이 대신 주재했죠."

"전에 나더러 제니퍼 스타모스를 아느냐고 물었잖아요."

"그랬죠. 스타모스랑 카울이 그런 관계인 걸 알고 있었거든요." 디바인이 몽고메리의 얼굴을 유심히 살폈다.

그녀가 움찔 몸을 굳히더니 말했다. "잠깐, 당신 설마…… 설마 브래드가…… 그 여자를 죽였다고 생각하는 거예요?"

"나도 몰라요. 스타모스가 밤늦게 카울한테 전화하는 것도 있을 법한 일이잖아요. 카울이 그녀를 죽이지 않았다 해도 시신은 발견했을 수 있고요. 아침에 회의를 주재한 임원은 누가 경찰에 신고했고 누가 시신을 발견했는지 말해주지 않았어요."

"혹시 브래드도 죽었을까요?"

"그랬다면 소식이 들려왔을 거예요."

"시신이 아직 발견되지 않았다면 아니죠." 몽고메리가 반박했다.

"카울이 익명으로 경찰에 신고한 뒤 달아났을 수도 있어요. 카울이 시신을 발견했다면 아마, 내가 그랬던 것처럼 사람들이 자신을 범인으로 볼 거라고 생각했을 거예요. 그리고 나 말고 둘의 관계를 아는 다른 사람이 있을지도 모르고요. 그렇잖아도 카울은 어젯밤 내가 한 말 때문에 심란했을 텐데, 거기에다 살인사건까지 일어났고 그 피해자가 자기가 같이 뒹굴던 상대다? 언론이 신나서 씹고 뜯었을걸요. 경찰도 당장 들이닥쳤을 거고요." 디바인은 잠시 말을 멈췄다가 다시 이었다. "혹시 카울이 다른 여자도 만나는지 알아요?"

"브래드라면 당연히 만날 거예요. 우리 관계도 영원히 지속될 건 아니었고요. 나도 당신한테 와서 같이 수영하자고 했잖아요. 그날 밤 당신이랑 잘 생각이었어요. 나도 그러는 마당에 브래드가 다른 여자랑 자건 말건 난 상관없어요. 서로 공평하니까."

"그렇군요."

몽고메리가 문득 고개를 저었다. "어젯밤엔 내가 세상에서 제일 기분 더러운 날을 보낸 줄 알았는데. 그 여자 너무 안됐어요."

"말해줄 게 또 있어요."

"뭔데요?"

"스타모스의 살인범에게서 메시지가 왔어요."

"트래비스!"

그는 그날 아침 받은 이메일에 대해, 그리고 세라가 죽고서 받은 그전 이메일에 대해서도 털어놓았다. 두 이메일 다 발신인 추적이 불가능하다는 것도.

"살인범이 왜 당신과 접촉하려 드는 거죠?"

"모르겠어요, 미셸. 나는 두 여자 다 알고 지냈어요. 내가 생각해낼 수 있는 연결고리는 그것뿐이에요. 하지만 둘 다 알고 지냈던 다른 사람도 많으니까."

"하지만 세라하고는 과거가 있었잖아요. 같이 잔 사이니까."

"맞아요." 디바인이 시인했다.

"누가 메일을 보냈는지 정말로 알아낼 방법이 없어요?"

"세계 정상급 해커한테 시켜봤어요. 그런데 못 했어요. 지금 다른 사람한테 부탁해둔 상태예요."

"기묘하다는 말로는 부족하네요."

"동감이에요. 그래도 계속 조사해야 해요." 디바인이 말을 멈추고 아이스티를 한 모금 마시더니 조용히 덧붙였다. "카울한테 연락해서 내가 스타모스 살인사건 때문에 얘기 좀 했으면 한다고 전해줄 수 있어요?"

"용건이 너무 모호하지 않아요?" 몽고메리가 대꾸했다.

"일부러 그러는 거예요."

몽고메리가 휴대폰을 꺼내 카울에게 문자를 보냈다. 그러고는 휴대폰을 내려놓고 콜라가 든 잔을 만지작거렸다. "그러는 당신은 어젯밤 거기에서 어디로 갔어요?"

"집에 가서 거기서 찾아낸 증거를 가지고 조사를 좀 해봤어요. 카울이 답장하면 나한테 알려줘요."

"정말로 브래드가 스타모스를 죽였다고 생각해요?" 몽고메리가
물었다.

"누군가는 그녀를 죽였는데, 나는 아니에요."

53

오후 8시.

디바인은 제니퍼 스타모스가 살았던, 할렘 근처 해밀턴하이츠의 집 건너편에 서 있었다. 이제는 그녀가 죽은 곳이기도 했다. 집 주소는 회사 데이터베이스에서 알아냈다. 알쏭달쏭한 문제의 이메일은 열 번도 더 읽어봤다. **단 한 사람만 사랑할 수 있는 법.** 의미가 있는 문장일지도 모른다. 스타모스는 유즈를 사랑했다. 유즈는 그 전에 다른 사람을 사랑했을까? 그런데 그 사랑이 스타모스에게로 옮겨 갔으니 유즈는 게임에서 잃은 게 됐다는 건가? 스타모스도 그랬고? 그리고 '추악하다'는 건 또 무슨 소리일까? '재미없다'는 건?

스타모스의 집은 미셸 몽고메리의 아파트처럼 엘리베이터 없는 건물의 지상층이었고, 동네가 어퍼맨해튼이라는 점만 달랐다. 매일같이 거의 맨해튼 최북단에서 최남단까지 통근해야 했을 것이다. 세라 유즈가 살던 곳만큼 스타일리시한 곳은 아니지만 다양한 사람들이 섞여 살아가는 활기 넘치는 노동자층 동네였다. 집 앞에 경찰차가 여러 대 서 있었다. 형사들과 법의학팀이 안에서 살인범을 찾을 단서를 수집하느라 무진장 애를 쓰고 있을 것이다.

뉴스에는 스타모스가 어떻게 죽었는지 자세히 보도되지 않았다. 경찰이 짐작 가능한 이유로 그 정보를 쉬쉬하고 있었다. 카울이 사건을 신고하고 도주한 장본인이 아닐까 하는 의심이 다시금 고개를 들었다. 카울에게 전화한 사람이 스타모스가 아니라면, 하필 그녀가 살해됐을 즈음에 카울이 외출한 건 상당한 우연의 일치였다.

추적 불가능한 메일도 카울이 보낸 걸까? 동원 가능한 수단이 무궁무진한 만큼 세계 최고의 IT 기술자도 얼마든지 고용할 수 있으니까.

스타모스가 어떤 식으로든 카울을 압박하고 있었던 걸까? 어쩌면 유즈가 스타모스에게 카울에 대해, 그리고 51구역에서 진행되는 일에 대해서도 무슨 말을 흘렸는지 몰라. 유즈는 로커스트그룹과 그들이 롬바르드 극장을 소유한 사실도 알고 있었잖아. 아마 그걸 알아서 살해당했을 테고, 이제 똑같은 일이 스타모스에게 일어난 건지도 몰라.

디바인은 캠벨에게 문자를 보내 접선 약속을 잡은 후 지하철을 타고 미드타운으로 이동해서 예의 그 이탈리안 식당으로 갔다.

캠벨은 같은 방 같은 의자에, 이번엔 다른 음식을 앞에 두고 앉아 있었다.

"브론지니야." 디바인의 호기심 어린 눈길에 캠벨이 설명했다. "사람들은 이탈리아 하면 무조건 스파게티인 줄 알지만 사실은 생선 요리가 더 맛있지, 배고픈가?"

디바인은 이 퇴역 장군이 만날 때마다 점점 더 격의 없고 유해지는 걸 알아챘다. 그게 연기, 그러니까 일종의 전략인지 아니면 실제로 그를 호의적으로 보기 시작해서 그러는 건지는 알 수 없었다.

여덟 시간 전에 점심을 먹는 둥 마는 둥 하고 아침마저 건너뛴지라 디바인은 냉큼 대꾸했다. "감사히 잘 먹겠습니다."

음식이 나오고 두 사람은 먹기 시작했다.

디바인은 51층에서 찾아낸 것들에 대해, 그리고 미셸 몽고메리가 어떤 식으로 도움을 줬는지에 대해 대략 5분에 걸쳐 보고했다.

"첩보요원의 자질이 보이는 여자로군." 캠벨이 한마디 했다.

아마 저보다 나을 겁니다, 라고 생각하면서 디바인은 이렇게 말했다. "나쁜 소식이 있습니다. 영상이 잘 전송되고 있었거든요. 그런데 오늘 아침 출근길에 보니 전부 중지됐더군요."

"뭐?" 캠벨이 날카롭게 뱉었다.

"잘 전송되는지 보려고 수시로 휴대폰을 체크했거든요. 맨해튼으로 들어오기 전까지만 해도 잘되고 있었습니다."

"그쪽이 카메라를 발견한 게 분명해."

"그건 아닌 것 같습니다. 발견했다면 왜 카메라를 제거하지 않았겠습니까? 거래가 재개되기만 하면 여전히 들여다볼 수는 있거든요."

"음, 받은 영상을 나한테 전송하게." 캠벨이 지시했다.

"데이터 용량이 엄청납니다. 이메일로 안 될걸요."

그러자 캠벨이 어디론가 전화를 했다. 잠시 후 한 남자가 들어왔다. 디바인이 그에게 자료를 보여주자 남자는 노트북에 안전하게 파일을 옮길 수 있게 해주고는 가버렸다.

캠벨이 다시 입을 열었다. "자료를 요원들이 즉시 분석하도록 조치하겠네. 그건 그렇고, 왜 즉각 보고하지 않았나?" 그가 퉁명스럽게 덧붙였다.

"또 하나 말씀드릴 게 바로 그겁니다." 디바인은 그날 아침 일찍 뉴욕 시경 소속 형사들이 회사 앞에서 기다리고 있다가 제니퍼 스타모스의 살해 소식을 알려왔다고 이야기했다.

"하루 종일 그 생각에 사로잡혀 있었어요." 디바인이 말했다. "한데 마음에 걸리는 게 또 있습니다." 그는 캠벨에게 그날 받은 추적 불가한 이메일을 보여주었다.

캠벨이 그걸 보더니 말했다. "이게 살인범이라면, 모종의 이유로 자네를 타깃으로 삼고 있군. 짐작 가는 이유 있나?"

"아뇨, 전혀요."

"우리가 추적해봤으면 하나?"

"다른 사람한테 부탁해놨는데 진전이 있답니다."

"자네의 해커 친구?"

"아뇨, 더 뛰어난 친구입니다."

"그래도 나한테 전달해보게. 팀원을 시켜 추적해보지. 다른 사람이 시도해봐서 손해 볼 건 없으니."

디바인은 이메일을 캠벨에게 전달했다.

캠벨이 말했다. "당연히 감시 영상도 우리 쪽 법회계학팀에게 조사를 맡기겠지만, 자네도 MBA를 따지 않았나. 여태껏 모은 증거를 보면 일이 어떻게 돌아가는 것 같나?"

"해외 계좌로 보이는 출처에서 거액의 돈이 들어오고 또 거액의 돈이 나가고 있습니다. 그 돈이 흘러드는 사업체 중에 로커스트그룹도 있고요. 브로드웨이에 있는 롬바르드 극장을 로커스트그룹이 소유하고 있고, 소호에 있는 미셸 몽고메리의 아파트와 크리스천 칠턴이 사는 어퍼이스트사이드의 브라운스톤 주택도 그들 소유입니다. 그런데 이건 빙산의 일각에 불과해요. 부동산이며 기타 자산을 수천, 수만 건 사들이는 중일 수도 있습니다."

"해외 계좌라고 했지. 유입되는 자금의 정확한 출처를 알아낼 수 있나?" 캠벨이 물었다.

"번호 계좌(번호로만 식별하는 은행 계좌—옮긴이)들인데 스위스 계좌일 수도 있고 바하마 계좌, 어쩌면 차드(아프리카 중북부의 공화국—옮긴이) 계좌일 수도 있습니다. 해외 위탁 플랫폼으로, 전송 경로가 미로처럼 꼬여 있어요. 장군님의 법회계학팀 전체를 동원해도 겨우 알아낼까 말까일 겁니다. 게다가 다양한 암호화폐 전송도 포착됐습니다. 국제적 규모의 거래인 건 확실합니다."

캠벨은 포크로 생선을 툭툭 두드렸다. "그래, 무슨 작업인 것 같나? 돈세탁?"

"그거라고밖엔 말할 수 없겠죠. 그런데 현대 금융의 세계에서 이런 자동화 시스템이 가동되면서 전 세계 자산을 사들이고 돈을 전송하는 건 전적으로 합법일 수 있습니다. 이 바닥에서는 속도가 하나의 유력한 무기인데, 비록 이 정도 속도와 규모는 아니어도 다른 회사들도 다들 이런 유의 거래를 하고 있으니까요."

"정말로 합법적 사업이라고 보나?" 캠벨이 물었다.

"두 가지 일만 아니었으면 저도 모르겠다고 대답했을 겁니다."

"그 두 가지가 뭔가?"

"세라 유즈와 제니퍼 스타모스가 살해당한 거요. 거대 투자사의 이런 거래와 관련해서 흔히 벌어지는 사건은 아니잖아요. 그러니 그걸로 거래를 중단시키기에는 충분할 겁니다. 안 그렇습니까?"

이렇게 말하고 디바인이 캠벨에게 시선을 던졌는데, 캠벨은 그다지 확신이 없는 눈치였다.

"왜 그러십니까?" 디바인이 물었다.

"증거 문제가 있네."

"제가 알아낸 것들은……."

"…… 전부 법정에서 인정되지 않을 걸세, 디바인. 오염된 나무의 열매니까."

"저는 민간인이잖습니까."

"실력 있는 변호사라면 자네가 정부 기관에 포섭됐고 아예 연방 당국이 제공한 특수 감시 장치를 사용했다고 법정에서 주장할 걸세. 우리에겐 법적 반론의 여지가 없을 거야."

"그건 그래요." 디바인도 마지못해 동의했다.

"하지만 어떻게든 우회해 갈 방법은 있겠지."

"있기를 바랍니다. 뉴욕 시경 소속 형사를 사칭한 행콕이라는 자에 대해서는 뭔가 알아내신 거라도 있습니까?"

"당연히 아직 공식적으로는 발표할 수 없지만, 그자가 아무래도 에릭 바틀릿이라는 인물 같다는 정보가 입수됐네. 전직 CIA 요원이야. 8년 전쯤 은퇴했지. 그 후 여기저기서 떳떳하지 못한 일을 수행하는 게 목격됐고. 하지만 잡아서 책임을 지우기엔 너무 약삭빨라서 말이지. 전에도 이런저런 의뢰 건을 수행하느라 비슷한 사칭을 한 적이 있네."

"흠, 이번에 우리가 다시는 사칭 못 하고 활동도 못 하게 제대로 처넣었으면 좋겠네요. 가능하면 다시는 마주치지 않고 싶거든요."

* * *

밤늦게 귀가하니 탭쇼의 방 불은 꺼져 있었지만 스피어스의 방에서는 불빛이 새어나오고 있었다. 그는 방문을 노크했다.

"네?"

"트래비스야, 잠깐 시간 돼?"

스피어스가 문을 열더니 살피는 눈으로 그를 훑어봤다. "질이 그러는데 강도를 당했다면서요. 질한테도 조심하라고 했…… 아니, 우리 전부 다요. 얼마나 심각했기에 그래요?"

"이 정도로 끝난 거면 다행이다 싶어."

"사실은 강도가 아니었죠?" 스피어스가 물었다.

"형사를 사칭한 놈이랑 그놈 부하들이었어. 총하고 칼을 지니고 있더라고. 덕분에 여기를 좀 긁혔지." 디바인이 손을 들어 보였다.

"그 정도면 살아남은 게 용하네요." 스피어스가 차분히 대꾸했다.

"실력보단 운이 작용했어."

"그건 아닌 것 같은데요. 육군이 훈련 빡세게 잘 시켰나 보죠."

디바인이 그녀 등 뒤의 책 더미로 눈길을 던졌다. "공부 잘돼?"

"되긴 돼요. 불법행위책임법은 쉬워요. 형사법이 어렵지."

"형사범죄 저지른 놈들이 그 소리 하던데." 디바인이 받아쳤다.

"뉴스 봤어요. 제니퍼 스타모스가 죽었다고요."

"응."

"며칠 전 저녁에 찾아온 사람 맞아요?"

"응."

"그 여자가 브래드 카울이랑 자는 사이고 트래비스가 그 증거를 갖고 있다고 했잖아요."

"응."

"불리하게 됐네요, 트래비스한테."

"나는 스타모스를 죽이지 않았어, 헬렌. 내가 왜 그러겠어?"

"자꾸 나한테 법률 조언을 떠보는데, 스타모스가 트래비스의 협박을 허세라고 보고 죄다 폭로하겠다고 했다 치면 그게 살인 동기가 될 수도 있어요. 그래서 입을 막은 거죠. 알리바이는 있어요?"

"아니, 근데 카울이 딱 스타모스가 살해당했을 때쯤 전화를 받고 나간 걸 알게 됐어. 지금은 자취를 감췄고. 그러니 카울이 스타모스를 죽였거나, 아니면 시신을 발견하고 경찰에 신고한 다음 은신 중인 거겠지."

스피어스가 대꾸했다. "그자가 스타모스를 죽이고 경찰에 신고도 했을 수 있죠."

"카울이 왜 그러겠어?"

"죄책감 때문에. 아니면 자진 신고하면 어떤 식으로든 유리할 거라고 생각해서. 사람은 원래 스트레스를 받으면 별짓을 다 하거든요."

디바인은 또 한 번 스피어스 등 뒤의 책 더미를 흘끔 봤다. "흠, 이 제 공부하게 가줄게." 그 방에서 멀어지는 그의 머릿속에 새로운 문 제 하나가 추가됐다. 바로 헬렌 스피어스였다.

방 안의 법률서적과 참고서들의 모양새가 그가 마지막으로 봤을 때와 한 치도 달라지지 않았기 때문이다. 정확히 똑같은 모양으로 놓여 있었다.

스피어스는 변호사시험에 대비하고 있지 않았다. 법대를 졸업하 긴 했는지도 의문이었다. 이름이 헬렌 스피어스가 아닐지도 모른다. 지금까지는 그걸 확인해볼 이유가 없었다.

이제는 이유가 생겼다.

54

6시 20분 열차는 역에서 생긴 문제로 5분간 지연됐다가 천천히 출발했다.

얼마 후 열차가 속도를 줄이더니 곧 멈춰 섰다. 밖을 내다보니 카울의 저택 풀장이 눈에 들어왔다. 오늘 아침에는 텅 비어 있었다. 수영복을 입고 나와 명상하는 몽고메리는 없었다. 카울은, 만약 그가 정말로 스타모스를 죽였다면 이미 해외로 떴을지도 모른다.

열차가 정차해 있는 사이, 디바인은 다시 한번 휴대폰에 뜨는 영상을 확인했다. 51구역은 여전히 정물화처럼 정지 상태였다. 어제 아침 출근길 열차에서 그곳을 들여다보고 모든 게 정상 작동하는 걸 확인한 시점부터 시내로 들어와 영상을 다시 켜고 51구역 거래가 정지된 걸 본 시점 사이에, 대체 무슨 일이 있었던 걸까?

디바인은 몽고메리에게 안부 확인차 전화해보기로 했다.

몽고메리는 신호음이 네 번 갔을 때 잠긴 목소리로 전화를 받았다.

"너무 이른 시간에 전화해서 미안해요." 디바인이 미안한 투로 말했다.

"아니, 괜찮아요. 무슨 일이에요?"

"오늘 아침에 카울의 저택을 지나쳤는데. 풀장에 안 나와 있어서요. 미셸 생각이 났어요. 그냥 별일 없는지 연락해봐야겠다 싶었어요. 그리고 카울한테서 연락 안 왔는지도 물어보고."

"브래드는 연락 없었어요. 그리고 나, 괜찮아요. 어젯밤은 시내 집에서 보냈어요."

"어제 아침엔 전날 밤에 그런 일이 있었는데도 풀에 나와 있어서 좀 놀랐어요. 어제 점심 먹으면서 괜찮은지 물어보려고 했는데. 스타모스 살해 소식에 온 신경을 뺏겼네요."

"그건 내 결정이 아니었는데요, 뭘."

"뭐라고요?" 디바인이 날카롭게 물었다.

"브래드가 새벽 3시쯤 문자로 아침 6시 45분까지 풀에 나와 있으라고 했어요. 다행히 내가 안 자고 있어서 문자 알림음을 들었죠. 바로 답장해서 그러겠다고 했어요."

"잠깐만요, 카울이 내 통근 열차가 지나가는 시간에 맞춰서 풀장에 나가 있으라고 했다고요?"

"그건 모르겠지만, 그 시간에 나가 있으라고 했어요."

"미셸, 어제 점심때 그 얘기 왜 안 했어요?"

"하도 많은 일이 있어서 그건 별로 중요하지 않게 느껴졌어요." 몽고메리가 하품을 했다. "지금도 그래요, 적어도 나한테는."

"중요하지 않다뇨! 카울이 스타모스를 살해했을지 모른다고 했잖아요. 아님 적어도 시체를 발견했거나."

"그건 나도 알아요." 몽고메리가 쏘아붙였다. "근데 그게 브래드가 나더러 풀장에 나가 있으라고 문자한 거랑 무슨 상관이 있겠어요? 그게 왜 중요한데요? 게다가 브래드는 자기가 어디에 있는지 얘기 안 했고, 그러니 당신한테 전해줄 말도 없었다고요."

"수상하다는 생각 안 들었어요? 카울이 아마도 시체를 발견한 후, 아니면 여자를 죽인 후 굳이 이튿날 아침 몇 시에 풀 옆에 나와 있으라고 문자한 게?"

"정 사실을 알고 싶다면, 브래드는 관음 페티시가 있어요. 남자들이 나를 훑어보는 걸 좋아한다고요. 내가 기차에 대해서는 거짓말했어요. 틈이 있는 것도 알고 사람들이 나를 볼 수 있는 것도 알고 있었어요. 그런 걸로 흥분하는 남자들이 있는데, 브래드도 그중 한 명이에요. 그래서 내가 브래드가 시킬 때마다 비키니 차림으로 풀장에서 어슬렁대는 거고, 보수도 꽤 두둑이 받아요. 게다가 매일 시키는 것도 아닌데요, 뭐. 사실 시키는 날이 드물어요. 요즘 들어서나 잦아졌지."

"하지만 카울은 지난번에 거기 있지도 않았잖아요."

"집 곳곳에 카메라를 설치해뒀거든요. 나중에 보겠거니 했죠. 자기만의 포르노 컬렉션처럼."

디바인은 고개를 저었다. 그 순간, 어떤 생각이 떠올랐다. 너무 황당한가 싶었지만, 어쩌면 그렇게 터무니없지는 않을지도 몰랐다. "어떤 비키니를 입을지는 미셸이 직접 골라요, 아니면 카울이 정해줘요?"

"내가 골라요."

디바인은 기운이 빠졌다. 그럴듯한 가설이 잿가루가 돼버렸으니 그럴 만도 했다.

"근데 색깔은 브래드가 정해요."

그 말에 아드레날린이 솟구치면서 그는 다시금 긴장했다. "카울이 색을 고른다고요?"

"맞아요. 나는 빨강이나 에메랄드그린은 좋아하지 않아요. 나한테 잘 받는 색이 아니라서. 파란색을 좋아하죠. 녹색 계열을 굳이 입으라면 라임색을 입는데, 그것도 피부를 태우는 여름에나 입죠. 근데 브래드가 내가 그 두 가지 색깔을 입는 걸 좋아해서."

"비키니 입고 언제 나가 있을지도 카울이 지시한다고요?"

"네. 아까도 말했지만 그 사람, 페티시가 있다니까요."

"매번 6시 45분이에요?"

"맞아요."

"좋아요." 디바인이 찬찬히 정리했다. "시간순으로 정리해봅시다. 지난주 금요일, 세라의 시신이 발견되기 전에 미셸은 녹색 비키니를 입고 있었어요. 맞아요?"

그녀는 잠시 생각하더니 대답했다. "네, 맞아요."

"토요일에는 풀에 안 나왔고요."

"맞아요."

"일요일에는 내가 아침 열차를 타지 않았는데, 그날도 풀에 나가 있으라는 지시를 받았나요?"

"네."

"빨간 비키니 입고?"

"어, 맞아요."

"세라가 자살한 게 아니라 살해당했다는 소식을 내가 들은 게 토요일이었어요."

"그렇군요." 몽고메리가 말했다. "무슨 연관점이 있는지 모르겠는데요."

"그러다 월요일 아침에 미셸이 녹색 비키니 입고 있는 걸 봤고요."

"맞아요, 그랬죠. 브래드가 그러라고 해서. 좀 놀랐던 기억이 나요. 왜냐면 평소엔 그렇게 자주 시키지 않거든요. 보통 몇 주에 한 번 정도지. 그리고 작년 여름부터 줄곧 그랬다고요. 우리가 8월에 만났고 내가 그때쯤 여기로 들어왔으니까."

"왜 빈도가 증가했는지 알 것 같아요."

"왜죠?" 몽고메리가 호기심 어린 투로 물었다.

"사람들이 죽어 나가기 시작해서요. 자, 미셸은 화요일에 풀장에 나와 있었는데 파란색 수영복을 입고 있었죠. 왜 그 색이었죠?"

"그건 내가 고른 거예요, 브래드가 아니라. 말했다시피 파란색을 제일 좋아하거든요."

"그렇지만 카울이 시키지 않았는데 왜 나가 있었던 거예요?"

그러자 몽고메리가 장난스럽게 씩 웃었다. "기차에 탄 남자들이 죄다 나를 훑어본다는 얘기를 듣고 재미 좀 보기로 했죠. 내 말은, 날 본다는 건 당연히 알고 있었는데 트래비스도 그 기차에 타고 있을 걸 아니까. 그래서 입고 나가서 빽큐나 날려줘야겠다 생각한 거예요."

디바인이 고개를 절레절레 저었다. **그래서 패턴에 들어맞지 않았던 거로군.** "좋아요, 그러다 수요일에는 빨간색 비키니를 입고 나왔죠?"

"네. 브래드가 밤늦게 문자를 보내서 나가 있으라고 한 게 그날이에요."

"그러니까, 스타모스가 죽었고 카울은 아마도 그걸 알고 있었을 거고 미셸은 빨간 비키니를 입고 풀장에 나가 있으라는 연락을 받았다?"

"내 머리가 달리나? 무슨 말을 하려는 건지 모르겠는데요, 트래비스."

"카울이 미셸한테 빨간 비키니를 입고 나가 있으라고 한 게, 그가 스타모스의 시체를 발견했기 때문인 것 같아요."

몽고메리의 미간이 혼란으로 찌푸려졌다. "왜 자꾸 나하고 내 비키니 얘기를 하는 거예요? 그냥 브래드의 변태 취미 중 하나라니까요. 그 사람, 그런 취미가 얼마나 많은데요." 그녀가 지친 투로 덧붙였다.

디바인은 한숨을 내쉬며 털썩 기대앉았다. "헤르메스라고, 들어봤어요?"

"명품 핸드백 제조사 말하는 거예요?"

"아뇨, 에르메스 말고 고대 그리스 신 헤르메스요."

"그게 이 얘기랑 무슨 상관인데요?"

"헤르메스는 신 중에서도 가장 영리했어요. 신들의 통역관이었죠. 그들의 **메시지 전달자**이기도 했고요."

"다시 묻지만, 그게 뭐요?" 몽고메리가 어리둥절해서 물었다.

"그러니까…… 아주 기본적인 차원에서 말이죠, 미셸. 녹색은 '계속 가'를 뜻해요. 빨간색은 '멈춰'를 뜻하고요."

55

디바인은 몽고메리에게 전부 설명한 후 전화를 끊었다.

이제 패턴이 파악됐다. 녹색이면 51구역 거래가 진행되고 빨간색이면 그 거래가 중단된다. 그리고 6시 20분 열차를 이용하는 누군가가 그 신호를 받고 해야 할 일을 수행하는 것이다. 구체적으로는, 망할 비키니 색깔에 따라 브레이크를 밟거나 액셀을 밟는 것.

스타모스의 살인 때문에 가장 최근 회차의 신호는 빨강이 되었고, 그에 따라 51구역 거래가 중지된 것이다. 한데 카울앤드컴리에 그 많은 돈을 들이붓는 누군가는 거래가 정지되는 게 못마땅했던 모양이다. 그건 말하자면 혈액이 응고된 혈관 또는 폭우로 불어난 댐 같은 상황이었다. 언젠가는 터지게 되어 있었다. 따라서 카울은 자꾸만 밸브를 열어줘야 했다. 그렇게 함으로써 자신이 개인적으로 위험에 처하더라도.

카울은 분명 걱정이 됐을 테고, 그럴 이유는 충분했다. 살인이 두 건이나 발생했으니 경찰은 본격적으로 파고들 것이다. 하지만 이 가설에도 허점은 있다. 경찰이 51구역에 들어가 그 소리 없는 서버들과 아무것도 떠 있지 않은 모니터 화면들을 본다 한들, 그건 카울의 사업과 관련된 시설이라고 둘러대면 그만이었다. 그걸 경찰이 무슨 수로 반증하겠나? 반박할 증거가 없으면 그 모든 데이터에 연결된 클라우드를 수색할 영장을 발부받지도 못할 것이다. 특히나 카울이 상시 보유한 변호사 군단에 맞서서는. 아니, 아예 스타모스가 거기서 살해당하지 않았으니 카울사 건물의 어느 구역이든 수색할 상당한 근거조차 인정받지 못할 것이다.

문득 디바인은 자신이 상대인 브래드 카울을 충분히 알지 못해서 고전하고 있다는 생각이 들었다.

이제 그에겐 살짝 방향을 틀어 시도해볼 특정 검색어가 있었다.

그는 휴대폰 검색창에 이렇게 쳤다. 브래들리 카울 부정적 이야기.

결과가 꽤 나오긴 했는데 다 비슷비슷한 내용이었다. 자기밖에 모르는 거물 억만장자라는 주제의 변주들이었다. 뭐 놀랍진 않군. 선량하게 굴어서 어떻게 저런 거물급 부자가 되겠어.

그런데 한참 읽어 내려가다 보니 조금 다른 이야기를 하는 기사가 나왔다. 디바인이 들어본 적 없는 이름의 경제 전문 기자가 작성한 기사였다. 그 기자, 일레인 네스터는 한때 〈월스트리트저널〉, 〈뉴욕 타임스〉, 〈마더존스〉 등에 기고하던 존경받는 기자였다. 그뿐만 아니라 다수의 TV 비즈니스 프로그램에 전문 해설자로도 출연했었다. 그러다가 약 2년 전 갑자기 자취를 감췄다. 방금 디바인이 찾아낸, 그 무렵 네스터가 쓴 기사가 카울을 굉장히 화나게 한 게 틀림없었다. 그것이 네스터가 더는 기자로 활동하지 못하는 이유인지도 몰랐다.

그 기사에서 네스터는 한마디로, 카울 왕국에서 심히 구린내가 난다고 주장하고 있었다. 규모 좀 있다 하는 월가 투자사의 간판 창립자들은, 세상을 뜬 지 오래인 인물들을 포함해 전부 다 상세한 기록으로 정체가 뒷받침되고 검증을 거친 이들이었다. 한데 네스터의 주장에 따르면, 앤 컴리는 아니었다. 얼마 전 디바인이 떠올린 생각과도 일치했다. 금융계의 다른 전문가들은 그것을 대수롭지 않게 치부

한 반면, 네스터는 컴리를 위험 신호로 보았다. 그 누구도 그녀에 대해 어떤 것도 알아낼 수 없었기 때문이다. 금융계에서 그런 유의 기만은 해당 기업의 다른 사업 분야에도 반영됐을지 모른다고 네스터는 판단했다.

특히 브래드 카울을 두고 네스터는 한층 펜촉의 날을 세웠다.

그녀는 익명의 제보를 근거로, 카울의 대학 수석 졸업 이력이 매수한 것이라는 주장을 펼쳤다. 카울이 자기 입으로 말하는 것처럼 그렇게 탁월한 사업가는 아니라는 것이었다. 사실은 할아버지와 아버지 모두에게서 거액의 유산을 물려받았는데 방탕한 생활과 형편없는 투자로 흥청망청 날려버렸다고 했다. 이어서 그녀는 카울앤드컴리사의 기반 전체가 속까지 썩어 문드러져 있을 가능성이 높다고 했다. 그러면서 증권거래위원회 조사까지 요청했다.

관련 기사를 몇 개 더 읽고 나자, 네스터가 어떻게 된 건지 디바인은 비로소 이해가 됐다. '익명의' 제보자들이 나서서 자기들은 네스터가 기사화한 그런 이야기는 한 적이 없다고 주장했을 것이다. 그러면서 네스터가 돈이나 다른 형태의 뇌물을 제시했다고 했을 것이다. 거기에다 카울의 조부는 사망했고, 아버지 카울은 건강이 좋지 않았지만 미리 준비된 성명서에서 "아들 브래드 카울은 자신에게서 물려받은 게 없으며 재산을 마지막 한 푼까지 다 제 손으로 일구었다"고 증언했다.

카울의 모교는 그 누구도 우수 성적을 매수할 수 없다고 강력하게 규탄하고 나섰다. 다만 총장과 교무처장, 그 외에 카울이 재학했던 당시의 주요 인사들은 인터뷰를 거절했다.

그도 그럴 것이, 카울앤드컴리는 지난 20년 동안 엄청난 성공을 이룬 기업이 아니던가. 아무 능력 없고 오로지 말만 번지르르한 사기꾼들은 절대 그 정도로는 성공하지 못한다. 물론 네스터는, 버니 메이도

프 같은 부류에게 돈을 맡긴 투자자들이라면 아마 의견이 다를 거라고 반박하긴 했지만 말이다.

카울이 네스터를 고소해 그녀가 법정 비용의 빚더미에 올라앉게 했다고, 또 다른 기사가 전했다.

카울은 나도 그렇게 만들겠다고 협박했지.

네스터의 폭로 기사를 실은 언론사는 카울이 거느린 법률팀의 협박에 못 이겨 입장을 뒤집었고, 네스터를 피 뚝뚝 흐르는 채로 적들에게 던져주었다. 기사를 둘러싼 분쟁은 기밀에 부쳐진 조건하에 조용히 합의되었다. 디바인은 네스터의 기사가 여전히 검색에 뜨는 것이 놀라웠지만, 그걸 찾기 위해 꽤나 깊이 파야 했던 건 사실이었다. 역시 한번 인터넷에 올라간 것을 세상의 모든 플랫폼에서 철저히 삭제하기란 어려운 법이다.

마지막으로 알려진 네스터의 주소는, 어쨌든 디바인이 찾아낸 건, 코네티컷주의 시골이었다.

아직도 그곳에 사는지 검색해봤다. 그런 것 같았다. 전화번호나 이메일 주소는 실려 있지 않았고, 소셜미디어 흔적도 전혀 없었다. 그것도 합의조건의 일부인지 궁금했다.

디바인은 몽고메리에게 문자를 보내 이튿날 아침 오토바이로 코네티컷에 다녀올 생각 있느냐고 물었다.

당연히 있죠, 라는 답장이 왔다. **웨스트체스터 기차역으로 나갈게요.**

* * *

진 빠지는 업무와 동료 버너들의 의심 어린 눈초리를 또 하루 견뎌낸 디바인은 기차를 타고 마운트키스코로 돌아왔다.

역에서 집으로 걸어가는데 검은색 세단이 천천히 다가왔다.

"타시죠." 운전자가 말했다.

차에 타니 옆자리에 캠벨이 앉아 있었다.

"우리가 그간 의지했던 소식통들이 완전히 잠잠해졌네." 퇴역 장군이 대뜸 말했다.

"정확히 언제요?"

캠벨이 그렇게 된 정확한 시점을 말해주었다. "짚이는 데 있나?"

디바인은 캠벨에게, 몽고메리가 부지불식간에 비키니 색깔로 6시 20분 열차의 누군가에게 51구역 거래를 정지하거나 재개하라고 지시하는 신호등 역할을 해왔을지 모른다는 가설을 설명했다.

캠벨은 잘 안다는 듯 고개를 끄덕였다. "옛날에 종종 썼던 방법이야. 물론 비키니 색깔로 그러진 않았지만, 의심을 피해 갈 만한 신호나 체계를 이용해 대면접촉 소통을 하곤 했네. 접히는 선 하단이 보이게끔 접은 신문이라든가, 창가에 둔 꽃병에 매번 다른 색 꽃을 꽂아놓는다든가, 조명을 켜거나 꺼두는 식으로. 베트남전 때는 나무에 매번 다른 색 반다나를 묶어놓고 신호의 의미를 자주 바꿨는데, 무슨 의미인지 베트콩은 끝까지 알아내지 못했지. 그런데 왜 빨간 비키니로 51구역 거래를 정지시킨 걸까?"

"스타모스가 살해당해서요. 카울은 스타모스가 죽은 게 경찰에 알려지기도 전에 몽고메리에게 그 비키니를 입으라고 지시했어요. 그러니 카울이 스타모스를 죽였거나, 아니면 시체를 발견하고 크게 당황한 거예요. 근데 스타모스가 그날 밤 카울에게 전화한 게 맞는다면 경찰이 그녀의 통화 기록을 조회해보고 사실 여부를 알아낼 수 있을 겁니다."

"좋아 그럼, 이제 어쩔 계획인가?"

디바인은 일레인 네스터와, 다음 날 계획된 여행에 대해 보고했다.

캠벨이 고개를 끄덕였다. "뭐라도 건져오게, 디바인. 나한테 아직 남아 있는 군인의 직감으로 말하는데, 우리에게 주어진 시간이 얼마 없는 것 같네."

56

이튿날 아침 디바인은 병가를 내고 기차역에서 몽고메리를 만났다. 그녀는 청바지와 긴소매 셔츠 차림에 검은색 앵클부츠를 신고 나타났다. 디바인은 몽고메리에게 여분의 헬멧을 건넸고, 그녀가 오토바이에 올라탄 후 두 사람은 코네티컷을 향해 출발했다.

주소지에 도착해보니 일레인 네스터가 사는 곳은 회색 삼나무 널빤지로 외벽을 대고 하얀 울타리를 둘렀으며 화단에는 색색의 여름꽃이 만발한, 작지만 예스러운 농가였다. 시골의 쇄석도로 양쪽에 집이라고는 그것 한 채뿐이었다.

문을 두드리자 한 여자가 나왔다. 40대 후반인 그녀는 희끗하게 세기 시작한 머리칼을 앞머리만 길게 남긴 채 양옆은 짧게 쳤고, 검은 테 안경을 체인으로 목에 걸고 있었다. 부유하고 막강한 인물들의 부패를 캐는 기세등등한 경제 저널리스트가 아니라 도서관 사서처럼 보였다. 하지만 표정에 경계심이 묻어나고, 눈빛은 총기가 어린 동시에 쏘아보는 듯했다.

"일레인 네스터 씨?"

"네, 누구시죠?" 그녀가 대꾸했다. 한 손에 휴대폰을, 다른 손에는 나무망치를 든 게 보였다. 하지만 네스터는 디바인 옆에 선 몽고메리를 보자 조금 긴장을 풀었다.

"트래비스 디바인이라고 합니다. 이쪽은 제 친구 미셸이고요. 저는 카울앤드커……."

말을 끝내기도 전에 면전에서 문이 쾅 닫혔다.

이렇게 나올 걸 예상했어야지, 멍청아.

몽고메리를 흘긋 보자 그녀도 그렇게 말하는 듯한 표정을 짓고 있었다.

디바인이 목청을 높여 말했다. "브래드 카울에 대해 쓰신 기사 읽었습니다. 기자 생활을 접게 만든 그 기사요. 선생님이 옳으셨다는 말을 하러 왔습니다."

그러자 문이 천천히 열렸다. 하지만 네스터의 표정에서 의심이 가시지는 않았다. "왜 온 거죠? 원하는 게 뭡니까?"

"살인사건 기사 보셨습니까?"

"당연히 봤지요. 내가 옳았다는 건 무슨 말이에요?"

여기까지 오면서 디바인은 뭐라고 말할지 준비해둔 터였다. "제 생각엔 카울이 사상 최대의 돈세탁 사기를 벌이고 있는 것 같습니다. 혹시 기자로 재기하고 싶지 않으십니까?"

네스터는 마음 불편해질 정도로 오랫동안 그를 뚫어져라 봤다.

그러더니 이내 화색 띤 얼굴로 물었다. "커피 한잔하실래요?"

세 사람에게 커피가 한 잔씩 돈 후에도 네스터는 여전히 고개를 절레절레 흔들고 있었다. "51구역? 진심으로 하는 소리예요?"

"진짭니다." 디바인이 대꾸했다. "미친 소리로 들리겠지만요."

"미친 소리로 들리진 않아요. 사람들은 돈 벌려고 무슨 짓이든 하니까. 그나저나 당신도 큰 위험을 감수하고 움직인 것 같은데."

몽고메리를 흘끔 보자 그녀는 커피잔을 손가락으로 쓰다듬으며 생각에 잠긴 채 창밖 뒷마당을 내다보고 있었다. "그럴 만한 동기가 있었거든요." 디바인이 말했다.

네스터가 말했다. "브래드 카울에 대해 물으셨고, 나는 내 생각을 얘기했어요. 그자는 미꾸라지 같은 사업가고 입으로는 못할 게 없을 것처럼 허풍을 떨지만, 그 인간이 LBO(차입금에 의한 기업매수—옮긴이)랑 HBO(미국의 TV 네트워크사—옮긴이)랑 뭐가 다른지 안다면 내가 나체로 동네를 한 바퀴 돌겠어요. 그리고 그 인간, 거액의 유산을 물려받은 것 맞고 그 돈은 다 코카인과 여자에, 그리고 그 인간을 돈세탁 업자한테 소개해준 수상한 투자꾼들한테 다 탕진했어요. 나한테 그걸 증명할 증서도 있고요. 한마디로 카울은 바지사장인데, 그걸 내가 기사에 다 까발린 거예요. 그랬다가 탈탈 털리고 쫄딱 망한 채 쫓겨났지. 역사가 반복되는 거죠, 뭐. 버니 메이도프의 수익 보장에 딴지를 걸 배짱이 있었던 사람들은 전부 지난 수십 년간 똑같은 처지가 됐잖아요."

"환상을 깨는 건 아무도 원치 않죠." 몽고메리가 한마디 했다. "'벌거벗은 임금님 증후군'이에요."

네스터가 그녀에게 시선을 던졌다. "자기가 속은 걸 인정하고 싶어 할 사람은 없으니까요. 거짓을 믿으며 사는 편이 훨씬 마음 편하니까."

"하지만 지갑 사정에는 좋지 않죠." 디바인이 말했다. "언젠가는 터지게 돼 있어요. 카울이 폰지사기를 치는 건 아니지만 솔직히 그보다 훨씬 나쁜 짓을 벌이고 있는 것 같아요. 미국의 안보에 직접적으로 타격을 줄 행위요."

네스터가 고개를 끄덕였다. "'파나마 페이퍼'에 대한 기사는 읽어 보셨겠죠. 더 최근에는 '판도라 페이퍼' 폭로도요. 전 세계 부자들이 몇조 달러의 재산을 몇 세대에 걸쳐, 거의 영구적으로, 불투명한 경영으로 유지되는 신탁에 은닉해두고 재산세를 단 한 차례도 내지 않는 건 이 업계 사람들에겐 비밀도 아니에요. 그 돈 대부분은 카르텔이나 테러 조직, 나라 곳간 거덜 내고 쫓겨난 독재자, 랜섬웨어로 돈 갈취하는 해커 들한테서 나온 불법적 자금이죠. 하지만 채권자들은 그 돈에 손댈 수 없고, 그 돈을 원래 가지고 있던 사람들도 다시는 되찾을 수 없어요."

"사우스다코타주가 그런 신탁금을 6천억 달러 넘게 깔고 앉아 있다는 기사를 읽었어요." 디바인이 말했다. "덕분에 그 주에는 새 일자리가 몇백 개 생겼지만, 돈이 빠져나간 주들은 생명줄이 말라버렸다고요. 와이오밍주에도 그보다 더 겹겹이 개인정보가 보호되는 '카우보이 칵테일'이라는 신탁이 있고요."

네스터가 고개를 끄덕이며 맞장구쳤다. "신탁금 교부자이면서 수혜자가 될 수 있고, 신탁을 운영하는 측도 진짜 소유주들이 누군지 짐작도 못 해요. 계좌 잔금만 볼 수 있을 뿐이죠. 평생 하루도 일해본 적 없는 부잣집 한량 자제들이 이따위 세금 빨아먹는 사기 덕분에 자가용 제트기를 타고 다니는 거예요."

디바인이 덧붙였다. "그런데도 잘나신 정치인들은 '쓰리 잡' 뛰는 노동계급 시민들이 한 달에 정부 보조금 몇백 달러나 받아 간다고 핏대 올려 비난해대죠. 돈 줘 버릇하면 점점 더 게을러진다며."

네스터가 받아쳤다. "디바인 씨가 언급한 규모로 짐작해보면, 러시아 올리가르크나 사우디 왕자들, 국고 탕진한 독재자들, 범죄 신디케이트, 마약 카르텔, 곁다리로 범죄성 사업 벌이는 흔한 억만장자들, 아니면 그저 조세 회피하려고 재산 떠넘기고 은밀히 부를 축적한 다음 세무당국에 한 푼도 내지 않고 그 재산을 대물림하려고 합법 사업을 벌이는 부류가 그러는 걸로 보여요."

디바인이 대꾸했다. "한데 그게 다가 아닙니다. 이 돈은 주식과 채권 포트폴리오에 얌전히 담겨 있지 않거든요. 제가 본 바로는, 그걸로 이 나라의 큼직큼직한 부동산들을 사들이고 있어요."

네스터가 고개를 절레절레 저었다. "탈레반이나 이란, 북한, 러시아가 우리나라 투자사들한테서 현금을 공급받아 테러 공격을 저지르는 거, 상상이 돼요? 김정은이 뉴욕의 부동산 소유주인 게? 이란의 아야톨라(시아파 종교지도자—옮긴이)가 캔자스의 돼지농장을 소유한 거는요? 아니면 푸틴이 텍사스에 유전을 소유하고 있다면? 세기의 스캔들일 거예요."

"어떻게 시작됐다고 보세요?" 디바인이 물었다. "카울이 20여 년 전에 한동안 해외에 머무른 건 알고 있는데."

"그 무렵엔 유산도 바닥나고 개인적 추문도 몇 건 있었어요. 20여 년 전, 내가 탐사 기자로 활동한 지 몇 년 안 됐을 때 카울이 세이셸 제도에서 뒤가 구린 사람들과 만난 걸 추적했는데, 어느 날 갑자기 단서가 싹 말라버렸어요. 그러곤 카울이 한 1, 2년 자취를 감췄죠. 아시아나 동유럽에 있었을지도 몰라요. 내 추측은 그래요. 그러더니 뉴욕에 당당히 다시 나타나 지금의 그 고층건물을 사들여 리뉴얼하고, 자기 투자그룹을 설립해 고연봉으로 투자 귀재들을 고용하더니 어느새 월가의 난다 긴다 하는 이들도 부러워할 고객 리스트를 갖춘, 뉴욕에서 가장 핫한 사람이 됐죠. 스물다섯 살도 안 돼서요."

"그런데 아무도 의심을 안 했어요?" 몽고메리가 물었다. "너무 어이없잖아요."

네스터가 대꾸했다. "일단 현금이 계속 들어오게만 해주면 쩐주들은 많은 걸 봐줘요. 정부도 마찬가지고요. 카울의 사업들이 맨해튼과 뉴욕주에 세금을 수백만 달러씩 안겨주잖아요. 고용도 많이 하고, 그 직원들은 또 거기서 세금 내고 소비를 하죠. 카울은 필요하면 정치인들한테 뒷돈도 먹여요. 기부도 시원시원하게 하고. 비즈니스 쇼에서 재치 있는 한마디나 '전문가' 의견을 쏟아낼 준비가 언제나 돼 있죠. 내일이 없는 사람처럼 살지만 말뿐 아니라 결과로도 증명하고, 게다가 든든한 변호사 군단까지 갖췄어요. 그러니 누가 그 사람 뒤를 캐겠어요? 하, 내가 바로 산증인이잖아요." 그러더니 네스터가 몽고메리를 보며 말했다. "그 비키니를 이용한 신호 테크닉, 꽤 흥미로운 소리로 들리는데요? 특이하기도 하고."

"나라면 그렇게 표현하지 않겠어요." 몽고메리가 멋쩍은 얼굴로 대꾸했다.

"사실 저는 참 번거로운 방법이라고 생각했습니다." 디바인이 끼어들었다. "차라리 이메일을 보내는 게 훨씬 효율적일 것 같은데."

"그 의문은 내가 해소해줄 수 있겠네요." 네스터가 말했다. "대략 12년 전에 카울이 무슨 금융 사기로 법무부뿐 아니라 뉴욕주에도 기소당하는 게 거의 확실시됐던 적이 있었어요. 벌금 액수도 컸고 사업 허가도 취소될 걸로 보였고, 어쩌면 실형까지 살 것 같았죠. 전자 도청으로 증거를 잡은 거예요. 휴대폰, 컴퓨터, 관련자들 전자기기까지 죄다 도청했대요. 카울은 가진 돈과 영향력, 몸값 높은 변호사 군단을 총동원했고 거기다 뇌물 먹인 정계 지인들한테도 빚값을 받아내서 곤경에서 벗어났지만……."

"…… 그렇지만 이후로 그런 타입의 소통에 의존하는 걸 피해망상 수준으로 기피하게 됐다 이거군요." 디바인이 대신 말을 끝냈다. "실제로 카울이 저한테도 그 비슷한 얘기를 한 적 있습니다. 중요한 일에는 항상 **아날로그**적 방법을 쓴다고요."

"그럼 못 들어봤을 얘기 하나 해주죠. 앤 컴리 있죠? 나는 컴리를 추적하려고 몇 년을 바쳤어요. 존재하지 않는 여자예요. 확신해요."

"카울이 컴리는 무슨 개념을 상징한다나 뭐라나 한 옛날 인터뷰 영상을 봤어요." 디바인이 말했다.

"흠, 어쩌면 이제는 그 의문에 대한 답을 찾았는지도 모르겠네요. 앤 컴리는 범죄적 기업을 **상징하는** 거라고요." 네스터가 커피잔 너머로 디바인을 응시했다. "자, 이제 어쩔 거예요?"

"계속해서 돈을 추적해야죠. 우리가 발견하는 건 전부 선생님의 단독 특종거리로 제공하겠습니다. 이번 일로 선생님이 기자직과 명예를 회복하는 걸 꼭 보고 싶습니다."

"고마운 말이네요, 디바인 씨. 그런데 살인사건은요? 그 두 여자분이 거기서 무슨 일이 벌어지고 있는지 알아냈고 그래서 살해당한 거라고 보세요?"

"유즈는 로커스트그룹에 대해 알고 있었어요. 스타모스는 유즈의 연인이면서 카울과도 자는 사이였고요. 카울이 잠자리에서 무심코 어떤 얘기를 흘렸는데 그걸 유즈가, 그리고 나중에는 스타모스가 추적해서 뭘 알아냈는지도 몰라요. 그러다 둘 다 살해당한 거죠."

"금융 범죄도 중죄지만 사람을 죽이는 건 차원이 다른 범죄인데 말이죠."

"카울이 실제 최종결정권자는 아닌 것 같습니다. 저를 제거하려는 깡패들을 마주쳤거든요. 다행히 그럴 능력은 안 되는 놈들이었지만, 카울이 판을 총지휘하는 건 아니라는 인상을 강하게 받았어요."

"브래드 카울이 우리가 짐작하는 그런 부류들과 엮였다면 상황은 지금보다 더 위험해질 거예요." 네스터가 말했다.

"솔직히 말하면, 그렇게 되길 내심 기대하고 있습니다." 디바인이 대꾸했다.

57

뉴욕으로 돌아오는 길에 디바인과 몽고메리는 수상 레스토랑에 들러 점심을 먹었다.

그들은 롱아일랜드해협이 한눈에 들어오는 야외석에 자리를 잡았다. 너무 덥지 않은 날씨였다. 바닷물을 훑으며 불어오는 가벼운 바람은 산뜻했고, 경치도 더할 나위 없이 좋았다.

그런데도 몽고메리는 음울한 표정으로 먼 곳을 응시하고 있다가 디바인에게 시선을 던졌다.

"여기서 이러고 있으니 다 던져버리고 싶지 않아요?"

"뭘 던져요?" 디바인이 되물었다.

"무슨 소린지 알면서 그래요, 트래비스."

그는 의자 등받이에 기대앉아 바다를 내다봤다. 범선 한 대가 파도를 가르며 나아가고 있었다. "먹고살아야죠. 부자도 아닌데. 휴가 갈 정도의 여유도 없다고요."

"나는 투자 포트폴리오가 있어요."

"그럼 미셸은 다 던져버려도 되겠네요."

"혼자 도망치면 무슨 재미예요. 얼마든지 따라와도 좋아요."

"미셸한테 더 잘해줄 수 있는 남자가 수백만 명 널렸잖아요."

"근데 선택은 내가 할 수 없다, 이거예요?"

"아뇨, 그런데 나도 내 문제에 관한 선택은 내릴 수 있죠."

몽고메리가 눈썹을 치켜세우며 물었다. "그래서, 관심 없어요?"

"관심 있는 거 알면서 그러네요. 근데 말 못 할 과거가 있어서 당신까지 힘들게 하고 싶지 않아서 그래요."

"나는 없을 것 같아요?"

"우리가 갑자기 같이 사라지면 적들이 적신호로 해석하고 즉시 추적에 나서지 않을까요?"

"아무래도 그렇겠죠." 그러더니 그녀가 디바인을 찬찬히 살폈다. "카울에서 일하는 진짜 이유가 뭐예요, 트래비스? 그런 세계에 관심 있는 사람 같지 않은데."

디바인은 늘 대던 준비된 대답을 읊으려다가 문득, 조금 더 진솔해지기로 마음먹었다. 캠벨과 나눈 대화로, 스스로의 삶을 재평가하게 된 것이다.

게다가 몽고메리는 그를 위해 자진해서 위험을 무릅쓰지 않았나. 그러니 진실에 근접한 이야기를 들을 자격이 있었다.

"나는 좀 의심스러운 정황에서 군을 떠났어요. 그 일로 정신적으로 흔들렸죠. 아버지는 늘 내가 돈을 많이 버는 업계로 갈 바라셨고, 그래서 아버지가 원하는 대로 해드리기로 했어요."

"당신 자신은 별로 원치 않는데도요?"

"일종의 자기 징벌이었던 것 같아요. 내가 싫어하는 일을 하게 만든 거죠."

"대체 군대에서 무슨 일이 있었기에 자신한테 그렇게까지 한 거예요?"

"그건 말해줄 수 없어요. 혼자서 떠올리기도 힘든걸요."

"좋아요, 그 정도는 이해돼요." 몽고메리는 천천히 대꾸했지만 내심 실망한 것 같았다.

"미셸의 가족사도 그리 유쾌하진 않다고 했죠." 디바인이 넌지시 말했다.

"내가 말하자면, 나는 우리 집에서 검은 양이에요. 크게 될 애였는데, 망했다나. 아무튼 엄마 얘기는 그래요."

"왜 이래요. 지금 나이가 겨우 몇이더라, 스물둘인가?"

"좀 있으면 스물셋이요. 지금쯤 대학 졸업했어야죠. 한참 뒤처졌다고요, 트래비스. 이제 따라잡는 건 불가능해요. 지금이 19세기이고 나이 열여덟에 갑자기…… 아, 나는 이제 빼도 박도 못할 노처녀구나 하고 깨닫는 상황이나 마찬가지죠."

"나는 제대하고 대학에 갔는데. 얼마든지 가능해요."

"그건 내가 원하는 게 아닌걸요. 난 그냥 여기저기 여행하고 색다른 경험을 하고 싶을 뿐이에요. 평생 책상이나 컴퓨터 앞에 붙어 있고 싶지 않아요. 그런데 지금 돈 많은 범죄자 팔에 매달린 인형 신세니."

"그래도 미셸이 나, 51구역에 들어가게 해줬잖아요. 같이 네스터도 만나러 가고."

몽고메리는 우울한 얼굴로 허공을 응시했다. "브래드가 지금 어디 있는 것 같아요?"

"다들 추측만 할 뿐이겠죠. 감시 장치는 발각되지 않은 것 같아요. 아직 거기를 들여다볼 수 있는 걸 보면."

"그럴지도 모르고, 발각됐을 수도 있어요." 몽고메리가 대꾸했다. "그들이 그걸 발견했는데 당신이 못 알아채게 그냥 내버려뒀을 수도 있잖아요. 반격할 수를 생각해낼 시간을 벌려고요."

"점점 이 일에 노련해지네요." 디바인이 한마디 했다.

"별로 그렇진 않지만, 노련해져야 할 거예요."

"무슨 뜻이에요?"

"뭐냐면요, 트래비스. 저들이 카메라가 어떻게 거기에 심겼는지

결국엔 알아낼 거라는 뜻이에요. 일단 알아내면, 우리 둘 다 완전히
망한 거예요."

58

그들은 뉴욕으로 돌아왔다. 디바인이 그녀의 아파트 앞에 오토바이를 세웠고, 몽고메리는 내리면서 헬멧을 그에게 건넸다.

"잠깐 들어왔다 갈래요? 내가 나도 모르게 범죄 신디케이트의 메신저 노릇을 했다는 사실에 갑자기 맞닥뜨리니 혼자 있기 싫어서 그래요. 손목을 그을지도 몰라요."

"그런 걸로 농담하지 말아요." 디바인이 말했다.

"농담 아니에요."

그래서 두 사람은 같이 올라갔고, 맥주를 꺼내 옥상으로 가 데크체어에 나란히 앉았다.

"카울을 1년 전에 만났다고 했잖아요. 근데 51구역은 그보다 훨씬 오래 가동되고 있었을 것 같단 말이죠."

"그럼 나 이전엔 어떻게 신호를 보냈을까요? 그때는 그냥 다른 방법을 썼을까요?"

"카울이 기차에서 들여다보이는 그 저택을 지은 게 3년 전이에요. 그가 수관의 하단과 담 사이에 틈을 허용한 이유를 이제는 알겠어요. 열차 안의 사람이 들여다보라고 그런 거였어요. 그러니 그 소통 방식은 그 무렵까지 거슬러 갈지도 몰라요."

"그러고 보니, 내가 거기서 밤을 보낸 날 새벽에 잠을 설쳐서 일찍 일어난 적이 있거든요? 근데 창밖을 내다보니 브래드가 풀 옆 테이블 중 하나의 파라솔을 펴고 있었어요."

"빨강이요, 녹색이요?" 디바인이 물었다.

몽고메리는 잠시 기억을 더듬었다. "빨강이요. 이상하다고 생각했어요. 너무 이른 시각이라. 그런데 몇 분 후 기차가 지나갔던 것 같아요."

디바인은 생각에 잠겨 말했다. "기차에서 말 섞은 어떤 남자가 그러는데, 풀장에 다른 여자가 나와 있는 걸 봤대요. 미셸이 카울을 만나기 전에요. 갈색머리 여자였는데, 그 여자도 때때로 아침 일찍 비키니를 입고 나와 있었대요."

"정말요?"

"네."

몽고메리는 혼란스러운 얼굴로 등받이에 기대더니 잠시 후 뭔가 깨달은 표정을 지었다. "크리스천이 이탈리아에서 나를 도와주려고 브래드한테 소개해준 줄 알았는데. 이제 보니 브래드가 새로운 메신저 아가씨를 찾고 있었고 크리스천이 실제로는 브래드를 도와준 거였나 봐요."

"그럴지도 몰라요. 아, 그 '갈색머리 여자'도 혹시 이 건물에 살았을까요?"

몽고메리는 갑자기 몸이 굳었다. "여기 들어와서 침실 가구를 이리저리 옮기다가 신용카드 전표가 서랍장 뒤에 떨어져 있는 걸 발견한 적이 있어요."

그 말에 디바인은 흥미가 동했다. "카드 사용자 이름 혹시 기억나요?"

"기억나요. 흔치 않은 이름이었거든요. 도미닉 데버로. 'D'로 두운頭韻을 그렇게 맞추다니, 꼭 가짜 이름 같잖아요."

디바인이 휴대폰을 꺼내 그 이름을 검색해봤다.

"도미닉 데버로는 〈다이너스티〉라는 TV쇼의 등장인물 이름이네요.
1980년대에 나온 오리지널하고 CW사에서 리메이크한 거 둘 다요."

"그럼 가명이었겠네요."

"잠깐, 도미닉 데버로라는 사람이 또 있어요." 그가 링크를 클릭하
고, 새로 뜬 페이지를 읽어 내려갔다. "나이 24세, 캘리포니아 출신.
그리고……."

그는 말을 멈추고 심란한 얼굴로 화면을 뚫어지게 들여다봤다.

"그리고 뭐요, 트래비스?"

그가 시선을 들어 그녀를 흘끔 봤다. "데버로는 1년쯤 전에 자살
했어요. 이스트강에 뛰어들어서."

59

디바인은 오토바이를 몰아 마운트키스코의 타운하우스로 갔다.

데버로가 어떻게 됐는지 알고 난 후 그와 몽고메리는 먼저, 그녀가 은신하는 방안을 고민해봤다. 심지어 캠벨에게 연락해 그녀에게 경호를 붙여달라고 요청할까 하는 생각도 해봤다. 하지만 결국 최선의 보호책은 잠자코 있는 거라는 결론을 내렸다. 카울이나 다른 이들이 뭔가 어긋난 걸 눈치채지 못하게 하는 편이 나을 것이다. 그래도 디바인은 그녀에게 경계를 늦추지 말고 조금이라도 이상한 일이 생기면 바로 경찰에 신고하라고 당부했다.

그는 캠벨과 접촉해 최근의 이러한 진전 사항과 일레인 네스터를 만나서 나눈 이야기를 보고했고, 추후 접선 약속을 잡았다.

그 시간에 귀가하니 집이 텅 비어 있었다. 밸런타인이 소파에 누워 있지도 않았고 차고에 미니 쿠퍼도 없었다. 탭쇼가 사무실로 출근한 모양이었다.

스피어스의 방문을 노크해봤다. 아무런 응답이 없었다. 그래서 큰소리로 "헬렌, 문 열어도 돼?"라고 물었다. 여전히 응답이 없었다.

문고리를 돌려봤다. 잠겨 있었다. 그리 놀랄 일은 아니었다. 디바인도 자기 방문을 잠가두니까. 문을 딸 수도 있지만 위험을 무릅쓰고 싶지는 않았다. 안에 감시카메라라도 설치해뒀다면…….

디바인은 자기 방으로 가 뉴욕대 법대 대표번호를 검색해 그리로 전화를 걸었다.

이 사람에서 저 사람으로, 이 학과에서 저 학과로 수차례 떠넘겨지다가 겨우 담당자인 듯한 남자와 연결됐다.

디바인이 입을 열었다. "제 딸 헬렌 스피어스가 얼마 전 거기를 졸업했는데요, 최근 연락이 안 돼서 너무 걱정돼 연락했습니다. 살던 아파트에 그대로 머무르고 있긴 한데, 저는 서부 해안에 있거든요. 누가 가서 확인 좀 해주십사 해서요."

"그런 건 경찰에 연락하셔야 합니다, 스피어스 씨."

"이봐요, 딸내미를 거기 법대 보내느라 돈을 얼마나 썼는지 압니까? 적어도 도와주실 수는 있잖습니까?"

"잠깐 기다려보세요."

한 30초간 클래식 음악이 흐른 후 남자가 다시 수화기를 들었다. 그는 은근히 비꼬는 투로 이렇게 말했다. "헬렌 스피어스라는 사람이 우리 법대에 등록하거나 얼마 전 졸업한 기록은 없습니다, 스피어스 씨. 따님에게 직접 연락해서 확인해보셔야겠습니다. 좋은 하루 보내십시오."

디바인은 통화를 종료했다. 좋아, 헬렌 스피어스는 본인이 얘기하는 그런 사람이 아니군. 그렇다면 대체 누구고, 왜 여기에 있는 거지?

기억을 되짚어보니 자신이 여기 들어온 딱 그 무렵에 스피어스도 이 집에 들어온 게 생각났다. 첩자인가? 만약 그렇다면 누가 심었을까? 스피어스는 모든 걸 알려고 들었고, 디바인에게 재차 변호사를 소개해주겠다고 했다. 법대를 가지 않았다니, 그가 제의를 수락했다면 그녀가 어떻게 나왔을지 궁금해졌다. 그것도 그렇지만, 낮에 서류가방을 들고 어디로 가는 걸까?

휴대폰이 진동했다. 모르는 번호가 떴다.

"여보세요?"

"디바인 씨?"

"그런데요?"

"존 와이먼 박사입니다. 세라 유즈에 대해 물어볼 게 있다고 전화하셨죠?"

디바인은 바짝 긴장했다. "예, 그렇습니다. 같은 회사에 다녔거든요. 친구 사이였습니다."

"메시지도 그렇게 남기셨죠. 정확히 뭐가 궁금하십니까?"

"세라가 임신했는데 결국 낙태를 한 걸로 압니다만."

"임신한 건 알았지만 임신중절을 한 건 몰랐네요."

"임신중절을 도운 의사선생님과 얘기해봤습니다. 임신 초기라서 수술이 필요하진 않았던 것 같습니다."

"그렇다면 약물요법으로 했겠군요." 와이먼이 말했다. "아마 집에서 했을 테고요."

"맞습니다. 세라가 임신중절 클리닉에 선생님 성함을 댔더군요. 혹시 세라의 산부인과 주치의이십니까?"

"정확히는 아닙니다."

"무슨 말씀이신지."

"이 일에 어떤 이해관계가 있어서 그러는지 말씀해주실 수 있습니까?" 와이먼이 물었다.

"말씀드렸다시피 세라는 회사 동료였고, 또 어…… 경찰하고 세라의 어머님은 제가 아이 아빠라고 생각하는 것 같더군요. 저는 세라가 아기를 가진 후에야 그녀를 처음 만났는데도요. 그런데 정말로 그렇게 믿는 것 같지는 않습니다. 솔직히, 그렇게 해서 저를 세라의 살인범으로 몰아가려는 것 같습니다."

"그럴지도 모른다고 생각했습니다."

"네?" 디바인이 날카롭게 물었다.

"선생님이 세라 유즈 아기의 친부가 아닌 걸 알고 있습니다."

"어떻게요?"

"유즈 씨는 인공수정을 받았고, 그것도 기증받은 정자로 했으니까요. 저는 오로지 그 분야에 특화된 진료만 하고 있습니다. 경찰이 저를 찾아왔을 때도 그렇게 말했고요. 그래서 선생님께도 지금 말씀드리는 겁니다. 경찰이, 그때는 세라가 어떤 방법으로 임신했는지 몰라서 선생님 성함을 입에 올렸거든요. 제가 설명해주니까 꽤나 놀라는 눈치였어요. 선생님이 정자 기증자인지 알고 싶어 하더군요. 아니라고 했죠. 세라가 저한테 선생님 성함을 언급한 적도 없다고요. 접수원이 전달한 메시지에서 선생님 성함을 본 순간 어떻게 된 일인지 짐작했고, 이건 선생님이 진실을 알아야 할 문제라고 판단했습니다."

"감사합니다, 와이먼 박사님. 누가 정자를 기증했는지 아십니까?"

"아뇨, 그건 모릅니다. 세라가 준비해 왔어요. 경찰한테도 제가 그리 말했고요."

"그럼 제가 아닌 걸 어떻게 아셨습니까?"

"인공수정으로 임신된 지 6주쯤 지났을 때 세라가 정자 기증자가 사망했다고 했거든요. 선생님은 누가 봐도 쌩쌩히 살아 계시잖습니까."

"찾아온 사람들이 혹시 슈메이커 형사랑 에크먼 형사 아니었습니까?"

"맞습니다. 선생님이 아이 아빠가 아닌 걸 알고 굉장히 실망한 눈치였습니다."

"그랬겠죠. 세라가 상담하러 왔을 때나 인공수정 시술을 받으러 왔을 때 동행한 사람이 있었나요?"

"아니요. 근데 혼자 진행하는 게 아니라는 인상을 받았습니다. 이

과정을 함께하는 사람이 있는 느낌이었어요."

디바인은 제니퍼 스타모스를, 이어서 브래드 카울을 떠올렸다. 카울은 유즈와 잔 적이 없다고 했다. 하지만 인공수정이라면 같이 잘 필요가 없었을 것이다. "세라가 이름 말한 적은 없고요?"

"그런 적은 없지만 조금이나마 털어놓은 얘기로 종합해보자면, 휴가를 써서 아기와 시간을 보내려는 것 같았어요." 박사는 잠시 입을 다물었다가 덧붙였다. "혹시 선생님께서 아는 분 중에 세라와 같이, 그렇게 해줬을 만한 사람이 있나요?"

"있을지도 모르죠." 디바인이 애매하게 대꾸했다. 그는 일부러 최대한 모호하게 대답했다.

"세라가 임신 몇 주 차에 중단했는지 혹시 아십니까?" 와이먼이 물었다.

"8주쯤 됐을 때였다고 들었습니다. 그러니까, 정자 기증자가 죽었다고 박사님께 얘기하고 얼마 후에 그런 거죠."

"엄마가 된다고 무척 기뻐하는 것 같았는데. 무엇 때문에 마음이 바뀌었는지 궁금하네요."

저도요. 디바인이 속으로 대꾸했다.

60

탭쇼의 차가 한 칸짜리 차고로 들어가는 소리가 들렸다. 잠시 후 탭쇼가 2층으로 올라오는 소리가 났다. 조금 후에는 자기 방문을 열고 닫는 소리가 들려왔다. 디바인은 침대에 앉아 몇 가지를 고민했다. 문제는 고민할 게 너무 많다는 것이었다.

얼마 후 현관문이 열리는 소리, 누군가가 위층으로 올라오는 소리가 들렸다. 발소리로 보아 스피어스였다. 곧이어 스피어스의 방문도 닫혔다. 곧바로 침대 스프링이 삐걱대는 소리가 들렸다.

디바인은 손목시계를 확인했다. 6시 30분. 스피어스는 그가 그 시간에 집에 있을 거라고 생각지 못할 것이다. 그는 두 사람의 침실이 맞닿은 벽으로 가 거기에 귀를 댔다. 타닥타닥 소리가 들렸다. 스피어스가 노트북을 사용하고 있었다. 스피어스가 전화라도 걸면 엿들을 수 있을 거라 기대하며 서 있었지만 그런 일은 일어나지 않았다. 타닥거리는 소리도 멈췄다. 1분쯤 지나 방문이 열리고 스피어스가 복도를 지나갔다. 문을 살짝 여니 요가복을 입은 스피어스가 층계참에 선 게 보였다. 그녀는 아래층으로 내려갔다.

디바인은 방에서 나와 조용히 그녀의 방 앞으로 갔다. 문고리를 돌려봤다. 순순히 돌아갔다. 잠그는 걸 잊었거나, 아니면 잠글 필요가 없다고 생각한 모양이었다. 천천히 문고리를 돌리며 계단을 흘끔 돌아봤다. 보통 스피어스는 요가를 시작하면 못 해도 45분은 했다.

디바인은 그 방 문가에 서서 안을 둘러봤다. 아까 입었던 게 분명한 옷가지가 바닥에 널려 있었다. 침대를 흘끗 본 순간 뜨겁게 뒹굴었던 그날 밤이 떠올라서, 즉시 그 생각을 몰아냈다. 친구라고 생각했던 여자가 사실은 잠재적 적이라니. 방 안으로 천천히 들어가 등 뒤로 살살 문을 닫았다. 탭쇼의 방에서 나는 타다타닥 소리도 들렸다. 초거대 모니터에 뭔가 띄워놓고 신나게 작업 중인 모양이었다.

디바인은 책상 서랍을 재빨리 뒤진 후 전과 똑같은 모양으로 놓여 있는 법률서적 더미를 흘끔 봤다. 제일 위에 놓인 책을 펼치고 책장을 넘겨봤다. 여백에 끼적인 메모도, 줄친 부분도 없었다. 보여주려고 가져다 놓은 게 분명했다. 이번에는 벽장과 서랍장을 뒤져봤지만 별로 도움이 될 만한 건 찾지 못했다. 노트북과 휴대폰은 자동 잠금과 생체인증이 걸려 있어서 접근이 불가능했다. 핸드백이 눈에 띄기에 거기서 지갑을 꺼냈다. 카드들과 운전면허증에는 이름이 '헬렌 스피어스'로 되어 있고 면허증 사진도 그녀가 맞았다. 지갑을 도로 넣고 침대 밑을 살폈다. 네임태그가 달려 있지 않은 캐리어가 하나 있었다. 캐리어는 비어 있었다. 매트리스를 들어 그 밑도 살폈다. 검은색으로 무광 코팅되고, 손잡이에는 미끄럼 방지 처리가 돼 있으며, 트리튬(수소의 방사성 동위원소―옮긴이) 도트 사이트 야간조준기까지 장착된 글록17이 그곳에 있었다.

그는 매트리스를 도로 내려놓고 방에서 나왔다.

그가 방문을 닫는데, 목소리가 들려왔다. "뭐 해요, 트래비스 아저씨?"

돌아보니 탭쇼가 자기 방 앞에서 허밍버드 로고가 그려진 큼지막한 커피잔을 들고 서 있었다.

디바인이 대답했다. "헬렌을 찾고 있었어. 방에 있는 줄 알았는데.

책을 빌려줬는데 돌려받아야 하거든. 근데 책이 영 안 보이네."

"아, 헬렌 언니는 요가하러 내려간 것 같아요."

"고마워. 내려가는 소리를 내가 못 들었네."

"왜 이렇게 일찍 퇴근했어요? 잘렸어요?" 탭쇼가 장난스럽게 물었다.

그 말에 디바인도 씩 웃어 보였다. "어떤 땐 잘렸으면 좋겠더라."

"커피 드실래요? 새로 내리려던 참인데."

"아냐, 난 됐어. 고마워. 책은 이따가 헬렌한테 물어볼 테니 네가 물어볼 필요는 없어."

"고맙긴요." 그러더니 탭쇼가 그를 한 번 더 보았다. "정말로 괜찮은 거 맞아요, 아저씨? 그냥 뭐랄까, 좀 안 좋아 보여서요."

디바인은 사실대로 말해주기로 했다. "우리 회사 다른 여직원 한 명이 집에서 죽은 채로 발견됐어."

탭쇼는 잠시 그를 멍하니 쳐다보았다. 그러더니 몸을 부르르 떨었고 고개를 저으며 착 깔린 목소리로 말했다. "또 다른 여자요? 혹시……."

"맞아, 살해당했어."

탭쇼의 커다란 눈에 눈물이 그렁그렁 고였다. "세상에, 도대체 왜 그런……."

"그런데…… 지난번 그 발신자한테서 이메일이 한 통 더 왔어. 혹시 전의 걸 추적하는 데 도움이 될지도 모르니까 이것도 전달해줄까?"

탭쇼가 결의 어린 표정으로 그를 보며 대꾸했다. "그럼요. 반드시 추적해낼게요, 트래비스 아저씨."

탭쇼는 돌아서서 자기 방으로 갔고 조용히 문을 닫았다. 이윽고 문 잠그는 소리가 들렸다.

누가 뭐라고 하겠어?

* * *

그날 밤 11시 30분, 디바인은 복도에서 난 소리에 잠에서 깼다. 그는 잠시 귀를 기울이다가 일어나서 문을 아주 조금 열었다.

스피어스가 잠옷 차림으로 1층 거실로 이어지는 계단을 빤히 내려다보고 있었다. 그러다 뒤로 돌았고, 디바인은 살며시 방문을 닫았다. 스피어스가 복도를 걸어가는 소리가 들리더니 곧이어 방문 열리는 소리가 났다.

다시 내다보니 스피어스가 밸런타인의 방으로 들어가고 있었다. 그녀는 등 뒤로 문을 닫았다. 디바인은 복도로 조용히 나왔다. 혹시 스피어스가 자기와 그랬던 것처럼 밸런타인과도 뜨거운 잠자리를 즐기고 있는 건 아닐까.

나라고 특별할 게 뭐 있겠어?

하지만 다음 순간 아래층에서 코 고는 소리가 들려왔다. 슬금슬금 계단 쪽으로 가니 소파에서 푹 잠들어 있는 밸런타인이 보였다. 이제 이해가 됐다. 스피어스가 계단참으로 먼저 갔던 이유가. 밸런타인이 제 방에 있는지 확인하기 위해서였다.

디바인은 자기 방으로 돌아갔다.

잠시 후, 누가 방문을 노크했다.

"네?"

"헬렌이에요."

"잠시만."

침대에 똑바로 앉은 디바인은 오른손 옆에 베개를 놓고 헤드보드에 등을 딱 붙였고, 베개 밑에 손을 찔러 넣고 그 밑의 물건을 꽉 쥐었다.

"들어와."

문이 열리고 거기에 스피어스가 허벅지 중간까지 오는 나이트가운을 입고 서 있었다. 복도 조명을 뒤에서 받아 훤히 들여다보이는 실루엣이 그의 시선을 사로잡았다. 스피어스는 그 안에 아무것도 입지 않고 있었다.

"무슨 일이야?" 디바인이 건조한 어조로 물었다.

"보고 싶었어요." 스피어스가 말했다.

"저녁 내내 여기 있었는데."

"무슨 뜻인지 알잖아요."

내가 과연 알까? "그렇게 입은 걸 보니 그래, 알겠네."

스피어스가 안으로 들어와 등 뒤로 문을 닫고 찰칵 잠갔다.

"질하고 밸런타인이 잠들었나 모르겠네." 디바인이 말했다.

"질은 외출한 것 같아요. 윌은 소파에서 쿨쿨 자고 있고. 피자랑 맥주만 먹었다 하면 저래요. 저러다 언제 동맥 혈전 생기고야 말지."

그녀는 그의 옆에 앉더니 다리를 엉덩이 밑에 접어 넣고 그를 가만히 살폈다. 그는 그녀에게 다가가지 않았다.

"왜요? 이젠 흥미 없어요?" 그녀가 물었다.

"젊고 예쁘고 대학 갓 졸업한 변호사가 왜 내 방문을 두드리나 생각 중이야. 투자자로 성공해보려는 월가의 서른 몇 살 양복쟁이보다 훨씬 좋은 놈 만날 수 있잖아."

스피어스가 대꾸했다. "자신을 너무 싸게 파는 것 같은데요, 트래비스. 충분히 잘생겼으면서. 게다가 그 업계면 언제라도 돈 많이 벌 수 있잖아요. 그 정도면 군침 도는 조건이죠. 그리고 군인 출신이니 자기 자신을 돌볼 줄도 알고. 나도 돌봐줄 거고."

당신은 혼자서도 얼마든지 자기 자신을 돌볼 수 있을 것 같은데. 디바인이 속으로 받아쳤다.

스피어스가 손을 뻗어 그의 허벅지 위에 얹었다. "복잡하게 생각할 거 없어요, 트래비스."

"충분히 복잡한 상황이야, 헬렌. 그러니 당신은 그냥 방으로 돌아가는 게 좋겠어."

스피어스가 베개 밑에 찔러 넣은 그의 손을 흘끔 보았다. 다음 순간 그녀의 얼굴에 디바인이 별로 보고 싶지 않은 표정이 어렸다.

그녀가 아는군.

"좋아요. 그 대신 한 가지만 기억해요."

"뭔데?" 그가 물었다.

"나는 절대로 적과 동침하지 않는다는 것."

곧 방으로 돌아가는 발소리가 났고, 그녀의 방문이 닫혔다.

디바인은 허리를 세우고 베개 밑에서 지크자우어 P226을 꺼냈다. 그는 총을 내려다봤다. 잘 모르는 사람의 눈에는 스피어스의 글록과 비슷해 보이는 총이었다.

도대체 밸런타인의 방은 왜 뒤진 거지?

그리고 오늘밤 내 방에 온 건, 그저 자기가 나와 한편이라는 걸 보여주기 위해서였나?

그러다 그는 퍼뜩 깨달았다.

내가 자기 방을 뒤진 걸 안 거야. 정확히 제자리에 놓는다고 했지만 뭔가 미세하게 어긋난 게 틀림없어. 그럼 실력이 꽤 좋다는 얘기군. 그냥 좋은 정도가 아니야. 정말 나와 한편이라면 나한테 상당히 도움이 되겠어.

하지만 스피어스가 거짓말을 하고 있고, 사실은 내 적이라면?

61

6시 20분 열차. 오늘도 정확하군. 디바인은 슬슬 이 통근길이 진심으로 지긋지긋해지기 시작했다.

아니, 그러기 시작한 건 아니지.

창밖을 일부러 내다봤지만 미셸 몽고메리는 풀장에 나와 있지 않았다. 사실 오늘은, 어쩌면 앞으로 다시는, 그녀가 초록색 비키니를 입고 나와 있으라는 지시를 받지 않을 것 같았다.

얼마 후 카울앤드컴리 로비에 들어선 그는 경비 샘에게 손을 흔들어 보이고는 엘리베이터를 타고 자신이 일하는 층으로 갔다.

그런데 무심코 모퉁이를 돌다가 그만 문 앞에 무릎을 꿇고 잠금장치를 고치는 중인 관리인, 제리 마이어스에게 걸려 넘어질 뻔했다.

"죄송합니다." 디바인이 말했다.

마이어스가 고개를 들었고, 디바인을 알아본 기색을 비쳤다.

"그날 이것저것 물어봤던 사람 아니쇼?"

"맞습니다."

마이어스가 일어서면서 연장을 바닥의 상자에 주섬주섬 넣었다. "또 한 명 죽었다던데. 이번엔 여기서 살해당하지 않았다니, 적어도 그건 다행이네. 시체를 또 봤다간 내 명에 죽지 못했을 겁니다."

"그렇겠네요."

"경찰이 단서는 찾았답디까?" 마이어스가 물었다.

"그런 소리는 못 들었지만, 어차피 경찰이 저한테 시시콜콜 알려주지도 않아서요."

마이어스가 연장통을 번쩍 들어 올렸다. "어떻게 이런 데서 노예처럼 일하는지, 원. 나한테 물으면 그럴 가치는 없다고 하겠어요. 어림없지."

"그럴지도 모르죠."

"그럼 왜 여기서 일하는데요?"

"그걸 알게 되면 말씀드리겠습니다. 질문이 하나 있는데요, 외부 관계자나 용역 제공자들은 뒷문을 이용한다면서요."

"맞아요. 거기서 전화를 해야 돼요. 그럼 경비 데스크로 연결되지. 신원이 확인될 경우 경비실이 들여보내주고."

"아니면 보안카드가 있을 경우 그걸로 들어올 수도 있겠네요."

"그렇죠. 그런데 외부 관계자들은 보안카드가 없잖아요. 그걸 주면 곤란해지게. 그렇게 아무나 뒷문으로 들여보내면 안 되지."

"그렇군요. 고맙습니다."

한참 후, 오후 2시쯤 디바인이 자기 자리에서 업무에 열중하고 있는데 사무실 문이 열렸다.

"디바인 씨?"

고개를 들자 전에 그를 데리러 왔던 여자가 손짓하고 있었다. 디바인은 일어서서, 자신을 의심의 눈길로 쳐다보는 버너들을 한번 둘러보고는 휙 밖으로 나갔다.

에크먼 형사와 슈메이커 형사가 그를 기다리고 있었다.

"이번엔 또 뭡니까?" 디바인이 물었다.

"같이 가시죠." 슈메이커가 퉁명스레 내뱉었다.

그들은 디바인을 예의 그 방으로 데려갔다.

디바인과 마주 앉은 슈메이커가 대뜸 말했다. "그날 밤 야간 경비를 섰던 자와 얘기해봤습니다. 댁과 스타모스가 유즈의 시체가 발견된 날 밤늦게 사옥에 들어왔고 동시에 나갔다던데."

"사실이 아닙니다."

"경비가 거짓말을 한다는 겁니까?" 에크먼이 쏘아붙였다.

"아뇨, 그냥 자신이 본 걸 잘못 해석했다는 겁니다. 나는 그날 밤 스타모스가 회사에 있는 줄 몰랐습니다. 내 휴대폰 가지러 왔다가 야근을 더 했을 뿐이죠. 그러다 집에 갔고요. 나 혼자. 경비가 스타모스와 내가 같이 있었다고 하던가요?"

두 형사가 시선을 교환했다. "회사 안에서 스타모스와 만났습니까?" 슈메이커가 물었다.

"아니요. 원한다면 그 건에 대해 거짓말탐지기 검사를 받을 의향이 있습니다."

"나중에 그녀와 만났습니까?"

질문이 아슬아슬한 영역으로 옮겨 가고 있었다. 하지만 질문을 한 이상, 형사가 이미 답을 알고 있는 거라고 디바인은 짐작했다.

"약속하고 만난 건 아니에요. 내가 그리니치빌리지에 있는 술집에 갔는데 스타모스가 거기 있었어요. 그래서 대화를 나눴죠."

"그 얘기를 여태 안 꺼낸 이유는⋯⋯."

"스타모스를 술집에서 마주쳤는데, 그녀와 마주친 사람이 한둘이 아니니까요."

"그 변명을 상당히 자주 대는 것 같은데." 에크먼이 말했다.

"사실이니까요."

"그 술집에서 둘이 말다툼을 한 걸로 아는데요. 그러다 댁이 술집 뒷골목에서 남자 셋을 두들겨 팼고. 그걸 스타모스가 다 봤고요."

"남자 셋과 싸운 건 맞습니다."

"스타모스를 두고?"

"그렇게 볼 수도 있겠지요."

"그것 또한 우리한테 말하지 않은 이유는……."

"그게 무슨 연관이 있다고요?"

"농담하는 거죠?" 에크먼이 대꾸했다.

"잊으셨나 본데, 전부 스타모스가 살해당하기 전에 일어난 일이에요. 그리고 말이 나왔으니 말인데, 세라가 인공수정으로 임신한 거 나도 알아냈어요. 나한테 말해줘서 **차암** 고맙습니다. 내가 아이 아**빠**가 아닌 걸 처음부터 알고 있었으면서."

"한 가지 분명히 하자면, 우리는 댁한테 아무것도 말해줄 의무가 없어요." 에크먼이 내뱉었다.

"그건 또 어떻게 알아냈는데요?" 슈메이커가 몸을 숙이고 디바인을 잡아먹을 듯 노려보며 따져 물었다.

"유즈 부인한테서 담당의 이름을 알아냈어요. 전화를 해봤죠. 그 박사님이 말씀해주셨습니다."

"그 사람이 그걸 왜 말해주지?"

"댁들이 나를 살인범으로 몰아간다고 생각했으니까."

슈메이커가 의자 등받이에 도로 기대며 말했다. "스타모스가 마운트키스코의 당신 집으로 찾아간 거, 알고 있습니다. 둘이 다툰 것도."

젠장, 그걸 어떻게 알았지? 헬렌 스피어스한테 들었나?

"내가 사는 데로 찾아오긴 했지만 싸우진 않았습니다. 그냥 대화를 나눴죠."

"뭐에 대해 대화했는데요?"

"세라요."

"유즈에 관한 어떤 얘기요?"

"그냥 이런저런 얘기."

"디바인, 당신 지금 수사 방해로 체포되기 직전이라고." 슈메이커가 험악하게 내뱉었다. "그러니 이번엔 신중하게 답하는 게 좋을 거요. 유즈에 대해 무슨 얘기를 했습니까?"

"스타모스는 내가 아기의 친부가 아니라는 걸 자기도 알고 있었다고 하더군요. 그리고 대놓고 말하진 않았지만 그동안 한 얘기로 미루어 보아, 유즈가 인공수정을 택한 것도 알고 있었던 것 같고요."

에크먼이 파트너에게 의미심장한 눈빛을 보냈다. "잠깐, 우리가 들은 바로는 두 여자가 회사에서 경쟁관계였다던데. 그 둘이 왜 아기 얘기를 한 거지?"

디바인은 그냥 사실대로 털어놓기로 했다. 자칫하면 자신이 구치소에 처넣어질 상황인 듯했고, 일단 구치소에 가면 운신의 폭이 대폭 좁아질 게 뻔했기 때문이다.

"스타모스 말로는 자기가 유즈랑…… 연인 사이였답니다."

디바인은 두 형사가 분노를 터뜨릴 줄 알았다.

대신 슈메이커는 씩 웃었다. "드디어 댁의 입에서 진실이 나오는군."

"그게 무슨 소리죠?" 디바인이 어리둥절해서 물었다. "방금 내가 한 말을 뒷받침할 증거라도 찾아낸 겁니까?"

"스타모스의 집에 대한 수색이 이루어졌어요. 전자기기는 전부 사라졌지. 휴대폰과 컴퓨터는 지금쯤 허드슨강 바닥에 가라앉아 있을 테고."

"그럼 온라인에서 뭐라도 알아냈어요? 인스타그램이나 페이스북에서?"

"아니, 전부 뒤졌지만 아무것도 못 찾아냈습니다."

"놀랍지는 않군요." 디바인이 말했다. "사내 연애 금지조항이 있으니까."

그는 스타모스와 카울의 관계를 잠시 떠올렸지만, 카울은 엄밀히 말해 '사원'은 아니었다.

슈메이커가 말했다. "하지만 스타모스의 자매 중 한 명하고는 이야기해봤지요. 혈육한테는 속내를 털어놓은 모양이더군."

"그럼 이제 내가 사실대로 말한다는 걸 믿는 겁니까?"

"그 문제에 한해서만 그렇지, 디바인. 당신한텐 우리 둘 다 참 마음에 안 드는 부분이 많단 말이야."

"뭐, 그게 범죄에 해당하게 되면 알려주시죠."

62

저녁 8시쯤 회사를 나온 디바인은 유즈 부부를 만나러 그 집으로 향했다. 그들이 언제 뉴질랜드로 돌아갈지 모르는 상황이었다. 엘런 유즈는 뉴욕을 싫어하는 걸 숨기려고 하지도 않았으니까. 디바인은 두 사람이 세라와 스타모스의 관계를 아는지 알아보고 싶었다. 그리고 세라가 인공수정으로 임신한 사실을 아는지도. 엘런 유즈는 그런 얘기를 입에 올리지 않았다. 경찰이 말하기 전에 딸의 임신 사실을 알고 있었는지도 밝히지 않았다. 임신을 중단한 것에만 분노를 표했을 뿐이었다. 아무래도 직접 만나 물어보고 싶었다. 유즈 부인은 숨기는 게 많은 타입 같았다.

집에 도착한 그가 문을 두드렸는데 아무도 나오지 않았다. 현관문 옆 채광창으로 들여다봤지만 아무것도 보이지 않았다.

"유즈 씨? 유즈 부인?" 다시 문을 두드리고 문고리도 철컥철컥 돌려봤다. 그런데 문이 잠겨 있지 않았다.

영화에서 꼭 이러던데.

문을 밀어서 열고 고개를 들이밀어봤다. "계세요, 엘런? 프레드? 트래비스 디바인입니다. 잠깐 말씀 좀 나누려고 왔습니다."

그는 안으로 들어가 등 뒤로 문을 닫았다. "아무도 안 계세요?"

집 안은 어두컴컴했고 밖에서 스며드는 한 줄기 빛이 겨우 어렴풋이 사위를 밝혔다.

응접실을 통해 부엌으로 가봤다.

아무 기척이 없었다. 싱크대에 더러운 접시 몇 개가 쌓여 있고 테이블에 빈 커피잔 하나가 놓여 있을 따름이었다.

이번에는 침실로 가 안을 들여다봤다. 침구가 정돈돼 있고 욕실은 비어 있었다. 잠시 침대에 눈길이 머물렀다. 세라와 함께 누웠던 곳이었다. 단 한 번. 그러고서 세라가 둘의 관계를 끝내버렸지. 다른 남자를 만나서 그런 줄 알았는데.

한데 스타모스와 서로 사랑하는 사이였다고? 디바인은 고개를 절레절레 저었다. 세라가 레즈비언이거나 양성애자라는 낌새조차 눈치채지 못했다. 아이를 원한 건 분명해 보였다. 하지만 인공수정을 위해 그 복잡한 절차를 다 밟아놓고 왜 임신을 중단한단 말인가?

지금 생각해보니 타이밍이 들어맞지 않았다. 세라가 임신한 건 디바인이 그녀를 만나기도 전의 일이었다. 만약 스타모스와 함께 아이를 가질 계획이었다면, 왜 그와 잔단 말인가? 스타모스와는 그 후에 연인이 된 게 틀림없다.

그랬다가 세라가 임신한 상태로 다른 사람과 사귀었을지도 모르지. 그럼 그 관계가 끝나고 임신도 중단한 건가? 그러다가 나랑 자게 된 건가? 전 남친 때문에 홧김에? 아니면 전 여친 때문에?

세라 유즈와 만난 후 그는 마침내 인생을 함께할 파트너를 찾았다고 생각했었다. 세라는 아름다운 건 물론이고 성격도 착하고 재밌고 똑똑했으며 마음씨까지 따뜻했다. 처음 만났을 때부터 두 사람 사이에는 짜릿한 기류가 흘렀고, 그래서 만남을 거듭하게 되었다. 회사 모임 때는 자연스레 한자리에 있게 되었고, 대화를 나누다가 남모르게 둘만 만날 약속을 잡았다. 회사 규정 때문에 둘 사이는 비밀에 부쳐야 했다. 그러던 어느 날 여기로 와 같이 자게 되었다. 디바인에게는 더없이 만족스러운 시간이었다. 세라와 당당하게 사귀기 위해 다른 직장을 알아볼까 하는 생각까지 했다.

그런데 그날 같이 잔 이후로 세라가 점점 멀어지는 것 같더니 결국 관계가 끝나버렸다. 이메일이나 문자로 헤어진 것도 아니었다. 복도에서 마주친 그녀의 표정. 그리고 입 모양으로 전한 '미안해요, 트래비스'라는 한마디. 그걸로 끝이었다. 세라가 남자가 아닌 여자에게 끌린다면 디바인도 그녀의 결정을 이해해줄 수 있었다. 사람은 생긴 대로 살아야 하니까.

그는 방향을 틀어 손님방이라고 알고 있는 곳으로 갔다. 방 앞 복도에 바퀴 달린 커다란 캐리어 두 개가 놓여 있었다. 태그를 확인했다. 유즈 부부의 캐리어였다. 그들은 뉴질랜드에서 캘리포니아로 기나긴 여정을 먼저 거친 후 거기서 다시 유나이티드항공 여객기를 타고 이곳으로 날아온 듯싶었다.

손님방으로 들어간 디바인은 조명을 켰다.

그리고 그대로 얼어붙었다.

엘런과 프레드가 침대에 누워 있었다. 다시 깨어나지는 않을 것 같았다. 침대보가 온통 피투성이였고 두 사람의 초점 없는 눈은 천장을 향한 채 고정돼 있었다. 엘런 유즈는 놀란 표정이었다. 프레드는 그냥 TV를 보고 있는 것 같았다.

디바인은 살며시 다가가 유즈 부인에게 손을 대보았다. 얼음장 같았다. 팔을 구부려보려고 했다. 아직 뻣뻣했다. 사후경직이 상당히 진행됐다는 뜻이었다. 두 사람이 사망한 지 꽤 됐음을 알 수 있었다. 시체라면 중동에서 지겹도록 많이 봤으니까.

흉기를 찾아 주변을 둘러보았다. 두 사람의 흉부 주변 이불보가 갈기갈기 찢겨 있었다. 아마 칼일 것이다. 포악한 공격의 흔적이었다.

디바인은 자신의 지문을 지워가며 거기서 나왔다.

현관문 밖으로 고개를 내밀고 주위를 살폈다. 당장은 지켜보는 눈이 없는 것 같았다. 아니, 없기를 바랐다. 밖으로 나온 디바인은 외투 소매를 덮은 손으로 문을 닫았다. 그런 다음 빠른 걸음으로 그 집에서 멀어지면서 캠벨에게 전화해 방금 목격한 것을 보고했다.

"최대한 거기서 멀어지게." 퇴역 장군이 지시했다. "총퇴각이야, 디바인."

"시체는요? 경찰에게 알려야 하잖아요."

"그건 우리가 알아서 하겠네."

디바인은 전화를 끊고 걸음을 더 재촉했다. 풀턴가의 지하철역에 닿은 그는 그길로 그랜드센트럴역으로 가 20분 만에 6.5킬로미터를 이동했다. 아침 출근길을 역으로 밟아가면서, 특히 카울의 저택 앞을 지날 때는 어떤 사소한 움직임이라도 포착하려고 유심히 살폈지만 아무것도 보이지 않았다.

끔찍한 죽음은 전쟁에서 수도 없이 목격했다. 사람인 줄 알아보지도 못할 만큼 뭉개진 시신도 많이 봤다. 알고 지낸 이들, 함께 싸운 이들의 시신도. 그래도 애도한 후에 죽음을 뒤로했다. 교전 지역에서는 다른 선택지가 없으니까.

그런데도 조금 전에 본 시체 두 구에 그는 속이 뒤집혔고, 넋이 나가버릴 것 같았다. 더는 교전 지역에 있지도 않은데 흡사 그곳에 있는 느낌이었다.

집으로 가는 내내 디바인은 누구와도 눈을 맞추지 않았다.

다리가 후들거려 기차역에서 택시를 잡아탔고, 귀가해서는 바로 방으로 올라가 침대에 걸터앉은 채 오늘 일어난 일을 어떻게든 이해해보려고 애썼다.

유즈 부부를 죽이고 싶어 할 사람이 누가 있었을까? 세라를 죽인 이들일까? 하지만 세라는 카울앤드컴퍼니가 돈세탁 조직인 걸 알아내서 살해당한 거잖아. 롬바르드에 대해서도 알았고. 아마 그보다 훨씬 많은 걸 알고 있었을 테지. 스타모스도 마찬가지고.

하지만 부모는 왜 죽인단 말인가? 엘런 유즈는 딸과 사이가 멀어졌다고 했다. 그렇다면 세라가 왜 부모에게 카울앤드컴리에 대해 말하겠나? 그런데 말하지 않았다면, 세라의 부모는 왜 죽인 걸까? 세라가 부모에게 뭐든 말했을지 몰라서? 아니면 세라의 부모가 세라의 집에 머물고 있으니, 그 집에서 범죄의 증거가 될 만한 걸 발견할까 봐 걱정이 돼서?

그 추측에는 어딘지 들어맞지 않는 구석이 있었지만, 그게 아니라면 뭐란 말인가?

디바인은 아래층으로 가 냉장고에서 콜라를 꺼냈다. 집에 아무도 없었고, 그래서 다행이었다. 지금은 룸메이트 중 누구도 상대하고 싶지 않았으니까.

그는 조그만 부엌 식탁에 앉아 창밖을 바라봤다. 그가 세라 유즈가 살았던 집에, 난도질을 당한 시체 두 구가 있는 그 집에 들어갔다 나오는 걸 누가 봤을 수도 있다. 캠벨은 경찰에 알리는 건 자신이 알아서 하겠다고 했다. 그렇다 해도 슈메이커와 에크먼의 방문이 예상됐다. 지난 몇 차례의 방문이 상당히 불쾌했던 만큼, 다음 방문은 전과 비교도 안 되게 불쾌할 것이 틀림없었다. 그들은 디바인을 체포할 손톱만 한 명분이라도 찾으면 당장 그를 체포할 것이다.

현관문 열리는 소리가 나더니 잠시 후 윌 밸런타인이 부엌으로 얼굴을 디밀었다.

"로커스트그룹 말인데요." 그가 운을 뗐다.

"로커스트그룹이 뭐?" 디바인이 기운을 차리며 물었다. "알아낸 거 있어?"

밸런타인이 옆에 앉으며 노트북을 펼쳤다. "엄청 많은 걸 소유하

404

고 있어요. 하여간 엄청나."

"내가 아는 로커스트그룹 소유의 맨해튼 부동산만 해도 세 개는 되니까."

"세 개! 아니 형님, 장난해요?" 그가 키를 하나 누르자 부동산을 포함해 다양한 자산 목록이 화면에 주르륵 떴다.

"잠깐, 저게 다 로커스트 거라고?" 디바인이 외쳤다.

"컴퓨터가 개별적인 부동산과 자산, 사업체를 14만 1천 312개까지 셌을 때 내가 세는 걸 정지시켰어요. 57개국에 걸쳐 있지만 대다수는 미국에 있어요. 이건 빙산의 일각이에요. 심상치 않은 규모라고요. 50개 주에 다 걸쳐 있어요. 그리고 아무도 못 찾아내게 꽁꽁 숨겨놨고. 나는 유령회사나 컨소시엄, SPAC(기업인수목적회사—옮긴이), 투자펀드, 조세회피처, CBO(채권담보부증권—옮긴이), 파생상품, 대출펀드 같은 걸 일일이 뒤져서 로커스트그룹을 추적해낸 거예요. 아이다호랑 와이오밍, 몬태나, 앨러배마, 아칸소 그리고 다른 몇몇 지역에도 아예 마을을 통째로 몇 개씩 소유하고 있어요. 뉴욕이랑 시카고, 로스앤젤레스, 애틀랜타, 휴스턴 같은 대도시에서는 아예 블록 몇 개를 소유하고 있고. 금광이랑 은광, 우라늄광, 별의별 광물 매립지, 제조공장에다 정유공장까지 갖고 있어요. 스포츠팀이나 TV, 라디오 방송국, 신문사, 스트리밍 플랫폼, 소셜미디어 플랫폼도 마찬가지고. 그거 말고도 별의별 사업체를 다 쥐고 있다고요. 이런 건 처음 봐요. 내 평생 이런 말 하게 될 줄은 몰랐지만, 푸틴조차 이렇게 크게 벌이진 않아요."

"자산가치로 따지면 얼마나 되는데?"

"망할, 어림잡아 40조 정도."

디바인은 입을 헤벌리고 그를 보았다. "그 거래 중에서 오래된 건 언제까지 거슬러 가?"

"15년 넘게 이어져온 것도 상당수 발견했어요."

"좋아, 내가 발견한 것들이랑 맞아떨어지는군."

"대체 무슨 일이 벌어지고 있는 거죠, 트래비스 형?"

"아마 돈세탁일 거야. 예를 들어 네 친구 푸틴이랑 그 일당이 치워 버릴 구린 돈이 있다 쳐. 러시아 국민한테 갈취한 돈. 이해돼?"

"씨발, 뭔지 알아요. 푸틴은 베조스랑 머스크가 가난해 보일 정도로 돈이 더럽게 많아. 근데 자기는 부자 아니라고 하고 아무도 반박하지 않죠. 그럼 총 맞거나 독살당하거나 감옥에 갇히거든."

"아무튼 그래서, 구린 돈이 여기로 흘러들어 와서는 온갖 자산을 사들이는 데 쓰이는 거야. 그럼 구린 돈 대신 집이나 건물, 회사, 아니면 다우존스 주식 잔뜩, 하여간 다른 걸 소유하게 되겠지. 그래서 '돈세탁'이라고 하는 거야."

밸런타인이 고개를 끄덕였다. "나 이거 알아! 깨끗한 돈이 되는 거. 그게 이 게임의 핵심이잖아요."

"근데 단순히 자산을 소유하는 선에서 그치지 않아. 라디오나 TV 방송국, 신문사, 온라인 스트리밍 플랫폼, 소셜미디어 플랫폼, 마을이나 대도시 특정 구역 전체를 소유함으로써 그들은 모든 걸 조작하고 조종할 수 있게 돼. 남의 인생을 태어나서 죽을 때까지 좌지우지하는 거라고."

"형님, 그거 안 좋은데. 그건 러시아잖아."

"그거 나한테 다 보내줄 수 있어? 보여줄 사람이 있어서 그래."

밸런타인이 자료를 전송하면서 호기심 어린 눈으로 디바인을 쳐다보았다. "형은 우리가 믿길 바라는 그런 사람이 아닌 거지?"

"그러는 너는?"

"난 그냥 해커라고요."

"뛰어난 해커지."

"빨리도 인정하네." 그렇게 말하면서도 밸런타인은 환히 웃어 보였다. 그는 냉장고에서 맥주를 꺼내 어디론가 가버렸고, 디바인은 자기 손을 내려다보며 생각에 잠겼다. 밸런타인이 한 말 중 한마디가 뇌리에 박혀서, 카울이 〈월스트리트저널〉과의 인터뷰에서 한 어떤 말을 떠올리게 했다. '파트너십은 어떤 관념 혹은 관점에 불과할 수도 있습니다.'

디바인은 자기 방에서 노트북을 가져와 앤 컴리라는 이름을 어느 사이트의 검색창에 쳐보았다. 예전에 순전히 재미로 자주 찾았던 인기 있는 인터넷 사이트였다.

이번 검색은 전혀 재미있지 않았다.

프로그램이 디바인이 정확히 추측해낸 결과를 뱉어내기까지는 그리 오래 걸리지 않았다.

'앤 컴리Anne Comely'의 철자 순서를 바꾼 결과는 바로…… '깨끗한 돈CLEAN MONEY'이었다.

63

오늘 아침에는 6시 20분 기차를 타지 않겠군. 슈메이커와 에크먼 형사가 마운트키스코 기차역에서 기다리고 있는 걸 본 순간 그걸 알 았다. 슈메이커가 담배를 툭툭 쳐서 껐고, 곧 두 남자가 다가왔다.

"여기까지 오기엔 너무 이른 시간 아닙니까."

"갑시다, 오늘은 우리가 태워다 줄 테니. 뉴욕 시경의 서비스라고 생각해요." 에크먼이 말했다.

전에 없이 호의적인 말투가 몹시 신경에 거슬렸다. 체포하기 전에 잘해주는 건가?

디바인을 뒷좌석에 태운 채 차가 출발했다. 언제라도 질문이 나올 걸 알았고, 오래 기다릴 필요도 없었다. 놀란 척만 그럴싸하게 하면 되었다.

"프레드 유즈와 엘런 유즈가 죽었어요." 디바인이 충격받은 척하 며 대꾸하기 전에 에크먼이 뒤를 돌아보며 말했다. "이미 아는 거 압 니다."

그 말에 디바인은 하마터면 사레가 들릴 뻔했다.

"알리바이가 있는 것도 알고요. 댁의 '친구' 헬렌 스피어스와 얘기 했거든. 범행 추정 시간대에 그 여자랑 타운하우스에 있었더군."

"헬렌하고 얘기했다고요? 언제요?"

"그건 알 거 없고." 슈메이커가 대꾸했다. "여자가 알리바이 대줘서 좋아할 줄 알았는데."

"그럼 그때쯤 살해당한 겁니까?" 디바인이 물었다.

에크먼이 고개를 끄덕였다. "맞아요, 그날 밤 11시에서 1시 사이에. 심장을 찔렸지. 숨은 빨리 끊겼어요. 그런데도 범인은 계속 찔러댔고. 아주 사정없이 찔렀더구먼. 이 일을 시작한 지 꽤 됐는데, 최악의 사건을 꼽으라면 이것도 후보에 들 겁니다."

슈메이커가 말했다. "당신, 높으신 분들을 친구로 두고 있던데. 우리한테 말해줬어야지."

"말해도 되는 거였으면 했죠."

"세라 유즈와 관련된 사람이 셋이나 죽었고 세라 유즈도 살해당했어요. 대체 뭘 잘못했기에 그렇게 된 겁니까?"

"브래드 카울과 엮였거든요. 카울은 자취를 감췄고요."

"그래서, 그자가 죽였다?"

"아마 그날 밤 사옥에 있었을 겁니다. 스타모스가 살해당한 날 밤에도 그녀한테서 왔을 거라 추정되는 전화를 받았고요. 살해하기에 충분한 시간을 두고 집에서 나갔어요. 스타모스의 통화기록을 조회하면 나올 겁니다."

"카울이 그 여자를 살해할 이유가 뭔데요?"

"내 높으신 친구분이 그것까진 말 안 해주던가요?"

"우리가 받은 언질은 댁이 정부 기관의 임무를 수행 중인 착한 놈이니 도와주라는 것뿐이었소만."

에크먼이 덧붙였다. "그래, 카울이 뭐 그리 특별해서 이 난리죠?"

"그동안 새롭게 밝혀진 게 좀 있습니다. 근데 말해줄 순 없어요. 말하기 싫어서가 아니라, 오염된 나무에서 떨어진 열매 어쩌구 하는 것 때문에요. 내가 그걸로 경찰이 입수한 증거를 오염시키면 사건은 기각되고 범인은 자유가 되니까."

에크먼이 고개를 끄덕였다. "알겠어요, 말 되네. 그래서, 카울이 나쁜 놈이라 이거죠? 그 인간이 굴리는 돈이 구린 돈이라 그렇다? 그래서 이 난리인 거예요?"

"그 사람 돈이 아닙니다. 다른 사람들 돈이지. 해외에 있는 사람들. 내가 말해줄 수 있는 건 여기까지입니다. 더 말해주기를 윗분들이 원한다면, 그분들이 알아서 하겠지요."

에크먼이 슈메이커와 시선을 교환했다. 이내 에크먼이 말했다. "좋습니다. 한데 우리는 강력반이란 말이지. 금융범죄는 다른 부서 소관이라. 우리는 그냥 이 사람들을 죽인 범인을 잡고 싶을 뿐이거든. 댁은 그게 카울이라고 본다고?"

"아니면 카울의 사주를 받는 누군가요. 부자들은 원래 자기 손 안 더럽히잖아요. 돈 주고 남의 손 더럽히지. 그 행콕이라는 사람 같은. 말 나왔으니 말인데, 행콕은 하고많은 사람 중 왜 하필 나한테 들러붙었답니까?"

"우린들 알겠습니까?" 에크먼이 대꾸했다.

"행콕은 세라가 자살한 것도, 발표되기 전에 이미 알고 있었어요. 타살이었다는 걸요. 혹시 경찰이 귀띔해준 거 아니에요?"

슈메이커가 대답했다. "브래드 카울은 이 지역 유지예요. 뉴욕 시경과 시청의 특정인들한테 그동안 아주 융숭하게 대접해뒀지. 거기서 누가 귀띔해줬다는 건 아니고, 그랬다 해도 놀랍지는 않다는 겁니다."

에크먼이 끼어들었다. "그렇지만 댁 얘기를 들어보면 카울이 스타모스는 직접 없앴을 수도 있겠는데."

"그랬을 수 있어요. 업자에게 청부할 시간이 없었을 테니까. 그건 그렇고, 스타모스는 어떻게 죽었습니까?" 에크먼이 슈메이커를 흘끔 보더니 말했다. "이 얘긴 다른 데 가서 전하지 마쇼, 디바인."

"그럼요."

"먼저 약을 먹인 다음 여자를 침대에 묶어놓고 배에 '쌍년'이라고 칼로 새겼어요. 과다출혈로 사망했죠."

디바인은 얼마 먹지도 않은 아침식사가 목구멍을 타고 올라오는 걸 느꼈다. 그는 상체를 숙이고 바닥에 시선을 고정한 채 숨을 짧게, 끊어지듯 쉬었다. 한 30초쯤 그러다가 다시 몸을 일으키고 두 남자를 보았다.

슈메이커의 얼굴에 동정심 비슷한 게 어려 있었다. "예, 압니다." 그가 조용히 말했다. "끔찍하죠."

"스타모스가 임신 상태였나요?"

"아니요. 우리도 그런 의심을 하긴 했는데, 검시관이 아니라고 확인해줬습니다." 에크먼이 대답했다.

"그런데 왜…… 그렇게 해놓은 거죠?"

"메시지를 보낸 게 아닐까, 뭐 내 생각엔 그래요. 어떤 메시지인지는 우리도 모르지만."

"목격자도 없고요?" 디바인이 물었다.

"없어요. 다 확인했어요. 그런 동네에 평일 밤늦은 시간이라면, 놀랍지도 않죠. 범인은 뒤쪽 창문으로 들어온 것 같아요. 스타모스는 1층에 있었고, 몸싸움한 흔적은 없어요. 유즈 부부랑 똑같이. 아마 유즈 부부는 죽은 듯이 자고 있었을 거예요." 에크먼이 정색하더니 덧붙였다. "아, 실례. 단어 선택이 잘못됐네."

"이로써 유즈 가족은 몰살됐군." 슈메이커가 생각에 잠겨 말했다. "범인의 의도가 그거였던 것 같은데. 이유가 뭐지? 유즈 부부가 왜 죽어야 했지? 미국에 온 지도 얼마 안 됐잖아요. 그 짧은 시간에 무슨 원한을 품는단 말입니까? 단지 딸과의 혈연 때문에 그랬다?"

"브래드 카울과의 접점은 또 어떻고요."에크먼이 말을 얹었다.
"카울이 수상한 돈세탁에 연루돼 있는데 세라 유즈가 그걸 알게 됐
다면? 그들이 세라가 부모에게 말을 흘렸을 걸 우려했을 수도 있어
요."

"나도 그 생각 해봤는데, 실제로 그렇게 됐을 가능성에는 이제 심
히 의문이 듭니다."디바인이 말했다. "세라는 부모님과 소원한 상
태였어요. 부모님이 선교사였는데, 세라가 사는 세계에는 일말의 관
심도 없고 그걸 이해해보려는 마음도 없었던 것 같아요."

"전에 얘기한 그, 스타모스와의 연인 관계를 말하는 겁니까?"

"네. 세라의 모친은 동성애를 지지하지 않았는데 그걸 숨기려고
하지도 않았거든요."

"그렇지만 그 사실을 누가 어떻게 알았겠어요? 유즈 부부가 뉴욕
에 온 지 며칠 되지도 않았는데."

"나도 단 몇 분 같이 있어보고 알았는데요, 뭐. 그리고 유즈 부인
은 자기 딸이 결혼도 안 하고 이 사람 저 사람하고 자는 헤픈 계집이
라고 생각하더군요."

슈메이커가 말했다. "얘기가 돌고 도는군. 이 살인사건들이 다 카
울의 사업과 연관된 게 아니라면 그럼 무엇과 연관돼 있을까요?"

디바인은 그에게 온 이메일들을 떠올렸다. 윌 밸런타인 같은 천재
도 추적하지 못한 이메일. 캠벨의 팀원들도 딱히 건지는 건 없을 듯
했다. 그나마 탭쇼가 마법의 손으로 뭐라도 건져주길 바랄 뿐.

살인범은 내가 이 모든 일에 연관돼 있음을 알려주려고 한 걸까? 세라
와 제니퍼에게 일어난 일이 내 탓이라고 말하려는 걸까? 대체 누가 내게
그토록 깊은 원한을 품은 걸까? 내가 뭘 잘못했기에?

그는 그 생각을 두 형사에게 털어놓으려다가, 그러지 않기로 했다.
중요한 증거를 숨기고 있었다고 화만 낼 게 뻔했다. 이제야 겨우 사

이가 풀어진 마당에.

"유즈 부부가 **심장**을 찔렸다고 했죠?"

"맞아요, 관통당했어요. 왜요?" 슈메이커가 물었다.

"심장은 감정이나 믿음, 기분을 상징하죠."

"그래서요?" 에크먼이 물었다.

"글쎄요. 그냥 내 생각을 정리해보는 거예요. 어쩌면 범인은 각각
의 희생자가 죽어야만 했던 이유를 상징하는 형태로 그들을 죽인 건
지도 몰라요."

에크먼과 슈메이커가 또 한 번 흥미 어린 눈길을 주고받았다.

"세라 유즈는 목이 매달렸는데. 그건 뭘 의미하는데요?" 에크먼이
물었다.

"글쎄요." 디바인이 입을 열었다. "과거에는 배신자들을 목매달았
죠."

그럼 내 차례는 언제가 될까?

64

이제 겨우 정오인데 프레드와 엘런 유즈 부부의 살해 소식이 카울 앤드컴리사 전체를 이미 한바탕 휩쓸고 갔다.

디바인은 갑자기 사무실을 박차고 나가 완다 심스를 찾아갔다.

"카울 씨가 어디에 있는지 짚이는 데라도 있어요?" 그가 물었다.

"나는 카울 씨의 보호자가 아니야, 트래비스." 심스가 톡 쏘는 투로 대꾸했지만 이내 표정이 풀어졌다. "미안해, 뒤숭숭한 분위기에 휩쓸려서. 사람이 넷이나 살해됐잖아. 그중 두 명은 여기서 일했었고, 나머지 둘은 그중 한 명의 부모고."

"이쯤 되면 회사 대표가 분위기 다잡으려고 와서 한마디 할 것도 같은데 말이죠."

심스가 회의적인 표정으로 그를 바라봤다. "수영복 모델을 한 트럭 데리고 무슨 섬으로 날아갔을지 누가 알아. 그런데 어디 가서 내가 그랬다고 하면 나는 부인할 거야."

"늘 대표님 따라다니는 임원진하고는 얘기해보셨어요?"

"해봤지. 하나같이 대표님에 대해서는 입을 꾹 다물더라고. 아마 너무 겁먹어서 그럴 거야."

제가 보기에도 그런 것 같아요.

"완다, 51층에 뭐가 있는지 혹시 감이라도 잡히세요?"

그러자 즉시 심스의 얼굴에 경계의 빛이 어렸다. "왜, 그게 자기랑 무슨 상관인데?"

　"말씀하신 대로 네 사람이나 살해당했잖아요. 51층은 아무도 접근 못 하는 유일한 구역이고요."

　"왜 이래, 트래비스. 투자사들은 다 접근금지 구역이 하나씩 있잖아. 아마 초단타매매를 하는 곳일 거야. 서버니 뭐니 그런 거 들여놓은 데. 그런 생각 안 해봤어?"

　당연히 해봤지요. 디바인이 속으로 대꾸했다. "하나만 더 여쭐게요. 세라의 시신이 발견된 날 제가 52층에 올라간 걸 누구한테 말씀하셨어요?"

　심스가 조심스럽게 살피는 표정으로 그를 쳐다봤다. "왜?"

　"그냥 뭘 좀 알고 싶어서요."

　"사실 젠 스타모스한테 말했을 수도 있어. 그런데 이제는 젠도 죽었네. 젠은 세라가 죽어서 크게 상심한 것 같았어. 둘이 친한 줄 몰랐는데."

　행콕이 그래서 그렇게 빨리 나한테 들러붙은 거였군. 스타모스가 세라한테서 우리가 같이 잔 사이인 걸 알아냈을지도 몰라. 그녀가 카울에게 말했고, 카울은 행콕에게—아니지, 바틀릿에게—형사인 척하면서 최대한 정보를 캐내라고 명령을 내린 거야. 그리고 스타모스는 카울에게, 그날 밤 내가 사옥에 다시 온 것과 경비가 나를 본 걸 말한 거고. 카울이 출입 기록을 뒤져보니 내 보안카드가 52층에서 사용된 기록이 나왔겠지. 그러다 세라가 죽은 날 밤에도 내 보안카드가 사용되고 비디오에 내 얼굴이 찍힌 걸 보고 나를 범인으로 몰기로 한 거지.

　디바인은 채널44의 레이철 포터가 그에게 들러붙은 것도 그 때문일 거라고 추측했다. 포터의 비밀 정보제공자 혹은 익명의 정보제공자 중 한 명이 바로 행콕, 즉 바틀릿이었을지 모른다. 바틀릿이 디바인에게 압박을 가하려고 그녀를 이용한 것이리라.

그는 캠벨에게 접선을 요청하는 문자를 보냈다.

즉각 답장과 함께 장소를 알리는 메시지가 왔다. 디바인은 카울사 건물에서 나와 다시금 50번가로 향했다.

한데 가는 길에, 그 추적 불가한 수신인으로부터 또 한 통의 이메일이 날아들었다.

유즈 부부에게 심장이 있어서 놀랐지 뭐야. 이제 그 둘이 없어져서 세상은 더 나은 곳이 됐어. 당신도 동의하길 바라.

디바인은 휴대폰을 천천히 주머니에 넣고 계속 걸음을 옮겼다. 하지만 한 걸음 디딜 때마다 그가 느끼는 두려움이 암세포처럼 자라 모든 장기에 퍼지는 것만 같았다.

* * *

레스토랑 문이 열리자, 디바인은 조용히 안으로 들어갔다.

캠벨이 예의 그 방에서 기다리고 있었다.

"어젯밤에 대신 나서주셔서 감사합니다."

"사건 담당 형사들이 자네를 찾아갔을 텐데."

"오늘 아침 일찍요. 꽤나 살갑게 굴던데요."

"잘됐군. 그간 우리는 51구역을 모니터링하고 있었네. 아직 거래 정지 상태야."

"저도 친구 한 명한테 로커스트그룹에 대한 정보를 캐달라고 부탁해놨습니다." 이어서 디바인은 이 거래에 얼마나 많은 사업체와 자산들, 그리고 국가들이 개입되었는지 장군에게 설명했다.

"우리 요원들이 조사한 바도 비슷하네. 로커스트그룹은 빙산의 일각에 불과해. 감시 영상에 반복적으로 등장한 조직체가 굉장히 많

아. 스트리밍이 끊기기 전에 접근 가능했던 아주 짧은 영상에서도 말이야."

디바인은 앤 컴리가 다른 단어의 철자 순서를 바꿔 만들어낸 이름일지 모른다는 가설도 설명했다.

"깨끗한 돈? 자네 추측이 맞는 것 같군."

"이메일 추적은 성공하셨습니까? 방금 한 통이 더 왔거든요." 그는 가장 최근에 받은 메일을 캠벨에게 보여주었다.

캠벨은 한숨을 쉬더니 등받이에 기대앉았다. "요점만 말하자면, 추적에 실패했네. 우리 IT팀에서도 이런 건 처음 본다는 게 중론이야."

디바인이 말했다. "첫 번째 메일은 세라의 시신이 발견된 날 받았습니다. 장군님도 보셨지만, 살인범만이 알 수 있는 자세한 범행 관련 정보가 담겨 있었죠. 처음엔 다른 사람이 시체를 발견했고 저한테 이메일을 보낸 건, 음…… 제가 세라를 좋아한 걸 알아서 그런 줄 알았습니다."

"좋아한 것 이상이었던 것 같은데, 디바인."

디바인이 멍한 표정으로 장군을 응시했다.

"나는 아들 셋, 딸 둘이 있네. 사랑에 아파하는 건 여러 번 봤지."

디바인은 새삼 존경 어린 눈길로 그를 바라봤다. "제가 알기로 그런 이메일을 받은 건 저뿐입니다."

"살인범은 그 회사 사람이겠군. 처음부터 줄곧 그렇게 생각했네만. 안 그런가?"

"맞습니다. 그런데 생각해볼 다른 문제가 있습니다. 살해당한 방식이요. 세라는 목이 매달렸죠. 스타모스는…… 스타모스는……."

"음, 나도 들었네. 계속하게."

"그리고 세라의 부모님은 심장을 깊이 찔렸습니다. 제가 보기엔 각각의 방식이 상징적인 것 같습니다."

"그럼 각각 뭘 상징한다고 생각하나?"

"세라는 배신자요. 스타모스는…… 글쎄요, 잘 모르겠습니다. 그런데 시신의 상처에서, 어쩌면 세라를 잃은 데 대한 범인의 분노가 느껴집니다. 스타모스와 세라는 사랑하는 사이였잖습니까. 세라의 부모는 심장이 망가졌죠. 제가 유즈 가족의 관계에 대해 알게 된 바에 비춰보면, 심장을 찌른 건 범인도 유즈 모녀의 사이가 멀어진 걸 알았음을 뜻할지도 모릅니다. 범인은 유즈 부부에게서 심장을 발견하기 어렵고, 그들이 없어져서 세상이 더 나은 곳이 됐다고 암시했거든요."

"이게 다 뭘 의미하는지 알겠지?"

"네?"

"이들이 죽은 게 브래드 카울이나 51구역과는 아무 관계 없고 전부 세라 유즈와 관계가 있다는 걸세. 그 말은 이게 나나 자네보다는 경찰이 맡을 성질의 사건이라는 뜻이야. 우리는 카울앤드컴퍼리에서 벌어지는 사기 행각에 초점을 맞춰야 해, 디바인. 살인은 경찰이 해결하게 맡겨두고."

"하지만 살인을 저지른 게 카울사의 누군가일 수도 있잖습니까." 디바인이 반박했다. "세라는 임신 중이었어요. 정자 기증자를 통해 인공수정을 했지만, 그 기증자가 누군지는 못 알아냈잖습니까."

캠벨은 그 가설에 흥미가 생긴 듯했다. "카울일 수도 있다고 보는 건가? 그렇다면 사건은 다시 우리 소관이 되거든."

디바인은 정자 기증자가 죽었다고 듣긴 했지만, 그렇다는 증거는 없었다. "충분히 가능한 일입니다. 카울은 세라와 잔 적이 없다고 했지만, 정자를 기증했을 수는 있잖아요. 그렇다면 살인 동기와 수단, 기회가 다 있었던 셈입니다."

"그럼 자네에겐 풀어야 할 두 개의 사건이 있는 셈이야. 하지만 그것들에 엮인 핵심 요소는 하나, 브래드 카울이네. 게다가 다음은 누가 될까 하는 문제도 있고." 캠벨이 덧붙였다.

디바인이 시선을 들자 캠벨이 그를 빤히, 어쩌면 디바인의 생각마저 꿰뚫어보는 눈빛으로 바라보고 있었다.

"그다음 사람이 자네가 될 수도 있어." 캠벨은 이렇게 말했다.

65

평소보다 일찍 퇴근하고 지하철로 가는데 휴대폰이 울렸다.

"미셸?"

"어디에요?" 몽고메리가 물었다.

"브로드가를 걸으면서 햇볕 좀 즐기고 있어요, 왜요?"

"이따 브래드의 집에서 만날 수 있어요? 교외에 있는 저택요."

"왜요?"

"브래드의 휴대폰 없이 펜트하우스에는 들어갈 수 없지만, 나한테 저택 열쇠가 있거든요. 브래드가 거기 없으면 우리가 들어가서 둘러볼 수 있잖아요. 그 인간의 범행을 입증할 증거를 찾을 수 있을지 몰라요. 그리고 만약 브래드가 거기 있으면, 뭐…… 그 새끼 목을 졸라버리든가 하면 되고."

"좋은 계획이네요."

디바인은 기차를 타고 집에 돌아가 옷을 갈아입었다. 그리고 막 나가려는데, 탭쇼가 그를 불러 세웠다.

뒤로 돌아보니 탭쇼가 계단 맨 위 단에 서 있었다. "오늘 아침에 이메일이 왔어요. 메이플라워가 투자하기로 결정했대요. 5천만 달러예요, 트래비스 아저씨. 게다가 이 정도 가치평가면 내가 회사에 대한 결정권을 온전히 가져갈 수 있어요. 판이 달라지는 거라고요."

디바인은 억지로 웃음 지었다. 만약 그것이 더러운 돈이고 상대가 그 돈을 회수하려 한다면, 그땐 어떻게 되는 걸까? "정말 잘됐다, 질. 네가 꽤나 대단한 인상을 준 모양이네. 게다가 그 정도 평가액이면 넌 이제 부자야!"

탭쇼의 얼굴이 발그레 상기됐다. "너무 오랫동안 아끼고 저축하면서 살아서, 별로 실감이 안 나요. 근데 상대방이 확실히 내 플랫폼하고 사업 계획에 잠재력이 많다고 본 것 같아요. 이 거래에 도장 찍으면, 또 테킬라 한잔 어때요? 아저씨가 많이 도와줬잖아요."

디바인은 또 한 번 억지 미소를 지었다. "당연히 좋지. 근데 내가 살 차례야."

탭쇼가 양손을 허리에 얹으며 대꾸했다. "아이구, 아저씨. 돈방석에 앉을 건데 이 정도는 내가 쏠 수 있어요. 그리고 아저씨가 투자한 천 달러 있죠? 그거, 가치가 몇 배로 뛰었어요."

디바인은 멀어져가는 탭쇼를 지켜봤다. 이윽고 그의 미소가 잦아들었다. 제기랄.

그는 오토바이에 올라타 몽고메리를 만나러 갔다.

그녀는 저택 정문 앞에서 디바인을 기다리고 있었다. 우버를 타고 왔다고 했다.

"집안 도우미들은 어쩌죠?" 디바인이 물었다.

"그 사람들은 내가 집에서 알짱대는 데 익숙해요. 그리고 전에도 말했지만, 브래드를 별로 좋아하지도 않고요."

두 사람은 저택 안으로 들어갔다. 도우미 한 명이 모퉁이를 돌다가 두 사람과 부딪힐 뻔했다.

"아이쿠, 미셸 양. 죄송해요."

"괜찮아요, 드니즈. 브래드 혹시 여기 있어요? 계속 전화했는데 영 받지를 않네요."

"아뇨, 아가씨. 저도 며칠째 못 봤어요. 그런데 자주 있는 일이라서요. 워낙 바쁜 분이니까. 중국에라도 가 계신지 누가 알겠어요."

"그렇군요. 어, 우린 여기 몇 시간 있으려고요. 트래비스는 브래드의 회사 직원인데, 브래드가 얼른 집에 왔으면 좋겠네요. 있죠, 다들 오늘은 이만 퇴근하는 게 어때요? 굳이 남아 있을 이유 없잖아요."

"카울 씨가 아시면⋯⋯."

"브래드가 오면 내가 전적으로 책임질게요." 몽고메리는 짓궂은 미소를 지으며 덧붙였다. "그 사람이 칵테일 내오라고 하면 나도 잘 말아줄 수 있어요. 달걀프라이도 부쳐줄 수 있고."

그러자 드니즈가 환히 웃었다. "그러시다면야. 알겠어요, 아가씨."

10분 후 도우미들이 모두 본채에서 나가 저택 부지 맞은편의 숙소로 갔다.

몽고메리가 본채 문을 굳게 닫고 디바인을 향해 돌아섰다. "시작하죠."

그러더니 재택용 사무실로 보이는 곳으로 안내했다.

"정확히 뭘 찾는 거죠?" 디바인이 물었다.

"그 인간이 사기꾼이라는 걸 증명할 수 있는 거라면 뭐든요."

"어쩌면 살인범이라는 증거도요." 디바인이 받아쳤다.

"사람이 둘이나 죽었는데⋯⋯."

"실은 네 명이에요."

그 말에 몽고메리가 홱 돌아서서 그를 빤히 바라보았다. "뭐라고요!"

"세라 유즈의 부모님이요. 그저께 밤에 세라네 집 침대에서 죽은 채로 발견됐어요."

"맙소사. 그럼 당신은 브래드가⋯⋯?"

"나도 모르겠어요. 아는 거라곤 누군가가 나한테, 정확히는 나한테만, 세라의 살해 현장에 대한 자세한 정보가 담긴 이메일을 보내왔다는 거예요. 그자는 스타모스 살인과 유즈 부부 살인에 대해서도 메시지를 보냈어요. 그자가 범인일 수밖에 없어요. 그 말은 곧, 그자가 나한테 원한이 있다는 뜻이에요. 한데 이유를 모르겠어요."

"세라랑 만나는 사이였잖아요. 어쩌면 범인이 그걸 알고 질투했는지도 모르죠."

"그렇다면 몇 가지는 설명돼요. 스타모스와 세라도 알고 보니 커플이었는데 비밀에 부쳤거든요. 스타모스는 그래서 살해당했는지도 몰라요."

"유즈의 부모님은요?"

"세라의 어머니는 세라가 사는 방식에 대놓고 적대적이었어요. 살인범이 그걸 탐탁지 않아 한 게 이메일에서 티가 났어요. 그자가 그걸 어떻게 알아냈는지가 궁금해요."

"일기장이나, 뭐 그런 데 적혀 있었을지도 모르죠."

"그건 경찰이 못 찾아냈어요."

"세라의 어머니가 자기 딸을 어떻게 생각하건 범인이 왜 신경을 썼을까요?"

"모르겠어요." 디바인이 시인했다.

"앗, 어쩌면 세라는 당시 만나고 있던 남자한테 이별을 통보했을 수도 있어요. 그 남자가 아이 아빠였는데, 세라는 그 사람 애를 낳기 싫어서 임신을 중절한 거죠."

"알고 보니 세라는 인공수정으로 임신한 거였어요. 정자 기증을 받았대요."

"그렇다면 왜 중절을 했죠?"

디바인이 고개를 저으며 대꾸했다. "짐작도 안 가요."

두 사람은 사무실을 뒤지기 시작했다. 거기서 결국 도움이 될 만한 것은 찾아내지 못하고 위층으로 올라갔다.

"우린 각방을 썼어요." 몽고메리가 불쑥 말했다. "브래드의 침실은 이 복도 끝이에요. 방 하나가 내가 사는 아파트만 해요."

그들은 그 방으로 들어갔다. 정확히는 방이 여러 개 딸린 스위트룸이었고, 거기에는 벽난로 두 개와 초대형 TV 여러 대, 갖출 건 다 갖춘 바, 별도의 응접실, 한증실 딸린 스파와 사우나, 월풀 욕조, 마사지실, 수영을 해도 될 만큼 큰 욕조, 그리고 그 옆에 고대 로마 석굴 스타일의 워크인 샤워까지, 하여간 돈 많은 남자가 꿈꿀 법한 엔터테인먼트 시설은 죄다 있었다. 게다가 당구대 하나와 클래식 모델의 핀볼 머신 다섯 대까지 있었다.

"여기서 어떻게 자요?" 디바인이 대뜸 물었다. "유혹거리가 이렇게 많은데." 그는 크기가 자기 방만 한 침대로 시선을 옮겼다. "이 망망대해에서 서로를 어떻게 찾죠?"

"브래드가 나를 찾는 데는 아무런 어려움이 없었어요."

"더는 말하지 마요, 미셸. 듣고 싶지 않아요."

결실 없이 힘만 뺀 두 사람은 침대에 걸터앉아, 선팅한 통창 밖을 물끄러미 내다봤다.

"이제 어쩌죠?" 몽고메리가 물었다.

"펜트하우스는 접근 불가예요. 51구역도 마찬가지고. 그러니 이제 어떻게 해야 할지 나도 모르겠네요."

그때 디바인의 휴대폰이 진동했다. 캠벨이었다.

"당장 얘기 좀 해야겠네."

"어디 계십니까?" 디바인이 물었다.

"우리가 처음 만난 곳."

"30분 안에 가겠습니다." 디바인은 몽고메리를 흘끔 보고 덧붙였다. "누구 좀 데려가도 됩니까?"

"누구?"

디바인은 미셸 몽고메리의 이름을 댔다.

"별로 좋은 생각이 아닌데, 디바인. 그 여자가 카울의 하수인이고 자네를 유도하고 있는지 어찌 아나."

디바인은 몽고메리에게 시선을 던졌다. "제 목숨을 걸고 믿어봤는데, 끝까지 믿음을 저버리지 않았습니다. 저를 적에게 넘길 기회가 몇 번이나 있었는데 그러지 않았어요. 이미 미셸에게 사건에 대한 이야기를 많이 했습니다. 미셸이 카울한테 저를 폭로했다면 저는 지금 목숨이 붙어 있지 않겠죠."

"이건 상당히 예외적인 상황이야, 디바인."

"장군님께서 저를 영입하셨잖습니까. 제가 훈련받은 첩자도, 첩보 요원도 아닌데도요. 저는 지금 직감으로 움직이고 있습니다. 중동에 있을 때 상대를 읽고 믿을 만한지, 기회가 있으면 뒤통수를 칠 사람인지 판단하는 연습을 몇 년이나 했습니다. 그러다 촉이 굉장히 발달했죠. 그러니 이번 일은 저를 믿어달라는 겁니다. 군인 대 군인으로요."

"30분 후에 보지."

몽고메리가 겁에 질린 얼굴로 그를 빤히 보았다. "다, 당신…… 첩자예요?"

"내가 뭔지 솔직히 나도 모르겠어요."

"방금 그건 누구였어요?"

"곧 알게 되겠네요."

66

"퇴역 장군이라고요?" 같이 오토바이에 올라타 출발하면서 디바인이 누구를 만나러 가는지 설명을 마치자마자 몽고메리가 대뜸 말했다.

"맞아요."

"당신은 그 사람 밑에서 일하고요?"

"설명하기엔 좀 복잡해요."

"돈 때문에 카울에 다니는 게 정말 아니었네요. 그럴 줄 알았어." 몽고메리가 의기양양한 투로 덧붙였다.

"좀 복잡해요." 디바인은 이 말만 되풀이했다.

"내가 보기엔 하나도 안 복잡해요." 그러면서 몽고메리는 그를 더 꽉 끌어안았다. "당신이 자랑스러워요."

"어, 그래요. 고맙네요."

이윽고 그들은 스트립 몰에 당도했고 디바인이 노크를 했다. 문이 열리고 두 사람은 안으로 안내받았다. 정장 차림의 한 남자가 앞장서서 그들을 캠벨에게 데려갔다. 캠벨은 책상 뒤에서 일어나 몽고메리에게 손을 내밀었다.

"만나서 반갑습니다, 몽고메리 씨. 요점만 짚고 가죠. 이 일에 대해 누구에게든 한마디라도 발설하면 연방교도소에서 20년은 복역하게 될 겁니다. 알아들으셨죠?"

몽고메리는 디바인에게 반신반의하는 눈빛을 던지며 대답했다. "확실하게 알아들었습니다."

"앉죠."

"얼마나 중요한 일이기에 당장 불러들이신 겁니까?" 디바인이 물었다.

"워싱턴의 특정 의원들이 우리가 조사 중인 일에 대한 소식을 입수하고는 우리 임무를 중단시키려 하고 있네."

"아니, 대체 왜요?" 디바인이 물었다. "지금 미국의 적들이……." 그는 말을 끊고 캠벨의 눈치를 봤다.

"디바인, 이 나라 정계를 움직이는 게 한 가지 있네. 아주 단순하고, 굳이 은폐하지도 않았지만 대부분의 사람들은 깊이 생각하지 않는 것이지. 바로 돈일세. 예전엔 정치 자금원이 상당히 제한적이었고 그 자금원은 반드시 공개돼야만 했어. 더는 그렇지 않네." 캠벨이 몸을 앞으로 숙이며 말을 이었다. "나의 이 보잘것없는 수사팀이 카울앤드컴리에 관심 두는 진짜 이유를 자네들에게 말해주겠네." 그러더니 잠시 입을 다물고 말을 골랐다. "우리는 카울이 돈세탁과 전 세계 큰손들의 미국 부동산 매입의 주요 연결고리일 뿐만 아니라 그 돈의 일부, 즉 수백 혹은 수천억에 이르는 돈이 공무원의 호주머니로 들어가고 있다고 보네. 지역 공무원, 연방 공무원 할 것 없이, 지위고하도 막론하고 말이야. 한데 대가를 바라지 않고 그런 거액을 내놓는 사람은 없거든. 그 말인즉 판도라 페이퍼나 그와 비슷한 조사에서 드러난 건 빙산의 일각이라는 거야. 세탁된 돈은 이 나라를 전방위로 야금야금 집어삼키는 데 무기로 사용되고 있어."

몽고메리가 말했다. "그런 일을 못 하게 막는 장치가, 그러니까 법 조항 같은 게 있는 줄 알았는데요?"

"법망은 돈 많은 사람에겐 적용되지 않는 법이지요." 캠벨이 대꾸했다. "게다가 어떤 사람들, 지위 높은 권력자들을 포함한 이들은 그 거래가 지속되길 원하고요. 또 다른 일부는 자기들이 직접적으로 연루된 게 드러날 테니 이 거래가 폭로되거나 조사가 이루어지기를 원치 않는 겁니다."

"그럼 이제 어쩌죠?" 디바인이 물었다.

"그쪽이 우리 활동자금을 끊기 전에 이 문제를 해결해야지. 그래도 자네에게 줄 단서가 하나 있네."

"뭡니까?" 디바인이 물었다.

"로커스트그룹이 소유한 어퍼이스트사이드의 브라운스톤 있잖나?"

"제 절친 크리스천 칠턴이 사는 집 말씀이시죠." 디바인이 몽고메리를 슬쩍 보며 대꾸했다. 몽고메리는 대화의 방향이 그쪽으로 흐르는 게 불편한 기색이었다.

"자네한테 로커스트그룹이 개입된 것 같다고 보고받은 후에 감시를 붙여놨었네. 인터폴의 '감시 대상' 목록에 있는 사람 둘이 그 건물에 드나드는 게 목격됐어."

"덮칠 수는 없었나요?" 몽고메리가 물었다.

"그럴 법적 근거가 없었어요. 하지만 좋지 않은 부류인 건 확실합니다."

"혹시 칠턴에게 동거인이 있는지는 알아내셨나요?" 디바인이 물었다.

몽고메리가 대신 대답했다. "조부님인 캐럴 칠턴이 같이 살았어요. 우리는 '포피'라고 불렀죠. 그런데 최근 몇 년은 통 뵙지 못했어요."

"그럼 그 집은 캐럴 칠턴의 소유였다가, 그분이 로커스트그룹에 판 건가요?" 디바인이 물었다.

캠벨이 고개를 끄덕였다. "우리가 조사한 바로는 그렇네. 시가의
세 배를 받고 팔았어. 실제로 판 사람은 손자일 수도 있어."

디바인과 몽고메리는 시선을 교환했다. 디바인이 말했다. "제가
가서 조사해보는 게 좋겠습니다."

"그러는 게 좋겠네."

디바인과 몽고메리가 일어섰다. 디바인이 그녀를 보며 말했다.
"시내로 가서 집 앞에 내려줄게요."

"나도 같이 갈 거예요."

"그럴 순 없어요, 미셸."

캠벨이 말을 얹었다. "맞습니다, 몽고메리 씨. 그건 안 됩니다."

"같이 가게 해주든가, 아님 나 혼자 따로 갈 거예요."

디바인이 말했다. "집에 데려다줄게요. 갑시다."

그러더니 몽고메리의 팔을 붙잡고 그녀를 방에서 끌어냈다.

밖으로 나오자 그녀가 팔을 잡아 빼며 말했다. "이 새끼야! 나한테
이래라 저래라……."

"입 다물고 타요. 장군님 앞이라 그렇게 말한 거니까. 같이 갈 거
예요."

그러자 몽고메리가 입을 탁 닫고 헬멧을 썼고, 둘은 오토바이를 타
고 그곳을 떠났다.

67

그들은 브라운스톤 건너편에 오토바이를 댔다.

"집 앞에 주차돼 있는 저 차는 칠턴의 BMW네요." 디바인이 몽고메리에게 말했다.

"크리스천이랑은 어릴 때부터 알고 지냈어요. 걔는 범죄자가 아니에요."

"자기가 메이플라워를 경영한다고 하더군요. 할아버지가 사업을 시작했고 자기는 3세 대표라고. 크리스천의 아버지나 할아버지에 대해 기억나는 것 있어요?"

"칠턴 씨는 점잖은 분이었어요. 나한테 항상 잘해주셨죠. 할아버지인 포피 칠턴은 놀랍도록 다정한 분이셨어요. 우리랑 게임도 하고, 책도 읽어주시고. 그 시절은 정말로 행복했어요."

"돈이 많은 집이었나요?"

"그럼요. 많은 정도가 아니었죠."

"초부자 수준? 카울처럼?"

"아뇨, 그 정도는 아니고요. 실은…… 내가 열여섯 살 때 우리 엄마를 해고해야 했어요. 차도 점점 줄어서 나중엔 딱 두 대만 남았죠. 우리 아빠는 그 집 차만 관리한 게 아니라 식구들 기사 노릇도 했거든요. 물론 그때쯤엔 그 집 애들도 다 크고 우리 엄마도 가정부만이 아니라 이런저런 역할을 도맡고 있었지만. 그러다 어느 시점에 더 이상 우리 엄마를 데리고 있을 수가 없게 됐나 봐요."

"칠턴가가 어려운 시절을 만났다는 말이죠?"

"우리 가족이 떠나고 1년 후 칠턴가는 집을 팔았어요. 부지가 크긴 해도 오래됐고, 보스턴 외곽에 있었죠. 우리 가족이 떠나기 전에 칠턴 씨가 파산 얘기를 하는 걸 두어 번 들은 기억이 나요. 그때 우리 언니는 대학에 다니고 있었어요. 여동생이랑 나는 부모님과 함께 매사추세츠 다른 동네의 아파트로 이사 갔어요. 부모님은 다른 일자리를 얻으셨고요. 나는 그 지역에서 모델 일을 하고 웨이트리스 일도 하다가 대학에 진학해서 1년 공부했어요."

"부모님이 학비를 대주신 게 놀랍네요."

"못 대주셨어요. 칠턴가가 우리 자매의 대학등록 신탁기금을 따로 마련해뒀죠. 나는 1년을 흘려보낸 후 대학이 적성에 안 맞는다고 결론 내렸어요. 돈 낭비하는 것도 싫고."

"크리스천은 자기 아버지가 돌아가셨다던데요."

"2년 전에 자동차 사고로요. 어머니는 보스턴에 살고 계셔요. 아니, 살고 계셨어요. 내가 몇 년째 뵙지를 못해서."

"크리스천은 나이가 어떻게 돼요? 나는 한 서른 살은 됐을 거로 봤는데."

"아니에요, 나보다 겨우 세 살 많아요. 집안에 돈이 바닥났을 때 크리스천은 프린스턴대에 다니고 있었어요. 라크로스 선수로 전액 장학금을 받았거든요. 걔, 아주 똑똑해요. 남동생이 둘 있는데, 둘 다 서부 해안에 살면서 자기 앞가림 잘하고 있어요. 크리스천은 동부에 남았죠."

"그런데 지금은 메이플라워를 경영하면서 로커스트그룹이 시세보다 훨씬 높게 주고 매입해 소유 중인 널찍한 브라운스톤 주택에 사는 데다 인터폴 감시 명단에 오른 놈들과 어울린단 말이죠. 자기 가족이 6년 전쯤 거의 전 재산을 잃었는데 현재 엄청난 돈을 벌어들이고 있고요."

"수상쩍게 보이는 거 알아요."

"수상한 정도가 아니죠."

"저기 나왔어요." 몽고메리가 속삭였다.

어느 틈에 칠턴이 집에서 나와 있었다. 그는 곧 BMW를 타고 그곳을 떠났다.

디바인과 몽고메리는 그 뒤에 따라붙었다.

어디로 가는지 보자고. 디바인은 속으로 중얼거렸다.

오래 걸리지는 않았다. BMW는 상류층을 대상으로 운영하는 노인 요양원으로 들어갔다. 그 블록의 절반을 차지하는 규모의 오래된 벽돌 건물에 들어서 있는 시설이었다.

그들은 칠턴이 안으로 들어갈 때까지 기다렸다가 따라 들어갔다.

고급 호텔처럼 꾸며놓은 곳이었다. 둘러보니 휠체어에 타거나 보행보조기를 짚고 돌아다니는 노인들이 눈에 많이 띄었다. 도서관으로 보이는 곳에서 책을 읽는 이들도 있고, 또 몇몇은 TV를 시청하고 있었다. 그냥 앉아서 멍하니 허공을 보거나 정처 없이, 천천히 걸어 다니는 이들도 있었다.

몽고메리가 복도 저만치 걸어가는 칠턴을 발견하고 디바인의 팔을 콱 잡아 그의 주의를 끌었고, 다음 순간 칠턴은 모퉁이를 돌아 사라졌다.

"어떻게 된 걸까요?" 디바인이 물었다. "대체 칠턴이 왜 여기 있는 거죠?"

"포피가 여기 계신지도 몰라요."

"이제 어쩌죠?"

"여기 원래 드나드는 사람인 척해요. 나는 평생 그러면서 살아왔어요." 몽고메리가 희미한 미소를 지으며 덧붙였다.

두 사람은 복도를 따라 걷다가 직원들을 지나쳤다. 그중 한 명이 둘을 불러 세워 도움이 필요하냐고 물었다.

몽고메리가 대답했다. "크리스천 칠턴을 여기서 만나기로 해서요. 혹시 어디에 있는지 아세요?"

"아, 네. 방금 오셨어요. 할아버님이랑 같이 계세요."

"맞다. 포피가 지금 여기 계시다고 했지. 한동안 못 뵀거든요. 포피는 괜찮으세요?"

그러자 여자는 애석한 미소를 지었다. "나이 드는 게 쉬운 일이 아니죠. 칠턴 씨는 여든이 넘으셨잖아요. 원래 우리 시설의 생활지원 병동에 계셨는데. 이제는 기억 병동에 계세요."

"아, 그 말씀은……." 몽고메리가 말끝을 흐렸다.

"네, 추측하시는 게 맞아요. 제가 그리로 안내해드릴까요?"

"음, 괜찮으시면 크리스천이 할아버지를 뵙고 나오면 그 친구한테 물어볼게요. 저는 포피가 그렇게 되신 줄……. 크리스천이 할아버지와 충분히 시간을 보내게 해주고 싶어요."

"알겠습니다. 로비에서 기다리시면 돼요."

"고맙습니다."

몽고메리가 눈물이 맺힌 눈으로 디바인을 돌아보았다. "맙소사, 포피가 그렇게 되신 줄 몰랐어요. 그냥 우리랑 신나게 놀아주던 다정한 할아버지로만 기억하고 있었는데."

30분 후 크리스천 칠턴이 로비로 나왔다. 디바인은 그가 눈가를 훔치는 걸 보았다.

칠턴은 디바인과 몽고메리를 보자 흠칫 뒤로 물러났다. "여기서 뭐 하는 거야?"

"포피는 어떠셔?" 몽고메리가 물었다.

칠턴은 몹시 당황한 기색이었다. "포피는…… 알츠하이머에 걸리셨어."

"왜 나한테 말 안 해줬어, 크리스천. 나도 여기 살고 있잖아. 언제든지 찾아뵐 수 있었는데."

"포피는 너를 알아보지도 못하셨을 거야. 나도 알아보지 못하시는걸." 그러더니 그는 디바인에게로 눈을 돌렸다. "댁은 미셸이랑 여기서 뭐 하는데?"

"우린 친구야, 크리스천. 너랑 나처럼." 몽고메리가 대신 말했다.

칠턴은 주머니에 양손을 찔러 넣으며 시선을 피했다.

"여기 모시는 데 돈 많이 들겠다." 몽고메리가 넌지시 말했다.

"뉴욕에선 뭘 해도 많이 들어."

디바인이 말했다. "너는 아주 짧은 기간에 크게 성공한 것 같던데."

"무슨 뜻으로 하는 말이지?" 칠턴이 달려들 듯 뱉었다.

"가문이 파산하고 6년 만에 초부자가 된다?"

칠턴이 몽고메리에게 의미심장한 눈빛을 던졌다. "입단속 잘하는 게 좋을걸, 미셸."

"그래서 그런 거야? 포피를 여기 모시는 비용을 대려고? 어머니도 부양하고?"

"그러다니, 뭘?"

디바인이 나지막한 목소리로 말했다. "정말로 브래드 카울이랑 같이 망하고 싶나?"

칠턴이 한 걸음 물러나며 말했다. "난 만날 사람이 있어서 가봐야겠어."

몽고메리가 그의 팔에 손을 얹었다. "크리스천, 우리가 거기서 발 빼게 도와줄 수 있어."

칠턴은 고개를 젓더니 그녀를 보며 슬픈 미소를 지었다. "아니, 미셸. 너는 그렇게 해줄 수 없어. 우린 더 이상 애가 아니야. 이건 애들 놀이가 아니라고."

"너무 늦은 때란 없어. 우리가 곤경에 빠질 때마다 포피가 그렇게 말한 거 기억나지."

"포피는…… . 아무튼 너무 늦었어, 미셸. 그래도 말이라도 그렇게 해줘서 고마워."

"미셸을 카울한테 소개해준 게 너라면서." 디바인이 끼어들었다. "왜 그랬지?"

칠턴이 몽고메리를 바라보며 대꾸했다. "말했잖아. 미셸한테 돈이 필요한 걸 알아서 그랬다고. 브래드는 예쁜 여자를 좋아하는데, 미셸보다 예쁜 여자는 없으니까."

"그게 다인가?"

"그래, 왜?"

"카울은 미셸에게 특정 시간에 빨간색이나 초록색 비키니를 입고 풀에 나가 있도록 지시하고 보수를 줬어."

그러자 칠턴이 멍한 얼굴로 그를 쳐다봤다. "비키니? 왜 돈 주고 그런 짓을 시키지?"

"그런데 미셸 이전에 그런 목적으로 고용됐던 여자는 죽었어. 자살이라고 했지만, 그 여자가 스스로 이스트강에 뛰어들었을 것 같진 않거든."

"'미셸 이전에 고용됐던 여자'라니?"

"정말로 모르는군."

"정말 몰라."

"카울한테서 사업 자금을 얼마나 받지?"

"난 대답할 필요 없어."

"경찰한테는 말해야 할걸."

"무슨 소린지 모르겠는데." 칠턴이 격한 말투로 받아쳤다.

"네가 살고 있는 브라운스톤 집은 네가 아니라 로커스트그룹이 소유하고 있어. 로커스트그룹은 돈을 세탁하고 은닉해, 크리스천, 그것도 국제적인 규모로. 우린 너한테 퇴로를 제공하는 거야. 우리한테 협조하기만 하면 돼."

"크리스천." 미셸이 말했다. "우린 그저 도우려는 것뿐이야."

"도움 따위 필요 없어. 다 잘 풀릴 테니까."

"네 사람이 죽었고, 카울은 도주했어." 디바인이 말했다. "그럼 너 같은 사람이 다 덮어쓰게 되는 거라고."

칠턴은 대꾸하지 않고 성큼성큼 걸어가버렸다. 두 사람은 그를 따라 밖으로 나갔다.

디바인이 말을 이었다. "우리한테 협조하면 도와줄 수 있어."

칠턴이 휙 돌아섰다. "당신 정체가 뭔데? 브래드 회사 직원인 줄 알았더니."

"직원 맞아. 아니기도 하고."

"대답 참 시원하다."

"편을 갈아타지 않으면 너는 끝이 좋지 못할 거야. 그럼 할아버지는 누가 보살피지?"

"꺼져."

"크리스천!" 몽고메리가 외쳤다.

칠턴은 BMW에 올라타고는 아스팔트에 타이어 자국을 남기며 그곳을 빠져나갔다.

디바인이 몽고메리를 힐끔 보니 그녀는 차 꽁무니를 눈으로 좇고 있었다.

"칠턴도 말했지만, 당신들은 이제 어린애가 아니에요. 칠턴이 구원받기를 원하지 않으면 당신도 그를 구원해줄 수 없어요."

"내가 누구를 구원해줄 수나 있는지 모르겠네요. 나 자신은 물론
이고."

"흠, 그 점에 있어서는 할 말 없네요."

68

집에 돌아오니 11시가 다 되어 있었다. 디바인은 탭쇼가 소파에 앉아 감자칩 한 봉지와 아이스크림 한 통을 먹어치우는 걸 보고 내심 놀랐다. 탭쇼는 거의 항상 자기 방에만 틀어박혀 있었고, 하물며 감자칩과 아이스크림을 먹는 모습은 한 번도 보인 적이 없었다.

"안녕, 질. 잘 지내지?"

탭쇼가 고개를 들었다. 얼굴이 통통 부은 게, 방금 전까지 울고 있었던 것 같았다.

"무슨 일이야?" 디바인이 당황해서 물었다.

"메이플라워가 발을 뺐어요."

빌어먹을. "어떻게 된 거야?" 디바인은 어떻게 된 건지 잘 알면서도 반사적으로 물었다.

"한 시간쯤 전에 크리스천 칠턴이 굉장히 사무적인 어조로 이메일을 보내서는 자기네 투자 계획이 바뀌었다고, 더는 데이팅 플랫폼 부문에 관심이 없다고 통보해왔어요. 5천만 달러 투자한댔다가 갑자기 없던 일로 한다고요?"

디바인은 탭쇼의 옆에 앉았다. "유감이야. 하지만 잘된 걸 수도 있어."

"그 정도 투자면 우리 회사를 업계 '톱 티어'에 올려놓을 수 있었다고요, 트래비스 아저씨. 다른 데서 그만한 조건의 투자자를 만날 수 있을지 모르겠어요. 가치평가도 진짜 잘 나왔는데.”

“너는 장애물을 만날 때마다 거뜬히 뛰어넘었잖아. 이번 일도 잘 극복할 거야.”

“그래도 오늘 아침에 이메일을 주고받을 때만 해도 분위기가 화기 애애했단 말이에요. 그때부터 ‘좆 까’라는 이메일 보내온 한 시간 전 사이에 대체 무슨 일이 있었던 거죠?” 탭쇼가 그를 보며 물었다. “혹시 짚이는 데 있어요?”

디바인은 탭쇼를 똑바로 쳐다볼 수가 없었다. “모르겠어, 질. 이 바닥에선 그런 일이 비일비재한가 보지. 어쩌면 그쪽 자금줄에 문제가 생겼을 수도 있고.” 그는 자신 없게 덧붙였다.

탭쇼는 억지로 기운을 차리며 눈가를 훔치고는 그의 손을 톡톡 두드렸다. “괜찮아요. 나한텐 다른 수단들이 있으니까. 현금 손실도 통제 가능한 수준이고. 새 투자금이 들어올 때까지 버틸 수 있어요. 2년 내로 내가 그 자식 찾아내서 오늘의 결정을 땅을 치고 후회하게 만들어주겠어요.”

디바인은 씩 웃었지만 여전히 눈은 맞추지 못했다. “이제야 너답네.”

자기 방으로 올라간 그는 옷을 입은 채 곯아떨어졌다.

* * *

이튿날 아침 그는 6시 20분 열차를 탔다. 몽고메리가 카울의 저택에 있지 않을 걸 알기에 하마터면 내다보지 않을 뻔했다. 그런데 열차 안 다른 승객들이 창밖을 보는 걸 보고 그도 덩달아 내다봤다. 순간 맥박이 몇 배 빠르게 뛰기 시작했다.

맙소사.

경찰과 법의학 팀이 풀장 주위에 바글바글했다. 그들은 물에서 뭔가를 건져 올리고 있었다. 생긴 게 꼭……

열차가 덜컹 하더니, 속도를 올렸다. 디바인은 고개를 한껏 틀었지만 아무것도 볼 수 없었다.

옆자리 남자가 말했다. "젠장, 풀에서 건진 거 시체 맞아요? 비키니녀는 아니었으면 좋겠네."

디바인은 대꾸하지 않았다. 심장이 너무 세게 뛰어서 토할 것만 같았다.

그는 휴대폰을 꺼내 몽고메리의 번호를 눌렀다.

어서, 어서. 젠장, 제발 전화받아. 죽으면 안 돼, 미셸. 제발…….

음성사서함으로 연결됐다. 다시 걸어봤다. 똑같았다. 문자를 보낸 후 기다려봤다. 응답이 없었다. 온라인에 접속해 브래드 카울의 저택에서 발견된 시신에 대한 뉴스를 검색했다.

기사가 한 건도 없었다.

열차가 다음 역에 도착하자 디바인은 벌떡 일어나 막 열리고 있는 문 밖으로 튀어 나갔다. 그대로 역사 밖으로 달려 나가 제일 먼저 눈에 띄는 택시를 잡았다. 기사에게 주소를 알려준 다음 가는 내내 몽고메리에게 전화를 걸었다.

택시에서 내릴 때쯤에는 아무런 희망도 남아 있지 않았다. **대체 왜 그 집으로 돌아간 거야?**

접근금지 테이프가 저택 주위로 쳐져 있어서, 디바인은 어쩔 수 없이 정문 앞 구경꾼 무리에 합류했다. 검은색 밴이 대기 중이었는데, 아마도 시신이 나오기를 기다리는 것 같았다. 곳곳에 깔린 경찰관들이 사람들의 접근을 차단하고 범행 현장을 보존하느라 고군분투하고 있었다.

그때 세단 한 대가 다가오더니 에크먼과 슈메이커가 내렸다. 디바인은 그들에게 달려갔다. "기차 타고 지나다가 경찰이 시신 건져내는 걸 봤어요. 혹시…… 그게 혹시……?"

휴대폰이 알림음을 울렸다. 액정 화면을 내려다본 순간, 폐에서 숨이 마지막 한 줌까지 훅 빠져나갔다.

미안해요, 자느라 휴대폰 소리 못 들었어요. 무슨 일 있어요?

몽고메리였다. 살아 있구나.

디바인은 고개를 들어 형사들을 봤다.

"같이 갑시다. 디바인." 슈메이커가 말했다.

그들은 배지를 들어 보이며 접근금지 구역 안으로 그를 데려갔다.

풀 주위에 사람들이 몰려 있고 그 옆에 시트로 덮은 시신이 놓여 있었다. 경찰이 단서를 찾고 증거를 수집하느라 사방이 어수선했다.

두 형사와 디바인은 카운티 소속 사복경관 앞에서 걸음을 멈췄다.

"다른 사건과의 연관성 때문에 알고 싶어 하실 거라고 생각했습니다." 그가 말했다.

"어디 봅시다." 에크먼이 말했다.

시트가 들춰졌다. 다음 순간 디바인은 익사한 게 분명한 크리스천 칠턴의 시신을 내려다보고 있었다.

69

슈메이커가 디바인을 역까지 데려다주고 그의 파트너는 현장에 남기로 했다.

"칠턴은 익사한 건가요?"

"그렇기도 하고 아니기도 해요."

디바인이 호기심 어린 눈으로 슈메이커를 보았다. "알아듣게 얘기해주실래요?"

"폐에 물이 차 있는데, 그건 공식적으로 익사했음을 의미해요. 그런데 머리에 둔기로 맞은 흔적이 있어요."

"누군가 칠턴을 기절시킨 다음 물에 던져 넣었고, 그래서 익사했다는 거죠?"

"맞습니다."

"목격자는 없습니까?"

"집안 도우미들은 어젯밤 일찍 퇴근해도 좋다는 허락을 받았어요." 그러면서 슈메이커가 디바인을 쳐다봤다. "여자친구인 몽고메리가 그랬대요. 근데 댁은 거기 있었으니까 이미 알고 있겠지. 다른 거 또 말해줄 거 없어요?"

디바인은 전날 오후 칠턴을 만난 이야기를 해주었다. "추측을 하자면, 우리랑 만난 후 칠턴이 진상을 따지러 카울한테 간 거예요. 카울이 어떻게 반응했는지는 우리가 방금 봤고요."

"카울이 거기 있었다는 증거조차 없잖습니까."

"그럼 더 파봐야죠." 디바인이 대꾸했다. "왜냐면 내 계산으로, 카울은 이제 다섯 건의 살인에 연루됐거든요."

"댁과 그 높으신 친구분들은 언제고 이번 사건에 대해 낱낱이 말해줄 의향이 있긴 있습니까?"

디바인이 쏘아붙였다. "이봐요, 나한테 결정권이 있었다면 진즉에 말해줬을 겁니다. 비록 군복은 벗었지만 명령에 따르는 훈련은 잊지 않았거든요. 앞으로도 명령을 거스를 일은 없을 겁니다. 만약 상황이 달라지면, 그때 가서는 제일 먼저 알려드리죠."

얼마 후 디바인은 캠벨에게 전화해 상황을 보고한 후 맨해튼으로 가는 기차를 탔다. 그런 다음 몽고메리의 아파트에서 모퉁이만 돌면 있는 간이식당에서 그녀와 만날 약속을 잡았다. 오늘은 출근해봤자 소용없을 것 같았다. 회사 창립자가 살인범일지 모르는 데다 도주 중인 마당에.

몽고메리는 지친 얼굴로 식당 앞에 서 있었다. 얼굴이 퉁퉁 붓고, 머리도 자다 나와서 엉클어져 있었다. 그래도 디바인을 향해 따뜻하게 미소 지었다. 하지만 그의 심각한 표정을 보더니 툭 내뱉었다. "무슨 일이에요?"

"들어가서 얘기하죠." 디바인이 조용히 말했다.

들어가서 커피를 시킨 후 디바인이 그녀의 손을 잡고 칠턴의 시신이 발견됐다는 소식을 전했다.

얼굴이 하얗게 질린 몽고메리가 눈물을 뚝뚝 흘리며 몸을 앞으로 푹 숙였다. "세상에 어떻게 이런 일이." 그녀는 말을 못 잇고 숨을 들이마셨다.

디바인이 그녀의 팔을 쓸어주고 손을 다독였다. "정말 안됐어요.

미셸. 친구였잖아요. 칠턴이 우리 말을 들었더라면 좋았을 텐데."

몽고메리가 상체를 세우며 눈물을 훔쳤다. "브래드가 개입됐을 거라고 봐요?"

"어제저녁에 칠턴을 봤잖아요. 우리 때문에 단단히 겁을 먹은 거예요. 아마 당장 카울한테 전화해 만나자고 했을 테고, 그렇게 발버둥 친 대가로 죽임을 당한 거죠. 미셸은 일단 그 아파트에서 나와야 해요. 칠턴이 카울한테 우리 얘기를 했을지도 몰라요. 우리가 뭘 알고 있는지요. 그럼 우리 둘 다 카울에게는 치워버려야 할 골칫거리가 되는 거예요. 내가 도와줄게요."

몽고메리가 그를 올려다봤다. "어디로 가라고요? 호텔?"

디바인은 잠시 생각해보고 대답했다. "아뇨, 우리 집으로 데려갈게요. 내 방에 있어요, 적어도 오늘 밤에는."

"당신 방에요?"

"나는 소파에서 자면 돼요. 그사이에 내가 캠벨한테 연락할게요. 그럼 장군님이 더 안전하게 지낼 곳을 마련해주시겠죠."

"그럼 브래드가 정말로 그 사람들을 전부 죽였다는 얘기예요?"

"꼭 그런 건 아니에요. 말이 안 되는 소리로 들리겠지만, 두 사건을 따로 보는 동시에 종합해서 봐야 해요. 카울은 글로벌 돈세탁 사기를 벌이고 있어요. 굉장히 위험한 무리와 동침하고 있죠. 그런데 스타모스와 애인 관계이기도 했고, 세라와는 그런 관계가 되기를 원했어요. 그 둘이 카울의 사기 행각에 대해 알게 됐을 때 일이 어떻게 돌아갔을 것 같아요?"

"크리스천처럼 죽임을 당했겠죠. 세라의 부모도, 뭔가를 알고 있을지 모르니 위험을 감수할 수 없어서 죽였잖아요. 하지만 당신이 받은 이메일은요? 그건 브래드와 어떻게 연결되죠? 브래드가 그 메일들을 보냈을까요?"

"브래드와는 전혀 연결점이 없어요. 상대가 혼선을 주려고 보낸 게 아닌 한은. 그런데 그랬다고 하더라도, 말이 안 돼요."

"그럼 두 명의 살인범이 돌아다니고 있다는 거예요?" 몽고메리가 물었다.

"그럴 가능성이 있어요."

몽고메리는 팔을 뻗어 그의 손을 잡았다. "나…… 진심으로 무서워요, 트래비스."

디바인이 그녀의 손가락을 그러쥐었다. "겁이 나는 게 정상이에요. 위험에 처하면 겁먹어야 마땅하죠. 그래도 두려움에 얼어붙어선 안 돼요. 그럼 이미 죽은 거나 마찬가지예요."

"해외 파병돼서 싸우면서 배운 교훈인가 보죠?"

"여기 뉴욕에서도 톡톡히 재학습한 교훈이에요."

70

"어이, 형님?" 그날 오후 일찍 현관문으로 들어서는 디바인과 몽고메리를 보고 밸런타인이 대뜸 뱉었다. 디바인은 커다란 캐리어 두 개를 들어 올리고 있었고, 몽고메리는 작은 여행가방 하나를 들었다.

"월, 이쪽은 미셸이야."

밸런타인이 몽고메리를 훑어보더니 씩 웃었다. 그는 항상 앉아 있는 소파에서 벌떡 일어나 손을 내밀었다. 몽고메리가 가방을 내려놓고 그와 악수했다.

"안녕하세요, 월."

"안녕하세요, 미셸." 밸런타인이 대꾸하면서 디바인 쪽으로 한쪽 눈썹을 치세우며 의미심장한 표정을 지어 보였다. "참 예쁜 이름이네요."

"미셸은 여기서 잠시 머물 거야, 내 방에서."

"어이, 형님." 밸런타인이 능글맞은 미소를 지으며 대꾸했다.

"나는 소파에서 자고."

"아, 그래요." 밸런타인이 말했다. "소파에서라."

"넌 네 침대에서 자야 해, 적어도 오늘 밤엔." 디바인이 말했다.

밸런타인은 그 생각은 미처 하지 못한 모양이었다. "아, 그러네." 이렇게 대꾸하는 그의 얼굴에서 미소가 잦아들었다.

자기 방에 헬렌 스피어스가 드나든 걸 밸런타인이 아는지 모르겠지만, 어쨌든 알아챈 티는 나지 않았다. 보안전문가치고 자기 보안은 느슨하군, 하고 디바인은 생각했다.

그는 몽고메리를 위층의 자기 방으로 안내했고, 둘은 한구석에 그녀의 물건을 내려놓았다.

"일단 오늘 밤에 필요한 것만 꺼낼게요." 몽고메리가 말했다. "내일 아침엔 지낼 곳을 마련할 수 있겠죠."

"이미 캠벨한테 문자했어요. 알아보고 있대요."

"크리스천이 죽다니, 아직도 믿기지가 않아요."

"코브라와 동침하면 물리게 마련이죠."

"그러면, 문 놈들은 아무 벌도 안 받는 거예요?"

"그렇게 말하진 않았어요."

"그렇지만 뭘 할 수 있는데요? 당신 상관도 부패한 정치인들 한 무리 때문에 수사가 완전히 종결될 수도 있다고 했잖아요."

"그래도 아직은 가망이 있어요."

"새 친구분은 누구예요, 트래비스?"

두 사람이 돌아보니 문간에 헬렌 스피어스가 서 있었다. 새빨간 원피스와 검은 펌프스 구두 차림이었다. 머리는 프렌치브레이드로 땋아 내렸다. 한 손에는 서류가방을 들고 있었다. 그녀는 몽고메리를 궁금한 듯 훑어보았다.

"이쪽은 미셸 몽고메리. 미셸, 헬렌 스피어스예요. 얼마 전에 뉴욕대 법대를 졸업했죠."

두 여자는 악수를 하면서, 디바인이 보기엔 다소 공격적인 눈초리로 서로를 살폈다.

"미셸은 오늘 밤 여기서 잘 거야."

"여기, 트래비스 방에서요?"

"나는 소파에서 잘 거고."

"불쌍한 윌도 알아요? 그 소파는 윌한테 제2의 고향이잖아요."

"윌도 알아."

"흠, 그럼 둘이…… 정리하게 나는 비켜줄게요. 만나서 반가웠어요, 미셸. 우리 조만간 또 얘기해요, 트래비스, 오늘 밤 이후로."

그러더니 스피어스는 성큼성큼 가버렸다. 몽고메리가 골반에 양손을 짚고 곧바로 홱 돌아서 디바인에게 따져 물었다. "방금 저거 뭐였어요?"

"저거라니, 뭐요?"

"모르는 척하지 말아요. 둘 사이에 뭔가 있구만."

디바인은 몇 걸음 옮겨 방문을 닫았다. "없어요. 우린 그냥 룸메이트예요."

"그냥 룸메이트면 남자 방에서 자겠다는 여자한테 저런 눈초리를 보내진 않아요. 방바닥에 오줌 싸서 영역 표시한 수준인데."

디바인은 눈을 감고 손으로 머리칼을 쓸어 넘겼다. 그런 얘기는 정말이지 하고 싶지 않았고, 더군다나 스피어스랑 잤다는 얘기는 더더욱 몽고메리에게 하고 싶지 않았다.

"아무 사이 아니라는 것밖엔 할 말이 없네요." 서로 총 겨누는 사이라는 것 빼고는. 그가 속으로 덧붙였다. 서로 숨기는 게 있다는 것도.

얼마 후 그들은 마운트키스코에서 저녁을 먹으러 집을 나섰다. 식당 벽에 걸려 있는 TV에서 크리스천 칠턴 살인사건에 관한 최신 소식과, 그의 시신이 브래드 카울의 저택 풀에서 발견됐다는 소식이 보도되고 있었다. 사라진 억만장자의 행방에 대한 언급은 없었다.

두 사람은 타운하우스까지 걸어왔다. 질 탭쇼와 밸런타인이 부엌에서 두런두런 이야기 중이었다.

"안녕하세요." 탭쇼가 몽고메리에게 말을 걸었다. "저는 질이라고

해요."

디바인이 재빨리 소개했다. "질, 이쪽은 미셸 몽고메리야. 내 친구
인데……."

"…… 맨해튼에서 알게 된 사이예요." 몽고메리가 대신 말을 이었
다. "만나서 반가워요."

"질은 허밍버드 창립자야."

"그 데이트 서비스요? 나도 가입한 적 있는데. 그 플랫폼 진짜 괜
찮아요."

"미셸이 데이팅 앱에 가입했었다고요?" 디바인이 물었고, 밸런타
인도 입을 헤벌리고 쳐다봤다.

탭쇼가 미간을 찌푸렸다. "데이팅 서비스는, 적어도 잘 만들어진
플랫폼은 의미 있는 관계를 찾는 모든 사람한테 열려 있어요."

"트래비스 말로는 세라 유즈도 허밍버드 회원이었다면서요." 몽
고메리가 불쑥 물었다.

"맞아요." 탭쇼가 대꾸했다. "우리 초창기 회원 100명 중 하나였
어요."

디바인은 아무도 자신의 표정을 읽는 걸 원치 않아서 손만 내려다
봤다. 저 얘기는 미셸에게 한 기억이 없는데.

나중에, 몽고메리가 그의 방 욕실을 사용하는 동안 디바인은 살금
살금 방으로 들어가 권총을 꺼내 허리춤에 찔러 넣고 셔츠 자락을 덮
어 가렸다.

이윽고 몽고메리가 헐렁한 운동복 반바지와 티셔츠 차림으로 욕실
에서 나왔다.

"소파에서 잘 필요 없는 거 알죠." 디바인이 시선을 던지자 그녀가
덧붙였다. "남녀가 섹스 안 하고 한 침대에서 자는 것도 가능하거든
요."

"그럼요, 결혼한 사이라면 가능하죠." 디바인이 가볍게 받아쳤다. "나는 소파에서 자는 게 더 안전하겠어요."

잠은 빨리 들었지만 꿈자리는 죽은 블랑켄십과 호킨스의 등장으로 뒤숭숭했다. 디바인은 꿈속에서 무슨 말을 하려고, 뇌리에서 사라지지 않는 그들의 표정에 어떻게든 답하려고 기를 썼지만 그럴 수가 없었다. 그래도 잠에서 깨기는 했다.

그는 그대로 누워 천장을 보면서 언제쯤이면 이 모든 게 끝이 날까 생각했다. 끝날 때 자신이 살아 있기는 할까 싶었다.

중동에서처럼, 상황이 별로 나한테 유리해 보이지 않는군.

71

다음 날 아침 7시에 캠벨에게서 전화가 왔다.

"51구역 감시카메라가 어젯밤 완전히 꺼졌네. 이제 아무것도 볼 수 없어."

"어떻게 할까요?"

"가서 뭐든 알아내봐."

디바인은 위층으로 가 자기 방의 문을 두드렸다.

"네?" 몽고메리가 답했다.

"들어가도 돼요?"

안에서 발소리가 들리더니, 잠긴 문이 열렸다.

몽고메리는 막 잠에서 깨서 얼굴이 부어 있고 머리칼은 보기 좋게 헝클어져 있었다. 디바인의 눈에는 그 순간 그녀가 그 어느 때보다도 아름다워 보였다.

"무슨 일이에요?" 몽고메리가 물었다.

"샤워하고 옷 좀 입어야겠어요."

"어디 가게요?"

"기차 타고 회사로 갈 거예요. 원한다면 같이 가도 좋아요."

"나는 가서 포피를 만나보려고요."

"포피요?"

"네, 손자가 죽었잖아요."

"소식을 전한다 해도 이해를 하실까 모르겠네요. 그리고 다른 가족도 있지 않아요?"

"그냥 가서 손잡아드리고 곁에 있어드리려고 그래요. 나도 어떻게 보면 가족의 일원인걸요."

"그렇군요." 디바인이 조용히 대꾸했다.

두 사람이 탄 기차가 카울의 저택을 지나쳐 갔다. 디바인은 열차가 멈췄을 때 몽고메리의 표정을 살폈다. 몽고메리는 어제 칠턴의 시신을 건져낸 풀장 주변을 유심히 바라보고 있었다.

그녀가 디바인을 보며 한마디 했다. "이쪽에서 보니 새롭네요."

"그렇겠네요."

몽고메리는 다른 승객들을 둘러봤다. 6시 20분 열차가 아니니 디바인이 매일 보던 그 무리는 아니었다. 그래도 몇몇 남자가 그녀를 한심할 정도로 욕정 담긴 눈을 들어 빤히 쳐다봤다. 몽고메리는 체념 어린 한숨을 내쉬고 다시 창밖으로 눈길을 돌렸다.

디바인은 어젯밤부터 곱씹던 얘기를 슬그머니 꺼내보기로 했다.

"미셸이 허밍버드를 이용했고 세라도 회원이었다니, 신기하네요. 근데 미셸은 이미 알고 있었죠. 세라가 회원이었던 걸."

"크리스천이 거기에 투자할 생각이라고 했어요. 그 말 듣고 꽤 괜찮은 플랫폼이었던 게 생각났죠. 그래서 들어가봤는데 세라 유즈가 있더라고요."

"우연히 거기서 발견했다고요? 어제저녁에 질한테는 내가 말해줬다고 했잖아요."

몽고메리가 그를 곁눈질했다. "내가 그랬어요? 기억이 안 나네."

"그랬어요. 왜 그렇게 말했어요?"

몽고메리의 표정이 굳었다. "그게 중요해요?"

"글쎄요, 중요할지도 모르죠."

"나한테 뭐 물어보고 싶은 거 있어요, 트래비스?"

"나는 우연의 일치를 안 믿어요. 그러니 당신이 세라가 허밍버드 회원이었던 걸 어떻게 알았는지 알고 싶어요."

"거기 들어가봤더니 세라가 있었다고 했잖아요."

"그 많은 사람 중에 세라를 발견했다고요?"

"알았어요. 세라 유즈를 검색해봤어요!"

"왜요?"

"정 알아야겠다면, 크리스천 때문이었어요. 크리스천이 투자 사업을 하는 건 알고 있었어요. 데이팅 서비스 같은 데도 투자하는 줄은 몰랐지만. 크리스천이 카울이랑 돈세탁에 연루됐다고 당신이 의심한다는 건 알고 있었어요. 그 사업이 세라의 살인과 관계있을지 모른다고 의심하는 것도요. 그래서 허밍버드에 접속해서 세라를 찾아봤어요. 세라가 그 웹사이트에 있다면 그거야말로 크리스천과의 연결고리일지 모른다고 생각한 거죠. 크리스천이 그 데이팅 회사에 투자하려고 한 이유요."

"하지만 세라는 카울의 회사에서 일했잖아요. 그게 바로 연결고리죠. 허밍버드가 아니라."

"그냥 그런 촉이 와서 찾아본 거예요." 몽고메리가 사나운 표정으로 그를 쏘아봤다. "나를 못 믿겠다면 믿지 마요."

디바인의 표정이 풀어졌다. "당신을 믿어요, 미셸. 카울의 휴대폰을 바꿔치기해서 나를 곤경에서 구해줬잖아요. 미안해요. 스트레스 때문에 모든 게 다 의심이 가나 봐요."

"인간적으로 굴었을 뿐인데 사과하지 말아요. 나도 스트레스 때문에 죽을 맛이에요. 오늘 출근하면 뭘 어쩔 생각이에요?"

"가능하면 51층에 한번 가볼까 해요."

72

놀랍게도 카울앤드컴리는, 회사 CEO의 저택 풀장에서 시체가 발견됐는데도 평소대로 굴러가는 듯했다. 심지어 그 대표의 행방이 아직 묘연한데도.

돈이 살인보다 중요한가 보지. 디바인은 속으로 결론 내렸다.

엘리베이터를 타고 올라가면서 51구역 버튼을 눌러보았다. 뜻밖에도 버튼에 불이 들어왔다.

흠, 이건 예상 못 했는걸.

디바인은 그 층에서 내려 주위를 둘러보았다. 문이 열려 있었다. 그리고 그 안으로 고개를 들이민 순간, 입이 떡 벌어졌다.

텅 비어 있었다. 서버며 모니터가 전부 사라졌다. 남은 건 캐비닛과 책상들뿐이었다. 카메라를 심어둔 벽으로 황급히 가봤다. 카메라도 사라지고 없었다.

다시 서둘러 로비로 내려오면서, 캠벨에게 문자로 방금 발견한 것을 알렸다.

아니다, '발견하지 못한' 거겠지.

그는 경비원 샘에게 다가가 혹시 이삿짐센터가 와서 물건을 내가지 않았느냐고 물었다.

샘은 고개를 저었다. "내가 있는 동안은 그런 적 없어."

"야간 경비한테도 물어봐주실래요?"

"그럼, 물어보는 것쯤이야. 근데 지금 자고 있을걸. 무슨 일인데 그래요?"

"그냥 뭘 좀 알고 싶어서 그래요."

"아 참, 카울 씨네 풀에서 시체가 발견됐다는 소식 들었어요. 그건 또 어찌 된 일이래?"

"그러게요. 저도 궁금해하던 차예요."

"카울 씨는 통 안 보이시네. 잘 지내고 계신가?"

"저 같은 말단이 어찌 알겠습니까, 샘. 제리 마이어스 어디 있는지 혹시 아세요?"

"음, 3층 식당에 있어요. 오븐 때문에 난리가 났다나."

디바인은 부엌에서 오븐 한 대를 붙잡고 씨름하는 마이어스를 찾아냈다. 그에게 혹시 건물에 이삿짐 트럭이 드나들지는 않았는지 물었다.

"아뇨, 근데 어젯밤에 드나들었으면 나는 못 봤을 겁니다. 뭐가 나갔는데요?"

"모르겠어요."

다음엔 완다 심스를 찾아냈다. 이번엔 좀 더 단도직입적으로 묻기로 했다.

"오늘 아침 51층에 갔었어요, 완다."

"뭐라고?" 심스가 날 선 투로 뱉었다. "거기 들어갔을 리가. 접근 불가인데."

"저랑 같이 올라가봐요."

두 사람은 엘리베이터에 탔고, 디바인이 일부러 보란 듯이 51층 버튼을 눌렀다. 버튼에 불이 들어오자 심스가 놀라서 숨을 들이켰다.

51층에 이르러 디바인이 심스에게 광활하고 텅 빈 공간을 보여주자, 그녀가 의심 가득한 눈으로 그를 돌아봤다.

"애초에 여기에 왜 올라온 거야?"

"아직도 여기서 초단타매매가 이루어진다고 생각하세요? 왜냐면 그 거래가 퀸스의 시설에서 이루어진다고 제가 확실히 말씀드릴 수 있거든요."

"당신 대체 누구야, 트래비스? 그러니까, 진짜 정체가 뭐야?"

"그냥 우연히 뭔가를 발견한 사람요."

"뭘 발견했는데? 혹시⋯⋯." 심스가 주위를 둘러본 후 말을 이었다. "범죄 현장 같은 거?"

"그게 아니면 이 방이 왜 비워졌겠어요?"

"그럼 트래비스는 여기에 뭐가 있는지 알고 있었어?"

"혹시 이삿짐 트럭이 와서 싹 비울 거라는 얘기 들으셨어요?"

"아니, 전체 공지에 그런 얘긴 없었어. 여기에 뭐가 있었는데?"

"말씀드릴 수 없어요. 그런데 이 회사와 관련된 사람 다섯 명이 죽었어요."

"다섯 명이라니!"

"크리스천 칠턴이라는 남자도 이 방에서 진행되던 일에 연관돼 있었거든요."

"그게 누군지는 모르겠지만 이름이 왠지 귀에 익숙한걸."

"카울의 저택 풀장에서 시체로 발견된 사람이에요."

심스가 손을 입에 갖다 댔다. "세상에, 맞다. 뉴스에서 그 이름 들었어. 나, 이직 준비해야 하는 걸까? 얼마 전에 남편이랑 코네티컷에 휴가용 별장 장만했는데 대출 할부금이 장난 아니거든."

뭐, 누구나 더 중요한 일이 있겠지. 디바인은 씁쓸히 생각했다. "저라면 이력서 업데이트하겠어요."

디바인은 심스와 헤어져 자기 자리로 갔다.

이미 다른 버너들은 전부 출근해 있었다. 그런데 키보드를 두드리는 손은 없었다. 몇몇은 자리에서 이탈해 서넛씩 무리 지어 심각하게 대화를 나누고 있었다.

전에 디바인과 말다툼했던 여자 리디아 화이트가 다가왔다. 낯빛이 좋지 않고 심란해 보였다. "대체 무슨 일이에요, 트래비스?"

전에는 이 여자 때문에 화가 났지만 지금은 그녀가 안됐다는 마음이 들었다. 아니, 버너들 전부 안쓰러웠다. 그렇게 똥줄 빠지게 일했는데 아무런 보상도 받지 못할지 모른다니.

"좋은 일이 아닌 건 분명해요. 51구역 알죠?"

"거기가 왜요?"

다른 버너들도 두 사람 주위에 모여들고 있었다.

"올라가서 직접 봐요. 이젠 접근이 가능해요."

화이트가 대꾸했다. "거기는 우리 회사 초단타매매……."

디바인이 말을 끊었다. "우리가 그렇게 믿게 내버려둔 거예요. 지금 거긴 텅 비었어요. 컴퓨터랑 서버 수십 대가 있었는데 다 사라졌어요. 한밤중에 싹 치워버린 거예요."

화이트가 말했다. "그게 살인사건들과 관계가 있다고요?"

"카울의 풀장에서 시체로 발견된 남자하고는 확실히 관계있어요."

화이트는 눈물이 솟는 걸 참으며 말했다. "아버지가 JP모건에서 입사 제의 왔을 때 수락하라고 했는데. 카울에서 일하는 게 더 재미있을 줄 알았죠."

"이런 종류의 재미라면 차라리 열에 열 번 다, 지루한 JP모건을 택하겠어요."

"우린 어쩌면 좋죠?"

"하던 일 계속하면서 급여 정산되는 것 확인하고 이력서를 최대한 많이 뿌려요."

디바인은 버너들이 후다닥 자기 자리로 돌아가 그의 말대로 하는 걸 지켜봤다.

하지만 화이트는 그대로 서 있었다. 그녀는 디바인과 눈을 맞추며 말했다. "내가 당신을 잘못 봤어요. 미안해요."

"그때는 의심할 수밖에 없었잖아요, 리디아. 아마 나라도 그랬을 거예요."

"남들처럼 돈 벌려고 여기 들어온 건 아닌 것 같은데, 내 말 맞죠? 어느 기관 소속인지는 몰라도 거기는 수상한 일이 벌어지고 있는 걸 알고 있었고, 그래서 진상을 알아내라고 당신을 보낸 거죠?"

디바인은 미소 지었다. "그렇게 똑똑하니 어디로 이직하든 성공할 거예요. 그래도 월가하고는 거리를 두고, 웬만하면 실제로 도움이 필요한 사람들한테 긍정적 영향을 주는 직종으로 옮기는 게 좋겠어요."

"언니가 캘리포니아에서 노숙자를 돕는 비영리사업을 시작할 참이에요. 거기는 노숙자 문제가 심각하거든요. 나도 캘리포니아 출신이에요. 베이에리어요."

"월가에서만큼은 돈을 못 벌지 몰라도 결국에는 웃을 일이 더 많은 삶을 살게 될 것 같군요."

디바인은 엘리베이터를 타고 로비로 내려가면서, 참호 속에 단단히 자리 잡은 적에게 정면 공격을 감행하기로 결심했다. 그는 머릿속에서 공들여 작성한 메시지를 브래드 카울에게 문자로 보냈다. 카울은 상호거래를 중시하는 타입이었다. 그래서 그가 거부 못 할 제안을 할 작정이었다.

51구역을 비우는 걸로는 해결되지 않을 겁니다. 연방수사국이 바짝 추격해오고 있어요. 제가 대표님의 문젯거리를 전부 없애드릴 수 있습

니다. 일단 제안을 들어보세요. 우리 둘 다 윈-윈입니다. 대표님은 협상꾼이시니 협상을 합시다.

그렇게 보내놓고 디바인은 밖으로 나와, 신선한 공기를 가르며 걸음을 옮겼다.

73

디바인은 몽고메리에게 포피 칠턴이 기거하는 어퍼이스트사이드의 노인요양원에서 만나자고 문자를 보냈다.

그곳에 도착하니 몽고메리가 건물 앞에서 넋 나간 얼굴로 기다리고 있었다.

"괜찮아요? 무슨 일이에요?"

"포피가 돌아가셨어요."

"뭐라고요? 언제요? 설마 그분도……."

"아뇨, 자연사였어요. 음, 말하자면요."

"무슨 소린지 모르겠는데요."

"TV가 있었거든요. 뉴스가 나오고 있었고, 포피가……."

"손자가 죽었다는 뉴스를 보셨다는 거죠? 그런 건 이제 인지하지 못하시는 줄 알았는데."

"나하고 얘기한 담당의 말로는, 그건 아무도 알 수 없대요. 정신이 또렷해지는 순간이 더러 있대요. 그런데 TV 화면에 크리스천의 이름이랑 사망 소식이 뜬 걸 본 순간 그런 명료함이 찾아온 거죠. 심장마비가 왔어요. 의료진은 포피를 소생시키지 못했고요."

"어젯밤에 그렇게 됐어요?"

"네, 여기 도착해서 전해 들었어요. 가족들이 이리로 오고 있어요.

장례…… 두 건을 치르러."

디바인은 자기 어깨에 얼굴을 묻고 우는 그녀를 꼭 안아주었다. 이윽고 몽고메리는 감정을 추스르고 한 걸음 물러서며 말했다. "그 자식들, 꼭 잡아야겠어요."

디바인은 그녀에게 51구역의 상태와 카울에게 보낸 문자메시지에 대해 이야기해주었다.

"답장이 올 것 같아요? 브래드는 당신이 함정을 파놓은 거라고 생각할지 몰라요."

"시도해볼 만은 하죠. 어차피 대안도 없고."

* * *

얼마 후 두 사람은 항구에 있는 식당에서 점심을 먹었고, 그 자리에서 디바인은 캠벨에게 연락해 상황을 보고했다.

캠벨이 말했다. "어젯밤 카울사 건물 밖에 요원들을 배치해뒀네. 이삿짐 트럭이 오는 걸 보고 당연히 의심이 들었지만, 개입하거나 수색 영장을 신청할 근거가 없었어. 게다가 우리 팀원 하나가 당직 경비한테 물어봤는데, 장비를 내가는 게 아니라 들여갈 거라고 통보받았다더군. 그래서 우리 쪽도 크게 신경 쓰지 않았던 거야. 트럭이 회사 화물 상하차 구역으로 들어가서, 우리는 시야를 확보할 수 없었네. 그래도 상당히 열받는군."

디바인은 휴대폰을 주머니에 넣고 바다를 내다봤다. 그날 스타모스와 같이 왔던 곳이었다. 자유의 여신상을 바라보다가 고개를 돌리니 몽고메리가 그를 지켜보고 있었다.

"자유라는 이상을 지키기 위해 싸운 게 만족스럽나요?" 몽고메리가 물었다.

"실제로 전투에서는 그런 큰 그림을 떠올릴 정신이 없어요. 그저 그날그날 목숨을 부지할 생각뿐이죠. 그래도 조국을 위해 싸운다는 자부심은 있었어요. 아버지는 생각이 달랐지만."

"혹시 그것도 캠벨과 일하는 이유 중 하나예요?"

디바인이 뚫어져라 그녀를 바라봤다. "왜 묻죠?"

"저번에 마음의 짐 얘기를 했잖아요. 군인인 당신은 상상하기 쉬운데, 정장 입고 무슨 연방기관 첩보요원으로 활동하는 모습은 딱히 상상이 안 돼서요."

"그냥 한 소리겠지만 맞는 말이에요."

"상황이 꽤나 안 좋았던 모양이네요."

"안 좋긴 안 좋았어요. 그것 때문에 그 전에 있었던 모든 일이 퇴색했으니까."

"받아들이기 힘들었겠어요."

"내가 아무렇지 않게 받아들이기는 힘든 수준이었죠."

그들은 잠시 말없이 앉아 있었다. 이윽고 디바인이 입을 열었다. "칠턴은 카울과 51구역에 엮여 있어서 살해당한 거예요."

"하지만 크리스천이 브래드에게 따진 것 때문에 죽임당했다면, 시체는 왜 브래드의 풀장에 버렸을까요? 그러면 경찰이 곧장 브래드를 의심할 텐데. 시체를 처리할 방법은 얼마든지 있었잖아요."

"카울과 공범들 사이가 틀어졌다는 뜻일지도 몰라요. 카울에게 뒤집어씌우려고 그랬을 수도 있어요."

"그럼 브래드는 이미 죽었을까요? 그들은 그냥 51구역을 싹 치우고, 크리스천과 브래드도 처치하고, 다른 데로 옮겨 가서 돈세탁 사업을 재개하면 그만인 거예요?"

그때 디바인의 휴대폰이 진동했다. 전화를 받은 그의 입이 벌어졌다. 그는 잠시 듣고만 있더니 "그리로 가겠습니다"라고 대꾸하고 휴대폰을 내려놓았다. "카울이 살아 있긴 하네요. 방금 카울이었는데, 오늘 밤에 만나재요."

"어디서요?"

"펜트하우스."

"우리, 그 사람 믿기로 한 거예요?"

"우리 둘 중 누구의 목숨을 걸 만큼은 안 믿어요."

"그럼 어쩌죠? 가지 말아요? 지원을 요청해요?"

"둘 다 아니에요."

"계획은 있어야 하잖아요. 막무가내로 가서 죽을 순 없어요."

"전투에 뛰어드는 건 내가 유일하게 잘하는 거예요. 그리고, 미셸은 같이 안 가요."

그러자 몽고메리는 황당하다는 표정을 지었다. "무슨 소릴 하는 거예요?"

"나는 이런 일에 훈련이 돼 있는데 미셸은 아니잖아요."

"브래드가 휴대폰으로 당신을 내보내려는데 그걸로는 엘리베이터가 작동하지 않았을 거라서 당장 정체가 탄로 날 뻔했을 때 빛을 발했던 그 훈련요? 그때 나서서 당신을 구해준 건 나였죠."

디바인은 그녀를 향해 상체를 바짝 숙이고 천천히, 열띤 어조로 말했다. "잘 들어요, 나는 거기서 살아나올 확률이 반반이에요. 나는 그걸로 족한데 당신한텐 아니잖아요. 그런 상황에 뛰어들게 내버려둘 순 없어요."

"나 스스로 선택하게 해주는 건 어때요?"

"미치겠네. 미셸, 이번엔 날 좀 믿어주면 안 돼요?"

"이번에는 당신이 나를 믿어주는 게 어때요?"

"무슨 소리예요?"

"나한테 우리 둘이 들어갔다가 살아서 나오게 해줄 계획이 있어요."

"살아나올 거라고 어떻게 장담하죠?"

"나는 브래드를 잘 알잖아요. 당신은 꿈도 못 꿀 정도로 속속들이. 그리고 전에도 당신을 믿어달라고 해서 믿어줬잖아요. 그러니 나한테도 똑같이 예를 다하는 게 어때요?"

두 사람은 한 5초간 서로를 빤히 응시했다. 결국 디바인이 시선을 돌렸다.

"어떤 계획인데요?"

74

그날 밤 11시 반, 디바인은 자기 보안카드로 몽고메리와 함께 카울사 사옥에 들어갔다. 경비는 보이지 않았다. 손목시계를 확인했다. 순찰을 돌고 있겠군. 아니면 어딘가에 죽어 있거나. 요즘 자주 있는 일이라.

두 사람은 엘리베이터로 올라갈 수 있는 최고층까지 올라갔고 마침내 문이 스르륵 열렸다.

거기에 카울이 서 있었다. 넥타이 없이 흰 셔츠에 짙은 색 정장으로 말쑥하게 차려입고 있었다. 늦은 시간인데도 생생해 보였고, 엘리베이터에서 내리는 그들에게 웃어 보이기까지 했다.

"미셸, 오늘 밤 여기서 볼 줄은 몰랐는데."

"그동안 대체 어디 있었어요, 브래드?" 몽고메리가 외쳤다.

"그냥 몇 가지 일 좀 처리하느라고." 카울이 대꾸했다. 그러고는 디바인을 돌아보며 말했다. "메시지 받았네. 무슨 뜻인지 하나도 모르겠지만, 만나서 얘기해보는 게 좋겠다 싶었지."

"크리스천이 당신 저택 풀에서 시체로 발견됐다고요." 몽고메리가 쏘아붙였다. "경찰은 당신이 죽인 줄 알아요."

"내가 안 죽였어. 오히려 맨해튼을 떠나 있었는걸. 입증해줄 사람도 수두룩하고. 내 변호팀이 벌써 경찰에 연락했고, 우리는 적극 협

조하고 있어. 크리스천이 어디 가서 난리 치다가 살해당한 건 내 알
바 아니지. 오히려 여기 디바인하고 한바탕 싸운 적이 있지, 아마. 디
바인이 내가 연루된 것처럼 보이게 하려고 일부러 내 집으로 가서 그
싸움을 매듭지은 걸지도 모르잖아." 카울이 디바인에게 비죽 웃어
보였다. "그러잖아도 우리가 수사당국에 그렇게 설명했어. 그쪽에서
조만간 연락이 갈 거야."

"정말로 그렇게 나오시겠다 이겁니까?" 디바인이 말했다. "스타
모스마저 죽은 마당에요?"

"들어가서 얘기하지." 카울이 두 사람을 전용 엘리베이터로 안내
했다.

펜트하우스에 이르자 카울이, 무장했는지 확인하려고 디바인의
몸을 수색했다. 이윽고 그가 몽고메리를 향해 돌아서자, 그녀가 매
섭게 노려보며 뱉었다. "꿈도 꾸지 마요, 브래드."

카울이 씩 웃으며 져주는 척 두 손을 들어 보였다. "알았어, 자기,
알았어." 그러더니 그녀가 입은, 딱 달라붙고 배가 훤히 드러나는 튜
브톱과 무릎까지 내려오는 플레어스커트를 아래위로 훑어봤다. "어
차피 그 옷에는 뭘 숨길 데도 없겠네. 그래도 핸드백은 열어봐."

몽고메리는 그렇게 했다.

"이제 휴대폰들 꺼. 녹음하는 거 싫으니까."

두 사람은 시키는 대로 했다.

"미리 말해두는데, 도청장치니 뭐니 숨겨 왔을 경우를 대비해 신
호용전파차단기 설치해뒀어. 한잔하겠나?"

"저는 됐습니다." 디바인이 대꾸했다. 몽고메리는 고개만 저었다.

"혼자 마시기 싫지만, 뭐 어쩔 수 없지." 카울은 자기 걸로 버번앤
드코크를 만들어 한 모금 마셨다. "앉지."

몽고메리와 디바인이 소파에 나란히 앉고 카울이 마주 앉았다.

"스타모스는 어떻게 된 거죠?" 디바인이 물었다.

"그날 밤 메시지를 받았잖아요." 몽고메리가 끼어들었다. "그러고 누군가를 만나러 나갔죠."

카울이 대꾸했다. "좋아, 있는 그대로 말해주지. 그 메시지는 젠이 보낸 거 맞아. 겁먹은 상태였어."

"뭐에 겁먹었는데요?"

"전화로는 얘기를 안 하려고 들더군. 그래서 내가 그리로 갔지." 기억을 떠올린 그가 얼굴을 일그러뜨렸다. "내가 메시지를 받고서 거기 도착한 시간 사이에 누군가가…… 젠을 끔찍하게 난도질해놨더군."

디바인이 상체를 숙였다. "그 누군가가 대표님인가요?"

"내가 젠한테 왜 그러겠나? 좋아했는데. 많이."

"세라 유즈가 로커스트그룹이 롬바르드 극장을 소유한 사실을 알았으니까요. 스타모스한테 가서 살펴보라고 했고. 스타모스가 실제로 거기에 가봤고 그러다 어떻게 된 건지 알아냈는지도 모르죠. 아니면 대표님이 잠자리에서 무심코 어떤 정보를 흘렸고 그래서 스타모스를 처치해야 했을 수도 있고요."

"맙소사, 디바인. 나를 무슨 음침한 살인마로 보는 건가?"

"아닙니까?"

"난 사업가야."

"경찰을 부른 게 대표님입니까?"

카울은 잠시 망설였다. "맞네, 내가 불렀어. 하지만 어디 가서 그렇게 얘기하면 나는 부인할 거야." 그러더니 질렸다는 얼굴로 덧붙였다. "세상에 어떤 배배 꼬인 사이코가 여자한테 그런 짓을 하지? 아주…… 도륙을 해놨던데."

"거기 있는 동안 뭐 보거나 들으신 것 없습니까?"

"없어. 나한테 열쇠가 있었어. 그걸로 따고 들어갔지. 젠을 불렀는데 대답이 없더군. 그래서 침실로 갔는데 거기에…… 젠이 결박당한 채 온통 칼질이 되어 있더군. 배에 '쌍년'이라고 새겨져 있고. 토할 뻔했어."

지금도 토할 것 같은 얼굴이었다.

"경찰은 제니퍼가 출혈과다로 죽었다더군요. 시간이 상당히 걸렸겠지만, 대표님은 간발의 차로 살인범과 엇갈렸을 겁니다."

"그래, 나도 알아. 20분 일찍 갔으면 내가 죽었을 수도 있다는 생각이 계속 들더군."

이번에는 몽고메리의 얼굴이 일그러졌다. "아니면 당신이 제니퍼를 구해줬을 수도 있고요, 브래드."

그 말에 카울은 놀란 기색이었다. "음, 맞아. 그랬을 수도 있지. 그런 생각은 못 해봤는데."

"생각 못 한 거, 티 나요." 몽고메리가 질렸다는 얼굴로 중얼댔다.

카울이 디바인을 보며 말했다. "그래, 협상을 하자고? 자세히 얘기해보겠나?"

"51구역이라고 하면 감이 오십니까?"

"아, 그거. 거기서 그냥 암호화폐 채굴 좀 했어. 퀸스의 시설에서 감당 못 하는 초단타매매도 거기로 넘겨서 처리했고. 전부 100퍼센트 합법적인 사업이었지."

"누가 싹 치웠던데요." 디바인이 말했다.

"맞아. 작업 통합을 진행하기로 해서, 거기서 하던 거래 전체랑 퀸스에서 하던 거래까지 뉴저지에 있는 건물로 몽땅 옮기기로 했네. 이번에도 법에 저촉되는 부분은 전혀 없네." 카울은 고개를 까딱 기울이며 디바인에게 묘한 미소를 지어 보였다. "자네 지금 나를 갈취하려는 건가? 그거야말로 불법이지."

"세계 곳곳에서 돈이 흘러들고 그 돈이 다시 로커스트그룹과 메이플라워엔터프라이즈를 비롯해 수천 개의 사업체로 흘러가고 있는데요. 그 정도 규모의 돈을 세탁하려면 온 세상 비누를 다 동원해도 안 되겠어요."

"재밌는 친구로군. 그중 하나라도 뒷받침할 증거 있나?"

"51층에 카메라를 설치했습니다. 지금은 없지만."

"아, 그거. 불법 수색, 법정에서 인정받지 못할 증거. 재판에서 기각되거나 아니면 아예 제출도 안 되겠지. 심지어 그 카메라가 어디에 있었는지, 그리고 그게 뭘 촬영하고 있었는지 입증할 증거조차 없잖나. 당장 같이 51층으로 가서, 찍힌 영상과 그 방에 있는 걸 비교해보자고. 그렇게 해볼 텐가?"

"우리가 알아낸 걸 공표하면 회사 전망이 어두워질 텐데요."

"나나 내 회사에 대해 거짓말하고 다니면 법정에서 실형 20년 받게 해줄 테니 각오하게. 자네 상관도, 그게 누구든 상관없이 묻어버리겠어. 종국에는 나는 여전히 부자일 테고 자네는 뭐, 모르긴 몰라도 끝이 좋지는 않을걸. 그리고 자네 뒷조사를 좀 해봤네, 디바인. 꽤 의심스러운 정황에서 제대했더군. 부대 동료가 목매달아 자살했던데. 군침 도는 아내를 남겨두고. 얼마 후 또 다른 동료가 죽었고 말이야. 내가 입수한 정보로는 그놈이 먼저 죽은 놈의 아내랑 놀아났다지. 자살이 아니고 그놈이 살해한 걸 수도 있겠더군. 자네는 그 둘 다와 아는 사이였어. 둘 다 죽었고. 한데 자네는 군 장교 커리어를 버리고 이 바닥으로 들어왔단 말이야. 어떻게 된 건가? 남모를 죄라도 묻어두고 온 건가?"

"제 얘기 하자고 온 거 아닙니다."

카울이 이번엔 몽고메리를 보며 휴대폰을 들어 보였다. "너는 이 자가 카메라 심는 걸 도와줬지. 내가 그렇게 잘해줬는데. 빌어먹을,

여자는 믿을 게 못 된다니까. 안 그래?"

"도미닉 데버로처럼요?" 몽고메리가 되물었다. "그 여자를 못 믿어서 이스트강에 뛰어들게 했나요?"

카울은 아무것도 모른다는 얼굴로 그녀를 빤히 바라봤다.

"데버로의 죽음은 어떻게 묻어버린 겁니까?" 디바인이 물었다.

"불쌍한 녀석. 개는 만신창이였어, 약쟁이였지. 개한테 더 나은 삶을 살게 해주려고 했다며 경찰이 외려 나한테 고마워하던데? 개가 그렇게 캐묻고 다니지만 않았어도 실제로 훨씬 나은 삶을 얻었을 거야."

"세라는요? 세라는 롬바르드 극장이 로커스트그룹 소유인 걸 알았어요. 그걸 스타모스한테 말했고요. 그 둘이 무슨 일이 벌어지고 있는지 알아냈기 때문에 대표님이 그들을 죽였죠."

"상상력이 참 풍부하군. 내가 젠의 시체를 발견했다고 이미 말했잖나. 내가 안 죽였어. 그리고 롬바르드 극장이 그래서 뭐? 자산을 소유하는 게 범죄인 줄은 몰랐는데."

디바인은 곁눈으로 몽고메리를 살필 뿐 아무 대꾸도 하지 않았다.

카울이 고개를 저으며 씩 웃었다. "자네, 협상할 건덕지도 없군. 나한테서 한 푼도 뜯어내지 못할걸. 결국 속셈은 그거지? 나한테서 뜯어내겠다? 아니면 자백이라도 받아내려고? 하, 꿈 깨시지."

"그렇게 나오시겠다면 우린 가보겠습니다." 디바인이 말했다.

카울이 고개를 저었다. "안 될 말씀. 그런 식으로 끝낼 순 없지."

그림자 속에 숨어 있던 남자 넷이 모습을 드러냈다.

칼 행콕이 디바인을 아래위로 훑었다. 얼굴에는 아직도 자동차 타이어에 맞아 생긴 멍이 남아 있었다. 그가 권총을 꺼내 들었다. 남자 둘은 산탄총을 들고 있었다. 나머지 한 명의 손에는 MP5 기관단총이 쥐여 있었다. 칼싸움에 곡사포를 들이댄 격이었다. 상관없었다. 디바인에겐 칼조차 없으니까.

카울이 말했다. "자네가 문제 일으키길 기다리는 대신 선제공격을 하기로 했네. 여기까지 와준 덕분에 쫓아다니는 수고를 면해서 좋군."

디바인이 말했다. "저 아래 대기 중인 지원군이 한 소대입니다. 우리가 안 나타나면 올라올걸요."

행콕이 받아쳤다. "저 아래엔 아무도 없어. 내가 이 블록 전체를 감시 중인데. 넌 카울을 쉽게 해치울 수 있을 줄 알고 왔겠지. 네 계산이 틀렸어."

카울이 말했다. "내가 이 게임을 얼마나 오래 해왔는데. 단맛 짠맛 다 봤지. 곧 자네도 더 이상 볼 맛이 없어질 거야."

"좋아, 디바인." 행콕이 불쑥 말했다. "너랑 아가씨는 이제 두드려 맞을 거야. 브롱크스의 질 나쁜 동네로 끌려가서 강도당하고 살해당하는 거야. 시체는 뒷골목에 버려두지. 뉴욕 경찰이 금세 발견할 거고 법의학 증거도 잔뜩 채취될 거야. 유난히 폭력적인 갱단이 범인으로 지목되는 영예를 안을 테고. 경찰은 네가 칠턴 살인과 관련됐다는 증거도 찾아낼 거야. 칠턴이 이 아가씨한테 마음이 있었는데 네가 그놈의 접근을 막았거든. 게다가 너랑 칠턴은 다른 여자를 두고 싸운 전적도 있잖아. 칠턴이 이 아가씨를 되찾으려 했고, 네가 그걸 저지하는 김에 여기 가엾은 카울 씨한테 뒤집어씌우려고 놈을 풀에 처넣은 거야. 이 아가씨가 저택 열쇠를 가지고 있고 하인들도 퇴근시켰으니 그러기는 식은 죽 먹기였지. 칠턴이 죽은 날 저녁에 그놈 할애비가 지내는 시설 앞에서 네가 그놈과 만난 거 다 알아. 그때 네가 칠턴한테 카울 씨 집으로 오라고 했다고 치자. 그래서 칠턴은 그리로 갔어. 네가 칠턴을 죽였고. 그동안 카울 씨는 뉴욕에 있지도 않았고 말이야."

디바인은 행콕이 주절대는 걸 한마디도 듣고 있지 않았다. 그가 뭐라고 하는지는 중요하지 않았다. 그러는 대신, 곧 벌어질 전투에 집중했다. 머릿속에서 방의 물리적 차원이 근접전투장으로 축소되었다.

네 남자는 디바인의 머릿속에서 숫자로 변했다. 그들의 위치, 지닌 무기의 정확도와 파괴력, 그들의 가시선, 도주에 장애가 될 것들, 몽고메리가 같이 있다는 문제, 그리고 브래드 카울이 가까이 있는 것과 여차하면 그를 써먹을 가능성도 뇌에서 수치화했다. 그가 서 있는 위치에서 보이는 MP5는 연발이 아니라 2점사로 설정되어 있었다. 산탄총은 펌프액션이 아니라 더블배럴이었고, 따라서 두 사내가 한 번에 각각 탄환을 두 발씩 발사할 거라는 뜻이었다. 행콕은 표준규격 탄창을 끼운 자신의 글록을 쥐고 있었다. 카울은 한 손에 술잔을 든 채 1미터 남짓한 거리에 떨어져 서 있었고, 디바인이 보기에 무기는 지니지 않은 듯했다. 발사 각도와 목표물까지의 장애물들이 파악되고, 그 정보가 전투 모드로 바뀐 그의 뇌에 각인되었다. 발생 가능한 시나리오들이 도출됐다. 끝이 좋은 건 단 한 개도 없었다. 하지만 그런 건 없게 마련이니까.

전투 계획이 선 이상, 애초에 게임이라 할 수 없었던 이 게임을 실행할 차례였다. 카울이 불법적으로 돈 버는 데는 뛰어날지 모르지만 디바인은, 미 육군 덕분에, 앞으로 3초 안에 벌어질 상황에 한해서는 의심의 여지가 없이 일인자였다.

3······ 2······ 1.

75

"일어서, 당장!" 행콕이 내뱉었다.

두 사람은 동시에 일어섰지만 몽고메리가 휘청휘청하더니 곧 토할 것처럼 새하얗게 질렸다. "아, 세상에. 아, 어떡해." 그녀가 흐느끼며 말했다. "브래드, 이러지 말아요. 제발…… 뭐든 할게요."

행콕이 냅다 소리쳤다. "그럴 때는 한참 지났어, 아가씨."

"제발요, 브래드. 난 죽고 싶지 않아요. 아무 말도 안 할게요. 맹세해요."

"너무 늦었어, 이년아." 카울이 대꾸했다. "내 뒤통수를 치면 너도 뒤통수 맞는 거야. 그것도 몇 배 세게."

몽고메리의 눈동자가 흔들리더니 흰자위를 보이며 뒤로 넘어갔다. 그녀는 기절하면서 디바인 쪽으로 쓰러졌고, 디바인은 그녀가 바닥에 닿기 전에 몸을 붙잡아 안았다.

"미치겠네!" 카울이 외쳤다. "별게 다 귀찮게." 그러더니 행콕을 보며 말했다. "난 오늘 밤 다른 할 일도 많다고."

디바인이 남자들에게 등을 보인 채 몽고메리를 소파에 뉘었다. 동시에 한 손을 그녀의 치마 속으로 슥 넣었다. 그리고 몽고메리의 허벅지에 감아 붙이고 치맛자락으로 가리고 있던, 손바닥만 한 크기로 열 발이 장전 가능한 초소형 베레타 권총을 꺼냈다. 그런 다음 1초

만에 휙 돌아서 빠르게 두 발을 쐈았다. MP5를 든 남자가 첫 번째 목표물이었다. 그 무기면 근접전에서 다른 모든 무기를 무력화할 수 있기 때문이었다. 산탄총 1호가 다음 목표물이었다. 산탄총 2호보다 제 무기를 더 노련하게 다루는 것 같다는 판단에서였다.

카울이 비명을 지르며 의자를 훌쩍 뛰어넘으려 했지만 그러지 못했다. 그는 술잔을 떨어뜨리면서 바닥에 등을 대고 자빠지더니 두 손으로 얼굴을 가렸다. 그사이 몽고메리는 소파 뒤로 넘어가 바닥에 납작 엎드렸다.

산탄총 2호가 드디어 공격을 개시하자 디바인은 긴 소파와 일인용 소파 사이로 미끄러져 들어갔다. 산탄총 2호는 뭐가 어떻게 된 건지 파악하느라 소중한 2초를 낭비했다. 전투에서 2초는 생사를 가르는 시간이다.

연사된 탄환 두 발이 일인용 소파를 갈기갈기 찢어놓았지만 디바인은 피신한 지 오래였다. 이제 그 멍청이는 재장전을 해야 했다. 그 자가 만약 5연발 펌프액션을 들고 있었다면 디바인은 애저녁에 죽었을 것이다. 단 한 가지 요소로 인해 운명이 갈린 순간이었다.

싸움에서는, 심지어 뇌 한쪽이 몸을 웅크리라고 명령할 때도, 계속해서 움직여야 한다. 움직이는 타깃이 주의를 끄는 건 맞지만, 그 움직임을 좇는 이들이 어리석은 결정을 내리게 유도하기도 하기 때문이다. 정지한 타깃은 상대가 시간을 두고 더 나은 결정을 내려 사냥감을 끝장낼 수 있게 해준다.

멍청한 행콕은 쓰러진 MP5 남자의 몸뚱이에 밀려 덩달아 넘어갈 뻔하다가 큰 호를 그리며 무차별적으로 총을 난사했다. 만약 또 다른 사수가 병렬 위치에서 똑같이 쏴댄다면 문제가 없었을 것이다. 그러면 사계射界가 겹쳐서 열에 아홉은 타깃을 명중시키므로. 한데 지금은 사계가 겹치지 않았다. 다시 말해, 행콕은 망한 것이다.

CIA가 요원들을 시원찮게 훈련시키는 모양이었다.

디바인은 의자 등받이에 몸을 밀착한 채 산탄총 2호의 목을 노리고 한 발을 격발했고, 계획한 대로 총알은 정확히 그자 목의 통통한 동맥을 찢어놓았다. 산탄총 2호는 비명을 지르며 총을 떨구고는 목을 부여잡은 채 의자 너머로 쓰러졌다. 찢어진 동맥이 조그만 호스처럼 사방에 피를 흩뿌렸다. 그의 남은 생명은 길어봐야 5초였다. 행콕이 괴성을 지르며 물러났다.

디바인은 그 피 튀기는 난장판을 틈타 행콕의 왼쪽 무릎에 탄환 한방을 박아 슬개골을, 그리고 그 뒤의 뼈와 조직을 모조리 날려버렸다. 행콕은 고통에 차 아마도 5천 달러는 주고 샀을 러그 위에 고꾸라졌다.

디바인은 치명적인 한 발을 쏠 수도 있었지만, 카울 외에 한 명을 더 살려둬야 했고 남은 후보는 행콕뿐이었다.

글록을 떨어뜨렸던 행콕이 극심한 통증에도 불구하고 총을 향해 손을 뻗는 게 보였다.

그 오기는 높게 쳐줄 수밖에 없었다. 하지만 거기까지였다. 디바인은 재빨리 그리로 가 총을 멀리 차버린 후 베레타를 행콕에게 겨눴고, 그사이 몽고메리가 소파 뒤에서 고개를 빼꼼 내밀었다.

카울은 바닥에 뒹굴며 비명을 질러대고 있었고, 산탄총 2호가 그런 카울을 거의 덮다시피 한 채 쓰러져 있었다.

"닥쳐!" 디바인이 내뱉었다. 피투성이가 된 카울이 죽은 사내를 제 몸에서 떼어낸 후 소파 쪽으로 허둥지둥 이동했다.

디바인이 행콕의 총을 집어 허리춤에 찔러 넣었고, 행콕은 바닥에서 망가진 무릎을 부여잡고 신음해댔다. 카울 쪽을 흘끔 보니 그가 믿을 수 없다는 표정으로 디바인을 쳐다보고 있었다.

행콕이 카울에게 눈을 부라렸다. "몸수색은 한 명도 빼놓지 말아야지, 이 멍청아!"

디바인이 몽고메리를 돌아보며 말했다. "훌륭한 계획이었어요."

"고마워요." 이렇게 대꾸한 몽고메리가 카울을 향해 의기양양하게 말했다. "당신 말이 맞았어, 브래드. 여자는 믿을 게 못 돼. 적어도 이번 경우에는 말이야."

디바인은 행콕의 출혈 상태를 확인했다. 부상자를 너무 많이 봐온 탓에, 한눈에 살지 죽을지를 그는 알 수 있었다. 딱 봐도 행콕은 살 것 같았다.

디바인이 카울을 보며 말했다. "여기 신호차단기가 있다고 했지. 어디 있지?"

"꽃병 뒤에." 산탄총 2호의 피를 비싼 양복과 셔츠에 흥건히 묻힌 카울이 떨리는 목소리로 대답했다.

디바인이 몽고메리에게 고갯짓하자 그녀가 재빨리 그리로 가 차단기를 찾아내 껐다.

"구급차 불러요." 디바인이 말했다.

몽고메리가 자기 휴대폰을 켜고 911에 전화했다. 디바인도 자기 휴대폰 전원을 켜고 캠벨에게 문자로 상황을 알린 다음 휴대폰을 도로 집어넣었다.

"자, 카울. 앉아서 정신 줄 좀 잡고 다 불기 시작해."

"한마디도 못 들을 줄 알아."

"좋아, 근데 우리를 죽이려고 했으니 지난 선거 때 시장과 주지사한테 돈을 얼마나 먹여놨건 소용없을 거야."

"자네가 여기 올라와서 총질로 난장판을 만들었잖아."

"당신만 접근 가능한 곳에 들어와 무장한 네 명을 제압했다고 하면 잘도 믿겠다."

"너, 대체 뭐야?" 카울이 분통을 터뜨렸다.

"지금은 아주 빡친 남자." 그러면서 디바인이 총구를 카울의 머리통에 겨눴고, 그러자 카울은 두 손으로 얼굴을 감쌌다.

"그러지 마. 하나님, 맙소사. 쏘지 말라고."

"51구역에 대해 듣고 싶은데."

"입 뻥끗하기만 해봐, 카울!" 행콕이 소리쳤다.

디바인이 총구를 행콕에게 돌렸다. "닥치지 않으면 다른 쪽 무릎도 날려주겠어. 그럼 구급대원 도착하기 전에 출혈로 죽을걸."

몽고메리가 휴대폰을 핸드백에 넣으며 이쪽으로 다가왔다. 안색이 파리해진 그녀는 죽은 사람들을 보지 않으려고 애썼다.

"그래서, 51구역은?" 디바인이 말했다.

"너도 다 봤잖아. 재수 없는 새끼." 카울이 내뱉었다.

"당신한테 직접 듣고 싶은데."

카울의 어조가 바뀌면서 그가 양손을 활짝 펼쳐 보였다. "이봐, 나도 보고해야 할 윗선이 있어. 우리, 협상을 하지."

행콕이 외쳤다. "한마디라도 뻥끗하면 넌 죽은 목숨이야, 카울. 내가 누구 얘기하는지 알 거야."

디바인이 권총 손잡이로 행콕의 머리를 세게 내리치자 그가 의식을 잃고 픽 쓰러졌다. 그래놓고 디바인은 카울을 돌아봤다. "그래서?"

"부자가 되고 싶어서 여기 온 거 맞지? 평생 가도 다 못 쓸 만큼 돈 많이 벌게 해줄게. 섬도 사들이고 저년한테 24시간 비키니 입힐 수 있을 만큼, 아니 '비키니녀' 열 명은 거느릴 수 있을 정도로 많이."

"큰돈을 벌고 싶었던 적은 없어." 디바인이 털어놓았다.

"그럼 뭐 하러 이 바닥에 굴러들어 온 거야?" 카울이 쏘아붙였다.

"51구역은?"

"이건 내 선에서 어떻게 할 수 있는 문제가 아니야, 디바인. 우리

셋 다 잔챙이에 불과하다고."

"그래도 해명을 듣긴 들어야겠는데. 내가 실마리를 주지. **앤 컴리**
는 곧 **깨끗한 돈**이다. 어때?"

카울이 그를 보며 콧방귀를 뀌었다. "자네 어쩌면 여기서 성공할
수도 있었겠군."

"'여기'라는 게 이젠 없는 것 같은데, 카울."

잠시 후 구급차가 도착하자 몽고메리가 카울의 휴대폰으로 구급대
원들을 올라오게 했다. 그들은 먼저 두 남자의 사망 상태를 확인한
다음 아직도 의식이 없는 행콕의 부상 부위를 고정한 후 그를 실어
갔다. 몇 분 후에는 캠벨이 이끄는 연방요원 한 무리가 들이닥쳤다.

캠벨은 카울과 마주 앉더니 그를 찬찬히 뜯어봤다.

"댁은 또 누구야?" 카울이 물었다.

"당신의 최악의 악몽이거나 구원자. 당신이 어떻게 나오느냐에 달
렸지."

"무슨 소린지 모르겠군."

캠벨이 일어섰다. "그럼 최악의 악몽이 되겠군. 감옥 밥이 입에 맞
기를 바라지."

"잠깐만, 잠깐만."

"말해봐."

"내가 어떤 협상을 하건, 최종승인은 내 변호사들이 내리게 해주
시죠."

그러자 캠벨이 요원들에게 눈짓했다. "데려가되 기소는 진행하지
말게. 아직은."

요원들이 카울을 연행해 갔다. 캠벨이 디바인과 몽고메리에게로
시선을 돌렸다. "교전 지역에서 오래전에 탈출한 줄 알았을 텐데 이
렇게 되고 말았군, 대위."

"그런 건 영영 불가능한가 봅니다." 디바인이 대답했다.

디바인과 함께 펜트하우스를 나서면서 몽고메리가 말했다. "그럼 드디어 끝난 거예요?"

디바인이 고개를 저었다. "아니, 끝나려면 멀었어요."

76

6시 20분 열차.

비가 추적추적 내리고 안개도 뿌옇게 껴서 으슬으슬한 날이었다. **전형적인 여름날과 반대로군.** 디바인은 생각했다. 하지만 반대로 뒤집힌 건 다른 것도 마찬가지였다. 그는 평소 앉던 좌석에 앉아 있었다. 그리고 창밖을 내다보고 있었다. 열차는 감속하다가 완전히 멈춰 섰다. 카울의 저택이 보였다.

텅 빈 저택이.

디바인은 그가 속으로 '카울앤드클린머니'라고 부르는 곳으로 가는 길이었다. 아직은 언론이 카울의 펜트하우스에서 일어난 소동의 낌새를 눈치채지는 못한 모양이었다. 펜트하우스는 추후 수사 절차를 위해 일반인의 접근이 금지되고 현장 그대로 보존 조치되었다. 카울사는 당분간 평소대로 운영되도록 내버려두라는 결정이 내려졌다. 캠벨이 이제까지 진전된 사항을 문자로 알려주었다. 별로 희망적이지는 않았다.

카울과 바틀릿을 구속했네. 바틀릿은 칼 행콕의 본명이 맞았어. 하지만 51구역에 대한 전자상의 흔적은 하나도 남지 않았네. 국가안보국 수준으로 철저히 지워버렸더군. 우리가 사진이나 다운로드한 영상으로 보유한 걸로는 부족하네. 증거 관리 연속성도 충족시키지 못하고 말이

야. 비웃음이나 당하고 말 거야. 그래도 카울이 형량 거래를 하면 결국 어떻게든 결실을 맺을 거라 보네.

그 문자를 받은 게 새벽 1시였다.

기차가 맨해튼으로 접근하는데, 캠벨에게서 전화가 왔다.

"아주 나쁜 소식이야, 디바인. 카울과 바틀릿 둘 다 죽었네. 바틀 릿은 병원에서. 얼굴에 베개가 덮여 있었지. 보초도 죽고."

"카울은요?"

"유치장에서 면도날에 당했네. CCTV는 연결이 끊겨 있었고. 이 일은 극비에 부쳤어. 아직 새어나가지 않았고, 아무도 몰라. 하지만 오래가진 않을 걸세. 안타깝지만 원점으로 돌아왔어. 그래도 일당이 도주하게는 만든 것 같네. 법무부와 다른 수사기관들도, 정계 인물 몇이 훼방을 놓는데도 불구하고 총력으로 뒤쫓고 있네."

그러나 디바인은 장군만큼 낙관할 수 없었다. 51구역이 장소만 다 른 데로 이전하거나, 현재 진행 중인 다른 작업과 통합될 거라는 확 신이 들었다. 이 나라의 얼마만큼을 외인들이 실소유하고 있을지 궁 금해졌다.

세상이 뒤집혀 돌아가는군. 선이 악이 되고, 악은 신격화되고.

게다가 살인범이 아직 활보하고 있다고, 직감이 말해주고 있었다. 앞서 죽은 네 사람은 전부 브래드 카울이나 51구역이 아니라, 세라 유즈와 관련이 있었다.

그리고 어째서인지 나하고도 관련이 있고. 내가 이메일을 받았잖아. 이 유가 있으니 나한테 보냈겠지. 범인은 내게 직접적으로 말을 걸고 있어. 이보다 개인적일 수는 없어.

출근해서도 일에 집중할 수 없었다. 이런저런 생각으로 머리가 멍 했다. 다른 버너들도 타사와 면접 일정을 잡거나, 혹은 불만을 토로 하고 있었다. 디바인은 그 소리를 최대한 차단하려고 했다.

그날 저녁에 퇴근하니 밸런타인이 소파에 앉아 맥주를 들이켜면서 피자 대신 핫도그를 먹고 있었다.

"여어, 형님. 오늘은 일찍 퇴근했네. 그건 어때요? 다 해결했어요?"

"그런 것 같아."

"그럼 다 잘된 거예요?"

"잘됐다고는 말할 수 없어."

* * *

브래드 카울이 구속 중 살해당했다는 소식이 드디어 뉴스 전파를 탔다. 카울사와 엮인 일련의 살인에 그렇잖아도 충격받아 동요하던 경제부 기자들은, 경악과 약간의 고소해하는 감정이 섞인 태도로 이 모든 상황을 보도하고 있었다. 그러는 와중에 카울앤드컴퍼니가 경제적 부당행위를 저질렀을 가능성이 있다는 소문마저 돌기 시작했다.

어느 날 저녁 디바인은 퇴근 후 자기 방에서 휴대폰으로 그 뉴스 기사들을 읽어 내려가다가 고개를 절레절레 저었다.

경제적 부당행위 가능성? 두고 봐라. 다 폭로되면 버니 메이도프가 삼류 야바위꾼으로 보일 테니.

몇 시간 후 그는 몽고메리에게 문자를 보내, 이튿날 그녀가 경호팀의 보호를 받으며 묵고 있는 호텔에서 만나기로 약속을 잡았다.

맨해튼에 있는 호텔에 도착한 그는 무장 경호원들을 물리치고 몽고메리 방의 문을 노크했다. 몽고메리가 곧바로 방문을 열었다. 청바지와 흰 티셔츠 차림이었다. 울고 있었던 듯싶었다.

디바인은 등 뒤로 문을 닫으며 물었다. "무슨 일이에요? 괜찮아요?"

몽고메리가 눈가를 꾹꾹 누르며 침대에 걸터앉았다. "엄마한테 전화가 왔었어요. 브래드 소식을 들었고, 크리스천이 어떻게 됐는지도 들었대요. 그러면서 나도 가담했느냐는 거예요. 엄마라는 사람이!"

디바인은 맞은편 의자에 걸터앉았다. "많이 속상했겠어요."

"뭐, 적어도 짧게 끝나긴 했어요. 내가 끊어버렸으니까."

"미셸한테는 아직 은퇴자금 포트폴리오가 있잖아요."

"그걸로는 안 될 것 같아요, 트래비스." 몽고메리가 멍하니 대꾸했다. "등에 과녁이 그려진 거나 마찬가지라잖아요. 당신도 마찬가지고요."

"그럴지도 모르고, 아닐 수도 있어요. 아마 그들도 더 큰 소란을 일으키고 싶어 하지는 않을 거예요. 큰손들이 혈안이 돼서 자기들 목을 노리고 있는 걸 아니까요."

몽고메리가 얼굴에 들러붙은 머리카락을 쓸어 넘겼다. "정말 그렇게 생각해요?"

"장담은 못 하지만, 사실 그들은 돈세탁을 하고, 그걸로 부동산과 사람을 더 많이 사들이는 데만 관심이 있거든요. 그리고 까놓고 말해 우리가 그렇게 중요한 인물도 아니고요. 그들은 다른 데로 가서 작업 본부를 차릴 테고 그럼 돈도 다시 흘러들 거예요." 그는 등받이에 기대앉으며 말을 이었다. "하지만 그 사실을 아는 게 네 사람을 죽인 범인을 찾아내는 데 도움이 되진 않겠죠."

"이제 어쩔 거예요?"

"세라가 살해당한 현장으로 돌아가볼까 생각 중이었어요."

"나도 가도 돼요?" 몽고메리가 얼른 물었다.

"왜요?"

"지금은 혼자 있기 싫어서요."

디바인은 머뭇거렸다.

"내 미래도 달린 일이에요, 트래비스." 몽고메리가 쏘아붙였다.

"알았어요. 그래도 당신 경호팀이 발칵 뒤집어지기 전에 먼저 캠벨한테 승인받을게요."

"브래드의 펜트하우스에서 당신이 싸우는 걸 본 후로 경호원들보다 당신하고 있을 때 더 안전하다고 느껴요."

캠벨에게서 승인이 떨어졌고, 두 사람은 호텔을 나섰다. 디바인은 자신의 보안카드로 카울 사옥에 들어갔다. 주말인 데다 회사가 아마도 곧 도산할 처지라 건물이 거의 비어 있었다. 그들은 엘리베이터로 52층까지 올라가서 내렸다. 몽고메리를 데리고 비품창고로 간 디바인이 문을 열어젖혔다.

"여기가 세라가 발견된 데예요?" 몽고메리가 물었다.

"맞아요. 관리인이 발견했어요. 저기 보이는 천장 파이프에 매달려 있었어요. 의자는 쓰러져 있었고, 구두는 바닥에 뒹굴고 있었죠. 자살처럼 보이게 위장했지만 통하지 않았어요."

몽고메리가 불안한 눈빛으로 그를 힐끗 봤다. "자살로 위장한 살인이라면, 브래드가 당신한테 이야기한 그 죽은 군 동료들도 그런 경우예요?"

"그건 너무 긴 이야기예요. 언젠가는 당신한테 말해줄 수 있기를 바라지만 오늘은 아니에요."

"세라의 시신을 발견한 사람은요?"

"제리 마이어스라고, 여기 관리인이에요. 충격을 단단히 먹었어요. 그날 아침에 리츠에서 전 사원 세미나가 있어서 이 층에 다른 사람은 한 명도 없었어요. 관리부서 직원들은 아직 출근 전이었고요."

"우연일까요?" 몽고메리가 물었다. "그 층에 아무도 없을 예정인 날 아침에 시신이 발견된 게."

"아닐걸요. 그렇게 되도록 계획했을 거예요. 내부자가 정보를 흘린 게 틀림없어요."

"유즈가 언제 살해당했다고 했죠?"

"발견되기 전날 밤 자정부터 새벽 4시 사이."

"그럼 다음 날 아침에 살인범은 거길 뜬 지 오래였겠네요. 그런데도 당신은 아침에 세라가 죽었다고 알리는 이메일을 받았고요."

"맞아요."

"흠, 범인이 누구건 간에 이메일에 쓰려고 당신이 말한 그 시간대에 다시 올라가서 범행 현장을 살펴보진 않았을 것 같네요. 현장이 어떤지 이미 알고 있었던 거예요."

디바인은 그것에 대해 곰곰이 생각해봤다. "그건 맞아요. 그런데 메일 내용 중에 관리인이 시신을 발견했다는 말이 있기는 했어요. 그것 때문에 범인이 그날 아침 현장에 있었다고 생각하게 된 거예요. 그렇지 않으면 누가 시신을 발견했고 언제 발견했는지를 어떻게 알겠어요?"

"그건 그렇지만, 누가 발견했는지 당신이 아는 게 왜 그리 중요한데요? 세라가 창고에서 목매달려 죽어 있는 걸 전하는 걸로 충분치 않대요?"

디바인은 뭐라 말하려다가 멈칫했다. "당신 말이 맞아요. 그렇게는 생각 못 해봤네요."

"왜 굳이 다음 날 아침까지 기다렸다가 당신한테 말하죠? 그날 밤에, 세라가 죽자마자 이메일을 보내지 않은 이유가 뭐죠? 그랬으면 당신이 경찰에 신고했을 테고 경찰이 시신을 발견했을 텐데요."

"모르겠어요. 그렇게 설명하니 말이 안 되네요."

"살인범과 이메일 발신자가 각기 다른 사람이라면 말이 돼요." 몽고메리가 말했다. "살인자는 세라를 죽였어요. 그런 다음 이메일 발신자에게 그걸 얘기한 거예요."

"하지만 같은 문제로 되돌아와요. 살인범은 이튿날 아침에 관리인이 시신을 발견한 걸 어떻게 알았죠? 그리고 그걸 몰랐다면, 나한테 이메일을 보낸 사람은 그걸 어떻게 알았을까요?"

몽고메리가 창고 안을 둘러봤다. "그래, 그 마이어스라는 사람이 시신을 발견했다고요. 애초에 왜 창고에 들어온 거래요?"

"그 층의 어떤 직원이 프린터 카트리지를 부탁해서……."

디바인이 갑자기 말을 멈추더니, 선반의 비품들을 둘러봤고 그러다 다시 몽고메리를 바라보았다.

그녀가 말했다. "한데 당신이 방금, 금요일에 이 층에 아무도 없었다고 했잖아요. 그럼 누가 마이어스한테 카트리지를 가져다 달라고 한 거예요?"

"가서 물어봅시다."

77

디바인은 지난번에 해킹한 회사 데이터베이스에서 마이어스의 집 주소를 알아냈다. 마이어스는 스태튼섬에 살고 있었다. 두 사람은 택시를 타고 갔고, 디바인은 택시기사에게 주소지로부터 한 블록 떨어진 곳에 내려달라고 했다. 주로 노동자계층이 사는 동네였다.

"새 차를 뽑았네요." 디바인이 진입로에 세워져 있는, 임시번호판을 단 은색 포드 F-150 픽업트럭을 보며 말했다. "저걸 살 돈이 어디서 났을까?"

"그걸 자진해서 털어놓을 것 같진 않은데요?" 몽고메리가 말했다.

"나도 마음먹으면 말로 구슬릴 수 있어요."

문을 두드렸지만 아무 대답이 없었다. 조그마한 뒷마당을 들여다봤다. 시멘트블록 바닥에 세워놓은 낡은 픽업트럭 한 대 말고는 아무것도 없었다. 차량 한 대가 들어갈 만한 크기의 차고가 있었지만, 문은 잠겨 있었다. 디바인이 창으로 안을 들여봐도 단서가 될 만한 건 눈에 띄지 않았다.

"다른 차가 있는지도 몰라요." 몽고메리가 말했다.

"그럴지도 모르지만, 아닐 것 같아요. 미혼에 혼자 산다고 카울사의 경비한테 들었거든요."

"무슨 일이시죠?" 누군가의 음성이 들려왔다.

두 사람이 돌아보니 옆집 현관 포치에 여자가 서 있었다. 레깅스와 긴 티셔츠 차림의 그 여자는 나이가 20대로 보였고 골반에 아기를 받쳐 안고 있었다.

"제리를 찾고 있었어요." 디바인이 말했다. "만나서 맥주나 한잔 하기로 했는데 안 와서요."

여자가 마이어스의 집을 건너다보며 말했다. "이상하네요. 우리도 남편이 뒷마당 새로 할 건데 제리가 도와주기로 했거든요. 오늘 아침에 하도 안 나타나길래 전화도 해보고 그 집에 가보기까지 했는데, 문이 다 잠겨 있고 전화도 안 받더라고요."

"혹시 제리한테 다른 차가 있나요?"

"아뇨, 그 새 포드는 얼마 전에 장만한 거예요. 멋지죠. 별의별 옵션이 다 달린 킹랜치 모델이에요. 남편 배리가, 6천 달러쯤 할 거랬어요."

"우와." 디바인이 말했다.

"그쵸. 맨해튼의 무슨 대기업에서 일한다던데. 제리 말로는 직원들 전부 보너스를 두둑하게 받았댔어요."

"그런데 현재 모는 차가 이거 하나라면 제리는 안에 있어야 하잖아요. 혹시 아프거나 무슨 일 생긴 거 아니에요?"

그때 몸집이 크고 퉁퉁한 남자가 포치로 나왔다.

여자가 말했다. "배리, 이 사람들 제리랑 맥주 마시기로 돼 있었대. 근데 문을 안 열어준대. 나 슬슬 걱정돼."

배리는 마이어스의 집과 트럭을 건너다봤다. 그러더니 디바인을 보며 말했다. "경찰에 신고해야 할까요?"

"먼저 확인해보는 게 좋을 것 같아요. 어젯밤에 거하게 마셔서 자고 있는 거면 경찰한테 우리가 한소리 들을 것 같아서요."

"좋은 지적이에요. 제리가 맥주를 좀 좋아하긴 해요."

배리와 같이 마이어스의 집 포치로 올라간 디바인은 현관문과 유리로 된 측면패널을 살펴봤다.

"이렇게 하는 게 제일 쉬워요." 그가 팔꿈치로 유리를 콱 쳐서 깬 다음 파편을 치우고 안으로 손을 넣어 잠금장치를 풀었다.

배리가 현관문을 열고 둘이 들어갔다.

"어이, 제리. 옆집 배리야. 무슨 일……." 그는 말하다 말고 숨을 들이마셨고, 얼굴에서 핏기가 가셨다.

"이게 무슨 냄새죠?"

디바인은 정확히 무슨 냄새인지 알았다. "가서 경찰에 신고해요, 배리."

"네?"

"경찰. 신고하라고요. 상황이 발생했어요."

"무슨 상황이요?"

디바인이 모퉁이 저편의 좁은 부엌을 들여다봤다. "시체가 나온 상황이요."

제리 마이어스는 새 픽업트럭을 즐기지 못하게 됐군.

* * *

두 시간 후 마이어스의 집은 경찰과 오염방지복을 입은 법의학 팀으로 북적대고 있었다. 디바인은 슈메이커에게도 연락해야겠다 싶어서 그렇게 했다. 슈메이커는 오늘 비번이었지만 에크먼과 함께 현장에 나왔다. 셋은 집 앞에서 만났다.

"사망자는 제리 마이어스라는 자인데, 세라 유즈의 시신을 발견한 카울사의 관리인입니다." 몽고메리가 순찰차에 기대서 있는 동안 디바인이 설명했다. "살해당한 걸로 보여요."

안으로 들어간 두 형사는 30분 후에 다시 나왔다.

슈메이커가 입을 열었다. "검시관 예비보고로는 독의 일종이랍니다. 입에 게거품을 문 것과 피부색을 보면요. 부엌 바닥에 쓰러져 있었어요. 카운터에 뚜껑을 딴 위스키병이 있고, 유리잔에도 위스키가 좀 남아 있어요. 지금 다 분석 중이에요."

"사망 시각은요?" 디바인이 물었다.

"예비보고는 어제저녁 6시 30분쯤으로 추정하고 있어요."

"목격자는 없대요?" 몽고메리가 물었다.

"아직은요."

"관리인은 왜 죽였을까?" 에크먼이 말했다.

디바인이 대꾸했다. "왜냐하면 제 생각엔, 마이어스가 목요일 밤 늦게 세라 유즈를 죽였거든요. 그런 다음 금요일 아침에 시체를 '발견'했고 그 덕에 자신은 용의선상에서 쉽게 벗어난 거죠."

"맙소사." 슈메이커가 뱉었다. "그 각도로는 전혀 생각 못 했는데."

"저도 못 했을 겁니다. 이 사람이 아니었다면." 디바인이 몽고메리를 가리키며 말했다.

에크먼이 의심의 눈초리로 몽고메리를 보았다. "그쪽은 이 그림에서 어느 조각을 맡고 있는데요?"

"브래드 카울의 전 애인이에요."

"아, 그러셔요?"

디바인이 끼어들었다. "지금은 우리와 함께 이 사건을 조사하고 있습니다. 여기 온 건 마이어스가 나한테 했던 말 중에 앞뒤가 안 맞는 게 있어서고요."

"뭔데요?" 슈메이커가 물었다.

디바인은 마이어스가 누군가로부터 프린터 카트리지를 교체해달라는 요청을 받고 그날 비품창고에 들어갔다고 말한 것을 형사들에게 얘기해주었다.

"그런데 그날 아침 리츠에서 세미나가 있어서 그 층에 아무도 없었거든요. 그러니 마이어스한테 비품을 요청할 직원도 없었겠죠. 세미나가 있다는 걸 알고 일부러 그날을 고른 걸 겁니다. 그래야 시체를 발견할 다른 사람이 없을 테니까요. 마이어스도 범죄 현장에 다시 가서 자기가 의심받을 증거가 남아 있지 않은지 확인하고 싶었을 테고요."

"게다가 그자의 흔적이 묻은 법의학 증거가 나온다 해도 그는 아침에 거기 들어가 시신을 발견했으니 무죄로 판별됐을 테고." 에크먼이 말을 이었다.

"맞습니다."

"꽤나 교묘한 계획이군." 슈메이커가 말했다. "하지만 유즈를 왜 죽였지? 둘이 자는 사이였나? 아님 마이어스가 질투에 눈이 멀어 스토킹하면서 매달렸는데 유즈가 거절했거나? 거절당한 남자가 앙심을 품은 흔해빠진 이야기는 아닐까요?"

"저것만 아니면 나도 그렇게 봤을 겁니다." 디바인이 새로 뽑아 반짝반짝한 포드 F-150을 가리켰다.

"저게 그 대가로 받은 거였군요." 몽고메리가 말했다.

"독살당했다는 건, 마이어스에게 공범이 있었고 그 공범이 느슨한 매듭을 처리하기로 결심했다는 뜻이겠군요." 에크먼도 떠오르는 바를 말로 꺼냈다.

"마이어스가 냅다 새 트럭을 지른 건 경솔한 짓이었을 겁니다. 마이어스를 사주한 사람은 경찰의 이목이 그에게 쏠릴 것과 그가 압력에 굴복해 자기를 지목할 것을 우려했을지도 몰라요." 디바인이 말했다.

슈메이커가 고개를 끄덕였다. "우리도 마이어스의 뒷조사를 해봤어요. 시신을 발견한 사람에 대해서는 반드시 뒷조사를 실시하거든. 카울사 정문을 이용할 경우 근무시간에는 보안카드가 필요 없더군. 반면에 뒷문을 이용한다면 항시 보안카드가 필요하고. 마이어스는 그날 8시에 정문으로 들어왔다가 역시나 정문으로 5시에 나갔고, 연락선을 타고 스태튼섬으로 갔다고 했어요. 경비는 그날 마이어스를 본 게 분명히 기억나진 않지만 마이어스가 항상 정문으로 드나든다고 진술을 뒷받침했고. 그러니 우리는 마이어스를 의심할 이유가 없었지. 적어도 우리가 보기에는 살인 동기도, 기회도 없었으니."

"사람들 드나드는 게 다 찍히는 사옥 감시카메라라는요?"

"결정적 증거는 못 돼요. 그 시간대의 기록을 열어봤는데, 5시쯤 사람들이 무리 지어 나가는 게 찍혔지만 마이어스를 포함해 그들을 일일이 식별할 수는 없었어요."

"경험에서 하는 말인데요, 형사님. 그 영상은 몇만 화소를 자랑하건 그만한 가치가 없어요."

78

디바인과 몽고메리는 두 형사와 스태튼섬을 뒤로하고 떠났다.

택시를 타고 다시 맨해튼으로 가는 길에 몽고메리가 말했다. "그럼 마이어스는 새 픽업트럭 한 대 얻자고 네 명을 죽인 거예요?"

디바인이 그녀를 보며 대꾸했다. "그보다 사소한 걸로 살인하는 사람도 있어요, 미셸."

이후 도착할 때까지 두 사람은 침묵을 지켰다.

디바인은 몽고메리를 호텔에 데려다준 후 집으로 가는 기차를 탔고 역에서 집까지는 걸어갔다.

오늘따라 밸런타인이 소파에 늘어져 있지 않았고 부엌에서 배를 채우고 있지도 않았다. 위층에서 탭쇼가 신나게 컴퓨터 키보드를 두드리는 소리가 들렸다. 위층으로 올라가니 헬렌 스피어스가 자기 방 문가에 서 있었다.

"오늘 바빴나 봐요?" 그녀가 말했다.

"시신이 또 발견됐어."

"이번엔 누군데요?" 스피어스가 전혀 동요하지 않고 물었다.

"놀라지도 않네?"

"계속 죽어 나가니."

그녀의 앞에 선 디바인이 고개를 절레절레 저었다. "난 당신이 이해가 안 가."

"이해할 필요 없어요. 내가 당신을 이해할 필요 없는 것처럼. 친구 미셸은 어디 갔어요?"

"안전한 데로. 흠, 지크자우어보다 글록이 더 좋나 봐?"

"당신은 충실한 육군 출신답게 글록보다 지크자우어를 선호하고 요. 원래 다양성이 세상의 원동력이잖아요. 내가 그 산증인이죠."

그러더니 스피어스는 방문을 닫아버렸다.

디바인은 밸런타인의 방문을 노크해봤지만 안에서 인기척은 들리지 않았다. 문고리를 돌려봤다. 문이 열리기에 고개를 들이밀었다. "웰, 이불 속에서 피자 먹는 거야?"

하지만 밸런타인은 거기에 없었다. 디바인은 밸런타인의 방에 들어가본 적이 없었다. 정말 의외인 건, 방이 말쑥하고 깨끗하다는 사실이었다. 침구도 정돈돼 있고, 책상 위도 깔끔했다. 그리고, 탭쇼의 모니터에 버금갈 만치 거대한 모니터들이 있었다. 선반에 러시아어로 된 책 몇 권이 꽂혀 있는 게 보였다. 한쪽 벽을 따라 신발 여러 켤레가 가지런히 나열되어 있었다. 벽장을 열어보니 옷가지가 바지와 셔츠로 분류되어 단정히 걸려 있었다. 서랍장도 정리돼 있기는 마찬가지였다.

이런 식의 수색은 군에 있을 때 몸에 익었다. 순찰을 나가면 탈레반이나 알카에다 동맹들, 정보원들 중 의심되는 이들의 집을 뒤져야 할 때가 많았다. 그러면서 배운 건 그들이 정말이지 교묘하게 잘도 숨긴다는 거였다.

이번에는 책상을 훑다가 컴퓨터 모니터에 붙어 있는 포스트잇 메모지들을 발견했다. 키릴문자로 적은 메모였다. 피식 웃음이 나왔다. 보안이 아주 철저하네. 책상 서랍 한 칸에서 액자에 넣은 사진들이 나왔다. 사진 속 인물들은 옷차림으로 보아 20대쯤으로 보였다.

한 남자와 한 여자가 아기를 안고 있고, 그 옆에 여섯 살쯤 된 여자아이가 있었다. 고국 러시아에서 같이 살았던 밸런타인의 가족인지도 모른다. 저 아기가 밸런타인일지도 모르고.

아래층에서 무슨 소리가 들렸다. 디바인은 사진을 내려놓고 살그머니 문을 닫으며 방에서 나왔다. 그리고 탭쇼의 방문을 두드리는데, 밸런타인이 계단을 올라왔다.

심각한 표정이었다. 골똘히 고민에 빠져 있는 것 같다고 디바인이 생각하는 순간, 밸런타인이 그를 보더니 활짝 웃었다. "어이, 형님."

그래, 이 자식아. "윌, 어떻게 지내?"

그때 탭쇼가 복슬복슬한 토끼 모양 슬리퍼를 신고 카프리팬츠와 흰 상의 차림으로 방문을 벌컥 열었다. "다들 안녕. 파티라도 하는 거예요, 뭐예요?"

스피어스도 방문을 열고 내다봤다. 그녀는 거기 모인 사람들을 훑어보더니 이렇게 말했다. "우리 맨날 서로 지나치기만 하잖아요. 나가서 감자칩 곁들여서 맥주 한잔하는 건 어때요, 룸메이트님들? 그러면서 실제로 서로 알아가는 거죠."

그렇게 해서 그들은 탭쇼의 미니 쿠퍼에 꾸역꾸역 올라타, 마운트 키스코 시내로 얼마 안 되는 거리를 이동했다.

술집은 손님으로 시끌벅적했지만 일행은 어찌어찌해서 야외식을 잡고 맥주와 음식을 주문했다. 밸런타인은 보드카토닉과 미트볼피자 한 조각을 추가했다.

탭쇼가 맥주를 한 모금 마시더니 운을 뗐다. "대만 쪽에서 투자할 것 같아요. 내가 처음에 기대했던 액수엔 못 미치지만 적어도 그 절반은 돼요."

"잘됐다, 질." 디바인이 대꾸했다. 탭쇼가 칠턴이 살해당한 소식을 들었는지 모르겠지만, 굳이 입에 올릴 생각은 없었다.

스피어스가 탭쇼를 보며 말했다. "온라인 데이트 사업은 어떻게 시작하게 된 거야? 네 배경은 구글에 검색해봐서 알아. 그 정도면 나 사나 국가안보국에서 일할 수도 있었을 텐데."

"MIT에 다닐 때 그 두 곳에서 입사 제의가 들어왔었어. 그런데 나 사가 아무리 멋진 일을 많이 한대도, 나는 지구의 일에 집중하고 싶더라고. 안보국은 또 얘기가 다른데. 남 염탐하는 게 싫어서. 행복해지게 도와주고 싶지."

밸런타인이 남은 보드카토닉을 시원하게 한 번에 툭 털어넣었다. "하지만 혼자서도 행복해질 수 있는걸. 내가 그 예잖아. 나는 너희가 말하는 행복을 얻기 위한 딴사람 아무도 필요 없어. 나는 나랑 행복해."

"왜 이러셔, 월. 우리 모두 누군가가 필요해." 탭쇼가 받아쳤다.

디바인이 밸런타인을 유심히 살피며 말했다. "그 일을 하면서 어쩌다 마운트키스코에 살게 된 거야?"

"이 일은 어디서든 할 수 있어요. 이 동네 좋잖아요. 나는 전에도 많이 돌아다녔는데, 여기 좋은 동네예요. 그래서 여기 살아."

"전에는 어디 살았는데요?" 스피어스가 물었다.

"대도시 뉴욕. 근데 별로였어. 사람 너무 많아서. 모스크바 같잖아. 모스크바 사람들은 집에 있거나 술집에 가지만. 거기 사람들은 그 뭐냐, 나다니지를 않아요. 너희처럼 엄청 나다니고 그러면 총 맞거나 체포되지."

탭쇼가 말을 이어받았다. "음, 나도 여기가 마음에 들어. 근데 여행 다니는 것도 좋아해. 사람들이 다른 사람한테 뭘 원하는지 알고 싶어서 여행을 많이 다녔어. 플랫폼 만드는 데 도움이 됐지. 다른 데이트 플랫폼들은 관심사가 겹치는 사람끼리 맺어주려고 이것저것 물어봐서 프로필을 만들잖아. 우리도 질문을 하긴 하는데, '상극끼리 통한다'는 옛말 있지? 좋은 관계는 자기랑 똑같은 사람을 만나야 만 가능한 게 아니야. 그러면 매일 거울을 들여다보는 거나 다름없 겠지. 그보다는 서로 많이 다른 두 사람이 만나서 상대에 대해 알아 가는 것도 좋지 않아? 인생의 다른 면을 보게 해주는 사람 덕분에 자 기 호불호가 변해가는 것도."

"내 경우는 말이야." 밸런타인이 불쑥 말했다. "내가 원하는 건 또 다른 피자 한 조각이야. 그것만 있으면 난 행복해."

탭쇼가 그 말에 낄낄 웃었지만 디바인은 따라 웃지 않았다. 스피어 스가 묘하게 거슬리는 눈길로 밸런타인을 살피고 있었다. 문득 이런 생각이 떠올랐다.

저 둘이 원래 알던 사인가? 하지만 그렇다면, 스피어스가 왜 밸런타인 의 방을 뒤진 거지?

다음 순간 밸런타인의 방에서 나온 사진이 떠올랐다. 사진 속 여자 아이도.

"어이, 윌. 혹시 러시아에 두고 온 가족 있어? 형이라든가, 아니면 누나나."

밸런타인은 남은 맥주를 벌컥벌컥 들이켠 뒤 대답했다. "아무도 없어요, 아무도. 이게 딱 좋아."

79

디바인이 침대에서 기침을 하며 돌아누웠을 때, 시계 침은 새벽 4시에 접근해가고 있었다. 곧 더 심한 기침이 튀어나왔다. 그다음엔 아예 숨을 쉴 수가 없었다.

머리가 멍한 상태에서 이런 생각이 들었다. **심장마비가 오는 건가?**

침대에서 일어나 앉는데 마치 물속을 헤엄치듯 머리가 무거웠다. 뭐가 어떻게 된 거야? 맥주를 열 병도 아니고 딱 두 병 마셨는데.

그러다 숨을 들이쉰 순간 의문에 대한 답이 나왔다.

빌어먹을!

침대를 박차고 나오다가 벽과 충돌하다시피 했다. 그는 문을 열어 젖히며 캑캑거렸다. 티셔츠를 끌어 올려 코와 입을 가린 다음 무릎을 꿇고 복도를 가로질러 스피어스의 방으로 갔다. 문고리를 돌려봤다. 잠겨 있었다. 그는 일어서서 어깨로 힘껏 문을 밀쳤다. 문이 벌컥 열리면서, 침대에 누워 있는 스피어스가 보였다. 디바인이 자기 방에 쳐들어왔는데도 아무런 반응을 보이지 않았다. 좋은 신호가 아니었다.

디바인은 휘청대며 스피어스에게 다가가 그녀를 흔들어 깨우려 했다. 맥을 짚어봤다. 뛰긴 뛰었다. 하지만 약했다.

그는 스피어스를 들쳐 메고 아래층으로 날라 현관문 밖으로 데리고 나갔다. 문 앞 잔디에 그녀를 내려놓고 다시 안으로 뛰어 들어갔다. 다음엔 탭쇼의 방을 확인했다. 문이 잠겨 있지 않았다. 탭쇼는 의식을 잃고 방바닥에 쓰러져 있었다. 디바인은 탭쇼가 호흡하는 걸 확인한 후 똑같이 안고 밖으로 데리고 나와 스피어스 옆에 눕혔다.

그리고 다시 뛰어 들어가 밸런타인의 잠긴 방문을 힘으로 열었다. 밸런타인은 거기 없었다. 디바인은 미친 듯이 방 안을 둘러봤고 심지어 침대 밑과 벽장 속, 욕실도 확인했다. 아무 데도 없었다.

그는 휴대폰을 꺼내면서 밖으로 뛰쳐나와 911에 신고했고, 가스회사 긴급호출번호로도 연락했다. 현관문 옆에 정원용 호스가 있었다. 그걸 틀어 두 여자에게 물을 뿌렸다. 그런 다음 둘의 뺨을 툭툭 쳤고, 몸을 옆으로 누인 후 폐가 팽창하도록 등을 압박했다. 두 사람의 호흡이 차차 깊어지기 시작했고, 마침내 안색이 서서히 돌아왔다. 스피어스는 일어나 앉기까지 했다. 그녀가 디바인을 보며 입을 열었다.

"무, 무슨…… 뭐가 어떻게 된……."

"집에 가스가 샜어. 헬렌은 이제 괜찮아. 내가 구급차를 불렀어. 그런데 월을 못 찾겠어."

스피어스가 풀밭에 풀썩 주저앉더니 토했다.

탭쇼도 잠시 의식이 돌아왔기에 디바인은 똑같이 상황을 설명해주었다.

그런 다음 그는 다시 집 안으로 뛰어 들어갔다. 가서 창이란 창은 죄다 열고 뒷문도 활짝 열어젖혔다. 밸런타인을 찾아 집 안 구석구석을 확인했지만 그는 어디에도 없었다.

잠시 후 구급차 두 대가 도착했다. 구급요원들이 차에서 뛰어나와 두 여자에게, 그리고 디바인에게도 산소마스크를 씌웠다. 여자들에게는 정맥주사도 꽂았고, 디바인에게도 놓으려는 걸 그가 거절했다.

"양옆 타운하우스는요?" 대원 한 명이 물었다. "옆집들로 가스가 새어 들어갔을 수 있고, 아니면 그중 한 집에서 새어 나왔을 수도 있거든요."

"두 집 다 아무도 안 살아요." 디바인이 대꾸했다.

여자들을 위급한 순서대로 처치한 후 구급대원들은 두 사람 다 병원으로 후송하기로 했다. 구급차량들이 진입로를 막 빠져나가는데 가스회사 차가 도착했다. 두 남자가 트럭에서 민첩하게 내렸고, 디바인이 그들에게 상황을 설명했다.

30분 후 가스회사 직원들이 다시 집에서 나왔다.

"누군가 일부러 그랬어요." 직원 중 한 명이 말했다. "집으로 들어가는 선을 건드리고 거실 벽난로의 점화용 보조버너를 열어놨어요. 요새는 그런 거에 대비해 안전장치가 달려 있는데, 이 집은 워낙 오래됐고 아무도 시설을 업그레이드하지 않아서요."

"구급대원한테 양 옆집이 비어 있다고 말해뒀어요. 한데 두 집 다 리모델링 중이라 오늘 일꾼들이 와서 작업할지도 몰라요. 가스 일부가 두 집으로 스며들었을 수도 있어요."

"우리가 출입금지 표지를 붙여놓을게요. 그런 다음 집주인한테도 연락해서 가스누출 확인하고, 또 필요하면 환기 조치도 하고요."

"알겠습니다. 고맙습니다."

"운 좋게 빠져나오셨네요." 다른 직원이 말했다. "괜찮으신 거 확실해요?"

"괜찮습니다. 이제는 들어가도 되나요?"

"네, 환기 다 됐습니다. 그래도 혹시 모르니 한동안 전기스위치는 켜지 마세요. 한 시간 내로 기술팀 불러서 철저히 확인 작업을 하겠습니다."

"감사합니다."

"혹시 원수진 사람이라도 있어요?" 먼젓번 직원이 물었다.

디바인이 그를 빤히 보며 대꾸했다. "적어도 한 명은 있죠."

* * *

얼마 후 가스회사에서 다른 팀이 출동해 집을 샅샅이 조사했다. 그런 다음 집주인에게 연락해 양 옆집도 조사했다. 두 집에서는 누출이 감지되지 않았다.

디바인은 집으로 도로 들어가기 전 병원에 연락해 스피어스와 탭쇼의 상태를 확인했다. 둘 다 응급병동에서 모니터링을 받고 있다고 했다. 혈중 산소 농도가 아직 낮아서, 위험에서 완전히 벗어날 때까지 입원시키고 의료진이 지켜보는 쪽으로 결정되었다.

디바인이 한 번 더 집 안을 둘러봤지만 밸런타인은 코빼기도 안 보였다. 전화하고 문자도 보냈지만 응답이 없었다. 그의 방으로 올라가 봤지만 전날 침대에서 사람이 잔 흔적은 없었다. 어젯밤 11시쯤 다 같이 집에 돌아왔고, 디바인은 곧장 잠이 들었다. 보아하니 스피어스와 탭쇼도 그런 것 같았다.

밸런타인의 노트북과 휴대폰도 눈에 띄지 않았다. 그런데 디바인이 전날 그의 방을 뒤졌을 때 발견했던 여행가방 하나가 옷가지 일부와 함께 사라져 있었다.

탭쇼의 방에도 들어가 둘러봤다. 시선이 컴퓨터 화면에 꽂힌 순간 그는 얼어붙었다. 거기에 웬 도표를 그린 쪽지가 테이프로 붙어 있었다. 디바인은 그 앞에 앉아 눈으로 표를 훑었다.

첫 줄에는 그가 탭쇼에게 추적해보라고 알려준, 이상한 숫자 조합의 이메일 발신주소들이 적혀 있었다. 플로시트 형태의 표는 그 일련의 숫자로 시작해 열댓 개의 다른 숫자 조합으로 이어졌는데, 발신자가 자신의 정체를 숨기기 위해, 그리고 필수 인터넷 프로토콜 없이 이메일을 보내기 위해 사용한 위장 좌표들로 보였다. 표의 마지막 줄에 이르자 입이 떡 벌어졌다. 누구의 것인지 즉시 알아볼 수 있는 이메일 주소가 있었다. 그리고 그 밑에, 괄호 안에 이름이 적혀 있었다.

'윌 밸런타인.' 그리고 그 옆에는 이렇게 적혀 있었다. '헐 맙소사.'

디바인은 아래층 거실로 돌아가 가스 벽난로를 멍하니 쳐다봤다. 집에 누가 강제로 침입한 흔적은 없다. 저 가스 점화장치를 조작한 자는 어젯밤 집 안에 있었을 것이다. 당연히 의심은 일산화탄소중독으로 죽을 뻔하지 않은 사람에게 쏠린다. 지금은 행방불명된 한 사람.

이제 머릿속에서 모든 퍼즐조각이 자리를 찾아가기 시작했다. 밸런타인은 러시아인이다. 그는 디바인과 비슷한 시기에 이 타운하우스에 입주했다. 카울앤드컴퍼니에 흘러드는 돈의 상당량이 러시아 및 그 우호국들에서 들어오는 것으로 캠벨의 팀이 확인했다. 밸런타인은 컴퓨터 천재이고, 그러니 추적이 매우 어려운 이메일을 보내는 것쯤 식은 죽 먹기일 것이다.

내가 그에게 그 자신이 보낸 이메일을 추적해달라고 부탁한 게 아이러니하군. 부탁받고 속으로 얼마나 웃었을까. 그가 이미 연루된—그것도 상대편으로 가담한—사건의 조사 과정을 일일이 업데이트해주다니. 게다가 그 자식은 51구역에 대해서도 아무것도 안 알려줬잖아. 당연히 말을 안 하겠지.

어떻게 그토록 까맣게 몰랐을 수가 있을까? 밸런타인은 디바인과 세라 유즈가 잠깐 사귄 것도 알고 있었고, 그걸 유즈가 살해당하기 전에 알고 있었던 유일한 룸메이트다.

그건 곧 살인 동기가 나와 전혀 상관없다는 뜻이야. 내가 잘못 짚은 거였어. 전부 세라가 로커스트그룹에 대해 알아낸 것과 관련된 거였어. 그런데 세라가 그걸 제니퍼 스타모스한테 말했어. 스타모스는 여기로 찾아왔고. 밸런타인이 문을 열어줬잖아. 우리가 현관 앞에서 나눈 대화를 밸런타인이 엿들었을 수도 있어. 그러니 스타모스도 처치되어야 했겠지. 그리고 유즈 부부가 딸의 집으로 왔고. 밸런타인과 카울사는 그들이 딸이 남긴 다른 증거를 발견할 위험을 감수할 수 없었을 거야. 전에 내가 짐작했던 대로야. 이래서 항상 직감을 따르라고 하는 거지.

디바인이 가설로 세웠던 상징적 살인이니 하는 것은 죄다 헛다리 짚은 것이었다. 전부 두 가지와 관련이 있었다. 돈과 권력. 그러나 현실에서 그 두 가지는 서로 다르지 않았다.

디바인은 집에서 나와 병원으로 향했다.

80

탭쇼는 기운이 없고 쇠약해 보였다. 그녀의 눈꺼풀이 파르르 떨리며 열리더니 도로 감겼다.

모니터에 뜬 생체징후를 들여다보니 혈중 산소 농도는 호전됐지만 아직 정상 수치가 아니었다. 탭쇼는 원래도 몹시 앙상했고, 그러니 이번 일을 수월히 이겨내는 데 필요한 체력도 기본적으로 부족할 것이다.

디바인은 침상 옆에 앉아 탭쇼의 손을 잡은 채, 앙상한 그녀의 흉곽이 오르락내리락하는 걸 지켜봤다.

"이런 일이 일어나서 정말 유감이야, 질." 칠턴과 메이플라워엔터프라이즈의 투자를 놓친 걸로 모자라 이제는 거의 죽을 뻔하다니. 게다가 전부 디바인이 캐고 있는 일과 연관됐을 텐데. 윌 밸런타인은 아직 밝혀지지 않은 요소이고.

"괘…… 괜…… 찮아요, 트래…… 비스 아저씨."

"이메일에 대한 정보 써놓은 걸 봤어, 질. 추적해서 윌이 나온 것 말이야."

"우…… 윌…… 이메……."

그제야 디바인은 밸런타인이 그들을 다 죽이고 도주하려 한 이유가 바로 그것임을 깨달았다. 탭쇼가 자신의 정체를 간파했다는 사실을 어떻게 해선지 알아낸 것이었다.

"내가 그 정보로 다 밝혀낼게, 질. 너는 걱정하지 마. 윌은 우리가 찾아낼 테니. 약속해. 그건 그렇고, 네 가족한테 연락해야겠는데. 어머니가 캘리포니아에 사신다고 했지. 아버지는? 오빠 데니스는? 휴대폰에 가족들 연락처 있어? 아니면 방에 있나?"

패스워드 없이는 탭쇼의 휴대폰이나 노트북을 들여다보지 못하리라는 걸 그도 잘 알았다.

탭쇼는 알아들을 수 없는 말을 몇 마디 웅얼거리고 다시 잠들었다.

디바인은 모니터를 흘끔 봤다. 수치들이 떨어지지는 않았지만 좋아지고 있는 것도 아니었다. 안색이라도 돌아왔으면 싶었다.

탭쇼를 놔두고 헬렌 스피어스의 입원실로 들어가보았다.

그런데 스피어스가 없었다.

"그분은 의사 권고를 무시하고 두 시간 전에 자진 퇴원하셨어요." 디바인이 문의하자 간호사가 알려주었다.

"'의사 권고'를 무시하고요?"

"근데 괜찮으실 것 같아요. 실려 왔을 당시에 이미 상당한 회복 기미가 보였거든요. 튼튼하고 젊은 분이시라. 다른 한 분은 훨씬 허약한 데다 빈혈도 있어서요. 우리가 틈틈이 들여다보고 있어요."

"스피어스가 어디로 간다고 얘기했나요? 저희, 룸메이트거든요."

"얘기 안 했어요."

스피어스와 밸런타인이 어디에선가 만나고 있는 건 아닐까 의심이 됐다. 만약 그렇다면, 그 이유 또한.

어쩌면 나는 지금 내 본거지에서 앞뒤로 적에게 포위된 꼴인지도.

*　*　*

이튿날 출근한 디바인은 자기 컴퓨터 모니터 앞에서 대놓고 우는 버너들과 나란히 앉아 있어야 했다. 회사가 도산한다는 소문이 퍼질 대로 퍼진 모양이었다.

그는 탭쇼의 모친이 캘리포니아 공과대학에서 교수로 재직 중이라는 사실이 문득 생각나서, 그곳에 연락해 무슨 일이 있었는지 간단히 메시지를 남겼다. 스피어스에게서는 아무런 연락이 없었다.

얼마 후 몽고메리에게서 문자가 왔고, 두 사람은 시내에서 만나기로 약속을 잡았다.

트라이베카에 있는 카페에 도착하니 몽고메리가 먼저 와서 기다리고 있었다. 디바인은 타운하우스에서 있었던 일을 얘기해주었다.

"세상에." 몽고메리가 말했다.

"그래서 지금 룸메이트 둘이 행방불명 상태예요. 밸런타인은 가스가 샜을 때 거기에 있지도 않았고요."

"밸런타인이 돈세탁 업자들과 공범이었을까요? 카울하고도요."

"그런 것 같아요." 그는 이어서 밸런타인이 이메일을 보낸 장본인이었음을 설명했다.

"그렇다면 한패였던 게 확실하네요."

"게다가 나를 없애려고까지 했어요. 다른 룸메이트들은 괜히 말려들어 피해를 본 거죠. 하지만 질이 온라인으로 그를 추적해냈고, 캠벨의 요원들이 전국에 지명수배를 내렸어요."

"스피어스는요?"

디바인은 고개를 저었다. "자진 퇴원했어요. 내 문자나 이메일, 전화에 전혀 응답을 안 하고 있어요."

"그건 좀 이상하네요." 몽고메리가 팔을 뻗어 그의 손을 잡았다.

"음, 브래드가 한 얘기 있잖아요. 그 군 동료들 얘기."

"그게 뭐요?" 디바인이 퉁명스럽게 대꾸했다.

"그 일 때문에 군을 떠난 거예요?"

"맞아요. 결국 두 사람 다 죽었고, 그 일로 나는 죽는 날까지 떨치지 못할 죄책감을 안고 살게 됐으니까."

몽고메리는 다시 의자에 깊숙이 기대앉아 그의 표정을 살폈다. "거기서 무슨 일이 있었든 당신은 자신이 생각하기에 옳은 선택을, 명예로운 선택을 내렸을 거라고 믿어요."

"왜 그렇게 믿죠?" 디바인이 진지한 어조로 물었다.

"왜냐하면, 자신을 망치려고 그렇거나 애썼는데도 당신은 여전히 아주 괜찮은 사람이니까요. 진짜로 선한 사람, 트래비스. 보면 알아요. 날 믿어요. 내가 이래 봬도 다양한 인간군상을 겪어봤거든요. 그런데 당신은 확실히 괜찮은 사람에 속해요."

디바인은 그녀의 손을 잡고는 한번 꽉 쥐었다. 몽고메리가 몸을 숙여 그에게 입을 맞췄다.

"이제 어떻게 할 거예요?" 그녀가 물었다.

"임무를 아직 완수하지 못했어요."

"그 후에 말이에요."

"모르겠어요. 캠벨 밑에서 계속 일하든가. 사실 선택의 여지가 없는 것 같아요."

"동반자는 원하지 않아요?"

"캠벨이 그 생각에 찬성할지 모르겠네요. 아니, 반대할 거라고 확신해요."

"개인적인 인생의 동반자를 말한 거예요."

"나보다 몇 배 좋은 남자 만날 수 있잖아요, 미셸. 내가 정말로 선하고 명예로운 남자였으면 좋겠지만, 실은 그냥 아버지한테 해묵은

507

반항심을 품고 사는 닳고 닳은 전역 장교일 뿐이에요."

몽고메리가 그를 그윽하게 바라보더니 입을 열었다. "당신은 웨스트포인트 졸업생이에요. 육군 장교 출신이고요. 전투에 나가 싸워서 나라를 지켰어요. MBA도 땄죠. 나는 고등학교 졸업장이 있고 비키니를 썩 멋지게 소화하지만 엄마한테 해묵은 반항심이 있어요. 내가 보기엔 당신이야말로 나보다 훨씬 좋은 여자를 만날 수 있을 것 같은데요. 하지만 우리가 노력하면, 둘이 잘해볼 수 있을 거예요."

"내가 노력해야 할 건 이 사람들을 죽인 범인을 찾는 일이에요."

몽고메리가 한숨을 푹 쉬며 몸을 숙였다. "제리 마이어스가 범인인 줄 알았는데요."

"세라는 마이어스가 죽인 것 같아요. 나머지는 모르겠어요."

"정말로 사라진 룸메이트가 한 것 같아요?"

"누구요? 밸런타인이요, 아니면 스피어스요?"

"공범일 수도 있지 않아요?"

디바인은 술집에서 스피어스와 밸런타인 사이에 묘한 기류가 감돌았던 전날 밤을 떠올렸다. 그렇지만 스피어스가 밸런타인의 방을 뒤진 건 사실이었다. 또, 밸런타인은 스피어스가 죽을 수도 있다는 걸 알면서도 그녀를 그냥 내버려뒀다.

"글쎄요. 정말로 모르겠어요."

"경찰이 제리 마이어스에 대해 더 알아낸 건 없어요?" 몽고메리가 물었다.

"슈메이커 형사가 연락을 줬어요. 살인범이 코끼리도 죽일 분량의 시안화칼륨을 위스키에 탔다더군요."

"와, 실패의 여지를 안 뒀네요. 그런데 마이어스가 사주를 받고 세라 유즈를 살해했다고 본다면, 마이어스를 처치한 사람은 왜 그 사람한테 나머지도 죽이게 시키지 않은 걸까요? 당신이 이 사건에 어떤 강한 직감을 느끼고 있는 건 아는데, 마이어스가 전부 다 죽었을 수도 있잖아요."

"세라는, 내 생각에는, 목매달아 죽여야 했어요. 적어도 살인범의 비틀린 정신세계에서는요. 세라는 키가 175센티에 운동선수처럼 몸이 탄탄했잖아요. 그런 사람을 밧줄로 매서 천장에 매달기는 결코 쉽지 않죠. 그래서 범인은 먼저 세라의 목을 졸라야 했을 거예요. 마이어스는 나와 비슷한 몸집에 덩치가 크고 힘이 세요. 사옥에 마음대로 출입 가능하고요. 나머지는…… 글쎄요. 스타모스는 먼저 약물을 주입당한 후 살해됐어요. 유즈 부부는 칼로 난도질당했고. 그 세 건의 살인은 누구든 저질렀을 수 있어요. 여자를 포함해서."

"여자요?" 몽고메리가 놀라서 되물었다. "밸런타인이 사건의 배후에 있다고 하지 않았어요? 그래도 제니퍼 스타모스와 유즈 부부는 헬렌 스피어스가 죽였을 수도 있겠네요."

디바인이 알 수 없는 표정으로 그녀를 바라봤다. 어떤 생각들, 불편한 생각들이 뇌리를 스쳤다. "솔직히 윌은 사람 찌르는 건 고사하고 칼을 제대로 쥘 줄도 모를 것 같아요. 게다가 배가 그렇게 나왔으니 창문으로 드나들기도 쉽지 않을 거고요. 계단 오르는 것도 힘겨워하는데. 만약 윌이 돈세탁 업자들과 한패라면 그들은 윌 말고도 노련한 졸개들을 수두룩하게 거느리고 있을 거예요. 그런데……."

"그런데, 뭐요?"

"마이어스한테 세라를 죽이도록 사주한 이유가 뭘까요? 전에도 말했지만, 왜 행콕 같은 부하를 써먹지 않았을까요?"

"글쎄요, 마이어스는 방금 트래비스가 말한 대로 사옥에 마음대로 드나들 수 있잖아요." 몽고메리가 받아쳤다.

"그건 브래드 카울도 마찬가지였죠." 디바인이 반박했다. 그러다 입을 탁 다물었다. 처음에 그는 카울이 모든 살인의 배후에 있다고 생각했었다. 그러다 생각이 바뀌어 다른 살인범이 있다고 믿었다. 디바인에게 원한이 있으며 이상한 이메일을 보낸 사람, 희생자들을 상징적인 방식으로 살해한 사람. 그러다 또 생각을 바꿔 카울의 배후에 있는 자들뿐 아니라 이제는 밸런타인까지 살인사건들의 주동자이거나 혹은 밸런타인도 최소한 연루돼 있으며 나머지는 그냥 빗나간 추측이었다고 보고 있었다.

그런데 이제는 확신을 못 하겠군. 또다시 제자리야.

뭔가, 그것도 아주 단단히, 어긋나 있었다. 그런데 그게 무엇인지 알 수가 없었다.

하지만 알아내야 해. 결국에는. 그렇지 않으면 살인범이 자유롭게 활보하게 되잖아. 그리고 나를 죽이러 오겠지.

81

그날 밤, 디바인은 텅 빈 타운하우스로 돌아갔다. 스피어스의 방에는 펼쳐보지도 않은 법률서적들이 그대로 쌓여 있었지만 매트리스 밑에 있던 글록은 사라졌다. 퇴원해서 집에 돌아와 총을 챙겨 간 게 틀림없었다. 왜 그랬을까 궁금했다. 지금 어디에 있는지도.

그날 다 같이 술집에서 돌아와 각자 자기 방으로 갔었다. 그리고 새벽 4시경 디바인은 가스 때문에 잠에서 깼다. 그사이에 밸런타인이 가스 배관을 건드리고는 다 죽게 버려두고 도망친 것일 테다.

캠벨이, 밸런타인에 대한 지명수배를 내렸지만 아직 행방의 단서는 찾지 못했다고 문자로 알려왔다.

대체 어디 있는 거야, 윌? 모스크바로 돌아가 푸틴한테 훈장이라도 받고 있는 거야?

디바인이 자기 방으로 올라가려는데, 휴대폰이 울렸다. 모르는 번호였지만 받아보기로 했다.

"여보세요?"

"디바인 씨?"

"그렇습니다만. 누구시죠?"

"에밀리 스패너라고 해요."

"죄송하지만 누구신지……."

"질 탭쇼의 엄마예요."

"아, 스패너 부인. 죄송합니다. 캘리포니아공대 교직원 명단을 찾아봤는데 탭쇼라는 성은 발견하지 못해서요. 그래서 학과 행정부 접수원의 음성사서함에 탭쇼 교수님 앞으로 메시지를 남겼습니다."

"괜찮습니다. 탭쇼는 내 결혼 전 성이에요. 이런 일이 처음도 아니고, 결국 메시지를 전달받았잖아요. 그런데 무슨 일이죠? 질은 괜찮나요?"

"괜찮습니다. 저희 집에서 가스누출 사고가 있었습니다. 제가 룸메이트 중 하나거든요. 다들 무사히 빠져나왔습니다. 질은 병원에 입원했지만, 제가 마지막으로 봤을 땐 괜찮았습니다."

"세상에. 전혀 몰랐어요. 질이 위험하지 않은 게 확실해요?"

누군가가 그들을 죽이려 한 것은 분명하므로, 어떻게 대답할지 망설여졌다. **아니면 나만 죽이려 한 건지도 모르지.** 그래도 쓸데없이 스패너 부인을 걱정시키고 싶지는 않았다.

"질은 괜찮습니다. 정말로요."

"내가 가보는 게 좋을까요?"

"건강 상태만 보면 그러실 필요는 없어 보이지만, 그래도 오시면 질이 좋아할 겁니다."

"안 그럴 수도 있어요."

"무슨 말씀이신지."

"그냥 가족 간의 일이에요, 디바인 씨. 원래 문제 없는 가족은 없잖아요."

디바인은 자신의 가족을 떠올렸다. **백번 맞는 말이지.** "제가 질의 아버님 연락처와 존함은 알아내지 못했습니다."

"조지는 캐나다에 살아요. 이혼했거든요."

"아드님 연락처도 못 알아냈고요."

"데니스요?"

"쌍둥이오빠도 질에게 무슨 일이 있는지 알고 싶어 할 것 같아서요."

"그랬겠지요."

"그랬겠다니요?"

"데니스는 죽었어요. 9개월쯤 전에 세상을 떠났죠."

"전혀 몰랐습니다. 질이 그 얘긴 안 해서요."

"질이 지금 병원에서, 휴대폰을 가지고 있나요? 내가 전화해도 될까요?"

"아뇨, 하지만 제가 휴대폰을 가져다줄 수 있습니다."

"그래주면 정말 좋겠네요, 고마워요. 그리고 연락해줘서 고마워요."

"질은 정말 좋은 친구예요. 그만큼 성실한 사람은 못 봤습니다."

"맞아요, 허밍버드는 오랫동안 그 애의 꿈이었어요."

"허밍버드는 성공가도를 달리고 있습니다."

"그런 기술에 그런 마음가짐이면 걔도 어디든 들어갈 수 있는데. 펜실베이니아대나 스탠퍼드대에서 학생들을 가르칠 수도 있어요."

"하지만 이 일을 하면서 행복해하는걸요. 사람들을 서로 맺어주는 거요."

"네, 아무래도 그렇겠죠. 다시 한번, 나한테 연락줘서 고마워요."

"별말씀을요. 전화주셔서 감사합니다. 질한테 휴대폰 가져다주겠습니다."

"그렇게 해준다니 고마워요. 그럼 이만 끊을게요."

디바인은 휴대폰을 도로 주머니에 넣었다. 탭쇼는 왜 쌍둥이가 죽었다는 말을 안 했을까? 하지만 생각해보면 디바인도 가족 이야기는 룸메이트들한테 잘 안 하니까. 그래도, 데니스 탭쇼가 어떻게 죽었는지 궁금했다.

디바인은 2층으로 올라가 탭쇼의 방에 들어갔다. 여기저기 들춰봤지만 휴대폰은 보이지 않았다. 자기 회사에 놓고 온 걸까. 다 같이 술집에 갔을 때 들고 있지 않은 건 알아챘었다.

계속해서 방 안을 둘러보자, 갈색 서류철 위에 놓인 열쇠뭉치가 눈에 들어왔다. 뭉치를 집어 들자 거기에 탭쇼의 차 키가 달려 있었다. 다른 열쇠도 하나 있었는데, 사무실 열쇠는 아니었다. 탭쇼는 카울 앤드컴리에서 그러듯 전자식 보안카드로 사무실에 출입하니까. 디바인이 그걸 아는 건 탭쇼가 전에 한번 그에게 사무실을 구경시켜줬을 때 보안카드로 들어갔기 때문이었다.

순간 어떤 생각이 또다시 떠올랐고, 그는 차고로 내려가 탭쇼의 미니 쿠퍼 문을 열었다. 차 안을 뒤져 콘솔에서 RFID 카드를 찾아냈다. 이게 있으면 사무실에 들어갈 수 있었다. 굳이 오토바이를 끌고 가느니 사무실까지 얼마 멀지도 않은데 탭쇼의 차를 몰고 가기로 했다. 혹시나 탭쇼가 휴대폰을 안에 놔두지 않았을까 해서 차도 구석구석 뒤졌다. 하지만 없었다. 휴대폰이 좌석과 콘솔박스 틈에 빠졌을 수도 있어서 전화를 걸어봤지만 신호음이나 진동음은 들리지 않았다.

앞좌석에 웬 얼룩이 묻어 있기에 손으로 슥 닦아내보았다. 탭쇼는 원래 그렇게 깔끔하거나 정리를 잘하는 사람은 아니었다. 탭쇼의 차에 끼어 타고 술집에 간 날 그는 밸런타인과 함께 뒷좌석에 앉았는데, 오래된 패스트푸드 포장용기와 다 마신 스타벅스 커피컵 더미에 발을 얹은 채로 가야 했다. 게다가 차 안에서는 대형 쓰레기통 냄새까지 났다.

디바인은 허밍버드 본사가 있는 스트립 몰로 탭쇼의 차를 몰고 갔다. RFID 카드가 신통력을 발휘해 잠긴 문을 열어주었다. 디바인은 안으로 들어가 조명을 켰다. 탭쇼가 전에 사무실 투어를 해준 덕에 어디에 뭐가 있는지 잘 알았다.

하나로 된 널찍한 작업 공간에, 허밍버드 홈페이지가 띄워진 모니터가 열두 대 놓여 있고 벽마다 화이트보드가 걸려 있었다. 책상이며 아이패드들, 서류 더미, 마케팅 자료와 파일, 복사기, 정수기 한 대, 간이 부엌과 화장실까지, 사무실에서 흔히 볼 수 있는 것들은 전부 갖춰져 있었다.

허밍버드 플랫폼을 지원하는 클라우드가 다른 곳에 있다는 건 탭쇼가 말해주었기에 알고 있었다.

탭쇼의 개인 사무실은 저 안쪽 구석에 있었다. 문고리를 돌려봤지만 잠겨 있었다. 그때 리더기 포트가 보였다. RFID 카드를 그 앞에 대고 흔들자 문이 열렸다.

조명을 켜고 어수선한 사무실 안을 둘러봤다.

이번에도 물건 더미들 속에서 신호음이 울리지 않을까 싶어 탭쇼에게 전화를 걸어봤지만, 신호는 울리지 않았다. 무음으로 해뒀을지도 모른다. 하지만 진동음도 들리지 않았다. 배터리가 다 닳은 것일 수도 있었다.

디바인은 천천히 방 안을 살피기 시작했다. 눈에 띄는 문서들을 지표로 삼아 볼 때, 업무량이 엄청난 것 같았다. 탭쇼가 늘 피곤해 보이는 것도 무리가 아니었다.

파일 캐비닛을 하나씩 뒤지다가 잠겨 있는 캐비닛에 이르렀다.

그는 잠시 망설이다가 키링에 달린 열쇠 중 하나가 맞는지 확인해보기로 했다. 자기 휴대폰을 저 안에 넣고 잠글 이유가 뭐가 있을까 싶었지만, 탭쇼가 타운하우스에서도 물건 찾느라 허둥대는 걸 본 게 한두 번이 아니었던 터라 그냥 흘릴 수도 없었다. 한번은 알 수 없는 이유로 자동차 키가 냉장고에서 나온 적도 있었다.

열쇠는 들어맞았다. 그가 서랍을 열었다. 안에는 문서가 잔뜩 들어 있고, 색깔로 구분한 파일들도 더러 있었다. 혹시 휴대폰이 서랍 바닥으로 미끄러져 들어갔을까 해서 문서들을 치우는데, 빨간색 파일이 눈에 띄었다. 그걸 천천히 꺼냈다.

조너선 와이먼 박사 진료실에서 가져온 기록이었다. 정확히는 인공수정을 받고자 하는 여성들을 대상으로 하는 그의 클리닉에서 가져온 파일이었다.

너무 놀라 멍해진 디바인은 천천히 파일을 열고 내용을 읽기 시작했다.

환자 이름은 세라 엘리스 유즈.

기증받은 정자로 인공수정 절차를 진행했다고 되어 있었다.

그리고 거기 붙어 있는 포스트잇 노트에 이름이 적혀 있었다. '정자 기증자: 데니스 탭쇼'.

질의 쌍둥이 오빠가 세라 유즈 아기의 정자 기증자였다고?

이 새로운 사실이 너무나 충격적이어서 일순 두뇌 회전이 멈춘 듯했다.

다음 순간 뒤에서 무슨 소리가 나기에 그는 돌아보았다.

질 탭쇼가 문가에 서서, 디바인의 지크자우어를 그 총의 주인에게 겨누고 있었다.

82

"여기서 뭐 하는 거예요, 트래비스 아저씨?" 탭쇼가 사납게 물었다.

디바인은 파일을 책상에 툭 내려놓았다. "네 휴대폰을 찾고 있었어. 네 어머니가 전화하셨거든. 너랑 연락이 안 닿는다던데. 네가 병실에서 휴대폰을 가지고 있지 않았던 게 생각나서 찾으러 왔지. 네방에도 없……."

탭쇼가 한 손을 들어 올렸다. "그만해요. 입 좀 다물어요. 내 휴대폰이랑 우리 엄마가 다 무슨 상관이에요?" 그러더니 디바인이 들고있던 파일을 내려다봤다. "아, 훌륭하신 와이먼 박사님."

"그게 누군데?"

"아무것도 모르는 척할 생각일랑 마요. 망할 가스 들이마셔서 지금 힘들어 죽겠으니까."

"알았어. 그럼 대화를 하자. 단, 나한테 총 겨누지 않은 상태에서."

"모르는 척은 집어치우라고 했잖아요. 총은 치우지 않겠어요."

탭쇼는 이제까지와 전혀 다른 사람으로 보였다. 그가 안다고 생각했던 질 탭쇼가 사실은 연기였을 거라는 생각도 들었다. 아마 이쪽이 본모습일 것이다.

디바인이 파일을 집어 들었다. "너하고 세라 둘이 아기를 가지려고 했어?"

"계획은 그랬죠. 결과가 안 좋았지. 하지만 그건 이미 알고 있죠?"

"네 오빠가 정자 기증자였고?"

"못할 거 뭐 있어요? 완벽한 인간이었는데."

"죽었다고 들었어."

탭쇼의 얼굴에 떠오른 표정을 본 순간 디바인은 그 말을 한 것을 후회했다.

"죽었다고 누가 그래요?" 탭쇼가 나지막이 물었다.

"너의 어머니가. 네 오빠한테 연락해서 네가 병원에 입원한 걸 알려주고 싶다고 했더니, 죽었다고 하셨어." 그는 말을 잠시 멈췄다. "어떻게 죽었는지는 말씀 안 하셨지만."

탭쇼가 총을 들어 보이며 말했다. "이걸 입에 물고 망할 방아쇠를 당겼지."

"왜 그랬는데? 너는 걔 인생이 잘 풀리고 있다고 했잖아."

"데니스는 성전환수술을 받고 여자가 되기를 세상 무엇보다 간절히 원했는데, 우리 '잘나신' 아버지가 그걸 용납하지 않았거든. 부모님이 이혼한 것도 그래서예요. 아버지가 데니스한테 얼마나 잔인하게 굴었는데. 단 한순간의 평화도 허락지 않았고, 단 한 번도 지지해주지 않았다고. 그 인간이 데니스를 자살로 몰아간 거야. 내가 아버지를 죽이려고 했죠. 하지만 그 인간은 캐나다로 도망가버렸고, 지금은 어디 사는지 아무도 몰라요."

"와이먼은 정자 기증자가 누군지 모른다고 했는데."

"와이먼은 몰랐지. 세라도 처음엔 몰랐는데."

"그러니까, 너랑 세라가 사랑하는 사이였고 같이 아기를 키우려고 했다는 거야? 그걸 왜 아무도 몰랐지?"

"아저씨도 세라의 부모를 만나봤잖아요. 그걸 꼭 말해줘야 알아요? 세라는 부모한테 내 존재를 알릴 생각이 없었어요. 내 애비란 작자도 지가 보기에 괴물 같은 자식이 둘이나 있다고 하면 기뻐할 리 없고."

"그래도, 너랑 세라가 사귀는 걸 아무도 몰랐다고? 그건 믿기 힘든데."

"세라가 그걸 원했어요. 자기 업계에서 위로 올라가길 바랐으니까."

"금융업계에 게이가 얼마나 많은데."

"레즈비언은 많지 않죠." 탭쇼가 입술을 깨물었다. 그녀는 한순간 자신이 없어 보였다. "그리고 세라는…… 내가 보기에 자기 성정체성에 대해 혼란스러워하는 것 같았어요." 다음 순간 탭쇼의 얼굴이 분노로 일그러졌다. "세라는 마음을 정할 시간이 필요했고, 그래서 우리는 우리 사이를 비밀에 부쳤어요. 아주 철저히."

"그럼 둘이 헤어진 거야? 그리고 세라는 임신중절을 했고. 왜 그랬지?"

탭쇼가 디바인이 아까 뒤졌던 파일 캐비닛을 총으로 가리켰다.

"세라의 일기장이 거기 있어요. 노란 파일에. 직접 읽어봐요."

디바인은 천천히 파일을 꺼냈고 그 안에서 검은색 일기장을 발견했다. 그걸 넘겨 봤다.

"12월 4일." 탭쇼가 말했다.

디바인은 그 페이지를 펼쳐 유즈가 남긴 글을 읽었다. 다 읽고는 고개를 들었다. "세라가 너를 두려워했어? 네가 불안정한 것 같아서? 네가 쌍둥이오빠한테 집착한다고?"

"오빠는 최근에 자살했어요. 그러니 심란해하는 것도 당연하지."

"네가 방에 제단을 만들었다고 써놨던데. 너무 감정적이고, 극단적으로 군다고. 지나치게 통제하려 들고. 오빠가 자살하기 전에도 그랬다지. 오빠가 자살한 후에는 네가 완전히 이성을 잃어버린 것 같다고 여기 적혀 있어."

탭쇼가 귀에 거슬리는 쉰 목소리로 대꾸했다. "세라는 나를 무서
워할 이유가 없었어요. 나는 세라를 사랑했다고요. 내가 오빠를 좀
우상화한 게 뭐 어때서? 그게 범죄인가?"

"네 오빠가 정자 기증자인 걸 세라는 나중에야 알았다고?"

한결 차분해진 투로 탭쇼가 대답했다. "세라는…… 어쩌다 알게
됐어요. 어떻게 알았는지는 나도 몰라. 익명 기증자의 정자로 시술
받기로 돼 있었는데, 내가 데니스한테 정자를 기증하게 했어."

"그래서 세라가 임신을 중절한 거야? 네 오빠의 아이를 갖기 싫어
서?"

"오빠의 아이가 아니야. 내 아이였지. 우리는 쌍둥이였어. 성별이
같았다면 망할 DNA도 똑같았을 거 아냐! 데니스는 Y염색체를 가지
고 태어났지만 그걸 원하지 않았어. 그런데 세라가 내 아이를 죽였
어. 내 입에 총구를 물린 거나 마찬가지라고."

"그래서, 그걸 알게 돼서 세라를 죽이겠다고 마음먹은 거야?"

"아니, 그러지 않았어. 아직 데니스의 죽음 때문에 마음을 추스르
고 있을 때였으니까." 그러더니 탭쇼의 얼굴이 디바인에 대한 분노
로 일그러졌다. "그러다 아저씨랑 세라가 만나고 있는 걸 알게 됐지.
세라는 새집으로 이사 가버렸고. 하지만 내가 주소를 알아냈어. 거
기에 아저씨가 있는 걸 봤어. 세라랑 잔 거 다 알아. 그래서 아저씨가
사는 타운하우스에 빈방이 나왔을 때 덥석 잡았지."

"왜?"

"아저씨를 감시해야 했으니까. 아저씨가 세라한테 **좋은 매치**인지
알아야 했으니까."

"매치? 너, 세라를 허밍버드에서 만났어? 세라가 초창기 구독자
중 한 명이었다고 네 입으로 말했잖아."

탭쇼가 고개를 끄덕이더니 디바인에게 한 걸음 다가왔다. "우리는 모든 면에서 서로에게 완벽한 상대였어. 알고리즘이 우리가 영원히 행복할 거랬어. 첫눈에 반한 사랑이었지. 가끔 그런 일 일어나잖아." 탭쇼가 한 발 더 다가왔다. "그런데 세라가 나를 버리고 우리 아이도 지우더니 아저씨랑 만나기 시작하더라. 그러다 아저씨도 차버리더 군. 한동안은 세라가 누구를 만나는지 알아내지 못했어. 다른 남자 인 줄 알았지 뭐야. 여자가 아니라 남자를 좋아한다면 이해하고 받 아들일 수 있었어. 포기하고 살아갈 수 있었다고. 정말로 그럴 수 있 었는데. 그런데 어느 날 밤에 다른 여자랑 있는 걸 봤어. 키스하고 있 더라. 둘은…… 진짜 친밀해 보였어. 둘이…… 서로 사랑하는 게 눈 에 보였어."

"제니퍼 스타모스를 말하는 거구나."

"아저씨가 집 앞에서 그 여자랑 얘기하는 걸 듣기 전에는 그 여자 이름도 몰랐어."

제길. 탭쇼의 방이 타운하우스 전면을 내다보는 위치였지. 우리 대화를 다 들었군. 그 대화가 스타모스의 관에 못을 박은 거야.

"스타모스가 죽은 날 너는 새벽부터 깨어 있었잖아. 네덜란드 잡 지사와 줌 인터뷰가 있다고."

"인터뷰 따위 없었어. 막 그 여자를 죽이고 돌아온 참이었는데 아 저씨랑 딱 마주쳐서 급하게 둘러대야 했지."

"몸이나 옷에 피도 안 묻어 있었는데."

"옷 위에 수술복을 덧입고 신발에도 덧신을 씌웠다가 나중에 다 벗어서 대형 쓰레기통에 버렸어."

"넌 스타모스의 신체를 훼손했어, 질."

"그 여자가 나한테서 세라를 빼앗았으니까. 나도 그 여자한테서 뭔가를 뺏어야 했어."

"그리고 세라가 스타모스한테 네 얘기를 했을까 봐 걱정도 됐겠지. 나는 세라나 스타모스한테 네 이야기를 한 적이 없어. 그럴 이유가 없었거든. 그래도 너는 위험을 감수할 수 없었을 거야. 스타모스는 똑똑한 여자니까. 혼자서 추측해냈을 수도 있으니까. 나한테 두 사람의 죽음에 대해 말하는 이메일이 왔지. 그것도 너였지? 추적이 불가능한 이메일 말이야."

"아저씨가 알았으면 했어. 세라의 죽음에 한몫했다는 죄책감을 느끼길 바랐지. 다른 사람들의 죽음에도. 이메일을 그렇게 보내는 건 꽤 어려웠지만, 나름 재밌었어. 인터넷 좀 만진다는 새끼들은 지들이 모든 걸 컨트롤하는 줄 안다니까, 흥. 내가 그 환상 다 깨줬지, 뭐. 조그만 여자애 하나가."

"너는 유즈 부부가 살해당한 날 밤에도 외출했지. 네가 그들 심장을 찔렀어."

"맞아, 아마도 아저씨가 스피어스랑 뒹구는 동안. 둘이 서로 꽁무니 냄새 맡고 있었던 거 다 알아."

"스피어스가 어디 있는지 혹시 알아? 스피어스도 죽였어?"

"그 여자는 죽일 이유가 없어."

"제리 마이어스한테 세라의 살인을 청부했잖아. 마이어스는 어떻게 만난 거야?"

"허밍버드 구독자 '7,904번'이었어. 안 좋은 연애 몇 번 겪고 거지 같은 결혼생활을 한 차례 끝낸 후 온기와 유머, 동반자가 되어줄 여성을 찾는 외로운 남자. 뉴욕 자이언츠와 뉴욕 메츠 팬, 그리고 맥주 좋아하는 사람 특히 환영." 탭쇼는 머릿속에 떠올린 마이어스의 프로필을 줄줄 읊었다.

"그래도 어떻게 살인을 하게 만든 거야?"

"이미 감옥에 갔다 온 사람이야. 내가 다 알아냈어. 프로필에는 안 나와 있지만. 살인은 내가 보수를 지불했으니까 했지. 그것도 아주 후하게. 그냥, 그런 인간이었던 거야."

"그런데 그 돈으로 픽업트럭을 샀고?"

"트럭만 샀으면 다행이게. 다시 찾아와서 돈을 더 요구했다고. 그 래서 더 쥐여줬지. 그랬더니 또 오더라고. 선택의 여지가 없었어. 나 는 자기가 한 약속 깨는 사람 싫더라."

"마이어스는 어떻게 세라 혼자 거기로 오게 한 거야?"

"내가 브래드 카울이 보낸 것처럼 조작해서 세라한테 이메일을 보냈어. 마감 맞추려면 밤이라도 새우라고 했지. 나중에 철저히 삭 제했어. 흔적도 없이 철저히. 방법을 알거든. 안보국이 나를 데려가 겠다고 하도 매달려서 실제로 1년간 거기서 일했으니까. 아무한테 도 말한 적 없지만. 안보국은 보통 5년 계약으로 고용해. 예상 가능 한 이유로, 이직을 싫어해서 그래. 근데 그래봤자 나한테 뭘 어쩔 건 데? 타 정부기관에 못 들어가게 막을 수는 있겠지만, 어차피 그건 내 가 원하지도 않았어. 그러니 그들은 '레버리지'가 없었지. 어쨌든 요 는, 내가 흔적을 지울 줄 안다는 거야. 제리는 그날 사옥에서 나가지 도 않았어. 세라가 발견된 비품창고에 숨어 있었어. 밤늦게, 한 명도 남지 않을 때까지 기다렸다가 세라의 사무실로 가서 그녀의 목을 조 른 다음 창고 천장에 매단 거야."

"목을 왜 매달았는데? 배신했다고? 너를?"

"나뿐 아니라 우리 아기도 배신했잖아. 내가 회사 일정표를 해킹 해서 다음 날 M&A 세미나가 있는 걸 알아뒀어. 제리가 전날 밤 세 라를 없애기에 완벽했지. 제리한테는 시신을 발견해도 아무도 의심 하지 않을 거라고 했어. 그리고 어차피 근무시간 중에는 사옥을 드 나드는 데 보안카드가 필요 없으니까. 제리는 52층까지, 그 층에서 일하는 걸 평소에 봐서 알고 있던 사람들과 같이 엘리베이터를 타고 올라갔으니 자기 보안카드를 쓸 일도 없었지. 세라를 죽인 다음에는 빈 사무실에서 잤고, 다음 날 유니폼을 입고 출근했어."

"그래도 52층에서 엘리베이터 타고 내려올 때는 보안카드가 필요했을 텐데?"

"아냐, 그냥 계단으로 내려왔어. 아침에는 건물에 들어오는 사람이 너무 많아서 그 무리에 제리가 섞여 있는지 확인할 방법이 없어. 그리고 전날 제리가 로비에서 일할 때 감시카메라들 방향을 살짝 돌려놔서, 그날그날 드나드는 사람을 식별하는 게 거의 불가능하게 해놨거든. 경비가 거기 24시간 상주하는 것도 아니고 말이야. 아무튼 그렇게 해놓고 제리는 다음 날 아침 자기 보안카드로 엘리베이터를 타고 올라가서 맡은 바를 수행하기 시작한 거야. 52층에서."

"세라를 '발견하는' 것?"

"맞아."

"이러니 정문, 후문 말고도 모든 층과 계단에 감시카메라를 설치해야 된다고 하지."

탭쇼가 씩 웃었다. "제리한테 들은 얘기로는, 브래드 카울이 곳곳에 감시카메라가 달려 있는 걸 달가워하지 않을 것 같은데."

"세라가 죽은 날 밤 출입 기록에 내 보안카드 사용이 뜬 건 어떻게 된 거야? 영상에 내가 찍힌 건?"

"아저씨가 고등학교 운동장에 가서 운동하는 동안 내가 카드를 복제해뒀지. 엄청 쉽던데."

"과연 125짜리 허접쓰레기로군." 디바인이 중얼거렸다.

"바로 그거야."

"그럼 영상은?"

"대학 때 영화편집 수업 들어뒀거든. 온라인으로 뭘 좀 해볼까 생각 중이었는데, 배워두면 도움이 될 것 같아서. 실제로 도움이 됐고.

524

허밍버드를 구축하는 데 활용했으니까. 타운하우스에서 오며 가며 아저씨 사진이랑 영상을 찍어뒀어. 제리가 키랑 몸집이 딱 아저씨랑 비슷하더라고. 제리가 사옥 출입하는 영상도 찍어뒀지. 그런 다음 디지털 툴로 영상을 쪼개고 붙여서, 아저씨 얼굴에 적당한 옷을 입힌 거야. 아저씨 머리에 제리 몸뚱이를 이어 붙였다는 뜻이야. 언뜻 보면 참 그럴싸해서 경찰도 아저씨라고 오해하기에 충분했어."

"스타모스는?"

"그 여자 이름을 알아낸 후 주소를 알아내서, 그 집에 문 따고 들어가 여자한테 약을 놓고 원래 계획한 일을 했어."

"'쌍년'이라고 몸에 새기는 것?"

"천하의 쌍년이니까."

"아니, 스타모스는 세라가 사랑한 여자였어. 너는 그걸 도저히 받아들일 수 없었지. 그리고 너한테 프레드와 엘런 부부 얘기랑 그들이 세라를 어떻게 대했는지 얘기해준 건 나였잖아. 그러니 어떻게 보면 두 분이 죽은 건 나 때문이라고 할 수도 있겠지. 네가 보기에, 아니 적어도 네가 이메일에서 암시한 바에 따르면, 심장이 없는 사람들이라는 이유로 심장을 관통당해 죽었어. 너는 세라가 사망한 시간대에 내 보안카드가 이용된 걸로 보이게끔 출입 기록도 조작했고, 방금 네가 말했듯이 내가 실제로 찍힌 것처럼 보이게 영상도 조작했어. 그런데 야간 경비가 목격한 것과 어긋났지. 너는 야간 경비가 순찰 도는 시간을 몰랐던 거야. 제리도 밤에는 근무하지 않으니까 역시 몰랐을 거고. 그 사소한 간과로 너의 계획 전체가 물거품이 됐어."

탭쇼의 얼굴이 험악하게 구겨지더니, 다음 순간 희미한 미소가 어렸다. 한 줌의 순수함, 디바인이 안다고 생각했던 마음 따뜻한 여자의 모습이 엿보이는 미소였다. "똑똑한 사람이네, 트래비스 아저씨. 나 아저씨 좋아해, 정말로. 나한테 항상 잘해줬잖아. 솔직히 아저씨를 보면 데니스가 조금 생각나." 탭쇼는 잠시 허공을 아득히 응시하더니 도로 표정을 굳혔다. "하지만 그 마녀가 우리 아기를 죽인 걸로 모자라 다른 여자랑 사귀었잖아. 그걸 보고도 내가 가만있을 것 같아?"

"그렇지만 나한테 이메일은 왜 보낸 거야? 왜 나한테 뒤집어씌우려고 한 거야, 질?"

"아저씨가 완벽한 먹잇감이었으니까. 내가 분석을 해봤거든. 아저씨는 육군 레인저니까 사람 죽이는 법을 알지. 세라랑 자기도 했고. 아저씨는 둘이 잘되길 바랐는데 세라가 거부했다며. 게다가 아기 아빠가 아저씨가 아니라고 누구도 장담할 수 없었어. 그것들이 다 살인 동기가 되지. 굉장히 논리적으로 따져서 아저씨를 고른 거야. 근데 제일 결정적인 이유는, 아저씨가 내가 사랑한 여자를 사랑한다는 거였어. 어떻게 보면 아저씨가 세라를 나한테서 빼앗아 간 거야."

"나는 네가 세라랑 만난 것도 몰랐다고."

"상관없어!" 탭쇼가 소리쳤다. "알겠어?" 그러면서 더 결연한 태도로 그에게 총구를 겨누었다.

탭쇼가 허밍버드 로고가 떡하니 떠 있는 커다란 모니터를 돌아보았다. "이제는 **허밍버드**가 내 **자식**이야."

"그래, 네가 그렇게 말한 거 생각난다. 하나 남은 네 아이라고."

탭쇼가 무심히 말했다. "월도 좋아했는데. 안타깝게 됐어."

"무슨 소리야?" 디바인이 날카롭게 물었다. 상황이 너무 정신없이 돌아가서 밸런타인 일은 까맣게 잊고 있었다.

"술집에서 돌아왔을 때 말이야. 월이 나중에 내 방에 왔었어. 그 아저씨, 해킹 진짜 잘해. 내가 생각했던 것보다 더 실력이 좋던데."

디바인의 얼굴에 깨달음의 표정이 떠올랐다. "월이 나한테 온 이메일을 드디어 추적해냈구나. 근데 네가 나온 거야. 네 방 컴퓨터 모니터에 붙여놓은 메모 봤어. 이메일을 보낸 게 월인 것처럼 써놨더군. 전부 다 거짓이었어."

"월이 돼지새끼긴 해도 해킹은 잘했거든. 게다가 그 인간이 맨날 '어이, 형님' 할 때마다 짜증 나 미칠 것 같기도 했고. 1980년대에 나온 B급 영화도 아니고, 뭐야."

"그래서, 월이 발신자가 너인 걸 알아낸 후 어떻게 됐는데?"

"나한테 해명하라지 뭐야. 그래서 그러겠다고 했지. 내 사무실로 가서 설명해주겠다고. 거기에 모든 걸 설명해줄 문서 자료가 있다고. 트래비스 아저씨가 그 사람들을 다 죽였고 우리 둘 다 이용해서 범죄를 은폐하려고 한다는 내 말에 월이 결국 넘어갔나 봐."

"내가 너한테 이메일 발신자를 추적해달라고 부탁한 것도 월한테 말했어?"

"말했지. 그리고 아저씨가 우리 둘 다 살인에 가담한 걸로 조작할 능력이 있는 패거리랑 엮여 있는 것처럼 말했어. 월은 아직 미국 시민이 아니라서 강제 추방될까 봐 벌벌 떨었지. 우리가 집을 나서기 전에 내가 최대한 상황을 반전시켜서 이메일 발신자가 내가 아니라 월인 것처럼 조작해놨어. 다른 사람들이 발견하라고 모니터에 그 쪽 지도 붙여놓고."

"그다음엔 어떻게 됐지?"

"여기로 오는 길에 월한테 글러브박스에서 뭘 좀 꺼내달라고 했어. 월이 그리로 몸을 숙였을 때 목에다가 스타모스한테 쓴 마취제를 주사했어. 그리고 우리 타운하우스 근처 호수로 데려갔고. 거기서 가슴을 칼로 찌른 다음 몸에 무거운 돌을 달았어. 월을 호수로 굴려 넣은 다음엔 월의 노트북과 휴대폰도 거기 던져버렸고. 몸뚱이가 엄청 무거웠지만 내 의지가 워낙 강해서 말이야. 근데 월의 물건을 던져 넣다가 주머니에서 내 휴대폰이 빠져서 물에 떨어졌지 뭐야. 그리고 월을 찌르다가 나한테도 피가 좀 튀었는데, 최대한 닦아냈지만 아마 조금은 남았을 거야."

디바인이 탭쇼의 차 좌석에서 얼룩을 닦아낸 자기 손을 내려다봤다. 월의 피였어? "집에 가스 샌 건? 네 짓이야?"

"월이 사라진 명분을 만들어야 했어. 그러니까, 우리를 다 죽이려 한 다음 자취를 감춘 걸로 꾸며야 했지. 그래서 타운하우스로 돌아가서 월의 여행가방에 옷가지를 챙겨 넣고 다운타운으로 가져가 아무 대형 쓰레기통에 가방째 던져버렸어. 그런 다음 집에 돌아와 가스 배관을 건드려놓은 거야."

"너도 가스 마시고 죽을 건 걱정 안 됐어? 내가 집에서 안고 나왔을 때 너 굉장히 위태로운 상태였다고, 질."

탭쇼가 차분하게, 전혀 동요 없는 표정으로 그를 바라봤다. 긴장이 고조된 대치 상태에서 그 표정은 소름 끼치도록 무섭게 느껴졌다. "날 그냥 죽게 내버려뒀어야 했어, 트래비스 아저씨. 그랬다면 나한테 훨씬 좋았을 테고 아저씨한테도 분명 훨씬 나았을 텐데."

"그럼 이젠 내 차례인 거야? 데니스가 과연 이런 걸 원했을까?"

"데니스는 자기가 진짜로 뭘 원하는지 알 기회도 누리지 못했어. 그래도 뭐, 이런 말이 무슨 의미가 있을까 싶지만, 미안하게 됐어, 아저씨."

그러더니 탭쇼가 방아쇠를 당겼고, 탄환이 그의 오른쪽 어깨에 박혔다. 디바인은 휘청하며 파일 캐비닛에 부딪힌 후 바닥에 쓰러졌다. 어깨 앞쪽에서 피가 뿜어져 나왔다. 그는 셔츠로 출혈을 막아보려고 기를 썼다.

탭쇼가 다가와 치명적 한 방을 쏘려고 그의 머리에 총구를 겨눴다. "미안해요, 가슴을 쏘려고 했는데. 내가 조준 실력이 별로라서. 조금 있으면 하나도 안 아파질 거야, 아저씨. 약속해. 나도 일이 이렇게 되기를 원한 건 아니었어."

두 번째 총성이 울렸다.

디바인은 탭쇼의 몸이 움찔하는 걸 보았다. 탭쇼의 등을 맞힌 탄환이 앙상한 몸통을 뚫고 들어가 가슴팍으로 사출된 것이다. 부상으로 정신이 혼미해진 상태에서 디바인은 허공에 뜬 탄환을 눈으로 보는 것 같은 착각에 빠졌다. 탄은 벽에 꽉 박히더니, 거기에 그대로 머물렀다.

탭쇼는 아주 잠시, 선 채로 휘청거렸다. 다음 순간 손에서 지크자우어가 툭 떨어졌다. 이어서 탭쇼가 쓰러졌다. 얼굴을 아래로 향한 채 단단한 바닥으로 넘어진 탭쇼는, 생이 죽음으로 변하면서 마지막 불수의 경련을 한 차례 일으킨 것 외에는 다시는 움직이지 않았다.

피를 흘리며 급속도로 약해져가는 디바인이 문 쪽으로 고개를 휙 돌렸다.

거기에 헬렌 스피어스가 조금 전 탭쇼가 서 있던 곳을 향해 글록을 겨눈 채 서 있었다. 그녀가 디바인을 내려다보더니 그에게 달려오면서 휴대폰을 꺼내 911에 전화를 걸었다.

"트래비스!" 그녀가 외쳤다.

동시에 디바인의 눈이 스르륵 감겼다.

83

몸은 병원 침상에 누워 있지만 정신은 다른 곳에 있었다.

헬리콥터 프로펠러의 "훅훅" 소리, 후끈하게 덮쳐오는 사막 공기, 입에 감도는 붉은 모래 맛과 함께 피 맺힌 콧구멍을 파고드는 독한 항공연료. 죽어가는 순간 이런 일들까지 일어날 건 없지 않나. 죽는 것만도 힘든데.

다리가 머리 위로 번쩍 들리도록 심하게, 사제폭탄에 몸뚱이가 붕 날아갔었다. 체중이 100킬로그램은 거뜬히 나가고 20킬로그램이 넘는 무게의 군장까지 장착한 남자가 칸다하르 외곽 50킬로미터 지점, 곳곳에 바퀴 자국이 움푹 팬 그 길의 저만치로 마치 인간 포탄인 양 날아갔다. 땅에 떨어진 순간 이미 의식을 잃고 있었다. 깨어났을 땐 모르핀을 얼마나 맞았는지 머리가 멍했다. 수차례의 수술과 한 차례의 피부이식을 견뎌야 했고, 2년 후 장거리저격수가 쏜 총탄이 빗나가며 그의 방탄복 결함 부위를 뚫고 들어와 뇌 대신 어깻죽지를 찢어 놓았을 때 그 고통스러운 과정을 또 한바탕 겪었다.

하지만 이번에는 다른 쪽 어깨였고, 그는 칸다하르와 수백만 킬로미터 떨어진 곳에 있었다.

눈을 깜빡이며 잠에서 깬 디바인은 무균 처리된 병실 안을 둘러보았다. 달콤하게 잡아끄는 모르핀의 유혹 너머로 자크자우어 9밀리 탄환의 독사 이빨 같은 통증과, 뒤이은 수술이 남긴 여파가 고스란히 느껴졌다. 진통제를 놔주지 않았다면 아마 고통에 비명을 지르고 있었을 것이다.

아스라이 시간과 공간을 떠다니다가 어느 순간 두 형체에 시선이 꽂히더니 초점이 맞춰졌다.

에머슨 캠벨이 넥타이를 생략한 정장 차림으로 서 있었다.

진파랑 재킷과 치마를 입고 빨간 스카프를 목에 두른 헬렌 스피어스도 보였다. 약에 취한 디바인은 한순간 스피어스가 비행기 승무원인 줄 알았다.

"의식이 돌아오니 어떤가, 디바인?" 캠벨이 물었다.

디바인은 뭐라고 대꾸하려 했지만, 뇌와 함께 입도 아직 온전히 기능하지 않았다.

스피어스가 옆에 와 앉더니 그의 손을 꼭 쥐었다. "미안해요, 내가 더 빨리 갔어야 했는데. 정말 미안해요."

진심으로 미안해 보이긴 했다. 정말로 너무 미안해하는 것 같았다. 저 예쁜 눈에 눈물까지 그렁그렁 고인 걸 보면. 어쩌면 모르핀에 취해 그렇게 보이는 건지도 모르지만.

"당신 정체가 뭐……." 여기까지만 간신히 입 밖에 냈다.

캠벨이 한 발 앞으로 나서며 대답했다. "우리 팀원이네, 디바인. 특수요원 헬렌 스피어스. 며칠 전 새벽에 풋볼 훈련장에서 자네가 에릭 바틀릿 일당에게서 도망칠 수 있게 총을 발포한 것도 스피어스 요원이었네. 물론 그 이상으로 도움이 필요했다면 추가적으로 나섰을 거고. 하지만 탭쇼 양을 쫓으면서는 스피어스 요원도 일을 그르칠 위험을 감수할 수 없었네."

"주, 죽었나요?" 디바인이 물었다.

스피어스가 천천히 고개를 끄덕였다. "네, 탭쇼를 죽이지 않으면 당신이 죽을 상황이었어요." 그러더니 캠벨을 보며 말했다. "잠깐 시간 좀 주시겠어요?"

캠벨은 고개를 끄덕이고 병실에서 나갔다.

스피어스가 의자를 더 바짝 당겨 앉더니 디바인을 진득하게 바라봤다.

"그러니까…… 당신이 내 수, 수호천사였어?" 디바인이 말했다.

"계획은 그랬죠. 캠벨이 당신의 영입을 고려했을 때 나도 그 타운하우스에 방을 얻게 했어요."

"그럼…… 모든 신입 요원하고 자는……?"

"아뇨, 그러진 않아요. 당신은 예외였죠." 눈에 눈물이 고이는 와중에도 스피어스의 얼굴은 미소로 주름졌다. "이 일을 시작하고서 초반에 실책을 좀 저질렀어요. 트래비스도 그랬나 보죠. 이미 아는지 모르겠지만, 캠벨은 당신이나 나 같은 사람을 '수집'해요. 우리는 〈루돌프, 빨간 코 사슴〉(1964년 방영된 만화영화—옮긴이)에 나오는, 그 섬에 버려진 불량 장난감들 같은 존재예요. 망가졌지만 얼마든지……."

"구, 구제받을 수 있다고." 디바인이 대신 말을 이었다.

"맞아요, 구제받을 수 있죠."

"그럼, 한편인 걸 알려주기 위해 나랑 잔 거야?" 디바인이 웅얼거렸다.

스피어스는 한참 동안 그를 물끄러미 바라봤다. 그녀의 얼굴에, 약에 취한 디바인이 언뜻 해석하기 힘든 감정이 점점 진하게 어렸다.

"당신이랑 잔 건요, 트래비스. 당신이랑 자고 싶어서였어요."

"위…… 윌의 방은 오…… 왜 뒤진 거야?"

"의심 가는 것도 있었고, 그 집에서 그냥 넘기기엔 수상한 일들이 일어나고 있는 것 같아서요. 우리 베이스캠프에 적이 도사리고 있는지 확실히 알고 싶었어요." 그녀가 손을 뻗어 그의 뺨을 쓰다듬었다. 그 느낌이 참 좋았다.

디바인은 고개를 끄덕였고, 혈관을 도는 모르핀 기운에 스르륵 눈을 감고는 관통당한 어깨의 피하층 바로 밑에서 날름대는 통증과 한바탕 전투에 들어갔다.

다시 깼을 때는 상태가 훨씬 호전됐고 시간도 한참 지난 후였다. 캠벨과 스피어스가 있었을 땐 밖이 캄캄했는데, 이제는 훤한 대낮이었다. 여러 날이 지났음을 알 수 있었다. 간호사들이 들어왔다가 그의 상태를 체크하고 나가기를 반복했다. 담당의며 전문의들도 끊임없이 그를 살폈다.

디바인은 모니터에 뜬 자신의 생체징후를 흘끔 봤다. 험한 일을 당한 것치고 수치가 뻔뻔할 만치 정상에 가까웠다.

캠벨이 주기적으로 방문했다. 어느 날 아침에는 불쑥 들어와 침대 옆에 앉더니 이렇게 말했다. "오늘은 훨씬 좋아 보이는군."

디바인은 가까스로 베개 위로 몸을 조금 일으켜 앉은 뒤 침상 리모컨을 만져 상체를 좀 더 일으켰다. "고비는 넘긴 것 같습니다."

"잘됐군."

"질 탭쇼는요?"

"모친이 오셔서 시신을 거둬 갔네. 전후 상황을 자세히 알려드렸지. 뭐, 알려드릴 수 있는 한도 내에서."

"질에 대해 뭐라고 얘기할지는 어떻게 아셨습니까? 제가 장군님께 아직 제대로 보고도 못 드렸는데요."

"질 탭쇼가 범행을 완전히 자백하는 유서를 방에 남겨뒀거든." 캠벨이 대꾸했다. "그날 밤 사무실에 갔을 때 자네 총으로 자살할 생각이었던 걸로 보이네. 그런데 거기서 자네를 맞닥뜨린 거지. 자네가 운이 조금 더 나빴어. 탭쇼가 만약 자네를 죽였다면, 그녀는 곧바로 그 총으로 자살했을 걸세. 불쌍한 모친은…… 지금 말도 못 하게 상심해 있어. 두 자식을 모두 잃었으니."

"질은 대단한 사람이었어요. 다른 사람을 많이 도왔죠. 살았으면 더 많은 일을 했을 텐데."

"다른 사람을 많이 해치기도 했잖나." 캠벨이 받아쳤다.

"카울앤드컴리는 어떻게 됐습니까?"

"폐쇄됐네. 51구역의 배후 인물들은 아직 안 잡혔지만. 그래도 자네가 그들 사업에 상당한 타격을 줬어."

"그들이 지금까지 끼친 피해 규모는 어느 정도인데요?"

"자네 친구 밸런타인이 대강 작성해둔 보고서를 검토해봤네. 한데 거기 실린 건 극히 일부에 불과하고, 나머지도 파악 중이야. 지금까지 알아낸 바로는, 미국의 우방이라 할 수 없는 국적의 투자자들이 이 나라의 자산 지분을, 나를 포함해 대부분의 사람은 가늠조차 할 수 없는 규모로 소유하고 있어. 그리고 전국에 걸쳐 정치인 다수가 바로 그 무리에게서 더러운 돈을 받아 챙겼고."

"그 사람들은 어떻게 되는 겁니까?"

"아마 아무 일도 없을 걸세. 자기는 몰랐다고, 아니면 다 날조나 함정, 정적 제거 시도라고 핏대 높여 외치겠지. 그러고는 자리를 보전하면서 전에 하던 짓을 계속하겠지. 검은돈이 나오는 젖을 계속 빨아댈 거야."

"역겨운 세계네요." 디바인이 기운 빠진 목소리로 말했다.

"그렇더라도 이 일은 비밀로 해야 하네, 디바인."

"아니, 왜요?"

"국제 관계며 핵심 동맹도 고려해야 하고, 평지풍파를 일으켜 정치 지형이나 금융시장을 뒤흔드는 걸 꺼리는 분위기도 있고, 뭐 그런 이유로."

"다 개소리예요."

"나도 동의하네." 캠벨이 인정했다.

디바인은 화창한 창밖으로 시선을 던졌다. "그럼 저는 임무를 완수하지는 못한 거로군요. 장군님이 참가상을 주시진 않을 것 같고. 저, 이제 영창 가는 겁니까?"

"두 번째 기회가 주어질 건 이미 기정사실로 보이는데, 디바인. 물론 자네가 원한다면."

두 전역 군인이 서로를 응시했다.

"원합니다." 한참 만에 디바인이 대꾸했다.

"매일 아침 자리에서 일어날 이유로 그거면 충분하지."

디바인은 병실 안을 둘러봤다. "혹시…… 미셸 몽고메리한테서 연락 못 받으셨습니까?"

"몽고메리는 미국을 떠났네."

디바인은 실망감을 감추지 못하며 고개를 끄덕였다. "그렇군요."

"선택의 여지가 없었어."

그 말에 디바인이 캠벨을 쳐다봤다. "네?"

"계속 자네를 보러 오고 싶어 했지만, 별로 좋은 생각이 아니어서 내가 저지했네. 해외에 안전가옥을 마련해줬어."

그러더니 캠벨이 주머니에서 웬 봉투를 꺼냈다. "자네한테 이걸 전해달라고 했네."

디바인은 봉투를 받아 들었다. 캠벨은 더 말을 얹지 않고 가버렸다.

천천히 봉투를 연 디바인은 편지지 한 장과 사진 두 장을 꺼냈다. 편지지를 슬쩍 내려다본 그는 이내 그것을 읽기 시작했다.

소중한 트래비스, 얼마나 롤러코스터 같은 시간이었는지! 평생 이보다 더 무섭거나 더 신났던 적은 없었어요. 내가 어떻게 생겨먹은 인간

이기에 그런지는 모르겠지만, 솔직한 심정이에요. 장군님이 자초지종을 설명해주셨겠죠. 당신을 두고 떠나긴 싫었지만 장군님이 선택의 여지를 주지 않았어요. 그래도 보고 싶다는 한마디는 해도 되겠죠. 실제로 보고 싶을 거예요. 하지만 언젠가 꼭 다시 만날 거라는 느낌이 드네요. 이러면 장군님은 마뜩잖아하실 테지만, 무슨 일 있으면 이 전화번호로 연락해요.

디바인은 이탈리아 국번이 붙은 그 번호를 눈으로 훑었다.
그리고 편지의 나머지를 읽어 내려갔다.

부담 주기 싫으니 전화하지 않을게요. 하지만 당신은 나한테 전화해도 돼요. 당신한테 그런 일이 생겨서 정말 유감이에요. 사람들이 사랑을 찾게 도와주려고 데이트 서비스를 개발했다는, 그렇게 다정해 보이던 애가 속은 그리 썩어문드러졌을 줄 꿈에도 몰랐어요. 쾌차를 빌어요. 병 문안은 못 갔지만 줄곧 당신 생각을 하고 있었어요. 그리고 잊지 말아요, 우리 둘 다 마음의 짐이 있지만 그게 영원하지는 않을 거라는 걸요. 짐이 사라지지 않는다 해도 삶은 계속된다는 것도. 더불어, 당신이나 나는 꼭 맞는 사람을 찾기 위해 데이트 서비스가 필요할 것 같지는 않네요.

당신을 사랑하는 마음은 변치 않을 거예요.
미셸

추신. 사진 속 남자 탐나네요. 내 사진은 나 잊지 말라고 동봉하는 거예요.

디바인은 사진을 들여다봤다. 그의 사진은 지난번에 몽고메리가 사는 아파트의 옥상에서 그녀가 찍은 것이었다. 마음의 짐이 있는, 근심에 싸인 남자. 다른 한 장은 비키니를 입은 몽고메리 대신 청바지와 티셔츠를 입은 그녀의 사진이었다. 그리고 디바인이 본 가장 사랑스러운 미소도 띠고 있는.

내키지 않지만 그녀의 사진을 내려놓고, 천장을 물끄러미 올려다봤다.

질 탭쇼가 그랬을 줄은 꿈에도 몰랐다. 탭쇼를 철석같이 믿었다가 그 손에 죽을 뻔했다.

헬렌 스피어스만은 믿지 않았는데. 그녀야말로 그의 목숨을 구해주었다.

윌 밸런타인은 구린 짓을 저질렀다고 의심했는데, 알고 보니 디바인의 충직한 친구 노릇을 톡톡히 하며 그를 도와주었다. 그 대가로 목숨을 잃었고.

지난번 방문했을 때 캠벨은 러시아에 살던 밸런타인의 가족이 정부에 의해 제거됐다고 말해주었다. 그때 갓난아기였던 밸런타인 혼자 남았는데, 가족의 친구들이 재빨리 국외로 빼돌렸다고.

하지만 미셸 몽고메리의 경우, 결국 디바인은 그녀를 믿기로 했다. 그리고 그 믿음은 몇 배로 보상을 안겨주었다.

그러니 내 직감이 빵점은 아닌 모양이군. 하지만 캠벨의 첩보요원으로 일하려면 네 번 중 한 번 맞히는 걸로는 안 될 거야.

다시 창으로 눈을 돌린 그는 가만히 누워, 새로운 하루를 알리며 떠오르는 태양을 물끄러미 내다봤다.

84

3주 후, 오전 6시 20분 정각.

목에 걸어 느슨히 늘어뜨린 붕대에 한 팔을 고정한 디바인이 열차
에 올랐다. 이튿날 그 동네를 떠날 예정이었다. 하지만 한 번만 더
6시 20분 열차를 타고 싶었다. 왜인지는 자신도 알 수 없었다. 아니,
어쩌면 알고 있는지도 모른다.

열차는 역 하나를 지날 때마다 노트북을 펼쳐 화면에 클라우드를
띄워놓고 이미 주체할 수 없이 많은 돈을 소유한 이들을 위해 미래
의 부를 무럭무럭 키워가는, 정장 차림의 젊은 남녀 투사들로 점차
만석이 되었다. 이윽고 열차는 예의 그 완만한 언덕을 오르기 시작
하더니 서서히 속도를 늦췄고, 어느 순간 개울가에서 목을 축이려는
목마른 짐승처럼 우뚝 멈췄다.

카울 궁이 매물로 나와 있었다. 모르스부호 비키니를 입은 미셸 몽
고메리는 그곳에 없었다. 누구도 흉내 못 낼 사치스러운 집이라는
자신의 자연 서식지에서 거들먹거리며 돌아다니는 억만장자도 없었
다. 열차 안을 휘둘러보니 다들 노트북 화면에 시선을 고정하고 있
었다.

디바인도 자신의 노트북을 꺼내 상당한 용량의 파일을 첨부한, 미
리 작성해둔 이메일을 다시 읽어보았다. 파일에는 그가 카울앤드컴

리에 대해 알아낸 모든 것이 기록돼 있었다. 그는 '보내기' 버튼을 눌렀다. 이메일은 명예를 잃고 모욕적으로 쫓겨난 기자 일레인 네스터에게 즉각 전달되었다.

퓰리처상이 기다리고 있어요, 일레인. 권력자와 그들이 빨아대는 더러운 돈은 엿이나 먹으라고 해요.

어느새 디바인은 저도 모르게 창밖을 내다보며 반은 향수, 반은 온갖 필요들로 빚어진 이미지들을 떠올리고 있었다. 뭔가를 느껴야 할 필요. 후회할 필요. 죄책감과 상실감, 그리고 당장은 선뜻 이름 붙이기 힘든 어떤 감정들을 짚고 넘어갈 필요. 설명 불가한 것을 파악하기란 참 어려운 법이다.

세라 유즈와 제니퍼 스타모스가 죽었다. 질 탭쇼도 죽었다. 기회만 있었다면 세상을 널리 이롭게 할 수도 있었을 뛰어난 여성 세 명이 모두.

하지만 탭쇼가 나머지 둘에게 그럴 기회를 주지 않았다. 천재적이지만 비틀린 그녀의 마음속에서 그 둘은 벌을 받고 세상에서 제거되어야 할 대상이었다.

월 밸런타인은 또 어떤가. 맥주를 달고 살며 디바인이 만나본 어떤 이보다 더 낙관적이었던, 그리고 제2의 조국을 토박이보다 더 열렬히 사랑했던 그도 죽어버렸다.

하지만 미셸 몽고메리는 살아 있다. 비록 디바인이 곧 홀로 향할 미지의 무대에서 한자리 차지하는 데는 실패했지만.

그래도 나한텐 전화번호가 있잖아. 나를 향한 사랑은 변치 않을 거라는 편지도 있고. 지금은 그걸로 충분해.

열차가 덜컹대며 다시 움직이기 시작했다.

디바인은 창에서 시선을 거둬 다시금 앞을 똑바로 바라봤다.

지금 자신이 유일하게 향할 수밖에 없는 방향이었다.

그를 기다리는 것은 또 한 차례의 총탄과 폭탄 세례일지도 모른다. 혹은 전장은 아니어도 세계 곳곳에서 벌어지고 있는, 좀 더 미묘한 분쟁의 장일 수도 있다.

둘 중 뭐가 더 위험할지, 후자도 전자와 똑같이 위험한 것은 아닐지, 아직은 알 수 없다.

자신이 임무를 수행할 준비가 되어 있기만을 바랄 뿐.

탭도 받고 스크롤도 따낸 육군 레인저. 거기에다 금융 애널리스트 경력도 있는 요원.

아마도 살아남으려면 그 기술들 전부를, 거기에 더해 각종 잡다한 기술들도 총동원해야 할 것이다. 운도 필요할 테고.

뛰어난 군인은 타이밍 좋은 운의 개입을 결코 무시하지 않는 법이니까.

구제, 두 번째 기회, 연장된 인생.

지금 이건 그것들 전부에 해당하는지도 모른다.

해보기 전에는 알 수 없어, 레인저.

디바인은 등을 깊숙이 기대고 눈을 지그시 감은 다음 6시 20분 열차가 한 번 더 그를 어디론가 데려가도록 몸을 맡겼다.

감사의 말

먼저 이번 원고를 먼저 읽고 조언을 해준 미셸에게 감사한다.

다음 분들에게도 감사를 전한다. 마이클 핏치, 벤 세비어, 엘리자베스 쿨라네크, 조녀선 밸러카스, 매슈 밸러스트, 베스 드 거스먼, 앤서니 고프, 레나 콘블러, 캐런 코츠톨니크, 브라이언 맥렌던, 앨버트 탱, 앤디 도즈, 아이비 쳉, 조지프 베닌케이즈, 알렉시스 길버트, 앤드루 던컨, 모건 마르티네스, 밥 카스틸로, 크리스틴 르미어, 브리아나 로웬, 마크 스티븐 롱, 마리 먼대카, 린 본 해슬, 레이철 켈리, 커사이아 맥나마라, 리사 칸, 존 콜루치, 메건 피츠패트릭, 니타 바수, 앨리슨 라자러스, 배리 브로드헤드, 마사 부치, 앨리 커트론, 레일런 데이비스, 트레이시 다우드, 멜라니 프리드먼, 엘리자베스 블루 게스, 린다 재미슨, 존 리어리, 존 레플러, 레이철 헤어스턴, 티샤나 나이트, 제니퍼 코제크, 수잰 마르크스, 데릭 미한, 크리스토퍼 머피, 도나 노퍼, 롭 필포트, 바바라 슬래빈, 캐런 토레스, 리치 털리스, 메어리 어번, 트레이시 윌리엄스, 줄리 헤르난데스, 로라 셰퍼드, 마리차 럼프리스, 제프 셰이, 카를라 스토캘퍼, 키어런 피츠제럴드, 그리고 그랜드센트럴퍼블리싱의 모든 분들. 독자들도 이 기나긴 명단을 보면 알 수 있겠지만, 책 한 권 쓰려면 군 부대 하나의 도움이 필요하다!

훌륭한 파트너가 되어준 에런과 알린 프리스트, 루시 차일즈, 리사 에르바흐 밴스, 프랜시스 젤럿밀러, 크리스틴 피니에게 고마움을 전한다. 줄곧 뛰어난 편집자이자 친구인 미치 호프먼에게도 감사하다는 말을 하고 싶다.

창의성과 헌신적 태도로 나를 놀라게 한 팬 맥밀런의 제러미 트레바던과 루시 헤일, 트리샤 잭슨, 스튜어트 드와이어, 리앤 윌리엄스, 알렉스 손더스, 세라 로이드, 클레어 에반스, 엘리너 베일리, 로라 셜록, 조너선 앳킨스, 크리스틴 존스, 앤디 조애누, 샬럿 윌리엄스, 리베카 켈러웨이, 샬럿 크로스, 루시 그레인저, 루시 존스, 닐 랭에게도 감사의 마음을 전한다.

프라빈 나이두와 팬 맥밀런 호주 지사의 놀라운 편집팀에도 감사의 말을 전한다. 파빈, 비록 줌을 통해서이긴 했지만 마침내 뵙게 되어 참 좋았습니다.

테크놀로지와 관련하여 든든한 도움을 준 블레이크 스미스와 토마스 디어든에게 감사의 마음을 전한다.

에이전트 역할을 넘어 소중한 친구가 되어준 캐스피언 데니스와 샌디 바이올레트에게 고마운 마음이다.

자선경매 당첨자인 (제임스 V. 브라운 도서관의) 폴 에크먼에게, 그토록 훌륭한 시설이 유지되는 데 큰 보탬이 되어준 것에 감사하는 바이다. 이야기 속 동명 주인공의 여정을 한껏 즐기셨기를.

군과 관련하여 전반적으로 도움을 준 척 베택에게. 내가 멋있어 보이게 해줘서 감사하다.

금융 관련 지식으로 내가 똑똑해 보이게 해주고 또 금융사기 쪽으로 영감을 준 톰 드퐁에게도 감사를 전한다.

마지막으로, 모든 일이 순조롭게 진행되게 애써준 크리스틴 화이트와 미셸 버틀러에게 감사의 뜻을 전한다!

옮긴이 허형은

대학에서 한국사를 전공한 후 좋아하는 일을 찾아 번역의 길에 들어섰다. 옮긴 책으로는 《뜨거운 미래에 보내는 편지》, 《하프 브로크》, 《두렵고 황홀한 역사: 죽음의 심판, 천국과 지옥은 어떻게 만들어졌나》, 《세계의 끝 씨앗 창고》, 《미친 사랑의 서》, 《기독교는 어떻게 역사의 승자가 되었나》, 《디어 가브리엘》, 《토베 얀손, 일과 사랑》, 《삶의 끝에서》, 《삶은 문제해결의 연속이다》, 《죽어 마땅한 자》, 《블랙 핸드》 등이 있다.

6시 20분의 남자

초판 1쇄 발행 2023년 9월 15일
초판 2쇄 발행 2023년 9월 20일

지은이 데이비드 발다치
옮긴이 허형은
펴낸이 신경렬

상무 강용구
책임편집 최장욱
기획편집부 송규인
디자인 박현경
마케팅 김사라
경영지원 김정숙 김윤하
제작 유수경

교정 박은경

펴낸곳 ㈜더난콘텐츠그룹
출판등록 2011년 6월 2일 제2011-000158호
주소 04043 서울시 마포구 양화로 12길 16, 7층(서교동, 더난빌딩)
전화 (02)325-2525 ┃ **팩스** (02)325-9007
이메일 longest@thenanbiz.com ┃ **홈페이지** www.thenanbiz.com

ISBN 979-11-5879-208-4 03840